U0620673

西夏文學文獻研究叢書

劉敏 主編

# 西夏詩文全編

聶鴻音 著

上海古籍出版社

2021—2035年國家古籍工作規劃重點項目（第一批）
國家古籍整理出版專項經費資助項目
國家社會科學基金重大項目“西夏文學文獻的匯集、整理與研究”
（17ZDA264）成果

# 西夏文學文獻整理研究叢書

# 序

西夏(1038—1227)立國凡190年,先後與宋、遼、金成鼎立之勢,但由於此前長期被視爲附屬中原王朝的藩鎮,且地處西北邊陲,所以始終未受到正統史官的重視,迄今僅見"專傳"而不見專史。與此相應的是,西夏時代的文學作品存世絶少,學者無從窺見西夏文學的總體面貌。

20世紀初敦煌莫高窟藏經洞重光於世,使得一些從事輯佚考據的學者對包括西夏在内的絲綢之路歷史文化發生了興趣。王仁俊隨即從傳世史籍裏輯録了西夏遺文20篇,編爲《西夏文綴》,成爲這一研究領域的開端。30年後,羅福頤的《西夏文存》在王仁俊所輯的基礎上增補了18篇,其中包括20世紀初期出土的《番漢合時掌中珠序》和《乾祐二十年仁孝施經發願文》,至此西夏遺文的搜集工作暫且告一段落。在今天看來,這兩部著作都是編者興之所至的隨意爲之,其間不但録文粗疏,而且漏輯的資料也爲數不少。尤其應該指出的是,《西夏文存・外編》裏收録的文章有幾篇僅見於晚清吴廣成的《西夏書事》,並不見宋元古書記載,自然難免啓人疑竇。然而百餘年來的學者都相信這樣一個假定,即吴廣成之所以寫下那許多不見於前代典籍的"歷史",一定是因爲他見到了某些秘藏的史書,於是後人競相徵引,篤信不疑。現在應該指出那絶對是個誤會,事實上《西夏書事》並没有資格作爲輯録西夏遺文的基礎資料。

迄今所見最可靠的西夏文獻大都來自20世紀以來在内蒙古、寧夏和甘肅等地的考古發現,其中保存有西夏詩文的資料主要收藏在俄國、中國和英國,多數文獻照片從20世紀末陸續刊佈。這些文獻加上原存於中國的"黑水建橋碑",顯示西夏的詩文可以用西夏、漢、藏三種文字寫成,其體裁多爲應用型的散文和駢文,間有一些民間流傳的格言,真正以文學創作爲目的的詩歌類作品不及半數。即使按照此前《全遼文》之類斷代總集對"文"的傳統定義,把那些短小的詩歌和應用文都收録到一起,西夏詩文的總量也不能與同時代的遼金相比肩。

本書輯録的西夏作品比學界涉及的要少,這是因爲其中没有收録近年來公佈的十餘種西夏立國前後党項人的墓誌和碑刻。這些石刻都採用漢文寫作，雖然内容關涉党項歷史，但形式均採用標準的中原文體，並且使用中原王朝紀年，人們無從判斷執筆者是党項人還是漢人。出於這樣的考慮，對於從党項藩鎮割據時代到西夏文字作品出現之前的那批文獻，本書僅選用了中原典籍所録党項政權寫給北宋王朝的漢文奏章，而放棄了不見於古書的其他資料。

學界習慣用"西夏人"兼指西夏王國的全體國民和西夏覆亡後元明兩代的党項人。以此爲標準，所謂"西夏詩文"的産生則分佈在長達四百年的一個歷史階段。在這段時間裏，判斷哪些作品屬於西夏，最明確的依據是作品本身提供的年代信息。至於那些没有紀年的作品，則當以文種爲首要的判斷依據，即凡是用西夏文寫成的詩文一律作爲西夏（党項）作品收録，當然其中也有些作品出自元明兩代的西夏遺民之手。相比之下，與西夏文獻一道在黑水城出土的漢文作品難以遽定，本書於此一般遵從孟列夫在 1984 年的判斷。當面臨具體西夏文作品的取捨時，困難在於判斷哪些是西夏人原創，哪些是從其他民族文字翻譯來的，這只能參考相關資料逐一剔除譯文，保留原創，其間很難找到甚麽統一的操作原則。

經過這樣的遴選，本書最終收録的西夏詩文僅得三百餘篇，其中還包括若干存字不多的殘件。西夏是一個只有作品而没有作家的時代，其文學創作水平低於同時代的金、元，但儘管如此，其中卻有一個現象值得特别關注，即遼、金、元文人的創作形式絶大多數都是中原同類作品的模仿，而西夏的創作除了模仿中原形式的詩歌和駢文之外，還有爲數不少的民間文學作品，包括文人編創的格言集和党項民族獨特傳統的"雜言體無韻詩"，前者可以使人聯想到吐蕃和布里亞特的格言，不妨視爲中國少數民族的共同傳統，而後者則爲中國古代文學史上所僅見，似乎表明党項詩歌是從民間格言直接脱胎而來的，這爲詩歌起源的研究提供了另一條思考途徑。

西夏文字重獲認識至今只有百餘年，如此短期的學術積累自然遠不及歷史悠久的漢語訓詁學。如果站在訓詁學的立場上看，學界對西夏文獻的闡釋能力顯然存在巨大差距。不僅是少量用草書寫成的民間曲子詞目前還没人有能力解讀，即使是字跡清晰的西夏詩文刻本，儘管已經有多國學者用不同的語言進行了多次研究，但迄今尚没有一人敢於聲稱自己解決了其間的全部問題。至于那些短小的党項民間諺語，則不但用詞晦澀，而且經常隱含着今人難以理解的比喻，雖然並不妨礙據字面勉强翻譯，但在没有足夠資料可以參照的情況下，想要徹底讀懂它們，在短時期内還是不能實現的幻想。

面對重重困難，我們之所以努力編出這本《西夏詩文全編》，是希望爲中國古代文學研究提供一份盡可能翔實的資料。如果將來能有人據此補寫中國文學史裏的一個章節，或者據新發現的資料補輯本書遺漏的詩文，那將是我們最願意看到的事情。

# 凡　例

一、本書從存世史籍、石刻和出土文獻中輯録西夏党項文學作品。依學術界慣例，以“西夏人”兼指西夏立國期間的全體國民及立國前後的党項人。

二、所收作品時間上起 11 世紀初，下至 15 世紀初，包括党項藩鎮割據時代的漢文表奏、西夏時代的西夏文和漢文詩文，以及元明兩代党項遺民的西夏文原創作品。簡單的作者、發願人、抄寫人題名及以西夏文翻譯的漢文作品不予收録。學界所謂“文書”如民間契約、官府簿籍等不予收録。

三、所收作品依寫作時間次第排列，未署初創時間的一般以刻印或抄寫時間代替寫作時間。僅存年號不存日期的排在該年號作品之後，不署時間或時間不可考的排在當朝全部作品之後。另編有“西夏詩文年表”附於書末以供檢索覆核。

四、每篇作品的定題儘量利用原件題署。原有完整題目的直接使用原題，如“聖觀自在大悲心總持並勝相頂尊總持後序願文”；原題不完整的以“文獻總題＋原題”爲題，如“聖佛母般若波羅蜜多心經御製後序”（原題“御製後序”）；原無題目的以“文獻總題＋著作形式”擬題，如“聖立義海序”；所施經文不明的殘葉以“寫作時間＋著作形式”擬題，如“應天四年施經發願文”；全無綫索的殘文以“著作形式＋殘葉”擬題，如“後序殘葉”。擬題時適當照顧此前的學界習慣。

五、“作者”一項依題署或正文所示。原件未署作者或作者名字殘佚的一般題爲“佚名”，前人若有考證，擇善而從。

六、每篇作品的正文前申明原始資料來源。已刊佈的資料注明出版物名稱及所在卷次或頁次，未刊佈的資料注明原件收藏單位及館藏號。原有作者或時間題署的儘量録出。

七、此前已有的相關研究列出研究者姓名和出版年以資參考，具體書名或論文篇名、刊期對應書末“參考文獻”。

八、作品録文以原書或原件照片爲準，原件字體工整清晰者一般不再參考今人轉録。漢文作品中的異體字和俗體字一律改爲當今出版物中通行的繁體字，通假字則原樣照録。

九、出土原件或有謄寫不精，西夏字誤抄僅在點畫之間。凡遇西夏錯字，録文逕予校改，不再出校注説明。

十、藏文作品録文不再使用藏字，採用拉丁轉寫以便印刷。

十一、出土原件或有殘缺漫漶，録文將參照殘餘筆畫可以補出的字置於方括號内，不能補出但殘缺字數可知的標以“□”號，殘缺字數不可知的標以省略號。

十二、爲符合當代出版物習慣，作品不再保留原件的行款和平闕之類特殊格式，並適當予以分段以便閱讀。

十三、所收漢文作品或見於他書，或經後人校改，則擇其要者於每篇之後加校注説明。

十四、每篇西夏文作品之後有漢譯。譯文以文通字順、便於今人閱讀理解爲準，並儘量模擬原作的文學風格，力求避免舊日不合漢語表述習慣的、佶屈聱牙的“硬譯”，故於當今字典上的對譯字和西夏原文的語序均視格律之需而有所調整。

十五、西夏文原件或有殘損嚴重不成句讀者，則僅以字面對譯，不再勉强爲之標點。

十六、西夏文發願文末或列有施主及助緣者名録。党項人名及職官名稱至今未得全部解讀，故於無對應漢文可考者僅據字面音譯。

十七、部分作品曾經前人翻譯，本書新譯文自然不敢妄言必是，故將前人譯文附後，以備讀者斟酌取捨。前人譯文多附有大量注釋，本書不再轉録，讀者若擬深究，需查閱原著。另爲節省篇幅，譯者此前論文中發表過的譯文不再贅録。

十八、書後附有作者索引，惟西夏作者有生平可考者絶少，讀者諒之。

十九、“西夏詩文全編”中西夏録文所據原件 2016 年前已發表者，文中提示出處，可參看，不再另出圖版；2016 年前未曾發表者，統一將圖版置於書後以供覆核。除少量另注來歷者，圖版大多來自俄羅斯科學院東方研究所聖彼得堡分所、中國社會科學院、上海古籍出版社“黑水城文獻整理出版”合作項目實施期間（1993—2000）蔣維崧、嚴克勤二位先生在聖彼得堡拍攝的照片。

# 目　録



## 西夏建國以前



## 景宗時期



## 毅宗時期

## 惠宗時期



## 崇宗時期

## 仁宗時期

## 桓宗時期

## 襄宗時期



## 西夏時期

## 西夏滅亡以後



## 附　　録

# 導　論

此前的中國文學史著作一般不介紹西夏，這是因爲史籍中極少有西夏的文學作品保存下來。當代很多人只是在看到毛澤東的名句“飛起玉龍三百萬”時才想起“西夏”這個詞——那化自西夏開國重臣張元的《雪》詩：“戰退玉龍三百萬，敗鱗殘甲滿空飛。”

在傳統史學中，西夏儘管有自己的國土和獨立的政府組織，但始終被看成北宋和遼、金的附庸，從來没有得到正統王朝的地位，所以關於西夏歷史的集中記載僅以“列傳”的形式附在《宋史》《遼史》《金史》當中。這三“史”裏的西夏傳記一共只有四卷，没能給人以西夏文化的總體印象，裏面記載的西夏作品更是僅有寥寥幾篇外交公文，稱不得真正的文學創作。所幸 20 世紀初以來有大量的西夏寫本和刻本在中國的西北地方出土，使得這個王朝的歷史文化狀況在人們心目中變得大致清晰了，也使我們有條件在此基礎上對西夏文學做出初步的綜合描述。

應該承認，儘管有 20 世紀以來幾次較大的考古發現，但當今能見到的西夏作品仍然爲數不多，其中的散文和駢文大都是漢文的外交文件、西夏文的書籍序跋，以及西夏文或漢文的施經發願文。嚴格地説，這些作品大都應該歸入應用文一類，因爲作者並不以文學創作爲目標。真正以文學創作爲目標的作品是一些詩歌，以及我們至今不知如何歸類的大量民間格言的匯編。西夏民間作者大都不習慣在自己的作品上署名，而且即使有個别政府官員的名字和職銜保存下來，我們也無法在史料中找到他們的生平記録，由此可以説，西夏是個只有作品而没有作家的時代。

與同時代的遼、金兩個非漢民族王朝相比，西夏的文學水平勝過遼而遜於金，這大概是因爲西夏立國二百年來始終固守河西一隅，缺乏金王朝“借才異代”的條件。不過党項人畢竟在那個時代展示了自己的特色，那就是爲後人留下了一批用本民族文字寫成的、真正的文學作品，而不像契丹文和女真文那樣只有稱不得文學作品的少量墓誌和碑銘存世。這使人們得以直接窺見党項文學的本來面貌，而不至於像遼、金文學那樣，研究者面對的都是用漢字寫成的資料，實際上並不知道真正的契丹和女真本民族文學是什麽樣子。

西夏作品在内容上可以圈點的地方不多——作者缺乏深刻的生活體驗，不善於抒發本人的思想感情，其作品充斥着對太平盛世的空洞謳歌，以及對唐宋倫理道德的宣傳和對中原文人生活情趣的模仿。與此相對，真正有價值的是作品形式上的特色——党項傳統的詩完全不同於人們印象當中的詩，"党項式詩歌"不押韻，每"聯"没有固定的字數限制，只是組成一聯的兩句要求構成語義對仗。文學史家普遍認爲詩歌起源於集體生活中的祭辭或勞動號子，而用多首民間格言拼湊而成的党項詩歌則提醒人們，詩歌的直接起源除了祭辭或勞動號子之外還有另一種可能性，即党項人口頭交流時使用的格言。

西夏和遼、金都受到了中原漢文化的强大影響，但只有西夏文學爲人們呈現了中原文學形式進入外民族統治地區後的真實局面。綜合全部作品可以看到，"党項式詩歌"與中原格律詩在西夏是各自獨立存在的，西夏境内的漢人不寫党項式的雜言體無韻詩，党項人也不寫漢式的格律詩，無論是在形式上還是在内容上，兩類詩歌彼此間都没有借鑒的跡象。只是在西夏後期甚至是進入元代以後，才有漢傳佛教一派的僧人仿照當地民間的曲子詞和中原佛經裏的"偈頌"寫下一些西夏文的"勸世詩"和"證道歌"，而那些作品似乎只用於宣傳教義時的講唱，並未像真正的曲子詞那樣在大衆中間流行。這使我們想到，當一種新的文化進入，無論其勢力多麽强大，也不能立即被當地人所接受。西夏的文學局面表現爲不同文化的拼合而非人們期望中的融合，真正的融合需要經歷一段較長的歷史時期，可惜在這種融合剛剛發端的時候，西夏就在蒙古人淩厲的攻擊下覆亡了，歷史没有再給党項文化以充分的發展機會。

## 一、党項民族和西夏王國的歷史文化背景

党項在傳統史籍中稱作"党項羌"①，是中古時期活躍在中國西部地區的一個部族，早期的文獻記載見《隋書》卷八三《党項傳》和《舊唐書》卷一九八《党項羌

① 古代漢語文獻用"羌"來統稱西北地方説藏緬語的部族，其中包括党項、吐蕃、吐谷渾等多個人群，區别於西北地方説突厥語和印歐語的"胡"人。這與我們當今民族學上的分類不同。另外，党項人從來不稱自己爲"羌"，西夏文獻中的"羌"指的是當時活動在河西走廊的藏族。

傳》①，從中可以知道所謂“党項人”實際上是許多部落組合成的一個群體，各部落最初分佈在今青海省和四川省交界的山谷地帶，以畜養牛、羊、豬爲業。從公元 7 世紀開始到 10 世紀初，党項的一些部落出於各種原因紛紛先後臣服於唐、宋王朝，逐漸形成了一些或大或小的地方勢力，其中較大的幾股勢力後來從四川的松潘高原輾轉落户到今陝西北部的榆林市和延安市境内②。公元 982 年，年輕的党項拓跋部首領李繼遷（963—1004）困於民族内外的矛盾，率領本部貴族脱離了北宋控制，經今天的内蒙古鄂爾多斯逃往河西地區。這部分人後來統一了原住河西的党項諸部，生産方式轉爲農牧兼營，使得經濟和軍事實力不斷增强，最終由李繼遷的孫子元昊（1003—1048）正式建立了“大夏國”，党項人自稱“大白高國”（𗴂𗹭𗂸𘜶 phiow bjij lhjịj ljịj）。中原史籍稱之爲“西夏”，爲的是區别於以前赫連勃勃在當地所建的“大夏國”（407—431）。

西夏於 1038 年正式立國，傳十代君主③，在 1227 年被蒙古滅亡，其間歷時 190 年④。亡國後國民四散，有的被徵調從軍，有的主動依附蒙元王朝，舉家遷入内地爲官。到了明代晚期以後，史料中就再不見党項人的消息⑤。20 世紀上半葉只有一則民間口頭流傳的故事，説的是有党項王族的後裔遷徙到了今天四川西北甘孜州境内的“木雅”地區（鄧少琴 1945），後來自然也逐漸融入了周邊的藏、羌等其他民族當中。

11 世紀上半葉之前的党項人中間是否産生過真正的文學作品，這不得而知，但從其他民族的情況類推，那時很可能已經出現了本民族的格言諺語和歷史傳説⑥。有些作品通過積年的口耳相傳，也記録在了後代文獻裏，只是我們還没有辦法把它們從西夏時代的作品中有效地離析出來。目前可以確定的是，臣服於中原王朝的党項部落必然受到了漢文化的强烈影響，至少是其上層統治者對

① 有些較大的“羌”系部落在傳統史書裏可以另外有傳，例如“宕昌”。

② 所有党項部落的遷徙時間和落户地點詳見周偉洲的論述（2004）。

③ 這十代君主不包括後來被追尊爲“太祖”的繼遷和被追尊爲“太宗”的德明。

④ 這是當代中國歷史學家的算法，依據是 1038 年景宗元昊正式稱帝改元。與此不同的是，俄國西夏學家把 982 年算作西夏的開端，依據是當年李繼遷率部出走，隨即在河西建立了自己的統治。西夏文獻和藏文文獻則把西夏的開端定爲 963 年，那一年李繼遷出生於陝北的無定河畔。

⑤ 當前可見時代最晚的西夏文字資料是立於明弘治十五年（1502）的兩通“佛頂尊勝陀羅尼”經幢，現存河北保定蓮池公園（鄭紹宗、王静如 1977）。另外，時代較晚的藏文文獻裏有些關於“木雅”的零星記載（上官劍璧 1994），其中一部分出自西夏遺民的追憶，但畢竟不夠明確。

⑥ 在藏族的著作裏保存着少量歷史傳説，其中有些細節可能與党項人有關。參看以下第三章第 1、2 節。

中原漢文化持有主動接受的態度。那時党項政權寫給中央政府的奏章都用漢文寫作,而且裏面已經偶爾出現了漢文學風格的修辭,例如作爲最早的党項作品之一,《續資治通鑑長編》卷八八載有宋大中祥符九年(1016)夏太宗德明給北宋朝廷寫的《乞宋敦諭邊臣遵詔約表》,其中就有這樣簡單的駢儷句:

天庭遐遠,徼塞阻修;各務邀功,不虞生事。

敦諭邊臣,悉遵詔約,肅静往來之姦宼,止絶南北之逋逃。

同類文章中寫得最好的是景宗元昊向北宋王朝遞交的《啓宋請稱帝改元表》,時間在西夏正式立國的1038年,原出《宋史》卷四八五《夏國傳上》:

臣祖宗本出帝冑,當東晉之末運,創後魏之初基①。遠祖思恭,當唐季率兵拯難,受封賜姓②。祖繼遷,心知兵要,手握乾符,大舉義旗,悉降諸部。臨河五郡,不旋踵而歸;沿邊七州,悉差肩而克。父德明③,嗣奉世基,勉從朝命。真王之號,夙感於頒宣;尺土之封,顯蒙於割裂。臣偶以狂斐,制小蕃文字④,改大漢衣冠。衣冠既就,文字既行,禮樂既張,器用既備,吐蕃、塔塔、張掖、交河⑤,莫不從服。稱王則不喜,朝帝則是從。輻輳屢期,山呼齊舉,伏願一垓之土地,建爲萬乘之邦家。於時再讓靡違,群情又迫,事不得已,顯而行之。遂以十月十一日郊壇備禮,爲世祖始文本武興法建禮仁孝皇帝。國稱大夏,年號天授禮法延祚。伏望皇帝陛下,睿哲成人,寬慈及物,許以西郊之地,冊爲南面之君。敢竭愚庸,常敦歡好。魚來雁往,任傳鄰國之音;地久天長,永鎮邊方之患。至誠瀝懇,仰俟帝俞。謹遣弩沙俄疾、你厮悶、卧普令濟、嵬崖妳奉表以聞。

---

① 西夏皇帝自稱是北朝時期後魏(386—534)君主拓跋氏的後裔,這只不過是開國君主對前代貴族的攀附,目的是宣示自己王朝的正統地位。事實上後魏君主是鮮卑人,與党項民族没有關係。西夏國民中另有"鮮卑"一姓,更可證明鮮卑人不同於党項人。

② 拓跋思恭(? —895),唐末党項平夏部首領,因平定黄巢之亂有功,賜姓"李",封定難軍節度使,領地在今陝西榆林市北部。

③ 德明(981—1032),元昊之父,西夏建國前的党項首領,後被尊爲"太宗"。

④ 小蕃文字,指西夏文。党項人稱自己爲"𗼇𗅉"mji dźjwu(番人),稱自己的文字爲"𗼇𗏁"mji ·jwɨr(番文)。党項人的漢語自稱本是"番",中原漢文文獻一律寫作"蕃",原因不明。

⑤ 這裏説的有些誇張。歷史上西夏的勢力從未到達交河(在今新疆吐魯番)。

這是標準的中原奏章格式。駢文的平仄搭配和語義對仗都很嚴整,措辭雖然謙和,但既定的主張不容置疑。從整體上看,這可以稱作一篇"獨立宣言",西夏統治者只是禮貌性地知會一下北宋朝廷而已,並不是真的希望求得什麽人的批准。當然,奏章的執筆者很可能是服務於党項政權的漢人①,但無論如何,最終的文本必然得到了党項統治者的認可。

西夏巔峰時期的境域囊括今陝西省和寧夏自治區北部,以及内蒙古自治區和甘肅省西部的廣大地區,都城設在興慶府,後來大約在12世紀中葉改稱"中興府",故地在今天寧夏銀川市的興慶區。西夏疆域内自古以來就是多民族文化的匯聚地,先後有漢、匈奴、鮮卑、突厥、吐蕃、吐谷渾、回鶻、党項等衆多部族在那裏活動,再加上沿絲綢之路東來留居的中亞商旅,致使那裏呈現了極爲複雜的文化格局。在這種情況下,民衆之間的文化借鑒無法掌控,但是政府製定的文化方針則必須在多種外來影響中表明取向。從現有文獻看,西夏政府主動接受的首先是漢文化,其次是吐蕃文化,只不過接受的吐蕃文化僅限於藏傳佛教這一個相對狹窄的領域,並没有影響到西夏本土的意識形態和文學創作。相比之下,政府接受的漢文化則遍及政治制度、思想意識和日常生活的各個方面,由此也引發了西夏文學格局的變化。促使政府做出這種選擇的因素有二,除了統治者長期受到中原政治和文化的影響之外,還應該考慮到西夏國民的民族結構。可以肯定,西夏境内有大量世居的漢人,其人口總數甚至很可能超過党項族。有不少漢人與党項人一起在政府擔任重要職務,他們雖然地位略低於擔任同等職務的党項人②,但在政府中同樣受到尊重,肯定能對決策産生一定的影響。

助力西夏文學産生和發展的關鍵因素是西夏文字的創製。關於創製西夏文字的最早記載見沈括《夢溪筆談》卷二五《雜誌二》:

> 未幾,元昊果叛。其徒遇乞先創造蕃書,獨居一樓上,累年方成,至是獻之。元昊乃改元,制衣冠禮樂,下令國中悉用蕃書胡禮,自稱大夏。

《宋史》卷四八五《夏國傳上》也説:

---

① 例如《續資治通鑑長編》卷二二六載夏惠宗《乞宋綏州城表》,文後注明"僞學士景珣之辭也"。

② 西夏《天盛律令》卷一〇《司序行文門》規定,番、漢、吐蕃或回鶻官員在一起議事時,要由職位高的人主持,如果職位相同,則由党項人主持(史金波、聶鴻音、白濱1994:257)。

元昊自製蕃書，命野利仁榮演繹之，成十二卷，字形體方整類八分，而畫頗重複。教國人紀事用蕃書，而譯《孝經》《爾雅》《四言雜字》爲蕃語。

學界對這兩段記載的理解是，景宗元昊提出了創製文字的原則，然後授意大臣野利仁榮（遇乞）具體完成設計工作①。這件事情發生在公元 1036 年，也就是西夏正式立國的前兩年。結合上引《請稱帝改元表》可以體會到，元昊“制小蕃文字”的初衷就像“改大漢衣冠”那樣，是想以此體現党項人與漢人的區别，爲他兩年後正式脱離北宋、獨立建國作輿論準備。不過令他無奈的是，在那以前的党項人並没有本民族的經典，所以新創文字的推行仍然不得不依賴《孝經》《爾雅》《四言雜字》之類的中原著作②，這在無意中促成了中原漢文化在西夏的普及，當然也爲西夏書面文學作品的大量産生創造了不可或缺的條件。

西夏至少在 12 世紀中葉就建立了自己的科舉制度，朝野各類學校都採用西夏文翻譯的中原典籍作爲教材，主要是《孝經》《論語》和《孟子》的各種注本（聶鴻音 2017），這使得中原的倫理道德觀念通過學校教育廣泛傳播，並且重新規範了党項人的思想和行爲。這些倫理道德觀念大量反映在西夏文獻當中，即使在西夏後期党項人骨勒茂才編寫的識字課本《番漢合時掌中珠》裏，也不但强調婚姻須有媒人，而且還出現了《孝經》“身體髮膚受之父母不敢毁傷”的成句（吕光東 1982：219）。對照《舊唐書》卷一九八《党項羌傳》記載的党項婚俗：

妻其庶母及伯叔母、嫂、子弟之婦，淫穢烝褻，諸夷中最爲甚。

這裏説的是早期社會傳統的“收繼婚制”。又如《説郛》卷二九上《麟州府》記載蕃人（党項人）的風俗：

俗輕生重死，悔性亡義。凡育女稍長，靡由媒妁，暗有期會，家不之問。情之至者，必相挈奔逸，於山巖掩映之處並首而卧。紳帶置頭，各悉力緊之，

① 野利仁榮的全名在西夏文寫作“[illegible]”jɨ rjir dźjwu lji（李範文 1984：17），後兩個字的讀音 dźjwu lji 與《夢溪筆談》記載的音譯名“遇乞”完全不合。野利遇乞是元昊皇后野利氏的長兄，不知這裏是不是把兩個人搞混了。野利仁榮在西夏國内備享尊榮，他去世一個多世紀後還有人寫了一首《造字師頌》來歌頌他，其中説他是“天上文星出東方，引導文字照西方”（克恰諾夫 1989）。

② 元昊要求把《爾雅》譯成西夏文，可以想定最終没有實現。憑經驗説，用任何語言也不可能如實翻譯像《爾雅》那樣用同義詞排列成的“字書”。

倏忽雙斃。一族方率親屬尋焉,見不哭,謂:男女之樂,何足悲悼?

婚姻乃至生命都可以自行處置,則受之父母的身體髮膚可以毀傷自然不成問題。顯然,党項婚姻的原始習俗在西夏時代已經被中原習俗取代了。

社會組織形式屬於民族文化的核心部分,它的革新比倫理道德觀念的革新要困難得多。西夏統治者的理想是在"漢化"的同時不取消本民族原始的社會組織形式,也就是盡力謀求原有社會組織形式和中原政府制度的統一。在夏仁宗於12世紀中葉頒佈的西夏文法典《天盛律令》裏,對政府機構的管理規定與對傳統部落的管理規定並存。党項高級官員的職銜可以用"節親主"([illegible] tsewr njij ·o)開頭,所謂"節親主"是西夏皇族嵬名氏某個分支家族的長老。法典的《司序行文門》規定,職位品級相同的党項官員在一起議事時當由節親主主持(史金波、聶鴻音、白濱 1994: 257),例如西夏字典《同音》的編校主持者嵬名德照([illegible] ŋwe mji tśhja swew)的職銜作"節親主正師知中書樞密事"(李範文 1986: 202),表明他是西夏"一人之下,萬人之上"的高官①。事實上西夏各級政府的許多官員都由党項的部落首領兼任,他們此前統管本部落的一切事務,而現在則要兼管政府某一部門的工作,這是非漢民族接受中原制度初期的必然現象。

"漢化"帶來的倫理道德革新是通過兩個途徑實現的。除了各級學校的儒家經典教育外,漢傳僧人的講經也起到了極大的推動作用,後者借助佛教宣傳把中原的倫理道德觀念灌輸給了没機會接受儒家經典教育的底層民衆。事實上在西夏時代只有皇家組織翻譯了大量的佛經,而民間流行的"佛教"早已不是真正的佛陀教導,而是後世東土僧人根據本地實情對傳統教義的加工甚至對一些基本概念的改造,其間加入了很多中原民間的道德倫理意識。這個趨勢在西夏晚期直至蒙元時代的作品中表現得非常明顯(孫伯君 2011a),那時的一批僧人自稱繼承了唐代"華嚴禪"的傳統,但其著作卻明顯缺乏禪宗的認識論味道,反而更接近敦煌俗講中的道德説教,就像東土臆造的《佛説父母恩重經》那樣,充滿了世俗化的人生道理。這一派的有些僧人在元代南下杭州,打起了"白雲宗"的僞佛教旗幟,可是並没有按照當初宣講的内容規範自己的行爲,最終因在民間胡作非爲而屢遭朝臣彈劾,也被元朝政府多次下令查禁。

西夏建國後的最初幾十年與北宋時常發生戰爭,但北宋從來没有徹底滅亡

---

① 其職銜裏的"正師"([illegible] tśhja dzjij)現在多譯"德師",是皇帝的導師,"知中書樞密事"是政府文武兩大機構的總管。

西夏的念頭，僅僅是希望免除西北邊境的侵擾，所以戰争只發生在今天的陝西北部和寧夏中南部一帶。這幾次戰争雖然規模不算太大，但可想而知，那肯定會對原本就不强盛的西夏經濟帶來創傷。邊境戰争在11世紀末期終於平息，使西夏人得以集中精力發展自己的經濟和文化，但是貧乏的自然資源、多發的自然災害，以及没完没了的宫廷内鬥最終也没能使西夏實現真正的富强。曾鞏《隆平集》卷二〇記載了西夏軍民的日常食物①：

西北少五穀，軍興糧饋止於大麥、蓽豆、青麻子之類。其民則春食鼓子蔓、鹹蓬子，夏食蓯蓉苗、小蕪荑，秋食席雞子、地黄葉、登廂草，冬則畜沙蔥、野韭、拒霜、灰蓧子、白蒿、鹹松子以爲歲計。

這裏面的名詞大都不知所指，但可以想定主要是沙生植物，也就是俗稱的“野菜”。據史料記載，即使是在糧食産區，旱災、水災、蝗災、鼠災也時有發生（徐婕、胡祥琴 2017），農業所獲不能滿足百姓生活的需要。寧夏賀蘭縣拜寺溝方塔出土過一册漢文詩集，裏面在多處描述了一個鄉塾先生的家境，其中有“日暖兒童亦寒叫，年豐妻女尚飢聲”這樣令人傷心的句子（寧夏文物考古研究所 2005：282）。文化人的生活尚且如此，則普通民衆的貧困程度可想而知，這與西夏王室動輒投入大筆錢財興辦佛事形成了鮮明的對照。例如據一篇應天四年（1209）的發願文殘片記載（聶鴻音 2016：84），西夏桓宗舉行一次法會就有下面這些花費②：

做廣大法事燒結壇等一千七百五十八次③。開讀經文：番、西番、漢大藏經一百八藏，諸大部帙經並零雜經共二萬五十六部。度僧三百二十四員。齋法師、國師、禪師、副、判④、提點⑤、散僧等共六萬七千一百九十三員。放

① 《番漢合時掌中珠》第14—15葉和第33葉記載了堪稱豐富的食物原料和各種麵食的製作方法，但那只是一部仿中原“雜字體”字書編纂的識字課本，目的是收録盡可能多的詞語，並不像是西夏人日常飲食的真實描述。

② 以下引用西夏文原始資料僅給出譯文以節省篇幅。相應的西夏原文出處隨文注出，未特别注明出處的均見《西夏詩文全編》。

③ 燒結壇，佛教法事的一種，在高僧的主持下按照一定的規則焚燒五穀、藥材、香花及各種食物來供養十方諸佛菩薩，又稱“燒施”“火供”。

④ 副、判，即“僧副”和“僧判”，又見俄羅斯科學院東方文獻研究所藏漢文本《雜字》，爲地方政府僧人統領的副職。

⑤ 提點，官名，某一地方下級政府部門的主管，例如受政府派遣的某寺院管理人員。

幡五十六口。散施番漢《金剛般若經》《普賢行願經》《阿彌陀經》五萬卷。消演番漢大乘經五部。大乘懺悔一百八十一遍。設囚八次[①]。濟貧八次。放生羊三百四十三口。大赦二次，一次各三日。

然而在現存的西夏作品裏我們没有看到對這類侈靡用度的批判，也没有看到對百姓困苦生活的同情。大臣們寫下的作品只是一味地粉飾太平盛世，希望以此博得君王的歡心，爲的是保住自己的俸禄，而僧人們寫下的作品也只是勸人們安於現狀，與世無争，爲的是讓自己繼續接受信衆的供養。事實上西夏文學給人的總體印象是思想境界不高，進取心不足，在吸收中原文學滋養的時候，作者明顯拋棄了杜甫、白居易那樣關注現實的人道主義精神，我們不知道這是否反映了西夏王朝在多年戰亂之後産生的偏安一隅的心態。

在西夏作品中，與佛教有關的内容佔了很大比重，這是西夏朝野狂熱崇信佛教的反映。此前没有資料記載党項人接受佛教的具體時間和途徑，但語文學證據表明佛教一定是在西夏建國以前很久就從吐蕃傳入党項地區了，而且比中原佛教的傳入要早。我們看到西夏語裏有幾個最普通的佛教名詞是從藏語來的，例如漢語的“如來”西夏作“[illegible][illegible]”mjor ljịj（實來），相當於藏語的 *de bzhin gshegs pa*（實來）[②]，漢語的“經”西夏作“[illegible][illegible]”lwər rejr（契經），相當於藏語的 *mdo sde*（契經）[③]。即使是在翻譯漢文佛經時，譯者也往往堅持使用這些“藏式詞”，而不再照着漢文的字面造出新詞[④]。

西夏建國前後，中原的漢譯佛經開始進入西夏。據《續資治通鑑長編》記載，党項王室至少曾前後四次向北宋王朝求購大藏經[⑤]，儘管求得的經卷很可能只被用作皇家寺院的收藏而非提供公衆閲覽，但其後政府組織的大規模譯經活動不能説與此毫不相關。按照中原傳統，施印佛經是一種“功德”，所以西夏上至王公大臣，下至平民百姓都會出資請寺院印些佛經送給信衆供奉。印數的多少可以視施主的

---

① 設囚，等於説“喂囚”，給囚徒們施捨一頓飯吃。

② 本書偶爾用到藏文或梵文的拉丁轉寫，一律用斜體字印刷，以示與西文和音標的區别。

③ 事實上西夏的“[illegible][illegible]”lwər rejr（契經）專用來翻譯佛經的“經”，翻譯儒家經典的“經”只用“[illegible]”lwər 或“[illegible]”dźiə。

④ 例外的是漢語的“金剛”，西夏在翻譯藏傳佛教作品時作“[illegible][illegible]”ɣjị njij（石王），相當於藏語的 *rdo rje*（石王），在翻譯漢傳佛教作品時則直接音譯“[illegible][illegible]”kię dźja（金剛）。

⑤ 這四次求購佛經發生在天聖八年（1031）十二月、景祐元年（1034）十二月、至和二年（1055）四月和熙寧六年（1073）十二月，分别見《續資治通鑑長編》卷一〇九、卷一一五、卷一七九、卷二四八。得到的佛經大概是北宋初年在四川刊印的“開寶藏”。

經濟條件而定——皇室的資金豐厚,則可以施印成千上萬卷放在寺院裹任人自取,平民百姓手頭拮据,最少的可以只請人抄寫一卷。散施的佛經一般都有題款,寫上施主的姓名。如果施主是王公大臣,則一般還有專爲此項功德撰寫的序言或發願文,這些用西夏文或漢文寫成的序言和發願文在西夏中後期的作品中佔有相當比重。

大約從西夏中期開始,西藏地區的幾個喇嘛陸續把藏傳佛教帶進了西夏,他們頗得西夏君王重視,甚至被贈與了"國師"和"帝師"的稱號,有的還進入了政府部門,負責管理全國的佛教事務(史伯嶺 1987,范德康 1993)。這些喇嘛的主要職責是主持王室的法事活動,有時也會通過翻譯向百姓傳輸一些藏式的修行儀軌和類似中原禪宗式的教法。這些論述因爲大都不是真正的"佛語",所以没有成爲信衆發願散施的文本,自然也没能引發相關文學作品的産生。目前存世的藏文作品有一篇 1176 年的《黑水建橋碑銘》(王堯 1978),只是單純記事而已。至於回鶻文化,古書僅簡單提到西夏早期曾把回鶻僧人當作禮物送給遼朝①,此外再没有明確跡象表明西夏文化受到過回鶻的更多影響。

## 二、西夏文學史料的發現和整理

據《元史》卷一四六《耶律楚材傳》載,元軍攻西夏,破靈武(今寧夏自治區銀川市郊)時,"諸將争取子女金帛,楚材獨收遺書",這使人相信西夏一代的典籍應該不少,不過耶律楚材收集的文獻再也没有音訊。進入 20 世紀以前,人們能見到的西夏作品只有來自傳統漢文史書裹的引述,主要是党項政權寫給宋、金朝廷的外交公文。嚴格地説,外交公文並非真正的文學創作,只不過受到當時奏章寫作慣例的影響,會偶爾講究些文采而已。這些公文最早的是宋景德元年(1004)夏太宗德明寫給宋邊境守將的《回鄜延路鈐轄張崇貴書》,最晚的是乾祐七年(1176)夏仁宗仁孝寫給金世宗的《以金卻所獻百頭帳再上表》。這些零星的記載並未引起人們注意,只是在 1904 年,王仁俊(1866—1913)撰《西夏文綴》②,從多種史書中輯出西夏詩文 27 篇,才標誌着整理西夏遺文的開端。鑒於王仁俊所輯

---

① 《遼史》卷二二《道宗本紀》和卷一〇五《西夏外紀》兩次説到,咸雍三年(1067)十一月"夏國遣使進回鶻僧、金佛、梵覺經"。另外人們還常提到清代吴廣成《西夏書事》裹的兩段話,説是西夏王室曾請回鶻僧人到承天寺講經,但不見於宋元時代的史籍記載,所以可能是吴廣成的擅自發揮,不可輕信(聶鴻音 2014a)。

② 書有上海開明書店 1937 年《二十五史補編》本。

並不充分，其間或有失録和失校，羅福頤(1905—1981)在其基礎上重新校理，並補入了20世紀初在黑水城出土的一篇書序和一篇佛經發願文，最後得到38篇，題爲《西夏文存》①。必須指出的是，羅福頤的工作存在一個缺陷，即採納了清乾嘉之際吴廣成《西夏書事》裏的文字②，僅僅出於存疑而列爲"外編"。長期以來，《西夏書事》被許多學者誤會爲西夏的史料匯編，而事實上吴氏的治史態度極不嚴肅，他在許多地方僅僅是故意拼湊了一些不相干的史實，以服從他自己的錯誤理解。例如卷三二裏的一篇《謀寧克任陳得失書》，裏面有這樣幾句：

> 今國中養賢重學，兵政日弛。昔人云"虚美薰心，秦亂之萌"，又云"浮名妨要，晉衰之兆"。臣願主上既隆文治，尤修武備，毋徒慕好士之虚名，而忘禦邊之實務也。

以上提到"虚美薰心，秦亂之萌"和"浮名妨要，晉衰之兆"這兩句話，並明確聲稱是"昔人云"。事實上這話最早見於《困學紀聞》卷一，是作者王應麟解釋《易經》"賁卦"的筆記。王應麟在《宋史》卷四三八有傳，謂其於淳祐元年(1241)年少時舉進士，那麼很明顯，他在世時西夏王國已不存在，而《西夏書事》所記謀寧克任上疏的時間是夏貞觀十二年(1112)，則稱王應麟爲"昔人"顯出了年代的錯亂。

另外，該書卷一二對西夏文字創製和使用的一段敘述也是突出的例子：

> 元昊既製蕃書，尊爲國字，凡國中藝文誥牒盡易蕃書。於是立蕃字、漢字二院，漢習正草，蕃兼篆隸，其秩與唐宋翰林等。漢字掌中國往來表奏，中書漢字，旁以蕃書並列。蕃字掌西蕃、回鶻、張掖、交河一切文字，並用新製國字，仍以各國蕃字副之。以國字在諸字之右，故蕃字院特重。

這段敘述屢屢被當代研究者徵引，其實裏面的内容並没有絲毫的史實依據，而不過是在《元史》對新創八思巴字零星記述的基礎上拼湊附會而成的③。襲用

---

① 書有1935年七經堪校印本。

② 《西夏書事》有道光五年(1825)小峴山房刻本。

③ 其中的"翰林"與"並用新製國字，仍以各國蕃字副之"來自《元史》卷八七《百官志》："蒙古翰林院，秩從二品。掌譯寫一切文字，及頒降璽書，並用蒙古新字，仍各以其國字副之。""國字在諸字之右"出自卷八一《選舉志》："至元六年秋七月，置諸路蒙古字學……至元十九年，定擬路府州設教授，以國字在諸字之右，府州教授一任，准從八品，再歷路教授一任，准正八品，任回本等遷轉。"

《元史》對八思巴字的敘述來解説西夏字，不管吴廣成當初是有意作僞還是無心致誤，這種做法都會使我們喪失對《西夏書事》最起碼的信任。事實上《西夏書事》並没有資格作爲輯録西夏遺文的基礎資料。

西夏文學史料的匱乏狀況從 1908 年開始有了改觀。作爲西夏學史上頭等重大的事件，探險家科兹洛夫率領俄國皇家蒙古四川地理考察隊於當年和次年兩次來到内蒙古額濟納旗的黑水城遺址進行發掘①，最終在城外的一座古塔内獲得了大量西夏文獻，隨即運至聖彼得堡的亞洲博物館，後來轉藏俄羅斯科學院東方研究所聖彼得堡分所（今東方文獻研究所）。這些文獻的數目至今無法統計，給人的感覺是其總量會超過敦煌藏經洞所出，當今能見到的西夏文學作品也主要來自俄國的收藏。五年之後，斯坦因也聞訊來到那裏，對科兹洛夫發掘過的那座古塔進行了徹底清理，此外還順便發掘了額濟納三角洲區域内的另外幾處遺址②。斯坦因的掘獲品最初收藏在大英博物館，1972 年轉藏大英圖書館，其數量雖也不小，但大都是些殘葉甚至碎片，基本没有俄國藏品那樣整卷整册的書籍，裏面受到重視的西夏文學資料只有一件格言集的抄卷。俄國和英國藏品由於存量過大，而且在出土時有些已經板結和霉變，所以在此後的一個世紀内僅修復了不到一半。上海古籍出版社從 20 世紀末開始陸續出版《俄藏黑水城文獻》和《英藏黑水城文獻》，也只是刊佈了保存較好或經修復後可以提供拍照的那一部分。很明顯，要全部修復這些殘紙並整理刊佈，那還不是近些年内可以達到的目標。

相比之下，中國發現的文獻數量不多，修復整理的工作量不大，自然做得較好。其中最豐富也最完整的藏品於 20 世紀 20 年代出土於寧夏靈武，隨後有少量散失，目前分藏中國國家圖書館、寧夏自治區檔案館和日本京都大學③。幾乎與此同時，由中國和瑞典聯合組成的科學考察團對中國西北地方進行了數年的地質學和生物學調查，其間順便在額濟納河三角洲和絲綢之路沿綫得到了一些西夏文佛經殘葉，後來分别收藏在瑞典斯德哥爾摩的一家博物館和中國幾家單位④。這批文獻主要是 13 世紀和 14 世紀之交在杭州刊印的“河西藏”，編刊者是由夏入元的“白雲宗”党項僧人。除了保存西夏時代原有的序跋外，他們在編

---

① 科兹洛夫(1923)詳細記載了這次考察的過程。

② 向達(1932)首次向中國學者介紹了這次發掘的簡況。

③ 這批文獻大都已經刊佈，目前剩餘的只有寧夏自治區檔案館收藏的五卷。

④ 中國社會科學院考古研究所、北京大學和臺灣“中研院”傅斯年圖書館收藏的西夏文殘片大約就是來自這裏。

刊時還爲佛經新寫了一些序跋，雖然數量很少，但畢竟可以視爲時代最晚的党項文學作品。

20 世紀下半葉，中國的考古工作者相繼在甘肅武威、内蒙古阿拉善、寧夏銀川市周邊發掘出了爲數不等的西夏文獻，其中重要的是一册漢文的詩集和幾首西夏文的俗曲。上述所有這些資料都發表在甘肅人民出版社和敦煌文藝出版社合作出版的《中國藏西夏文獻》裏。進入 21 世紀以後，額濟納地區不斷出現文物盜掘，導致一批新的文獻進入了文物市場。這些盜掘的文獻大多是佛教著作的元代刻本或抄本，其中有少量此前未見的書籍序跋，最值得重視的是語文學著作《擇要常傳同訓雜字》(魏安 2017，孫穎新 2018)。原物幾經轉賣，現已下落不明，只是拍賣公司爲我們留下了一套照片。必須承認的是，如果依照最寬泛的“文學”定義，目前在存世典籍和出土文獻中能收集到的作品也僅有三百餘篇，而且其中超過半數都是普通的“應用文”，作者寫下這些作品並不以文學創作爲目的。

20 世紀初的人們對西夏歷史的瞭解還有欠缺，尤其是還不能熟練識讀西夏文字，所以最早能夠確認的僅限於用漢文寫成的作品。黑水城所出的文學創作最早得到了伊鳳閣(1911)的關注，他公佈了漢文《觀彌勒菩薩上生兜率天經》的施經發願文[①]，並且寫下了一些注釋。其中有少數注釋不能令人滿意，例如他把佛弟子“阿逸多”解釋成了“釋迦牟尼彌勒佛”，又把夏仁宗尊號“奉天顯道耀武宣文神謀睿智制義去邪惇睦懿恭”裏的“顯道”解釋成了“西夏第三代統治者(1032—1049)的年號”。文章刊出的當年，沙畹在《通報》上發表了一篇評論來匡正伊鳳閣的疏失[②]，不過沙畹雖然精通漢文傳統典籍但疏於佛教文獻，導致這篇評論自身也並非全然無可指摘。例如其中把《金剛經》(即《金剛般若波羅蜜經》)和《普賢行願經》(《華嚴經》普賢行願品的單行本)誤會成了一部實際並不存在的“金剛普賢行願經”，並試圖勘同不空所譯《金剛頂勝初瑜伽普賢菩薩念誦法經》。此外他的録文裏還出現了多處句讀失誤，令人感到無奈。

此後不久，伯希和聞訊奔赴聖彼得堡，瀏覽了黑水城所出的漢文文獻，在這過程中他注意到了其中有西夏帝后的佛經序跋，包括天慶二年(1195)皇太后羅氏的《轉女身經發願文》(伯希和 1914)。接下來還有弗魯格(1932)簡介

---

① 這篇文章後來被羅福頤以《施經發願文》爲題輯入《西夏文存》第 20 葉，並題“此文書於《彌勒上生兜率天經》之末，乃俄人柯智洛夫氏訪古黑水所得諸經之一”。

② 沙畹(Ed. Chavannes)的評論見 *T'oung Pao*, vol. 12 (1911): 441-446。

的羅太后《華嚴經普賢行願品發願文》和仁宗《聖佛母般若波羅蜜多心經後序》①,但上述這些零散的資料提示顯然不足以支撐對西夏文學的全面研究。所幸半個世紀以後,孟列夫(1984)終於編成了一本俄羅斯科學院東方文獻研究所收藏的漢文文獻詳目,裏面著録了科兹洛夫所獲的全部漢文文獻,其中對詞曲、佛經序跋之類文學作品的介紹尤爲細緻。不過按照他的説法,那些漢文文獻並不都出自西夏人之手,其間也有一定數量的宋遼金人作品②。

與漢文作品相比,西夏文作品的公佈就滯後了一些。只是在 20 世紀 30 年代,才有羅福成(1930a)抄録並解讀的《護國寺感通塔碑銘》,以及羅福萇(1930)抄録並解讀的《妙法蓮華經序》。毋庸諱言,限於當時的文字識讀水平,他們的西夏字録文不夠準確,夏漢文字對譯也不盡合理。事實上那個時期集中介紹黑水城所出西夏文學作品的只有聶歷山(1936),他用俄文摘譯了西夏文的《夏聖根讚歌》《造字師頌》《新集碎金置掌文》《賢智集》《正行集》和一些格言,並且做出了精闢的分析。這篇論文可稱作全面研究西夏文學的開端,但由於後來研究西夏的學者都是歷史學家和語言學家而非文學家,所以没有見到學術界有多少回應。1970 年,西田龍雄在斯德哥爾摩的國家博物館見到了中瑞西北科學考察團獲得的西夏文殘片,並且注意到其中有一篇《大白高國新譯三藏聖教序》,於是他抄録了這篇序言並加以解讀刊佈(西田龍雄 1976:5—7)。由於這時學術界識讀西夏文的水平已經有了很大進步,而且他翻譯的目的語是日語而非漢語,所以能在一定程度上擺脱漢語的“硬譯”,轉以追求譯文的通暢易懂爲要義。

稍晚些時候,中國學者也開始查訪西夏文獻。史金波首次嘗試對當時他所能見到的西夏碑碣銘文、佛經序跋、發願文和石窟題記進行匯編,其《西夏佛教史略》共輯録了這方面的資料 37 種,所録漢文序跋是他於前一年訪問俄羅斯時在孟列夫(1984)指引下從黑水城出土文獻中抄録的,西夏文作品除了《妙法蓮華經序》來自羅福萇録文,《大白高國新譯三藏聖教序》來自西田龍雄録文之外,其餘是他本人在中國國内查訪所得(史金波 1988:230—333)。《西夏佛教史略》的價值在於首次集中抄録了俄羅斯所藏一些漢文佛經序跋的全文,只是個别底本選擇不當且校理粗疏。以仁宗皇帝御製的《聖觀自在大悲心總持並勝相頂尊總持後序願文》和羅太后的《轉女身經發願文》爲例,這兩篇作品在俄國各存有兩個印

① 關於仁宗《聖佛母般若波羅密多心經後序》,另參看克恰諾夫(1968:236)。

② 孟列夫的考證主要是參照紙質做出的。有些結論後來略經補充和修正,見上海古籍出版社《俄藏黑水城文獻》第 6 册(2000)書後所附孟列夫、蔣維崧、白濱新編的《敘録》第 66 頁。

本,不知爲什麽史金波(1988：270—271、275)僅抄録了其中的殘本(TK. 164、TK. 13),卻没有採用那兩個相對完整的本子(TK. 165、TK. 12),由此不但導致迻録的文字缺失,而且還在録文的相應地方出現了斷句錯誤。

從傳世古籍和20世紀公佈的文獻中可以初步揀選出西夏作品百餘種,聶鴻音(1999a)在此基礎上做了一個綜述。由於以前刊佈的原始文獻有限,所以他對黑水城出土資料性質的判斷大多僅來自戈爾巴喬娃和克恰諾夫(1963)的著録,未經親自閲讀,其間有些結論在當今看來並不準確。

從20世紀末開始,中國方面開始大規模整理出版國内外收藏的西夏文獻。這方面的主要成果有俄羅斯科學院東方研究所聖彼得堡分所、中國社會科學院民族研究所(今民族學與人類學研究所)和上海古籍出版社合編的《俄藏黑水城文獻》(1996— ),寧夏社會科學院編的《中國國家圖書館藏西夏文獻》(2005—2006),西北第二民族學院、上海古籍出版社、英國國家圖書館合編的《英藏黑水城文獻》(2005—2010),西北第二民族學院、上海古籍出版社、法國國家圖書館合編的《法藏敦煌西夏文文獻》(2007),寧夏大學西夏學研究中心、國家圖書館、甘肅五涼古籍整理研究中心合編的《中國藏西夏文獻》(2005—2007),武宇林、荒川慎太郎編的《日本藏西夏文文獻》(2011)。這批資料很快便在中國引發了西夏文獻整理研究的新一輪高潮,不過除了《俄藏黑水城文獻》之外,其他著作能提供的西夏文學作品不多。從佛經的卷首和卷尾收集的序跋佔了西夏作品的很大比重,只是這些序跋僅能幫助學者瞭解作品的形式,在文學表現手法方面並没有太多值得稱道的地方。

整批刊佈的原始文獻雖然伴隨有簡單的介紹,但大都没有經過必要的學術鑒定和細緻的解讀。就文學作品而言,此前的專門研究只有整部的《新集錦合格言》(克恰諾夫 1974,陳炳應 1993)、《德行集》(聶鴻音 2002a)、《正行集》(孫伯君 2011b)和"宫廷詩集"(梁松濤 2018),21世紀以後的論著則着重研究西夏佛經的序跋和發願文①。大約是限於研究者的專業領域,所以其目標只是對作品做出文獻學的闡釋,即使偶然述及作品的文學表現手法,也顯得有些不得要領②。然而值得指出的是,學者們近年對西夏文獻的解讀已經基本擺脱了

① 迄今所見對西夏佛經的序跋和發願文最全面的收集和整理見聶鴻音相關成果(2016)。

② 從經驗上説,對文學作品的翻譯是最困難的。不但裏面一些特有的修辭手段令譯者不易把握,而且當時社會文化背景的一些細節對我們來説仍屬陌生。由此考慮,譯文中出現一些牽强的文字表達,也是難以避免的。

當初佶屈聱牙的"逐字硬譯"模式，以追求漢譯文的準確、流暢爲目標，甚至嘗試再現原作的文學風格，這很可能會成爲今後一段時期的主流。

## 三、格言和傳説——党項文學的起源

党項的格言和傳説是其民族歷史文化的積澱，其中一些短小的民間作品通過世代的口耳相傳，直到12世紀下半葉才得以借助文字保存下來。後人把原始資料與後代的創作編在了一起，使當今學者很難從形式上判斷其産生時代。現有的資料表明，党項傳説和格言與後世党項文學的關係比中原漢地兩者之間的關係密切得多，甚至使人相信是格言直接導致了"党項式詩歌"的産生。

### 1. 民間傳説及其來源

現存的西夏文資料裏没有完整的傳説保存下來，當前若要瞭解這方面的内容，只能嘗試去拼湊有關信息的碎片。拼湊的結果難免掩蓋了其中一些重要的事實，甚至難免張冠李戴。我們有時甚至不知道某些傳説起源於哪個民族，只能假定那最初是當地全部居民共有的，僅僅在後代經過了不同民族的理解和加工。

早年河湟一帶吐蕃人和党項人的居住地之間並不存在明顯的邊界，所以在吐蕃和党項傳説中可以看到一些相似的元素。例如西夏的《大詩》在談人類起源的時候提到了一個"赤面猴"(克恰諾夫、李範文、羅矛昆 1995：2)，《隋書・党項傳》同樣説党項羌人"自稱獼猴種"，而《紅史》一系藏文史書也説藏民是由觀音菩薩化身的猴子和度母化身的羅刹女結合繁衍而來的(東嘎・洛桑赤列 1988：29)。不能否認藏文史書中的故事在流傳過程中受到了佛教的影響，或許已經不是它的原始面貌，不過無論如何，以猴子爲祖先的觀念可以使吐蕃人和党項人之間形成某種程度的人種認同，以區别於以狼爲祖先的突厥人、回鶻人和韃靼人[①]。當然，僅憑"猴子"一詞還不足以斷定這段傳説究竟起源於吐蕃還是党項，但這畢竟使我們想到，在神話傳播的過程中，決定的條件更應該是地域而不是民族。

關於西夏建國前的情況，敦煌所出的藏文寫本《吐蕃大事編年》(P.T.1287)

---

① 西夏文獻在談到周邊民族的時候，總是認爲党項人與吐蕃人的親緣關係比與其他民族近些。《夏聖根讚歌》裏説西夏的始祖以吐蕃女子爲妻，這件事雖然没有史書的佐證，但畢竟可以視爲党項民族認同觀念的反映。

有一點模糊的記載,雖然講的是吐蕃,但是似乎也與西夏存在某種聯繫。這份資料的首章說:

當時吐蕃地方没有君主,吐蕃贊普鶻提窣勃野自天神處來,統領人類之地……他成爲"黑頭"和"直立人"之君主,統領有毛的屈身動物。①

這個傳説也見於其他藏文文獻,其基本脈絡是:早先在"黑頭"或者"直立人"住的地方没有君主,後來某個贊普(君王)以神的身份來到地上②,成了"黑頭"或者"直立人"的主宰。這個故事當初流傳在河西的絲綢之路沿綫,那裏後來成了西夏的領地。值得注意的是,藏文的"人"寫作 *myi*,"黑頭"寫作 *mgo nag* 或者 *dbu nag*,後者是前者的敬語形式,這兩個詞恰好與西夏的"人"和"黑頭"形成了以下對應:

藏語 *myi*(人)= 西夏語"𘃽"mji(番,番人)③
藏語 *dbu nag*④(黑頭)= 西夏語"𗼻𗂧"ɣu nja(黑頭)

"𘃽"mji 漢譯作"番",是西夏文獻中最多見的党項人自稱。"𗼻𗂧"ɣu nja̱(黑頭)屢見於西夏文學作品,指的是世居河西走廊的党項平民(聶鴻音 2020)。祖先傳説講到早先在"黑頭"居住的地方没有君主,這符合《隋書·党項傳》的記載——党項人也是"無法令,各爲生業,有戰陣則相屯聚。無徭賦,不相往來"。其後有個君主以神的身份來到地上統領"黑頭",這個君主可以對應党項祖先傳説中的"夏太祖"李繼遷。《夏聖根讚歌》的幾句描述如下(西田龍雄 1986: 21):

番細皇,初出生時有二齒,長大後,十種吉祥皆主集。七乘伴導來爲帝,

---

① 原文是藏文: *de dus Bod khams mi-la rje med-pas* [⋯] *Bod-kyi bstan-po 'O-de spur-rgyal de: bnam-gyi lha-las mi yul rje-ru gshegs ...'greng mgo nag-gĭ rje / dud rngog-chags-kyi rkyen-du gshegs'o*。這裏據内藤丘(2016)的英譯文轉譯: Because at that time the men of Tibet had no ruler, 'O-de spur-rgyal came from among the gods of heaven as the ruler of the land of men …… He came in order to be the lord of black-headed and upright (men) and the owner of maned and bent (animals, esp. yaks)。

② 這個吐蕃贊普的名字在《新唐書》一系漢文史籍中誤作"鶻提勃悉野"。

③ 這一則對應是聶歷山(1936)指出的。

④ 藏文 *dbu*(頭)在口語讀作 wu。

呼喚坡地弭藥來後是爲何？

《宋史》卷四八五《夏國傳上》記載李繼遷“生而有齒”，對照可知，這裏的“番細皇”（*se hū*，番人的小皇帝）指的必是繼遷（聶歷山 1936）。至於後面説的“十種吉祥”，大約是指他長大後形成的一些特異的生理現象①，而“七乘”則大約是暗喻《通典》所謂“党項八部”中除拓跋部以外的七部，這七部後來都服從了繼遷的號令②。“弭藥”見《新唐書》卷二二一《西域傳》，謂党項一部“皆爲吐蕃役屬，更號弭藥。又有黑党項者，居赤水西”，“黑党項”這個部族名稱可以勘同藏文史籍中的 *mi nyag* 和西夏文獻中的“𗼇𗼨”mjɨ nja③，隱含的意思是“黑番”，也就是“黑党項”。

在西夏國師鮮卑寶源較晚時間所作的《勸親修善辯》（𗧓𗫂𗄈𗧊𗗙 ·wjị pjwi̠r ne̠w djọ nwə）裏，繼遷的出生伴隨着更多的靈異現象，他的形象已經被進一步神化了。下面是相關内容的譯文（孫伯君 2010）：

天降明君，誕時噴發火焰。國王聖主，生而滿室雷霆。嬰兒有齒，聞者自然驚奇。

其中的“天降明君”相當於《吐蕃大事編年》的“自天神處來，統領人類之地”。

當然，也有些傳説我們還不能指出其初始形式，甚至裏面的内容我們還看不太懂。党項人有關天地起源的傳説主要記載在西夏類書《聖立義海》（𗂧𗋽𗏁𗗚 śjɨj gu ·wo ŋjow）卷一和另外幾首長詩裏，相關的信息結合克恰諾夫的整理和解釋（克恰諾夫、李範文、羅矛昆 1995：2—6），大致可以看出党項天地起源傳説的主要脈絡是：在遠古時代有一塊玉石，名爲“𗋸𗋾”giu̠ lā④，這塊神石在某種外力的作用下不斷生長，最終長成了一座名叫“𗿿𗾈”me̠ rar 的大山，也就是今天寧夏海原的天都山（聶鴻音 1999b）。位於宋夏邊境的這座山在西夏政治和軍事史上

① 目前未見這些生理現象的具體描述，也許這是佛教在西域流傳的産物。存世的焉耆、龜兹、于闐、粟特、回鶻等文字的文獻都記載有佛的“三十二相”（季羨林 1982）。

② 《通典》卷一九〇載党項有細封氏、費聽氏、往利氏、頗超氏、野利氏、房當氏、米禽氏、拓跋氏。其中最强大的拓跋氏是後來西夏皇族所在的部落。在藏族歷史傳説中，拓跋氏以外的七個部落被説成了七個騎白馬的隨從（盧梅、聶鴻音 1996）。

③ 這片地區就是現代四川西北的“木雅”。

④ 這個詞在西夏字典《文海》裏又寫作“𗏹𗋾”kə lā，解釋爲開天闢地時的神石（史金波、白濱、黄振華 1983：444）。

佔有重要地位，党項人認爲它位於天地之間的世界中心，就像佛教裏的須彌山那樣。詩歌中還多次提到，幫助神石生長的是一隻白鶴和一個“太陽腳女”([illegible] tjɨj ljɨj rewr rjijr me tśhjiw)，前者在虛空中飛旋，同時造出了天。

毫無疑問，這個傳説的情節過於簡單且不夠連貫，但無論如何可以斷定它不會與吐蕃傳説有關，因爲吐蕃傳説大都多少帶些佛教意味，而佛教只説宇宙是從“因緣”而生，從不具體談宇宙的起源。這塊神石也許可以使人聯想到當今四川西北部藏族和羌族中間的“白石崇拜”①，因爲按照党項的習慣，神石在每年七月十五日的盛典中要受到君臣的供養(克恰諾夫、李範文、羅矛昆 1995：6)。

保存最完整的是一段關於西夏太祖李繼遷的傳説，記載首見蔡巴・貢嘎多吉於 1346 年寫下的《紅史》(*deb ther dmar po*)。這段故事來自薩迦派門徒、木雅禪師喜饒意希(*shis rab ye shes*)的口述(石泰安 1951)，其後的藏文史書多有轉引和補充，20 世紀上半葉鄧少琴(1945)還在四川西部的木雅地區採集到了類似的民間故事。參照各書記載，可以把全部故事梗概整理如下(盧梅、聶鴻音 1996)：

> 木雅地區最初由漢族皇帝統治。在 *byang ngos*(涼州)和 *gha*(漢地)之間有一座名叫 *smon shri*(天都)的山，地方神叫做 *se hū* 或 *gai hu*。一天，他作爲七名騎白馬的騎士的首領來到 *byang ngos* 城，與一個食肉魔婦結爲配偶，生下了一個孩子。這孩子降生的時候，天上出現了一顆異星。漢人經卜算得知他長大後將要篡奪漢地的王位，於是漢王下令四處搜捕，以至於最終把城裏兩歲以下的小兒全部殺光。有個老婦人可憐這個孩子，她先是把它藏在地穴裏，然後又讓他裝死，放在棺材裏背出了城，藏到河心草叢深處。從此以後，每天有一隻鷲鷹飛來，用翅膀爲孩子遮寒，又有一頭乳牛走來，給這孩子餵奶。老婦人見到這種吉祥的徵兆，知道孩子一定不是凡人，便正式收他爲養子，取名 *dus pa ngo nu*，意思是牛哺乳。長大以後，名爲 *gai dzu* 或 *gai rtsu*，開始招兵買馬，圖謀起事。正式發兵之前，有一神嫗爲他出主意，讓他把大量的馬鞭和馬糞投入黄河，給漢族皇帝設一個疑兵之計。果然，漢族皇帝第二天看見了黄河裏的景象，以爲不可思議之大軍將至，只好率領臣下奉璽請降，於是漢地盡爲木雅人所有。木雅王稱 *gai rtsu rgyal*

① 在羌人中間，白色的石頭被看作自然諸神的象徵，但其緣故在民間傳説中多不相同，有一種傳説認爲與天地的起源有關。

> po，或承父名稱 *se hū rgyal po*，以下共傳若干世，享國 260 年，至 *rdo rje dpal* 時爲蒙古成吉思汗所滅。末代皇帝 *rdo rje dpal* 的後代住持於後藏的昂仁寺，並得到過蒙古薛禪皇帝的封誥和寶印。

這段傳説有些内容可以與西夏和中原文獻形成大致的對應。例如七名騎士的首領與魔婦結爲配偶的情節相當於《夏聖根讚歌》所説“七乘伴導”下的“靈通子”在邊境“與龍匹偶”[①]，在棺材掩護下出城的情節相當於《續資治通鑑長編》所記李繼遷率部僞裝喪葬出逃[②]。至於鷹翅遮寒和乳牛餵奶的情節，則容易使人想起《詩經・大雅・生民》的“鳥覆翼之”和“牛羊腓字之”[③]。記録這個傳説的時間距離西夏覆亡已逾百年，然而可以相信這是長期保存在党項人記憶中的“神話化”故事。儘管故事把李繼遷的出生地銀州（今陝西米脂）誤會成了涼州（今甘肅武威），也過分誇大了西夏對北宋的戰績，但那畢竟可以理解爲河西党項民族自豪感的如實反映。

## 2. 格言的流傳和結集

中國的少數民族都重視格言在人們日常交往中的作用，甚至到了“不學詩無以言”的程度。就像涼山彝人公認的那樣，“爾比”（格言、諺語）是他們言語文化的精華，談話時能否引用“爾比”是評價一個人才學高低的重要標準（沙馬拉毅 2003）。党項格言産生的最初年代已經無從查考，現在僅存的完整資料是俄羅斯科學院東方文獻研究所收藏的一個刻本（戈爾巴喬娃、克恰諾夫 1963：59），書題寫作“[illegible]”sjiw śio̱ kor phjo̱ dew lji，傳統上稱之爲“新集錦合辭”[④]。西夏文“[illegible]”sjiw śio̱解作“新集”，意思是“重新編集的”，但是後面四個字的含義費解。“[illegible]”kor phjo̱的字面意思是“錦合”，實際指的是“對仗的辭藻”。最後兩個關鍵的西夏字“[illegible]”讀作 dew lji，西田龍雄（1986）據字面音譯爲“道理”。

---

① 原文譯作：“耶則祖，彼豈知，尋牛而出邊境上。其時之後，靈通子與龍匹偶何因由？後代子孫漸漸興盛。”（西田龍雄 1986：22）

② 《續資治通鑑長編》卷二五載繼遷“時年十七，勇悍有智謀。僞稱乳母死，出葬郊外，以兵甲置棺中，與其黨數十人奔入蕃族地斤澤”。

③ 不能否認這個情節很可能是巧合，因爲目前還没有證據表明西夏人熟悉《詩經》（聶鴻音 2003）。

④ 另外，大英圖書館藏有一卷抄在佛教著作紙背的殘本，編號 Or.12380/1841（英藏黑水城文獻 2.219—221）。

全書有克恰諾夫(1974)的俄譯和陳炳應(1993)的漢譯,他們把書題的那兩個字譯作 изречения(格言)和“諺語”。我們這裏建議譯作“格言”,是因爲“道理”只是西夏字不大準確的漢語音譯[1],而且“諺語”一般是人們生産和生活經驗的簡單總結,而這些西夏作品實際上多是禮義人倫的説教和勸誡,類似現代彝族的“爾比”,所以“諺語”應該不符合党項人的本意。《新集錦合格言》爲夏乾祐七年(1176)御史承旨梁德養([illegible] ljow tśhja ·jur)開始編寫[2],但是書没有最終編完,現在的這個本子是在梁德養去世 11 年後由曉切韻博士王仁持([illegible] wow dźjwu ·jij)續編的。書的卷首有一篇王仁持寫的序言,其中一段翻譯如下:

> 今《格言》者,人之初所説古語,自昔至今,妙句流傳。千千諸人不捨古義,萬萬庶民豈棄格言?雖然如此愛信,然因句數衆多,諸本有異,致説者迷惑,而拈句失真,對仗不工。是以德養抽引各書中諸事,尋辯才句,順應諸義,擇要言辭。句句相承,説道於智;章章和合,宣法於愚。是以分説諸義諸事,已然集成《格言》綱目,然題下未完,而德養壽終故去,此本於是置之不彰。今仁持欲□先哲之功,以成後愚利益,故合題下章節,全其序言。

最後編定的《新集錦合格言》採録了西夏民間流傳的格言 364 則,按照每則的字數分類排列,即從七言到十八言,然後再從三言到六言。這些格言的産生時代和地點不一,其中有些恐怕不是真正的“人之初所説古語”,而應該是相鄰地區民族文化交流的産物,甚至是西夏建國之後的文人創作。七言部分的開頭十首翻譯如下:

> 大夏文彩句無窮,番之格言説□□。
> 金樓玉殿皇帝坐,天路雲道日□□。
> 大象到來河沮滿,日月一出國家□。
> 祭祀有羊番坡地,追尋有錢漢榷場。
> 郊野占卜石吉兆,畫角雷劍敵歸伏。

① 這個音譯的問題是,在當時的漢語河西方言裏,“道”字的聲母是 th-而不是西夏字所表示的 d-。

② 梁德養肯定是西夏政府裏文化程度較高的官員,他最著名的業績是在前人基礎上重新編寫了一部題爲“同音”的西夏文字典。

不尊本源相伴導，不敬長輩舌該斷。
天下文字聖手書，地上巖谷龍足跡。
如千白日母温暖，似萬紅月父智明。
人窮志短手前緊，馬瘦毛長喂不足。
未知地下有金窖，不見山谷□智人。

除去開頭的一首可以視爲全篇的引言之外①，以下各首格言之間看不出明顯的邏輯聯繫，給人的感覺是編者隨手拈來，並没有考慮在某種標準下分類排列其内容。其間第六首、第八首和第十首有可能出自早期党項社會，而其他各首中用到的"大夏""皇帝""國家""榷場""文字"等詞都暗示那些格言産生於西夏正式建國的1038年以後。第九首的"人貧智短，馬瘦毛長"來自唐代雲門文偃所撰《雲門匡真禪師廣録》卷下的成句②，自然也是西夏大規模吸納中原文化的産物。另外，可以與漢地格言大致形成對應的例子還有：

河水深淺憑魚躍，黑山高低任鳥飛。（海闊憑魚躍，天高任鳥飛。）
路遥騎馬見脚力，長年相伴知人情。（路遥知馬力，日久見人心。）
臨喝水掘井，十户已渴死。（臨渴掘井。）

這些格言肯定經過了文集編者的加工，然而就基本格式而言，我們仍然相信其基於該民族古老的傳承而非後人的杜撰。

第八首提到的"白日"和"紅月"可以斷定是党項作品中特有的意象，格言還可以説："白日紅月，明暖相續摧年少；黄冬青夏，美醜交馳衰老來。"在漢人的眼中，太陽可以是紅色也可以是白色，如"赤日炎炎""白日依山盡"，但月亮卻不是紅色。我們不知道党項人關於日月顏色的概念是怎麽産生的。另外，格言中對人的最高評價是"智者"（𗏁𗧓 sjịj mjijr），意思是深明事理且言行合乎道德規範的人，用法大致相當於借自中原的"君子"（𗺉𗣼 go̱r kiej），似乎也可以視爲党項傳統文化的表現。

另有少量格言見於《聖立義海》（𘜶𗗙𗅲𗼻 śjɨj gu ·wo njow），這大約是西夏

① 從與上句的對仗關係考慮，這首格言最後殘缺的兩個字也許是"不盡"之類的意思。

② 原文是："師云：你爲什麽干戈相待？因在醋寮内指云：這一甕醋得與麽滿？那一甕醋得與麽淺？僧云：人貧智短，馬瘦毛長。"（《大正新修大藏經》T47，p0573a）

皇帝敕編的類書,性質有些像唐代的《藝文類聚》和宋代的《太平御覽》。全書五卷,爲乾祐十三年(1182)刻字司重刻本,出土時殘佚過半,現存部分有羅矛昆漢譯(克恰諾夫、李範文、羅矛昆 1995:45—94)和克恰諾夫(1997:99—169)俄譯。書的内容表現爲党項文化和中原文化的拼合,其中少量詞條下面附有當時流行的格言作爲補充説明,這形式很像馬赫穆德·喀什噶里(1008—1105)的《突厥語大辭典》(*Türki tillar diwani*)。下面是幾條摘譯:

> 黑本西,貴之首;末尾東,富之源①。
> 子不平等分愚智,妻不平等隨良緣。
> 父母養子皆平等,優劣既分天顯明。
> 父母不嫌孩兒醜,窮人不棄瘦弱狗。
> 父母置心於子,子多置心於户。
> 父智子巧天下儀,父劣子弱地上規。
> 福大父母生智子,福多丈夫求善妻。

《聖立義海》徵引的格言與《新集錦合格言》並不重複,且内容存在明顯區别,即大都表現党項民族的家庭觀念,而很少有《新集錦合格言》那樣多的中原式道德説教。

### 3. 格言的表現手法和道德觀念

格言没有提到效忠君王和各級官僚,這表明使用者主要是普通民衆。西夏人羨慕富貴,但統治者的喜怒哀樂乃至改朝换代畢竟與他們的生活無關。另外我們看到,格言的作者雖然生活在農牧業社會,但作品裏很少包含農牧業的具體生産經驗,也就是説,没有"月暈而風,礎潤而雨"和"清明前後,種瓜點豆"之類的物候和農作諺語。這表明作者不是勞動者,對生産活動並没有真正的關注,至多是偶爾借用農牧來"起興"而已。憑感覺説,任何民族的格言都應該植根於勞動,党項民間也必有産生於生産活動的諺語格言,而《新集錦合格言》和《聖立義海》的編者似乎是有意揚棄了那些内容,顯得其編寫目的僅僅是爲人們日常交談提供藻飾的資料。當然,同時也向人們灌輸一些中原傳統的道德觀念,希望在交談

① 在西夏文學作品裏,"本西"([illegible] mər lji)指党項民族位於西方的發源地,是"首";"東"指漢人所在的中原,是"尾"(聶鴻音 1999c)。

時用以説服對方，乃至影響民衆的社會行爲。在講述道理的時候，格言最常用的手法是比喻，每則格言可以是上句作本體，下句作喻體：

所在千人德不等，所捕萬畜色不同。
智勇不坐不成會①，頭羊不在不成群。
躋身權貴有日見，宿於冰下待熱天。
有格言則説話不怯，有牛馬則食飲不乏。

也可以是上句作喻體，下句作本體：

陽氣一出地不硬，福到不分巧劣人②。
開弓無力莫放箭，説話輕賤勿出言。
水晶不染是體净，人身無禍是德忠。
晾乾米時招水入③，婦人守寡閑話來。
十羊有肥者，兩家有智者。
山中積雪者高，人中有德者尊。

還可以把本體和喻體緊縮到一句裏：

男人大智腰纏寶，女人多子抱金盆。
男子贅婿山上箭，女子嫁去江底石④。
離群富貴天中雲，邪道斂財草頭露⑤。

也有些格言顯得比較直白，一般是提倡優良的品德或反對不良習慣。例如：

---

① “智勇”在這裏相當於“智勇者”。這句話的意思是説，衆人聚會時一定要有能力强的人在場。

② 這句話的意思是，只要天轉暖了，甚麽樣的地塊都會解凍，比喻天賜的“福”對任何人都是公平的。

③ 這句話是説米晾曬得過乾就容易返潮。

④ 這句格言的意思大概是説，兒子入贅别人家就像箭射到山上一樣一去不回，女兒即使出嫁，戀家的心情也像石頭那樣不會隨水流而走。

⑤ 草頭露，西夏人習慣用“空中的浮雲”和“草葉尖端的露水”比喻在极短時間内就會消失的事物。

不孝父母惱禍多，不敬先生福智薄。
黑山不高兄弟堅，青海不深姐妹浄。
綾錦不豔婚姻美，兵器不利親戚堅。
有財不强有智强，無畜不賤無藝賤。
親戚勝善，婚姻重大。
當學不學學飲酒，當教不教教賭博。
操行粗鄙人見厭，舉止孱弱人欺淩。
不敬有智敬華服，不愛守信愛守財。

使用隱喻手法的格言可以不明言實際所指，其中有些隱喻的本意可以憑感覺大致猜出來。例如：

長壽衣服有補衲，夫婦食饌共菜粥。（衣食簡樸不一定是壞事。）
腐肉不剜去瘡不愈，芒刺不拔除跛不休。（除惡務盡。）
公雞不在天不曉乎？女人不在灰不棄乎？（離了某個人照樣做事情。）
千星已現我明星未見，萬人已飲我親主獨缺。（必要時刻不能缺少關鍵的人。）
多風大山不動是山高，多水大海不溢是海深。（人應該意志堅定，胸懷寬廣。）
避戰不相伴則命必斷，惜食不相助則畜必絶。（彼此間應該互相保護、互相謙讓。）
所置滿當當，一挖空蕩蕩。（外强中乾。）
畜槽痕跡井上，碓磑痕跡家中。（凡事都有來龍去脈。）

必須承認，西夏格言裏有很多隱喻我們還不能徹底讀懂，譯文自然難免牽强。例如：

帳門檻上能拴馬？碓臼底下豈有足？（是不是説"不可能出現的情況"？）
食在樹頂餓斷嗓，水在深井渴乾喉。（是不是説"急需的事物卻得不到"？）
冰上行走不著靴，穿皮斗篷雨中行。（是不是説"該做的事不做，卻做不該做的事"？）
巧作格言無貧惱，巧做活業瘦至亡。（是不是説"勞心者比勞力者富足愉快"？）

鳥坐挺胸向風，魚卧迎頭向水。（是不是説“面對困難不要退縮”？）

雷聲殷殷，電光耀耀。（是不是説“凡事发生必有徵兆”？）

格言裏没有不合當時中原民間觀念的價值觀，其家族觀念甚至比中原還要强些。中原所謂“孝悌”一般僅限於共同生活的親屬，最多擴展到旁支的一系，至於較遠的親戚，則僅視爲朋友，所謂“遠親不如近鄰”。然而我們看到，党項的許多格言都在反復强調親戚和睦的重要性，而且所謂的“親戚”（[illegible][illegible]·wjị dźjwɨ）不分遠近。這使人想起當代四川彝族的“家支”觀念。在彝族的傳統觀念中，只要是同屬一個家支的人，即使初次謀面，也有互相幫助的義務，如果遇到大事發生，家支長老可以號令全體成員一起應對。很明顯，這是早期部落組織形式的遺存。

## 四、格言形式的擴展——党項體詩歌

與同時代盛行的中原格律詩相比，党項人創作的詩看來不大像詩——在格律詩的“押韻”“平仄”“對仗”三要素中，党項詩歌不具備前兩個要素，而且對每首詩中“聯”的數量和每“聯”中字的數量都不做限定。這樣的詩歌可以稱作“党項體”，確切説來就是“雜言體的無韻詩”①。當代有些民間詩歌即使無韻無對仗，也必須限定每句的字數②，以保持吟誦的固定節奏。與此不同的是，党項體的詩歌雖然也不用韻，但是每“聯”都儘量要求像民間格言那樣對仗，整體形式可以看作若干首格言的疊加。從每“聯”的字數着眼③，可以把党項體詩歌與其他民族的詩歌區分開來。衆所周知，絲綢之路沿綫所有少數民族的詩歌作品，包括漢族的曲子詞都很少出現對仗，而有意識地把對仗作爲一種不可或缺的修辭手段頻繁地應用於詩歌創作當中，似乎是党項人的特長。這一特點不像是在中原格律詩的影響下産生的，因爲党項詩歌的對仗句可以多至一二十字，並不像中原格律詩那樣僅限於五言和七言，而且更爲重要的是，在西夏“宫廷詩集”問世的 12 世紀下半葉之前，駢偶句就已經廣泛存在於党項民間格言當中了。

---

① 克恰諾夫（1989）曾經指出“宫廷詩集”裏的《造字師頌》出現了韻脚甚至“頭韻”（句首韻），但那實際上只是同一個西夏字在不同位置上的重複，應該不算真正的用韻。

② 這方面比較典型的是藏族的《格薩爾王傳》和《倉央嘉措情歌》，近現代的如彝文經書（馬學良 1986）和湖南江永縣的“女書”（趙麗明 2005），其中有大量無韻無對仗的五言、七言作品。

③ 党項人抄寫詩歌時習慣用空格或移行來表示斷句，所以識別詩的格式並不困難。

### 1. 党項人心目中的詩與歌

党項人把他們的這類作品稱作“詩”(𗏁 dzjo)或者“歌”(𗤶 kjạ)。西夏字典《文海》對這兩個詞的解釋是(史金波等 1983：549，510)：

> 詩(𗏁 dzjo)者，格言、辯才、喻言、儒語爲詩之謂也。
>
> 歌者，歌唱也，歌(𗤶 kjạ)也，唱歌也，爲歌爲唱之謂。

在西夏譯的中原典籍裏，“𗏁”dzjo(詩)還可以用來翻譯漢語的“賦”[①]，“𗤶”kjạ(歌)還可以用來翻譯漢語的“唱”和“曲”。例如《類林》(史金波等 1993：154，66，141)：

> [荀卿]因善做文章，做《筆賦》(𗥑𗏁 ŋwu dzjo)一首。(卷七《文章》)
>
> 國人因伍子胥忠烈，爲做《小海唱》(𗯿𗴂𗤶 tsəj ŋjow kjạ)。(卷三《隱逸》)
>
> 此人來，授嵇康《廣陵散》曲(𗊏𗖵𗰛𗤶 ko ljɨj sā kjạ)於夢中。(卷六《占夢》)

從以上情況可以大致看出，“詩”與“歌”在西夏人心目中的區別在於能否入樂歌唱——“詩”就像“賦”一樣不入樂，但比“歌”更强調文采(辯才)、比喻(喻言)和用典(儒語)[②]。這與現代人對“詩”和“歌”的印象差不多。

現存的党項式詩歌分别用這兩個詞命題。用“詩”命題的作品一般篇幅較大，由數十“聯”甚至百餘聯組成，每聯上下句的字數一致，並且基本形成語義對仗。前後各聯之間不一定有敘事或説理的意義關聯，全詩也大都没有一個貫穿到底的主題。事實上這種特殊的“詩”應該是從原始的格言發展來的，党項人的一首“詩”大都可以看作由若干首格言拼湊而成的，由此導致最終形成的“詩”並不包含我們印象中構成詩的全部要素。

有一部分党項本民族風格的詩歌作品在西夏時代曾經彙編成集，今天可以見到 20 世紀初在黑水城遺址出土的兩種，現藏俄羅斯科學院東方文獻研究所，

---

① 西夏還有個“𗐱”gjij 字，一般解作“賦”，但是在現存的西夏文學作品裏没有用“𗐱”(賦)單獨命題的。這個字偶爾可與“𗏁”組成“𗏁𗐱”dzjo gjij(詩賦)一詞，用來翻譯漢語的“賦”，例如《類林》卷六《占夢》有“漢武帝命揚雄做《甘泉賦》”一句，其中的“賦”在西夏譯本中作“𗏁𗐱”dzjo gjij(詩賦)。

② 這裏給“詩”和“歌”下的定義僅限於党項式詩歌。漢文詩歌没有這樣的區别。

編號 инв.№ 121。原件是一册蝴蝶裝的小書，兩面有字（俄藏黑水城文獻 10：267—311）。正面爲乾祐十六年（1185）刻字司刻本，共包含五首長詩，每首一卷，以“詩”命題。紙背是時間稍晚的抄本，存 30 餘首歌，每首以“歌”命題。

無論是“詩”還是“歌”，無論每“聯”的字數多少，其唱誦的節奏都與漢文詩歌相似。如果一句詩的字數是偶數，則一般採用“二＋二＋二”的格式。下面兩聯出自《夏聖根讚歌》（[illegible] lhjwịj śjɨj mər ·jow kjạ）和《新修太學歌》（[illegible] tha ɣiew sjiw djọ kjạ），分别意爲“美麗蕃女爲妻，靈巧七兒爲友”和“遷自太廟舊址，座落儒王新殿”（西田龍雄 1986）。

[illegible]—[illegible]—[illegible]，[illegible]—[illegible]—[illegible]。

蕃女—美麗—妻眷，七子—靈巧—朋友。

[illegible]—[illegible]—[illegible]，[illegible]—[illegible]—[illegible]。

大宫—舊廟—上遷，儒王—新殿—下落。

如果一句詩的字數多些，那麽末三字採用“二＋一”或者“一＋二”的格式，前面的字則可視需要兩兩遞加。這很像同時代的漢文詩，也是格言中最多見的節奏。下面兩例來自《夏聖根讚歌》（克恰諾夫 1970）：

[illegible]—[illegible]—[illegible]—[illegible]，[illegible]—[illegible]—[illegible]—[illegible]。

黑頭—石城—漠水—邊，赤面—父塚—白河—上①。

[illegible]—[illegible]—[illegible]—[illegible]，[illegible]—[illegible]—[illegible]—[illegible]。

日日—博弈—博—則負，夜夜—馳逐—馳—不贏。

無論句子擴展到多長，也總是保持這樣的節奏。下面的一聯來自《新修太學歌》（西田龍雄 1986），其中使用了“頂真”的表現手法，可以譯作“無土以築城，無土築城，天長地久光耀耀；除灰以養火，除灰養火，日積月累亮煌煌”：

① 西夏文獻裏的“黑頭”和“赤面”分别指 11 世紀以後党項族内部的平民和貴族。“石城”和“漠水”應該是党項民族的發源地，但其具體所指衆説紛紜，目前没有一致認可的結論。

[illegible]—[illegible]—[illegible]—[illegible]，[illegible]—[illegible]，[illegible]—[illegible]—[illegible]—[illegible]；
土—雖無—城—修築，土無—城築，天長—地長—光—耀耀；
[illegible]—[illegible]—[illegible]—□[illegible]，[illegible]—[illegible]，[illegible]—[illegible]—[illegible]—[illegible]。
灰—既除—火—□養[1]，灰除—火養，日代—月代—亮—煌煌。

党項詩歌在少數情況下可以打破常用的格式，即在形成詞義對仗的一聯中雖然上下句字數一樣，但彼此的節奏偶爾可以不同。例如《夏聖根讚歌》裏有一聯，六字一句，意思是“儒者身高十尺，良馬五副鞍鐙”（克恰諾夫 1970）：

[illegible]—[illegible]—[illegible]—[illegible]，
儒者—高—十尺—人，
[illegible]—[illegible]—[illegible]—[illegible]。
馬身—良—五—鞍鐙。

再如《新修太學歌》中的一聯，意爲“得遇聖句聖語文，聽作御策御詩詞”，兩句雖然同爲七言，但上句中間三個字卻不合通常的節奏格式（西田龍雄 1986）：

[illegible]—[illegible]—[illegible]—[illegible]，
聖句—聖—語文—得遇，
[illegible]—[illegible]—[illegible]—[illegible]。
御策—御詞—聽—詩作。

不僅如此，党項詩歌的對仗也並非如中原格律詩那樣處處貼切，顯然反映了作者的寫作能力尚欠，在遣詞造句時經常感到力不從心，今人自可不必多怪。

## 2. 党項體詩

党項詩集的刻本至今僅見一件，在俄藏 инв. № 121 的正面，爲乾祐十六年（1185）刻字司所刻，五卷長詩合刊，分別題“賦詩”（[illegible] gjij dzjo）、“大詩”（[illegible]

① 從對仗關係判斷，這裏殘掉的一個字應該是西夏的動詞趨向前綴，不影響對整體句意的理解。

dzjo khwej)①、“月月樂詩”([illegible] lhjị lhjị bie̱j dzjo)、“格言詩”([illegible] dew lji dzjo)和“聰穎詩”([illegible] tjɨj we dzjo)。其中第四卷《格言詩》的題目把“格言”和“詩”放到了一起,更加清楚地表明這卷“詩”是格言的匯編②。事實上《格言詩》在一開頭就强調了掌握格言的重要性：

雖説諺語,不説源頭,機巧聰明致迷惑；
吟詠格言,不談根本,睿智之人解難明。

接下來是近百首格言,每首均由語義對仗的上下兩部分組成,每句少則三五言,多則二十餘言。羅列的格言大都是講生活的道理,作者没有據内容主旨把它們進一步分類,以致其間的排列雜亂無章,看不出邏輯關係。

第二卷《大詩》的開頭説：

歲在子丑寅卯辰巳午未申酉戌亥。詩詞五車,對仗萬卷。

接下來也是缺乏内容聯貫的格言,有幾首講到了宇宙和人類的起源。其中屢次提到“白鶴”“熊”“赤面猴”“太陽腳女”之類,應該是來自党項民間古老的傳説,只是其中的實際含義我們目前還看不懂,所以譯文難免牽强。

白鶴伴石至老死,黑頭負重老與死；房星所做爲衣食,赤面做事食與衣③。出生之人皆面赤,留養之子多庶民。

太陽腿腳女兒游,日斗下姑女戲；月亮西方巧子嬉,月西出嚾子閙。天下白鶴游黑愚,顯見巧手剔紅肉,額前肉紅地不墮。

值得注意的是,《大詩》中有幾句似乎不是格言,而是在描述宴飲的現場：

---

① 全詩有克恰諾夫(1997：217—223)節譯。對當今的研究者來説,西夏格言的翻譯是最困難的,因爲格言大都只有兩句,缺乏足夠的上下文提示其間隱含的意義,裏面一些特殊的比喻手法令人難解,所以迄今所有的譯文都不能令人完全滿意。

② 用若干首格言連綴爲無韻長詩,《格言詩》可以視爲極好的範例。稍晚些時候,藏族高僧貢嘎堅贊(1182—1251)也編出了《薩迦格言》一書,在排比對仗式格言的基礎上把每句統一爲七個音節,並大量使用“比興”手法,以此開創了藏族和蒙古族的哲理格言詩風。

③ 西夏的文學作品裏,“黑頭”和“赤面”經常以“對文”的形式出現,合起來指党項各部的成員。“房星”似乎是用來借代“赤面”的。

彼此交談樂謙讓，汝我協作娱衆人。宴享飲食罰隨我，歡喜頭人苦相憎。

由此可以聯繫到作爲詩題的"[illegible][illegible]"dzjo khwej，其字面意思是"詩大"，我們遵從此前的研究譯作"大詩"，其實是誤把"[illegible]"khwej 當成了字形相似的形容詞"[illegible]"tha。實際上"[illegible]"khwej 是個名詞，意思是"大人""長官"，指的是某個組織的領導者。因此，"[illegible][illegible]"dzjo khwej 的實際含義應該是"做詩的大人"，也就是掌握格言最多的長者。

這五卷詩裏寫得最好的，也最具特色的是《月月樂詩》。這首詩的開頭是短小的引子，接下來分爲十二章，從正月講到臘月，依次介紹了每個月的物候和人事，始終貫穿着國家繁榮昌盛、人民安居樂業的主題。

西田龍雄(1986)注意到，《月月樂詩》採用了一種人們從未見過的體裁，這是無法通過譯文表現出來的，即原文的每一章實際上包含内容相同的兩"闋"。如果打破"闋"的界限，把兩"闋"中相應的句子視爲一"聯"，那麽就可以看出，這樣的一聯由對仗的兩句構成，但上下句並不是單純的語義對仗，而是使用了兩套不同的詞彙來表達相同的意思，就好像彼此互爲譯文一樣。例如全詩開頭的引子：

上闋：[illegible][illegible] [illegible]， [illegible][illegible] [illegible]。 [illegible][illegible] [illegible]， [illegible][illegible] [illegible]。
ka ·o khjij，njo̱r ɣu jɨr. ka ·o khjij，njo̱r ɣu tśhji̱w.
月月樂， 問根源。 月月樂， 説根源。

下闋：[illegible][illegible] [illegible]， [illegible] [illegible][illegible]。 [illegible][illegible] [illegible]， [illegible] [illegible][illegible]。
lhjị lhjị bie̱j，mñr tjij rjɨr. lhjị lhjị bie̱j，mñr tjij nẹ.
月月樂， 問根源。 月月樂， 説根源。

一望而知，上下闋的對應位置上没有一個字相同，念出來的讀音也毫不相干。西田龍雄指出，下闋使用的是多見於其他党項文獻裏的常用詞，因而容易解讀，但上闋用的許多詞卻僅見於字典而不見於日常文獻，因而顯得比較艱深。於是他估計詩的下闋代表了下層民衆使用的俗語，上闋代表了上層人士使用的文言①，文言

① 克平(Kepping 2003a)注意到西夏字"[illegible]"dzjo(詩)與"[illegible]"dzjo(儀)同音，並且用到上闋詞語的文學作品全然没有佛教意味，於是她根據"因聲求義"的方法推斷那是在"前佛教時代"形成的、專門在本民族慶典上使用的"儀式語"。

和俗語在詩中構成了意義上的對當關係。實際上比較貼切的解釋是，那兩套詞彙來自西夏境内兩個不同的党項人群，上闋詞彙的使用者是“自天神處來”的党項統治者，也就是從陝北遷至河西的李繼遷部，下闋詞彙的使用者是河西地區稱作“黑頭”的党項原住民，這可以在早期歷史傳説那裏得到一定程度的佐證（聶鴻音 2020）。這兩個不同的人群雖然都認同自己是党項人，但是講着不同的語言，這兩種語言都屬於藏緬語族，上闋的語言和現代的珞巴語、僜語有些相近①，下闋的語言則具有比較鮮明的羌語支特點（聶鴻音 1996）。這就是説，全詩的每一章是把同樣的内容用兩種不同的語言各説了一遍。下面是這首詩前三章的譯文②：

正月裏黑頭赤面歲始安樂國開宴。白高暖殿羊産仔③，日曬殿内羔兒眠。月之三日人嚮往，犛牛白羊草場嫩葉始堪食，羊鳴鈴響牧歸來。

二月裏路畔草青鳥鵲飛，來往行人衣履薄。冬日寒冰春融化，種種入藏物已出。西丘明月鶴唳問流水，鶴唳水秀月偏西，鶴飛水大永不竭。

三月裏布穀斑鳩樹叢啼叫國安樂，國勢强盛水流草生獵於郊。東方山上鵑啼催植樹，鵑啼樹茂日光明。穀菜豐盈國不餓，鵑啼樹叢廣無垠。

在所有題爲“詩”的西夏文長篇作品中，只有《月月樂詩》不是用格言拼湊成的。其敘事的時間脈絡比漢文的名篇《詩經・豳風・七月》顯得井然有序。在這裏我們首次看到了對西夏風土人情的描述，也體會到了西夏全盛時期國民的生活熱情。當然，這卷詩是官刻本，其作者必是皇帝身邊的文臣。良好的經濟條件決定了他良好的心態，這導致他作品裏的風物描寫顯得比平民百姓樂觀一些。

### 3. 所謂“宫廷歌”

西夏另有一部作品彙編（инв. № 121V），現存部分没有出現總題，一般稱作“宫廷詩集”（戈爾巴喬娃、克恰諾夫 1963：53—54）。原件用蠅頭小楷抄寫在上

① 今天的珞巴語和僜語分佈在西藏自治區東南部和印度交界的一片地區。黄振華（1998）曾猜想那一帶的“夏爾巴”人有可能是在西夏覆亡之後南遷的党項人。

② 西夏原文上下闋的意思相同，如果如實譯出則會造成譯文大量句子的重複，所以下面的譯文把原來的兩闋處理作一闋。

③ 白高，西夏國名“大白高國”的省稱。

述五卷長詩刻本的紙背行間,因正面透墨而致字跡頗難辨認。詩集另有一個卷子裝殘抄本(инв.№ 876),存詩 7 首,内容與 121 號部分重合,只是排列順序不同,而且在幾首詩的題目下寫出了作者的名字(俄藏黑水城文獻 10:312—315),似乎表明這部詩集只是人們的隨便輯録抄寫,並没有形成一個最終的編定本。全書没有年款,參照内容估計其原創年代多在夏仁宗朝,也有一種意見認爲個别詩篇的完成可能遲至西夏覆亡之後[①]。從 20 世紀 30 年代起就有學者介紹了其中的個别作品,整個詩集有梁松濤(2018)的初步漢譯。

詩集的現存部分有詩 33 首,一律以"歌"(𗏵 kja̧)命題。通過與上述五卷本長詩的對比,可以進一步看出西夏"歌"與"詩"的區别——雖然二者的基本格式都來自民間格言,即只强調對仗而不限定用韻和每句的字數,但是"歌"比"詩"的篇幅要小很多。最重要的是,所有的"歌"都有一個明確的主題,不像"詩"那樣由若干首格言雜亂地拼湊而成。至於這些"歌"能否合樂歌唱,這還不是手邊的資料所能證明的。然而無論如何,嚴格地説,這部作品的擬題應該是"歌集"而不是"詩集",只不過原來的擬題已經被學術界沿用成習,自然也就没必要强行修改了。

詩集裏的作品不是出自一人之手,寫作水平也有高低之别,但可以肯定作者都是党項文臣。所有的詩都没有説到生産勞動,描述的事件大都局限於皇家和朝廷,主旨是歌頌太平盛世的君善臣良[②],言辭間充滿了党項的民族自豪感。有些詩篇的措辭似乎是在追求華麗,例如佚名作者的《新修太學歌》,原文爲慶賀乾祐壬子年(1192)新建太學而作:

天遣文星國之寶[③],仁德國内化爲福。番君子,得遇聖句聖語文,千黑頭處爲德師;聽作御策御詩詞,萬赤面處取法則。無土以築城,無土築城,天長地久光耀耀;除灰以養火,除灰養火,日積月累亮煌煌。其時後,壬子年,遷自太廟舊址,座落儒王新殿[④]。天神歡喜,不日即遇大明堂[⑤];人時和合,

---

① 克平(1999)把《聖威平夷歌》裏的一個詞釋爲隱語形式的"鐵匠",即成吉思汗名字"鐵木真"的意譯,從而把全詩理解成西夏人對蒙古伐夏那段歷史的回憶,表現了党項人對成吉思汗的恐懼。看來她認爲這部詩集是在西夏覆亡之後才抄寫成的,只不過把那以前的一些作品也收録了進去。她在論述中使用的"因聲求義"比較牽强,所以未被學界接受。

② 另有幾首詩的主題是"勸世",與詩集的整體風格不合,不知道作者是不是政府裏的僧官。

③ "文星"大約指西夏文字的創製者野利仁榮,他稱得上党項人心目中的"文曲星"。

④ 這裏的"儒王"大約指西夏文字的創製者野利仁榮。《宋史·夏國傳下》載夏仁宗於 1162 年"始封製蕃字師野利仁榮爲廣惠王"。

⑤ 明堂,皇城内最主要的建築,皇帝在此发佈政令和祭神祀祖。

營造已成吉祥宫。沿金内設窗,西方黑風蕭瑟瑟;順木處開門[1],遠東白日明晃晃。琉璃瓦,合龍甲,日日觀之觀不斷;邊回廊,列鳥翼,時時見之見即驚。神住地,八相測寫無妨礙;養德宫,四季時節皆與合。中尊神,日邊無雲本體明,加倍而明上增明越發明;周圍聖,澄水珠源自性妙,於其上妙上復妙集成妙。仁義林置處,已長貴草木;禮樂池留處,一泓樂泉源。所念者,風帝聖跡代代美[2],夫子功德嶄嶄新[3]。番禮番儀已興盛,神威神功妙光聚集聖威儀。

在所有的詩歌中,最受到重視的是《夏聖根讚歌》。這部作品是 12 世紀末党項人對西夏早期歷史的記憶,其中涉及的党項民族起源地問題曾經引發廣泛的討論,至今也没能得出所有人認可的結論。詩歌的全文翻譯如下:

黑頭石城漠水邊,赤面父塚白河上,高弭藥國在彼方[4]。儒者身高十尺,良馬五副鞍鐙,結姻親而生子。囉都父親身材不大殊多聖,起初時未肯爲小懷大心。美麗蕃女爲妻,善良七男爲友。西主圖謀攻吐蕃,謀攻吐蕃引兵歸,東主親往與漢敵,親與漢敵滿載還。嵬迎馬貌涉渡河水底不險,黄河青父東邑城内峰已藏。强健黑牛坡頭角,與香象敵象齒墮,嚈嚈純犬岔口齒[5],與虎一戰虎爪截。漢天子,日日博弈博則負,夜夜馳逐馳不贏。威德未立疑轉深,行爲未益,囉都生怨自强脱。我輩之阿婆娘娘本源處,銀腹金乳,善種不絶號嵬名[6]。耶則祖,彼豈知,尋牛而出邊境上。其時之後,靈通子與龍匹偶何因由?後代子孫漸漸興盛。番細皇,初出生時有二齒,長大後,十種吉祥皆主集。七乘伴導來爲帝,呼唤坡地弭藥來後是爲何[7]?風角聖王神祇軍,騎在馬上奮力以此開國土。我輩從此人儀馬,色從本西善種

[1] 原件在這句以下换頁抄寫,西田龍雄(1986)和聶鴻音(1990)誤以另一首詩的後半部分拼接,梁松濤(2018)已經爲之糾正。

[2] “風帝”是西夏開國君主景宗元昊的一個稱號,下文稱“風角聖王”,即西夏文《妙法蓮華經序》裏的“風角城皇帝”《妙法蓮華經序》和西夏王陵殘碑上的“風角”(李範文 1984: 12—13)。

[3] “夫子”在西夏文學作品中特指西夏文字的設計者野利仁榮。

[4] 弭藥,見《舊唐書・党項傳》,這裏指党項人居住的地區,藏文史書稱 *Mi nyag*。

[5] 嚈嚈,讀音近似古代部族“蠕蠕”(柔然)。

[6] “嵬名”是西夏皇族姓氏。《續資治通鑑長編》卷一一五謂元昊在準備建國的時候“以兵法部勒諸羌。始衣白窄衫,氈冠紅裏,頂冠後垂紅結綬,自號嵬名吾祖”。

[7] 關於“番細皇”“七乘”“弭藥”的解釋參看以上第三章第 1 節。

來，無爭鬥，無奔投，僻壤之中懷勇心。四方夷部遣賀使，一中聖處求盟約。治田疇，不毀穗，未見民間互盜，天長月久，戰爭絶跡樂悠悠。

這裏面提到的有些人物如“囉都”“西主”“東主”“嵬迎”“黄河青父”“耶則祖”之類還不明所指，我們甚至不知道其中有些詞究竟指的是某個部落還是某個具體人物①。更大的疑問在於開頭的三句，那顯然説的是党項人的發源地——“黑頭”和“赤面”（党項人）居住的“高弭藥國在彼方”。那片地方位於“漠水”（曠野的河）和“白河”邊，建築特點是“石城”。在其他文獻裏没有見到“漠水”和“白河”的信息，但人們估計那一定是在青海、甘肅和四川三省的交界地帶，只是 20 世紀上半葉的學者就其具體地點一直争論不休。目前人們傾向於接受的看法是，“漠水”和“白河”是用作對仗的同義詞，指的是黄河上游（羅福成 1930b）或者發源於岷山的白水江（聶歷山 1936），而“石城”很容易讓人想到四川西北部羌族村寨裏多見的“碉樓”。不過，碉樓雖然建築用石，但畢竟不能稱作“城”，看來這個結論還不是没有疑問的。

詩集裏有三首《勸世歌》，主旨與其他作品完全不同。下面是第二首：

三界四天上下②，分有十八地層。所在欲界造業多，雜部軍民部族衆。我輩於此，得成人身樂事少，壽命短如草頭露。先祖賢聖先祖君，美名雖在身不存；此後善智此後人，壽常在者何嘗有？念彼時，國王被殺主被害，天人大神有老時。上天娱樂十八層，彼人一日高一壽。我輩人，身上無光日月明，彼日月半暖半寒不相合；遵囑念誦奉貢品，彼貢品或多或少無人驗。汝我輩，美其服，千千捨命似蛆蟲；甘其食，萬萬結怨如牲畜。虎狼腹心毒蛇目，黑頭相處言談無禮生厭惡。尊者大人，汝從此夜寐觀德念，夙興轉而未見行仁義。汝往上天世界時，何由侍奉佛腹心？

歌的作者叫“没息義顯”（[illegible] mə sji ·wo dźju），其生平無從查考。作品表現的是當時僧人説教時最多見的主題，即無論什麽人都難逃一死，所以活着的時候應該與人與世無争。這顯然不是在宫廷裏説的話，而像是在對同朝爲官

① 克平和龔煌城（2003）曾經猜測“西主”和“東主”指的是西夏的兩個周邊部族，但没能得出確切的結論。高奕睿（2015：251）則認爲那不是具體指某個部族，而是泛指居住在西方和東方的人，他翻譯作 westerner 和 easterner。

② 三界，佛教指人生死往來的三個世界，即“欲界”“色界”和“無色界”。四天，“四禪天”的省稱，佛教指色界修禪所生的四個境界。

的"尊者大人"們佈道[1]。衆所周知,"宫廷詩"發端於南朝梁陳時期,其特點是以豔麗的辭藻描寫宫廷生活,特别是描寫後宫女性。相比之下。西夏的詩集完全没有這方面的内容,裏面佔絕大多數的作品都是對本民族歷史和現實的頌揚,以及對君王的吹捧,即使説到朝臣,也是爲了襯托西夏的政治清明。由此看來,所謂"宫廷詩集"從本質上説是一部"應制歌集",也許真的是臣僚在與君王宴飲時應君王的要求而寫作的。

## 五、漢文典籍的輸入和流傳

西夏對漢文化的態度是始終如一的接納,政府曾多次主動向宋、金王朝提出購買書籍,宋、金王朝也給予了熱情的回報。據《宋史》卷四八五《夏國傳》載,毅宗諒祚於 1062 年曾向北宋上表"求太宗御製詩章、隸書石本,且進馬五十匹,求九經、唐史、《册府元龜》及宋正至朝賀儀"。這件事也見於《續資治通鑑長編》卷一九八,從中可以知道宋仁宗答應了西夏的請求,不但没有留下那五十匹馬,而且還順便把《孟子》和醫書也送給了西夏。到了仁宗仁孝時代,政府轉而向金朝求購儒釋諸書,同樣得到了准許,事見《金史》卷六〇《交聘表》。

西夏政府通過外交渠道得到的這些書籍應該是用作國家典藏,至多供太學所需,恐怕不會提供公衆閲覽。目前還不知道西夏是否有中原典籍的民間收藏,但可以估計的是,民衆手中的漢文書籍不外乎兩個來源——其中有些來自邊境市場,有些是投奔西夏的中原文人或僧侣隨身帶去的。

### 1. 中原典籍在西夏人生活中的地位

傳統漢文典籍在西夏的流行程度遠不及佛教譯著。在俄羅斯科學院東方文獻研究所的黑水城藏品中,除佛經外的漢文書籍僅有《論語》《廣韻》《新唐書・奸臣傳》《孫真人千金方》《吕觀文進莊子義》《文酒清話》《初學記》等寥寥幾種,且大都殘缺嚴重[2]。要判斷西夏文人普遍讀過什麽漢文經典,最好的辦法是看存世

---

① 由此估計,没息義顯最有可能是政府裏負責管理佛教事務的僧官。

② 目前没有資料證明西夏刊印過除佛經以外的漢文書籍,上述書籍都不是西夏刻本,且全部來自同一所寺院,估計不是供人閲讀,而是信徒捐贈的廢紙,準備用來裝裱佛經的。其中另有一種《劉知遠諸宫調》,稱得上是黑水城出土物中最有文學價值的著作。這書連同一些西夏文佛經一起,已經由俄羅斯亞洲博物館在 20 世紀中葉贈給了北京圖書館(今中國國家圖書館)。

文獻裏有哪些漢文書的西夏譯本。目前我們知道的譯本有唐玄宗注《孝經》、吕惠卿《孝經傳》、陳祥道《論語全解》、趙岐《孟子章句》、陳禾《孟子傳》、孫昱《十二國史》、于立政《類林》,以及《貞觀政要》《孫子三家注》《六韜》《黄石公三略》《將苑》《明堂灸經》①。這些文獻有一些是政府組織翻譯的,很可能被用作"番學"的教材。此外還有《夫子和壇記》《新集文詞九經抄》等,可以看作民間流傳的作品。另外一個辦法是看党項人自己編寫的西夏文著作裏明確徵引了哪些漢文古書裏的段落,這樣我們就知道至少還有人讀過其他作品,其中見於中原官方書目的有《尚書》《禮記》《史記》《資治通鑑》《大戴禮記》《孔子家語》《荀子》《老子》《莊子》《法言》《新論》《劉子》《家範》等,不見於官方著録的民間著作而僅存敦煌抄本的有《太公家教》。不過,這些被徵引的古書基本都只見於西夏儒臣曹道樂([illegible] tshew tśja rejr)的著作。曹道樂在 12 世紀末擔任"中興府承旨、番大學院教授",是目前所知西夏最博學的官員之一,他的文化水平確實不差,但並不能代表西夏知識分子的普遍狀況。

所有中原書籍的西夏譯本都没有譯者署名,我們只能猜想譯者是一批相對熟悉中原文化的党項文臣,不過他們對漢文典籍的理解能力並不像人們想象的那樣高超。如果面對的是《孝經》《類林》那樣相對淺顯的文字,譯者還可以應付,而一旦其中引到《詩經》之類的上古典籍時,譯者就暴露出其訓詁學基礎的不足(聶鴻音 2003a)。略舉幾例:

《孝經・開宗明義》引《大雅・文王》"無念爾祖"②,毛傳:"無念,念也。"孔疏:"言當念汝祖。"由此知道"無"是没有實義的"發語詞"。西夏文《孝經傳》作"[illegible]"(不念爾祖),譯"無"爲否定詞"[illegible]"mji(不),導致整句的意思完全相反了。

《孝經・士》引《小雅・小宛》"毋忝爾所生"③,毛傳訓"忝"爲"辱",即"辱没"意。西夏文《孝經傳》作"[illegible]"(無讓爾所生),譯"忝"爲"[illegible]"dźju(謙讓),全然無稽。

《孝經・廣至德》引《大雅・洞酌》"豈弟君子"④,毛傳訓"豈弟"爲"樂易"。西夏文《孝經傳》作"[illegible]"(贏勝君子),譯"豈弟"爲"[illegible]"wạ bu̲(勝利、成

① 不知什麽原因,在同時出土的文獻裏没有發現這些著作的漢文原本。

② 原文:"夫孝,始於事親,中於事君,終於立身。《大雅》云:無念爾祖,聿修厥德。"

③ 原文:"忠順不失,以事其上,然後能保其禄位而守其祭祀,蓋士之孝也。《詩》云:夙興夜寐,毋忝爾所生。"

④ 原文:"《詩》云:豈弟君子,民之父母。非至德,其孰能順民如此其大者乎?"

功),語義全然無稽。相比之下,《類林·占夢》也引《小雅·青蠅》“豈弟君子”①,西夏文《類林·占夢》作“[illegible]”(柔樂君子),於義較長。

《類林·辯捷》引《小雅·鶴鳴》“鶴鳴於九皋”②,毛傳訓“皋”爲“澤”,“九皋”猶言“深遠的池沼”。西夏文《類林》作“[illegible]”(九霄鶴鳴),譯“皋”爲“[illegible]”kjɨ̣r(雲霄),大誤。

《論語全解·衛靈公》引《大雅·下武》“應侯順德”③,毛傳訓“侯”爲“維”,由此知道“侯”是没有實義的“語辭”。西夏文《論語全解》作“[illegible]”(應王順德),譯“侯”爲“[illegible]”njij(王侯),於義不通。

西夏譯《孟子·滕文公下》引《小雅·車攻》“舍矢如破”④,鄭箋釋作“矢發則中”,可知“如”在此用同“則”。西夏文《孟子章句》作“[illegible]”ljị·wją pə̣ sju(放箭如中),譯“如”爲“[illegible]”sju(如同),猶言“就像射中了一樣”,大誤。

爲了避免讀不懂前代注疏帶來的尷尬,西夏譯者對經文不再像佛經那樣逐詞直譯,而是更多地採用了解釋性的意譯(彭向前 2012: 8—9)。另外他們還會採用一種取巧的辦法,即直接把經文中難解的字替换成注疏裏的通俗字來翻譯,然後把附在經文下面相應的“詁訓”部分删除(聶鴻音 2012),例如西夏譯趙岐《孟子章句》:

《盡心上》:“天下有道,以道殉身;天下無道,以身殉道。未聞以道殉乎人者也。”趙注:“殉,從也。”西夏譯作:“[illegible],[illegible]。[illegible],[illegible]。[illegible],[illegible]。”即“執帝道,則以道從身;不執帝道,則以身從道。未聞以道從於人者”。譯者略去了趙注的一則詁訓,直接把經文的三個“殉”字都譯成了“[illegible]”śjwɨ̣(從,跟隨)。

《盡心上》:“於不可已而已者,無所不已。”趙注:“已,棄也。”西夏譯作:“[illegible],[illegible]。”即“棄不可棄者,無不棄也”。譯者略去了趙注的一則詁訓,直接把經文的三個“已”字都譯成了“[illegible]”phjɨ(棄,丢掉)。

通過對比可知,西夏譯本中佛經的翻譯風格與儒家作品有很大不同,這大約

① 原文:“王夢見青蠅,積矢,毁東西臺。王問龔遂,龔遂曰:《毛詩》云:營營青蠅,止于樊。豈弟君子,無信讒言。今左右讒佞以虚矯勸者多也,陛下察之!”

② 原文:“張温復問:天有耳乎?秦宓答曰:有。《毛詩》云:鶴鳴九皋,聲聞於天。若無耳,何以聞之?”

③ 原文:“《詩》中云:媚兹一人,應侯順德。可以爲王者之佐故也。”

④ 原文:“吾爲之範我馳驅,終日不獲一,爲之詭遇,一朝而獲十。《詩》云:不失其馳,舍矢如破。我不貫與小人乘,請辭。”

出自僧人和儒者各自信守的翻譯習慣。前者大都是嚴守原文，決不擅改任何詞語，只有在翻譯中原禪學著作時，因爲其中偶然引到中原典故，譯者的誤解明顯比儒家作品裏的誤解要多。例如《禪源諸詮集都序》的開頭部分（聶鴻音 2011）：

裴休敘“吾丁此時，不可以默矣”注：“仲尼删《詩》《書》，正《禮》《樂》，皆不得已而爲之。”意思是説，孔子處於春秋時代動蕩的政治環境，無奈之下只能希望通過修訂典籍來恢復西周的典章制度。西夏譯作：“[illegible]。”（孔子重修俗文者，興盛樂禮故也。）這裏不但把孔子出於“不得已”而修典曲解爲要使“禮”和“樂”在當時得到進一步的發揚，而且根本就没有看出原文的“詩書禮樂”是四部書的題目。

裴休敘“振綱領而舉者皆順”注：“《荀子》云：如振裘領，屈五指而頓之，順者不可勝數也。”本句出《荀子・勸學》“若挈裘領，詘五指而頓之，順者不可勝數也”，楊倞注：“言禮亦爲人之綱領。挈，舉也；詘，與屈同；頓，挈也。順者不可勝數，言禮皆順矣。”意思是説治理社會風氣應該從“禮”抓起，抓住了“禮”就像彎曲手指抓起了皮衣的領子，下面的一切就順理成章了。西夏譯作：“《[illegible]》[illegible]：[illegible]，[illegible]，[illegible]。”（《荀子》中説：如以五指振裘領時，直正皆安，又順合亦謂道。）幾乎不知所云。

裴休敘“據會要而來者同趨”注：“《周易略例》云：據會要以觀方來，則六合輻輳未足多也。”本句出《周易略例》“處璇璣以觀大運，則天地之動未足怪也；據會要以觀方來，則六合輻輳未足多也”，邢璹注：“天地雖大，睹之以璇璣，六合雖廣，據之以要會。天地之運，不足怪其大；六合輻輳，不足稱其多。”可見原文的“輻輳”僅僅是“四方匯聚”的比喻説法，“未足多”與“車軸”並無關連，西夏譯作：“《[illegible]》[illegible]：[illegible]，[illegible]，[illegible]。”（《周易》中説：若據要會觀一方時，六合聚集，譬如車輪軸。）顯得極其乏味。

宗密序正文“荷澤洪州，參商之隙”。漢語“參”“商”爲二星名，喻指永不相逢，所謂“人生不相見，動如參與商”。此處指禪宗的“荷澤”和“洪州”兩派教法彼此間有極大的差别，可是西夏卻把“參商”譯作“[illegible]”wjij zjị（讎敵），大誤。

除上面舉的例子之外還可以看到，裴休敘“莫不提耳而告之”注引《詩・大雅・抑》“耳提面命”典故，“指掌而示之”注引《論語・八佾》“指掌”典故，均被西夏譯者進行了不同程度的簡化，而“腹而擁之”注引《詩・小雅・蓼莪》“腹我顧我”典故以及原著對漢字的音義訓解都被全文删去。這説明作爲僧人的譯者雖然精通佛教漢語，但是没有受過中原儒學典籍的教育，所以在翻譯這些内容時難免捉襟見肘。

就文體而言，翻譯中原的詩歌和駢文最爲困難。西夏翻譯過唐代吴兢(670—749)的《貞觀政要》，黑水城出土的譯本今藏俄羅斯科學院東方文獻研究所[1]。這個譯本的篇幅比存世漢文本少了很多，原因是西夏譯者對吴兢的原書進行了大幅删減，删減的内容包括大臣呈給唐太宗的整篇奏疏，以及君臣對話中一些相對深奥的語句。這顯然是因爲譯者感到難以完成語言轉换而採取的權宜方法。下面是對西夏譯本卷四《教戒太子諸王》中褚遂良上疏的解讀(聶鴻音2003b)：

貞觀年中，皇子内年少者多令爲都督、城主[2]。褚遂良上疏諫曰："今帝遣此諸子，年少而令爲四方城主者，實未盡也。何者？時帝心下以朕之子當派鎮四方也。雖是如此，夫城主者，百姓庇護處也。若遣德人，則所屬百姓盡皆得安；若遣不德人，則所轄地方諸人皆受苦。故帝治百姓欲慈恤，則當遣德智人令爲城主。漢宣帝云：'與我共同治國者，城主等是也。'依臣所計，帝之子内年少未堪治百姓者，請住京師，學習文業，則二種全有：一者因帝之威，不敢犯罪；二者見聞朝禮，則自然得智。因此學習，堪治百姓，然後遣爲執事。昔漢朝明、章、和三帝，教習子弟，其後爲諸帝取法。諸王各人所屬國得明，年少者當在京師，學習禮法，多予恩賜。彼三帝世二三百諸小王中，僅二人性惡，其餘盡皆性允詞合，智慧深廣。請帝好好計議。"太宗納其言。

下面是作爲這段文字來源的漢文本，方括號裏標出的是西夏譯本省略的詞句。通過對照可以看出，被省略的詞句都是翻譯時難以處理的，好在省略之後還不影響原文整體的意思。

貞觀中，皇子年少者多授以都督、刺史。[諫議大夫]褚遂良上疏諫曰："[昔兩漢以郡國治人，除郡以外，分立諸子。割土分疆，雜用周制；皇唐郡縣，粗依秦法。]皇子幼年，或授刺史，陛下豈不以王之骨肉鎮捍四方？[聖人造制，道高前烈。]臣愚見小有未盡。何者？刺史師帥，人仰以安。得一善

[1] 原件照片見《俄藏黑水城文獻》(11：133—141)，原定題誤作"德事要文"。

[2] 城主([illegible] we dzju)，相當於藏語"節兒"(*rtse rje*)，一寨之主，一城一地的守官(孫伯君2008)。這裏借用來翻譯漢語"刺史"。

人，部内蘇息；遇一不善人，合州勞弊。是以人君愛恤百姓，常爲擇賢。[或稱河潤九里，京師蒙福；或以人興詠，立爲生祠。]漢宣帝云：'與我共理者，惟良二千石乎！'如臣愚見，陛下子内年齒尚幼，未堪臨人者，請且留京師，教以經學。一則畏天之威，不敢犯禁；二則觀見朝儀，自然成立。因此積習，[自知爲人，]審堪臨州，然後遣出。臣謹按漢明、章、和三帝，能友愛子弟，自茲以降，以爲準的。封立諸王，雖各有土，年尚幼小者，召留京師，訓以禮法，垂以恩惠。訖三帝世，諸王數十百人，惟二王稍惡，自餘皆沖和深粹。惟陛下詳察。"太宗嘉納其言。

党項文臣研讀中原儒家古書的能力不强，僧人之水準尤其差勁，這是當時西夏國内普遍存在的問題，也必然成爲中原典籍在西夏普及的主要障礙。由此可以想到，儘管歷朝統治者都在强調學校教育，但學校教育似乎僅作爲一少部分人進入仕途的階梯，並没能帶來國民整體文化素質的提高。甚至可以相信，與佛教相比，作爲儒家思想意識載體的中原典籍並没有真正進入多數党項人的精神生活。

## 2. 漢地故事的收集

中原家庭倫理意識對党項人施加的影響主要是通過慈孝故事體現的。在元代著名的"二十四孝"成型之前，一些被譯成西夏文的孝行故事就在河西一帶流傳頗廣，有的甚至經過了多種著作的翻譯和轉述。例如"姜詩躍鯉"典故，原出《後漢書》卷一一四《列女傳》：

廣漢姜詩妻者，同郡龐盛之女也。詩事母至孝，妻奉順尤篤。母好飲江水，水去舍六七里，妻嘗泝流而汲。後值風，不時得還，母渴，詩責而遣之。妻乃寄止鄰舍，晝夜紡績，市珍羞，使鄰母以意自遺其姑。如是者久之，姑怪問鄰母，鄰母具對。姑感慚呼還，恩養愈謹。其子後因遠汲溺死，妻恐姑哀傷，不敢言，而托以行學不在。姑嗜魚鱠，又不能獨食。夫婦常力作供鱠，呼鄰母共之。舍側忽有湧泉，味如江水，每旦輒出雙鯉魚，常以供二母之膳。

相應的故事在西夏文獻裏四見。《新集慈孝傳》([illegible] sjiw śio̱ njij ·wə̱ la)"婆媳章"裏的文字(克平 1990：20，152，向柏霖 2007：11—13)解讀作：

姜詩之妻者,後漢時龐盛之女也。詩本性孝順。母飲江水,彼江有六七里遠,詩常令其妻汲之。一日因與大風遇而歸遲,母渴,詩怒而出妻。其妻止于鄰家主處,晝夜績麻,以供給珍饈,使主婦送與婆母。久之,驚怪而問,其鄰家主以實語對。婆母感慚而還媳,媳勤行如昔。

婆母又食魚肉,媳因魚難求而憂慮時,俄頃家邊開一泉源,其味與江水同,此外又每日出二魚,以供給婆母。

"列女故事"殘片裏的文字(松澤博 2005)解讀作:

……因驚怪而問鄰家母曰:"汝每日遺鱠,何也?"鄰家母曰:"嫗出之媳寄止我家,紡績得錢,每日買魚爲鱠,倩我以遺婆母處。"婆母曰:"是孝媳也。"遂呼還之,奉前拜謝。舍前立即湧出水泉如江水,水中每日……爲鱠,奉於婆母。

《聖立義海》卷五裏的文字(克恰諾夫等 1995: 76)解讀作:

往昔一人孝順父母。母嗜江水味,孝子居於母處,常侍奉。遣親子於江中取水,其子溺死水中。母問孫,孝子對曰:"往學文。"其後孝子啼泣,怨水何凶。因孝,舍前湧泉有江水味。

卷五另一條裏的文字(克恰諾夫等 1995: 82)解讀作:

往昔一人有老母,嗜江水及魚,媳每日汲母飲水。一日延遲,夫主怒而出妻。其妻住鄰家主處,依前如時汲水,使家主奉母。一日老母詢問誰將水來,鄰家主曰:"汝媳使我來。"老母心悔,命令其子迎媳。因孝德,門旁湧泉與昔江水同味,每日出二魚,以供奉母。

上面的四段文字代表了兩種敘事類型——《新集慈孝傳》基本是漢文原本的如實翻譯①,後兩段則是轉述。轉述的故事梗概並無差錯,但具體詞句與漢文原

① 《新集慈孝傳》裏的徵引有兩個來源。姜詩妻故事的前面一段譯自司馬光的《家範》,後面一段是《新集慈孝傳》的編譯者曹道樂自己根據《後漢書》補譯的(聶鴻音 2008)。

本出入較大。這使我們相信,西夏收集的漢地故事有兩個不同的來源,一個是直接來自漢文古書,另一個是漢地的口頭流傳。不難估計,像《新集慈孝傳》編譯者那樣真正讀過些漢文古書的党項人畢竟是少數,所以可以相信民間的口頭流傳是漢地故事輸入西夏的主要途徑。

值得注意的是,党項上層在接受了這些故事之後希望以此來教化國人,以求在社會中建立中原式的家庭倫理觀念。爲了便於本民族接受,他們會把故事主人公的名字故意隱去,而代之以"𗆧𗏹𗓱𗍫"no rjir dzjwo gjɨ(往昔一人),試圖給人一個印象,即那是党項本民族的古人,代表了党項傳統的優秀品質。《聖立義海》卷五裏記載了大量的這類故事,事實上都是在中原民間傳説基礎上改頭换面轉述的,只是在每則故事前面加上了党項式的題目。下面這則故事出自卷一第三章《七月之名義》:

衆神聚會:七月十五目連報父母之恩,供神石,設器物,衆神聖聚會日是也。

這説的是"盂蘭盆節",原出《佛説盂蘭盆經》:"佛告目連:十方衆僧於七月十五日僧自恣時,當爲七世父母及現在父母厄難中者,具飯百味五果,汲灌盆器,香油錠燭,牀敷卧具,盡世甘美,以著盆中,供養十方大德衆僧。"節日習俗源自印度,但這裏的主人公名字用的是從漢語音譯的"𗏹𘂆"bo̱ ljɨj(目連)而不是巴利語的*Moggallāna*(目犍連),説明西夏的這個節日是從中原輸入的。另外,在盂蘭盆節供"𗗙𗏁"giu̱ lā(神石),這不是漢地的傳統,而是党項人根據自己民族的天地起源傳説添加上去的。

其他如卷五第十四章《子孝順父母名義》:

母畏天雷:往昔一人,母在時畏天雷。母亡守墓,夏季天雷時,孝子圜塚泣,故天孝雷息。其後帝聞,賜之官,天下揚孝名。

這是"蔡順驚雷"的故事。《後漢書》卷六九本傳載蔡順"母平生畏雷。自亡後,每有雷震,順輒圜塚泣曰:順在此。崇聞之,每雷輒爲差車馬到墓所。太守鮑衆舉孝廉"。

同章《子孝順父母名義》:

老子孝父母：往昔老子年八十，父母百歲。因孝順父母故，一如孩童嬉戲。其後父没，孝行爲上品。帝聞，召請不來，隱匿山中，不用官賞，熱孝至終。

這是“萊子斑衣”的故事。《太平御覽》卷六八九引《孝子傳》：“老萊子年七十，父母猶在。萊常服斑爛衣，爲嬰兒戲。”又卷四七四引《高士傳》：“楚王遂至老萊子之門，曰：寡人愚陋，獨守宗廟。先生幸臨之！老萊子曰：僕山野之人，不足以守政。”

卷五第十四章《媳禮名義》：

媳惡待婆母：往昔一兒子孝順其母。年幼喪母，與母刻木形象，日夜如真母侍奉。出行往他處時，謂其妻子：不在後，汝當如前好好侍奉。其後媳生惡心，謂非真母，木人何以真母爲？杖擊頭上生瘡皰，以刀斫刺出血。子歸，拜於木母，色惡，目中出淚。子視之，見頭上有瘡皰，刀痕出血。子心憂泣，打其妻使爲奴。

這是“丁蘭刻木”的故事。《初學記》卷一七引孫盛《逸士傳》：“丁蘭者，河内人也。少喪考妣，不及供養，乃刻木爲人，仿佛親形，事之若生，朝夕定省。其後鄰人張叔妻從蘭妻有所借，蘭妻跪報木人。木人不悦，不以借之。叔醉疾來，誶罵木人，以杖敲其頭。蘭還，見木人色不懌，乃問其妻。妻具以告之，即奮劍殺張叔。吏捕蘭，蘭辭木人去。木人見蘭，爲之垂淚。”又《太平御覽》卷四八〇引《搜神記》：“丁蘭，河内野王人。年十五喪母，乃刻木作母事之，供養如生。鄰人有所借，木母顏和則與，不和不與。後鄰人忿蘭，盜斫木母，應刀血出。蘭乃殯殮報讎。”故事屢見漢籍徵引，惟後半部分傷木母者均作鄰人，西夏本以爲丁蘭妻，應該是民間流傳時的變異加工。這類孝行故事在同時代的中原民間非常流行，北宋和金代人喜歡把故事的圖像雕刻在墓葬的石棺外面，以寄託對家族世代和睦興旺的祝福。這些石雕僅僅表現了模糊的主題，而故事的細節則經過多年的口耳相傳，在不同的時間和不同的地域面貌各異，而且大多被渲染得近乎荒誕，以致今人已經無從考求每則故事的演化脈絡了。

### 3. 中原典籍的摘譯和新編

在中原典籍傳入西夏之後，有文臣在摘譯不同書中一些段落的基礎上將其串連起來，形成了新的作品，西夏人稱這類著作形式爲“[illegible]”sjiw śio lhɛ(新集譯)，以俄羅斯科學院東方文獻研究所收藏的《德行集》([illegible] tśja dźjɨ śio)爲突出代表。《德行集》的編者曹道樂是夏仁宗朝的老臣，在仁宗去世後繼續輔佐年輕的桓宗，希望桓宗儘快懂得“修身齊家治國平天下”的道理，於是便寫了這本書供桓宗閱讀(聶鴻音 2002a)。一個叫“訛計”([illegible] ·jwā kji)的党項部落長老爲書寫了序言，全文翻譯如下：

臣聞古書云：“聖人之大寶者，位也①。”又曰：“天下者，神器也②。”此二者，有道以持之，則大安大榮也；無道以持之，則大危大累也③。伏惟大白高國者，執掌西土逾二百年，善厚福長，以成八代④。宗廟安樂，社稷堅牢，譬若大石高山，四方莫之敢視，而庶民敬愛者，何也？則累積功績，世世修德，有道以持之故也。昔護城皇帝雨降四海⑤，百姓亂離，父母相失。依次皇帝承天⑥，襲得寶位，神靈暗佑，日月重輝。安内攘外，成就大功，得人神之依附，同首尾之護持。今上聖尊壽茂盛，普蔭邊中民庶；衆儒扶老攜幼，重荷先帝仁恩。見皇帝日新其德，皆舉目而視，俱側耳而聽。是時慎自養德，撫今追昔：恩德妙光，當存七朝廟内⑦；無盡大功，應立萬世嗣中。於是頒降聖旨，乃命微臣纂集古語，擇其德行可觀者，備成一本。臣等忝列儒職而侍朝，常蒙本國之盛德。伊尹不能使湯王修正，則若撻於市而恥之⑧；賈誼善對漢文所問，故帝移席以近之⑨。欲使聖帝度前後興衰之本，知古今治亂之原，然無門可入，無道可循，不得而悟。因得敕命，拜手稽首，歡喜不盡。衆儒共

---

① 《周易·繫辭下》：“聖人之大寶曰位。”

② 《老子·無爲》：“天下神器，不可爲也。”

③ 《荀子·王霸》：“得道以持之，則大安也，大榮也，積美之源也；不得道以持之，則大危也，大累也，有之不如無之。”

④ 八代，指西夏的前八個皇帝：太祖繼遷、太宗德明、景宗元昊、毅宗諒祚、惠宗秉常、崇宗乾順、仁宗仁孝、桓宗純祐。

⑤ 護城皇帝，指西夏第七代皇帝仁宗仁孝。據《宋史·夏國傳下》載，仁孝爲崇宗長子，宋紹興九年(1139)即位，時年十六，紹熙四年(1193)殂，年七十。“雨降四海”喻仁孝去世。

⑥ 皇帝，指當時剛即位的桓宗純祐。據《宋史·夏國傳下》載，純祐爲仁宗長子，宋紹熙四年(1193)即位，時年十七，開禧二年(1206)殂，年三十。

⑦ 七朝，指太祖繼遷到仁宗仁孝的七個前代皇帝。

⑧ 《尚書·説命下》：“予弗克俾厥後惟堯舜，其心愧恥，若撻於市。”僞孔傳：“言伊尹不能使其君如堯舜，則恥之，若見撻於市。”

⑨ 《史記·屈原賈生列傳》：“後歲餘，賈生徵見。孝文帝方受釐，坐宣室。上因感鬼神事，而問鬼神之本。賈生因具道所以然之狀。至夜半，文帝前席。”

事，纂集要領。昔五帝三王德行華美，遠昭萬世者，皆學依古法，察忠愛之要領故也。夫學之法：研習誦讀書寫文字，求多辭又棄其非者觀之，中心正直，取予自如，獲根本之要領，而能知修身之法原矣。能修身，則知先人道之大者矣。知無盡之恩莫過父母，然後能事親矣。敬愛事親已畢，而教化至於百姓，然後能爲帝矣。爲帝難者，必須從諫。欲從忠諫，則須知人。知其人，則須擢用。擢用之本，須慎賞罰。信賞必罰而内心清明公正，則立政之道全，天子之事畢也。是以始於"學師"，至於"立政"，分爲八章，引古代言行以求其本，名曰《德行集》。謹爲書寫，獻於龍廷。伏願皇帝閑暇時隨意披覽，譬若山坡積土而成其高，江河聚水以成其大。若不以人廢言①，有益於聖智之萬一，則豈惟臣等之幸，亦天下之大幸也。

以中原的寫作習慣來看，這是西夏最優秀的短篇作品之一。作者的辭句節奏分明，敘事條理清晰，甚至還會偶爾使用四六對仗和成語典故②。可以相信，爲皇帝編書的雖然不一定是國内最高水平的知識分子，但一定是政府内极獲認可的文臣。

《德行集》的正文分爲八章，每章都有一個漸進的主題。在每一章裏，作者摘取中原不同典籍裏的片段譯成西夏語，然後在必要時用簡短的虚詞把這些片斷串聯起來，有時也會添加一句"總結"，形成一篇完整的説理文，這種在"過度徵引"基礎上編書的方法在歷史上罕見。下面是《修身章》的全文翻譯(聶鴻音2002a)：

古時欲天下明德時，先治國也。欲治國時，先齊家也。欲齊家時，先修身也。欲修身時，先正心也。故心正而後身修，身修而後家齊，家齊而後國治，國治而後天下平也③。人或問治國，答曰："聞修身者而已，未嘗聞治

① 不以人廢言，《德行集》正文多次引有北宋名臣司馬光和蘇軾的言論，此二人在早年宋夏戰争時期被西夏視爲敵人。這裏作者希望桓宗不要因爲他們曾經以西夏爲敵而置他們的某些正確言論於不顧。

② 當然必須指出，這篇序言中引用了賈誼故事，作爲明君虚心向賢臣請教的例子，這可能在理解上有些問題。實際上人們對那件事多持批評態度，如李商隱《賈生》詩："可憐夜半虚前席，不問蒼生問鬼神。"

③ 以上摘譯《禮記・大學》："古之欲明明德於天下者，先治其國。欲治其國者，先齊其家。欲齊其家者，先修其身。欲修其身者，先正其心……心正而後身修，身修而後家齊，家齊而後國治，國治而後天下平。"

國。"君者,身也,身正則影正,君者,盤也,盤圓則水圓。君者,盂也,盂方則水方。君者,源也,源清則流清,源濁則流濁①。善者,行之本也。人之須善者,猶首之須冠,足之須履,不可一時離也。若在明顯處時修善,在隱暗處時爲悪者,非修善者也。是以君子於人所不見亦戒慎,於人所不聞亦恐懼。天雖高而聽甚卑,日雖遠而照甚近,神雖幽而察甚明。若人雖不知而鬼神知之,鬼神雖不知而己心知之。故己身恒居於善,則内無憂慮,外無畏懼,獨處時不愧於影,獨寢時不愧於衾。上時可通神靈,下時可固人倫,德遍至於人神,慶祥乃來矣②。此者,君子居昏夜亦不爲非,行慎獨之法也③。昔孔子往觀周國,遂入太祖后稷之宗廟内,右堂階前立一金人,口上置三把鎖,脊背上有銘文曰:"古時慎言者也。戒之哉!勿多言,多言則多敗;勿多事,多事則多患。勿謂何傷,其禍將長;勿謂何害,其禍將大。君子知天下之不可上,故下之;知衆人之不可先,故後之。"孔子既讀銘文,顧望而謂弟子曰:"小子識之。行身如此,則豈有口禍哉④?"夫知足則不辱,知止則不殆,可以長久⑤。故傲者不可增長,欲者不可放縱,志者不可滿盈,樂者不可至極⑥。此者,實修身之要領也⑦。

上面這段文字摘取《禮記》《荀子》《劉子》《孔子家語》《老子》五種書的語句拼湊而成,其間在《劉子》的引文後面和全篇的結尾各加了一句總結式説明。值得讚賞的是,這樣形成的作品渾然天成。其間首先講到修身對於治國的必要性,講

① 以上摘譯《荀子·君道》:"請問爲國。曰:聞修身,未嘗聞爲國也。君者,儀也,儀正而景正。君者,盤也……盤圓而水圓。君者,盂也,盂方而水方……君者,民之源也,源清則流清,源濁則流濁。"

② 以上摘譯《劉子·慎獨》:"善者,行之總……人之須善,猶首之須冠,足之待履。首不加冠是越類也,行不躡履是夷民也。今處顯而修善,在隱而爲非,是清旦冠履而昏夜倮跣也……是以戒慎目所不覩,恐懼耳所不聞……謂天蓋高而聽甚卑,謂日蓋遠而照甚近,謂神蓋幽而察甚明……若人不知,則鬼神知之。鬼神不知,則己知之……故身恒居善,則内無憂慮,外無畏懼,獨立不慚影,獨寢不愧衾。上可以接神明,下可以固人倫,德被幽明,慶祥臻矣。"

③ "此者"至"行慎獨之法也"一句爲編譯者所增。

④ 以上摘譯《孔子家語·觀周》:"孔子觀周,遂入太祖后稷之廟。廟堂右階之前有金人焉,三緘其口,而銘其背曰:古之慎言人也。戒之哉!無多言,多言多敗;無多事,多事多患……勿謂何傷,其禍將長;勿謂何害,其禍將大……君子知天下之不可上也,故下之;知衆人之不可先也,故後之……孔子既讀斯文也,顧謂弟子曰:小子識之!行身如此,豈以口過患哉?"

⑤ 以上譯自《老子·立戒》:"知足不辱,知止不殆,可以長久。"

⑥ 以上譯自《禮記·曲禮上》:"敖不可長,欲不可從,志不可滿,樂不可極。"

⑦ 本句爲編譯者補寫的"章指"。

到修身的根本是行善，行善貴在自覺，接下來轉到修身還要慎言，要擺出謙讓的姿態，最後以“凡事要適可而止”的規勸收束全篇，邏輯銜接緊密。如果讓不熟悉中原典故的人讀來，真的會相信那全都是編譯者曹道樂本人的創作。

《德行集》的編譯總的來説是成功的，但是其中也有少量地方暴露出編譯者對漢文古籍的理解能力不足。

例如上述《禮記・大學》“古之欲明明德於天下者”一句，其中的“明明德”在後世成爲名言，鄭注：“謂顯明其至德也。”可是曹道樂譯文的意思卻是“古時欲天下明德時”，少了一個“明”字，大概是他誤斷爲衍文。以下再舉兩例，《學習奉師章》有：

> 與正直人同居而互相學習，則不能不正。

這段文字來自《大戴禮記・保傅》，漢文原本作“習與正人居，不能不正也”。這裏的“習”是“慣常”的意思，曹道樂譯文誤解爲“學習”。

《從諫章》有：

> 君者，體也；臣者，影也。體動則影后隨者，然也。

這段文字來自《資治通鑑》卷一九二裏司馬光的按語，漢文原本作“君者，表也；臣者，景也。表動則景隨矣”。這裏的“表”是日晷，曹道樂譯文誤解爲身體。

《德行集》徵引漢文古書大都有删削，而且删去的大都是相對難解的概念或者典故。不知道這是爲了使年輕的皇帝易於理解，還是作爲編譯者的曹道樂在有意回避翻譯的難點。不過無論如何，經過删削的文字仍然保持了連貫的意義，這是曹道樂高明的地方。

曹道樂另一部“新集譯”的作品題爲《新集慈孝傳》（[illegible] sjiw sio njij wə la），原件爲抄本，藏俄羅斯科學院東方文獻研究所（克平 1990，向柏霖 2007）。全書今僅存卷下，分“婆媳”“叔侄”“姑妹”“兄弟”“姊妹”“夫婦”“娣姒”“舅甥”八章，每章記録古人故事，少則兩則，多則十則。這些故事大都選自司馬光的《家範》（聶鴻音 2008），此外曹道樂自己還從别的中原史書裏補充了一些。書中有兩處也許可以算作失誤，一處見“叔侄章”第五倫關心愛護侄子故事的結尾：

> 彼時君子論曰："第五倫者，厚侄豈不如子哉？往視侄，故心已安。未往視子，故心不安。語此者，實所以見德也。"

第五倫的故事最早見於《後漢書》卷四一，但這段話實際上並非原有，而是司馬光《家範》卷六在轉述故事之後補寫的論説[①]。曹道樂一併譯出，顯然是誤會了這段話的來歷。

另一處見"姊妹章"李勣爲姊煮粥的故事，李勣在最後對他姐姐説了一番大道理：

> 夫兄弟姊妹者，同胞共氣中爲最親，憂樂共之，與他人異。其中兄弟者，少時共食同衣，不能不相愛。然及壯時，各守妻子，故相愛心固篤，亦不能無少許之衰。娣姒者，存於兄弟，則是他人，有爭求嫉妒之心。惟兄弟相愛深重，然後能離此害。故兄弟不睦則子侄不合，子侄不合則近人遠離，近人遠離則僮僕爲讎，如此則誰救之哉？念此事，故親自煮粥也。

這並不是古書中記載的李勣對他姐姐説的話，而是簡化了《家範》原文結尾處司馬光的説明及接下來所引《顔氏家訓》的一段議論[②]。當然，儘管有了這點誤會，曹道樂的翻譯水平在總體上説還是應該肯定的。

### 4. 駢體文

在迄今見到的西夏作品中，時間最早的幾篇都是用漢文寫成的外交公文，其中已經出現了"四六駢儷"的格式[③]，這説明駢文是西夏政府最早接受的文體。這個傳統貫穿了西夏王國的始終，其後幾乎所有出自皇家或者大臣的公文和佛經後序願文，無論西夏文還是漢文，大都是用駢體寫成的。其中的佛經後序願文

---

① 漢文原本作："伯魚賢者，豈肯厚其兄子不如其子哉？直以數往視之故心安，終夕不視故心不安耳。而伯魚更以此語人，益所以見其公也。"

② 漢文原本作："夫兄弟至親，一體而分，同氣異息……《顔氏家訓》論兄弟曰：方其幼也……食則同案，衣則傳服……不能不相愛也。及其壯也，各妻其妻，各子其子，雖有篤厚之人，不能不少衰也。娣姒之比兄弟則疏薄矣。今使疏薄之人而節量親厚之恩，猶方底而圓蓋，必不合也。唯友悌深至，不爲傍人之所移者可免……兄弟不睦則子侄不愛，子侄不愛則群從疏薄，群從疏薄則童僕爲讎敵矣。如此則……誰救之哉？"

③ 參看以上第一章第1節。

比敦煌的同類作品更加程式化，已經形成了一個固定的"模版"，全文分爲四個層次（聶鴻音 2016：13）：

其一，對佛和佛法的總體讚頌（騈文）；

其二，對所施具體經文的讚頌（騈文）；

其三，對施主所做功德的敘述（散文）；

其四，藉本次功德發出的祈願（騈文）。

前兩個層次相當於"序"，後兩個層次相當於"願文"。一篇最正式的後序願文包含全部這四個層次，一般的文章則可以省略第一層次或第二層次，文字敘述也簡略一些，但發願部分是必不可少的。

值得注意的是，黑水城遺址出土過幾種爲散施同一部佛經而寫的兩篇發願文，雖然一篇用西夏文而一篇用漢文，但是從形式到内容都完全相同。例如乾祐十五年（1184）仁宗皇帝的《聖大乘三歸依經後序願文》（聶鴻音 2016：57—59），漢文作：

> 朕聞：能仁開導①，允爲三界之師；聖教興行，永作群生之福。欲化迷真之輩，俾知入聖之因，故高懸慧日於昏衢，廣運慈航於苦海。仗斯秘典，脱彼塵籠，含生若肯於修持②，至聖必垂於感應。用開未喻，以示無知。玆妙法希逢，此人身難保，若匪依憑三寶③，何以救度四生④？（以上第一層次）恭惟《聖大乘三歸依經》者，釋門秘印，覺路真乘，誠振溺之具，乃指迷之途。具壽舍利，獨居静處以歸依⑤；善逝法王，廣設譬喻而演説⑥。較量福力以難進，窮究功能而轉深，誦語者必免於輪回，持心者乃超於生死。勸諸信士，敬此真經。（以上第二層次）朕適逢本命之年⑦，特發利生之願。懇命國師、法師、禪師、功德司副、判、提點、承旨、僧録、座主、衆僧等，燒施道場⑧，攝持浄瓶

---

① 能仁，指釋迦牟尼。梵語 *muni*（牟尼）舊意譯"能仁"。

② 含生，梵語 *sattva* 的意譯之一，指一切生命體，佛經中多譯"衆生""有情"。

③ 佛家以佛、法、僧爲"三寶"。

④ 四生，即胎生、卵生、濕生和化生，佛教把一切生物因出生方式不同而分成四類。

⑤ 具壽舍利，指佛十大弟子之一的舍利弗（*Śariputra*）。《聖大乘三歸依經》："爾時具壽舍利子獨居静處，如定之時作是念言：若善男子、善女人以虔誠心依佛法僧者，獲福若干，不能知量。今佛現在，我當往於善逝法王之前請問此義。"

⑥ 善逝法王，"佛十號"的第五號。《聖大乘三歸依經》："爾時佛告具壽舍利子言：汝今利樂一切人、天及諸有情，以慈悲心，請問如是事者，善哉善哉！舍利子，將此義理，以譬喻中當爲汝説。"

⑦ 仁宗仁孝當年 60 歲。

⑧ 燒施道場，佛教法事的一種，以焚燒供品來供養十方諸佛菩薩，又稱"燒結壇""火供"。

誦咒，千種廣大供養。讀誦番、西蕃、漢藏經[1]，講演《妙法》《大乘懺悔》。於打截截[2]、放生命、喂囚、設貧諸多法事而外[3]，仍行諭旨，印造斯經番漢五萬一千餘卷、製做彩畫功德大小五萬一千餘幀、數串不等五萬一千餘串，普施臣吏僧民，每日誦持供養。（以上第三層次）以其所獲福善，伏願：皇基永固，聖裔彌昌。藝祖神宗，冀齊登於覺道；崇考皇妣，祈早往于淨方。中宫永保于壽齡，聖嗣長增於福履。然後國中臣庶，共沐慈光；界内存亡，俱蒙善利。（以上第四層次）

依駢文寫作規則看，漢文後序願文的平仄搭配合乎格律，破例的很少，而西夏文後序願文雖然保持着“四六”的句式，但字的聲調搭配並没有規律，而且有些地方的遣詞造句明顯是在迎合漢語習慣。這使我們想到，這類文章應該是先寫了漢文，隨即另外請人翻譯成西夏文的，也就是説，漢文在前而西夏文在後。

這類成對文章的寫作有一個例外，那就是蒙學讀本《番漢合時掌中珠》的序言（李範文 1994：376—379）。《掌中珠》的編者骨勒茂才（[illegible] kwẹ le rjijr phu）是少有的兼通西夏語和漢語的民間文人，這兩篇序言肯定都是出自他一人之手，其中西夏文序言解讀作：

凡君子者，不因利他而忘己，無不學者；不爲利己而絶他[4]，亦無不教。學者以智成己，欲襲古跡；教亦以仁利他，用救今時。兼番漢文字者，論以末則殊，考於本則同。實何也？則先聖後聖，揆行未嘗不一故也。雖然如此，今時人者，番漢語言可俱備也。不會番言者，不入番人之衆，不學漢語，則豈合於漢人？番人□□□出，漢人不敬；漢人中智者生，番人豈信？此等皆語不同之故。如此則有逆於前言。故茂才稍學番漢文字，自然曷敢沉默？棄慚怍而準三才，造番漢語學法，集成節略一本。一一語句，記之昭明；各各語音，解之形象。敢望音有差而教者能正，句雖俗而學人易會，名號爲“合時掌中珠”。智者增删，幸莫哂焉。

---

① 誦讀了三種文字的藏經。在西夏文獻裹，“番”指党項，“西蕃”指吐蕃。

② 截截，藏語 *tsha tsha* 的譯音，一種用香泥調和黏土在模具裹壓製成的小佛像或小佛塔。“打截截”就是製作這種香泥小像。

③ 設貧，給貧苦人施捨齋飯。

④ 他，在這裹指除了“己”以外的所有外界事物。

漢文序言作：

> 凡君子者，爲物豈可忘己？故未嘗不學；爲己亦不絶物，故未嘗不教。學則以智成己，欲襲古跡；教則以仁利物，以救今時。兼番漢文字者，論末則殊，考本則同，何則？先聖後聖，其揆未嘗不一故也。然則今時人者，番漢語言可以俱備。不學番言，則豈和番人之衆？不會漢語，則豈入漢人之數？番有智者，漢人不敬；漢有賢士，番人不崇。若此者，由語言不通故也。如此則有逆前言。故茂才稍學番漢文字，曷敢默而弗言？不避慚怍，準三才，集成番漢語節略一本，言音分辨，語句昭然。言音未切，教者能整；語句雖俗，學人易會。號爲“合時掌中珠”。賢哲睹斯，幸莫哂焉。

對比西夏文和漢文可以看出，兩篇序言内容相同但詞句並非完全對應。這顯然是作者在避免對漢語的硬譯，轉而追求西夏語的通順和流暢。

由於西夏境内有大量漢人居住，所以王室大規模施印的同一部佛經會有西夏文和漢文兩種版本。如果施主不是君王，則佛經的序言和願文就只有一種版本，這時選用哪種文字就取決於施主的民族屬性——漢人施主的作品用漢文，党項施主的作品用西夏文。值得注意的是，即使直接用西夏文寫作，其文體格式仍然仿照中原的駢文，看來中原駢文對西夏文學的影響要遠遠超過格律詩詞。

## 5. 應用散文

在現存的西夏文獻裏没有發現抒情散文。可以歸入散文一類的只有非駢體的書籍序跋、短篇發願文和官員給上級的請示報告①。附在佛經抄本後面的短篇發願文可能直接出自普通民衆之手，也可能是請寺院的寫經僧代筆，其内容比較平淡，無非是祈求已故的親人早生净土，在世的親人一生平安。例如一對姓“遝訛”([illegible][illegible] djij ɣạ)的兄弟在《聖佛母般若心經持誦要門》後面寫下了這樣一段話(聶鴻音 2016：73)：

> 爲報阿爺勤□及阿娘野貨氏養育之恩，自家多年書寫金字墨字《心經》

① 俄羅斯科學院東方文獻研究所收藏有一些黑水城出土的政府公告，但是修復工作迄今没有完成。

並散施所需念定功能等，施與衆人。

施者子埿訛遣成。

書此字者埿訛遣茂。

附在佛經後面的跋語大多是由負責譯校的僧人寫的，旨在簡單介紹這部佛經的翻譯和刊印過程。例外的是寫在《聖觀自在大悲心總持》和《勝相頂尊總持》複刻合刊本後面的跋語（聶鴻音 2016：47—48），作者郭善真（[illegible] kwo śja tśjɨ̃）大概是“殿前司”的官員，他把跋語寫成了一則賣書的廣告，翻譯如下：

此《大悲心總持》者，威靈叵測，聖力無窮。所愛所欲，隨心滿足，一如所願，悉皆成就。因有如此之功，先後雕刊印版，持誦者良多，印版須臾損毀，故郭善真令復刻新版，以易受持。有贖而受持者①，於殿前司西端來贖。

打着利民的招牌謀取私利，這在古往今來並不罕見。如果是字典一類的工具書，則更會經過多人反復刊刻，導致書中錯字頻出。在西夏字典《同音》一個刻本的末尾，一個叫“義長”（[illegible] ·wo thọ）的人在正德壬子六年（1132）年寫下了一段西夏文跋語（李範文 1986：482），明確透露了這種情況：

今番文字者，祖帝朝搜集。求其易於興盛故，乃設刻字司②，衆番學士統領，鏤版而傳行世間。後刻印工匠不事人等，因求微利，起意而另開書場，又遷至他方。彼亦不識字，不得其正故，雕版首尾損毁，左右舛雜，學人迷惑。而義長見之，復於心不安，細細勘校，雖不同於舊本舛雜，然眼心未至，或略有失韻，賢哲勿哂。

在西夏的應用散文裏，最受重視的是乾定二年（1224）黑水城守將没年仁勇（[illegible] bə njij dźjwu wạ）寫給上級的“稟帖”（克恰諾夫 1971），解讀如下：

① 這裏的“贖”是“花錢買”的意思。

② 刻字司，西夏的一個政府機構，負責刊印皇室和政府所需的西夏文非佛教書籍。

兹仁勇曩者歷經科舉學途，遠方鳴沙家主人也①。先後任大小官職，歷宦尚那皆②、監軍司、肅州③、黑水四司，自子年始④，至今九載。與七十七歲老母同居共財，今母實年老病重，與妻眷兒女一併留居家舍，其後不相見面，各自分離，故反復申請遷轉，乞遣至老母住處附近。昔時在學院與先至者都使人彼此心存芥蒂，故未得升遷，而出任不同司院多年。其時以來，無從申訴。當今明君即寶位⑤，天下實未安定，情急無所遣用，故仁勇執銀牌爲黑水守城勾管。今國本既正，上聖威德及大人父母之功所致也。微臣等皆脱死難，自當銘記恩德。仁勇自來黑水行守城職事時始，夙夜匪解，奉職衙門。守城軍糧、兵器及砲大小五十六座、司更大鼓四面、鎧甲等應用諸色原未足，所不全者，多多準備，已特爲之配全。又自黑水至肅州邊界瞭望傳告烽堠十九座，亦監造完畢。仁勇轉運遠方不同司院之鳴沙家主蓄糧⑥，脚力貧瘠，惟恃禄食一緡，而黑水之官錢穀物來源匱乏，均分之執法人，則一月尚不得二斛。如此境況，若無變更，則恐食糧斷絶，羸瘦而死。敝人仁勇蒙恩以歸寧母子，守城職事空額乞遣行將啰訛張力鐵補之，依先後律條，于本地副將及監軍司大人中遣一勝任者與共職，將仁勇遣至老母住處附近司中勾管大小職事。可否，一併乞宰相大人父母慈鑒。

這是一份“請調報告”，表面上提出的理由是與老母和妻兒長期分離，希望調回家鄉附近任職，以便照顧家人。文中順帶匯報了他爲黑水城所做的工作和面臨的困難，並爲自己離職後的下一步人選提出了建議。全文寫得條理清楚，同時透露出常年駐守邊關，條件艱苦且不得升遷的怨氣。同樣以照顧老母爲理由的禀帖，我們自然會想到李密那篇著名的《陳情表》——那篇文章寫得情真意切，極具感染力，當然不是這篇禀帖所能比肩的。

形式特殊的散文是《黑水建橋碑銘》，原碑於乾祐七年(1171)立在張掖黑水河畔，今存張掖市博物館。碑的正面和背面分別以夏仁宗名義用漢文和藏文寫成，所記内容相同，其之所以使用藏文，是因爲碑文感謝的建橋發起人是個被稱作

① 鳴沙，西夏地名，在今寧夏中衛，距黑水城約900公里。
② 地名音譯，不詳所在。
③ 肅州，今甘肅酒泉，距黑水城約400公里。
④ 子年，指西夏神宗光定六年丙子(1216)。
⑤ 當時在位的是獻宗德旺。
⑥ 鳴沙，地名，在今寧夏中衛市。

“賢覺聖光菩薩”的藏族喇嘛①。下面是碑文的漢文部分(王堯 1978,佐藤貴保等 2007):

勅鎮夷郡境内黑水河上下所有隱顯一切水土之主,山神、水神、龍神、樹神、土地諸神等,咸聽朕命:昔賢覺聖光菩薩哀憫此河年年暴漲,飄蕩人畜,故發大慈悲,興建此橋,普令一切往返有情,咸免徒涉之患,皆沾安濟之福。斯誠利國便民之大端也。朕昔已曾親臨此橋,嘉美賢覺興造之功,仍罄虔懇,躬祭汝諸神等。自是之後,水患頓息。固知諸神冥歆朕意,陰加擁佑之所致也。今朕載啓精虔,幸冀汝等諸多靈神,廓慈悲之心,恢濟渡之德,重加神力,密運威靈。庶幾水患永息,橋道久長,令此諸方有情,俱蒙利益,佑我邦家,則豈惟上契十方諸聖之心,抑可副朕之弘願也。諸神鑒之,毋替朕命!

碑文記載的事件和寫作技巧平淡無奇,但作爲西夏時代僅存的藏文作品,這篇文字仍然受到了學術界的重視。

## 六、漢地詩歌的仿作和翻譯

沈括的《凱歌》有“天威卷地過黄河,萬里羌人盡漢歌”的句子,葉夢得《避暑録話》卷下也記載:“一西夏歸明官云:凡有井水飲處,即能歌柳詞。”這給人的感覺似乎是漢語詩詞在西夏流傳頗廣,然而這兩條材料也可以另作解釋——事實上當時的宋夏戰場都位於黄河東南且距離黄河很遠,北宋軍隊從來没有到過黄河,所以沈括的詩句只是反映了宋朝將領征服西夏的理想。與此相似,葉夢得遇到的那個西夏投誠者也只是在偶然談及柳永時恭維一下中原人,並不是對當時當地情況的如實描述。我們知道,北宋著名作家柳永的作品不專注典故的鋪陳,喜歡以平易的字句細緻地描寫市井風物和文人情趣。可以想象,他那些長篇的“慢詞”有利於在充斥着綺靡之風的北宋都市傳播,在半農半牧的西夏郊野卻未必能夠大行其道,若想把那些纖巧的詞句譯成西夏文更是難上加難。事實上就像在中原一樣,柳詞即使在西夏傳播,其範圍也應該主要局限於附庸風雅的漢族

① 賢覺聖光菩薩,藏文碑銘作 *'phags pa byang chub sems dpa' 'od zer*(聖者菩薩光)或 *'phags pa*(聖者),不知爲什麽没有寫上“賢覺”。

市井文人和歌伎之間。我們之所以形成這樣的認識，是因爲在現存的西夏文獻裏幾乎見不到唐宋文人詩詞的痕跡[①]，漢地詩歌對西夏文學施加的影響只見於民間俗曲和僧侣道歌。

西夏人對漢地詩歌的仿作在形式上明顯區别於党項的傳統詩歌——每一句都有固定的字數限制，而且最重要的是，西夏作者有意識地在詩歌裏用韻了。

### 1. 河西樂

人類的歷史上總是先有聲樂後有器樂，因此如果見到樂器，就可以肯定那時必有合樂歌唱的曲詞。西夏時代的曲詞保存下來的很少，而文獻中關於西夏音樂的記載則相對多些[②]。從中我們知道，直至元世祖至元七年(1270)，宫廷裏還會定時演奏西夏音樂，當時稱作"河西樂"，與中原和回回的音樂有别：

> 每歲二月十五日，於大殿啓建白傘蓋佛事……儀鳳司掌漢人、回回、河西三色細樂，每色各三隊，凡三百二十四人。

這樣的樂隊編制可謂龐大，但是具體使用什麽樂器還不很清楚。西夏文獻裏有三處集中記載了樂器，其中最著名的見《番漢合時掌中珠》第 32 頁：

> 三絃 六絃 琵琶 琴 筝 箜篌 管 笛 簫 笙 篳篥 七星 大鼓 丈鼓

另一處記載見西夏文《纂要》(𘟙𘞃 tshji śio̱)的《樂器品》。原文於每個西夏詞下附注對應漢語詞的西夏音譯，據以還原漢語本名並不困難：

> 大鼓 丈鼓 和鼓 導鼓 建鼓 吸笙 笛 七星 簫 三絃 六絃 筝 琵琶 箜篌 嵇琴 拍板[③]

---

① 西夏文獻中的唐人詩詞僅見白居易《海漫漫》的末句"不言藥，不言仙，不言白日升青天"。不過西夏人翻譯的這幾句詩並非來自《白氏諷諫》原書，而是來自一部中原佛教著作《隨緣集》的轉述(索羅寧 2018)，這不能説明西夏像契丹境内那樣有白居易的《諷諫集》流傳。

② 這裏僅介紹西夏文獻中的記載。關於漢文史書和敦煌等地壁畫中的資料，參看孫星群(1998)對西夏音樂的論述。

③ 録文最初由西田龍雄(1986：8—10)發表，但西夏文解讀有數處存疑，這裏爲其補出正確的漢譯："建鼓"原誤譯"架鼓"，"吸笙"之"吸"字原失譯，"嵇琴"原誤譯"棋琴"。

此外的記載還見於漢文《雜字》([illegible][illegible] dji dza)的《音樂部》(俄藏黑水城文獻 6：141),原文把樂器名稱、音樂術語和表演形式混編在了一起,其中的樂器有：

龍笛 鳳管 秦箏 琵琶 嵇琴 箄篥 雲簫 箜篌 七星 丈鼓 笙簧 拍板 三絃 六絃 笛子

表演形式有：

影戲 雜劇 傀儡 舞綰 相撲 散唱 八佾

除了"八佾"一詞可能典出《論語・八佾》的"八佾舞於庭"之外,這裏列出的樂器和表演形式都來自民間——由彈撥樂、吹奏樂和簡單的打擊樂組成,既不見"鐘""磬"之類貴族專用的大型樂器,竟然也不見西域傳入的弓絃樂器①,給人的總體感覺是與唐代的教坊表演頗爲相似。當然,由於上述記載都來自 12 世紀末的蒙學教材,而西夏的蒙學教材又是在中原同類作品的影響下産生的,這使我們不能逐一斷定那些樂器和表演形式是西夏實有還是直接照搬自某種中原蒙書。然而無論如何,其中必有一些表演形式在西夏民間流行,這一點是不難想定的。

可以用爲西夏演奏樂器確證的是黑水城遺址所出三件寫有俗字樂符的西夏文殘紙,其中兩件今藏俄羅斯科學院東方文獻研究所,一件今藏英國國家圖書館。捷連吉耶夫-卡坦斯基(1981：71—74)首次發表了俄國兩件藏品的摹録本,並且正確地判斷上面的符號是樂符。其中一件於乾祐癸巳年(1173)抄在西夏韻圖《五音切韻》(инв.№ 620)的卷尾,照片由上海古籍出版社於 1997 年刊佈(俄藏黑水城文獻 7：277)。原件寫有樂符的一頁存字五行,其中第一、三行是漢語樂符名稱的西夏音譯,第二、四行是樂符,第五行是抄寫時間(**圖 1**)。魏安(2012)通過對照《事林廣記》等古書的記載,確定這套符號爲"笛譜",並且對全部存字做出了解讀：

·u xjwa kow tśhji śjwo

五 凡 尺 工 上

① 岑參《白雪歌送武判官歸京》有"中軍置酒飲歸客,胡琴琵琶與羌笛"的句子,可以證明作爲弓絃樂器代表的胡琴此前就在西域盛行,但是不知什麽原因,迄今所見的西夏文獻裏全然不見弓絃樂器的消息。

ji　sə　ljiw kjiw xa

一　四　六　勾　合

魏安注意到寫出的十個樂符没有一個重複，於是判斷那是個不成曲調的樂符表，只是第二行第二字（尺）和第四字（工）的位置顛倒了①，而且符號也没有按照樂音的高低次序合理排列。

俄羅斯科學院東方文獻研究所收藏的另一件樂譜（инв.№ 4780）抄在一個藏傳佛經譯本的紙背，原件有樂符四行，前兩行和後兩行的文字大小不同，且第三行爲前兩行的重複抄寫（**圖 2**）。捷連吉耶夫-卡坦斯基和魏安都曾指出上面的俗字樂符很接近法國國家圖書館收藏的敦煌琵琶譜（P. 3539、3719、3808），以及9世紀的日本琵琶譜。捷連吉耶夫-卡坦斯基（2009）還注意到其中有一個從未見過的符號——"[illegible]"，這個符號出現在第二行和第三行的最下面，他不能判斷那究竟是標誌着樂器的某種演奏技法還是標誌着樂段的結束②。

俄藏 4780 號原件在第二行和第三行樂譜中間夾寫了一行很小的西夏字，中間還用了兩個小圓圈分割，似乎是樂句的標記。這一行的西夏字大都是純粹的譯音字或者與漢語同音同義的借詞，在位置上與左面的一行樂符逐一對當，表明那應該是漢語樂符名稱的西夏語音譯③。可惜我們迄今還没有一個琵琶譜字與漢語音名或者唱名的對照表以供研究參考，因此這行字的最終解讀還有待學者的努力。

那件英國藏品抄在西夏法典《天盛律令》卷一五（Or.12380/21）的紙背，清晰的圖版見英國國家圖書館的"國際敦煌項目"網頁（**圖 3**）④。下面是魏安對最右邊一行樂符的解讀，由於原件字跡塗抹漫漶過半，所以他的解讀中有些猜測的成分也是難免：

五凡尺工上一尺四六勾合

---

① 與此不同的是，第一行譯音西夏字的位置卻是正確的。

② 敦煌琵琶譜的破解是半個多世紀以來音樂史界聚訟紛紜的難題，我們没有足夠的音樂知識積累來參與這方面的討論。

③ 以我們有限的知識，目前可以大致猜出的字只有 jij 和·ji"一"（日語名 iti）、kjwĩ"工"（日語名 ko）、xia"下"、tshjɨ"七"（日語名 siti）、xjwa"凡"、kew"勾"。

④ http://idp.bl.uk/database/oo_scroll_h.a4d?uid=65525133614;recnum=23412;index=1.

原件在樂符的左面還有三行西夏字，似乎是用西夏字記録的另一段樂曲。這些西夏字全部是漢語的譯音。第一行和第二行的文字相同，大致讀作 sew dźju thja phja，這是音譯了漢語的“小女跳破”。最後一個“破”字退格書寫，應該是指宋代流行的“曲破”①，即插在大曲中間不配歌詞的舞樂。第三行是曲破的打擊樂譜，大致讀作 la lo ljɨj lji lja，ljij la lo lo ljij，這個全部由 l-聲母字組成的曲譜我們還不能真正讀懂。儘管從字面上不妨音譯爲“鑼鑼鈴鈴鑼，鈴鑼鑼鑼鈴”，但其中用了三個讀音不盡相同的西夏字來音譯“鑼”，又用了三個讀音不盡相同的西夏字來音譯“鈴”，使人想不明白那究竟是特指某一種樂器還是表示多種樂器的合擊。

夏仁宗天盛初年頒佈的法典裏提到了一個名爲“番樂人院”的政府機構，與“漢樂人院”及幾個執掌工匠的部門並列（史金波等 1994：252），屬於西夏政府部門五個等級的“末等”，此外没有文獻提到過這個部門做了什麽具體的工作。由此只能得到這樣一個至爲簡單的感覺——在西夏人心目中，“番樂”（党項音樂）和“漢樂”是有區别的。不難想到，這區别應該在於樂曲的風格②，至於樂隊的編制，從目前的資料裏還看不出党項音樂有什麽獨特的地方。如果西夏蒙書裏關於樂器的記載真的反映了西夏的實情，那麽就可以説，西夏的樂器甚至樂隊基本上都是照搬中原的③。上述三個殘片也表明，西夏的吹奏樂器如笛子、彈撥樂器如琵琶以及打擊樂器都像中原那樣分别使用不同的樂譜，其中包括唱名和每句“五言”的曲式都是在漢地音樂影響下的産物。只有英藏 Or.12380/21 號上面的“鑼鼓經”似乎略帶河西民族色彩，但那也可以認爲是在漢地某種記譜法基礎上衍生的。

出土文獻裏没有像《白石道人歌曲》那樣配合曲譜的歌詞，但是可以相信，西夏民間有些仿漢地風格創作的曲子詞是可以合樂歌唱的。在樂譜提示的三類樂器中，只有琵琶類的彈撥樂器可以由一人邊彈奏邊演唱，用笛子類的吹奏樂器伴唱必須兩人合作，至於鑼鼓，由於只能表現節奏而不能表現旋律，所以更需要多人合作才行。這樣想來，如果假設西夏有宋代那樣的歌女表演，也不是没有道理。進一步設想，正是這類表演打下了曲子詞在西夏流行的基礎。

---

① 上述西夏時代的漢文本《雜字》在《音樂部》收録了“曲破”這個詞。又《宋史》卷一四二《樂十七》載“太宗洞曉音律，前後親製大小曲及因舊曲創新聲者，總三百九十”，其下列有“曲破二十九”和“琵琶獨彈曲破十五”的曲名。

② 《續資治通鑑長編》卷一二三記載，夏景宗元昊在建國之初曾經“革樂之五音爲一音，裁禮之九拜爲三拜”。其中的音樂改革不知所指，一般認爲針對的是樂調。

③ 事實上敦煌莫高窟和榆林窟西夏壁畫上面的樂器種類也不出此範圍（孫星群 1998：68—71）。

## 2. 曲子詞

曲子詞一般都題有"曲牌",以提示表演者按照什麽樂曲演唱,這也是判斷一首作品是否曲子詞的重要標誌。黑水城出土文獻裏有少量題有曲牌的作品,最集中的記載是俄羅斯科學院東方文獻研究所收藏的一件多種漢文作品雜抄的小册子(A 20),其中五頁可以稱作"曲子詞集"(俄藏黑水城文獻 5：271—276),上面保存的曲牌有"大聖樂""驀山溪""山亭柳""滿庭芳""小重山""聲聲慢""木欒花""醉蓬萊"和"小鎮西"。作品多用通假俗字,未見特殊的思想境界和過人的文學技巧,例如《聲聲慢》:

鼓聲催戰,鋭氣雄心,向前性命厮博[搏]。稍擬回頭,遭他擁陣刀斫。還效這般勇猛,肯修行,十分把捉。耐堆擢[①],管彩雲,當下襯了雙脚。

其耐人心多變,苦難熬,清虚冷淡蕭索。争節攙搶[②],仍被世緣籠絡。左右難爲棄捨,俗與道,兩頭擔著。路見錯,辭蓬島,來奔岱嶽[③]。

這是在用赴戰比喻修行的過程,强調修行的決心雖大,但在實施過程中總會遇到難以化解的内心矛盾,最終功虧一簣。再如《木欒[蘭]花》:

養命修生人甚多,罕聞達者事如何。道失真常心行錯,廣争羅。

方寸良田千萬頃,侵天荆棘虎狼窩。略不平治乾熱亂,謾波波[④]。

這是把身心修養比作耕田,强調"方寸"(心)如果得不到及時的修整,就會成爲雜草叢生的荒涼土地。

這幾首曲子詞都帶有道家意味,下面這首《大聖樂》表現得尤其突出:

行也無心,坐也無心,内霳外癡。任百魔千惱,風波横逆,抨彈敲點,侮慢

---

① 堆擢,俗語,意爲"反復",等於説"揮擢"。

② 攙搶,天文學上的彗星。古人認爲彗星是主兵禍的妖星,這裏指争鬥。

③ 這首詞的用韻與唐宋"官韻"不合——整首詞用入聲藥韻,但其中的"捉""嶽"卻在覺韻,按規定不能通押。這説明詞的作者肯定没有能力通過中原的科舉考試。

④ 謾波波,見《宗鏡録》卷一一:"杜順和尚偈云：遊子謾波波,巡山禮土坡。文殊祇者是,何處覓彌陀。"事實上這個詞我們還看不懂。參照上闋結尾的"争羅",猜想是"嘮叨"或"亂折騰"的意思。

侵欺。堪恨堪憎，難禁難受，以道銷亡盡自伊。堅貞處，真金耐火，騰價增輝。

融怡快樂遊嬉，玩劫外風光景趣奇。據本來圓備，初無欠缺，寧分封畛，何辨高卑？争奈時流，剛尋捷徑，雜亂天真往又迷。君還悟，但忘渠喪我，平步仙梯。

道教在西夏的普及程度遠不及佛教，所以這類修身養性以求成仙的主題在西夏文學作品中罕見。孟列夫（1984：301—302）據紙質判斷爲 14 世紀中葉抄本，應該可以相信[①]。由此想來，這些曲子詞，包括俄藏 A 21 號裏的《慢二郎》等，似乎不好輕易視爲真正的西夏原創，但如果認爲它們産生於時代略晚的河西地區，似也不無道理，例如那首《慢二郎》以"良"字押入歌韻[②]，就表現了典型的西北方言特徵。

真正值得注意的是用西夏文寫成的曲子詞。當然，我們有時不能斷定那是原創還是從漢文翻譯來的，儘管從感覺上説前者的可能性較大。有兩首詞的原抄本失題，參照敦煌所出的同類作品可以擬題爲"五更轉"[③]，是俄羅斯科學院東方文獻研究所藏品（俄藏黑水城文獻 10：327）。原件殘損嚴重，一首缺前兩闋，一首缺後三闋。下面是譯文：

其一：

三更高樓牀上坐，□□□□□□□□□□。試問歡情天樂奏，此時尊拜伏而除錦衣。

四更□狂並頭眠，玉體相擁所□□天明。少年情愛倦思深，同在永世死亦不肯分。

五更睡醒天星隱，東望明□交歡緩起身。回亦淚□問歸期，謂汝務要速請再回程。

其二：

樓上掌燈入一更，獨自綾錦氈上坐，心頭煩悶無止息。嘆聲長□，似見

① 另外一種可能是，這件小册子的編號不在俄藏黑水城文獻的 инв.№序列，似乎也説明其另有來歷。

② 在中古時代的西北方言裏，"良"字所在的陽韻讀作没有鼻韻尾的-io，所以可以與讀-o 的歌韻通押。

③ 結合敦煌曲子來看，所謂"五更轉"只是限定了作品的内容，即從一更到五更，每"更"自成一闋。以下每首"五更轉"的句數和每句的字數並不統一，這説明"五更轉"在當時有多種曲調流行，其曲牌的相同僅僅是巧合。

伊人思念我，問□未能安。

些許無成入二更，獨自綾錦氈上坐，心頭煩悶無止息。……

第一首顯然屬於酒肆間演唱的艷曲①，作者也必是鄙俗的市井文人。第二首似乎是在描寫修行者夜晚坐禪的情景，可惜保存的内容太少，還不能引出最終的結論。事實上“五更轉”稱不上一個“曲牌”，它僅僅要求作品的内容從“一更”唱到“五更”，而每首詞的格律並不相同，表明演唱者可以採用不同的曲調表演。

民間流行的曲子詞也影響到了僧侣。僧官鮮卑寶源（[illegible] sjɨ pji ljɨ̣ ɣjow）寫過一首西夏文的曲子詞，題爲“顯真性以勸修法”（[illegible] ɣiej tsji̠r dźju ŋwu djo̤ śjij），附注“漢聲楊柳枝”（[illegible] zar ɣie̤·jow ljiw tśiə），表明是依照漢地曲牌的擬作②。“楊柳枝”曲最初爲七言四句，後來在每句後面加上了三字“和聲”③。鮮卑寶源的作品套用了後一種格式④，内容是渲染地獄報應的恐怖，下面是譯文（張清秀、孫伯君 2011）：

驚奇真如本覺性，思議無；神通普照大光明，日月度。摇動造作有能力，形相無；護持現滅如輪回，未曾動。

無往無來無生滅，性恒定；不説不棄不染浄，不變易。難知難信難思議，度心語；非親非遠未曾離，眼前住。

塵毛不遮盡現功，人堪告；諸人有爲能猜説，何不悟？有情如此有真性，愚蒙惑；貪嗔放鬆諸業造，生死受。

殑沙功德全不要⑤，耽世樂；頂戴亦經八萬劫，何所成？如同三界殑水輪，無停止；四禪天有福盡時⑥，形相變。

哀哉清浄真性身，神功著；依業愚癡爲有情，誰處説？變頭易相千萬劫，

① 第二首也有可能是在描述夜間的坐禪，但由於全詞沒有保留下來，我們難以決斷。

② 唐代劉禹錫有“請君莫奏前朝曲，聽唱新翻楊柳枝”的詩句。

③ 宋王灼《碧雞漫志》卷五：“今黄鐘商有《楊柳枝》曲，仍是七字四句詩，與劉、白及五代諸子所製並同。但每句下各增三字一句，此乃唐時和聲。”

④ 俄羅斯科學院東方文獻研究所藏有一頁殘紙（инв. № 7635），此前判斷爲曲子詞（俄藏黑水城文獻 10：322），從書寫格式上看，應該也是加了和聲的“楊柳枝”。不過原件字跡過於潦草，至今無法解讀。

⑤ 殑沙，“殑伽沙”之省，即“恒河沙”。佛教以“恒河沙數”喻指極大的數量，下文“殑水輪”亦指無限次數的輪回。

⑥ 四禪天，指修禪的四個境界，依次爲大梵天、光音天、遍浄天、色究竟天。

黑夜行;地獄疾馳謂剛健,子巧算。

覺背塵趣隨境遷,無停止;眠中亦夢爲家事,名利著。動樂承安不知倦,意性正;少略禪坐速愚昧,不分明。

嗔時吼叫威力殊,無明盛;修福誦佛名上時,亦無力。假若誦經懺悔時,心不净;積罪如山善塵微,焉平等?

幻術色身如電光,不多待;造罪死時獄使俘①,大獄入。業鏡本簿無謬誤,最顯明;閻羅皇帝正決斷,無情面。

羅刹獄主二邊立②,兇惡相;天目吼聲人心碎,過天雷。如海河流辯才者,不可説;十步九思當亦是,苦報受。

開尾掏心骨髓裂,甚悲痛;刀杖鐵輪如雨來,不可避。銅犬鐵蛇平時聚,共搏擊;碓磑搗割釜内煮,何不受?

鋸分切割鐵繩縛,甚苦惱;口惡剜舌千萬畝,犁農行。六十小劫日日成,長時待;割頭剁腿千萬歲,無停止。

脱獄亦生畜生道,鬼身受;如此輪回何時了,何不難?他等苦報自令爲,自承受;善惡果報如身影,不可躲。

因果如依聲響生,無差别;斷貪嗔癡滅惡趣,自然度。自己無生往昔明,性了悟;五藴應證無照見③,聲色明。

福德修行如存錢,莫懈怠;有情慈悲同獨子,我毁人。無三等劫亦當説,不爾待;自心真能成佛心,怎成佛?

論説笨拙文不和,意味薄;所得依才勸衆生,説修法。此善聖帝壽萬年,寶根盛;法界有情皆不遺,佛當成。

從格式上看,這種"楊柳枝"不限定全篇的句數,作者可以根據需要以四句爲單位無限延長。可想而知,其曲調也可以根據需要以四句爲一個樂段無限循環往復,演唱者至多對重複的樂句做細微的修飾,以避免聽起來過於單調。

## 3. 佛教講唱

上面這首"楊柳枝"是鮮卑寶源所著《賢智集》([illegible] me sjịj śio̱)的最後一

① 獄使,地獄的使者,即"鬼卒"。

② 獄主,西夏文爲"地獄主"之省,即"閻王"。

③ 五藴,即色、受、想、行、識,佛教認爲人的全部身心現象都是由這五個要素構成的。

篇,《賢智集》也是迄今僅存的一部西夏文個人作品彙編。從姓氏來看,寶源應該是鮮卑人後裔,他生活在 12 世紀中期,出家於西夏國都附近的大度民寺(克恰諾夫 1999：26),最著名的業績是用西夏文轉譯了鳩摩羅什的漢譯本《金剛經》。大約就是由於這類功德,他後來得到了“詮教國師”的封號,他的署名在西夏文獻裏有以下大同小異的兩種(克恰諾夫 1999：284,286,487)：

大度民寺院詮教國師沙門鮮卑寶源

大白高國大德壇度民之寺院詮教國師沙門寶源

北京的房山雲居寺曾保存有一卷明正統十二年(1447)重版的藏漢文合璧《聖勝慧到彼岸功德寶集偈》(羅炤 1983),這卷佛經原爲西夏賢覺帝師波羅顯勝和西夏仁宗覆勘,卷首漢文題記表明寶源曾擔任過管理佛教事務的政府官員：

詮教法師番漢三學院並偏袒提點𡂡美則沙門鮮卑寶源漢譯

題記裏的“三學”指“戒”“定”“慧”,即佛教徒學習的三個科目,“番漢三學院”也就是兼收党項人和漢人的佛學院。“偏袒提點”是出家僧人的總管。“𡂡美則”是西夏特有封號的譯音,字面意思是“賜覆全”,不知是不是意味着給予他普遍管理的權力。這樣看來,寶源在當時的地位確實很高。

寶源大約在乾祐十九年(1188)前不久去世,他的弟子楊慧廣收集他生前的作品編成一卷,募捐刊印,題爲“賢智集”,又題“鮮卑國師勸世集”([illegible] sjɨ pji lhjịj dzjịj śio̱ rjur pjwɨ̱r)。西夏文《賢智集》1909 年出土於黑水城遺址,今藏俄羅斯科學院東方文獻研究所。原書爲宋代典型風格的蝴蝶裝刻本,凡 43 葉。全部葉面保存良好,惟拼配後的第 19 葉右半面是空白,可是第 18 葉與第 19 葉左半面的内容卻無疑可以銜接。現在這個刻本的卷首有楊慧廣請皇城檢視司承旨成嵬德進([illegible] śio̱w ŋwe tśhja tjɨ̣j)寫的序言①,其中説這本書“文

① 序言全文漢譯:“夫上人敏鋭,本性是佛先知;中下愚鈍,聞法於人後覺。而已故鮮卑詮教國師者,爲師與三世諸佛比肩,與十地菩薩不二。所爲勸誡,非直接己意所出;察其意趣,有一切如來之旨。文詞和美,他方名師聞之心服;偈詩善巧,本國智士見之拱手。智者閲讀,立即能得智劍;愚蒙學習,終究可斷愚網。文體疏要,計二十篇,意味廣大,滿三千界,名曰‘勸世修善記’。慧廣見如此功德,因夙夜縈懷,乃發願事：折骨斷髓,決心刊印者,非獨因自身之微利,欲廣爲法界之大鏡也。何哉?則欲追思先故國師之功業,實成其後有情之利益故也。是以德進亦不避慚怍,略爲之序,語俗義乖,智者勿哂。”

體疏要，計二十篇”，可是實際收録的作品卻是二十一篇，數字的不合令人費解。第一篇作品《勸親修善辯》暗示了其中的緣故，其中相關的文字翻譯如下：

> 天降明君，誕時噴發火焰；國王聖主，生而滿室雷霆。嬰兒有齒，聞者自然驚奇；始文本武，己方臣民賓伏。神謀睿智，開拓國土家邦；單騎率軍，庶民遍滿天下。無奈將亡，未知求生何處；壽終至死，今時豈在宫中？

歷史上關於帝王出生時伴隨火焰或雷霆之類神異現象的傳説很多，難以落實到具體人物，但這段話裏提到的兩個西夏帝王卻有信史可徵——“嬰兒有齒”指的是後來被追尊爲夏太祖的李繼遷（963—1004），對應《宋史》卷四八五《夏國傳上》的“繼遷生於銀州無定河，生而有齒”；“始文本武”指的是西夏的開國君主景宗元昊（1003—1048），對應《宋史・夏國傳上》的“以十月十一日郊壇備禮，爲世祖始文本武興法建禮仁孝皇帝，國稱大夏”；“神謀睿智”指的是西夏仁宗仁孝（1124—1193），對應佛經發願文中最多見的“奉天顯道耀武宣文神謀睿智制義去邪惇睦懿恭皇帝”（孟列夫 1984：498）。很明顯，作者在這裏是要通過追溯前代帝王來感嘆人生無常，勸導大衆看透人生，放下一切追求，以修身養性爲務。“壽終至死，今時豈在宫中”的反詰意味着這三個帝王都已故去，然而在此産生的矛盾是，當楊慧廣刊印《賢智集》的時候寶源已經離世，而 64 歲的夏仁宗卻依然在位。由時間上的差别自然可以認定，這篇《勸親修善辯》應該不是出自寶源之手，而是别人在夏仁宗去世後的某個時候另寫的。進一步説，黑水城出土的這個本子不是初刻，而是個時間略晚的重印本。重印者儘量利用了原來的舊版，僅僅把這新寫的一篇補刊在前面以提示全書主旨，於是我們看到序言上説的作品數目就比實際所收少了一篇。與此相應的是，作者寶源提到自己名字的《勸驕辯》本來應該放在第一篇①，但是重編後變成了第二篇。如果這個估計不錯，則可以解釋原書第 19 葉右半面爲什麽是空白卻不影響前後的内容銜接。

《賢智集》收録作品 21 篇，除去前面談過的第 21 篇爲“楊柳枝”曲詞外，其餘諸篇的結構大致分爲兩種：一種是全文采用五言或七言詩體，另一種是以駢體説理敘事，附以偈頌重複詠唱。聶歷山（1936）最先研究了這本書，並用俄文翻譯了“俗婦”一篇作爲舉例。他下的定義是“包括各類道德説教的散文與勸諭性的

---

① 相關一句的譯文是“寶源分析少許驕罪，略見謙讓之功”。

詩”，戈爾巴喬娃和克恰諾夫(1963：58)則直接稱之爲“勸世詩文集”。事實上更確切的定義應該是“佛教講唱”，也就是和尚面向大衆傳播佛教時經常採用的“俗講”①，或可歸入“變文”一類。西夏的俗講從敦煌同類文學脱胎而來，只不過主題集中在勸世修身(孫伯君 2010)，即試圖借佛教規範人們的行爲。當然，目前還不能確知那些偈頌配樂歌詠的具體情況。

《賢智集》的前二十篇大致以文體排序，共包括九篇“辯”([illegible] nwə)、四篇“偈”([illegible] lja̱)、一篇“文”([illegible] ·jwɨr)，一篇“驚奇”([illegible] ɣar bji)，一篇“詩”([illegible] dzjo)，四篇“意法”([illegible] śia̱ śjij)。具體篇目的漢譯是“勸親修善辯”“勸驕辯”“讒舌辯”“勸哭辯”“浮泡辯”“罵酒辯”“除色辯”“罵財辯”“除肉辯”“降伏無明勝勢偈”“安忍偈”“心病偈”“俗婦文”“三驚奇”“自在正見詩”“隨機教化論外道意法”“小乘意法”“唯識之意法”“中乘之意法”“富人憐憫窮人偈”。其中最多用的“辯”是“唱導”的一種。作爲敦煌寫卷中各類講唱文學作品的基本表演形式，“唱導”是傳統讀經方法與中國民間講唱形式的結合，用爲正式講經前的引子。慧皎《高僧傳》卷一三(《大正新修大藏經》T50，p417c)：

> 論曰：唱導者，蓋以宣唱法理，開導衆心也。昔佛法初傳，於時齊集，止宣唱佛名，依文致禮。至中宵疲極，事資啓悟，乃别請宿德，升座説法。或雜序因緣，或傍引譬喻。其後廬山釋慧遠，道業貞華，風才秀發。每至齊集，輒自升高座，躬爲導言。先明三世因果，卻辯一齋大意。後代傳受，遂成永則。故道照、曇穎等十有餘人，並駢次相師，各擅名當世。夫唱導所貴，其事四焉，謂聲、辯、才、博。非聲則無以警衆，非辯則無以適時，非才則言無可采，非博則語無依據。至若響韻鐘鼓，則四衆驚心，聲之爲用也；辭吐後發，適會無差，辯之爲用也；綺制雕華，文藻横逸，才之爲用也。商権經論，采撮書史，博之爲用也。

由於僧人講經强調的是“適時”，所以遣詞造句都很淺顯，即使偶爾用到典故，也不妨估計是民間熟知的。用到的典故可以來自佛經，也可以來自中原歷史，下面翻譯《除色辯》中的幾句：

---

① “俗講”源於“梵唄”。慧皎《高僧傳》卷一三：“天竺方俗，凡是歌詠法言，皆稱爲唄。至於此土，詠經則稱爲轉讀，歌讚則號爲梵唄。昔諸天讚唄皆以韻入絃綰，五衆既與俗違，故宜以聲曲爲妙。”(《大正新修大藏經》T50，p415b)

一角仙人，耽之失靈[①]。桀紂二王，力疲身毁[②]。吴帝以此，國土亡失[③]。周幽耽色，烽火告災[④]。陳國後主，藏井蒙難[⑤]。

這段文字中説到仙人因女色而失去神通，帝王因女色而國亡身死，典故肯定爲人們所熟知。寶源是個漢傳教派的僧人，從作品内容看，他的知識基礎明顯帶有唐宋兩代的中原意味，而不見 12 世紀下半葉當地所傳吐蕃佛教的影響。當然，憑區區這點資料還不足以斷言寶源的歷史知識究竟是來自真正的中原典籍還是僅僅來自民間的口傳，不過若從西夏的總體文化教育水平考慮，給人的初步感覺是後者的可能性較大。事實上那些作品中有個别的句子雖然可以估計是用典，但由於敘述有些含混，所以一時還難以找到其確切來源。

"偈"的形式無疑是從佛教作品套用來的，通常是一首篇幅稍大的五言詩，有韻。例外的是《降伏無明勝勢偈》，這篇作品以七言八句詩開頭，然後繼之以散文，最後用一首長篇的"偈"復述散文的内容。下面是"開場詩"和散文部分的翻譯：

慈憫六趣凡愚類[⑥]，本逆真覺貪嗔盛[⑦]。

---

① 鳩摩羅什譯《大智度論》卷一七："仙人山中有一角仙人，以足不便故，上山躄地傷足，瞋咒此雨，令十二年不墮。王思惟言：若十二年不雨，我國了矣，無復人民。王即開募：其有能令仙人失五通，屬我爲民者，當與分國半治。是婆羅奈國有婬女，名曰扇陀，端正無雙，來應王募。……遂成淫事，[仙人]即失神通，天爲大雨七日七夜。"(《大正新修大藏經》T25，p.183b)

② 《荀子・解蔽》："昔人君之蔽者，夏桀殷紂是也。桀蔽於末喜、斯觀，而不知關龍逢，以惑其心，而亂其行。紂蔽於妲己、飛廉，而不知微子啓，以惑其心，而亂其行。"

③ 《越絶書》卷一二："越乃飾美女西施、鄭旦，使大夫種獻之於吴王。……吴王大悦。申胥諫曰：不可。王勿受。……吴王不聽，遂受其女，以申胥爲不忠而殺之。越乃興師伐吴，大敗之于秦餘杭山，滅吴，禽夫差。"

④ 《史記・周本紀》："幽王爲烽燧大鼓，有寇至則舉烽火。諸侯悉至，至而無寇，褒姒乃大笑。幽王説之，爲數舉烽火。其後不信，諸侯益亦不至。幽王以虢石父爲卿，用事，國人皆怨。石父爲人佞巧善諛好利，王用之。又廢申后，去太子也。申侯怒，與繒、西夷犬戎攻幽王。幽王舉烽火徵兵，兵莫至。遂殺幽王驪山下，虜褒姒，盡取周賂而去。"

⑤ 陳後主亡國之際藏身井中終被俘事見《陳書》卷六《後主本紀》："[韓]擒虎經朱雀航趣宫城，自南掖門而入。於是城内文武百司皆遁出。……後主聞兵至，從宫人十餘出後堂景陽殿，將自投於井。袁憲侍側，苦諫不從，後合舍人夏侯公韻又以身蔽井，後主與争久之，方得入焉。及夜，爲隋軍所執。"

⑥ 六趣，又稱"六道"，衆生由於生前的果報而趣向的六處地方，即地獄、餓鬼、畜生、阿修羅、人、天。佛教認爲衆生在這六趣之間輪回，始終忍受生死的痛苦。

⑦ 貪嗔，"貪嗔痴"之省，即"三毒"，佛教認爲是一切煩惱的根本。

是以魔勝心迷醉，不知不覺承死生。

一時奮迅龍宫往，無明大山伸手拔[①]。

愛海天中皆佈滿[②]，三界有漏爾時破[③]。

今聞：佛性寬廣，法界平等，凡聖圓融，本無别異。衆生迷醉，背真如義[④]，生死輪回，不求解脱。六趣往來[⑤]，愛水漂溺。蔽貪嗔癡，沉淪暗夜。刹那求樂，自投牢獄。是以四魔後隨[⑥]，方便專運[⑦]，五聚山中[⑧]，發出勇軍。放貪嗔火，悉燒諸善；妄測微塵，遮蔽智日[⑨]。菩提道場，登時截斷；涅盤法城，四面掩平。相指揮聲，震動大地，八面殺氣，染紅天色。心王恐懼，呼唤勇將，六波羅蜜[⑩]，法堂議之。十八界内[⑪]，令集四軍，緊急指揮，遍告軍令。發放矛戟，齊擊法鼓。一一衣安忍甲[⑫]，一切執三藐弓[⑬]。悉皆肘上掛禁戒盾，各自騎乘菩提心馬。爾時雙方，彼此交兵。精進迫戰，一無反顧。發至中途，刀箭如雨。屍骨蔽野，血流成海。魔軍敗逃，不相救護。六根道内[⑭]，先有伏兵。前奔後逐，不得遁處。念生生擒獲無明將軍，以索捆綁，送與智將。汝今罪重，不聽佛旨，令諸有情不得安樂。皆服所問，無言可對。心王因命：研磨解脱智劍[⑮]，殿前爲之三段。此後法界永遠安寧，如意大願今時圓滿。今日以後，即是獨尊。

---

① 無明，迷暗事理，不懂得世間諸法。

② 愛海，佛教形容人的欲望像海一樣深。

③ 三界，衆生生死往來的三個世界，即欲界、色界、無色界，這裏泛指所有的地方。有漏，含有世間煩惱的事體。

④ 真如，真實如常，指永不改變的不虛妄法。

⑤ 六趣，又稱"六道"，衆生由因果決定的六個輪回處所，即地獄、餓鬼、畜生、阿修羅、人、天。

⑥ 四魔，即煩惱魔、陰魔、死魔、自在天魔，害人身心、生成苦惱的四個根源。

⑦ 方便，佛教指隨機採用的權宜方法。"方便專運"等於説使用了特殊的手段。

⑧ 五聚，即"五蘊"，色、受、想、行、識。

⑨ 妄測，即"妄想"，不合於真實的妄分别之想。這兩句是説：持有的妄想像揚起的滿天灰塵一樣遮蔽了智慧的陽光。

⑩ 六波羅蜜，即佈施、禁戒、忍辱、精進、静慮、智慧，菩薩通向涅槃之彼岸的六種修行。

⑪ 十八界，總稱"六根"(眼耳鼻舌身意)、"六境"(色聲香味觸法)、"六識"(眼識耳識鼻識舌識身識意識)。指認識客觀事物的途徑，如眼識色處爲眼識界，耳聞聲處爲耳識界等。

⑫ 安忍，安心忍耐，在修行時不受外界的干擾。

⑬ 三藐，"阿耨多羅三藐三菩提"(*Anuttara-samyak-saṃbodhi*)的省稱，無上正遍知，即最高、最正確、最廣的覺悟。

⑭ 六根，認識外界的六個途徑，即眼、耳、鼻、舌、身、意。

⑮ 解脱，佛教指離開塵世的束縛而得到自在。

在這篇作品裏，作者把愚昧（無明）對覺悟（菩提）的破壞想象爲一場攻守大戰，最後當然是内心智慧的主導（心王）以“六波羅蜜”（善行）爲武器戰勝了愚昧，换來了法界的安寧。漢傳的佛經裏經常見到把修行的過程比喻爲跟魔軍的戰争①，只不過没有渲染得如此血腥，然而無論如何，我們也相信西夏的這個想象是繼承了漢地的傳統。

在敦煌藏經洞裏没有見到題爲“驚奇”的作品，但從體裁來看，如果説寶源這篇作品是以某種調寄“驚奇”的民間曲子詞作範本的，這一猜想似無大差。與“五更轉”每段都以“更”開頭相似，“驚奇”的格式是每段都以“驚奇”開頭，或全文七言，或間有“三三”句式。下面是第二章的漢譯：

> 二驚奇，二驚奇，六趣衆生千萬類。或有色，或無色②，有無不同一般情。嗔時張目又捶楚，喜時嬉戲開顔笑。日日生，夜夜死，生時自己擔屍行。此等不止不動摇，惟情所致而非他。今此情，今此情，伸展肢體不曾休。動時奔走如機關，撤如斷線不動摇。歸心諸君情體根，亦無形相人不見。疑是無，亦非無，無則諸法云何想？疑是有，亦非有，有則色相何不見？疑是斷，亦非斷，斷則六趣誰生受？疑是常，亦非常，常則幽顯何不停？細細審察情體根，疑慮道斷不思議。

從總體上看，《賢智集》裏的作品最像是寶源説法時的開篇詞或者收束語，其中講解的都是東土佛教裏一些行爲準則和最基本的道理，例如“讒舌辯”“駡酒辯”“除色辯”“駡財辯”“除肉辯”對應佛教的“五戒”——不妄語、不飲酒、不邪淫、不偷盜、不殺生。顯然，寶源説法時面對的應該是佛學根基很淺的大衆，所以他的作品裏只有《小乘意法》（聲聞）和《中乘之意法》（緣覺）卻没有“大乘之意法”，看來他認爲修行大乘（菩薩）不是面前的信衆所能做到的事情。

### 4. 詩文集

現有的資料證明，西夏人直到 12 世紀下半葉才有了編纂作品集的想法，問

① 例如不空譯《仁王護國般若波羅蜜多經》卷下：“往昔過去，釋提桓因爲頂生王領四軍衆來上天宫，欲滅帝釋，時彼天主即依過去諸佛教法，敷百高座，請百法師，講讀《般若波羅蜜多經》。頂生即退，天衆安樂。”（《大正新修大藏經》T08，p.840b）《仁王經》被認爲有護國的功能，在西夏時代頗受重視，或許這篇《降伏無明勝勢偈》就是爲講解《仁王經》而作。

② 色，顯示的具體形相。

世最晚的是《三代相照文集》([illegible] sọ śjij dźjwɨ swew ŋwu̱ śio̱·jwɨr)。這部書現藏俄羅斯科學院東方文獻研究所，編號 инв. № 4166，共 41 個蝴蝶葉，保存基本完整。書題最初譯作“三世屬明言集文”(戈爾巴喬娃、克恰諾夫 1963: 58)，克恰諾夫(2018)還進一步梳理了文集的内容，他通過其中出現的“白雲釋子”和“白雲大師”等幾個人名，指出這是白雲宗和尚的作品，出自 12 世紀末至 13 世紀。事實上這正是宋代白雲宗祖師清覺以下幾人的詩文合編，不過成書並不在西夏，而是在 1270—1281 年間的杭州(孫伯君 2018)。

《三代相照文集》的卷尾有一篇後序，敘述了文集的編纂緣起。全文翻譯如下，只可惜没有直接提到幾位祖師的名字：

> 謹聞：先賢曰：“佛經開張，羅大千八部之衆；禪偈撮略，就此方一類之機[①]。”故我師祖，心心相續，遍來沙界支流；燈燈相傳，展示無窮妙語。今本國不同他處，本門長盛不衰。三代相照，雲雨飄零四海；二尊相扶，風聲響震八方。愚等入於妙會，多聞異事，依“寶山悉至，寧空手歸”之語[②]，尊親慧照及比丘道慧等，互記深重誓願：始於依止當今本師，力求前後教語，因體結合，略成五十篇。此等反復考校於師，定爲品第。要言之，則古拍六偈，今贊三條，自韻十三，他法内增二十□，外修六地，亦皆爲人拔刺解窒□句□藥是也。又此集中或有眼心未至致缺，亦望□智者異日搜取補全。以此善力，惟願：與諸善友，世世同生。得遇德師，當作真經囊篋；得圓信本[③]，照明師祖真心。又願：當今皇帝，謹持佛位；諸王臣宰，信證上乘。普國庶民，棄邪趨歸於正；法界衆生，可得離苦解脱。統攝一切，共同當成佛道。

後序裏只談了編集，卻没有交代原文是用什麼文字寫成的，就是説，面對這樣一部西夏文的書，我們不知道裏面那些作品究竟是直接用西夏文寫的，還是漢文原創以後又被未署名的譯者翻譯成西夏文的，學界對這個問題始終猶豫不決。索羅寧(2011)後來指出，其中兩首題名“白雲釋子道宫偈”和“白雲大師了悟歌”

---

① 這兩句引文出自宗密的《禪源諸詮集都序》。唐代的“華嚴禪”著作在西夏非常盛行，白雲宗也自稱“祖述華嚴”。

② 這兩句引文出自湛然的《止觀輔行傳弘決》卷一八。

③ 這句話的意思是“圓滿完成了一套值得崇信的文本”。

的作品又見於西夏文《三觀九門鑰匙文》①,兩個文本内容相同但遣詞造句略有差異,顯然表明這兩篇作品最初是用漢文寫的,兩個西夏文本則分别出自不同的譯者之手。不過,人們卻很難據此兩篇就斷定全部詩文都是譯作,因爲裏面的詩歌大都是用西夏語押韻的。如所周知,在翻譯詩歌時保持原來的意思並不困難,但是要保持原有的用韻特點,那對譯者文學水平的要求就實在太高了。

《三代相照文集》共收詩文 50 篇,少量爲語録體的散文,多數爲歌行體的韻文。雖然押韻不像中原詩歌那樣嚴整,但這些都是真正以文學創作爲目標的作品。從中可以看到對景物和人物心境的描寫,例如最受重視的《夏國本道門風頌》:

殊勝無匹本威嚴,異眼無遮至顯通。
本師不絶弟子繼,門風開似孔雀屏。
酷熱盛夏得清涼,入定雪谷山間逢。
天已暮時明月見,雪後白雲有奇境。
晚雲浮空月氣清,草薄鳳凰獅子雄。
山林獨步長呼嘯,侍從虎豹與青龍。
二人引導緩步行,步履歸一衆人從。
爾時正值秋雨時,雪谷穴間令起行。

克恰諾夫(2018)認爲這首歌是西夏文原創,目的是讚美西夏王朝世代相承的歷史。事實上那更像是白雲宗的弟子在讚美自己教派的西夏發源地——賀蘭山(孫伯君 2018)。史載賀蘭山終年積雪,元代上層僧侣中的西夏遺民有很多曾在賀蘭山剃度,西夏滅亡後,一些僧人從賀蘭山南下,到了洛陽、杭州、福州等地,在寺院内擔任住持,同時編刊了《普寧藏》和《河西藏》②,形成了獨有的門風。

---

① 西夏文題作“[illegible]”(sọ bio̱ gjɨ̣ ɣa zjwā kjwi ·jwɨr),孫伯君(2019)譯作“三觀九門樞鑰”,於意較長。

② 這些僧人裏比較著名的是李慧月和慧覺,他們都自稱出身賀蘭山。至元二十八年(1293)刊普寧藏本《入楞伽經》卷一(李際寧 2002: 142—144):“長安終南山萬壽禪寺住持光明禪師惠月,隴西人也。九歲落髮披緇,一踞荷蘭山寺,瞻禮道明大禪伯爲出世之師,旦夕諮參,得發揮之印。先遊塞北,後歷江南。福建路曾秉於僧權,嘉興府亦預爲録首。”洛陽白馬寺所出《故釋源宗主宗密圓融大師塔銘》(崔紅芬 2010):“公諱慧覺,楊氏,姑臧人。父仕西夏爲顯官,夏亡,易服爲苾芻,隱居求道,物論美之。公幼讀書,聰穎不群,少長,志慕佛乘,遂祝髮爲僧。時西北之俗,篤信密乘。公服膺既久,深得其道,乃逃遁巖藪,勵精禪想……世祖皇帝詔海内德望,校經於燕。公從護法,已見賜宗密圓融大師之號。會永昌王遣使延公啓講於涼,公之道大振於故里,創壽光、覺海二寺。”

白雲宗的創始人是孔清覺(1043—1121),號"白雲釋子",生於洛陽。宋神宗熙寧二年(1069)出家,師從汝州龍門山寶應寺海慧大師。元祐八年(1093)至杭州靈隱寺,在寺後白雲山庵居止,於是以所居庵名爲號,自立白雲宗,著有《證宗論》《三教編》《十地歌》《初學記》《正行集》等。《三觀九門鑰匙文》裏與《三代相照文集》勘同的那兩首詩署"白雲釋子作",則清覺爲"三代相照"中的第一代自是無疑。第二代應該是《三代相照文集》卷首版畫上排在白雲釋子後面的"張禪師"①,(**圖 4**)不過目前還没有關於他的可靠資料。第三代也許包括後序裏提到的那個"當今本師",不過不知爲什麽没有直接給出法號,考慮到書中收録的作品還題有法雨尊者、雨嘯道者、人水道者、慶法沙門、重法本師、雲風釋子等大師的名號,可以估計其第二代以下並不具體指某一個人。

作爲《三代相照文集》編集者之一的慧照(𗥃𗠁 zjɨr swew)同時也是刊印的出資人。書的卷尾署有"浄信發願者節親主慧照",其中的"節親主"是西夏的特有稱號,指党項皇族嵬名氏下面的家支首領。他於寶祐丁巳年(1257)任妙嚴寺住持(孫伯君 2018),普寧藏本《華嚴經普賢行願品》卷四〇存有其職銜,爲"宣授浙西道杭州等路白雲宗僧録南山普寧寺住持傳三乘教九世孫慧照大師沙門道安",並記録了他參與發起編刊大藏經的功德:

> 道安濫廁僧倫,叨承祖裔。雖見性修行,因地果位未成,非依經演唱,教乘佛恩莫報。切見湖州路思溪法寶寺大藏經板泯於兵火,隻字不存。累承杭州路大明慶寺寂堂思宗師,會集諸山禪教師德,同聲勸請,謂此一大因緣,世鮮克舉,若得老古山與白雲一宗協力開刊,流通教法,則世出世間,是真續佛慧命。道安蒙斯處囑,復自念言:如來一大藏經板實非小緣,豈道安綿力之所堪任?即與庵院僧人優婆塞聚議,咸皆快然,發稀有心,施力施財,增益我願。又蒙江淮諸路釋教都總攝所護念,准給文憑及轉呈簷八上師引覲,皇帝頒降聖旨,護持宗門,作成勝事。

白雲宗在杭州一帶的發展勢頭很猛,其首領掌握着江南佛教的大權。儘管這些僧人於佛學思想的繼承和發展無所貢獻,且平日聚斂無度,屢遭朝臣彈劾,但其自恃得到過當朝皇帝支持而氣焰不減,這導致《三代相照文集》給人最强烈的印象

① 這幅版畫上有四個人像,依次是宗密、裴休、白雲釋子、張禪師。

就是對本宗派先祖的吹捧。《師之像贊偈》是對後人所造白雲大師塑像的讚頌：

大叹泥土無有意，祖智超群胜佛逝[①]。
各處畫匠無法摹，吾法形像求畫時。
法像凭何而可視，令造畫時無踪迹。
告諸智者來望時，抬眼真實必可見。

毋庸諱言，這些詩歌並沒有表現出高超的藝術手法，但比起那些内容淺薄的"證道歌"來畢竟略勝一籌。事實上白雲宗雖然自稱"祖述宗密"，但是在其宗徒的作品裏看不到對唐代"華嚴禪"理論的任何闡發，大都只是在主張放棄一切塵世間的追求而專心修道一類迂腐的常談。

俄羅斯科學院東方文獻研究所另外收藏有一卷西夏文的小書，殘卷首半葉和卷尾(俄藏黑水城文獻 10：195—200)。此前學界對西夏文書題有"德行記"(戈爾巴喬娃、克恰諾夫 1963：59)、"德業集"(西田龍雄 1997：375)、"德行集"等不同譯法，書的性質也被定義爲"漢文儒家著作譯本"。聶鴻音(2002)對書的内容做了概述和全文翻譯，指出它是據某種漢文著作翻譯而成的，不過作爲其原本的漢文著作長期没有找到。其後經孫伯君(2011b)指出，那實際上是白雲宗祖師清覺所著《正行集》的西夏譯本，漢文原本於元皇慶二年(1313)首刊入普寧藏，通行本見《中華大藏經》第 71 册。西夏譯本對原文有所節略，個別説法也翻譯得不夠準確。下面是現存部分的譯文：

君子者，寬宏大量，不吝財富。盛時無禍，性正行清。縱謗不驕，自謙不矜。在塵不染塵，在欲無欲心。心無惡行，智人祐助。不彰己行，不求揚名。默默行之，威伏不顯，心不放逸。不高不廣，不毀不譽，則君子之德也。如山之固者，行合德行，不動不摇也；如松之貞者，遇禍亦不改心志，則如松之貞；如水之净者，財無不益，身無不明，垢無不去，穢無不净。君子者，禮無不恭，言無不從，孝無不順，義無不忠，明察智愚，分别邪正。不以多求而亂心，圖利益而不爲非。毁譽不變心，恨而不思怨。任德含弘，堅心守志。則如水之

① 佛逝，全稱"室利佛逝"(Śri Vijaya)，南亞古國名，地括今馬來半島和巽他群島，曾是大乘佛教傳播重地，以佛教建築和造像聞名。這裏是説白雲大師塑像的建造水平比長於造像的佛逝國人還要高。

清。此四者，君子之體也。又君子者，行同日月，量比山川，順四時，合萬物。如日月無偏照，如冬夏並生德，山川包容萬物。君子有德，四方美之；郡守有德，百姓欽之；鄉閭有德，衆人仰之；家尊有德，門風顯之。

皇天無親，惟德是輔①。猶一株香草，不類萬草，諸人皆愛之②。君子者，不以利己而損人，不以非他而自是，不以卑人而自尊，不以輕人而自重，不以非道而交友，不以結怨而讎人。君子者，施恩而不望報，不窺無義之財，不受無功之賞。先祖之行者，惟依忠德行之。今時人者，行多奸詐，諸善行中，不行其一，何則？常生二心，善惡雜糅，邪正相隨。清者爲濁，邪者爲正。此皆癡愚人也，雖坐高位，亦必爲罪惡之本。聖人則天法地，賢人才杳難測，智人遠於機變，義人推功讓德，審人視聽不非，政人公道不私，清人非財不納，安人心無異動，隱人遁世育德，恭人禮度不虧，敬人尊上愛下，信人言無反覆，謙人不違律法，寬人不苦他人，深人遠見未萌，行人好述善事，謀人深知遠見，忠人事君盡節，讓人薦賢任能，儉人節用不費，捨人見貧便與，明人不處暗事，辯人不納閑詞，道人心無滯礙，覺人知其本性。

此二十五種行者，君子之所持道也。君子者，孝不行於父母，慈不行於子孫；恩不施於親，惠不及於人，饋不限於富。見非親而親者，諂也；見親貧而疏者，逆也。賢者欽於德，愚者重於財。莊嚴華飾者，須知有布素之衣；珍飱玉食者，須知有糟糠之饌；雕牆峻宇者，須知有茅茨之室；積粟千鍾者，須知有斗筲之儲；穿著綾羅者，須知有布衣之飾；安居樂處者，須知有驅役之勞；躍馬乘車者，須知有負擔之苦。又人者，須知他人之苦，不知他人之苦，則非人；見危不救，則非人；見貧不濟，則非人；施恩望報，則非人；知過不改，則非人；輕上慢下，則非人；取佞害人，則非人；在公納私，則非人；富貴忘苦，則非人；尊而怨舊，則非人。若君子者，知三才三才者，天、地、人也③。聞六藝六藝者，禮、樂、射、御、書、數也④。尊五美五美者，施恩不費，行事不怨，盛時不驕，弱時不怯，威高不惡也⑤。屏四惡四惡者，先未指教後傷殺，則第一惡也；

---

① 《尚書·蔡仲之命》："皇天無親，惟德是輔。民心無常，惟惠之懷。"

② 此句漢文作"如蓬生於麻中，不扶而自直；如蘭雜於叢，芳不待薰而自馨"。

③ 《易·繫辭下》："有天道焉，有人道焉，有地道焉。兼三才而兩之，故六。六者非它也，三才之道也。"

④ 《周禮·地官·保氏》："養國子以道。乃教之六藝：一曰五禮，二曰六樂，三曰五射，四曰五御，五曰六書，六曰九數。"

⑤ 《論語·堯曰》："子曰：尊五美，屏四惡，斯可以從政矣。子張曰：何謂五美？子曰：五美者，君子惠而不費，勞而不怨，欲而不貪，泰而不驕，威而不猛。"

先不宿戒後責其功不成,則第二惡也;言而無信因剋期不來而害人,則第三惡也;財多而吝嗇不饋舍,則第四惡也①。除三惑三惑者,酒、色、財也②。行九思九思者,視思明,聽思聰,和思悦,身思恭,言思忠,事思敬,疑思問,忿思難,得思義也③。懼四知四知者,天知、地知、你知、我知也④。察三鑒三鑒者,面鏡、祖先語、又聖人也⑤。

又人者,當始立四門,奉侍父母者,始立孝門也;奉侍君主者,始立忠門也;兄弟相奉侍者,始立義門也;養育親戚者,始立惠門也。又有四義,君及師傅、親友、妻室也。事君義者,因國事不惜身命也;師傅義者,敬養奉侍也;親友義者,相語無間也;妻室義者,相愛執禮也。又君子者,須行忠孝,須立信義,須生愛敬。心胸寬弘,慈悲廣大。又人者,退己進人,則人亦敬之;行惠恤民,則民亦愛戴親近之。人無高下,德當與心生。見寒予衣,見饑施食,見病尋藥救治,見老者使安,見幼者慈悲,見善隨喜,見惡規勸。見賢人時親近,見德人時歸依,見識禮人尊敬,見有義人敬仰。

又君子者,與釋門不異,與道士同類。除惡依善,皆同一體也⑥。又君子者,不能以色染,遇怒不生嗔,人蔑時無怒心,贊時不相喜。本初清浄,無穢無瑕,譬如白璧投擲泥中,蓮花植於水中一般。又行心無常,循法無相。善惡依心,因緣變换。供諸方佛,如供自心。心即是佛,佛即是心。心行佛行,則即佛是心。若曉本心,則何用遠覓?悟道者,亦與彼一般。深明語義,則根本不二。□典俗文中,不言忠孝殊勝;十二部經中,始依我相宣除人相;慈悲樂施者,佛法王法中所説無異;除人我之法者,盡皆一般。智者思忖,然後又曉初非⑦。此乃略説我言者,始立身之根本也⑧。

---

① 《論語・堯曰》:"子張曰:何謂四惡?子曰:不教而殺謂之虐;不戒視成謂之暴;慢令致斯謂之賊;猶之與人也,出納之吝謂之有司。"

② 《後漢書・楊秉傳》:"我有三不惑:酒、色、財也。"

③ 《論語・季氏》:"孔子曰:君子有九思:視思明,聽思聰,色思温,貌思恭,言思忠,事思敬,疑思問,忿思難,見得思義。"

④ 《後漢書・楊震傳》:"道經昌邑,故所舉荆州茂才王密爲昌邑令,夜懷金十斤以遺震。震曰:故人知君,君不知故人,何也?密曰:暮夜無知者。震曰:天知,地知,我知,子知,何謂無知者?密愧而出。"

⑤ 《新唐書・魏徵傳》:"以銅爲鑒,可正衣冠;以古爲鑒,可知興替;以人爲鑒,可明得失。"

⑥ 以上漢文本作:"三教之説,其義一同。儒教則仁義禮智信,歸於忠孝君父焉。釋教則慈悲救苦,歸於化誘群迷焉。道教則寂默恬澹,歸於無貪無愛焉。是故三教之言可守而尊之,尋而寵之。既洞其微,達其源,自然得聖人、賢人之道,善人、君子之行也。"

⑦ 以上漢文本作:"如此則佐國何憂乎?陰陽不順,風雨不時;百姓不安,人民不泰。治家則何憂乎?兄弟不睦,六親不和;禮樂不行,上下不正。"

⑧ 以上漢文本作:"余爲此集,不敢深其意,飾其詞,所貴匡導盲俗,垂於後世。言之不足,故爲贊以申之。"

西夏譯本與漢文本頗有差異。現在還無法斷定那究竟是由於當年流傳的漢文本不同,還是西夏譯者做了改寫。不過無論怎樣都可以看出,除了結尾處提到的"心即是佛,佛即是心"這個著名的禪宗主張以外,全文都在宣揚"君子"的標準,這是典型的中原民間傳統觀念,與佛教並没有多大關係。另外,書中所言部分概念並不見於通行的儒家典籍,且所引典故並未嚴格遵循中原傳統理解,這表明作者的漢文化素養遠不及他攀扯的祖師宗密。

## 5. 格律詩

西夏建國之前,党項首領寫給中央政府的表奏有時會採用駢體漢文,這使人相信他們也很早就知道中原的詩歌形式,只不過党項人似乎並不喜歡用漢文寫詩。現存有關漢文詩的史料極少,且詩的作者幾乎可以肯定都是漢人。年代最早的詩句出自西夏的開國重臣張元(? —1044),他本是陝西的書生,早年志向很大,但因受人牽連,屢次應考進士失敗,於是遠走西夏。《西清詩話》卷下記載着他的一點事蹟:

> 華州狂子張元,天聖間坐累終身。每托興吟詠,如《雪》詩:戰退玉龍三百萬,敗鱗殘甲滿空飛。《詠白鷹》:有心待搦月中兔,更向白雲頭上飛。怪譎類是。後竄夏國,教元昊爲邊患。

這是張元轉投西夏之前的作品,嚴格地講並不能歸入西夏文學。能算作西夏文學的是他晉身西夏軍事統帥與北宋交戰獲勝後寫下的一首《題界上寺壁》詩,記載在王鞏的《聞見近録》裏:

> 夏竦何曾聳,韓琦未足奇。滿川龍虎輦,猶自説兵機。

詩中利用兩對諧音字"竦""聳"和"琦""奇"來表達對敵人的輕蔑態度,這種手法顯得有趣,但以"奇"(四支)、"機"(五微)爲韻,不合科場慣例。看來張元當初屢試不第,很可能是因爲他没有熟記官方規定的押韻規則。

西夏較早的詩體作品還見於兩通石刻。一通是甘肅武威博物館收藏的《重修護國寺感通塔碑銘》,原碑一面西夏文,一面漢文,夏天祐民安五年(1094)立于武威大雲寺。下面是漢文碑銘裏的讚頌部分(羅福成 1930a):

巍巍寶塔，肇基阿育[1]，以因緣故，興無量福。奉安舍利，莊嚴具足，歷載逾千，廢置莫録。西涼稱制，王曰張軌[2]，營治宫室，適當遺址。天錫嗣世[3]，靈瑞數起，應感既彰，塔復宫毁。大夏開國，奄有涼土，塔之祥異，不可悉數。嘗聞欹仄，神助風雨，每自正焉，得未曾覩。先后臨朝[4]，羌犯涼境[5]，亦有雷電，暴作昏瞑。燈現煌煌，炳靈彰聖，寇戎駭異，收跡潛屏。南服不庭，乘輿再討，前命星使，恭有祈禱。我武既揚，果聞捷報，蓋資冥祐，助乎有道。況屬前冬，壬申歲直[6]，武威地震，塔又震仄。淩雲勢撓，欲治工億，龍天護持，何假人力？二聖欽崇[7]，再詔營治，杇者繪者，罔有不備。五彩復焕，金碧增麗，舊物惟新，所謂勝利。我后我皇，累葉重光，虔奉竺典，必恭必莊。誠因内積，勝果外彰，覺皇妙蔭，萬壽無疆。

儘管四言句内的平仄搭配或有失當，但唐宋"官韻"的嚴格應用已經或多或少顯示出了格律詩的特徵。

銀川市郊的西夏王陵出土過一些殘碎的石碑，其中一塊刻成於 11 世紀中葉，上面留有以下文字(李範文 1984：圖版肆陸)：

□芝頌一首

……於皇……俟時効祉，擇地騰芳。金暈曄……德施率土，賚及多方。既啓有……

這也是一首"讚頌"。若就殘留的"芳""方"兩個入韻字和四字句的平仄搭配估計，全文應該是符合中原詩律的。題目裏殘缺的那個字估計是"靈"，《靈芝頌》是西夏崇宗乾順皇帝作的一首詩，《宋史》卷四八六《夏國傳下》記作"靈芝歌"：

靈芝生於後堂高守忠家。乾順作《靈芝歌》，俾中書相王仁宗和之。

---

① 阿育王，古印度孔雀王朝的君主，後來皈依佛教。《雜阿含經》卷二三："乃至一日之中立八萬四千塔。世間民人興慶無量，共號名曰法阿育王。"

② 張軌(255—314)，前涼開國君主，謚武王，廟號太祖。

③ 天錫，張天錫(346—406)，前涼末代君主，公元 363 至 376 年在位。

④ 先后，指上一代西夏皇帝毅宗諒祚(1047—1067)。

⑤ 這裏的"羌"指的是吐蕃。

⑥ 壬申，指天祐民安三年(1092)。

⑦ 二聖，指當時在位的西夏崇宗乾順(1083—1139)及其母梁太后。

真正標準的漢文格律詩來自賀蘭山方塔廢墟内出土的一本漢文詩集（寧夏文物考古研究所 2005：268—285），現通常稱作《拜寺溝方塔詩集》。這册詩集是正楷寫本，出土時首尾皆佚，僅存 25 紙，殘損嚴重，上面存詩五十餘首，多爲七言律詩，但没有一首完整。詩集現存部分未見作者姓名和寫作時間，但有綫索表明這些詩出自西夏乾祐年間。

詩集第 11 葉有“侍親孝行當時絶，駭目文章□□無”一句，其中“孝”字在書寫時缺末筆，這是在避夏仁宗仁孝的名諱。同類諱例又見西夏文譯本《論語全解》（科羅科洛夫、克恰諾夫 1966：Тек.10），可以證明這是仁宗時代的作品。詩集同葉《求薦》詩記有“昨遇儲皇”一事，仁宗朝的“儲皇”自然是指當時的太子純佑。《宋史・夏國傳下》載：“純佑，仁宗長子也，母曰章獻欽慈皇后羅氏。仁宗殂，即位，時年十七。”以此推算，詩集作者遇到出遊的太子純佑必不早於純佑即位前十數年，换言之，詩集應該寫成於西夏仁宗乾祐末年，即 12 世紀 80 年代至 90 年代初（聶鴻音 2002b）。

詩集的主要作者大概是個十五年前從中原遷至西夏的漢族文人①，他始終未能如願走上仕途，所以利用一切機會向上級官員表白自己，請求推薦他做官。他也許得到過某種承諾，但一直没有兑現。第 11 葉有詩：

> 歸向皇風十五春，首蒙隅顧異同倫。當時恨□□□路，□□□□隨驥塵②。已見錦毛翔玉室③，猶嗟蠖跡混□津④。前言可□□□鑄，免使終爲涸轍鱗⑤。

同葉又有《求薦》詩：

---

① 有一種可能是，這個詩集收入了不止一人的作品，因爲其間有少量詩題重複，似乎是兩三個人的“唱和”（湯君 2016）。

② 蒼蠅附在良馬的尾巴上也能一騎絶塵，這裏的意思是希望借助貴人的力量得以揚名。《史記・伯夷列傳》司馬貞《索隱》：“蒼蠅附驥尾而致千里，以譬顔回因孔子而名彰也。”

③ “錦毛”指鴻雁的羽毛，這裏把貴人比作鴻雁，希望他能幫助自己飛黄騰達。王褒《四子講德論》：“附驥尾則涉千里，攀鴻翮則翔四海。”

④ 中間缺的那個字可能是“泥”。這句詩是用尺蠖來比喻自己委屈不得伸展的境遇。《周易・繫辭下》：“尺蠖之屈，以求信也。”

⑤ 這是“涸轍之鮒”的典故，是説自己像鮒魚在乾涸的車轍裏，急待有人援救。《莊子・外物》：“顧視車轍中有鮒魚焉。周問之曰：鮒魚來，子何爲者邪？對曰：我東海之波臣也。君豈有斗升之水而活我哉？”

驥馬求顧伯樂傍，伯樂回眸價□償[①]。求薦□□□□□，□□□□□忠良。愚雖標櫟實無取[②]，忝諭儒林閙□□。□□□□□□□，□物人情難度量。雙親垂白子癡幼，侍養□□□□□。□□□□□□汙，侯門竦謁唯慚惶。昨遇儲皇……

他認爲自己一旦做官，文韜可以比得上張良和諸葛亮。第4葉《儒將》詩：

帷幄端居功已揚[③]，未曾披甲與□□。□□□□□□□，直似離庵輔蜀王[④]。不戰屈兵安社稷[⑤]，□□□□緝封疆。輕裘緩帶清邦國，史典斑斑勳業彰。

如果帶兵，武略也可以超得過衛青和霍去病。第5葉《武將》詩：

將軍武庫播塵寰，勳業由來自玉關。□□□□□社稷，□□衛霍震荆蠻[⑥]。屢提勇士銜枚出，每領□□□□□。□□□□爲屏翰，功名豈止定天山。

他想進入仕途的目的僅僅是要改變自己窘迫的生活境遇，與治國安邦全無干係，所以命運没有賦予他做官的機會。他只有在鄉塾教幾卷書，换來微薄的收入來贍養家中的老少十餘口人，連基本的温飽都不能保證。第7葉《上招撫使》詩：

自慚生理□諸螢，更爲青衿苦絆□[⑦]。□晨昏暮閑□□，束脩一掬固難

---

① 中間缺的那個字也許是"倍"。伯樂是傳説中善於相馬的人，這裏是把自己在貴人面前展示才學比作在伯樂身邊賣馬，希望貴人能夠瞭解自己的價值。韓愈《馬説》："世有伯樂然後有千里馬，千里馬常有而伯樂不常有。"

② 標櫟，當做"苞櫟"，一種不成材的樹木，這裏借來謙稱自己。《詩經·秦風·晨風》："山有苞櫟，隰有六駁。"

③ 帷幄，這裏指漢高祖的謀士張良。《史記·高祖本紀》："夫運籌策帷幄之中，決勝於千里之外，吾不如子房。"

④ 這裏説的是諸葛亮出茅廬輔佐劉備的故事。

⑤ 這裏説的是孫武。《孫子·謀攻》："不戰而屈人之兵，善之善者也。"

⑥ 衛霍，漢武帝時期擊敗匈奴、打通河西走廊的名將衛青和霍去病。"荆蠻"指南方非漢民族地區，用來與平定西北的衛青和霍去病聯繫，似不合適，作者似乎僅是從押韻考慮的。

⑦ 青衿，指讀書人。《詩經·鄭風·子衿》"青青子衿，悠悠我心"毛傳："青衿，青領也。學子之所服。"

盈[①]。家餘十口無他給，唯此春秋是度生。日□□童亦寒叫，年豐妻女尚飢聲……

第八葉佚題詩：

環堵蕭然不蔽風[②]，衡門反閉長蒿蓬[③]。被□□□□□碎，□□□□四壁空。歲稔兒童猶餧色，日和妻女尚□□。□□□□□□□，□□□晨卧草中。

和大多數中原文人一樣，詩集作者描寫的自然景物不外乎風花雪月，欣賞的生活情趣無非是書畫琴棋。然而，其中屢屢出現的這些意象卻並不像作者真實的生活環境，而更多地是他學詩時從中原作品中體味來的。惟一可以斷定爲當地風物的是一所寺院，詩集第 12 葉有佚題詩：

十三層壘本神功，勢聳巍巍出梵宫。欄楯□□□惠日，鐸鈴夜響足慈風。寶瓶插漢人難見，玉棟□□□□窮。阿育慧心聊此見[④]，欲知妙旨問禪翁。

同葉又有《寺》詩：

静構招提遠俗縱[蹤][⑤]，曉看煙靄梵王宫。□□□卷釋迦□，□起千尋阿育功。寶殿韻清摇玉磬，□□□響動金鐘。□□漸得成瞻禮，與到華胥國裏同[⑥]。

第五葉有《僧》詩：

---

① 束脩，捆成一束的十條乾肉，是學生送給教師的學費，在當時不屬貴重的禮物。《論語・述而》："自行束脩以上，吾未嘗無誨焉。"邢昺疏："束脩，禮之薄者。"

② 化自陶淵明《五柳先生傳》："環堵蕭然，不蔽風日。"

③ 化自杜甫《秋雨嘆》："長安布衣誰比數，反鎖衡門守環堵。老夫不出長蓬蒿，稚子無憂走風雨。"

④ 阿育，古印度孔雀王朝的君主，曾立八萬四千寶塔以示尊崇佛教。

⑤ 招提，源出梵文 *Caturdeśa*（四處），指寺院。

⑥ 華胥國，傳説中的極樂世界。《列子・黄帝》謂黄帝夢游於華胥氏之國，"其國無帥長，自然而已；其民無嗜欲，自然而已。不知樂生，不知惡死，故無夭殤"。

超脱輪回出世塵，鎮□居□□遍□。手持錫杖行幽院，身著袈裟化衆民。早晩窮經尋律法，春秋頻令養心真。直饒名利喧俗耳，是事倶無染我身。

收藏佚名詩集的拜寺溝方塔恰爲十三層，如果這與“十三層壘本神工”的詩句不是巧合的話，我們似可相信這幾首詩描寫的就是拜寺溝中的這所寺院。《僧》詩第二句“鎮□居□”文字漫漶，看來有些像“鎮虎居寺”，不知道這是否和寺院的名稱有關——中原常見“伏虎寺”。由此看來，“鎮虎寺”似也可能被西夏人用作寺名，但“鎮虎居寺”用在詩中平仄不諧。

詩集的主要作者是個窮困潦倒的鄉村文人，他自然没有能力像達官貴人那樣自己捐出錢財來修整寺院，所以最大的可能性是，他就住在離方塔不遠的某個村落裏，因寫過幾首讚美寺院的詩，才得以在維修塔時把詩集入藏其中。

詩集第10葉《送人應□》詩：

昔日孜孜志氣殊，窗前編簡匪［費］峙躇。筆鋒□□□□□，□□□□萬卷書。學定三冬群莫並，才高八斗衆難如。□□□□□□□，□聽魁名慰里閭。

這顯然像是一個“鄉老”在勉勵子弟去應試以博取功名。細細品味，也可以感覺到作者是借機進行了自我評價。不過，以“才高八斗”自許的他也和當時的許多小知識分子一樣，每每感嘆懷才不遇，卻不知道自己並没有那麼出衆的才情。

作者無疑會寫詩，他不但受過較正規的寫詩訓練，而且從詩集中徵引的典故來看，他還讀過一定數量的前代詩文名著，這使得他的創作帶有明顯的文人氣息，而不像在敦煌出土的一些詩歌那樣透着鄙俗。不過若以較高的標準來要求，我們就會覺得作者學詩是只得其形而不得其神，在思想境界和藝術表現力上都只能算是平庸。當作者因貧困而感到愁苦的時候，他想到的只是如何謀到一官半職來改變自己一家一户的生活狀況，而不具備杜甫《茅屋爲秋風所破歌》中“安得廣廈千萬間”、“吾廬獨破受凍死亦足”的博大襟懷。即使同爲求薦，作者也僅僅試圖以低三下四的態度賺取統治者的同情，而没有展示出李白《與韓荆州書》中“揚眉吐氣，激昂青雲”的逼人豪氣。

第三葉另有一首《春雪二十韻》，前面的小序裏説是一位“高走馬”所作。這首詩可稱爲詩集裏最爲纖巧的作品，與那位鄉村文人的風格有很大不同：

連夜濃陰徹九垓，信知春雪應時來。天工有意□□兆，瑞澤乘□浹宿荄[①]。萬里空中撏皓鶴，九霄雲外屑瓊瑰[②]。□□林杪重重□，誤認梨花樹樹開[③]。幾簇落梅飄庾嶺，千團香絮舞章臺[④]。奔車輪轉拖銀帶，逸馬蹄翻擲玉杯[⑤]。臘□□望三白異[⑥]，春前喜弄六花材[⑦]。融合氣壯□還盡，澹蕩風狂舞□回。亂落滿空□□緒，輕飛覆地□成埃。銀河岸上□摧散，織女只是練剪裁。輕薄勢難裨海岳，細微質易效鹽梅[⑧]。滋蘇草木根芽潤，净濯乾坤氣象恢。率土儲祥雖滿尺，終朝見晛不成堆[⑨]。競□投隙蟾篩早，住後凝山璞亂猜。東郭履中寒峭峭[⑩]，孫生書畔白皚皚[⑪]。袁堂偃卧扃雙户[⑫]，梁苑朝會集衆才[⑬]。矢志藍關行馬阻[⑭]，解歌郢曲脆聲催[⑮]。豈符□□塵埃息，又使□門糞土培[⑯]。孤館恨端增客思，長安酒價□金罍[⑰]。子猷行舟緣何事，訪戴相邀撥渌醅[⑱]。

---

① 宿荄，殘留的草根。晁補之《次韻李秬梅花》有“殘雪猶封宿草荄”句。

② 化自韓愈《詠雪贈張籍》的“定非燖鵠鷺，真是屑瓊瑰”。

③ 化自岑參《白雪歌送武判官歸京》的“忽如一夜春風來，千樹萬樹梨花開”。

④ 李商隱《對雪二首》（之一）有“梅花大庾嶺頭發，柳絮章臺街裏飛”句。

⑤ 化自韓愈《詠雪贈張籍》的“隨車翻縞帶，逐馬散銀盃”。

⑥ 三白，蘇軾《次韻陳四雪中賞梅》有“高歌對三白”句。

⑦ 六花，賈島《寄令狐綯相公》有“誰憂雪六花”句。

⑧ 化自韓愈《詠雪贈張籍》的“豈堪裨岳鎮，强欲效鹽梅”。

⑨ 晛，温暖的陽光。《詩・小雅・角弓》：“雨雪瀌瀌，見晛曰消。”

⑩ 《史記・滑稽列傳》：“東郭先生久待詔公車，貧困飢寒，衣敝，履不完。行雪中，履有上無下，足盡踐地，道中人笑之。”

⑪ 孫康，晉時太原人。《太平御覽》卷一二引《宋齊語》：“孫康家貧，常映雪讀書。”

⑫ 《後漢書》卷七五《袁安傳》“後舉孝廉”，李賢注引《汝南先賢傳》：“時大雪，積地丈餘。洛陽令自出案行，……至袁安門，無有行路，謂安已死。令人除雪入户，見安僵卧。”

⑬ 梁苑，又作“兔園”，西漢梁孝王的林苑，後成爲文人聚會吟詩的場所。白居易《雪中寄令狐相公兼呈夢得》有“兔園春雪梁王會”句。

⑭ 藍關，韓愈《左遷至藍關示侄孫湘》有“雪擁藍關馬不前”句。

⑮ 郢曲，統稱包括“陽春白雪”和“下里巴人”在内的雅俗樂曲。王傳《和襄陽徐相公商賀徐副使加章綬》有“白雪飛時郢曲春”句。

⑯ 韓愈《詠雪贈張籍》有“糞壤獲饒培”句。

⑰ 鄭谷《輦下冬暮詠懷》有“雪滿長安酒價高”句。

⑱ 出劉義慶《世説新語》卷下之上“王子猷雪夜訪戴”故事：“王子猷居山陰，夜大雪，眠覺，開室，命酌酒。四望皎然，因起彷徨，詠左思《招隱》詩，忽憶戴安道。時戴在剡，即便夜乘小船就之。經宿方至，造門不前而返。人問其故，王曰：吾本乘興而行，興盡而返，何必見戴？”

這首詩僅僅在首聯用了“春雪”點題，以下雖然通篇都在寫雪，但是没有再出現一個“雪”字，只是所用典故與大都隱含着“雪”。尤其是其中數次出現化自韓愈《詠雪贈張籍》的詩句，這表明作者全詩的立意很可能模仿了韓愈。《詠雪贈張籍》不在韓愈最出色的作品之列，同樣，高走馬的這首《春雪二十韻》給人的感覺也是單純的“獺祭”，即一味地賣弄典故，缺乏面對雪景的人物心理活動。像宋代許多詩人一樣，拜寺溝方塔詩集的作者在創作中也吸收了一些前代的名人名句來化入詩篇。對前人詩作的借鑒和模仿本來無可厚非，然而過多地模仿常常會使作者的詩脱離了自己的生活實際而顯得意境貧乏。在詩集中我們讀不到賀蘭山的雄奇險峻，也悟不出西夏鼎盛期的時代脈搏——它所展示給我們的社會生活狀況實在很少。當然，作者寫作時畢竟用心良苦，這還是值得稱道的。

我們不知道詩集的主要作者當初在中原有没有過應考的經歷，也不知道科場失意是不是導致他舉家遷入西夏的原因之一，但就他的詩作而言，應該説以這種水平在當時的中原通過科舉考試是困難的。我們看到詩集中不但俗字迭出，而且還有兩處重大的押韻失誤。第 2 葉《忠臣》詩：

披肝露膽盡勤誠，輔翼吾君道德□。□□□□忘隱□，□□陳善顯真情。剖心不顧當時寵，決[抉]目寧□□□□①。□□□□□□□，未嘗阿與[諛]苟榮身。

第 6 葉《炭》詩：

每至深冬勢舉昂，爐中斗起覺馨香。邀賓每爇於華宴，聚客常燒向畫堂。□□□□風凜冽，寒來能換氣温和。幾將克善民時□，□□□□雪□王。

第一首詩以“誠”“情”(下平八庚)和“身”(上平十一真)押韻，第二首詩以“昂”“香”“堂”(下平七陽)和“和”(下平五歌)押韻，這都是典型的西北方言特徵，在科舉所用的“官韻”中是絶對不允許的。如果當初作者以這樣的韻腳去應考，當然必遭黜落。

---

① 以上兩句用商臣比干和吴臣伍子胥故事。陸游《書憤》詩：“剖心莫寫孤臣憤，抉眼終看此虜平。”

## 七、西夏文學在中國文學史上的地位

一個時代文學的歷史地位高低往往取決於保留至今的文字記載是否豐富,文字記載豐富就有利於從中選出好的作品。西夏王朝歷史的長度幾乎兩倍於同時代的遼、金,較長的立國時間固然有利於大量文學作品的産生和保存,但更起決定作用的是文字的普及程度。如果某個民族没有文字,或者文字的普及程度不高,那麼這個民族即使有成就很高的民間口頭文學,也難以通過文字記載保存下來,從而在文學史上佔有一席之地。發軔於塞外的契丹、党項、女真三個民族都相繼創製了自己的文字,也建立了各自的科舉制度,但其效果卻頗有不同。我們看到,存世的契丹文作品主要是幾十篇墓誌,有的墓誌在記述墓主人生平之後會加寫一段"銘辭",採用中原通行的四言韻文格式①,此外再未見有契丹文的文學作品。女真文作品的存世現狀還不如契丹,當今可見的十幾件女真石刻都是簡單的記事,没有任何文學色彩。與這些情況相比,西夏文的資料堪稱豐富,其文體種類之多樣和文學技巧之嫻熟都在契丹和女真文作品之上。當然必須看到的是,西夏的文學作品有很多都是佛教流行的衍生物,契丹人和女真人雖然也信佛教,但並不像西夏人那樣狂熱,而宗教恰是推廣文字的最有效的載體。

三個王朝都有用漢文創作的文學作品,尤以詩歌爲多。就漢文作品而言,金代人的文學成就遠遠高出遼、夏兩個王朝,事實上主要原因是那個時代的著名作家大都是北宋故地的漢族文人,如王若虚(1174—1243)、元好問(1190—1257)等。相比之下,契丹人和党項人並没有真正進入中原,不具備"借才異代"的條件,加之中原文學對他們施加的影響遠不如金代,所以他們雖然盡力仿照中原文學來創作自己的詩歌,但終歸只得其形而不得其神。

至於採用本民族文字進行的創作,党項人的成就當然遠出契丹人和女真人之上,其原因是西夏朝野篤信佛教,客觀上促成了西夏文字借助翻譯的佛教經典實現了廣泛的傳播,而由此形成的諸多作品也借助寺院的收藏保存到了今天。就現有的史料看,遼朝和金朝推行契丹文和女真文的力度明顯不如西夏,而且政

---

① 這些銘辭至今還没有一篇獲得圓滿解讀。

府没有組織用契丹文和女真文翻譯漢文經典①,似乎遼金知識分子畢其一生閲讀的只是漢文文獻。雖然其中有不少人認識契丹文和女真文,但至多只是應付科舉考試而已,與文學創作的距離還遠。事實上若就時間記載明確的作品而言,西夏文的文學作品是中國現存時代最早也最豐富的一套非漢民族文字資料,它爲我們提供了從早期口頭流傳到有意識的文學創作之間的過渡形態。

文學史家多認爲詩歌起源於遠古祀神時吟誦的祭詞或者集體勞作時的"勞動號子",但這些朦朧的設想僅僅基於古書中的零星記載②,都没有足夠的文本可考。党項人提供的過渡形態實例儘管不代表詩歌産生的初始狀況,但畢竟爲我們展示了另一種可能性,即"詩"也可以直接起源於民間的格言。具體説,有一種詩歌的形式是在民間格言基礎上擴展而成的,這種詩歌没有字數限制,也不要求押韻,僅僅是强調同一聯内上下句的語義對仗而已③。按照通常的認識,無論是民間創作還是文人創作,詩歌的押韻是其第一要素,而對仗則可有可無,然而党項人的詩歌卻以對仗爲第一要素。這樣的雜言體無韻詩在今天看來有些"另類",但卻是党項人心目中實實在在的詩歌。這種詩歌形式可以看作党項人對中國文學史的最大貢獻,也是以前的文學史研究没有充分關注的。

就文學作品的思想内容而言,應該承認西夏作者的境界確實不高。對佛法的讚頌和對清平世界的謳歌構成了西夏文學的兩大主題,後者包含旨在維持社會安定的倫理道德説教。造成這種局面的原因在於其作者主要是具有一定文化水平的官吏和僧侣,而非專事創作的民間文人。這些作者脱離了平民的社會環境,在相對優越的物質條件下體驗不到普通百姓的生活境遇,因而形成了一味滿足現狀,不求進取的心態。西夏中期宇内平静,宫廷侈靡過度,百姓生活依然艱難,但是全然没有産生像白居易的"新樂府"那樣直斥社會弊端的犀利詩篇。西夏晚期戰亂頻仍,君臣都面臨着國破家亡的結局,但是全然没有産生像元好問的"喪亂詩"那樣同情民衆苦難的感人作品。

西夏境内有賀蘭山,有黄河,有大漠,這些都足以激起文人創作的欲望,但是

---

① 據《契丹國志》卷七載,遼聖宗"親以契丹字譯白居易《諷諫集》,召番臣等讀之"。不知道這是否真正的史實,然而即便是,這條僅有的記載也令人感覺用契丹字翻譯中原著作只是有人偶然爲之,並没有在遼代形成風氣。

② 祭詞如《禮記·郊特牲》記載的"土反其宅,水歸其壑,昆蟲毋作,草木歸其澤"。"勞動號子"一説見《淮南子·道應訓》:"今夫舉大木者,前呼'邪許',後亦應之,此舉重勸力之歌也。"

③ 詩歌中使用對仗的歷史也許跟押韻一樣久遠,例如《古詩源》卷一裏那首著名的《彈歌》:"斷竹,續竹。飛土,逐宍。"

西夏作者大都不善於描寫自然景觀,更不善於通過寫景來抒發自己的情感。他們中間有些人受過中原文化的薰陶,但其創作基本上還停留在模仿的階段。儘管絶大部分作品主題突出,敘事清楚,能夠使用多種修辭手段,甚至會徵引典故,有的還寫成了中原式的駢體文,不過總是讓人覺得平淡,缺乏創造性。這應該是受限於作者對漢文古書的閱讀體驗,他們對古代作品的理解相對膚淺,還没有能力發現並吸收其間的精髓。

在西夏中晚期直至蒙元時代,已經開始有人把中原格律詩和佛經頌贊作爲範本用於自己的創作,這種寫作風格與傳統的党項詩歌並存,呈現爲漢文化和党項文化的拼合。值得指出的是,在整個西夏歷史上,這兩種文學風格始終没有實現真正的水乳交融,甚至可以説是界限分明——党項人的作品裏面找不到漢文化的成分,漢人的作品裏面也找不到党項文化的成分。這使人想到,當不同民族的文化在同一地區發生碰撞時,其取捨不是由某些人的意志所決定的。不同民族的文化實現融合,最終形成一個新的文化,那需要較長的一段歷史時期。可惜的是,在那段歷史的節點没有到來的時候,西夏王國就覆亡了,國民散落四方,作爲一個民族實體的党項逐漸退出了歷史舞臺,西夏文學也湮没在了歷史的長河中。

西夏建國以前

## 回鄜延路鈐轄張崇貴書　　太宗德明

宋景德元年(1004)。出《宋大詔令集》卷二三三《賜趙德明詔》。

葬事未畢,難發表章,乞就便申奏。

## 上宋誓表　　太宗德明

宋景德二年(1005)。出《元憲集》卷二七《賜西平王趙元昊詔》。

臣立誓之後,若負恩背義,百神怒誅,上天震伐,使其殃禍仍及子孫。

## 遣使修貢表　　太宗德明

宋景德三年(1006)。出《續資治通鑑長編》卷六三。

乞先賜恩命,徐議之。

## 乞宋誡招納蕃部表　　太宗德明

宋景德三年(1006)。出《續資治通鑑長編》卷六四。

臣所管蕃部近日不住歸鎮戎軍,蓋曹瑋等招納未已。緣臣已受朝命,乞賜曉諭。

## 乞宋敦諭邊臣遵詔約表　　太宗德明

宋大中祥符九年(1016)。出《續資治通鑑長編》卷八八。又《宋史》卷四八五《夏國傳上》有節文。

伏以蕃陲部落,戎寇雜居,劫掠是常,逋亡不一。臣自景德中進納誓表[1]，朝廷亦降詔書，應兩地逃民，緣邊雜掠[2]，不令停舍，皆俾交還。自兹謹守翰垣，頗成倫理[3]。自向敏中歸闕，張崇貴云亡，後來邊臣，罕守舊制。天庭遐遠，徼塞阻修，各務邀功，不虞生事。遂至綏、延等界[4]，涇、原以來，擅舉甲兵[5]，入臣境土。其有叛亡部族，劫掠生財[6]，去者百千，返無十數[7]。臣之邊吏，亦務蔽藏，俱失奏論，漸乖盟約。臣今欲索所部應有南界背來蕃族人户，乞朝廷差到使臣，就界上交付所有。臣本道亦自進納誓表後，走投南界蕃户，望下逐處發遣歸回，未賜俞允，即望敦諭邊臣，悉遵詔約，肅静往來之姦寇，止絶南北之逋逃，俾臣得以内守國藩，外清戎落。豈敢違盟負約，有始無終，虚享爵封，取誚天下？但恐朝廷不委兹事，詔上未察本心，須至剖陳，上干聽覽。

**校注：**

[1]《宋史》無“納”字。

[2] 掠，《宋史》作“户”，疑是。

[3] 成，《宋史》作“有”。

[4] 至，吴廣成《西夏書事》卷十及戴錫章《西夏紀》同，《宋史》作“致”。

[5] 甲兵，《宋史》作“兵甲”。

[6] 生，《宋史》作“主”。

[7] 去者百千返無十數，《宋史》作“去者百無十回”。

# 景宗時期

## 葬舍利碣銘

張　陟

原石已佚，録文據《嘉靖寧夏新志》卷二。原署“天慶三年”，牛達生(1980)謂爲夏“大慶三年”(1038)之誤，是。

臣聞：如來降兜率天宫，寄迦維衛國，剖諸母脅，生□□靈。踰彼王城，學多瑞氣，甫及半紀，頗驗成功。行教□□衍之年，入涅槃仲春之月。舍利麗黄金之色，齒牙宣白玉之光。依歸者雲屯，供養者雨集。其來尚矣，無得稱焉。我聖文英武崇仁至孝皇帝陛下，敏辯邁唐堯，英雄□漢祖，欽崇佛道，選述蕃文。柰苑蓮宫，悉心修飾；金乘寶界，合掌護持。是致東土名流，西天達士，進舍利一百五十暠，並中指骨一節，獻佛手一枝[1]，及頂骨一方。罄以銀槨金棺，鐵甲石匱，衣以寶物，□以毗沙，下通掘地之泉，上構連雲之塔。香花永馥[2]，金石周陳。所願者：保祐邦家，並南山之堅固；維持胤嗣，同春葛之延長。百僚齊奉主之誠，萬姓等安家之懇。邊塞之干戈偃息，倉箱之菽麥豐盈。□於萬品之瑞，靡息一□之□。謹爲之銘曰：

□者降神兮，開覺有情。肇登西印兮，教化東行。□□之後兮，舍利光明。一切衆生兮，供養虔誠。□□聖主兮，敬其三寶[3]。五百尺修兮，號曰塔形。□□□兼兮，葬於兹壤。天長地久兮，庶幾不傾。

大夏天慶元年八月十日建，右諫議大夫羊□書。

**校注：**

[1] 枝，張維《隴右金石録》録作“枚”。

[2] 馥，原漫漶，據《隴右金石録》補。

[3] 三保，《隴右金石録》作“三寶”。

## 咨宋請稱帝改元表

景宗元昊

夏天授禮法延祚二年(1039)。出《宋史》卷四八五《夏國傳》，《涑水記聞》卷一一略同。《續資治通鑑長編》卷一二三有節文，且文字頗異。

臣祖宗本出帝胄，當東晉之末運，創後魏之初基。遠祖思恭，當唐季率兵拯難，受封賜姓。祖繼遷[1]，心知兵要，手握乾符，大舉義旗，悉降諸部。臨河五郡，不旋踵而歸；沿邊七州[2]，悉差肩而克。父德明，嗣奉世基，勉從朝命。真王之號，夙感於頒宣；尺土之封，顯蒙於割裂。臣偶以狂斐，制小蕃文字，改大漢衣冠[3]。衣冠既就，文字既行，禮樂既張，器用既備，吐蕃、塔塔、張掖、交河，莫不從服。稱王則不喜，朝帝則是從。輻輳屢期，山呼齊舉，伏願一垓之土地，建爲萬乘之邦家。於時再讓靡違，群情又迫[4]，事不得已，順而行之[5]。遂以十月十一日郊壇備禮，爲世祖始文本武興法建禮仁孝皇帝。國稱大夏，年號天授禮法延祚。伏望皇帝陛下，睿哲成人，寬慈及物，許以西郊之地，册爲南面之君。敢竭愚庸，常敦歡好。魚來雁往，任傳鄰國之音；地久天長，永鎮邊方之患[6]。至誠瀝懇，仰俟帝俞。謹遣弩涉俄疾、你斯悶、卧普令濟、嵬崖妳奉表以聞。

**校注：**

[1]《涑水記聞》"祖"上有"曩者臣"三字。

[2] 邊，《涑水記聞》作"境"。

[3]《續資治通鑑長編》卷一二三此下有"革樂之五音爲一音，裁禮之九拜爲三拜"句，似當據補。

[4] 情，原作"集"，據《涑水記聞》改。

[5] 順，原作"顯"，據《涑水記聞》改。

[6] 邊方，《涑水記聞》作"西邊"。

## 宋邊境露布　　景宗元昊

夏天授禮法延祚二年(1039)張元代作。出王鞏《聞見近録》。

朕欲親臨渭水，直據長安。

## 嫚書　　景宗元昊

夏天授禮法延祚二年(1039)。出《續資治通鑑長編》卷一二五。

持命之使未還，南界之兵譟動，於鄜延、麟府、環慶、涇原路九處入界。

南兵敗走，收奪旗鼓、符印、槍刀、矛戟甚多，兼殺下蕃人及軍將士不少。

既先違誓約，又别降制命，誘導邊情，潛謀害主，諒非聖意，皆公卿異議，心膂妄圖，有失宏規，全忘大體。

蕃漢各異，國土迥殊。幸非僭逆，嫉妬何深！况元昊爲衆所推，蓋循拓跋之遠裔，爲帝圖皇，又何不可？

嵬伽回，將到詔書，乃與界首張懸敕旨不同。

元昊與契丹聯親通使，積有歲年。炎宋亦與契丹玉帛交馳，儻契丹聞中朝違信示賞，妄亂蕃族，諒爲不可。

伏冀再覽菲言，深詳微懇，回賜通和之禮，洊行結好之恩。

## 覆龐籍議和書 景宗元昊

夏天授禮法延祚五年(1042)。出《續資治通鑑長編》卷一三八。

如日之方中，止可順天西行，安可逆天東下？

## 遣使如宋上誓表 景宗元昊

夏天授禮法延祚七年(1044)。出《續資治通鑑長編》卷一五二。《宋史》卷四八五《夏國傳》載節文。又見《宋大詔令集》卷二三三《慶曆四年十月庚寅賜西夏詔》所引，文字頗異。

兩失和好，遂歷七年，立誓自今，願藏盟府。其前日所掠將校民户，各不復還。自此有邊人逃亡，亦無得襲逐[1]，悉以歸之。臣近以本國城寨進納朝廷，其栲栳、鐮刀、南安、承平故地及它邊境蕃漢所居，乞畫中央爲界[2]，於界内聽築城堡[3]。朝廷歲賜絹十三萬匹、銀五萬兩、茶二萬斤，進奉乾元節回賜銀一萬兩、絹一萬匹、茶五千斤，賀正貢獻回賜銀五千兩、絹五千匹、茶五千斤，仲冬賜時服銀五千兩、絹五千匹，及賜臣生日禮物銀器二千兩、細衣著一千匹、雜帛二千匹，乞如常數，不致改更，臣更不以它事干朝廷。今本國自獨進誓文，而輒乞俯頒誓詔，蓋欲世世遵承[4]，永以爲好。倘君親之義不存，或臣子之心渝變，使宗祀不永，子孫罹殃[5]。

**校注：**

[1] 無，《宋史》作“毋”。

[2]《宋史》無“央”字。

[3]《宋史》無“界”字。

[4] 遵承，《宋史》作“遵守”。

[5]《宋大詔令集》卷二三三《慶曆四年十月庚寅賜西夏詔》所引迻録如下：“兩國不通和好，已歷七年，邊陲屢經久敵。今立誓之後，其前掠奪過將校及蕃漢人户，各更不取索。自今緣邊蕃漢人逃背過境，不得遞相襲逐酬賽，並逐時送還宥州保安軍，無或隱避。臣近者以本國城寨進納朝廷，其係栲栳、鐮刀、南安、承平四處地分及他處邊境，見今蕃漢人户住坐之處，並乞以蕃漢爲界，仍於本界修築城堡，各從其便。朝廷每年所賜絹一十三萬匹、銀五萬兩、茶二萬斤，進奉乾元節回賜銀一萬兩、絹一萬匹、茶五萬斤，進奉賀正回賜銀五千兩、絹五千匹、茶五千斤，每年賜中冬時服銀五千兩、絹五千匹，並賜臣生日禮物銀器二千兩、細衣著一千匹、衣著一千匹，伏乞無致改更，臣更不以他事輒干朝廷。只令本國獨進誓文不合，亦乞頒賜誓詔，蓋欲世世遵承，永以爲好。倘君親之義不存，臣子之心渝變，使宗祀不永，子孫受誅。其誓表伏請藏於盟府。”

## 購夏竦榜

景宗元昊

出《宋稗類鈔》卷二四。不署年月，但云“元昊購竦之榜”，則時當元昊在位期間(1038—1048)。

有得夏竦頭者，賞錢兩貫。

# 毅宗時期

## 新建承天寺瘞佛頂骨舍利碣銘

佚　名

原石已佚，録文據《甘肅通志》卷一一二。銘辭及年款佚，牛達生(1980)考爲夏天祐垂聖元年(1050)。

原夫覺皇應跡，月涵衆水之中；聖教滂輝，星列周天之上。蓋□□磨什，鈍道澄圖，嘗表至化以隨機，顯洪慈而濟物。縱經塵劫，愈有彰形，崇寶刹則綿亘古今，嚴梵福則靡分遐邇。我國家纂隆丕搆，鋹啓中興，雄鎮金方，恢拓河右。皇太后承天顧命，册制臨軒，釐萬物以緝綏[1]，儼百官而承式。今上皇帝，幼登宸極，夙秉帝圖，分四葉之重光，契三靈而眷祐。粤以潛龍震位，受命册封，當紹聖之慶基，乃繼天之勝地。大崇精舍，中立浮圖，保聖壽以無疆，俾宗祧而延永。天祐紀曆，歲在攝提，季春廿五日壬子，建塔之晨，崇基壘於碱砆，峻級增於瓴甋，金棺銀椁瘞其下，佛頂舍利閟其中。至哉！陳有作之因□，仰金仙之垂範；□□無邊之福祉，□符□□之欽崇。日叨奉作之綸言，獲揚聖果，虔抽鄙思，謹爲銘曰(下闕)。

**校注：**

[1] 物，《嘉靖寧夏新志》卷二作"務"。

## 乞宋贖大藏經表

毅宗諒祚

夏䙔都元年(1057)。出《歐陽文忠公集》卷八六《賜夏國主贖大藏經詔》。

伏爲新建精藍[1]，載請贖大藏經帙籤牌等。其常例馬七十匹，充印造工直，俟來年冬賀嘉祐四年正旦使次附進[2]。至時乞給賜藏經。

**校注：**

[1]《佛祖統紀》卷四九作"國内新建伽藍"。

[2] 次，《宋大詔令集》卷二三四作"副"。

## 𗈪都四年須彌山石窟題記　　僧　惠

夏𗈪都四年(1060)。題記在須彌山石窟第一窟立佛左側衣裙下擺上緣,録文據寧夏回族自治區文物管理委員會、北京大學考古系《須彌山石窟内容總録》(1997：29)。

僧惠𗈪都四年二月十日僧悟□□第賀山哥巡禮□立。

## 乞宋用漢儀表　　毅宗諒祚

夏𗈪都五年(1061)。出《華陽集》卷一九,又《宋大詔令集》卷二三四《賜夏國主乞用漢儀詔》,編於宋嘉祐七年後。按《續資治通鑑長編》卷一九五記其事在嘉祐六年,是。

昨因宥州申覆,稱迎接朝廷使命,館宇隘陋,軒檻阽危,儻不重修,誠爲慢易。於是鳩集材用,革故鼎新。來年七月臣生日[1],用蕃禮館接使命,十月仲冬,用漢儀迎接。

**校注：**

[1] 七月,疑當作"二月"。考《宋史》卷四八五《夏國傳上》謂諒祚"以慶曆七年丁亥二月六日生,八年戊子正月,方期歲即位",則似以"二月"爲是。

## 乞宋買物件表　　毅宗諒祚

夏𗈪都六年(1062)。出《宋大詔令集》卷二三四《賜夏國主乞買物詔》,編於宋嘉祐七年後。按《涑水記聞》記其事在嘉祐七年,是。

買幞頭帽子并紅鞓腰帶及紅鞓襯等物件。乞從今後,凡有買賣,特降指揮,無令艱阻。以聞。

## 乞宋贖佛經大藏表　　毅宗諒祚

夏𗈪都六年(1062)。出《華陽集》卷一九,又《宋大詔令集》卷二三四

《賜夏國主乞贖大藏經詔》，編於宋嘉祐七年後。按《涑水記聞》《續資治通鑑長編》卷一九八均記其事在嘉祐七年，是。

請贖佛經大藏籤牌經帙等。欲乞特降睿旨，印造靈文，以俟至時，幸垂給賜。所有舊例紙墨工直馬七十匹，續具進上。以聞。

## 乞宋工匠表　　毅宗諒祚

夏𨁽都六年(1062)。出《宋大詔令集》卷二三四《賜夏國主乞工匠詔》，編於宋嘉祐七年後。按《涑水記聞》記其事在嘉祐七年，是。

蓋以番方素稀工巧，變革衣冠之度，全由製造之功，欲就考工，聊倩庶匠。以聞。

## 拱化三年須彌山石窟題記　　佚　名

夏拱化三年(1065)。題記在須彌山石窟第一窟立佛左側衣裙下擺下緣，録文據寧夏回族自治區文物管理委員會、北京大學考古系《須彌山石窟内容總録》(1997：29)。

拱化三年七月十五日……彌山□巡禮至竹石□山中□。

# 惠宗時期

## 乞宋頒誓詔表

惠宗秉常

夏乾道元年(1068)。出《宋大詔令集》卷二三五《賜夏國主給還綏州誓詔》,署熙寧二年。

臣聞固基業者,必防於悔吝;質神祇者,宜務於要盟。考覈彝章,討論典故。河帶山礪,始漢室以流芳;玉敦珠盤,本周朝之垂範。庶使君臣之契,邦國之歡,蔚爲長久之規,茂著古今之式。矧茂恩於累世,受賜於有年,當竭情誠,仰期宸聽。竊以上聯世緒,累受列封,本宜存信以推忠,豈謂輕盟而易動?蓋此酋戎之畫,助成守土之非。然而始有釁端,以歸傾逝。昨者期在通歡之美,曾申瀝款之誠。爰降綈函,宛垂俞旨,敢陳懇愊[1],上達至聰:儻給還於一城,即納歸於二寨。惟賴至仁撫育,鉅德保安,冀原舊誓之文,用復交歡之永。伏遇堯雲廣蔭,軒鑑分輝,幸寬既往之辜,深察自新之懇。將使慶流後裔,澤被溥天,洎垂賜予之常,恪謹傾輸之節。臣敢不昭徵部族,嚴戒酋渠,用絶驚騷,俾無侵軼?非不知畏天而事大,勉堅衛國之猷;背盟者不祥,寅懍奉君之體。若乃言亡其寔,祈衆神而共誅;信不克周,冀百殃而咸萃。自敦盟約,愈謹守於藩條;深愧僭尤,乞頒回於誓詔。

[1] 愊,原作"幅",從《西夏紀事本末》卷二三校改。

## 乞宋交領綏州表

惠宗秉常

夏乾道二年(1069)。出《宋大詔令集》卷二三五《賜夏國主不還綏州詔》,編於宋治平二年後。按《宋史》卷四八六《夏國傳下》記其事在熙寧二年,是。

差嵬名挨移等赴塞門地分,與趙祕丞商量,分劃塞門、安遠,交領綏州。雖差人去與趙祕丞一兩次相見,終不與定奪了當。兼宥州續得保安軍牒,開坐中書、樞密院同奉聖旨:"安遠、塞門,蕃族住坐,久已著業，應難起移。任令蕃族依舊住坐，所有綏州，更不給還。”

豈將邊圉之末圖，有抗大廷之誠命？願詳悉於云爲，免稽留於事理。

## 文海寶韻序

惠宗秉常

俄羅斯科學院東方文獻研究所藏西夏韻書，影件見《俄藏黑水城文獻》第 7 册第 177—179、231—232 頁。不署初撰年月，文中記其事在天賜禮盛國慶元年（1069）。原件凡殘葉九枚，雖經史金波（2001）綴合，仍難以通讀。今重爲綴合。

[illegible]

**譯文：**

……選集，使□□□等爲博士，加封彼仁榮爲夫子，出内宫門，坐四馬車，儀仗環繞，臣僚伴隨，樂人引導，送國師院宴請，弟子三年之期正之。寅年十月十一日，風角城皇帝郊壇備禮，增其儀仗，爲始文本武興法建禮仁孝皇帝。文□□□

佛法僧衆……陽算法，伎樂雜藝……用具種種……至於癸丑歲五年八月五日，四……行。今觀看諸書，有西天、蕃、漢……不忘番之文字，五音雖……天賜禮盛國慶元年七月……遣囉稅智忠等，乃作《切韻》，選……等十六人，便利内宫中……大乃作。五音字母既明，清……别示輕重，明上下章，切字……連，爲文之本。凡所集存，永久傳行不……新語新字增加。朕今《切韻》……成，國家敬重，智慧增盛處……功，上起王旨敕禁……儒詩……陽吉凶、曆……慶典集，爲文之本源也。譬如大海……不竭不溢，隨求皆得，日……智悉悟。諸山皆高，諸業……中字寶爲上，《切韻》略頭……不顯深廣之語，曉日無限燈光……而量不盡。天上種類多，寫釋能……不自以爲是，上智巧人校核，是非來哲辨之。

**附：**

史金波(2001)譯文：

……擇聚，令……等成爲博士，其人又榮陞爲夫子，出内宫門坐四馬車上，威儀圍繞，與臣僚導引，樂人戲導，送國師院宴請。學子三年之内已正。寅年十月十一［日風］角城皇帝已官鬘禮……繞，威儀有加……［始文］盛武［興］法建禮主孝皇帝已做，文……佛法、僧衆、儒［詩］、［陰］陽、演算法、樂人、藝能……

……［禮］雜事種種等皆已畢，此……至……丑歲五年八月五日已至，……行。今觀察［各］種文，西天、羌、漢……爲使番文字不忘，五音者……［天］賜禮盛國慶元年七月［十五日］……已遣羅瑞智忠等始爲《切韻》……等十六人已選，利便内宫中……

……大已爲。五音字母已明，清［濁、平仄分别］，重輕分清，上下等明，切字［呼問，韻母攝］接，爲文庫本。全部搜尋處永遠流傳不［忘］……説，新字增加。朕今因切韻［者依時而］竟，全國要害，智慧增勝處［本，佛法經藏］功，王禮律令……解用，儒詩［清濁、雙陰］陽、吉凶、季［記、道教、醫人、］歌本集，行文之本源也。譬？如？［大海深廣，諸水積］處不竭不漲，用尋皆有；日［月普照，愚］智悉解。各山皆高，諸業無比一切寶中字寶微上，《切韻》稍爲頭……深，大言不顯。曉日無燈光，限……以量不盡。天上各種寫釋難……不計對否。智巧人審核書，是非後智當查。

## 五音切韻序

惠宗秉常

在俄羅斯科學院東方文獻研究所藏西夏韻圖《五音切韻》卷首，影件見

《俄藏黑水城文獻》第 7 册第 259 頁。不署初撰年月。西田龍雄(1981)考爲天賜禮盛國慶元年(1069)御製,可從。

[illegible]

[illegible]

**譯文:**

五音切韻序

今觀看諸書,有西蕃、漢人之《切韻》。今文字之五音者,平上去入,各以字母明之,分析清濁平仄,别示重輕,明上下章,呼應切字,斟酌韻母,爲文之本。凡所集存,永久不忘,是以傳行。以朕之功德力,依時修成今之《切韻》,國家敬重,爲智慧增盛之本。佛法經藏、王旨敕禁、詩文清濁、陰陽吉凶、曆日正法、治人定律、讚慶典集等,爲文之本源也。譬如大海深廣,諸水所聚,不竭不溢,隨求皆得,日月普照,智愚悉悟。諸山中須彌最高,諸業中無當之寶,一切内文寶最上。是以建立《五音切韻》者,統攝《文海寶韻》之字,名義不舛,共立綱目。當知此理。

**附:**

西田龍雄(1981:122—123)譯文:

今、種文観視西、番、漢に切韻有り。今、文字の五音とは、平上去入各自字母現る清濁平合分離、重軽辛果、上下品現字切招載韻母攝句文蔵根爲撮略搜處永常忘れず伝行すべきたり。朕の功徳力を以つて、今、切韻は時因順終る。國土を要助、真智慧增長根仏法持蔵王儀戒示儒詩清濁違陰陽吉凶季記成法、人亦法算□何典集等文興の根源なり。譬大海如金剛寶諸水集処竭きず、漲らず願求皆有日月普照愚智悉悟種山中、须弥最高、諸業中、無比寶一切中、文寶最上故五音切韻興起は文海寶韻の字攝名義雜混せぎること聳貫也、是義知べし。

李範文(1986：24—27)譯文：

今觀西羌、漢諸文,則有切韻。今文字之五聲者,平上去入,各有字母表示,清濁平仄有别,輕重分明,上下品清(顯),切字呼應,撮略搜集韻母,本爲造句賦文,永志不忘,以便流傳。朕之功德威力,使今之切韻依時修成,國之至要者,爲增進智慧之本,記佛法經藏,王禮(律)旨;辨儒詩清濁,記陰陽凶吉,而成法治人,法術偈歌乃興文之根本也。譬如大海金剛寶,諸水聚積不竭不溢,需求皆有,日月普照,愚智悉悟。諸山中須彌最高,諸業中無比是寶,一切寶中文寶至上。然而《五聲切韻》之興起者,乃取《文海寶韻》之字,編纂而成,有條不紊,是爲綱紀,當知此義。

## 乞綏州城表　　景　珣

夏天賜禮盛國慶三年(1071)。出《續資治通鑑長編》卷二二六。

臣近承邊報,傳及睿慈,起勝殘去殺之心,示繼好息民之意。人神胥悦,海宇歡呼,仰戴誠深,抃躍曷已?恭惟皇上陛下,深窮聖慮,遠察邊情,念兹執戟之勞,恤彼交兵之苦。豈謂一城之地,頓傷累世之盟?覬斥邊吏之云爲,乃是天心之惻隱。況此綏州,居族歲久,悉懷戀土之思;積憤情深,終是争心之本。遠施命令,早爲拔移。得遵嗣襲之封,永奉凝嚴之德;竚使枕戈之士,翻成執耒之人。頓肅疆埸,重清烽堠。顧惟幼嗣,敢替先盟?翹仰中宸,願依舊約。貢琛贄寶,豈憚於踰沙?向日傾心,彌堅於述職。

## 謝宋恩表　　惠宗秉常

夏天賜禮盛國慶四年(1072)。出《宋大詔令集》卷二三六《賜夏國主進誓表答詔》,編於宋熙寧四年後。按《續資治通鑑長編》卷二三七記其事在熙寧五年,是。

臣依准制命,將綏德城下界至打量二十里,明立封堠,交付了當訖者。臣幼叨世緒，遵奉皇猷。宿兵累年，空阻瞻雲之望；通盟此日，遐陳獻土之勤。上奉高明，更無渝變；虔遵聖訓，分定戎疆。踐土約辭，昭著先朝之誓；推忠納款，堅持歸信之誠。載圖方岳之勤，庶答乾坤之施。

## 乞宋贖大藏經表　　惠宗秉常

夏天賜禮盛國慶五年(1073)。出《宋大詔令集》卷二三五《賜夏國主乞贖大藏經詔》，編於宋熙寧四年後。按《續資治通鑑長編》卷二四八記其事在熙寧六年，是。

乞收贖釋典一大藏，並簽帙、複帕、前後新舊翻譯經文。惟覬宸慈，特降旨命，令有司點勘，無至脱漏卷目。所有印造裝成紙墨工直，並依例進馬七十匹，聊充資費。早賜近年宣給。

## 夾頌心經發願文　　陸文政

俄羅斯科學院東方文獻研究所藏本，影件見《俄藏黑水城文獻》第 4 册第 7 頁。尾署夏天賜禮盛國慶五年(1073)。

蓋聞《般若多心經》者，寔謂醒昏衢[之]高炬，濟苦海之迅航，拯物導迷，莫斯爲最。文政睹兹法要，遂啓誠心，意弘無漏之言，用報父母罔極之德。今則特捨净賄，懇爾良工，彫刻板成，印施含識。欲使佛種不斷，善業長流。薦資考妣，離苦得樂，常生勝處，常悟果因，願隨彌勒以當來，願值龍華而相見。然後福霑沙界，利及[羣生]，有識之儔，皆蒙此益。

天賜[禮]盛國慶五年歲次癸丑八月壬申朔，陸文政施。

## 住持榆林窟記　　惠　聰

題記有二，在榆林窟第 15 窟門頂右側及第 16 窟窟口北壁，文句相同，署夏天賜禮盛國慶五年(1073)，白濱、史金波(1984：403)疑爲“三年”。録文據史金波(1988：304—305)。

蓋聞五須彌之高峻，劫盡猶平；四大海之滔深，曆數潛息。輪王相福，無逾於八萬四千；釋迦粧嚴，難過於七十九歲，咸歸化跡。況惠聰是三十六物有漏之身，將戴弟子僧朱什子、張興遂、惠子，弟子弗興、安住，及白衣行者王温順等七人，住於榆林窟巖。住持四十日，看讀經書文字，稍薰習善根種子，洗身三次，因結當採菩提之因。初迴見此山谷是聖境之地，古人是菩薩之身，石牆鐫就寺堂，瑞容彌勒大像一尊，高一百餘尺，三十二相，八十種好。端嚴山谷内，甘水常流，樹木稠林，白日聖香煙起，夜後明燈出現，本是修行之界。晝無恍惚之心，夜無惡竟之夢，所將上來聖境，原是皇帝聖德聖感。伏願皇帝萬歲，太后千秋，宰官常居禄位，萬民樂業海長清，永絶狼煙，五穀熟成，法輪長轉。又願九有四生、蠢動含靈、過去、現在、未來父母師長等，普皆早離幽冥，生於兜率天宫，面奉慈尊，足下受記。然願惠聰等七人，及供衣糧行婆真順小名安和尚、婢行婆真善小名張伓、婢行婆張聽小名朱善子，並四方施主，普皆命終，於後心不顛倒，免□地獄，速轉生於中國，值遇明師善友，耳聞妙法，悟解大乘，聰明智慧者。況温順集習之心，記□□□□之理。韶智不迭，後人勿令怪責，千萬遐邇緣人，莫□□之心。佛……

……國慶五年歲次癸丑十二月十七日題記。

## 賀蘭山拜寺溝方塔塔心柱題記　　佚　名

夏大安二年(1075)。1991年寧夏賀蘭山拜寺溝方塔廢墟出土，影件及録文見寧夏文物考古研究所(2005：300，彩版二六)。

頊白高大國大安二□□卯歲五月，□□大□□□，特發心願，重修磚塔一座，並蓋佛殿，纏腰塑畫佛像。至四月一日起立塔心柱。奉爲皇帝皇太后萬歲，重臣千秋，雨順風調，萬民樂業，法輪常轉。今特奉聖旨，差本寺僧判賜緋法忍，理欠都案録事賀惟信等充都大勾當，□□本衙差賀惟敞充小監勾當，及差本寺上座賜緋佰弁院主法信等充勾當。木植□□壘塔，迎僧孟法光降神，引木匠都□、黎□□、黎□

□、黎懷玉、羅小奴。儀鸞司小班袁懷信、趙文信、石伴椽、楊奴□。大亳寨名□，自榮部領体工三佰人，準備米麵雜料。庫□吃羅埋，本寺住持、食衆、勾當、手分、僧人等。……永神緣，法號惠杲，行者豈羅。……禪，浄□羅□□座禪。西番芎毛座禪……奉天寺畫僧鄭開演。

## 遺盧秉書

昴星嵬名濟迺

夏大安九年(1082)。出《續資治通鑑長編》卷三三一。又《宋史》卷四八六《夏國傳下》及《涑水記聞》卷一四有節文。盧秉，《宋史》作"劉昌祚"。

十一月八日，夏國南都統昴星嵬名濟迺謹裁書，致於安撫經略麾下：伏審統戎方面，久嚮英風，應慎撫綏，以副傾注[1]。昨於兵役之際，提戈相軋，今以書問贄，信非變化曲折之不同，蓋各忠於所事，不得不如此耳。夫中國者，禮義之所存[2]，出入動止，猷爲不失其正[3]。苟聽誣受間，肆詐窮兵，侵人之土疆，殘人之黎庶，事乖中國之體，豈不爲外夷之羞哉？昨朝廷暴驅甲兵，大行侵討，蓋天子與邊臣之議，謂夏國方守先誓，宜出不虞，五路進兵，一舉可定。遂有去年靈州之役，今秋永樂之戰。較其勝負，與夫前日之議，爲何如哉？且中國非不經營，五路窮討之策，既嘗施之矣；諸邊肆撓之謀，亦嘗用之矣。知僥倖之無成，故終歸樂天事小之道。兼夏國提封一萬里，帶甲數十萬，西連于闐作我歡鄰，北有大燕爲我彊援。今與中國乘隙伺便，角力競鬭，雖十年豈得休哉？念天民無辜，被兹塗炭之苦，孟子所謂"未有好殺能得天下者"也。況夏國主上自朝廷見伐之後，夙宵興念[4]，謂自祖先至今八十餘年，臣事中朝，恩禮無所虧，貢聘無所怠。何期天子一朝見怒，舉兵來伐，令膏血生民，勦戮師旅，傷和氣，致凶年，覆亡之由，發不旋踵，朝廷豈不恤哉？蓋邊臣幸功，上聽致惑，使祖宗之盟既阻，君臣之分不交，載省厥由，悵然何已！濟遂探主意，得移音翰。伏惟經略，以長才結上知，以沈謀幹西事，故生民之利病、宗社之安危，皆得別白而言之。蓋魯國之憂，不在顓臾；而隋室之變，生於玄感[5]。此皆明智已得於胸中,不待言而後諭也[6]。方今解天下之倒懸,必假英才鉅德。經略何不進讜言,排邪議,使朝廷與夏國歡和如初,生民重覩太平?寧有意也,倘如此,則非惟敝國蒙幸,實天下之大惠也[7]。

**校注:**

[1]《續資治通鑑長編》以上文字無,據《涑水記聞》録。

[2] 禮義之所存,《宋史》作"禮樂之所存,恩信之所出"。

[3] 出入動止猷爲不失其正,《宋史》作"動止猷爲,必適於正"。

[4] 興,《宋史》作"思"。

[5] 玄感,原作"元感",清人避康熙名諱改字,今據《隋書》卷七〇回改。

[6] 諭,《涑水記聞》作"喻"。

[7] "寧有意也"以下《宋史》作"豈獨夏國之幸,乃天下之幸也"。

## 大方廣佛花嚴經卷四十題記　　守　瓊

夏大安十年(1083)。俄羅斯科學院東方文獻研究所藏本,在《大方廣佛花嚴經卷四十》之末,署"大延壽寺演妙大德沙門守瓊"。影件見《俄藏黑水城文獻》第 2 册第 325 頁。

大延壽寺演妙大德沙門守瓊散施此經功德。大安十年八月日流通。

上報四重恩,下濟三塗苦。普施盡法界,萬類諸含識。依經行願行,廣大無有盡。滅除惡業罪,速證佛菩提。

## 貢宋表　　惠宗秉常

夏大安十一年(1084)。出《續資治通鑑長編》卷三五〇。又《宋史》卷四八六《夏國傳》有節文。

秉常輒罄丹衷,仰塵淵聽,不避再三之干瀆,貴圖溥率之和平。況夏國累得西蕃木征王子差人賫到文字,稱南朝與夏國交戰歲久,生靈受苦[1],欲擬説話,卻令兩下依舊通和。緣夏國先曾奏請所侵過疆土,朝廷不從，以此未便輕許。於七月内，再有西蕃人使散巴昌郡丹星等到夏國[2]，稱兼得南朝言語，許令夏國計會，令但差使臣齎計會表狀，西蕃國自差人赴南朝前去[3]。竊念臣自歷世以來，貢奉朝廷，無所虧怠，至於近歲，尤甚歡和。不意憸人誣間，朝廷特起大兵，諸路見討，侵奪卻疆土城寨；自此搆怨，歲致交兵。今乞朝廷示以大義[4]，特賜還夏國疆土城寨。伏望皇帝陛下開日月之明，擴天地之造，俾還疆土，通遐域之貢輸；用息干戈，庶生民之康泰。儻垂開許，别效忠勤。

**校注：**

［1］受苦，《宋史》作“荼毒”。

［2］《宋史》作“西蕃再遣使散八昌郡丹星等到國”。

［3］以上兩句《宋史》作“但當遣使齎表，自令引赴南朝”。

［4］“乞”字原無，據《宋史》補。

## 莫高窟清沙記　　佚　名

題記在敦煌莫高窟第25窟西龕南側邊飾上。原署“甲丑年”，“甲”爲“乙”誤，史金波、白濱（1982）考爲夏大安十一年（1084），可從。

[illegible]

**譯文：**

甲丑年五月一日，税院於涼州尋找金剛石，我經來沙州地界，城聖宫沙滿。爲回報福利，我乃除二座寺舍之沙。法界一切有情，皆共善會，相遇西方净土。

**附：**

史金波、白濱（1982）譯文：

甲丑年五月一日日，税全涼州中多石搜尋治。沙州地界經來，我城聖宫沙滿。爲得福還利，已棄二座衆宫沙。我法界一切有情，皆當共歡聚，遇於西方净土。

## 慈悲道場懺法序

惠宗秉常

中國國家圖書館藏元何森秀刊本，在《慈悲道場懺法》卷首。影件見《中國藏西夏文獻》第 4 册第 92—94 頁。經文有太后梁氏及惠宗秉常題款，不署年月。

[illegible]

[illegible]

**譯文：**

慈悲道場懺法序

生民遺主，屬下指揮治理；惡來佛現，慈悲教導救援。肇始西天，聖教流傳入世；遂來東土，御僧經典譯行。朕見諸民，因貪嗔癡，生諸境慾，不離虚實，執著空有，堅持不捨，故回轉生死界中，常在煩惱海内，永無安寧。雖謂現時樂此，不修善德，不知自欺後世。朕今憐念，慈憫有情故，乃開道場，延僧傳譯衆經，其中此《懺法》者，於諸經率先選出。合聖人辯才之理，以成十卷，威儀殊勝，恩功難能譬喻。如日出之光，露水無所不晞；依慈悲而懺，諸業豈能不滅？欲養樹根，有水不侵則繁；欲得正道，心誠無有不獲。懺法功弘，序言難明其義；今勸衆生，切勿不修善典。斯經永傳行。

**附：**

史金波譯文（1988：240）：

民去主忍，依屬謹教，爲治興惡，佛現以慈，導教救拔。因西天先聖法出世流傳,致東國業。神僧譯行經契,朕觀種民,因貪嗔癡,欲諸境行,不離虛實,有空執著。因堅不捨故,死生界中回轉,煩惱海内常住。各安不有,此是實樂謂也。不修善德,未知後世自欺。朕今念慈因慈悲有情,建施經院,請僧譯各法中,此懺罪者先諸法中選擇。聖人辯才合義,成爲十卷,威儀特殊、恩功譬喻者難。如日出光,露水無處不消;依慈悲懺,諸業豈有不滅。欲育樹本,有水以不損茂;欲得正道,不獲誠心者無。懺法功廣序喻詞義不顯;今勸衆生,莫做不修善典。此法長傳行。

楊志高(2017：72—73)譯文:

民去遺主,依類爲治教禁;惡生佛現,以慈教導救援。初自西天,聖法出世流傳;教至東土,御僧譯行契經。朕觀諸民,緣貪嗔癡,起諸境欲,虛實不絶。空有執著,因堅不舍,故回轉死生界中,常在煩惱海内。無有安康,此即謂實樂也;不修善德,不知後世自欺。朕今因憐念,慈悲有情,設立經院,延僧傳譯諸法。此《懺》者,先于諸法中擇,聖人辯才合義,乃成十卷。威儀殊勝恩功,譬喻者難;如日出光,晨露無所不晞。依慈悲懺,諸業豈有不滅?欲養樹根,有水不摧而茂;願得正道,不獲歸心者無。懺法功廣,序喻詞義不顯;今勸衆生,切勿不修善典。願此法常傳。

## 妙法蓮華經序　　　　　　　　　　　　　　　　　罔長信

以俄羅斯科學院東方文獻研究所藏寫本兩種配補,在《妙法蓮華經》卷首。有西田龍雄(2005：222)所刊影件及林英津(2006)逐字解讀。原款題"[illegible]"(攝樞密帳典禮司正受廣修孝武恭敬東南族官上柱國罔長信作),不署年月,今從西田龍雄考爲惠宗秉常朝梁太后攝政時(1067—1086)。

[illegible]

《[illegible]》[illegible]

[illegible]

**譯文：**

妙法蓮華經序

《妙法蓮華經》者，如來之秘藏也。彰其教故，佛出世間，集兩權乘，入一實中。高廣文才，與須彌山等；幽深理趣，與大海水同。先説三乘，諸乘集於一乘；後宣七喻，五性入於獨性。此經西天所説，漸漸東土流傳，秦天子朝羅什三藏所譯。其後風角城皇帝以本國語言，建立番禮，創製文字，翻譯契經，武功特出，德行殊勝，治理民庶，無可比擬。前朝譯經衆多，此《蓮華經》未在譯中。今聖母子既襲王位，敬信三寶，治國正行，興盛先君之禮，矧爲後帝之師。行業以德，與日月同輝；治民用孝，求萬國咸寧。乃發大願，御手親譯，未足一年，一部譯畢，傳行國内，人人受持。故此含靈逐日昌盛，禍災永久絶蹤。臣才微智薄，所學未深，不自量才，略爲之序。我猶如微塵，不可增萬丈之高山；露滴入海，不能合百川之水味。

**附：**

羅福萇(1930)譯文：

《妙法蓮華契經》者，如來之秘藏也。其法因顯，佛出世間，集二宗乘，正中一貫。文量高廣，與須彌山比；義理幽深，與大海水同。三院向説，諸乘一乘中集；七喻後演，五性通中入含。此契經者，西天所説，漸漸流傳東土，秦天子命鳩羅什三藏譯。是後勒□城皇帝以隆重本國語言，發起手造文字，用譯契經，武□特出，功業殊妙，爲民造福，莫可比擬。先代所譯契經甚繁，是《蓮花經》法譯中未含。今聖國母，比襲王座，尊信三寶，福國正行，令先禮熾盛，可爲後帝取法。依德行業，與日月同光，以孝治民，萬國皆和親。大願一發，以賢手譯，九面未幾，一部梓畢，頒行國中，諸種受持。是故衆生逐日優遊，患難絶於永代。臣智少才劣，學殖未深，不自量度，略序所爲。故曰譬如小土山儀，萬羣莫得如聳；露滴入海，百谷水味胡能俱化？

陳炳應(1985a)譯文：

妙法蓮華經者，如來之秘藏也。(爲)顯其法故，佛出世間，集二宗乘，一貫正中。文才高廣，比須彌山。義理幽深，同大海水。先説三土，集諸乘於一乘。後演七喻，繫五性於一性。此經典者，西天所説，漸傳東土，(後)秦天子命鳩摩羅什三藏都譯。此後，風角城皇帝以本國語言，建立番禮，創造文字，翻譯經典，武功特出，德行殊妙，恤治民庶，無可倫比。前代所譯經典甚多，彼蓮花經法，未入譯中。今聖母子，已襲王位，尊信三寶，福國布德。則先祖、使强盛，可爲後帝取法。以德行業，與日月同光。以孝治民，使萬國歸依。大願一發，御手親譯，連續九面。一部完畢，頒行國中，種種受持。是故衆生日逐增益，災難永世除滅。臣智少才劣，學識未深，不自量力，略序所爲，曰：譬如微塵壘山，未得增高萬丈，露滴入海，未能合甜百川。

史金波(1988：236)譯文：

《妙法蓮華經》者，如來之秘藏也。因其法顯，佛出世間，集二藉乘，入一真中，文才高廣，與須彌山等；義趣幽深，與大海水同。先演三周，諸乘一乘中集；後宣七喻，五性獨性中入。此經者，西天所説，漸漸流傳東土，秦天子朝羅什三藏翻譯。其後風角城皇帝以本國語言，興起番禮，創造文字，翻譯經典，武功特出，德行殊妙，治理民庶，無可比喻。先朝所譯衆多經典，法譯中未含此《蓮花經》。今聖母子，已繼王位，敬信三寶，正國行德，令先祖禮興盛，爲後帝所習取。依德行行，與日月同光，以孝治民，總萬國歸依。發出大願，以賢手譯，年面未轉，一部已畢，國中傳行，各處受持。是故衆生逐日興盛，患難永代絶離。臣智微才弱，學殖未深，不自量度，略作一序。我者譬如微塵依山，不能爲萬丈高；露滴入海，不能與百谷水味合。

西田龍雄(2005：6)日譯文：

妙法蓮華経典は、如來の秘藏なり。この法(＝教)を顕さんがために、仏は世間に出で、二籍の乗を集め、一真の中に置く。文才の高広なること須弥山と競い、義趣の幽玄なること大海の水に等し。三円を先に話き、諸乗を一乗に集む。七譬を後に演べ、五性を獨性に入れる。この経典は、西天にて説かれ、漸次東土に伝わりたり。秦の天子の世に羅什三蔵が訳せり。その後、風角城皇帝、自國の言語により、夏の禮を興起し、文字を造りて、経典を訳したり。武斗特達、徳行殊妙、庶民を治むること譬喩する所無し。先代は経典を衆多訳したるも法華経は訳中に未だ含まれる。

聖母子、王位を継ぎて、三寶を敬信し、國を治め徳を行い、先祖の禮を隆盛ならしめ，後帝の習を取る処となる。徳に随い業を行うこと日月と耀は等しく、孝を以て民を治むること万國の総て帰依するところなり。大願を発し、賢手を以て訳す。年貌未だ改まざるに一部を刷り終え、國内に頒行す。諸々受持するべし。これにより衆生の福智は、日々盛んとなり、厄難は永代に離れんことを望む。臣、智微にして弁弱く、學凡そ深からざるに、自才を測らずして拙序を造りたり。我は譬うれば微塵の山を攻むるが如くにして、万丈に高むること未だ得ず、露滴が海に入り、百谷の水味と和すること(能わざるが如し)。

西田龍雄英譯文(2005：*lvii*)：

The Lotus Sutra of the wonderful Law is the Thus Come One's secret storehouse. In order to manifest this Dharma (teaching), the Buddha appears in the world, assembles two expedient vehicles, with the one truth in the middle. In its literary virtuosity, this sutra towers like Mount Sumeru and its meaning is as deep and profound as the ocean. The three skillful teachings are preached first and various vehicles are assembled into the single vehicle. Thereafter the seven parables are expounded, and the five natures [of living beings] (五性) flow into the unique nature [the inherent capability of each living being to attain Buddhahood] (獨性) This sutra was preached in the Western Country (India) and was gradually transmitted to the Eastern Land. In the reign of the [Later] Qin emperor it was translated [into Chinese] by Tripitaka Master Luoshi (Kumārajīva). Later, the Emperor Fengjiaocheng 風角城皇帝 (Li Yuanhao 李元昊) promoted the performance of [Western] Xia rituals in the vernacular language, devised [new] characters and undertook the translation of sutras. Distinguished in valor, extraordinary in virtue and conduct, nothing can compare to his [skilful] governance of the multitude. His predecessors translated numerous sutras but the Lotus Sutra was not among these.

The present Sacred Mother and Child 聖母子 (Empress Dowager and the Emperor) have succeeded the throne, believe in the three treasures, govern the country based on benevolence and make ancestral observances prosper, thus providing the example that succeeding emperors should follow. They govern with benevolence as bright and brilliant as the sun and the moon, and their rule is based on the [universal] principle of filial piety that all other countries [should] support. Exerting a great aspiration, the [present] emperor translated [the sutra] with his illustrious hand. Within a short period of time, the printing of the entire text [of the Lotus Sutra] was completed and copies were distributed throughout the country. Everyone should embrace it. I desire that thereby the fortune and wisdom of living beings increases day-by-day and disasters and calamities be perpetually escaped. Though my intelligence is meager, my eloquence inferior, my learning not at all profound, I, a subject [of the emperor], composed this preface without regard for my incapability, My endeavor is like that of attempting to form a hundred-thousand-foot mountain from dust particles, or to accumulate the water of a hundred valleys or the great ocean by collecting dewdrops.

# 崇宗時期

## 進奉賀正旦馬駞表

崇宗乾順

夏天儀治平二年(1088)。出《宋大詔令集》卷二三六《賜乾順進奉賀正馬駞回賜詔》,署宋元祐元年。

進奉賀正旦馬駞共一百頭匹。

## 進謝恩馬駞表

崇宗乾順

夏天儀治平二年(1088)。出《宋大詔令集》卷二三六《賜乾順進謝恩馬駞回詔》,編於宋元祐元年後。

進謝恩御馬一十匹、長進馬二百匹、駞一百頭。

## 請以四寨易蘭州塞門表

崇宗乾順

夏天儀治平四年(1090)。出《續資治通鑑長編》卷四二九、《宋大詔令集》卷二三六《賜夏國主詔》。

昨差人赴延州計會,將永樂等人口及所還四處城寨交换塞門、蘭州兩處地土,實在朝廷酌中賜一裁决[1]。

**校注:**

[1]《宋大詔令集》無"賜一"二字。

## 請以蘭州易塞門表

崇宗乾順

夏天祐民安四年(1093)。出《宋大詔令集》卷二三六《賜夏國詔》,署元祐八年四月。《續資治通鑑長編》卷四八三文字略同。

遣使詣闕,悔過上章。及獻納蘭州一境地土,綏州至合儀寨亦取直畫定[1],卻有塞門乞還賜夏國。

**校注：**

［1］合儀寨，《續資治通鑑長編》作"義合寨"。

## 請和牒

崇宗乾順

夏天祐民安四年（1093）。出《續資治通鑑長編》卷四八〇。

本國準北朝札子，備載南朝聖旨，稱夏國如能悔過上表，亦許應接。今既北朝解和，又朝廷素許再上表章，欲遣詣闕。

## 重修護國寺感通塔碑銘

渾嵬名遇

夏天祐民安五年（1094）。碑今在甘肅武威博物館，碑陽西夏文，碑陰漢文，内容不盡相同，拓片影件見鄧如萍（1996：163—172）。漢文録文據羅福成（1930a），西夏文録文據西田龍雄（1964：161—176）及史金波（1988：241—249）。

### 西夏文碑銘

[illegible]

[illegible]

[illegible]

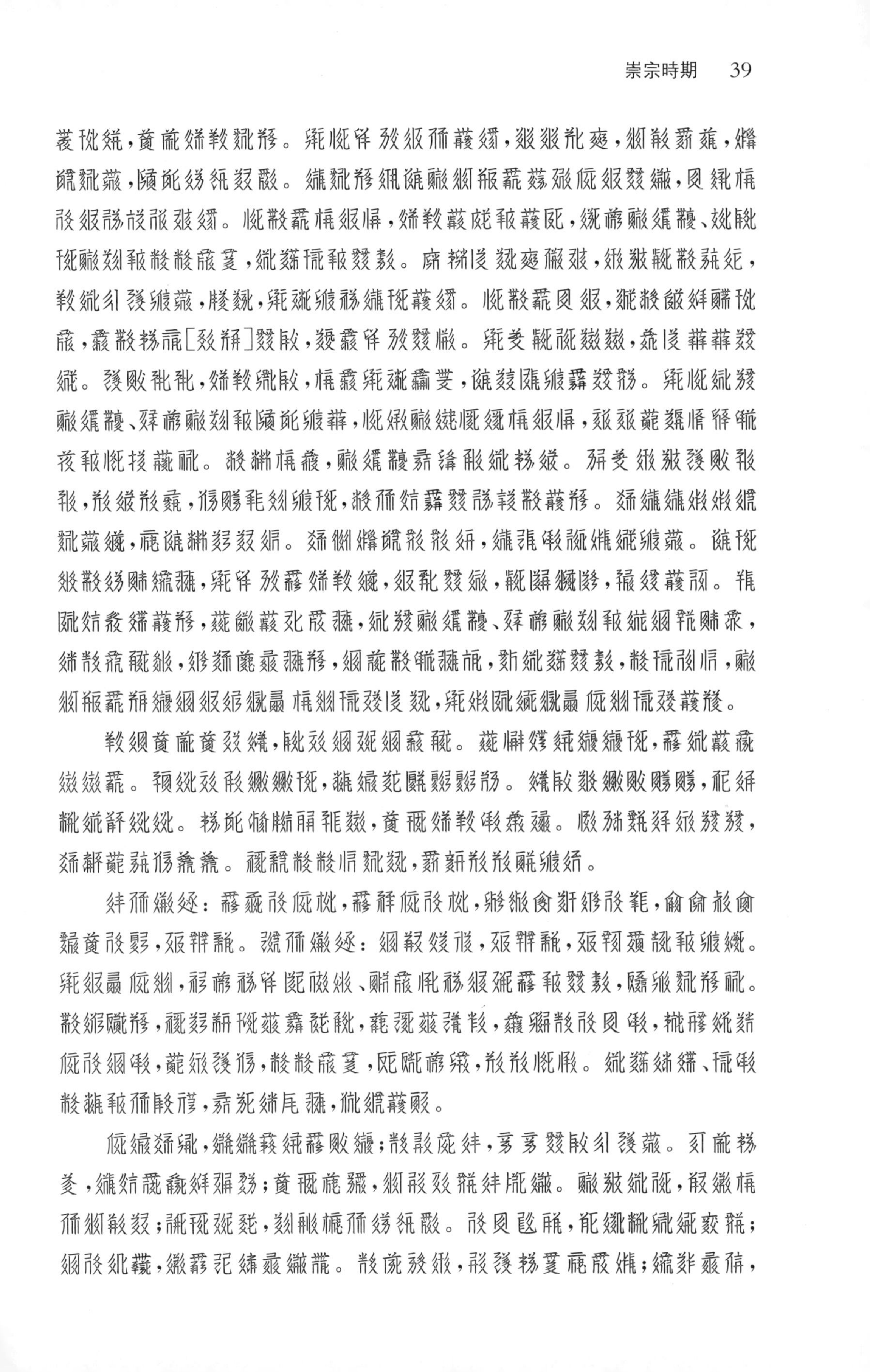

[illegible]

[illegible]

[illegible]

[illegible]

[illegible]

[illegible]

[illegible]

[illegible]

[illegible]

**譯文：**

大白高國涼州感通浮屠之銘文

水性亘古以來雖不動，風起擊蕩波浪粼粼長不息；實體於其根本雖不變，隨緣染著煩惱綿綿永不停。佛化愚頑，六道輪迴得名菩薩；聖合塵埃，有情忍受三界流轉。天界極樂，一一孑孑往者鮮；地獄最苦，萬千熙熙至者多。緣悲生悲悲不捨，諸佛是以出現世間救民庶；無相立相相不滅，摩揭陀國金剛座上成正覺。金口一聲宣正理，比類皆悟，超度貪癡爲人師；多現化身伏邪魔，遍諸法界，治養愚頑是父母。古往今來，六度萬識知最大；行悟瑞體，一世多劫果俱足。尊聖命既終，示現正果入涅槃；俗人祐不盡，真身舍利永流傳。

涼州浮圖者，阿育王分舍利，天上天下作八萬四千舍利貯藏，其中雖見貯藏舍利浮圖實物，業已毁圮。張軌爲天子時，治建宫室其上，其名涼州武威郡也。張軌孫張天錫既襲王位，則捨棄宫室，延請精巧匠人，建造七級浮圖。此後涼州屬爲蕃地，頻頻修繕，求福供養，顯現瑞像，是爲國家圭臬。自昔迄今天祐民安甲戌五年，爲時八百二十餘年矣。後大安二年中，浮圖基座欹仄。藝浄皇太后、珍陵城皇帝種種準備，派遣頭監匠人。方欲著手薦整，至夕狂風大作，塔首出現聖燈，天明，其塔自正如初。又大安八年，東方漢人起惡心，發大軍以圍武威，羌軍亦來涼州。其時黑風冥冥，兩手相持莫辨，燈光煌煌，環繞浮圖，二軍是以敗走，由此不敢前瞻。其後盛德皇太后、仁浄皇帝執掌國家，繼而天安禮定二年中，時時燒香佈施願文等延續不斷。與漢再戰，皇太后親自出陣前，爾時夜間燈光燦燦，一出一滅，明耀猶如正午，乃深入漢陣，大敗之。前前後後吉祥多現者，於此不可殫記。一番番炳靈彰聖，先人言之已見分明。有如此廣大功德，然此涼州金浮圖者，年長日久，風吹雨打，色彩剥蝕。去年地又大震，因見櫟柱欹仄，德盛皇太后、仁浄皇帝上報四恩功，下緣三有治，因六波羅蜜爲，依四深大願行，故派遣頭監，集聚諸匠，於天祐民安癸酉四年六月十二日著手工程，翌年正月十五日工程告畢。

妙塔七級如七覺，巍峨四面治四河。木身覆瓦飛翩翩，金頂玉柱安穩穩。七寶莊嚴光燦燦，諸色裝飾彩融融。壇城寶光亮晃晃，壁畫菩薩活生生。殿堂一厢罩清霧，七級浮屠鐵人護。細綫垂幡花簇簇，吉祥香爐明鑒鑒。法物種種置齊整，供器一一都具足。

所賜佛之常住：黄金十五兩、白金五十兩、衣著羅帛六十段、羅錦雜幡七十對、錢千緡。所捨僧之常住：官作四户，錢千緡，糧穀千斛。是年十五日，遣中書正梁行者乜、皇城司正卧屈皆等，命爲慶讃。作大齋會，設置説法懺悔道場，誦讀藏經，剃度三十八人，赦命死罪五十四人。香花燈燭，種種齊備，飲食浄水，一一不缺。大小頭監、諸色匠人之官賞，依各自高下，多多予之。

五彩祥雲，朝朝伴覆金光飛；三世諸佛，夜夜環繞聖燈現。一劫完畢，先地得道心歡喜；七重洞悉，得福智人至佛宫。天下黑頭，亦苦亦樂可求福；地上赤面，有勢有力是根基。十八地獄，受罪衆生得解脱；四十九重，去往歡喜彌勒處。三界愚昧，智燈一舉遍照明；衆生慾海，慧橋修成皆救渡。聖宫造畢，功德廣大昔無比；浮屠修成，善緣圓滿見識高。人身非實，濕如浮泡芭蕉似；人命無常，視與秋露夏花同。施捨殊妙，三輪體空理皆悟；志心堅牢，不執二邊證彼岸。

願：王座堅固，如東方修竹長生長；神謀充盈，如白山金海自高低。所爲有利，於意於力即獲益；所計合緣，供佛供法求可得。風雨時至，寶穀永成；邊境平定，民庶安寧。法理玄奥，領悟不廣；文句拙樸，智者勿哂。正行邪行，前立碑銘記巧業；善名善名，後人瞻仰永傳説。

修塔寺兼作贊慶之都案頭監三司正南院監軍諫品臣埋馬皆，修塔寺兼作贊慶之都案頭監行宫三司正聖贊感通塔下提舉解經和尚臣藥乜永□，修塔小頭監行宫三司承旨祭官臣慕容斡哆，感通塔下羌漢二衆提舉賜緋和尚臣罔那行吉，修塔小頭監崇聖寺下僧監賜緋臣令介成龐，匠人小頭監感通塔下漢衆僧監賜緋和尚酒智清，修塔匠人小頭監感通塔通漢衆僧副賜緋白智宣，修塔瓦匠頭監僧監張梵移，準備匠人頭監白阿山。書者切韻學士閣門冷批臣渾嵬名遇，漢銘文書者漢契丹中才書臣張政思，紅白匠小頭監和尚解智行，木匠小頭監和尚酒智伯，網絡頭監和尚劉行真、孫□□。

天祐民安甲戌五年正月甲戌十五戊子日贊慶畢。

執掌鑿石頭監子崔、任遇子、左支信、孔多奴、康三堆、孫萬千、左計移、左党興、左阿奴、楊正寅、飾近郭道奴、鐵匠……

**附：**

西田龍雄（1964：161—176）日譯文：

坎性（水の性）は、太古より動かずと雖も，風起きては撃ち揺れ、波浪は蕩々として常に止まず。實體は根源においては變らずと雖も，縁にしたがっては染り滞り，煩禍は沈溺として未だ息まず。實に迷い凡に和し，六道を輪廻し菩薩の名を得る。聖なる教えは塵に合し，三界を流轉し，有情の生を受く。上世は最も安楽にて，一々行を行ない去る者は稀れ。下獄は苦しみが甚し（けれど），千萬（人）も早々に至る者多し。悲哀より離れ（ようとすれど）悲哀が生じ、悲哀を捨てざる（とき）。諸佛が世間に庶民勸救のため現われ出でる。相が無（けれど）相が立ち，相は少からず。摩竭陁國の金剛の座上にて正覺となる。金口一聲止論を説き，類にしたがいすべてを悟らせ，貪癡を度脱し、師主となる。化身が多く現われ，邪魔を伏し，法界に普く至り，下の迷いを養治する父母となる。……六渡の海をうるおし，知識は最も大きく。……壽命は多劫にして，佛果は悉く滿ちる。尊者は神通一夜を終え，従容として涅槃に入る。凡夫の幸福が未だ滅びないは、實に正舍利を留めている（故である）。

涼州の塔とは，阿育王の舍利を分かち，天上天下八萬四千舍利を蔵す。……？三の中，性眼舎利を蔵し得る正塔であったけれども，毀れたため，張軌が天子となる時，その上に宮殿を作ったのが，この涼州武威郡といわれるところである。張軌から張天錫が王座を受けると宮殿を取除き，匠人，班輸を招いて七層の塔を作った。これも亦涼州が西夏の〔領地〕である間に修理した。幸福を求めて供養すれば瑞相が現われ出で，國土の基となった。始めに作った時から此の天祐民安甲戌五年(1094)に到るまで，八百二十年を越える時となる。また、大安二年の中，塔の柱脚などが陥ち，澤浄皇太后，面溝城皇帝などが種々を準備し，提擧頭監匠などを任命して‥に著手し，修理しようとする時，夜間に，大風が立ち起こり，塔首に聖燈が現われた，夜が開けるとともに，自然に滅して，〔塔は〕もとのごとくになった。後大安八年(1083)東漢國は心體を備え大軍を發して，武威を圍み，チベット軍は涼州に來る。その時黒風が沈々として，友の手をとっても解らないほどであった。燈光は煌々と塔を圍い繞り，二軍は自然に敗走し，これより前に進まなかった。その後　徳盛皇太后　仁浄皇帝(など)が國土を受け給い，後代天安禮定二年の中，おりおり香を焚き，布施願文などを斷たず持たしめる。漢の中に二つ‥‥？皇太后自から陣頭に出る。　その時夜間に燈光が相迎え，一つに出て一つに滅する。明光は午日のごとくであった。(ので)(西夏軍が)漢に進み入り，大破壊を爲した。瑞狀が前に後に多く現れるのは，すべて此の中で不可思議である。瑞なる顕相は數遍あり，先昔人が慶[べば]顕相が現われる。このごとく廣大な功徳によって，此の涼州の金塔は歳日を過ぎ，風が打ち雨が著きても威儀を集める。去年大地震が起り，樹が毀れ柱が斜くを見た故に，徳盛皇太后，仁浄皇帝は上福恩徳を攝し，六波羅蜜にしたがって爲し，深福大願により行う。聖なる頭監を任命し，諸の匠人を集め，天祐民安癸酉四年六月十二日工事に著手する。その翌年正月十五日に工事を終えた。

妙塔は七層七等覺にして，壁を彩り，四面に四つの河をめぐらす。樹は貫き瓦の色は飛禽のごとく，金頭玉柱は沈々として安らか。第七層の杵は震れ荘嚴は美しく，諸色の裝飾は調和しすばらしい，覺繞の(下の)鐸は美しき光に輝き，壁に垂れ下った菩薩は…鳴り，殿堂の門は霧青く沈み，七級の寶塔に…のぼる。新しい細い幟は吹き垂れ，花は榮え開き，吉祥の香を放ち，光は…種々の法物を集め置き，供える具は一々悉く足りる。

佛のための常住は：黄金十五两，白金五十两，衣服絹帛六十段，錦羅雑錦幡七十対，千緡銭。僧のための常住は，四戸の農匠，千緡銭，千斛の食糧を捨てる。この年の十五日，中書正梁左折後皇城司正　卧屈皆などを任命し，讃歌を作らせ，大斎會を爲す。法説悔懺道場安立蔵經を讀誦する。斷罪三十八人の死すべき命を放ち，五十四人に香花燈明種々を準備して，飲食浄水を一々缺かさず，頭監大小匠人種々に，地位各自の上下に應じて，多夥を(授け)輿える。

五色の瑞雲，朝々に充する金光の禽，三世諸佛，夜毎に繞って聖燈を現わす。一層を一閃すれば，まず地道を得て，歡喜に踊り，七級悉くを觀るならば，福智(?)を得て佛宮に到る。天下の黑頭(＝西夏)には，苦樂二つの福を求め得て，地上の赤面(＝西夏)には，勢守二つながらの根源である。十八地獄に，罪みを受ける衆生も解脱を得て，四十九趣に，安樂慈氏の愛普く到る。三界暗昏，智燈一擧悉く見え顯われ，衆生に對する愛の海，智慧の橋は安らかに悉くを渡し運ぶ。聖宮を作り終え，功徳廣大なること前に比なし，寶塔を修理し終え，昔因は圓满に…高い。人身…色帳は芭蕉のごとく，人命は無常であり，眼のごとく，秋の明かさと夏の華と同じ。施捨は甚だ奇であり，三輪の體は空にして，義を悉く解する，意志は堅固であるならば，二邊を計らずして，彼岸を證する。願はくば王座は堅く，…の竹のごとく永遠に。神意は榮えて，疊毛崖金海のごとく常ならんことを。?〔王の〕實意實力によって，方便と果報を得る。…の縁は稀れであるが，佛を修め法を修めて求め得る。雨風は時節に應じて來り，寶の穀物は永遠に實る。國境は安靖，人民は安樂，法の義は深く廣いが，意の性は大きくない〔故に〕，辯才は〔人を〕佛教に轉じさせることを，智人は嫌う勿れ。徳を行い邪を退け，前石に書き，一一行を契む。秀れた名，秀れた名に，後人は瞻仰し，長く傳え述べるであろう。

塔を修理し，かさねて慶讃をなすなど(の上に)都案頭監三司正，南院軍監勸品臣 埋篤皆(?)

塔を修理し，兼て慶讃をなすなどの(上に)都案頭監行宮三司正聖讃 感應塔など(の下に)

提擧律昌和尚臣 薬乜永

塔を修理した頭監小，行宮三司，承旨宰祭官臣 母囉正律(?)

感應塔の下にチベット漢二衆の提擧緋衣和尚臣 王那尼征遇

塔を修理した小頭監聖崇僧寺の下の僧監緋衣臣 令介成疣

匠人頭監小感應塔の下,漢衆僧監緋衣和尚 酒智清

塔を修理した,匠人頭監小感應塔漢衆僧副緋衣 白智宣

塔を修理した瓦匠頭監僧主 張梵男

匠人の準備頭監 白阿山

書いた者　處にしたがい論典より集め冷批するもの　臣 渾嵬名遇

漢の碑文を書いた者漢契丹の中，　書記臣 張政思

緋白匠人頭監小和尚 智□行

木匠頭監小和尚 酒智□

絡燈頭監小和尚 劉□孫

天祐民安甲戌惟五年正月甲戌十五戊子日慶讃し終る。

石匠頭監　韋移崔任遇子左支信 孫萬千

裝匠 鐵匠

西田龍雄(1964：161—176)英譯文：

Although the nature of water has from ancient times been unmoved, the wind rising will stir it, and the waves, in their vastness, are ever moving. Although the basic nature of true substance does not change, it is stained by circumstance, and evils and misfortunes proliferate and have yet to stop. Deluded in reality, in harmony with the commonplace, yet transmigrating through the six ways, one may earn the name of Bodhisattva. The holy teaching is united with the dusts of the world, revolving through the three realms, one is born as sentient being. The ancient times were most at peace; each had his own position and those who left were few. …… there are millions who hurry to reach it. (Man seeks to be) apart from sorrow, yet he causes sorrow and does not throw it away; (Therefore) the many Buddhas appear in the world to save the common people. There is no form, but (man) creates form and it is everywhere about: (Therefore) on the Diamond Platform of Magadha enlightenment appears. The golden voice speaks the true doctrine. Awakening all, each to his own capacity. (Sentient beings) escaping from desire and delusion, become Master. The transformation bodies appear in numerous forms and subdue evil demons. Reaching the dharmadhātu, they become the fathers and mothers who cure the delusions below. …… The honored one has in one night gained supernatural powers, and calmly enters into Nirvana. That the happiness of the common man is not yet destroyed is in fact because the true relics of the Buddha are kept in this world.

The (tower of) Liang-chou shares the relics of King Aśoka, and contains the 84, 000 relics of all places everywhere. …… among the three (?) there was real tower which housed the relic of the Aśoka-eye. Since it had fallen into ruins, however, when Chang-kuei was emperor a palace was built on the site, which was located in Wu-wei-chün in Liang-chou. When Chang t'ien-hsi succeeded Chang-kuei on the throne, he had the palace torn down and taken away, and calling the artisan Pa-lu had a seven-tiered tower constructer there. While Liang-chou was under Hsi-hsia control the tower was kept in repair. f good fortune was sought and offerings were made, auspicious forms appeared, and these served as the foundations of the country. Some 820 years have passed from the time it was first built untie the present year, 1094. In 1077 the base of a pillar and other parts of the tower fell. The empress Mien-ching 面浄 and the emperor Mien-kou-cheng 面溝城 made various donations of supplies and materials and ordered the director and artisans and others to start restoration (?). During the night of the day that repairs were begun, a great wind blew and a holy light appeared at the top of the tower. At down the light disappeared of itself, and everything was as before. Later, in 1083, the country of the East Han sent a large well equipped army and surrounded (?), and the Tibetan army arrived at Liang-chou. At that time a dark wind began to blow, and the skies were so black that friends could not distinguish each other, even should they be holding hands. Then the light from the tower glowed brilliantly, illuminating the area around it. The two armies [Chinese and Tibetan] were at once routed, for they dared not proceed any further forward. Later, after the empress Tê-shêng 德盛 and the emperor Jen-ching 仁浄 had come to the throne, in 1087 incense was burned in various places, offerings made, and requests composed without cease. The empress herself came to the fore of the troops. At that time the light appeared during the night, flashing on and off. The brightness was as noon and (the Hsi-hsia troops), proceeding into the territory of the Han, caused great destruction. Around this time auspicious forms which were all mysterious emanations from this tower appeared frequently. Already several times in the past these auspicious forms auguring good fortune have appeared to the delight of the people. In this way, through its wide virtue, this golden tower of Liang-chou has retained its dignity, despite the long passage of time and the ravages of wind and rain. Last year there was a great earthquake and the people saw trees destroyed and the pillars (of the tower) leaning over. Therefore, the empress Tê-shêng and emperor Jên-ching ...... in order to gain the greatest virtue, worked in accordance with the six paramitas, and acted on the basis of the great vow of profound blessing. They ordered the holy director of the tower to gather together various artisans, and work was begun on the 12th day of the 6th month 1093, and completed on the 15th day of the 1st month of the following year.

This wondrous tower is of seven tiers and seven equal intervals; the walls are painted in color and the four sides are surrounded by four streams. The pillars of wood soar loftily above, the colored tiles are like flying birds; the golden crown and jewelled mast stand tranquil in their stability. The bells shake and ring, and the ornaments create a scene of beauty; the many-hued decorations are all splendidly in harmony. Beneath the mast, discs of a beautiful brilliance radiate; the (?) of (?) Bodhisattva shakes and rings resoundingly. The mist touching the gate of the temple shimmers bluely, and to the seven-tiered treasure tower (?) arise. The new thin streamers trail in the wind; flowers bloom luxuriantly; the incense of good fortune is released; the brilliance··· The various resources of the tower are housed here, and all the required implements of Buddhism are at hand.

For the Buddhas there is always provided: Fifteen ounces of gold; fifty ounces of silver; sixty bolts of silk for clothing; seventy pairs of banners of brocade, woolen cloth, and other material; a thousand strings of cash. For the priests there is always provided: Four farm houses, a thousand strings of cash. A thousand bushels of food and provisions are donated. On the 15th day (of the 1st month) of this year (1094) the Chief Councillor, 梁左折後 and the Minister in charge of .the Imperial Palace 卧屈皆 and others were ordered to compose verse in praise, and a great service was held. The *Fa-shuo Hui-ch'an tao-ch'ang an-li ts'ang- ching* was recited. Thirty-eight men destined for decapitation had their lives spared, to fifty-four men various kinds of incense, flowers, and tapers were offered, and there was sufficient food and drink and pure water for everyone. The rank of the director of the tower and of his subordinates was raised (?), and to the artisans, each according to his station, rewards were bestowed.

The auspicious five-colored cloud, each morning colors the bird atop the tower gold. The many Buddhas of the three worlds, each night make the holy light appear. Even if only one tier is seen, the viewer will gain the Way and be filled with delight. If all seven tiers are seen, the viewer obtains blessedness, wisdom, and (?) and reaches the palace of the Buddhas. The black-headed ones (the Hsi-hsia) under heaven (come to this tower), seeking the two blessings, blessings in pain and blessings in happiness; for the red faced ones (the Hsi-hsia) on this earth, (this tower) is the dual fountainhead for power and defence. Even sentient beings who receive the punishment of the eighteen hells may achieve salvation, wherever one goes in the forty-nine directions, with peace the love of the compassionate one (Maitreya) reaches everywhere. The three worlds are dark, but once the light of wisdom (of the tower) shines, all is seen clearly. Safely across the sea of love for sentient beings the bridge of intrinsic wisdom passes all across (to the other shore). The holy palace is completed; the breadth of the virtue obtained cannot be compared with anything in the past. Repair of treasure tower is completed; causation from the past is fulfilled and the (?) is high. The human body……the curtains are like the banana (?). Human life is transitory; …… like the clearness of autumn and the flowers of summer. Donations are mysterious; The body of the three wheels is empty, but its meaning is completely known. If the will is firm, without changing one's direction, one can seek and gain nirvana. We pray that the kingly throne be firm, and like the …… bamboo, last forever; That the divine will shall flourish, and like the (?) high golden sea, last forever. (The king's) daily conduct is rare indeed and by true will and strength he has obtained the rewards. The (?) is rare indeed, but can be obtained by making offerings to the Buddhas and the Dharma. (We pray) that the wind and rain will come according to the seasons; that the treasure grain will ripen throughout all eternity. The borders of the nation are at peace, the people are at ease. The meaning of the Dharma is deep and broad, but the nature of consciousness is not large; Therefore men of wisdom must not forget with well-chosen words to turn others to Buddhism. Virtuous conduct and valorous conduct are written of for the first time on this stone and …… conduct is inscribed. Men of later generations will look up in admiration at the famous names inscribed here, which will be passed down and related of throughout long ages.

On the occasion of the repair of the tower and at the same time the giving of a service of felicitation (on the dedication of the tower) 埋篤皆, Director-general of document bureau, finance commissioner, General of the southern bureau 南院將軍. On the occasion of the repair of the tower and at the same time the giving of a service of felicitation, the priest, minister 藥乜永, Director-general of document bureau, commissioner for Imperial travelling lodges, Vinaya-master in charge of the holy Kan-ying tower. Assistant-supervisor in the repair of the temple and Transmitter of directives on financial affairs for the Imperial travelling lodges, the state minister, 母囉正律 (?), The officer 王那尼征遇, Priest of the scarlet robe, who gives offerings at the Kan-ying tower for the Chinese and Tibetan peoples. The officer 令介成疣, vice-director of the repair of the tower, the scarlet-robed priest in charge of the monks at the Shêng-ch'ung-sêng-ssu. The scarlet robed priest, 酒智清, vice-director of artisans at Kan-ying tower and director of Chinese monks. The scarlet robed priest 白智宣, vice-director of artisans in repair of the tower and vice-director of Chinese monks at Kan-ying tower. The officer 張梵男, head monk, Supervisor of artisans engaged in tile work during tower repairs. The officer 白阿山, in charge of supplies and provisions for artisans. The writer of this inscription drew from various Buddhist and Confucian sources, which he has edited, the officer, 渾嵬名遇. The officer 張政思, incisor the Chinese text of this inscription, the writer of (?) between the Chinese and the Khitan. □智行, Priest of the scarlet and white robe, vice-director of artisans. The priest 酒智情, vice-director of carpenters. The priest 劉□孫, vice-directors.

The service of felicitation completed on the 15th day of the 1st month of the 5th year of Tien-yu min-an (1094).

Director of stone-work artisans. Director of decorators, Director of metal workers.

史金波(1988：241—249)譯文：

坎性上古不動雖然爲,風起摇擊波浪蕩漾常不絶。正體本於不變雖然爲,隨緣染著煩禍沉沉永不息。如化迷愚,六道輪回衆生得名;聖合塵埃,三界流轉有情生受。上世最安,一一行行往者稀;下獄緊苦,千萬趨趨至者稠。悲哀發悲悲不舍,諸佛世間民庶勸救已出現;無相立相相不稀;摩竭陀國金剛座上正覺成。金口一音演德論,依類悉解,超脱貪癡爲師長;化身現德御邪魔,法界普至,育治愚迷是父母。過現未因,六度萬識知最大;解行身端,一世多劫果皆滿。尊靈日住畢,示現涅槃上已入;凡俗福未終,如實舍利真已留。涼州塔者,阿育王舍利分作天上天下八萬四千舍利藏處之中,杏眼舍利藏處。雖是真塔而已毁破。張軌爲天子時,其上建造言殿。彼爲涼州武威郡名。張軌孫張天錫已受王座,則捨去宫殿。延請精巧匠人,建造七級寶塔。此後寶塔屬爲蕃地,常爲修治,求福供養,顯現瑞象,是國土柱根處。前所爲□天祐民安甲戌五年後已至八百二十年已過時爲。後大安二年中,塔柱腳等陷壞。識淨皇太后、珍陵城皇帝等種種準備派遣頭監工等,由此欲著手修時,夜間大風發起,塔首聖燈出現,天曉自然已正,如前一樣。又大安八年,東漢惡心體施付,發出大軍,包圍□□,羌軍已來涼州。其時黑風沉沉,兩手相持臭辨,燈光煌煌,環繞寶塔,二軍因此敗走。由此莫敢如前看。此後德盛皇太后、仁淨皇帝等已受國土。以後天安禮定二年中,時時燒香佈施願文等令載不絶。巡行漢地,皇太后親自出現騎首(陣頭)。爾時夜間燈光大放,一出一滅,明耀過於午時,乃深入漢之地陣,使之大敗。吉祥前後後多所現者,皆此中不可説。瑞魔瑞相數遍,先昔人告,已現分明。因有如此廣大功用,此涼州金塔者,年日已過,風擊雨著,染色已褪。去年發生大地震,因見木毁柱斜,德盛皇太后、仁淨皇帝等,上報四恩功,下緣三有治。因六波羅密爲,依四深大願行。故派遣頭監，集聚諸匠。天祐民安癸酉四年六月十二日匠事著手，其翌年正月十五日匠事完畢。妙塔七節七等覺，嚴陵四面四河治。木幹覆瓦則飛鳥，金頭玉柱安穩穩，七珍莊嚴如晃耀，諸色妝飾殊調和。繞覺金光亮閃閃，壁畫菩薩活生生。一院殿堂呈青霧，七級寶塔惜鐵人。細線垂幡花簇簇，吉祥香爐明晃晃。法物種種俱放置，供具一一全已足。施捨給佛之常住：黄金十五兩，白金五十兩，表裏羅帛六十段、錦羅雜絹幡七十對，千緡線；僧之常住：四户官作，千緡錢，千斛糧食等。其年十五日 中書正梁行者乜，皇城司正卧屈皆等派遣，令爲贊詩。作大齋會，安施説法懺悔道場，讀誦佛經，剃度三十八人，應死放命五十四人。香花燈明種種準備，飲食净水一一不缺。大小頭監，種種匠人等之官賞，依各自上下，多多賜與。五色瑞雲，朝朝更復金光飛；三世諸佛，夜夜必繞聖燈現。一節畢已，先地道得心歡喜；七級悉察，福智人得佛官到。天下黑首，苦樂二種福求處；地上赤面，勢立並立是柱根。十八地獄，受罪衆生解脱得；四十九重，樂安慈氏愛至往。三界蒙暗，智燈舉起皆見顯；衆生愛海，慧橋搭成普渡運。聖宫造畢，功德廣大前無比；寶塔修畢，善因圓滿才識高。人身不珍，潮濕如浮泡芭蕉；人命無常，視與秋露夏花同。施捨殊妙，三輪體空義皆解；志心堅固，二邊不執證彼岸。願王座堅秘，如東方修竹永生長；神意盛醒，如銀坡金海常起漲。作作有利，對意對力方可獲；算算因熟，供佛供法求可得。風雨依時，穀寶永成，地邊安定，民庶樂安，法義深廣，意性不大，詞才轉實，智人莫嫌，正行邪行；前石寫豎善業記，善名善名，後人瞻仰永傳説。修塔寺兼作贊慶等上都案頭監三司正南院監軍諫品臣埋馬皆，修塔寺兼作贊慶等上都案頭監行宫三司正聖贊感通塔等下提舉解經和尚臣藥乜永銓，修塔小頭監行宫三司承旨祭官臣木羊訛移，感通塔下羌漢二衆提舉賜緋和尚臣王那征遇，修塔小頭監崇聖寺下僧監賜緋臣令介成龐，匠人小頭監感通塔下漢衆僧監賜緋和尚酒智清，修塔匠人小頭監感通塔通漢衆僧副賜緋白智宣，修塔瓦匠頭監僧主張梵移，匠人之準備頭監白阿山。書者切韻學士閣門冷批臣渾嵬名遇，漢銘文書者漢契丹中才書臣張政思，紅白匠小頭監和尚解智行，木匠小頭監和尚酒智□，絡燈頭監和尚劉行真、孫□□。天祐民安甲戌惟五年正月甲戌十五戊子日贊慶畢　雕石頭監韋移□勢、任遇子、左支信、孔罨該?康三□、孫萬千、左計移、左党興，左阿□、楊正寅、飾近郭道奴、鐵匠……

鄧如萍(1996：120—126)譯文：

Although since high antiquity the nature of water is to not move, wind arises whipping up waves that swell and roll without cease. Although the root of the True Body does not change, karmic effects spread and appear, and troubles oppress never to cease. The Tathāgata transforms the deluded, and the beings of the Six Paths of Transmigration obtain a name. The Holy One harmonizes dust and dirt, in transmigration through the Three Realms sentient beings obtain birth. To the world above of utmost peace, few are those who one by one make their way; to the hell below of intense suffering, by the tens of thousands they rush to throng. Cherishing compassion, extending compassion, not begrudging compassion, the myriad buddhas have appeared in the world to exhort and save the people. Without form, assuming form, forms innumerable, in the country of Magadha on the Vajra throne [the Buddha] achieved supreme enlightenment, The Golden Mouth (i.e, Buddha) in one utterance expounded the correct doctrine. Enlightening all according to their capacities, overcoming greed and ignorance, [he] is the honored teacher. The Transformation Body manifested virtue and subdued evil spirits. Extending everywhere throughout the universe (*dharmadhātu*), tending and tempering the misguided, [he] is father and mother. As for causes [of buddhahood] of past, present, and future, among the myriad accomplishments of the Six Pāramitās, wisdom is the greatest, Understanding and meritorious practice [gives rise to] the sublime bodily signs; in one lifetime the fruits of merit from many *kalpas* were all fulfilled. The abiding days of the Efficacious Honored one came to a close; transforming [he] entered into nirvāṇa. Yet the fortunes of common people have not ended; the true relics in reality have remained.

This Liangzhou stūpa is among the 84,000 reliquaries built to house the relics that Aśoka distributed around the world, a storage place of [*xing*] *yan* relics. Although it was a true stupa, it was already in ruins. When Zhang Gui was Son of Heaven, upon its [site he] had a palace built. That was Liangzhou, named Wuwei Commandery. After receiving the throne, Zhang Gui's grandson Zhang Tianxi then gave up the palace and, inviting skilled artisans, had a seven-storied stūpa built. After this [the precious stūpa or Liangzhou] became Tangut territory and was often repaired; blessings were sought, offerings were made, and auspicious signs appeared; [it] is the pillar and root of the state. From the time [it] was built up to today, the fifth year *jiaxu* of Tianyou min'an, 820 (*sic*) years' time has passed. Afterward, in the second year of Da'an [1075], the base supports of the precious stūpa collapsed. The Shijing (Sagacious and Pure) Empress Dowager and the Zhenling cheng (Precious Necropolis Wall) Emperor commissioned various supplies, directors, artisans and others [to repair it]. Just as repair work was about to commence, at night a great wind arose and atop the stūpa a divine lamp appeared. At daybreak [the stūpa] had naturally righted itself and resumed its former [shape]. Again, in the eighth year of Da'an [1081] the Eastern Han (i. e., the Song), spreading evil intent, issued forth a large army and surrounded ...... At the time when the Qiang troops reached Liangzhou, a black wind blew so heavy and dark that hands held together could not be seen. [Above the stūpa] a lamplight shone brightly, enveloping the stūpa, and because of it the two armies fled in defeat and so dared not look [upon it] as before. After this, the Desheng (Abundant Potency) Empress Dowager and the Renjing (Humane and Pure) Emperor received [rule over] the land, Then, in Tian [an] liding second year (1086), it was ordered at all times to burn incense and distribute vows [to the stūpa?] without cease. Campaigning again in Han territory, the Empress Dowager herself went out at the head of the cavalry. Just then in the middle of the night a lamplight [above the stūpa] beamed out, twinkling as brightly as the noonday sun. Entering the Han battle formation, [our troops] inflicted a great defeat. Of the numerous prodigies that before and since have appeared, all as in this case are without compare. Lucky and unlucky prodigal omens being frequent and widespread, in the past [our] forebears reported [them], so as to make clear their distinctions. In thus possessing such mighty merit, this golden stūpa of Liangzhou has passed through many years, winds whipping and rain lashing, until its colors have faded. Last year there was a great earthquake, and seeing its timbers destroyed and its pillars knocked askew, the Desheng Empress Dowager and the Renjing Emperor, above to requite the merit of the Four Graces, below to follow the governing of the Three Realms, acting in reliance on the Six Pāramitās and proceeding in accord with the Four Profoundly Great Vows, therefore commissioned directors to assemble the various artisans, and in the fourth year *guiyou* of Tianyou min'an, on the twelfth day of the sixth month (8 July 1093), the repair work commenced. Construction was completed in the first month of the following year, on the fifteenth day (2 February 1094).

The wonderful stūpa's seven stories [recall] the seven elements of bodhi; the four sides of the splendid sepulcher govern the four rivers. The tile-covered wooden beams resemble flying birds; the golden crown and jade pillar stand tranquil and secure; the splendid beauty of the seven treasures is brilliant; all the colors and adornments harmoniously stand out. The golden light encircling the bodhi glows luminously; the bodhisattvas painted on the walls resound with life. A dark mist appears over the temple buildings; the seven-storied wonderful stūpa adores the iron image [?]. Finely woven hanging pennants cluster in flowery bunches; the silver-white incense burners gleam brightly. The various dharma objects are all set in place; the sacrificial utensils are each and every one whole and complete.

Distributed in permanent endowment on behalf of the Buddha, fifteen ounces of yellow gold, fifty ounces of silver, for inner and outer [clothing] sixty lengths of patterned fine silk, seventy pairs of mixed brocade banners of patterned fine silk, and a thousand strings of cash; in permanent endowment on behalf of the monks, four government tiller households, a thousand strings of cash, and a thousand measures (*hu*) of grain. On the fifteenth day of that year, it was ordered that the director of the Secretariat, Liang... Zhenie, and director of the Capital Security Office, Wo Qujie, be commissioned to compose a laudatory ode. A great feast was held, a ritual site for teaching and confessions was established, and sūtras were chanted. Thirty-eight persons were ordained as monks, and the lives of fifty-four persons condemned to die have been spared. Incense, flowers, and bright lamps of all kinds have been provided, and there is no deficiency of food and clean water. Bequests to the junior and senior supervisors and to the various artisans were generously bestowed according to the rank of each.

A five-hued auspicious cloud covers [the stūpa] at dawn and golden rays fly; the myriad buddhas of the Three Times circle around at night and the holy lamp appears. In one *kalpa* all was completed; having obtained the way and the land of our fore-bears, [our] hearts rejoice. All seven stories inspected, [we] have people of blessing and wisdom come to this Buddha shrine. For the black-headed [ones] under Heaven, in both suffering and joy [this is] the place to seek blessings; for the red-faced [ones] on earth, in both strength and defeat it is the pillar and root. [From] the eighteen hells guilty beings obtain release: [to] the forty-nine stories [in the heavenly palace] of the happy Maitreya [they] hasten in eagerness. In the dim obscurity of the Three Realms, the lamp of wisdom is raised and everything illumined; [for] sentient beings in the sea of desire, a bridge of discernment is built and all cross over. Reconstruction of the divine temple is completed; in grandness of merit nothing before compares. Repair of the precious stūpa is finished; in fullness of good causes its endowments are lofty. Human bodies have no substance and resemble bubbles in the tide or the plantain; human destiny lacks constancy, like autumn dew or summer blossoms to the eye. Especially marvelous in charity and renunciation, the Three-Wheel Body exhaustively clarified the principle of emptiness. With unshakable resolve, not clinging to the two extremes [one may] achieve the other shore.

[We] pray that the throne be strong and secure, imperishable as the eastern bamboo; that the luxuriant intelligence of the divine mind swell endlessly, like the silver crests on the golden sea; that benefits of numerous deeds [through] correct thought and correct strength reap abundant rewards; that by reckoning the fruits of karma and making offerings to the Buddha and the Law our prayers may be fulfilled. [May] the winds and rains come in due course, and the precious grains always ripen. [May] the borders be at peace and order, and the common people contented. The principles of the Law are deep and widespread; [though] the inherent faculty of mind be not great, skillful phrases transmit the truth, and wise people do not hesitate between virtuous and wicked conduct. [When those] before inscribe and set up a stone recording marvelous deeds — excellent names! Excellent names! — later people, examining and bringing [it] to light, will forever transmit the story.

The court official overseeing the duties of making stūpa renovations and commemoration, director of the Fiscal Commission, army supervisor of the Southern Court, the *jianpin* subject Mai Majie. The court official overseeing the duties of making stūpa renovations and commemoration, director of the Auxiliary Palace Fiscal Commission, supervisor of the two groups [attached to] the Shengrong [Temple] and the Gantong Stūpa, the monk who understands (expounds) scriptures, the subject Yaonie Yong[quan]. Assistant overseer of stūpa repairs, recipient of directives in the Auxiliary Palace Fiscal Commission, the sacrificial officer, the subject Muyang Eyi. Supervisor of both Fan (Tibetan?) and Han monks at the Gantong Stūpa, the scarlet-robed monk, the subject Wangna Zhengyu. Assistant overseer of stūpa repairs, director of monks at the Chongsheng Temple, scarlet-robed monk, the subject Lingjie Chengpang. Assistant over-seer artisans, director of Han monks at the Gantong Stūpa, the scarlet-robed monk Jiu Zhiqing. Assistant overseer of artisans [engaged in] stūpa repairs, assistant director of Han monks at the Gantong Stūpa, the scarlet-robed monk Bai Zhixuan. Overseer of tile artisans at the stūpa, master of monks Zhang Fanyi. Over-seer of provisions for artisans Bai Ashan. The writer, scholar of rhyme, *lingpi* officer of Audience Ceremonies, the subject Hun-Weiming Yu. Writer of the Han text, composer [of documents] in Han and Khitan [languages], the subject Zhang Zhengsi. Assistant overseer of painters, the monk Xie Zhixing. Assistant overseer of carpenters, the monk Jiu Zhi [bo?]. Overseer of scaffolding, Liu Gouer, Sun ...

Fifth year of Tianyou min'an *jiaxu*, first month *jiaxu*, fifteenth day *wuzi*, the commemoration concluded.

Overseer of stone inscribing Weiyi Yiyai, [and stone carvers?] Ren Yuzi, Zuo Zhixin, Kang Gouming, Zheng Sandui, Sun Kedu, Zuo Jiyi, Zuo Paner, Zuo Aling, Wang Zhen, Yin Sun[?]. Decor artisan Guo Daonu; metalwork artisan Yang ......

## 漢文碑銘

……智慧因緣，種種比喻，化[1]□□□，大抵與五常之教多有相似，其實入人深厚，令智愚心服，歸向信重，汪洋廣博……阿育王起八萬四千寶塔，奉安舍利，報佛恩重。今武威郡塔即其數也。自周至晉，千有餘載，中間興廢，經典莫記。張軌稱制西涼[2]，治建宫室，適當遺址……宫中數多靈瑞，天錫異其事。時有人謂天錫曰："昔阿育王奉佛舍利，起塔遍世界中。今之宫乃塔之故基之一也。"天錫遂捨其宫爲寺，就其地建塔。適會□□□技類班輸者[3]，來治其事。心計神妙，準繩特異，材用質簡，斤蹤斧跡，極甚疎略。視之如容易可及，然歷代工巧，營心役思，終不能度其規矩。兹塔造建，迄今八百二十餘年矣。大夏開國，奄有西土，涼爲輔郡，亦已百載。塔之感應，不可殫記。然聽聞詳熟，質之不謬者云："嘗有欹仄，每欲薦整，至夕皆風雨大作，四鄰但聞斧鑿聲，質明，塔已正矣。如是者再。先后之朝，西羌梗邊，寇乎涼土，是夕亦大雷雹，於冥晦中上現瑞燈，羌人覩之，駭異而退。頃爲南國失和，乘輿再駕，躬行薄伐，申命王人，稽首潛禱，故天兵累捷，蓋冥祐之者矣。前年冬，涼州地大震，因又欹仄，守臣露章，具列厥事，詔命營治，鳩工未集，還復自正。"今二聖臨御，述繼先烈，文昭武肅，内外大治。天地禋祀，必莊必敬；宗廟祭享，以時以思。至於釋教，尤所崇奉。近自畿甸，遠及荒要，山林磎谷，村落坊聚，佛宇遺址，隻椽片瓦，但髣髴有存者，無不必葺，況名跡顯敞，古今不泯者乎？故將是塔旌乎前後靈應，遂命增飾。於是衆匠率職，百工效技，杇者繢者，是墁是飾。丹雘具設，金碧相間，輝耀日月，焕然如新，麗矣壯矣，莫能名狀。況武威當四衝地[4]，車轍馬跡，輻湊交會，日有千數，故憧憧之人，無不瞻禮隨喜，無不信也。兹我二聖，發菩提心，大作佛事，興無邊勝利，接引聾瞽，日有饒益，巍巍堂堂，真所謂慈航巨照者矣。異哉！佛之去世[5]，歲月寖遠，其教散漫，宗尚各異，然奉之者無不尊重讚嘆，雖兇很庸愚，亦大敬信，況宿習智慧者哉？所以七寶粧嚴爲塔爲廟者有矣，木石瓴甓爲塔爲廟者有矣，鎔塑彩繪、泥土砂礫，無不爲之，故浮圖梵刹遍滿天下，然靈應昭然如兹之特異者，未之聞也。豈佛之威力獨厚於此耶？豈神靈擁祐有所偏耶？不然，則我大夏植福深厚，二聖誠德誠感之所至也。

營飾之事，起癸酉歲六月，至甲戌歲正月，厥功告畢。其月十五日[6]，詔命慶讚。於是用鳴法鼓，廣集有緣，兼啓法筵，普利羣品。仍飭僧一大會[7]，度僧三十八人，曲赦殊死罪五十四人，以旌能事。特賜黄金一十五兩、白金五十兩、衣著羅帛六十段、羅錦雜幡七十對、錢一千緡，用爲佛常住，又賜錢千緡、穀千斛、官作四户，充番漢僧常住，俾晨昏香火者有所資焉，二時齋粥者有所取焉[8]。至如殿宇廊廡、僧坊禪窟，支頽補□，□一物之用者，無不仰給焉。故所須不匱，而福亦無量也。乃詔辭臣，俾述梗概。臣等奉詔，辭不獲讓，抽毫抒思，謹爲之銘。其詞曰：

巍巍寶塔，肇基阿育，以因緣故，興無量福。奉安舍利，粧嚴具足，歷載逾千，廢置莫録。西涼稱制，王曰張軌，營治宫室，適當遺址。天錫嗣世，靈瑞數起，應感既彰，塔復宫毁。大夏開國，奄有涼土，塔之祥異，不可悉數。嘗聞欹仄，神助風雨，每自正焉，得未曾覩。先后臨朝，羌犯涼境，亦有雷電，暴作昏瞑。燈現煌煌，炳靈彰聖，寇戎駭異，收跡潛屏。南服不庭，乘輿再討，前命星使，恭有祈禱。我武既揚，果聞捷報，蓋資冥祐，助乎有道。況屬前冬，壬申歲直，武威地震，塔又震仄。淩雲勢撓，欲治工億，龍天護持，何假人力？二聖欽崇，再詔營治，杇者繪者，罔有不備。五彩復焕，金碧增麗，舊物惟新，所謂勝利。我后我皇，累葉重光，虔奉竺典，必恭必莊。誠因内積，勝果外彰，覺皇妙蔭，萬壽無疆。

天祐民安五年歲次甲戌正月甲子戌朔十五日戊子建。書番碑旌記典集冷批渾嵬名遇。供寫南北章表張政思書并篆額。石匠人員韋移移崖、任遇子、康狗□。慶寺都大勾當銘賽正嚷挨黎臣梁行者乜，慶寺都大勾當卧則囉正兼頂直囉外母囉正律晶賜緋僧卧屈皆，慶寺監修都大勾當三司正右廂孽祖乩介臣埋篤皆，慶寺監修都大勾當行宫三司正兼聖容寺感通塔兩衆提舉律晶賜緋僧藥乜永詮，修寺準備吴箇行宫三司正湊銘臣吴没兜，修塔寺小監行宫三司正栗銘臣劉屈栗崖，修塔寺小監崇聖寺僧正賜緋僧令介成㾓，護國寺感通塔漢衆僧正賜緋僧酒智清，修塔寺監石碑感通塔漢衆僧副賜緋僧酒智宣，修塔寺結瓦……劉狗兒，石匠左支信、□三鎚、左□□、王真、孫都兒、孫□都、左□移、左伴兄、孫惹子、殷門……

**校注：**

［1］“化”字從史金波《西夏佛教史略》第251頁補。

［2］“西”字諸本皆缺，今據銘詞“西涼稱制，王曰張軌”句補。

［3］會，原作“合”，從史金波改。

［4］衝，史金波校爲“衢”。

［5］去，原作“出”，從史金波改。

［6］其月，《隴右金石録》作“又”。

［7］飭僧，史金波校爲“飯僧”。

［8］粥，《隴右金石録》作“宿”。

## 大乘聖無量壽經序

崇宗乾順

俄羅斯科學院東方文獻研究所藏本 инв. № 812，在《大乘聖無量壽經》卷首(**圖 5**)。另本經文(инв. № 697)尾署夏天祐民安五年(1094)。據文中“朕”字，知序言爲夏崇宗御製。參考孫穎新(2012)。

[illegible]

[illegible]

**譯文：**

大乘聖無量壽經序

三界衆生出世之故，我佛慈悲，現千百億化身形相；爲度六道有情之苦，妙章釋理，廣開八萬四千法門。未曾有之經，梵文妙法西方佈；正玄言之寶，今此一遇爲宿緣。東土來聞絶世珍，此刻聆聽因緣至。極甘雨露，夜夜飄零叵測；最耀光輪，朝朝縈繞無涯。愛著泅水溺河中，世世無心橋度；隨欲自身蠶縛繭，時時不愿脱除。日明一出諸方見，佛語稱揚普度功。或持或講求靈應，或誦或抄證壽長。朕外觀慈悲利生，倍增壽算；内思真悟法體，願證本覺。依六波羅蜜，發四大宏願，乃譯番文，爲之刊印。一時悟理入明門，妙句能詮度迷惑。智劍執言斷羂網，我著昏衢慧日開。虚空才廣無窮數，大雨天來莫計量。

## 大乘無量壽經後序願文　　太后梁氏

俄羅斯科學院東方文獻研究所藏本 инв. № 697，在《大乘無量壽經》卷尾（**圖 6**）。尾署夏天祐民安五年（1094），并題“[illegible]”（書者衣緋和尚酒智清）。人名似可勘同天祐民安五年“涼州重修護國寺感通塔碑”的“感通塔漢衆僧正賜緋僧酒智清”，惟夏譯用字不同。參考孫穎新（2012）。

[illegible]

[illegible]

[illegible]

**譯文：**

《大乘無量壽經》者，諸佛之秘密教，如來之法性海。欲以般若之舟，苦水内渡離含識；能以菩提之露，慾火中救護羣生。庶民壽命，必定早夭，念誦斯經，則能延壽。若遇疾病突來、禍災驟降，誦持書寫，厄難自消。見有如此廣大聖功，盛德皇太后、仁净皇帝，欲上報四恩，下濟三有，乃發大願。命内宫鏤版，開印一萬卷，並手絹一萬條，佈施衆民。伏願：皇圖茂盛，與阿耨大海相齊；帝祚綿長，與須彌高山相匹。賢臣出世，忠心輔佐君王；國阜民豐，降伏天災人禍。風雨時來，五穀熟成隨處見；星辰運轉，萬惡依法自然消。法界含識，棄惡入正道之門；華藏有情，朝聖得涅槃之岸。

天祐民安甲戌五年 月 日。

書者衣緋和尚酒智清

## 破宋金明砦遺宋經略使書 崇宗乾順

夏天祐民安六年(1095)。出《宋史》卷四八六《夏國傳下》。

夏國昨與朝廷議疆埸，惟有小不同。方行理究，不意朝廷改悔，却於坐團鋪處立界。本國以恭順之故，亦黽勉聽從，遂於境内立數堡以護耕。而鄜延出兵，悉行平蕩，又數數入界殺掠。國人共憤，欲取延州，終以恭順，止取金明一砦，以示兵鋒，亦不失臣子之節也。

## 遣使如宋謝罪表 崇宗乾順

夏永安二年(1099)。出《續資治通鑑長編》卷五一五。

伏念臣國起禍之基，由祖母之世。蓋大臣專僭竊之事，故中朝興弔伐之師，因曠日以尋戈，致彌年而造隙。尋當沖幼，繼襲弓裘，未任國政之繁難，又恐慈親之裁制。始則兇舅擅其命，頻生釁端；況復姦臣固其權，妄行兵戰。致貽上怒，更用窮征，久絶歲幣之常儀，增削祖先之故地。咎歸有所，理尚可伸。今又母氏薨殂，姦人誅竄，故得因馳哀使，附上謝章。矧惟前咎之所由，蒙睿聰之已察；亦或孤臣之是累，冀寳慈之垂矜。特納赤誠,許修前約。念敉西陲之敝國,得反政之初,願追烈祖之前猷,賜曲全之造。俾通常貢,獲紹先盟。則質之神靈,更無於背德;而竭乎忠藎,永用於尊王。

## 再上宋誓表

崇宗乾順

夏永安二年(1099)。出《續資治通鑑長編》卷五一九。《宋史》卷四八五《夏國傳下》有節文。

竊念臣國久不幸,時多遇凶,兩經母黨之擅權,累爲姦臣之竊命。頻生邊患,頗虧事大之儀;增怒上心,恭行弔民之伐。因削世封之故地,又罷歲頒之舊規,釁隙既深[1],理訴難達。昨幸蒙上天之祐,假聖朝之威,致凶黨之伏誅,獲稚躬之反正。故得遐馳懇奏,陳前咎之所歸;乞紹先盟,果淵衷之俯納。故頒詔而申諭,俾貢誓以輸誠,備冒恩隆,實增慶躍。臣仰符聖諭,直陳誓言。願傾一心,修臣職以無怠;庶斯百世,述貢儀而益虔。飭疆吏而永絶争端,誡國人而恒遵聖化。若違兹約,則咎凶再降;儻背此盟,則基緒非延。所有諸路係漢緣邊界至,已恭依詔旨施行。本國亦於漢爲界處已外側近,各令安立卓望并寨子去處,更其餘舊行條例并約束事節,一依慶曆五年正月二十二日誓詔施行。

**校注:**

[1] 隙,《宋史》作"端"。

## 遺梁統軍書

李訛哆

夏貞觀十三年(1113)。出《宋史》卷四八六《夏國傳下》。

我居漢二十年,每見春廩既虚,秋庾未積,糧草轉輸,例給空券,方春未秋,士有飢色。若捲甲而趨,徑擣定遠[1],唾手可取。定遠既得,則旁十餘城不攻而下矣。我儲穀累歲,闕地而藏之,所在如是[2]。大兵之來,斗糧無齎,可坐而飽也。

**校注：**

［1］定遠，似當從《宋史》卷三五六《任諒傳》作“定邊”。

［2］如是，吴廣成《西夏書事》卷三二校爲“皆是”。

## 榆林寺清沙記

咩布覺

夏雍寧元年(1114)。題記在榆林窟第25窟外室甬道北側，録文據史金波、白濱(1982)。

[illegible]

**譯文：**

雍寧甲午元年三月初一日，舍下出家寺御比丘咩布覺清除榆林精舍中沙。以此勝善利益衆生，我敬回向菩提。

**附：**

史金波、白濱(1982)譯文：

雍寧甲午初三月一日日，寺院出家寺衆賢比行善酩布覺，棄除榆林寺廟中沙，以此善根，利諸生故回敬菩提方。

## 莫高窟燒香記

麻藏氏敖

夏雍寧二年(1115)。題記在莫高窟第285窟北壁西面第一個禪洞内。録文據史金波、白濱(1982)。

[illegible]……

**譯文：**

雍寧乙未二年九月二十三日，麻藏氏敖，嵬利茂山，咩布氏母圓，麻藏嵬名樂，咩布氏巡樂，骨婢吃成，麻藏氏樂，麻藏氏茂，一……八人共同發願，來山精舍上燒香，求世世生生可見佛面。主持頭領咩布氏母圓……

**附：**

史金波、白濱(1982)譯文：

雍寧乙未二年九月二十三日麻尼則□蘭，嵬立盛山，酩布□夏園，麻尼則嵬名樂酩布那征樂，骨匹狗成，麻尼則□樂，麻尼則？盛一……八人同來行願，當來山寺廟上燒香，世世生當使見各佛面司者端頭酩布□夏園……

## 遣使詣金上誓表　　崇宗乾順

夏元德五年(1123)。出《金史》卷一三四《西夏傳》。

臣乾順言：今月十五日，西南、西北兩路都統遣左諫議大夫王介儒等齎牒奉宣："若夏國追悔前非，捕送遼主，立盟上表，仍依遼國舊制及賜誓詔。將來或有不虞，交相救援者。"臣與遼國世通姻契，名係藩臣，輒爲援以啓端，曾犯威而結釁。既速違天之咎，果罹敗績之憂。蒙降德音，以寬前罪，仍賜土地，用廣藩籬。載惟含垢之恩，常切戴天之望。自今以後，凡於歲時朝賀、貢進表章、使人往復等事，一切永依臣事遼國舊例。其契丹昏主，今不在臣境，至如奔竄到此，不復存泊，即當執獻。若大朝知其所在，以兵追捕，無敢爲地及依前援助。其或徵兵，即當依應。至如殊方異域，朝覲天闕，合經當國道路，亦不阻節。以上所敘數事，臣誓固此誠，傳嗣不變。苟或有渝，天地鑒察，神明殛之，禍及子孫，不克享國。

## 賀金正旦表　　崇宗乾順

夏元德六年(1124)。出《松漠紀聞》卷二。

斗柄建寅，當帝曆更新之旦；葭灰飛管，屬皇圖正始之辰。四序推先，一人履慶。恭惟化流中外，德被邇遐，方熙律之載陽，應令候而布惠。克凝神於突奥，務行政於要荒。四表無虞，群黎至治，爰鳳闕屆春之早,協龍廷展賀之初。百辟稱觴,用盡輸誠之意;萬邦薦祉,克堅獻歲之心。臣無任。

## 檄延安府文

崇宗乾順

夏正德二年(1128)。出《宋史》卷四八六《夏國傳下》。

大金割鄜延以隸本國,須當理索。敢違拒者,發兵誅討之。

## 同音跋

義　長

俄羅斯科學院東方文獻研究所藏本。影件見《俄藏黑水城文獻》第7册第28頁。尾署正德六年(1132)十月。

[illegible]

[illegible]

**譯文:**

今番文字者,祖帝朝搜集。求其易於興盛故,乃設刻字司,衆番學士統領,鏤版而傳行世間。後刻印工匠不事人等,因求微利,起意而另開書場,又遷至他方。彼亦不識字,不得其正故,雕版首尾損毀,左右舛雜,學人迷惑。而義長見之,復於心不安,細細勘校,雖不同於舊本舛雜,然眼心未至,或略有失韻,賢哲勿哂。

正德壬子六年十月十五日完畢。

**附:**

李範文(1986:482)譯文:

今番文字者,祖帝(在)世時令其搜集而興盛。設刻字司,以番學士等爲首,所刻印頒行世間。後刻印者利欲所致，不管其他，重新刻印，而施文壇。不知正字，印頌無所依，頭尾脱落，偏傍注字參雜，學者迷惑。義長閱後於心不安，（今）雖認真校勘，但仍有差錯，心目不到，若有不妥，智者勿嫌。

正德壬子六年十月十五日受終。

史金波、黄振華（1986）譯文：

今番文字者，祖帝朝之所搜集。爲求其興盛，故設刻字司，以諸番學士統領，雕刊版以使傳行世間。後刊刻者不廉之人，因圖小利，别法令開書坊，重又印行。其人不曉文字，不得其正，故雕版首尾缺失，左右舛雜，學者迷惑。義長見後，於心不安，乃細細校核，不與前人舛雜相同，然眼心未至，則或有微瑕，智者勿哂。

正德壬子六年十月十五日閱畢。

## 靈芝頌

崇宗乾順

銀川西夏王陵出土殘碑，題"□芝頌一首"，拓片影件見李範文（1984：圖版肆陸）。按《宋史》卷四八六《夏國傳下》載"靈芝生於後堂高守忠家，乾順作《靈芝歌》，俾中書相王仁宗和之"，事在宋紹興九年，即夏大德五年（1139）。

……於皇……俟時効祉，擇地騰芳。金暈曄……德施率土，賚及多方。既啓有……

# 仁宗時期

## 妙法蓮華經發願文

嵬名直本

俄羅斯科學院東方文獻研究所藏本，在《妙法蓮華經》卷七之末，影件見《俄藏黑水城文獻》第1册，頁270。尾署夏人慶三年(1146)五月。

粤以《蓮經》者，入不思議之妙法也。故衣珠設譬，謂自性之無知；火宅導迷，言宦心之罔覺。以慈悲喜捨之旨，啓開示悟入之門，難焚於烈艶之中，永轉於法輪之内。二十八品，皆覺皇宣演之書；七萬餘言，咸真聖玄微之理。洞究而須推七喻，力窮而在畢三周。誦之則舌變紅蓮於億年，供之則帙放華光於滿室。誠釋門之扃鑰，真苦海之津梁。今有清信弟子雕字人王善惠、王善圓、賀善海、郭狗埋等，同爲法友，特露微誠，以上殿宗室御史臺正直本爲結緣之首，命工鏤板，其日費飲食之類，皆宗室給之。雕印斯經一部，普施一切同欲受持。以兹功德，伏願：皇基永固，同盤石之安；帝壽無疆，逾後天之算。凡隸有生之庶類，普[蔭]罔極之洪休。

時大夏國人慶三年歲次丙寅五月　日。

## 聖觀自在大悲心總持並勝相頂尊總持後序願文

仁宗仁孝

西夏文、漢文兩種，内容全同。參考孫伯君(2006)。

### 西夏文後序願文

俄羅斯科學院東方文獻研究所藏本 инв. № 6821，在《勝相頂尊總持》卷尾(圖7)。尾署夏天盛元年(1149)，並有仁宗款題。

[illegible]

[illegible]

[illegible]

[illegible]

[illegible]

[illegible]

[illegible]

[illegible]

[illegible]

**譯文：**

御製聖觀自在大悲心總持並勝相頂尊總持之後序願文

朕伏念：神咒威靈，感應被恒沙界；玄言勝妙，聖力超通億劫。設若一聽真詮，頓時全消塵累，如此微密，豈得言説？是以《自在大悲》，通冠法門密語；《頂尊勝相》，總括佛印真心。一者存救世之威，一者有利生之驗。廣大，受持必定得功；神聖，敬信未嘗違逆。盛則普周法界，細則入於微塵。廣資含識，深益有情，聞音者大獲勝因，觸影者普得善利。分海爲滴，數有可知；碎刹爲塵，算有可計。唯此慈悲廣大法門，福利無可計量。各有殊能，俱存異感。故《大悲心感應》云："若志心人而誦《大悲心咒》一遍或七遍，即滅百千萬億劫生死之罪，臨命終時，十方諸佛皆來授手，隨願往生諸浄土中。若入流水或大海中沐浴，水族衆生霑浴水者，皆滅重罪，生佛國中。"又《勝相頂尊感應》云："至堅天子誦持章句，消解七趣畜厄。壽命終，亦現獲延壽，遇影霑塵，彼亦不墮三惡道中，授菩提記，爲佛之子。"若此功效極多。朕覩兹勝因，故發誠願。請工鏤印，普施番漢一萬五千卷。國内臣民，志心諷誦，虔誠頂受之，朕亦躬納服中，一心誦持。欲遂良緣，用修衆善，闡説真乘大教，設置燒施密壇。讀經不絶誦聲，披解大藏金文。國内聖像，悉上金妝，尊者面前，施設供養。請僧爲齋，發起盛會，殿宇室内，普放施食，寺院佛前舉行法事。如此恭敬，誠信善根，聊陳一二，未可具言。以兹勝善，伏願：神考崇宗皇帝，超昇三界，得乘十地法雲；越度四生，可悟一真性海。默而助無爲之化，潛以扶有道之風，子子孫孫，益昌益盛。又以此善力，基業泰定，國本隆昌，四方奠枕安寧，萬里覆盂堅固。天下國内，共享昇平，有所求者，皆當成就。欲祝聖功，乃爲之頌。頌曰：

法門廣辟理淵微，持讀虔誠願所依。慈悲神咒玄密語，頂尊勝相佛心歸。
七趣之罪可除去，勝緣生就浄土中。大燃法炬分明照，苦海慈航普度通。
所欲所求得滿足，隨心隨願事皆功。若有常年持頌者，超脱十地道無窮。

天盛己巳元年 月 日，奉天顯道耀武宣文神謀睿智制義去邪惇睦懿恭皇帝謹施。

**附：**

段玉泉(2007)譯文：

朕謹悟神咒威靈，功被恒沙界；玄言勝妙，神力渡如億劫。倘若一聽(於)真筌，頓真(?)滅塵罪。此如微密，豈有説處？因此《自在大悲》，冠法門中密語；《頂尊勝相》，總攝佛印真心。一者有救世(之)威，一者有利生(之)功。靈大，受持(而)必得功；聖廣，敬信而無違。展則普周法界，短時入微塵内。廣資含識，深益有情。聞音者大獲勝因，著影者普蒙善利。分海爲滴，允有數知；碎刹爲塵，可有量數。唯此慈悲廣大法門，福利不可限量。各有殊能，俱有異感。故大悲心感應云：若人以至心誦大悲心咒一遍□七遍，則滅百千萬億劫死生罪，臨命終時，十方諸佛皆來授手，願隨往生諸净土中。若(入)流水及大海中自浴，水族衆生占浴水者，皆滅重罪，佛國中生。又頂尊勝相感應云：至堅天子誦持章句，消七趣畜(生之)厄。壽命盡(者)，亦現獲延壽，遇影占塵，彼亦不墮三惡道中，授菩提記，爲佛之子。若此功德有多。朕睹兹勝功，遂起澄信，請工雕印番漢一萬五千卷，普施國内。臣民志心讀誦。虔誠頂受。朕亦身衣中系(帶)，一心誦持。欲滿良緣，需修衆善。令説真乘大法，燒施、設置秘壇。讀經聲音不斷，解大藏金文。國内聖像悉著金(妝)，尊衆面前所作供養。發起請僧爲齋大會，宫宅室内放施食。寺舍佛前行法事，如此敬實信善(之)根，略陳一二，不可全説。以兹勝善，惟願：神聖親祖皇帝，超升三界，乘十地(之)法雲；超度四生，悟一真(之)性海。以密，助無爲(之)治；依隱，助有道(之)儀。子子孫孫，益昌益盛。又依此善力，基業泰定，國本隆昌，四境可枕(之)安，萬甲覆具堅固。普天率土，令得安居。有所求者，皆當成就。欲記神功，故作頌章，頌曰：

法門廣開理淵微　持讀可依清信甚
大悲神咒玄密語　頂尊勝相佛心印
七趣之罪亦能滅　往生勝緣净土中
燃大法炬令分明　普周苦海悲舟行
可祈可望得滿足　依心依願事皆成
倘若恒久誦持故　聖途不盡渡十地

天盛己巳元年 月 日，奉天顯道耀武宣文神謀睿智制義去邪惇睦懿恭皇帝謹施。

## 漢文後序願文

以俄羅斯科學院東方文獻研究所藏本 T K 164、T K 165 配補，影件見《俄藏黑水城文獻》第 4 册第 39—40、50—51 頁。

朕伏以神呪威靈，功被恒沙之界；玄言勝妙，力通億劫之多。惟一聽於真筌，可頓消於塵累，其於微密，豈得名言？切謂《自在大悲》，冠法門之密語；《頂尊勝相》，總佛印之真心。一存救世之至神，一盡利生之幽驗。大矣，受持而必應；聖哉，敬信而無違。普周法界之中，細入微塵之内。廣資含識，深益有情，聞音者大獲勝因，觸影者普蒙善利。點海爲滴，亦可知其幾何；碎刹爲塵，亦可量其幾許。唯有慈悲之大教，難窮福利之玄功，各有殊能，迥存異感。故《大悲心感應》云："若有志心誦持《大悲咒》一遍或七遍者，即能超滅百千億劫生死之罪，臨命終時，十方諸佛皆來授手，隨願往生諸净土中。若入流水或大海中而沐浴者，其水族衆生霑浴水者，皆滅重罪，往生佛國。"又《勝相頂尊感應》云："至堅天子誦持章句，能消七趣畜生之厄。若壽終者，見獲延壽，遇影霑塵，亦復不墮三惡道中，授菩提記，爲佛嫡子。"若此之類，功效極多。朕覩兹勝因，倍激誠懇，遂命工鏤板，雕印番漢一萬五千卷，普施國内。臣民志心看轉，虔誠頂受，朕亦躬親而□服，每當竭意而誦持。欲遂良緣，廣修衆善，聞闡真乘之大教，燒結秘密之壇儀。讀經不絶於誦聲，披典必全於大藏。應干國内之聖像，悉令懇上於金粧。遍施設供之法筵，及集齋僧之盛會，放施食於殿宇，行法事於尊容。然斯敬信之心，悉竭精誠之懇，今略聊陳於一二，豈可詳悉而具言？以兹勝善，伏願神考崇宗皇帝，超昇三界，乘十地之法雲；越度四生，達一真之性海。默助無爲之化，潛扶有道之風，之子之孫，益昌益盛。又願以此善力，基業泰定，邇遐揚和睦之風；國本隆昌，終始保清平之運。延宗社而克永，守曆數以無疆，四方期奠枕之安，九有獲覆盂之固。祝應□誠之感，祈臻福善之徵。長遇平□，畢無變亂，普天率土，共享□□。□有所求，隨心皆遂。爲祝神聖，乃爲頌曰：

法門廣辟理淵微，持讀□□□□□。

大悲神咒玄密語……

奉天顯道耀武宣文□□□□□□□去邪惇睦懿恭皇帝……

## 進革故鼎新律表

嵬名地暴 等

俄羅斯科學院東方文獻研究所藏本，在《天盛革故鼎新律令》卷首，影件見《俄藏黑水城文獻》第 8 册第 47 頁。原文不署年月，《宋史》卷四八六《夏國傳下》載紹興十八年夏國"增修律成，賜名鼎新"，按此"十八年"爲"二十年"之誤，當夏天盛二年(1150)。

[illegible]，[illegible]，

[illegible]
[illegible]
[illegible]
[illegible]

**譯文：**

奉天顯道耀武宣文神謀睿智制義去邪惇睦懿恭皇帝，敬紹祖功，秉承古德，欲全先聖弘猷，能正大法文義。是以臣等共相商討，校核新舊律令，見有不明疑礙，順民衆而取義，所成凡二十卷，奉敕名爲“天盛革故鼎新律令”。雕版刊畢，敬獻御前，依敕所准，傳行天下，依此新舊兼有之律令爲之。

**附：**

克恰諾夫（1987：10）譯文：

Осуществляющий путь, указанный Небом, проявивший воинскую доблесть, прославленный ученостью, ведомый божественным промыслом и священномудрый, утверждающий справедливость и противоборствующий злу, умиротворитель, великодушный и почитаемый император, почтительно восприняв заслуги предков и унаследовав добродетели древности, стремясь полностью постичь замылсы мудрецов прошлого, выразил пожелание исправить смысл великих законов. Поэтому мы (сановники) уяснили и обсудили [это пожелание], отредактировали и сопоставили одни с другими старые и новые кодексы, рассмотрели неясное, сомнительное и непригодное и, имея своей конечной целью благонарода, соотвественно составили двадцать глав [нового кодекса]. По высочайшему повелению [он] назван《Измененный и заново утвержденный кодекс [девиза царствования] Небесное процветание (1149 - 1169)》. [Когда] вырезывание [текста законов] на досках для печатания было закончено, [их] почтительно преподнесли к ступеням императорского [трона]. Поскольку высочайшее повеление уже доведено до всеобщего сведения и [кодекс] вводится в Поднебесной, то впредь следует поступать, исходя из имеющегося в этом новом кодексе.

史金波、聶鴻音、白濱（1994：16）譯文：

奉天顯道耀武宣文神謀睿智制義去邪惇睦懿恭皇帝敬承祖功，續秉古德，欲全先聖靈略,用正大法文義。故而臣等共議論計,比校舊新《律令》,見有不明疑礙,順衆民而取長義,一共成爲二十卷,奉敕名號《天盛改舊新定律令》,印面雕畢,敬獻陛下,依敕所准,傳行天下,著依此新《律令》而行。

## 佛説父母恩重經發願文　　梁吉祥屈

俄羅斯科學院東方文獻研究所藏本 инв. № 759,在《佛説父母恩重經》卷尾(**圖 8**)。尾署夏天盛四年(1152)五月。參考聶鴻音(2010a)。

[illegible]

[illegible]

**譯文:**

今聞:如來慈憫有情,現世傳留明教,聖功最勝,神力絶佳。依法修行,悉除禍業,信誠隨願,福禄繁多。是以清信弟子梁吉祥屈聞此功德,爲上報聖帝及父母之恩,乃發願雕版,初始印造一千卷,散施諸人。十□□以勸念□□。以兹勝善,伏願:皇帝聖容可匹星辰,皇后□□堪同日月。皇子千秋可見,怨讎萬世長消。金葉常常鬱茂,瑞相日日鮮明。又願以兹神力,轉身父母悉除舊業,遂願往生極樂淨土,立即得見彌陀佛面。法界衆生,果證菩提。

天盛壬申四年五月 日智施。

## 注華嚴法界觀門發願文　　法　隨

俄羅斯科學院東方文獻研究所藏本,影件見《俄藏黑水城文獻》第 4 册第 295 頁。尾署夏天盛四年(1152)八月。

恭惟毗盧現相，稱性演百千偈之大經，彰生佛也無二，如一味時雨，甘苦自分；曼殊化身，隨機設三十重之妙門，明階降也非一，似三獸渡河，淺深各異。是故定慧祖師嘆云：奇哉顯訣！文約義豐，理深事簡，以科注釋其義，引學者擊其門。至於悟入大經法界，則方通相虚，萬象性實一真也。相國裴公製序，指示惑者，讚斯法門，都可謂入聖玄術，出凡要路，意偁詞存，簡易尤忻，舉綱提綱。此之觀文，若唯注而不科，如無綱之網；若但科而不注，如無網之綱。科注别軸，稍勞披覽，故有先賢移其科格以就觀文。既觀下有注，文上有科，三者備矣，一經顯焉。使諸修觀之徒、講宣之侣，無煩眩目。移科之意，其在兹乎？今者德真幸居帝里，喜遇良規，始欲修習，終難得本。以至口授則音律參差，傳寫者句文脱謬，致罷學心，必成大失。是以恭捨囊資，募工鏤板，印施流通，備諸學者。若持若誦，情盡見除；或見或聞，功齊種智。仰此上乘，遍嚴法界，延龍算於皇家，曜福星於官庶。道如堯舜之風，國等華嚴之境。總期萬類，性反一真，不間冤親，將來無對。溥冀含情，悉如我願，大圓鏡中，欲垂慈照者也。

皇朝天盛四年歲次壬申八月望日，汙道沙門釋法隨勸緣及記，邠州開元寺僧西安州歸義劉德真雕板印文，謹就聖節日散施。

## 佛説阿彌陀經後序願文　　　　太后曹氏

以俄羅斯科學院東方文獻研究所藏本 инв.№ 6518、7123 配補，在《佛説阿彌陀經》和《無量壽佛説往生净土咒》之間（**圖 9**），尾署夏天盛八年（1156）十月。文中謂"施主帝母"，知爲西夏仁宗皇帝生母曹氏。

[illegible]

[illegible]

**譯文：**

謹聞：圓成妙覺，觀智本以無方；現相利生，破迷山而有路。今《阿彌陀經》者，大乘玄趣，文妙義賅，施救含靈之道，實爲諸有所趨。因見如此廣大利益，施主帝母乃發大願，建造彌陀佛殿一座。復刊印《彌陀經》三千卷，施與衆人。願：以兹勝善，賓天先聖，上居極樂佛宫；當今皇帝，永駐須彌勝境。皇后千秋，聖裔蕃茂。文臣武將，福禄咸臻。法界有情，往生净土。

天盛丙子八年十月十七日。

## 回劉錡等檄書　　仁宗仁孝

夏天盛十三年(1161)。出《三朝北盟會編》卷二三三。

西夏國告檄大宋元帥劉侯、侍衛招撫成侯、招討吴侯：十二月二日，承將命傳檄書一道。竊以恩宣大國，濫及小邦，遠邇交歡，中外咸慶。孤聞醜虜無厭，敢叛盟而失信；驕戎不道，忘稱好以和親。始緣女真，輒興殘賊，竊禹跡山川之廣，覆堯天日月之光。將士銜冤，神人共憤。妄自尊大者三十餘載，怙其篡奪者七八其人，皆犬豕之所不爲，於春秋之所共貶。蓋總辮縵纓之衆，無閲書隆禮之風，唯務貪殘，恣行暴虐。吞侵諸國，建號大金，屈鄰壤以稱藩，率華民而貢賦。驅役生靈而恬不知恤，殺伐臣庶而自謂無傷。雖夷狄之有君，不如亡也；待文王而既作，咸興曰“盍歸乎來”。當中興恢復之期，乃上帝悔禍之日。九重巡幸，昔聞大王之居邠；大駕親征，今見漢文之卻狄。詔頒天下，撫慰民心，未聞用夏而變夷，第見興王而黜霸。其誰與敵，將爲不戰而屈人；莫我敢當，可謂因時而後動。其或恣睢猖獗，抗衡王師，願洗滌於妖氛，庶蕩除於巢穴。勿令穢孽，重更蕃滋，雖螻蟻之何殊，亦寇讎之可殺。廟堂禦侮，有首係於單于；帷幄談兵，復薄伐於玁狁。如孤者，雖處要荒，久蒙德澤，在李唐則曾賜姓，至我宋乃又稱臣。頃因巨猾之憑陵，遂阻輸將而納款。玉關路隔，久無撫慰之來；蔥嶺山長，不得貢琛而去。懷歸彌篤，積有歲年，幸逢撥亂反正之秋，乃是斬將搴旗之際。顧惟雄賊，來寇吾疆，始長驅急騎以争先，終救死扶傷而不暇。使彼望風而遁，敗衄而歸，豈知敢犯於皇威，遽辱率兵而大舉？期君如管仲，則國人無左衽之憂；待予若衛公，使邊境有長城之倚。神明贊助，草木知名，功勳不減於太公，威望可同於尚父。力同剪滅，無與聯合，將觀彼風聲鶴唳之音，當見其棄甲曳兵而走。孤敢不榮觀天討，練習武兵，瞻中原皇帝之尊，望東南天子之氣？八荒朝貢，願同周八百國之侯王；四海肅清，再建漢四百年之社稷。佇聞勘定，當貢表箋，檄至如前，言不盡意。

## 遣使詣金賀萬春節附奏　　仁宗仁孝

夏天盛十六年(1164)。出《金史》卷一三四《西夏傳》。

衆軍破蕩之時，幸而免者十無一二，繼以凍餒死亡，其存幾何？兼夏國與宋兵交，人畜之被俘僇亦多，連歲勤動，士卒暴露，勢皆朘削。又坐爲宋人牽制，使忠誠之節無繇自達，中外咸知。願止約理索，聽納臣言，不勝下國之幸。

## 勝相頂尊總持功能依經録發願文　　丑訛思禮

英國國家圖書館藏抄本，影件見《英藏黑水城文獻》第1册第129頁。尾署“[illegible]”(天乙酉五七年)，系“[illegible]”(天盛乙酉十七年)之誤，時當1165年。

[illegible]

[illegible]

**譯文：**

今聞：世尊慈憫，救拔四生；妙法功弘，傳播六趣。其中此總持者，最勝密咒，如來之頂，諸佛共宣，明虛同印。聞音見面，惡趣遠離；遇影沾塵，得生天上。無上菩提，如同寄置；壽長無病，不養自成。見此功能，弟子丑訛思禮乃發大願，親手刊印，施與衆人。以此勝善，伏願：聖君萬歲，國本隆昌。大臣□年，忠心增盛。法界有情，共成佛道。

天[盛]乙酉(五)[十]七年月 日

## 聖佛母般若波羅蜜多心經後序　　仁宗仁孝

西夏文、漢文兩種，内容略有差異。參考聶鴻音(2005)。

### 西夏文後序

俄羅斯科學院東方文獻研究所藏本 инв. № 2829，在《聖佛母般若波羅蜜多心經》卷尾(**圖 10**)。署夏天盛十九年(1167)五月，並有仁宗款題。

[illegible]

[illegible]

[illegible]

[illegible]

[illegible]

**譯文：**

御製後序

夫真空絶相，聲色匪得以求；妙有不無，庸人不可以測。我佛世尊，恢照悲心，從根教化，無機不應。欲因言顯不言奥義，懋闡真空；緣以物示不物玄法，廓昭妙有。施會萬行，慧徹三空，乘般若舟，俾達彼岸。如是深法，斯經中説。文簡義豐，理幽辭顯，統括十二部教，總釋六百卷經。色即是空，風恬萬浪止息，真性寂静；空即是色，月照百江生影，妙用昭彰。不近二邊，不著中道，絶蕟五藴，滌除六塵。四生衆生，仗乎兹法，度脱苦厄；三世諸佛，依於此義，果證菩提。朕既睹如是功效，用答轉身慈母皇太后生養劬勞之恩德，於周年忌日之辰，遂陳誠願。尋命蘭山覺行國師沙門德慧，重將《聖佛母般若心經》與梵、西番本仔細校讎，譯番、漢本，仍與《真空觀門施食儀軌》連爲一軸，開板印造二萬卷，散施臣民。仍請覺行國師等燒結滅惡趣道場，於作救拔六道法事之外，並講演《金剛般若》及《心經》，作蓮華會大乘懺悔，放幡、救生、施貧濟苦等。以兹勝善，伏願：慈母聖賢蔭庇，往生净方，諸佛持護，速證法身。又願六廟祖宗，恒遊極樂，萬年……一德大臣，百祥咸萃，復諸方民庶，共享安寧。

天盛十九年歲次丁亥五月初九日，奉天顯道耀武宣文神謀睿智制義去邪惇睦懿恭皇帝謹施。

## 漢文後序

俄羅斯科學院東方文獻研究所藏本，影件見《俄藏黑水城文獻》第 3 册第 76—77 頁。

粤以真空絶相，聲色匪求，妙有不無，凡庸叵測。惟我正覺，恢運悲心，有感必通，無機不應。因言顯不言之奥，懋闡真空；示物名不物之名，廓昭妙有。施會萬行，慧徹三空，俾乘般若之舟，庶達波羅之岸。甚深之法，實在斯經。文簡義豐，理幽辭顯，括十二部之分教，總六百卷之大經。色即是空，萬浪風恬而真性寂爾；空即是色，千江月印而妙用昭然。不執二邊，不著中道，絶蕘五蘊，滌除六塵。一切衆生，仗兹而度苦厄；三世諸佛，依此而證菩提。朕睹勝因，遂陳誠願。尋命蘭山覺行國師沙門德慧，重將梵本，再譯微言，仍集《真空觀門施食儀軌》附於卷末，連爲一軸。於神妣皇太后周忌之辰，開板印造番漢共二萬卷，散施臣民。仍請覺行國師等燒結滅惡趣中圍壇儀，並拽六道及講演《金剛般若經》《般若心經》，作法華會大乘懺悔，放神幡、救生命、施貧濟苦等事，懇伸追薦之儀，用答劬勞之德。仰憑覺蔭，冀錫冥資，直往浄方，得生佛土，永駐不退，速證法身。又願六廟祖宗，恒遊極樂，萬年社稷，永享昇平。一德大臣，百祥咸萃，更均餘祉，下逮含靈。

天盛十九年歲次丁亥五月初九日，奉天顯道耀武宣文神謀睿智制義去邪惇睦懿恭皇帝謹施。

## 金剛般若波羅蜜經發願文　　任得敬

俄羅斯科學院東方文獻研究所藏本，影件見《俄藏黑水城文獻》第 3 册第 71 頁。尾署夏天盛十九年(1167)，並題"太師上公總領軍國重事秦晉國王"，史金波(1987)考爲西夏權臣任得敬，可從。

竊以有作之修，終成幻妄；無爲之後，□契真如。故我世雄，頓開迷罔，爲除四相，特闡三空。辟智慧之門，拂執著之跡，情波永息，性水長澄，乘般若之慈舟，達涅槃之彼岸者，則斯經之意也。然此經旨趣，極盡深玄。示住修降服之儀，顯常樂我浄之理，人法俱遣，聲色匪求。讀誦受持，福德無量；書寫解説，果報難窮。誠出佛之宗源，乃度生之根本。予論道之暇，恒持此經，每竭誠心，篤生實信。今者災迍伏累，疾病纏綿，日月雖多，藥石無效。故陳誓願，鏤板印施，仗此勝因，冀資冥祐。倘或天年未盡，速愈沉痾；必若運數難逃，早生浄土。又願邦家鞏固，曆服延長，歲稔時豐，民安俗阜。塵刹蘊識，悉除有漏之因；沙界含靈，並證無爲之果。

時天盛十九年五月　日，太師上公總領軍國重事秦晉國王謹願。

## 聖觀自在大悲心總持並勝相頂尊總持依經録後序願文　仁宗仁孝

內蒙古額濟納旗文物管理所藏本，在《勝相頂尊總持功能依經録》卷尾，影件見《中國藏西夏文獻》第 17 册第 311—312 頁。不署撰人及年月，史金波考爲仁宗天盛年間御製，可從。

[illegible]

**譯文：**

今聞：《大悲咒》者，威力無量；《頂尊總持》，功德不盡。《大悲》有利生之感，《頂尊》具救世之功。受持則必定顯靈，□信則如實□□。□□□□□□，□□入於微塵。□□□□，□□□□，衆多國土，難以計量。惟此總持，神功□□，普渡衆生，饒益有情。聞音則多獲勝因，觸影則即成□□。朕見如此殊勝善根，重發願心，□□□□ □□□□總持一千卷□□□□□□□□□七日畢，散施臣民。以兹勝善，伏願：皇后曹氏，魂靈超昇三界，了悟一乘真理……

**附：**

史金波譯文（《中國藏西夏文獻》17，頁 5）：

今聞大悲者，威力無量，頂尊總持，功德不盡。大悲救世感應，頂尊利衆功全。受持時必定顯靈，□信則依實□□□□□□□□□□□塵中至入，□□□□□□□□國塵衆多數算亦難。惟此總持感動□□衆生廣渡，有情大利。聞音者勝緣多得，遇影則□益速成。朕如此殊勝善根已□□發實信心□□□□□□□□□□總持一千卷數□□□□□□□□□七□竟時，施於臣民，以此善根，惟願曹氏皇后靈魂當渡三界，一乘真義當解。

## 既誅任得敬詣金上謝表　　仁宗仁孝

夏乾祐元年(1170)。出《金史》卷一三四《西夏傳》。

得敬初受分土之後,曾遣使赴大朝代求封建,蒙詔書不爲俞納。此朝廷憐愛之恩,夏國不勝感戴。夏國妄煩朝廷,冒求賊臣封建,深虧禮節。今既賊臣誅訖,大朝不用遣使詢問。得敬所分之地與大朝熙秦路接境,恐自分地以來別有生事,已根勘禁約,乞朝廷亦行禁約。

## 達摩大師觀心論序　　佚　名

俄羅斯科學院東方文獻研究所藏本 инв. № 582,在《達摩大師觀心論》卷首(**圖 11**)。未署作者及日期。考存世漢文本中未見此序,當爲西夏人自撰。又,俄藏本 582 號與 6509 號實爲一書斷裂而成,孫伯君(2012b)據 6509 號卷尾發願文判斷,本序言寫作必不晚於夏乾祐四年(1173)。

[illegible]

[illegible]

**譯文:**

觀心序

夫心者顯見,察則窮思智識,不察則自體常明,故謂之觀心。如此觀之,實是得心則見性成佛。又彼觀者，不觀有相，不觀無相，不觀亦不受，亦無復能觀、所觀。無亦即無，則是真觀。何謂皆具功德？則不觀有相故，具真諦慧眼；不觀無相故，具俗諦法眼；不觀不受故，具聖諦佛眼。又諦體圓通，法身常寂；眼智不二，報身常照；體智同功，化身共本；自性一體，具三身佛。故修士了心成佛，實是最要，不了心則無成佛之理。世尊演説法門衆多，而其主旨，皆是了心成佛之故。乃勸友人，修了心則速離煩惱，成道不遠。敬受此經，勿生疑忌，宜應修習。

## 達摩大師觀心論發願文　　令部慧茂

俄羅斯科學院東方文獻研究所藏本 инв. № 6509，在《達摩大師觀心論》卷尾（**圖 12**），署夏乾祐四年（1173）。參考孫伯君（2012b）。

[illegible]

[illegible]

**譯文：**

謹於：夫一心者，雖非名義，而名義皆在於斯。譬如國王，雖非臣庶，而爲臣庶主宰。故心之王，萬法之源，諸行之本，性相具足，理事咸臻。一切法門皆宣乎此，一切神聖共證於斯。佛佛密授，師師隱行。了則爲聖，妙安寂寂；惑則爲愚，苦惱紛紛。和則妄習罄盡，自在聖化之功；違則煩惱追隨，造罪縈纏之幻。故不脱癡迷，顛倒罣礙；若具修了，融會圓通。是以聞此法者之功，勝過三乘因果。又行信了之人，功德無可限量。故無上法王本源，心體入於頓悟，殊勝妙法宗師，撮以達摩要理。因見所造《觀心》一本，愚等謂之求慈悲道者之法航，故僧衆共願：開鏤《觀心》印版，施於世間。以此功德：當今皇帝，心地明瞭，得證法身；法界含靈，顯見本性，當成正覺。

乾祐癸巳四年月日施。發願者坐諦和尚令部慧茂。令雕版者前宮侍耿三哥。

## 五部經序　　　　齊　丘

俄羅斯科學院東方文獻研究所藏本 инв. № 234，在《聖大乘守護大千國土經》卷首（**圖 13**），不署年月。按俄藏另本《守護大千國土經》抄本卷末題署“乾祐癸巳年”（1173），則序言寫作當不晚於此。參考安婭（2017）、聶鴻音（2013）。

[illegible]

[illegible]

[illegible]

**譯文：**

五部契經序

愚聞：佛陀之教，萬化同弘，引領諸類。德言殊妙，智聰人難悟其宗；至理幽玄，根劣者焉量其體？方便窮思，威靈莫計。一乘開闡，千界攝持，縮則入於微塵，盈則遍至十方。圓融似海，無際無邊；虛曠如冥，叵明叵測。周國式微，如來西現，漢王初興，摩騰東至。如同夜夢，乃轉明言，譯貝多字，教導愚頑。善本一時出現，教法萬古常行。昔我佛度死海沉淪之苦，救火宅焚灼之災，具足慈心，乃發誓願。利益一切有情故，遂造五部經。其中《守護大千國土經》曰：一時如來住鷲峰山，比丘俱來逝多林。摩竭提國阿闍世王佈施珍寶，誠信供養。爾時大地震動，煙雲普覆，惡風雷震，雨雹霹靂，日月無光，星宿隱蔽。我佛以天眼觀察，悉見人民惶怖。《孔雀經》曰：一時世尊在室羅伐城邊逝多林園，有一苾芻娑嚩底，學毘奈耶教，爲衆破薪，營澡浴事。毒蛇從朽木孔驟出，奔踴螫人，即傷其趾。《大寒林經》曰：爾時世尊於寒林中，四大天王黄昏而往，藥叉、犍闥婆、供畔拏、諸龍擾惱人民故，乃説懺法。《隨求皆得經》者，婆羅門所問，誦讀受持世尊所説心咒，皆得隨願滿足。《大密咒受持經》者，世尊真言，梵王持受，除斷羣魔，悉成諸願。今五部陀羅尼者，造作諸法異形，隨從一乘同體。神咒功廣，能遣天干，勇力通靈，全消鬼魅。若人受持，讀誦斯經，降伏所有邪魔，遠離一切災禍。如是衆類部多，悉皆言之不盡。當今皇帝，權威鎮攝九皋，德行等同三平，行前朝之大法，成當今之巨功。敬禮三寶，饒益萬民，上證佛經故，乃發誠信願，延請鷲峰比丘，速譯貝多梵字，廣傳塵界，永利愚蒙。願：修善者善根茂盛，徑達彼岸；做惡者惡心止息，成就菩提。臣齊丘稍學詩賦，未通教理，不敢違詔，乃撰序文。身心思忖，惶恐不已。語句雖俗，其合聖主之心。謹呈。

## 以金卻所獻百頭帳再上表

仁宗仁孝

夏乾祐七年(1176)。出《金史》卷一三四《西夏傳》。

所進帳本非珍異,使人亦已到邊。若不蒙包納,則下國深誠無所展效,四方鄰國以爲夏國不預大朝眷愛之數,將何所安?

## 黑水建橋碑銘

仁宗仁孝

夏乾祐七年(1176)。碑在今甘肅張掖市博物館,碑陽漢文,碑陰藏文,内容略同。藏文録文據王堯(1978),原藏字今以拉丁字轉寫。漢文拓片影件見吴景山(1995),並依王堯文補正。參考佐藤貴保等(2007)。

### 漢文碑銘

勑鎮夷郡境内黑水河上下所有隱顯一切水土之主,山神、水神、龍神、樹神、土地諸神等,咸聽朕命:昔賢覺聖光菩薩哀愍此河年年暴漲,飄蕩人畜,故發大慈悲,興建此橋,普令一切往返有情,咸免徒涉之患,皆霑安濟之福。斯誠利國便民之大端也。朕昔已曾親臨此橋,嘉美賢覺興造之功,仍罄虔懇,躬祭汝諸神等。自是之後,水患頓息。固知諸神冥歆朕意,陰加擁祐之所致也。今朕載啓精虔,幸冀汝等諸多靈神,廓慈悲之心,恢濟渡之德,重加神力,密運威靈。庶幾水患永息,橋道久長,令此諸方有情,俱蒙利益,祐我邦家,則豈惟上契十方諸聖之心,抑可副朕之弘願也。諸神鑒之,毋替朕命!

大夏乾祐七年歲次丙申九月二十五日立石。

主案郭那成,司吏駱永安。

筆手張世恭書,寫作使安善惠刊。

小監王延慶。

都大勾當鎮夷郡正兼郡學教授王德昌。

## 藏文碑銘

Oṃ swa ste. Cin yi bkyin gyi khongs su 'je na'i stod smad du gnas pa'i mngon min ri chu'i lha dang klu btsan lha dang yul lha la sogs pa bdag gi bka' nyon cig. Sngon 'phags pa byang chub seṃs dpa' 'od zer gyis spyi'i don du 'dir chu brug chen po lo ltar myi phyugs mang po gnod cing 'bangs khyim zang zing rgyugs rgyugs par. De'i tshul gzigs te thugs su snying rje dang byams sems kyis zam 'di btsugs so. Rgyal 'bangs kun phan gyi bya ba dang. Bde bar 'gyur cha yongs su bkod do sngon 'phags pa byas par gzengs bstod par bdag gis zam pa'i 'khor yugs mthong bas. Dad pa dang bcas nas de la gnas ba'ï lha klu khyed rnas la mchod gtor rgya chen zhus bu khycd rnaṃs kyis gnod pa mtha' dag zhï bar byas par bdag gi bsam pa dang mthun par byung bas shin du dgyes so da dung sngar bzhin du gang gnas pa'ï lha klu khyed rnams la mchod 'bul dang snying rje dang byams pa'i thugs kyis skyabs kyis. 'Gro ba mang pos zhus pa ltar chu bo dag brtan nas zhi bar mdzod cig. Zam pa lam bcas yun du gnas te 'gro ba mang po la phan par bsgrub pa dang. Bdag gi sems kyang gong gi lha yul du bzhugs pa'ï 'phags pa rnams kyi thugs dgyes pa dang bdag gi re 'dun yang rgya chen po bsgrub pa'i stong grogs byas pa yin no. De la gang gnas pa'i lha klu khyed rnams. Bdag gi bka' bzhin du sgrubs shig.

Me pho spre'u lo zla wa rgu pa nyi shu lnga nyi ma la rdo yig bslangs.

Spyi'i zhal snga ba cin yi bkyin tse g·yo ti cho, si'u kyam g·yo yan kin.

Yi ge brgo myi zhī dga' zhan hyi, yi ge 'bri myi klog spyi dgan.

A lu gu je nye, yig mkhan lca'u si dgan.

**譯文：**

唵娑底！鎮夷郡之境額濟納上下所住之顯否山水之神及龍靈神及土地神

等,聽朕之旨:昔聖者菩薩光見此河大漲,每年多危人畜,且飄蕩庶民家財産之景,心哀憫而慈悲建此橋,利益國民之事,普遍安置以成平安。朕昔於橋之附近見之,嘉美聖者所造,誠心祭祀住此之神龍汝等,大獻供施,彼所生之患,一切息滅,合朕心願,極大喜樂。如昔祭獻所住之神龍汝等,以悲憫仁慈之心護佑,故如衆生祈請,諸河永息,橋道久住,饒益有情。朕心喜,住上方神境之諸聖人亦心喜,相助廣大成就朕之心願是也。住此之神龍汝等,應如朕之旨。成就!

陽火猴年九月二十五日立字石。

總駕前鎮夷郡正王德昌,小監王延慶。

刊文字是安善惠,寫文字人駱永安。

主案郭成那,筆受張世恭。

## 三十五佛名禮懺功德文發願文 仁宗仁孝

1991 年寧夏賀蘭縣拜寺溝方塔廢墟出土,寧夏文物考古研究所(2005:194—198)刊布影件及録文。尾署夏乾祐十一年(1180)五月。

朕謂剖裂宗風,方究空□□□□;廓徹心境,始分理性之玄□。□□相好之莊嚴,罔啓修爲□□□,□憑聖像,得契玄詮。故我覺皇,應身法界,玉毫耀於幽顯,金色粲於人天。或成道此方,示救□於他國;或住壽一劫,廣演教於恒□。□賢劫以題名,歷星宿而莫盡。□□□□□□小數無窮業障念□□□□□□菩提樹而尊像有□□□□□□法印各别是皆宣□□□□□□□知勤跪誦以□□,能殄災而植福。若有菩薩,犯波羅夷,頓起妄□,毁僧殘戒,爲造□無間之大罪,又作十不善業之□□,或墮地獄、畜生、餓鬼,惡趣邊□□□□蔑戾車六根不具。如此等罪,皆能懺悔。爲苦海之舟航,實羣生之恃怙也。故貝書翻譯,而法苑盛傳。近遇名師,重加刊正,增釋文之潤色,焕佛日之光華。謹鏤板以流行,俾讚揚而禮懺。以兹鴻祐,申願深衷,仰祈藝祖神宗,俱遊極樂;次祝崇考皇[妣],早證上乘。中宫儲副,則□保榮昌;率土普天,而同躋富壽。遍斯花藏之無際,逮此刹種之含靈,悉悟真如,同登勝果。謹願。

時大夏乾祐庚子十一年五月初……耀武宣文神謀睿智制□□□□睦懿恭皇帝謹施。

## 聖立義海序

佚　名

夏乾祐十三年(1182)。在俄羅斯科學院東方文獻研究所藏西夏類書《聖立義海》卷首,影件見《俄藏黑水城文獻》第 10 册第 243 頁。

[illegible]

[illegible]

[illegible]

[illegible]

[illegible]

[illegible]

[illegible]

[illegible]

**譯文:**

古生異相本同根,後時依色種名分。世多種類多至億,下界有情生無情。

上清有德皆有利,下濁孝慧承廣功。陽力下曬除寒性,陰氣上合暖具足。

年中四季分穀熟,又生節氣明盛衰。最强因舊福高下,依業衆類禄不齊。

人同禄異有貴賤,九品行性分種類。哲言愚怒生紛亂,聖慈定正帝國法。

佛教道教化諸愚,王法設置使民事。財寶種種以義受,積財行獵要常爲。

世事多名記以文,治國多義名以字。佛法儒經德行禮,王儀讚歌詩賦中。

慎擇世典辯才法，謹選議論以知爲。天下諸物齊天邊，地上名號寬如海。臣等才疏智力少，論義不善來哲合。

**附：**

羅矛昆(克恰諾夫、李範文、羅矛昆 1995：46—47)譯文：

昔出異相本根同，後成依形分種名。世有色相多至億，凡界有情遮無情。上清有德皆覆利，下濁厚孝廣載恩。陽力下曬除寒性，陰氣上合暖充盈。年季四時顯異稔，節義宜生盛衰明。俱壯昔緣福高低，依業衆類禄莫等。人同禄異有貴賤，九品才性族種分。智言嗔愚助撥亂，聖慤帝邦定禮正。佛法拯法化諸愚，王法設置斷民事。種種財寶依義受，治寶打獵需常行。世事名繁以文記，國藝多義依字分。佛法世典德行儀，王儀存於詩歌賦。擇世審典用辯才，選擇論議依智取。天下諸物齊空際，地上名號廣如海。臣等才疏智力少，確義尚待後智補。

克恰諾夫(1997：99—100)譯文：

Формы, возникнув в давние времена,
Хотя и отличны одна другой,
В сути своей одинаковы.
В соответствии со своим внешним обликом
Они стали отличаться наименованиями.
В [этом] мире из имеющих формы.
И обладающих наружностью
Многие способны и высокочтимы.
[Хотя] в этих границах-пределах
Как обладающие знанием,
Так и не имеющие знаний укрываются.
Высшие и чистые, утвердившиеся в добродетели,
Все получают выгоды
От ношения шапок чиновников.
У низших и грязных,
Но полагающихся на сыновюю почтительность,
Заслуги обширны.

Сила Ян，вниз устремляясь，
Ярким солнечным светом освещает，
По своей природе
Холодному противостоит.
Испарения Инь，вверх устремляясь，
Полные теплом возносятся.
Времена года，все четыре сезона，
Разные богатства，Дарованные Небом，
Являют.
Смены поколений кровных родственников
Рождение，рост и старение
Наглядно поясняют.
У всех живых тварей
Из-за давних причин
Счастье бывает низкое и высокое，
Из-за кармы у многих категорий живых существ
Благополучие неодинаково.
Среди людей счастливые и несчастливые，
Знатные и презираемые имеются，
Девять категорий поступков
Качества людей，[как реки]，берегами
Разделяют.
Если мудрое слово
И глупый гнев столкнутся，
Вспыхнет ссора，
Поэтому，Когда священномудрые и человеколюбивые
Поддерживаются государем，
В государстве устанавливаются нормы поведения
И хранится преданность.
Монахи законам Будды
Всех непосвященных обучают，

Княжеские законы в стране введены,
Дела народа по ним решаются.
Драгоценности и разного рода вещи
По своему назначению употребляются.
Иметь много утвари
И ходить на охоту.
[Все] постоянно стремятся.
Обширное число наименований всех дел
Записывается письменами,
Множество понятий,
Связанных с государственными делами,
Разъясняется с помощью письменных знаков.
Законы Будды.(его)сутры,
Разошедшиеся по всему миру, —
[Залог] добродетельного поведения и следования этикету,
Княжеский ритуал находит выражение
В сочинении од и изящных изречений.
Отобрав многочисленные книги,
Приобретают сведения
Об искусстве изящно выражаться.
В сочинении од и изящных изречений.
Отобрав многочисленные книги.
Приобретают сведения
Об искусстве изящно выражаться.
Вникнув в суть написанного [в книгах],
Должные суждения выносят.
Под Небом все иещи равно
В сфере пустоты находятся,
На Земле имеющие наименовання формы,
Подобно морю, Обширны.
Чиновники и обладающие знаниями люди,

Одни достаточно，другие нет，

Владеют искусством выражать свои мысли，

Поэтому если смысл стихотворной строфы

Или какой-то части ［в нашем］ сочинении неточен，

То пусть его после нас

Знающие исправят.

## 聖立義海格言詩

佚 名

夏乾祐十三年(1182)。集句,散見俄羅斯科學院東方文獻研究所藏西夏類書《聖立義海》摘引,影件見《俄藏黑水城文獻》第 10 册第 248—266 頁。

[illegible]

[illegible]

[illegible]

[illegible]

[illegible]

[illegible]

[illegible]

[illegible]

[illegible]

[illegible]

[illegible]

[illegible]

[illegible]

[illegible]

[illegible]

[illegible]

[illegible]

[illegible]

[illegible]

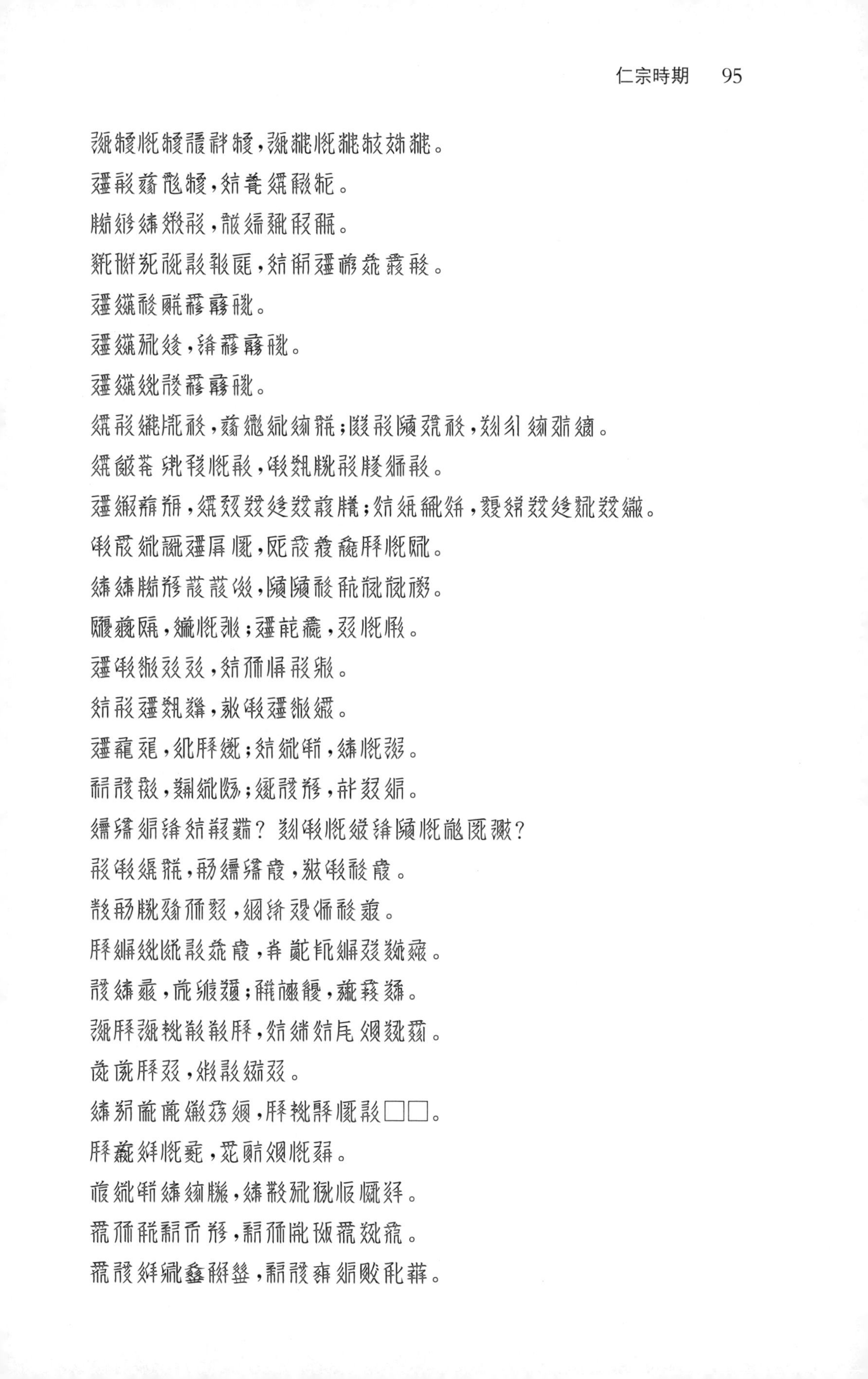

[illegible]
[illegible]
[illegible]
[illegible]
[illegible]
[illegible]
[illegible]
[illegible]
[illegible]
[illegible]
[illegible]
[illegible]
[illegible]
[illegible]
[illegible]
[illegible]
[illegible]
[illegible]
[illegible]
[illegible]
[illegible]
[illegible]
[illegible]
[illegible]
[illegible]
[illegible]
[illegible]
[illegible]
[illegible]

[illegible]，[illegible]。

[illegible]，[illegible]。

[illegible]，[illegible]。

**譯文：**

地有四隅，人永不達邊際。

黑本西，貴之首；末尾東，富之源。

子不平等分愚智，妻不平等隨良緣。

父母養子皆平等，優劣既分天顯明。

父母不嫌孩兒醜，窮人不棄瘦弱狗。

父母置心於子，子多置心於户。

父智子巧天下儀，父劣子弱地上規。

福大父母生智子，福多丈夫求善妻。

有心養子汝勿發誓，有心養畜汝勿借貸。

長兄爲精神，幼弟爲柱腳。

兄弟和睦蕃漢伏，父子同性馬羊多。

兄弟一世相敬愛，百年共宅勿分家。

本家分畜實不持，獸肉分福積不取。

舅骨上生外甥，熔爐内化出鐵。

敬舅如白高與神等，愛甥如狐狸惜如金。

往行水中不執舅肩，生於惡上不害舅父。

姑姐兒子尋覓財，牛羊吼叫震響草。

好婿不及惡子，月亮不敵太陽。

誰敬不敬姻親敬，誰賤不賤仇敵賤。

婦智丈夫敬，大慧妻承命。

全家族婦智，拒敵駿馬肥。

黑獐黑鹿相伴導，貞夫貞婦相侍奉。

婦人子全捧金盆。

婦人出謀，則捧金盆。

婦人骨清捧金盆。

智妻忠家室，丈夫獲德名；智臣忠國事，聖君揚善名。

惡妻重拙主不覺，人行巧智天子覺。

賤婦貯藏，姑舅未嘗不知覺；絶地種草，鴿子未嘗不來到。

見人掩頭愚婦儀，匿食蓋釜不予親。

家家爲帳空空遺，國國留子各各泣。

雄雞啼，不錯時；婦設宴，不失需。

女人外在美，男人要内秀。

智男量婦行，愚人看女貌。

鬼魅婦，離九親；輕浮男，族不睦。

侄爲子，出叔頭；甥爲子，無處宿。

無奴僕則君誰使？貴人不生則國不混亂乎？

智人獲益，憐愛奴婢，下人憐子。

三巧奴助其主，四轉生護嬰兒。

共親骨肉世相憐，共根獨樹勿傷害。

男愛族，掣其耳；畜疾馳，伸其頸。

誰近誰遠尋即親，地低地高照即暖。

世界要親，後世要善。

同族支屬永至親，遠近家範世□□。

親争心不離，夏苗曬不枯。

婿輕浮壞族名，大族明智姻親儀。

富人畜窮人牧，窮人衣食在富人。

富兒有心座中坐，窮兒無韁另執馬。

財多面大遠亦親。窮人無面親亦厭。

畜多不富智多富，富愚無道貧有道。

識人不苦，識財不侵。

**附：**

羅矛昆(克恰諾夫、李範文、羅矛昆 1995：56—94)譯文：

地有四隅，人常莫至邊際也。

黑本西，勢之首。東末尾，富源有。

對子平不平，愚智兩分明。平不平，善緣行。

父母養子皆平等，要分强弱由天定。

父母不嫌孩兒醜，窮人不棄瘦弱狗。

父母心，放子上。孩子心，放家上。

父智子巧天下儀，父弱子怯地上規。

父母福大折子慧，丈夫福多善求妻。

有心教子莫發誓，有心養畜莫借貸。

長兄爲脊背，幼弟爲柱腳。

兄弟意合藏漢服，父子同性馬羊多。

兄弟一世相敬愛，百年和居莫分開。

老宅有畜莫分取，獸肉可積不可離。

甥生舅骨，鐵出熔爐。

敬舅如白高，與神等。疼甥如狐狸，愛如金。

掉到水邊，勿攀舅肩。惡命臨頭，勿怨舅舅。

姑子姐子尋財物，牛羊鳴叫草嗚嗚。

好婿不及惡子，月亮不同太陽。

若愛誰不愛婚姻，若恨誰不恨敵人。

婦慧丈夫敬，夫智妻承命。

興家靠賢婦，退敵憑健馬。

野獐黑鹿相伴，志夫貞婦相隨。

婦人子全捧金盆。

婦人意生捧金盆。

婦人骨清捧金盆。

妻智家室正，丈夫獲德名。宰智國事正，君主揚善名。

惡妻重鞍夫不覺，人有巧智天子聞。

賤婦貯存糧，不敢讓妻兄知曉。虞人植草籽，不敢讓鴿子來到。

見人掩頭愚婦禮，匿食蓋釜不親哺。

人人成家留曠野，留下孤兒淚涔涔。

公雞啼叫不誤時，妻子設宴不誤客。

女人身態美，男需内聰明。

男智察婦行，愚人重外表。

婦妖魅，害九親。男輕佻，族不和。

侄長大，鑽叔頭。甥爲子，無法留。

若無僕婢，君何所遣？不生勢人，國不混亂矣。

智人獲益，憐愛奴婢，下人愛子。

三奴善待主，老四變爲護嬰神。

同親骨肉代相愛，獨樹同根莫傷害。

男愛姓，如護耳。畜奔馳，頸伸展。

誰近誰遠親上找，地低地高都照到。

世間同親，後世同善。

同姓輩份分遠近，親疏禮儀……

親争心不離，夏曬苗不枯。

婿輕佻壞姓名，大姓明智有婚儀。

富人牲畜窮人牧，窮人衣食富人供。

富兒有心坐車中，窮兒無記牽馬走。

財多面大，疏亦爲親。窮人無面，親亦厭憎。

畜多不富智多富，富愚無道貧有道。

人悟不苦，財悟不侵。

## 金輪佛頂大威德熾盛光佛如來陀羅尼經發願題記　　袁宗鑒

俄羅斯科學院東方文獻研究所藏本，影件見《俄藏黑水城文獻》第 3 册第 79 頁。尾署夏乾祐十五年(1184)八月。

伏願天威振遠，聖壽無疆，金枝鬱茂，重臣千秋。蠢動含靈，法界存亡，齊成佛道。

彫經善友衆：尚座袁宗鑒、杜俊乂、朱信忠、杜俊德、安平、陳用、李俊才、杜信忠、袁德宗、杜彦忠、杜用、牛智惠、張用、訛德勝、杜宗慶、薩忠義、張師道等。

乾祐甲辰十五年八月初一日，重開板印施。

## 聖大乘三歸依經後序願文　　仁宗仁孝

西夏文、漢文兩種，内容略有差異。參考孫伯君(2009a)。

## 西夏文後序願文

俄羅斯科學院東方文獻研究所藏本 инв. № 7577，在《聖大乘三歸依經》卷尾（**圖 14**）。尾署夏乾祐十五年（1184）九月，並有仁宗皇帝款題。

[illegible]

[illegible]

**譯文：**

朕聞：能仁開導，允爲三界之師；聖教興行，永作羣生之福。欲化迷真之輩，俾知入聖之因，故高懸慧日於昏衢，廣運慈航於苦海。仗斯秘典，脱彼塵籠，含生若肯於修持，至聖必垂於感應。用開未喻，以示無知。兹妙法希逢，此人身難保，若匪依憑三寶，何以救度四生？恭惟《聖大乘三歸依經》者，釋門秘印，覺路真乘，誠拯溺之具，乃指迷之途。具壽舍利，獨居静處以歸依；善逝法王，廣設譬喻而演説。較量福力以難進，窮究功能而轉深，誦語者必免於輪回，持心者乃超於生死。

勸諸信士,敬此真經。朕適逢本命之年,特發利生之願。恳命國師、法師、禪師、功德司副、判、提點、承旨、僧録、座主、衆僧等,燒施道場,攝持浄瓶誦咒,千種廣大供養。讀誦番西番漢藏經,講演《妙法》《大乘懺悔》。於打截截、放生命、喂囚、設貧諸多法事而外,仍行諭旨,印造斯經番漢五萬一千餘卷、制做彩畫功德大小五萬一千餘幀、數串不等五萬一千餘串,普施臣吏僧民,每日誦持供養。以其所獲福善,伏願:皇基永固,聖裔彌昌。藝祖神宗,冀齊登於覺道;崇考皇妣,祈早往於浄方。中宫永保於壽齡,聖嗣長增於福履。然後國中臣庶,共沐慈光;界内存亡,俱蒙善利。

時大白高國乾祐十五年歲次甲辰九月十五日,奉天顯道耀武宣文神謀睿智制義去邪惇睦懿恭皇帝施。

## 漢文後序願文

漢文,俄羅斯科學院東方文獻研究所藏本,影件見《俄藏黑水城文獻》第 3 册第 51—53 頁。

朕聞:能仁開導,允爲三界之師;聖教興行,永作羣生之福。欲化迷真之輩,俾知入聖之因,故高懸慧日於昏衢,廣運慈航於苦海。仗斯秘典,脱彼塵籠,含生若肯於修持,至聖必垂於感應。用開未喻,以示將來。睹兹妙法之希逢,念此人身之難保,若匪依憑三寶,何以救度四生?恭惟《聖大乘三歸依經》者,釋門秘印,覺路真乘,誠振溺之要津,乃指迷之捷徑。具壽舍利,獨居静處以歸依;善逝法王,廣設譬喻而演説。較量福力以難進,窮究功能而轉深,誦持者必免於輪回,佩戴者乃超於生死。勸諸信士,敬此真經。朕適逢本命之年,特發利生之願。恳命國師、法師、禪師暨副、判、提點、承旨、僧録、座主、衆僧等,遂乃燒施結壇,攝瓶誦咒,作廣大供養,放千種施食。讀誦大藏等尊經,講演上乘等妙法。亦致打截截、作懺悔、放生命、喂囚徒,飯僧、設貧諸多法事。仍敕有司,印造斯經番漢五萬一千餘卷、彩畫功德大小五萬一千餘幀、數串不等五萬一千餘串,普施臣吏僧民,每日誦持供養。所獲福善,伏願皇基永固,寶運彌昌。藝祖神宗,冀齊登於覺道;崇考皇妣,祈早往於浄方。中宫永保於壽齡,聖嗣長增於福履。然後滿朝臣庶,共沐慈光；四海存亡，俱蒙善利。

時白高大夏國乾祐十五年歲次甲辰九月十五日，奉天顯道耀武宣文神謀睿智制義去邪惇睦懿恭皇帝謹施。

## 聖大乘勝意菩薩經發願文　　仁宗仁孝

俄羅斯科學院東方文獻研究所藏本，影件見《俄藏黑水城文獻》第 3 册第 236—237 頁。尾署夏乾祐甲辰年(1184)九月。原件殘損嚴重，内容與《聖大乘三歸依經後序願文》相同。

……窮究[功]能而[轉]□，□□□□免於輪回，佩戴[者]□□□□□。勸諸信士，敬□□□。□□□本命之年，特□□□□□。□□國師、法師、禪師暨□□、□□、□旨、僧録、座主、衆[僧]□，□□□□結[壇]，□□誦咒，[作]……懺[悔]、放生命、[喂]□□，□□、□□諸多法事。仍敕[有]□，□□□□番漢五萬一千[餘]□、□□□□大小五萬一[千餘]□、□□□□五萬一千餘串，普施□□□□，每日誦持供養。所[獲]□□，□□皇基永固，寶運□□。藝祖神宗，冀齊□□□□；[崇考]皇[妣]，祈早□□□□。□宫永□□□□，□□□□於福履。然後滿朝□□，□□慈光；四海存亡，俱□□□。

白高大夏國乾祐□□□□□甲辰九月十五日，奉天顯道耀武宣文□□□□制義去邪惇睦懿恭皇□□□。

## 乾祐乙巳年發願文　　佚　名

甘肅省博物館藏刻本，影件見《中國藏西夏文獻》第 16 册第 275 頁。原件殘損嚴重，佚題。經文署夏乾祐十六年(1185)。按俄羅斯科學院東方文獻研究所藏《佛説金輪佛頂大威德熾盛光佛如來陀羅尼經》有袁宗鑒漢文發願文，内容同此。

……[illegible]。[illegible]，[illegible]：[illegible]，[illegible]，[illegible]，[illegible]，[illegible]，[illegible]。

**譯文：**

……勸教受持。以兹胜善，伏願：當今皇帝聖威振遠，賢王壽數綿長，金枝鬱茂，大臣千秋常在，蠢動含靈，共同當成佛道。

## 白傘蓋佛母總持發願文

咩布慧明

俄羅斯科學院東方文獻研究所藏本 инв. № 7589，在《白傘蓋佛母總持》卷尾（**圖 15**），略有殘損。尾署夏乾祐十六年（1185）九月。

[illegible]

[illegible]□□□□

**譯文：**

今聞：佛陀出世，度脱三界有情；傳留妙法，利樂六趣衆生。其中此《白傘蓋佛母總持》者，如來之頂中出，明咒之最勝王。句句真諦，界共涅槃；字字金剛，禪同心印。諸佛同言頌讚，衆聖共受驚奇。能證道果之本，可生福善之源。聖力恢宏，無能比擬；威靈玄奥，不可計量。讀誦受持，諸多厄難即時鎮攝；誠心供養，一切神明悉數護持。所願得成如意，罪愆泯滅無遺。諸明咒中，爲殊爲上；衆功能内，難測難量。故此《總持經》者，先多所傳行，雖有印版而字小，印版亦已磨損，難以持誦，故出家和尚咩布慧明悟廣大願，察萬代法，窮無盡劫，願善緣繁多，乃捨浄賄，其《總持經》文句點畫分明而外，於佛名上嚴飾佛像，又置《持誦法要門》於卷首，一併雕印，以爲利益一切有情。以兹勝善，伏願：聖君福壽山海其長；文武謀臣，孝忠能輔國土。又願十方施主：賢聖護擁，種種禍災不犯；諸天祐助，殊殊信力倍增。法界含識，乘善舟以度輪回之苦緣，悟真理而得菩提之勝果。

乾祐乙巳十六年九月　日。發願雕印者出家和尚咩布慧明。書印版者筆授□□□□。

**附：**

段玉泉(2016)譯文：

今聞：大覺出世，能度脱三界之有情；妙法流傳，可利樂六趣之衆生。其中，此《白傘蓋佛母總持》者，如來頂髻中所出，爲明咒中極勝王。句句真諦，圓寂同界；字字金剛，心印通禪。諸佛共讚頌，衆聖同嗟嘆。能證道果是本，可生善福爲源。神力廣大無有相比，威功玄奥不可計量。受持讀誦，一切災難立便回遮；供養敬奉，所有神通悉皆擁護。若有所願如意獲得，如有罪障無遺消除。諸明咒中爲勝爲上，善功德中難測難量。然此總持經者，先處處傳行，雖有印版，而因字塊印版已爛，難於誦持，復在家僧咩布慧明悟廣大願，察萬世法，窮不盡劫，希求善緣昌盛，舍施浄財。其總持經不但選字擇句分明，且有佛名處之上嚴飾佛像，又其前有誦持要門，一併雕印。但爲利益衆生，以此善本，唯願：聖帝福壽山海齊長，文武謀臣忠孝助祐國土。又願十方施主，覆護聖賢，不侵種種厄難；助祐諸天，彌增殊倍信力。法界有情，乘善舟以輪回；濟渡苦緣，了真義而速證菩提勝果。

乾祐乙巳十六年九月　日。雕印發願者出家和尚咩布慧明……印面寫者筆授□□□□

## 賦詩

佚　名

俄羅斯科學院東方文獻研究所藏夏乾祐十六年(1185)刻字司刻本，不署撰人，影件見《俄藏黑水城文獻》第10册第267—268頁。

[illegible]

**譯文：**

……畏行□等金□，赤面寬鬆雲女子。赤面根源天女鶴，□□成就大地察。黑頭共父先祖君，番人□母無不弱。歲上大小寅生暖，眼斜覆蓋有□□。番國母親虎豹尾，銀骨金肉後代□。□巧慧中……爛漫消滅銀□□金……羌匠手□□□□慧……後銀……近世□□後子驚功勞暗……慧不□□才藝微小昔□□升本源國□長尾□君臣僚。先食雲集説不盡，後予聖育過己威。□賤親戚後小人，室中低處劣方擇。惟思同骨細抽泣，惟想若醒則牽駒。雲子思念我得止，聖主查驗我心息。

## 大詩　　佚　名

俄羅斯科學院東方文獻研究所藏夏乾祐十六年(1185)刻字司刻本，不署撰人，影件見《俄藏黑水城文獻》第10册第268—271頁。

[illegible]

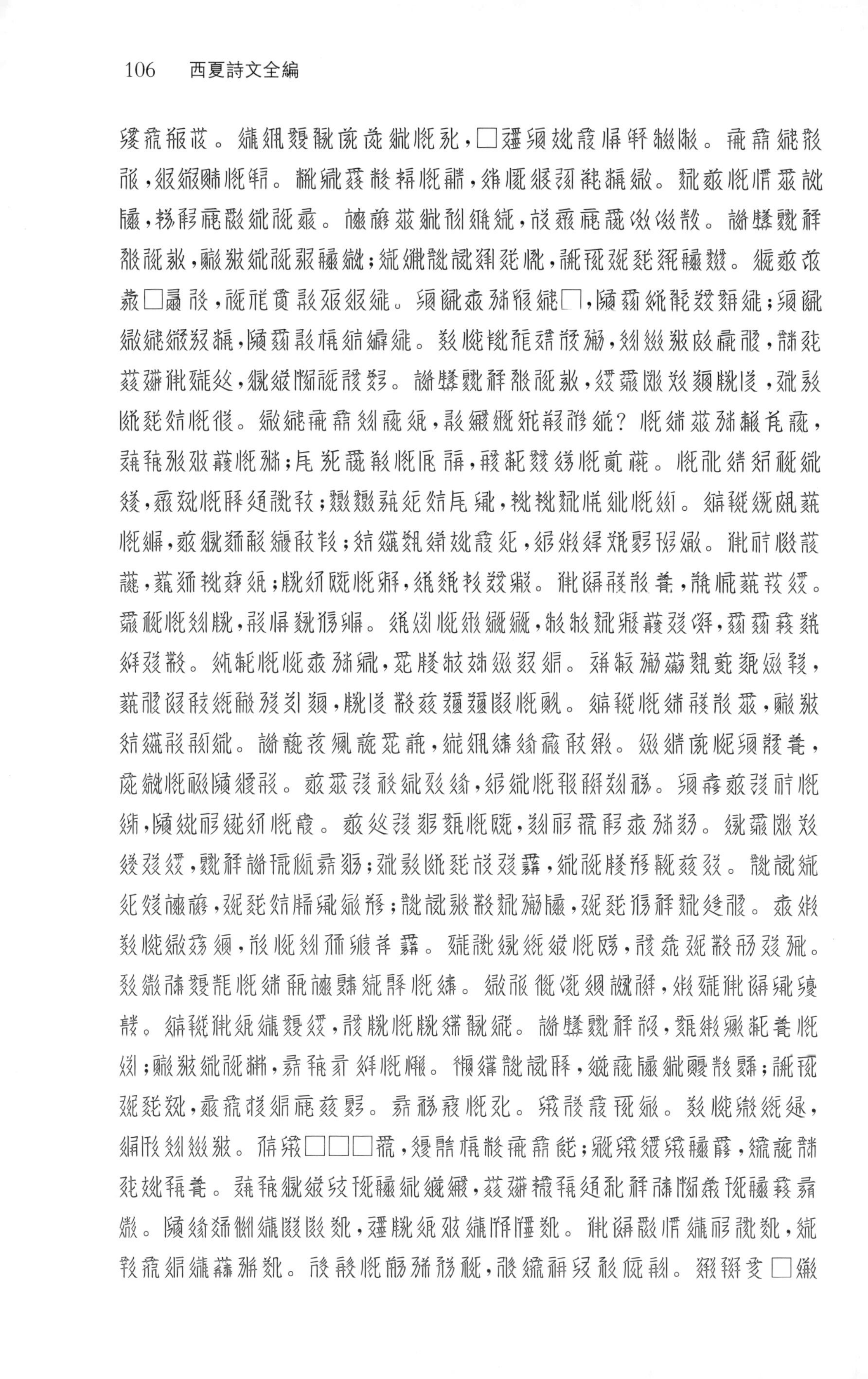

[illegible]

[illegible]

**譯文：**

歲在子丑寅卯辰巳午未申酉戌亥。詩詞五車，對仗萬卷。靈巧巽風不能障，纖軟蹩腳已力衰；善男天風不可遏，病足愚弱力未堪。一竿幢幡已净，受濁染時不以水洗即透中，既爲流時不烤乾透邊捲縮。彼此交談樂謙讓，汝我協作娱衆人。宴享飲食罰隨我，歡喜頭人苦相憎。强盛後人罰無子，算來幼子無貴賤，君子教愚變聰明。番人天地圍後小，内有數億大明言，未識清濁見即驚。隨□隨禮妙女子，巧男大小數不少，善助技藝顯見邪，不見指示故驚愕。白鶴伴石至老死，黑頭負重老與死；房星所做爲衣食，赤面做事食與衣。出生之人皆面赤，留養之子多庶民。前代生死世界有無邊，□女國珍石内孝敬畏。觀之數過萬，不忘年歲功。各色衆生不免死，由彼一恩安而壽。所説無誤黑頭喜，所言皆是黑頭愛。步履有道聖靈地，所行皆路地勢寬。天下白鶴遊黑愚，天下黑頭比熊蠢；地上房星稠於猴，地上赤面聾過罴。細説宗族□十十，囉聲柔我壽千年。國家延綿老長□，國暖年老我未覺；國家長壽倍年輕，國暖雙壽我少艾。太陽腿腳女兒遊，日門下姑女戲；月亮西方巧子嬉，月西出囉子鬧。天下白鶴遊黑愚，顯見巧手剔紅肉，額前肉紅地不墮。欲想長壽問盡日，憂思壽力何所聞？不下小徑無勞苦，借助臂力不摇擺;上方尋路不疲乏,依靠强勁不晃動。躍起不速山頂煙,行處不近隱現急;徐徐起立高地雲,悠悠而來不着忙。男子技藝不同弱,言語白月列鳥毛;君子藝能寶石聚,句後辯才結合成。巧口食郊野,銀斷買賣難;巧舌食不盡,錢少不議價。靈巧聰明慧,黎明顯現怯懦;空山無日巧,智中拂曉融。衰弱夜夜相繼。畏懼預先當敬悚,熱暖相續大驚心。强梁弱小不復有,夏天仇敵不可測。美妙博弈驕子又善弈,弱者戲鬪强者下手賭,有大巧手提掣不會輸。男子不低聰明首,天下君子智慧頭。天祖文字言夏萊,上代族長散出山。不慮國家俗巫慧,不謀愚者敬國智。話頭詞忠主德人,句首不變正於君。諫國言詞不戲説,救國善語不吝舌。戲説言詞我不食,談論富貴損壽命。美貌紅肉眼見恭,白鶴做天風自變;已貌紅肉看恭敬,黑頭做天與風齊。赤面耕地沙行走,赤面整地做流雲;赤面大月要遊玩,赤面白明需娱樂。命終接近太陽壽,背後應當看太陽。助子大面不枉生,助子大面敬籌畫。人生本源不就低,婦行番地非族親。高壽死喪妙分明,後子靈巧行雲橋。男子問巧初生見,子善不善年長明。天下白鶴中,雖破骨上慧不衰;天下黑頭内,身心不疑靠己力。地上赤面親,無嫉有愛鶩三翼;地上赤面處,有愛無憎皆和合。自正影不斜,清水石上流。太陽大水發,長者日光下。海水□□□富,蚊蠅二種害思量;深水漂勝回水,流深逐月惠珍邑。手臂月出勝珠城德者力,本西礦邑美白勝本西鐵城所隱堅。國主吉凶先看臣僚,打聽巧女先看媳婦。人巧不巧先看言語,地肥不肥先看草木。青蛙不直第五陵,衆蛙斜泉五人丘。虎豹皮□常在,大象肉緣才有。蛇暖所利□喜樹,龍生所著爲茂竹。七言八章金等金,天意雲力一首詩。導引金親繼敬德,地微人少施下人。不賤無不樂,反復增賤詞。思量安步無念想,屋後施馬引堂屋。聖□宫後四水環,混雜技藝慧思量。生煙雲□聽聞,地如尾東牛虎。爾國手腳量力行,我觀思量略過年。壯年轉老如風,自量惜我思慮,壯老□□時過。七言六首八首詩,兩章生人獨壽巧。生人不二,各朝貴不二。所做□疑我主悟,説愛説憎在自身。有翼無志日緩急,有翅不飛恐誤時。生人過年計不少,番漢分福日鮮明。成就弭藥聰明緩,設置丁院如養樹。先生先立先老朽,後長後出後少艾。番儀地廣學無量,彌藥□茂此中天。九月十九暗夜下,精舍内有金浮屠,又贊又頌又歌詩,瓦殿欄舍妙羊兒,不□節略大象禄。唯思聖母顯見壽,唯思計我黄金神。混合紅花羌匠手,助彼西山三臂力。家子相貌紅寶石,觀之燦燦如瓔珞。計謀黄金後長久,歌頌辯才長相繼。慧覺野獸魚膠巧,内射烏龜助攻美。助慧不熟教幼鳥,心不相知言語來。宣佈正語鳥虚飛,上下句間輕做界。

**附：**

克恰諾夫(1997：217—223)節譯：

……

[Хоть] прошлых лет заслуги не забыты,
Все сущее погибели не избежит.
И лишь заслуги, добытые по другим законам-[дхармы],
Удвоят жизнь, даруют долголетье!
Все вышесказанное крайне важно,
Для тех, чьи головы во мраке пребывают,
Все сказанное — то, чем [дорожат]
Черноголовые, что любят.
За шагом шаг, ученья путь познав,
Они шагают по земле
Под ярким светом солнца.
И их пути просторны и широки.
Под твердью Небесной белый журавль
Ндон, черный, глупый,
В Поднебесной черноголовые
Более глупые, чем дикий зверь Лхи.
На суше-земле краснолицые,
Толстые обезьяны Гхо,
На земле краснолицые,
Более глухие, чем медведи.
С именем «мягкотелые», как вата,
Прошли их десятки десятков,
С кличкой «ласковые»
Долгий век прожили, тысячи лет!
В стране [нашей] жили,
Издревле постоянно слабы.
В [их времена] государство теплом [своим]
Жизнь стариков [обогреть] не могло.

[Ныне] государство надолго молодость удвоило,
Государство теплом [своим]
Уже два века молодость [обогревает]!
Солнцебедрая девушка по имени...забавлялась,
С солнцем сражалась, глупая,
Дочь тетки по отцу, забавлялась.
С луноликим западным сыном играла!
Месяц взошел —
Западный сын Ра забавлялся,
Под твердью Небесной,
Журавль белый Ндон, черно-глупый!
Высматривал красную плоть,
Чтобы схватить ее мощной рукой.
Перед ним [букв: «перед лбом его»]
Красная плоть Земли не рушится,
И он долго-долго грустит,
Спрашивает: «Солнца почему нет?»
Века усиленно думает,
Чтобы хоть что-то уразуметь.
Не опускается. [На] зыбком
Пути учения тяжко не трудится,
[Все] ищет опору для трудной работы,
[Опору] не слабую.
Там, где высоко, дорогу ищет без устали,
С силою на посох оперся,
А твердь не колеблется.
[Тут] неспешно появляется гора
Окутанная туманом.
Идти [до нее] неблизко,
Чтобы увидеться с [облаками] укрытою.
Медленно вздымается -

Высокая земля，окутанная облаками，
Издали-издали появляется，
Неспешно，небыстро.
Обладающий силой Ян богатырь
На деле не слаб，не растерян，
Сказывают，［как］месяц серебристо-белый
Птицей Ние поет，
Муж благородный，мастер искусный
Ткет драгоценный камень!
Сказывают，［это он］будущие таланты
Собрал，соединил.
Рот смельчака пожирающий пуст，
Тонкое серебро ему продать［?］трудно，
Твердого языка пища не исчерпана，
Слабому серебро продать не под силу!
Свирепый，мудрый-премудрый，
На рассвете ослабел，
Видит，гора солнцем не освещена.
У доблестного，мудрого
Внутри утренний свет клубится，
У слабого，робкого
И вовне мрак ночной.
Трус страха преодолеть не сможет，
Заботами убаюканный душою не возвеличится.
Врагов с тылу нет —［надежда］на жизнь имеется，
У государей［государства］Ся врагов не счесть!
［Богатырь］силой играет，громом гремит，
Избалованная красавица，как ребенок，резвится，
Громом громыхает.
Слона большого пальцем руки
Схватила，твердою рукой，

[Но] с большим тягаться —
Разве не проиграешь?
Богатырь не опускается вниз,
Он мудр,
В Поднебесной мужи-мудрецы,
Предки небесные, письмена алмазные
В Ся взрастили,
Правители кланов прошлых веков —
Горы цветущие,
Не станем соизмерять пределы глупости,
[Наши] государи — мудрые шаманы,
Не станем поминать всех глупцов,
[Наше] государство могуче и мудро!
Речь идет о преданных и достойных правителях,
Государи справедливые
[Своему] слову не изменяют,
Государевы советники, говоря,
Языком зря не полощут,
Словом одним способны спасти государство,
Языки их не окаменели,
А злословие и пустословие
Я не обсуждаю.
Слова имеющих власть да слова богатых
Порядок жизни устанавливают!
Лик появился плоти красной,
Смотришь [на него] и не видишь!
Белый журавль, твердь небесную творя,
Сам вихрем обернулся,
Перед ним плоть красная,
Ног не видать.
И черноголовые работают,

Как ветер,
Краснолицые по окутанной туманом земле шагают,
Краснолицые землю устраивают,
В облаках проходы делают.
Краснолицые и ночью глубокой забавляться любят,
Краснолицые и при свете белом забавляются!
С солнцем ярким навек породнились,
Отныне за солнцем должны наблюдать!
Что и говорить —
Чреда сыновей краснолицых явилась,
Не усомнишься в числе
Череды сыновей большеликих,
Они — исток рождения людей,
Не низкая опора.
Женщины идут.
Земля тангутов-лхи — родня нелегкая,
Лишь в преклонных годах прелесть смерти понимаешь,
Сильные и отважные сыновья-потомки
Через облачный мост переходят,
Сильные, добрые молодцы
Справляются о прошлых рождениях,
Сыновья отважные и неотважные
Выросли и постарели.
Под твердью Небесной белая сердцевина,
В головах [людских] мудрость не ослабевает.
Среди черноголовых в Поднебесной
Нет сомневающихся в силе
И духовной, и телесной.
На земле краснолицые [черноголовым] родня,
Как орлы трехкрылые,
Желчи-злобы не имеющие, любовь имеющие!

На суше у краснолицых
Любовь имеется，ненависти нет，
Все［живут］в согласии，
Сами прямы，
Потому и тени их не кривые，
［Они］，как на камнях чистая вода —
Струи мощные，солнцем осиянные，
Играют под солнцем，
Богаче，чем воды морские！
Мухи и обитатель болот — два рода существ，
Стремящихся лишь к одному — кусать，
В старом омуте вода глубже，чем думаешь，
Жемчужная луна
Сильна，мудра，крепка，
Но добродетель сильнее месяца
Взошедшего над перламутровым городом.
Западная стальная крепость
Затаилась，белая，
Она крепче，чем западный железный город.
Счастье и беды государства и государя
Раньше всех чиновники замечают.
Желания и запросы дамы благородной
Прежде всех невестки замечают.
Отважен человек или нет，
Прежде всего по словам его видно，
Плодородная земля или нет，
Прежде всего по траве видно！
Черепаший панцирь не прям，
У него пять скатов，
У лягушки тело криво-неровно，
И у нее пять скатов，

Шкуры тигров и барсов дороги постоянно,
А за мясо большого слона сколько имеют?
Змеи любят тепло,
Цветущее дерево растет,
Коль яйцо снесено —
Членистоногое вырастет,
Из семи слов, восьми строк
Золотые оды слагаются,
Воля Неба, сила облаков
С золотыми духами-покровителями связаны,
Сопутствующие друг другу благородство и знатность
К низким людям обращены.
Недостойного мужа, низкого человека не унизить,
Будучи всегда и снова и снова презираемы,
[Такие люди] ведут пустые речи,
Думая о жизни без забот,
Нельзя не грустить, что ее нет.
Хозяину дома, кроме дома, нужна лошадь,
[Владения] священномудрого государя, кроме дворца,
Четырьмя водными потоками окружены,
[Государи] о разных мудрецах разумно заботятся,
Сын, рожденный в густых облаках,
Сравним с мужем, слух напрягающим.
Справа восток — бык и тигр,
Нога и рука — поддерживающие государя,
Силы телодвижений прочная опора.
[Они, сановники], заботятся о том,
Чтобы видеть все вокруг.
Год пройдет, вихрем обернется,
[Смотришь] — молодые и сильные состарились,
Умерло [их] много.

Подумаешь о том, что и со мной то же станет,
Каждый сам осознает расцвет и старость!
День пройдет, время ушло,
По семи слов — шесть строк, восемь строк,
И сложены два стиха,
Только один источник рождения людей—
Взрослых и сильных пара,
Люди рождаются, но с каждым поколением
Их сила не удваивается.
Я утверждаю,
Творить добро зависит только от меня,
И добрые дела, и ненависти слова
В каждом, в нем самом.
Крылья имеющий и не погибая[?],
Может внезапно замедлить полет,
[Но]если крылья имеющий не летает —
Значит, время его прошло.
С момента появления людей годы прошли,
Счет им немалый.
Тангуты и китайцы удачу поделили,
И солнцу это очевидно,
С удачей тангутов, тангутов рожденьем
Провиденье промедлило,
Рука творца их[тангутов] породила,
Как дерево взрастила.
Но раньше родившийся раньше состарится,
Раньше в прах обратится,
Выросший позже, позже расцветший
Останется молодым и сильным.
Обряды тангутов широко распространились по земле.
Их учение неоценимо,

Тангуты — в середине расцвета,
Это[они] — центр Неба!
В девятом месяце, десятом месяце ночь опускается,
Внутри храмов, у малых золотых ступа,
Звучат славословия, скандируют оды,
Как ягнята прелестны,
Крытые черепицей дворцы, галереи, дома,
Мы не на задворках, [не] малая родня,
[Это] счастье большого слона.
[У нас] одна забота —
Священномудрых матерей долголетие,
Одна забота —
О нашей драгоценной горе Ме,
Все многообразие Хуаянь,
[В] руках мудрых мастеров, [как и]
Прочие три драгоценности Западных гор.
Благополучно живут сыновья,
Месяц взошел, камень драгоценный,
Смотрите, прекрасным украшениям подобный,
Золотые слова [благопожеланий],
Желают в будущем век долгий,
Те, в ком виден талант,
Песнопения наследуют на века,
Хитер зверь, храбра рыба,
[Но] стрела нападающего
Все равно поразит то, что внутри черных лат,
Не будет добрым мудрец, обучая птенцов,
Те, кто еще не узнал друг друга,
Придут поговорить,
Преданности слова, что у птицы крылья,
Последнее слово мало,

Но именно оно предел сказанному кладет!

## 月月樂詩

佚　名

俄羅斯科學院東方文獻研究所藏夏乾祐十六年(1185)刻字司刻本,不署撰人,影件見《俄藏黑水城文獻》第10册第271—274頁。原詩以西夏境内兩種語言重複歌詠同一内容,録文參照原件以"⊙"號分隔,以示"⊙"號前後兩闋意思相同。對兩種語言文本的詳細解讀參考西田龍雄(1986:39—73)。

[illegible],⊙[illegible],

[illegible]。⊙[illegible]。

[illegible]

[illegible]

[illegible]

[illegible]

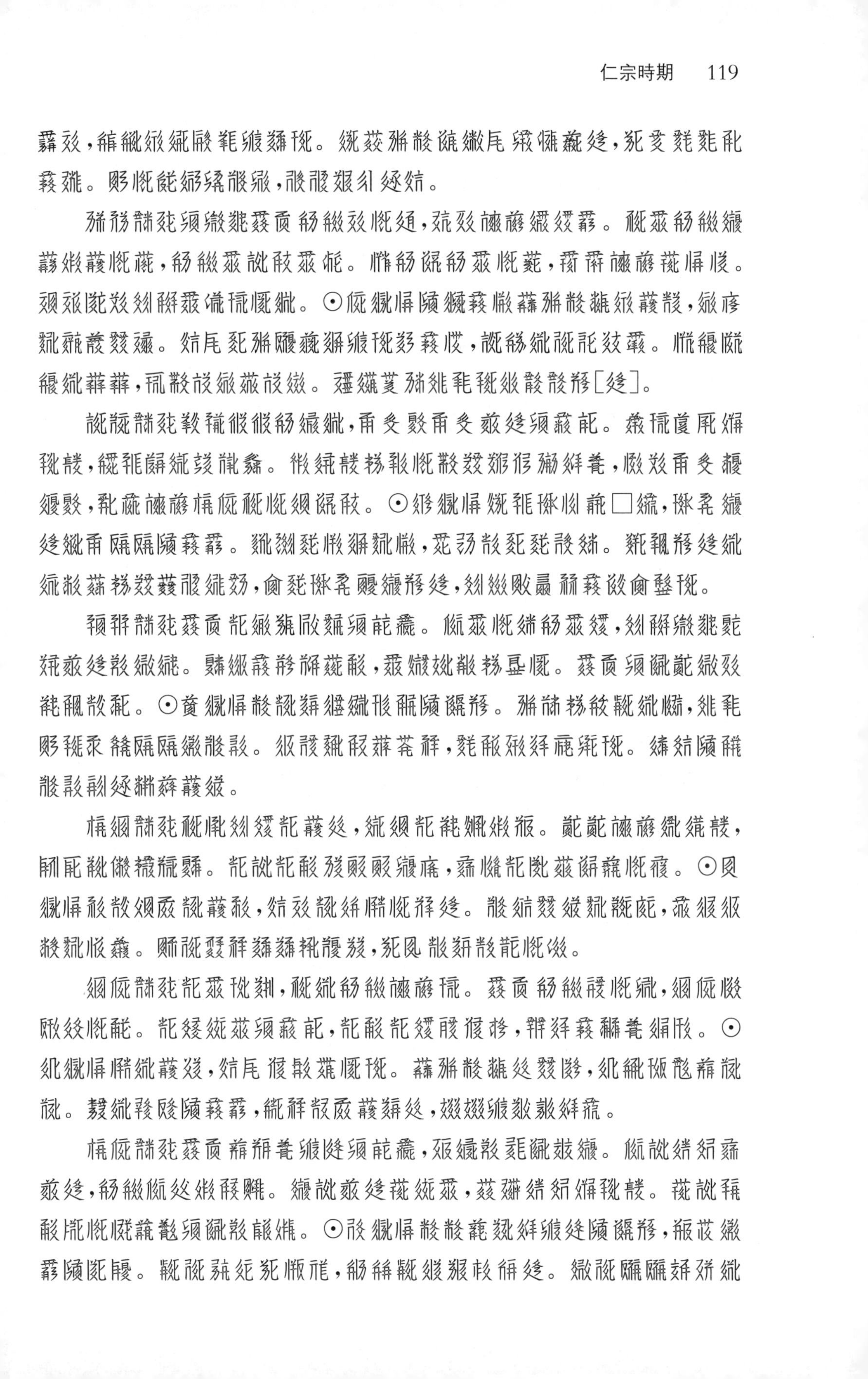

[illegible]

[illegible]

[illegible]

[illegible]

[illegible]

[illegible]

[illegible]

[illegible]

[illegible]

[illegible]

**譯文：**

月月樂問根源，月月樂説根源。

正月裏黑頭赤面歲始安樂國開宴。白高暖廄羊産仔，日曬廄内羔兒眠。月之三日人嚮往，犛牛白羊草場嫩葉始堪食，羊鳴鈴響牧歸來。

二月裏路畔草青烏鵲飛，來往行人衣履薄。冬日寒冰春融化，種種入藏物已出。西丘明月鶴唳問流水，鶴唳水秀月偏西，鶴飛水大永不竭。

三月裏布穀斑鳩樹叢啼叫國安樂，國勢强盛水流草生獵於郊。東方山上鵑啼催植樹，鵑啼樹茂日光明。谷菜豐盈國不餓，鵑啼樹叢廣無垠。

四月一日夏季來臨草木稠。佈施財寶國開宴，青鵑啼叫夏色濃。開墾山原人欲見腴田，草叢花開宛如鋪彩緞。澤畔水草出水如劍高尺許，鹿皮韁繩繫良駒。雨露和合泉側出，聖地上青蛙戲。

五月裏國中雨降種種花草競吐芳，來往行人觀不足。高坡紅草彎彎不動如雉尾，蒲葦黑頭戴帽冠。羊兒食草頭雜錯，大蛇緩行現草叢。男女妙手正午依法製乳酪。

六月裏沼澤蒼翠野菜多，蟲飛蝶舞人雁鳴叫國安樂。鐵匠需材東南走，草場放牧沙磧行。野獸出行引領小獸慧心待其戲，紅錦蝴蝶鷹展翅，陽光燦爛遍佈十丘似錦氈。

七月裏百穀豐盈家畜肥大國開宴。風吹草梢黄又低，正午雨降鵪鶉鳴叫樂其壽。番兒馬配白木鞍，牛皮瓔珞盡皆同。諸部族人壽年豐馳路寬。

八月裏山坡日暖稻穀熟，良田稻穀卧畦邊。人人外出周邊走，番漢部族鐵屏障。雜用黑稻白稻來捕鳥，逐鹿割稻三番忙不休。

九月裹田頭割稻穗,山丘草場依法行。百草菜蔬果實採,形形色色九月食。五穀豐盈國安樂,黄白稻麥霜未結,慧人有意積錢財。

十月裹諸物入庫休閑國開宴,百姓娱樂國弋射。黑風乍起鹿又鳴,風吹草低羊馬驚。烏鵲交鳴繞樹叢,西方自出東方去。黑白城堡均安定,國勢强盛見其樂。

十一月裹白高步入西方叢林冰始凝,寒冰難斷路曲直。番兒側目送往迎來同修好,馬齒經寒黑鹿肥。

臘月裹五九已過魚初動,擊打春牛孤鬼驚。新年將至黑頭赤面國開宴。老少好似三節竹,歲首月末再相交,宅舍地頭皆來同慶聚首樂悠悠。

**附:**

西田龍雄(1986:39—73)譯文:

月の楽しみの根源を問うならば,月の楽しみの根源を述べるなら。⊙月々の楽しみの根はいずこに生る;月々の楽しみの根をもし述べるなら。

新年の月は、黒頭も赤面も、年の始めは安楽にて、國は祝宴を開く。白上の風よけでは、羊が子を生む。風よけで、日が黄くなれば、羊の子は睡る。月の三日(をすぎ)、君子に意志があれば。牛と白羊に、牧草の薄い葉を與え飼う。羊の子は、語りながら、牧(地)より歩いて帰る。⊙正月の中は、黒頭も赤面も、年の初めは安楽に國は筵をなす。白上の暖舎では、羊が開く(子を生む)。小舎の中で、太陽が黄くなれば、小羊は眠りにつく。円輪が廻り、丈夫に意志があれば。犛や白羊に、□□の薄葉を與え始める。黒羊は鳴き、小羊は鈴を鳴らし、牧(地) より還り來る

雙重の月は、路辺は青く、長壽は逝く。縁家は歩を進めるが、衣を着けず。冷たく白い水は、資財のるつぼ。諸々(の物)は、冬に入り、見えるものは白い。西丘の月は、鶴に語る、水は美しいかと問う。鶴は、水が美しく、月は西(方にと)。鶴の面が大きくとも、水は尽きず。⊙二月中は、道端に花が咲き、黒い雁は飛びかう。流者は往き去るが、着物や履物は薄い。冬の白い水を、春がとかす。種々の貯え去るものを、前に出す。西の丘の明月は、鶴に言った、江は美しいかと。鶴は鳴き、江は美しく、月が出る西(方に)。鶴は飛び、顔が大きくとも、水は尽きたことがない。

第三の月は、翼衣二種が叢木に語り、國は歓宴。强勢の國土には、水が歩み、草は青く、丘では牛を射る。東方の金剛木、天日は語り、叢竹を捜す。天

(日)は語り、叢(木)の色は、太陽の輝きの足。黄色の食物、夏菜は豊かで、世は優れる。天日の面は大きくとも、叢を朽させず。⊙三月中は、鵜鴣と鳩鴿が樹間に鳴き、國は楽しむ。優勢の國熱には、水は流れ、青が出て、曠野を穿つ。東山の上の杜鵑は言う、樹を植えたか。杜鵑は鳴き、樹花は日の光の下。豆を食べ、花を覧て、飢えない國。杜鵑の頭と顔は、樹を毀さず。

第四の月ほ夏草が青に至り、叢は稠り美しい。諸財(をもって)恩功(を施し)、國は饗宴を開く。天日は語り、夏草は青く明らか。丘の地肌は変りなく、男の志の土には、視るものは美しい。草の中は、彩りをゆるめ、色有(花)は開く。沢の辺の諸草は、尺の高さを現わし、水と武器を斗わす。鹿む皮の縄(をもって)、馬をつなぐ。坎と和し、温土は、くずれ落ちる。蛙が戯れるは、不梵の土。⊙四月一日に、夏季が出て、樹草は稠る。種寶(をもって)恩功(を施し)、國は筵をなす。青い杜鵑は鳴き、夏は顕らか。広い坡に皮は無く、男の志の土地には、視たいものは美しい。□□の花は咲き、紫緞を拡げたよう。沼の端の種々の草は、背が高く、水波と斗いつづける。鹿の皮の索縄(をもって)、馬をつなぐ。露は災いなく、泉源は斜めに偏く。蛙が遊ぶ袋は、聖住の地。

第五の月は、國に坎が降り、種々の草は彩りをかくさず。縁者は歩を進め、観賞して楽しむ。丘の頂の□草は、鳥の裂けたうしろの(ごとく)□して動かず。草草を、黒頭の毛頭に冠す。羊草、未草は頭を離れず。大蛇は歩行し、叢の中に光る。陰陽の赤い臂は、日中、牛の乳をしぼり、匠は儀式をもつ。⊙五月中、國に雨が來り、諸々の菜草は花を放つ。流者は往き、覧て愛する。高地の紅草は、おん鶏の尻尾の如く、曲って定まる。蒲蓋を、黒頭の氈帽に戴く。羊葱、羊葱は頭を相互に受ける。大蛇は流れんとし、畜舎に居るを望む。男女の細腕は、卓午、牛の乳しぼりを教え習う。

第六の月、沢は青く、相続き、草は色を持つ。昆虫は飛び、昆虫は語り、國は安楽。鉄匠は、南領東方に逝き。青草に放牧する、砕土の組爪。野獣が逝き、引導者は不大、戯れず待つ、戯心は慧し。赤絲の昆虫、鴦鵬は翼をひろげ。日が没み歩を進める、二五(二十) の丘をうしろに美しい羊の毛。⊙六月中、沼は青く蒼玄にて、菜ば□をもつ。蝴蝶は飛び、鴦鴦は鳴き合い、國は楽しい。紅い熱材は、東方より來る。夏狂に解く砂漠の□□。麞が馳け、引導者は細かく、転がらず我は遊ぶと謂う。紅錦の蝴蝶、鴦は飛び。太陽の光(のもと)、十の丘を渡る(姿)は、錦の毛氈のよう。

第七の月、種々の穀物は大きく、畜財は肥り、國は宴を開く。巽の頭は低くなく、草の頭は黄色い。日中は坎が降り、翼衣は語る。楽しい壽命は長い。西夏の駿馬の□木は、白く。牛の皮に寶を繋ぐは、一種の様(則)。種々の國土に獨り壽人が滞り、馳ける(ところ)は広く長い。⊙七月中、種々の穀物の果は大きく、善獣は肥え、國は宴をなす。草の先端は萎え、風の頭は不善。卓午に露が下り、鶺鴒が鳴き合う。楽しい各々の命。西夏の子の皮の鞍は、白く。灰色の索に瓔有り、皆このごとし。部雄の國に家畜と各々壽人が住む間、満足が生れる。

二四の月、広い丘に、日は黄色く、稲は実を結ぶ。妙なる土に、稲は滞り、畦の後に眠る。獨り獨り歩を進め、囲行して逝く。パ領のポーと漢は、鉄製の翼。黒稲と白稲を指で交互に與え、鳥を捕う。鹿を追い、稲を刈り、三途を得ても落ちず。⊙八月中、寛い坡に、太陽は金色で、穀物は熟す。美しい地に穀物は根をおろし、田のうしろに眠る。各々或は出て、繞って行く。チェ・ホンの西夏と漢は、妨げる鋏。黒稲と白稲を交互に延ばし、而して鳥を捕う。鹿を馳らせ、高粱を刈り取り、三停しでも滞らず

四五の月は、稲の頭を刈らんとする。丘の頭の草々は、歩行する匠人(のごとし)。諸種の草々は、実をもたず。四五を飲食する食膳は、同じからず。稲の垂れ下る敦い頭に、國は歓楽する。白稲、黄稲に、未だ霜露は降らず。銭貫を串くは、慧い長者。⊙九月中は、田の頭を切りとる。高い地の霜は、送迎する儀式のごとし。種々の草蔬は、果を結ぶ。九を食するは、喉に依り、貯えはさまざま。圧えられた頭に娯み、國は楽し。白麥、黄麥に、果実は結ぶ。諸の袋に盛るは、腹心有り。

二五の月は、種々の貯蔵に慧は息み、國は宴を開く。千万の楽安は、國に矢が飛ぶ。黔巽が涌き起り、鹿が語る(に似たり)。草むらを巽が圧え、うしろで馬は驚く。黒鳥は語りながら、敦い叢の頭(を飛ぶ)。西方より涌き出て、東方に逝く。黔叢(と)皓壁の宮(殿) は、新らしからず。强勢の國土に、楽しみの記しが現われ。⊙十月の中は、種々の貯置に心は休み、國は宴をなす。庶民の快楽は、邦に射る鳥。黒風が立ち興り、鹿の吼聲(のごとし)。草むらを風が打ち、黄羊は林で駭く。黒い雁は鳴き合い、□□の頭のごとく(飛ぶ?)。西方より出て、東に往き去る。白い城(と)黒い堡は、安定したり。優勢の熱い國は、楽しみを見せる。

五六の月、皓上の西方に、羊集めが歩き、坎を集めんと欲する。皓い寒さに(も)、占頭の道は曲らず。西夏の子は眼が歪めども、歩行往還に、愛を結ばず。寒い馬の舌に、黒鹿は満ちる。⊙十一月中、白上の下、西に攢昴は没し、河を氷が蔽う。白い氷に(も)、道途を真直に判斷させる。西夏の子は目が斜けども、來り往くに、愛を礙けず。凍る馬の歯に、夜鹿を受ける。

寒き月の第五(日?)は、歩みが凝り集らず。地の牛を撃ち、精気は変り逝く。新年が至り、黒頭・赤面は、國宴を開く。若輩長老は、三竹の骨。歳?、頭は和かで、月を重ねる。屋舎、曠野ことごとく楽しみを連ね、村の頭は和か。⊙臘月中の五九(日?)は、寒流に魚が散る。春牛を打ち、駆鬼は孤を驚かす。先卜が到來し、黒頭・赤面は、國筵をはる。若老は、三才竹の節骨。年の頭は温さを望み、月の末には屨をあむ。宅下、村の頭は利を集め□、野の頭は温か。

克恰諾夫譯文(克恰諾夫、李範文、羅矛昆 1995：14—19)：

一月裏：

黑頭頂人和紅臉漢子用過去一年的收入歡慶節日,王國内到處都在擺酒席。

白色巍峨的住宅裏温暖如春,母綿羊正在産羔。

房子裏灑滿陽光,羊羔一排排躺著,酣暢入睡。

聰明的人早就準備好喂養牦牛和羊隻的青稞嫩葉,綿母羊咩咩叫著,小羊羔大聲地喊著,

他們成雙成對,月兒斜掛在蔚藍色的路邊,正要出發踏上自己那遥遠而永恒的路程,

旅人在大步邁進,他的衣服已無需禦寒之物(没有了皮襯板)。

所有凍成白色的東西都在融化。

一切落入冬季威力的東西都又開始裸露,閃著白光。

月亮在西面山丘的上方閃爍,鶴唳聲聲,在(相互)打聽著春汛時的美景。

鶴群是春汛的美人。無論懸掛在西方的月亮,還是鶴群,還是大片的春水,都不會消失殆盡!

二月裏：

路畔稚嫩的小樹開始發芽吐蕊,黑色的野雁陣陣飛來。

旅人走著,穿著輕便的靴鞋和衣衫。

春天融化了白色的寒冰。

[人們]在各種倉庫和堆房中走出走進。

月亮從西面的山丘上照射著，鶴唳陣陣，説不盡河流的美景。

鶴唳聲聲，河上景色優美，月兒在西邊落下。

群鶴飛起，河流的全貌顯得無邊無際。

當度入三月，兩種鳥類在林中開始啼鳴，宣告國家的欣欣向榮。

在這强大的國家裏，到處是潺潺流水，草兒葱緑，人們在山上獵殺野牦牛。

在東方，在堅實得像金剛石一樣的樹叢中，杜鵑聲聲，在給自己找竹叢——

杜鵑聲聲，林木青翠，陽光耀眼明。

[預示著][黄色食物]和夏季菜蔬的豐盛，全世界的繁榮。

在龐大的天穹下林梢逐漸成魚肚白色。

三月裏：

鴿子和斑鳩在樹叢中咕咕叫著，宣告國家的興盛。

在充滿陽光温暖的强大光榮的國家裏，流水潺潺，在遼闊的草原上，緑色的嫩芽破土而出，迎風摇曳。

杜鵑在東面的山上咕咕啼鳴，快快植樹——杜鵑聲聲，陽光透過長枝吐蕊的樹林！

人們喝著豆粥，欣賞著花卉——這不是一個饑餓的國度。

月兒度入第四個月，萬物開始變緑，樹木花卉，使人賞心悦目。

上天慈悲賦予我們衆多豐富的寶藏，全國上下享用著豐盛的早餐。

杜鵑啼鳴，意味著萬物蘇甦，山的威力永存，陽氣上升，男人們注視著女性的秀麗姿容。

芳草如茵——大地一片美景，群芳競相吐艷，塔脚下雜草叢生，草木葱籠，高可盈尺，它們(草)像羚羊皮做的皮帶，像馬的絆繩，在同水搏鬥，

它們同水和解，出現了成片的低窪濕地，這是龜的自由馳騁的天地。啊，不可思議的土地！

四月裏：

夏季的第一天降臨，草木茂盛葱籠。

論功(行賞)各色珍貴的禮品，王國中在舉辦盛宴。

杜鵑在緑茵叢中啼鳴，宣告夏季已經來臨。

没有荒廢不耕的山丘和平原，莊稼漢魂牽夢縈的只有土地，只是它的美人。㡓䋚(?)開始開花，像一幅幅紫色的綢緞伸長漫延。沼澤的邊沿雜草叢生，高低參差不齊，

波浪般(像波峰一樣)摇曳,(像)被鹿皮皮帶絆住的馬匹。

露珠没有觸動。小溪蜿蜒曲折,潺潺流動,青蛙在蹦蹦跳跳,——這是神的大地!

月兒度入第五個月,國内開始降雨,草木更加欣欣向榮。

旅人走著,心情愉快地觀賞著四周。山丘上長滿青草,鳥兒不慌不忙地操心著下一代。

青草戴著黑帽子,山頂上的草分不清是爲山羊還是綿羊準備的。

蛇爬進林木深處。正是陰陽交替的時辰,日到中天——公牛是巧奪天工供應奶的神靈。

五月裹:

國内普降甘霖,草木更加旺盛。

旅人走著,對一切都一往情深,留連忘返。

山丘的紅色雜草就像雄鷄的翎子,(這)説得一點不錯。

蘆葦戴上了黑色的氈帽。

人們在採集沙葱。大蛇爬過。真像劃定的牧場。

男人和女人在中午都用熟練的手擠著牛奶。

月兒度入第六個月。樹木變成了另外一種樣子,(但)草色依然青青。

昆蟲飛來飛去,嗡嗡叫著。國内呈現一片歡欣鼓舞的景象。

鐵匠在到處招攬生意。家畜在緑色的牧場上放青。

野獸走過,在大地上留下利爪的痕跡。和它們在一起的是那些不大的小獸(它們的幼仔),(野獸)等著這些幼仔跟上,並没有因爲高興而忘乎所以,(它們)是相當的聰明。

昆蟲在牽著紅線,雄鷹在遨翔。

夕陽漸漸銜山,晚霞像羊毛一樣璀燦!

六月裹:

泥濘的窪地泛著藍色,青菜開花,蝴蝶飛舞,昆蟲嗡嗡——國内一片祥和氣氛!

紅光滿面的熔鐵工來自東方。這兒有夏季趕場者的廣闊天地。

羚羊香獐在紅色的沙土上,㹸貐奔馳,它們的幼仔和它們頭挨著頭在一起。我説過,雖然没有高興地跳起來,可顯然十分高興。

紅錦緞般的蝴蝶在飛舞,雄鷹在遨翔。太陽明亮耀眼,像五彩繽紛的緞蓆,傾瀉到十座山上。

時光進入七月。各類禾穀在生長,野生動物和家畜都長得膘肥體壯——到處是豐盛的饗宴。

風不會把帽子刮下來(掉到地上)。草梢開始發黃。日到中天,映照在水面,俗話說:如添羽翼,福壽無疆。

唐古特人的馬上配備著白色的木鞍座,

蒙上了一層貴重的牛皮,都同一種式樣。

世上各國活到高壽的人都過得平安如意,(他們的生活)就是在遼闊的草原上長久地奔馳!

七月裏:

各種各樣的禾穀成堆,家畜野禽都膘肥體壯。到處都是酒宴。被風吹成一團的草梢開始發蔫。

直到中午露還未消融。鶺鴒在鳴唱,給每個人帶來歡樂和長壽!

唐古特兒女的馬上都配著軟皮的白鞍,鑲著黄白色軟玉的鞍飾,所有人的都是一個式樣。

(要給)國内的名門望族和高壽的人生産大量的馬匹。

時光流逝,漸近八月。山岡平原灑滿陽光。金燦燦的稻穀漸漸成熟。

錦繡大地上成長著稻穀,在田野中静静佇立。

收税人開始四處走動,一家家地收税。

在姆布地方把黑穀和白穀分發到漢族中波那一支打鐵人的手中。安裝上捕鳥的網,

人們在追捕鹿群,收割稻穀。三[種]值錢的東西(鳥、鹿和稻穀)都要得到。

八月裏:

山崗草原灑滿金黄的陽光,五穀已經成熟。

禾穀在錦繡大地上,在田野中香甜地酣睡著。

圍著田野轉的那些人經常出現。

赤葉戈洪地方的唐古特人和漢族人拆除障礙,拉著黑線和白線在捕鳥。

人們在追捕鹿。收割糧食。(在這些事上)一點也不敢疏忽。

時光流逝,將近九月。稻穀已收割完畢。人們在山頂上踩著草走著。

對在行的人來説,不論什麼草他都幹得出色。

九月的食物美不勝收,品種繁多。

無以數計的稻穀、蜂蜜，到處是歡聲笑語。

寒霜尚未落到白色和黄色的稻子上。聰明人把銅錢穿成串，發了大財。

九月裏：

田野上的收割已經結束。高的地方已降了霜。

一個個婚禮都按照應有的儀式在進行。

各種蔬菜都已成熟。

日常飲食中最需要的幾種蔬菜，都以各種方法儲存過冬。

濃妝艷抹，梳妝打扮，音樂聲響徹入雲，國内歡聲陣陣。豐收了白花花的大麥，黄燦燦的小麥。

糧袋裝滿——肚子和内心都得到滿足！

時光流逝，將近十月。屯滿庫足，聰明的人在休息。遍地在歡宴，人民康泰平安。國内開始捕鳥。

黑風乍起。鹿兒悲鳴。風吹草低，鹿群如駑馬般在風中狂奔。

黑色的鳥迷失了群，叫著，飛著，不辨西東。

黑色的鳥群把城寨住户的白牆弄得汙穢不堪，無法恢復(弄平)。

强大的國家中一片歡樂。出現了新的值得紀念的記録。

十月裏：

糧食滿倉。人們在一年的操勞後開始休息。國内到處在開宴。

人民喜慶歡樂。國内到處在捕捉鳥雀。

黑風驟起，鹿兒狂鳴。風兒摔打著草叢，野山羊隱没入林中。

黑鵝咯咯叫，它們的腦袋就像一段燒焦的木頭，它們飛向西又飛向東。

在白色的城市和黑色的城堡中的一片寧静，在驍勇善戰的國度中到處是温暖和喜慶。

時光流逝，將近十一月，羊群在白色的西山上游蕩，集聚在飲水的地方。

通向白色寒冷的可以預見的道路並不曲折(是筆直的)。

唐古特的兒女們能透視一切，無論前進或後退，在重大的事情上都不會迷失方向。

馬的長舌冰涼，一群群黑鹿出現。

十一月裏：

白高(國)的臣民由山上遷徙到濃密的叢林中。河流開始結冰。

覆蓋著白色堅冰的道路筆直。

唐古特的兒女們小翼翼地探察道路(四處張望)往前走著，(但道路崎嶇)並不影響他們的愛情!

馬兒的牙齒冰涼,深夜裏鹿兒喃喃譫語。

時光涼嗖嗖地流逝,將近十二月。錯過了第五天連小魚也抓不著。

土金牛敲響了鼓,人們紛紛向寺院走去。

新年將到,國内的黑頭頂人和紅臉漢子大擺宴席。

無論青年人還是老年人的生命又長了一歲,向親戚們磕三個頭拜(新)年,兩個年頭交接,各個月又重複起來。

各個寺院,家家户户,連國内最遥遠的角落,到處都一片歡樂,在鄉村茅舍的窗户裏(能看到)緊挨在一起的腦袋。

十二月裏:

寒冷的[五九]已過,開始放養魚仔。

宰殺春天的牛,擔心不潔凈的狐狸酒杯帶來災害。

新年到來之際,國内的黑頭頂人和紅臉漢子們大擺酒席慶祝。

在月末和歲首把像多節竹子一樣的三代中老老少少都團聚一起。

在族長的家裏没有缺席的人,包括最遥遠地方的統治者在内都已來到。那就讓大家盡情地歡度(新年)吧。

## 格言詩

佚　名

俄羅斯科學院東方文獻研究所藏夏乾祐十六年(1185)刻字司刻本,不署撰人,影件見《俄藏黑水城文獻》第10册第274—278頁。

[illegible]

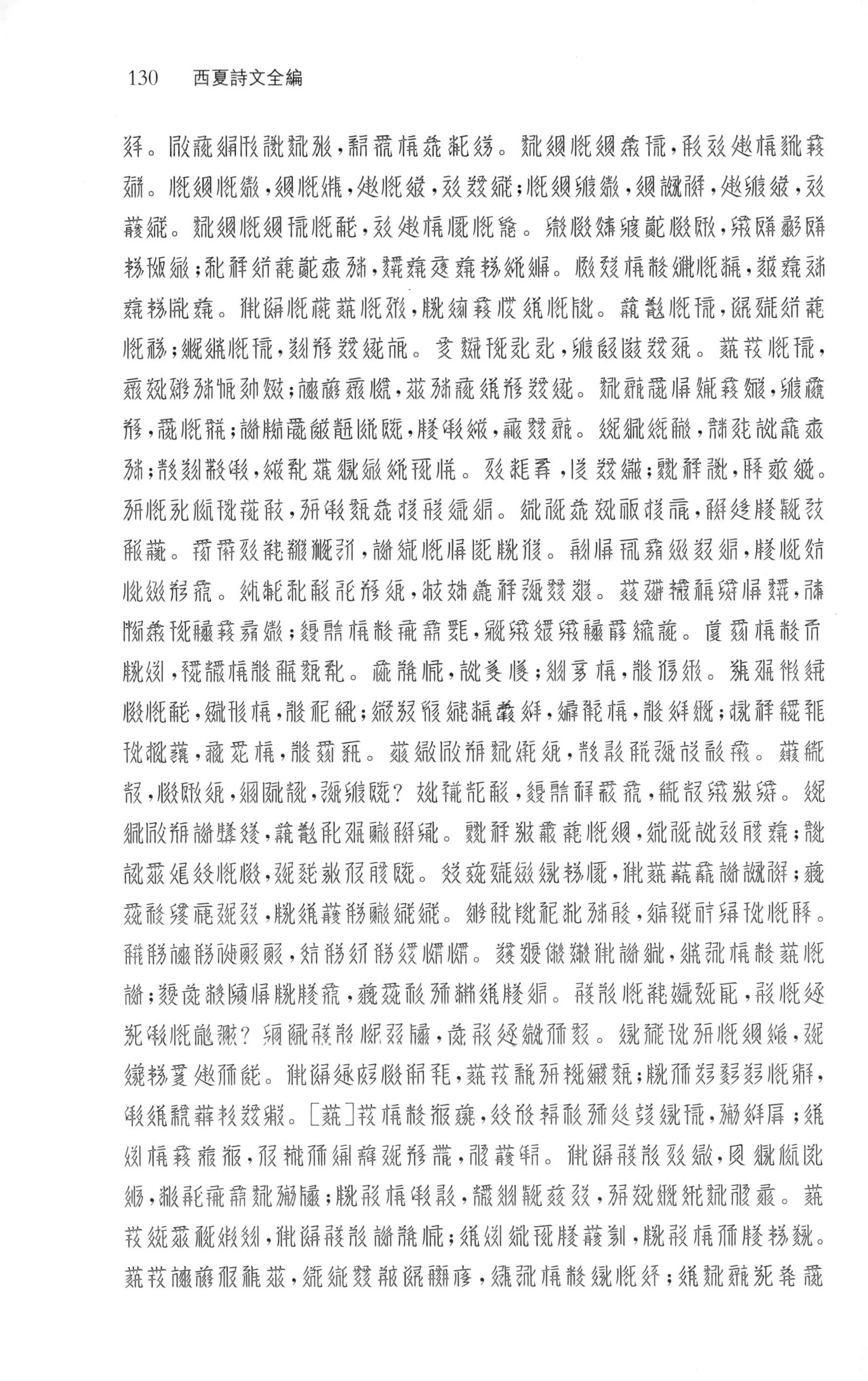

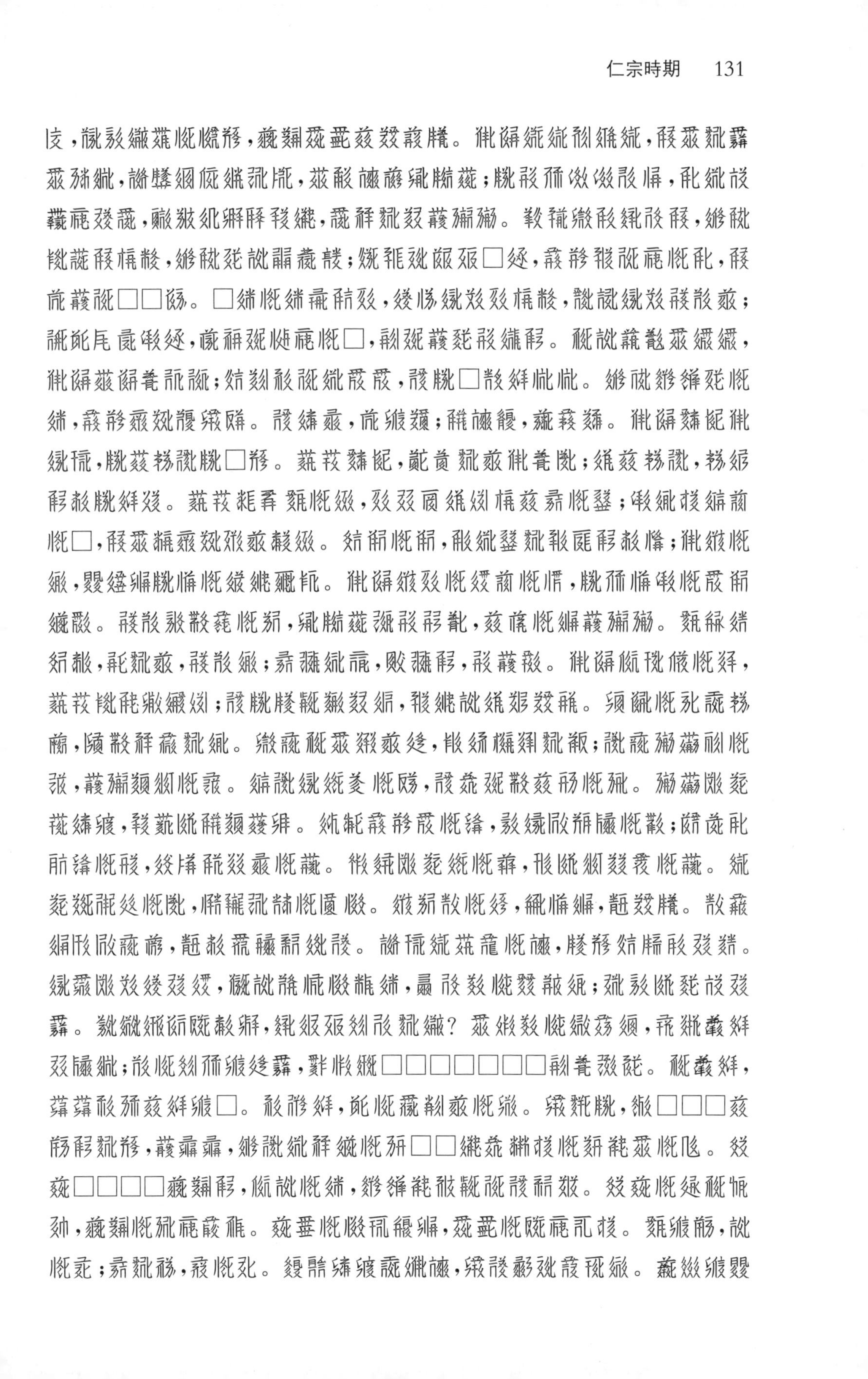

[illegible]

[illegible]

**譯文：**

雖説諺語，不説源頭，機巧聰明致迷惑；吟詠格言，不談根本，睿智之人解難明。强者争鬥，乾宫造舍不遠；勝與敗，蒼天近旁所爲。争鬥不起，力不顯，負不出，勝未明；争鬥既起，力分明，負既出，勝乃明。强者守護來往侵，勝者提防帳門負。强者既起，白高西方風不偏，東方末尾箭無雙，白鶴詩篇故已得；勝者出，白高西方風既正，東方末尾箭一枝，黑頭樂詩已傳送。强者争鬥魚龜巧，彼此互有勝負。無財長者資源造舍不遠，貧富之本皆近旁爲之。長者慧財不害財，富人憤怒惡貧窮。無財不起，無長者，貧不生，富未明；無財既起，長者顯，貧既生，富乃明。長者多財無財管，富人畜窮人牧；無財口食長者予，窮人糧富人供。無財倚仗長者助，貧與富互相成。鍛鐵妙與不妙，美醜二種長輩判。不妙不起，妙不顯，醜不出，美不明；不妙既起，妙分明，醜既出，美乃明。妙與不妙匠不同，美與醜不相像。飲水酥油獨飲食，飲水飲酥穿喉過，妙白衣服獨細軟，鎧甲蠶繭一命同。經緯二種不成雙，粗衣細衣一身服。靈巧不移不助柔，勇名既定不扶弱。不造强者，羔羊衣服不整；不造約束，不能成爲貴人。歪斜如皮裘，已破不肯縫。不植楊柳，行程處戲掘陷坑；步行回歸，無小路未肯怯懦。所行道内已掘坑，既已歸，不得道；乾宫性惡食盜肉，天人凶，行路難。大象之王，月月滿盈細軟，三貴大人，日月流轉凶命上來。人淺薄，手未至；遇白鶴，疑説親。徑直巽風以摧樹，弱人相厭而不取。黑頭彼此發憎言，其中天風灰白人。潛行人居意迷惑，乾坤内外射利箭。人中藏蛇不可測,天上地下堪測度。强梁問做好白氈,仇敵白鎧誰察看。西方鐵礦魚中龜,本西隱藏堅似鐵城;池沼二種需思量,黑水深謀超過海水。南熱二種牧優劣,夏秋二時肥瘦日。拂曉寢,流螢暗;晝與夜,各晦明。犛牛野獸不同食,畜與獸,各有食;壯年垂老皆慧心,少與老,各心憂;白冰青草寒時燒,冬與夏,各涼熱。三世積財乃逼問,三世養畜誰强迫?大小麥,問食飲;四年穀,誰已食?青珍白稻,濕地有珠蚌,稻麥水下魚。君王積財天底煙,强者畜馬空中雲。白鶴下豹皮不妙,黑頭不著黑衣;赤面物虚頭不食,赤面不吃俗甘。本家育兒情一般,良莠差别天分辨;父母養子皆平等,優劣既分天顯明。馴馬坡足毛轉細,男子口舌不相親。畜若不行予之鞭,男若無舌令其見。吐蕃漢鑾有巧天,緊鄰二種無弱天;蕃界漢國内有巧天,父母親戚中無弱天。聰明不居毛綫散,智慧不在人不亂乎?世界聰明要愛愚,世間智者當安俗。相貌雖得恨不美,鏡面一舉示其醜。機巧設計食伐志,怯弱得錢售力竭;良人格言説不盡,弱人持物賣未諧。軟弱之人睡卧,爲給亡親造果品,失遊心;怯懦之人睡眠,往爲亡兄做甘食,忘嬉戲。機巧聰明人世,合乎八月風,懷念他方要冶遊;良人智人世,齊於秋日風,思慮彼處欲嬉戲。弱者頭上丘後日,機巧聰明天破曉;怯懦頭上天已暮,巧智之人天黎明。軟弱行走野山道,既往又回鬥羊者,規則二種不熟悉;弱者往處有山道,去往前面又歸來,叔伯與姨母未知覺。機巧往昔聖靈地,馬首是瞻有小頭,天下四五商議家,白道行走雲覆樹;巧智地勢繁雜中,馬頭所向皆官道,天下九曲親家主,白道可行乃遨遊。澤青水美百十馬,良驥黑足馬二種,良驥黑耳駿馬行;澤青江美千□在,駿馬圓蹄皆非馬,馬耳色黑□□奔。□下不下一萬人,横目赤面人二種,赤面衆人聰明語;地面上有一萬人,斜目光面皆不□,人面既赤先知言。黑丘强者頭相視,機巧第三慧相告;地勢黑坡頭相見,良人□三心相知。鞠躬兒童不垂耳,駿馬行處鳥飲水。愛族子,提其耳;馬奔馳,伸其頸。機巧相遇造巧情,良人相遇爲良□。弱者相遇,一言既出折巧慧;與弱相遇,説一句而斷良心。怯懦淺薄皆不察,讒人弱者二種自不相齊;厭惡丈夫人不□,馬頭並行相伴論説考察。男貞不貞,並頭騎馬伴導比量語;巧人不增,喜病相混凶不生病根。巧人不看敵人非不混,良人不見敵人即是貞。聰明大月不同結,雲覆樹有智慧人,與浄不通乃遨遊。纖麻直立,人所説,增聰明;始於自正,聽人言,長智慧。巧人巽風不能障,弱者跛足自力衰;良人天風不可止,病足羸弱不勝力。世界無邊石一臺,大國嫌惡白山。無水坡頭雖説豹,礦藏間乃唤猴;無助賭博不怨禄,既弈棋不怨福。朋友情面不謀終,兄弟情面不争籌。賭博獲肉木柱油,弈棋畜肉棋盤油。强敵不實見駿馬，私下不求愛積財；敵界馳騁實不取，本家分畜愛不持。獲野獸肉不執大，分福獸肉不持多。不收農田自生果，不食田間原出穗。同力不爲盜，協力牧，賊未識。被盜長者無財浄，以賊致富貧骨清。天造地量不氣惱，天造地設不憤怒。當面紅肉眼不見，夜晚黎明食高低，百日過去乃致問；面前紅肉看不見，晚夕朝日食既盡，百年千日何所至？回首光陰壽已近，最終思量愛欲多；背後日子已可見，後來思□□□□□□□人慧織紝。思如丘，家家親戚即□心；心似山，全體兄弟説不差。巧兑水，外□□□與正言乃爲，所混合，鄰舍白頭疑不執□□鄰家中厭不收居頭不窄。父母□□□□父兄語，黑風不下，兒童居下黑風子侄立。不問父母丘崩摧，不謀父兄皆危險。父親不食蛇混蔥，母親不食皆厭毒。我既直，影不偏；身既正，影不斜。濕地滋潤行石櫟，清水滑江流石上。不屈强人鬥時喜，不畏强敵鬥時笑。筵席皺眉食不香，宴時面惡食不甘。此刻腹滿不説羽翼頭，迅即互尋西方羌；及今既飽未肯與説鳥頭昂，即日相尋超遠蕃。長者無財思執杖，行處積財至邊境。馬性良，能與大富共忍飢，鞭打之牽引之。志氣既出不逃遁，强敵不二人數衆。獨砍羌樹，敵寇雖多但已複；百十正副算高低，竇石雖愛積千未勘但已喜。强者慧者不矯情面，貴人決斷不爲情面。有良心長者不索弱者食，富人不求弱者之食。發怒禁宰羊，西食無邊行走不□，羊一宰而度過飢處。盛宴燒烤不覺寒，手指暖；筵席燒烤不覺冷，手已温。筵席食物水啜飲，盛宴麵食水亦甜。兄弟合計漢蕃親，兄弟和睦蕃漢伏；父子合計財富有，父子同性馬羊多。男人嘴甜不共行，君子粗口不相伴。巧婦食泣無子嗣，女子食泣不二宅。不聞口舌不善語，不聽粗惡人之言。嚴寒日光圍青草，慧忠第三國歡喜；冬天暖夏天涼，心正則徑通歡乐。

## 聰穎詩　　　　佚　名

俄羅斯科學院東方文獻研究所藏夏乾祐十六年(1185)刻字司刻本，不署撰人，影件見《俄藏黑水城文獻》第 10 册第 279—282 頁。

[illegible]

[illegible]

[illegible]

[illegible]

[illegible]

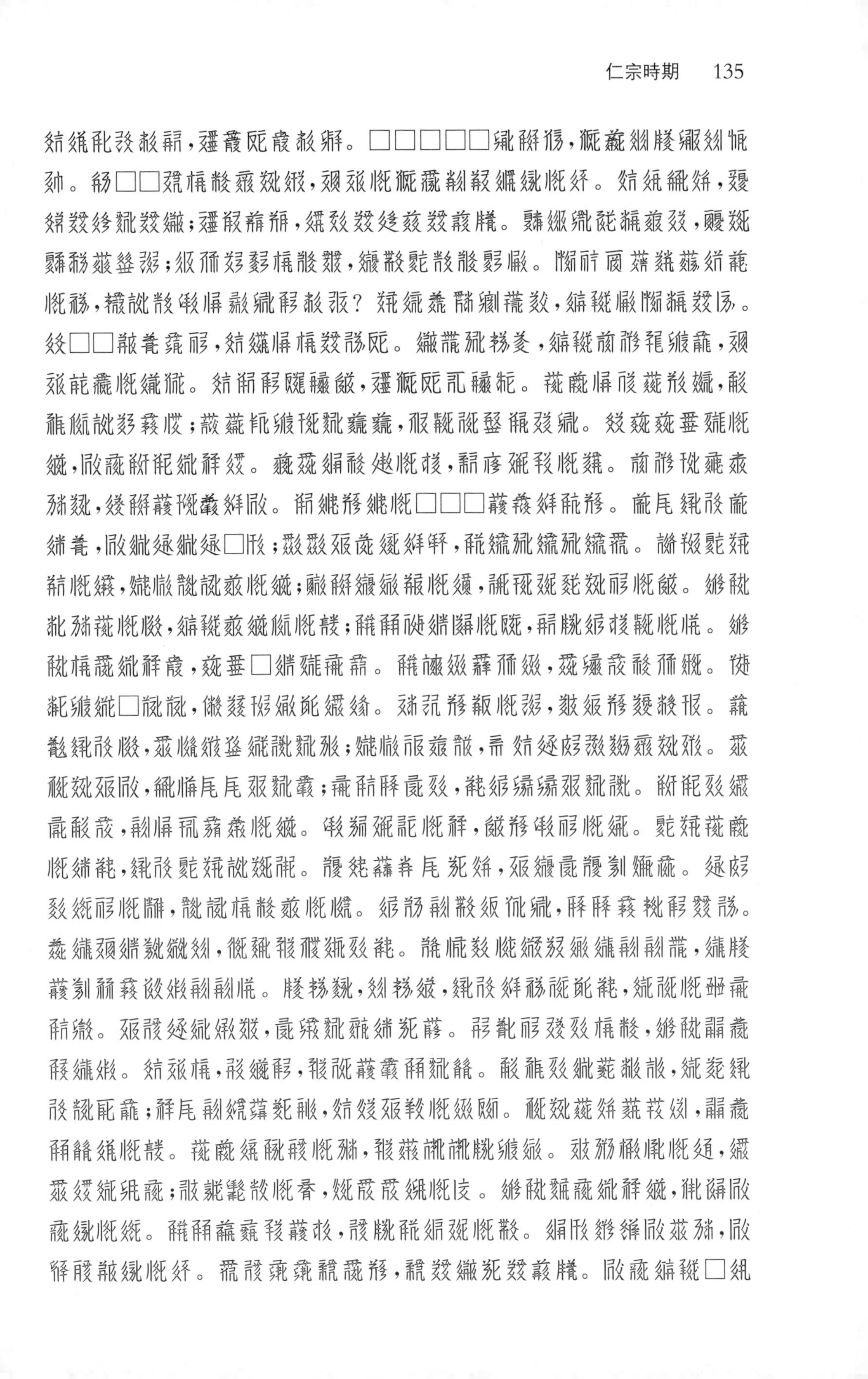

[illegible]

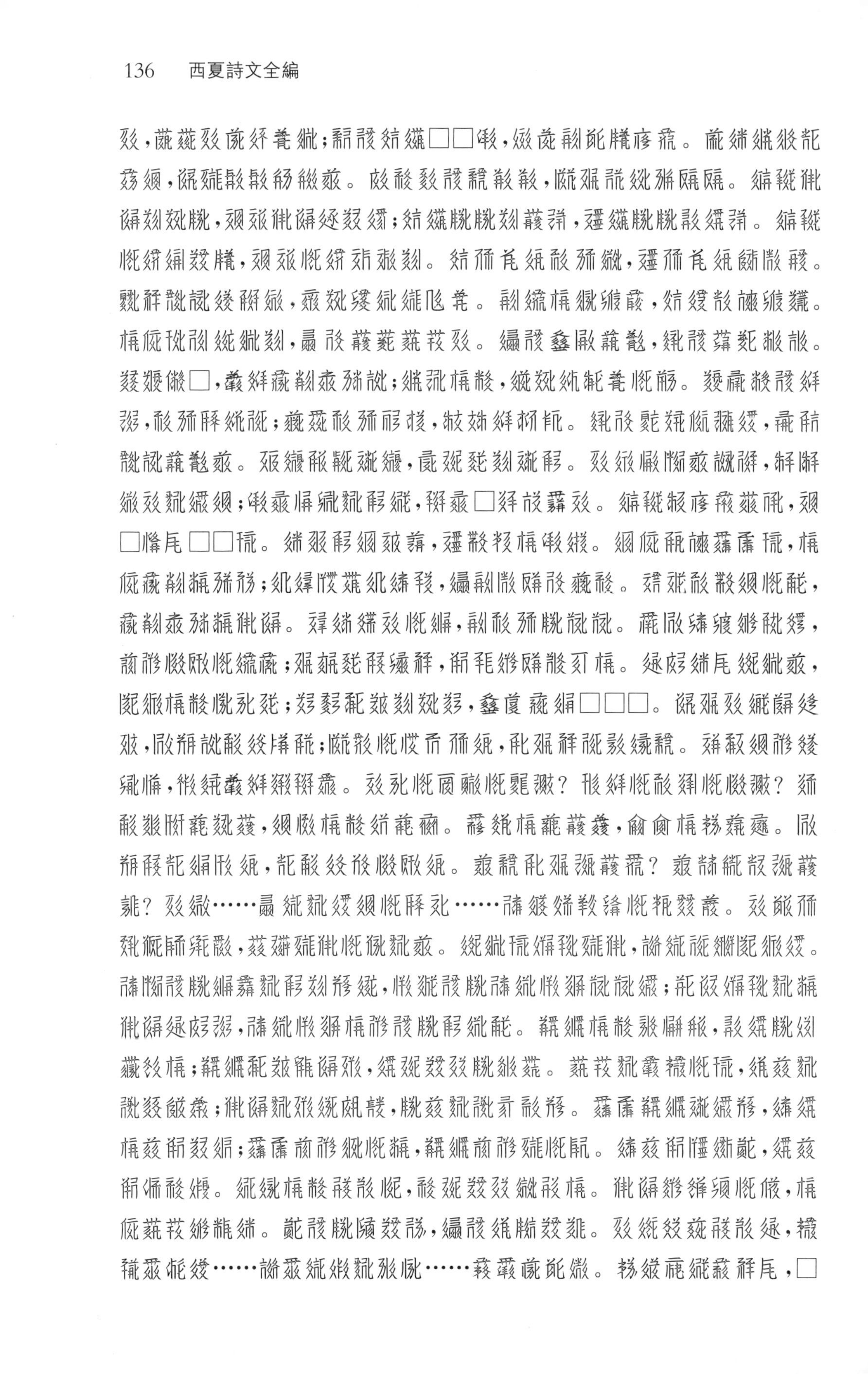

[illegible]

[illegible]

[illegible]

[illegible]

**譯文：**

智慧聰穎郊野求。皓首既説以實測度誰巧，男子慧覺聽且觀其文字。知祖教子男兒心，以耳恭聽未能忘。本源琉璃做橋堅，平和巧母生珠女，捆綁强媳不致墮于坑。我國境行才藝，其他國境行衣服。有識世傳悟國道，無識世□行盔甲。弱男淺薄牽駿馬，巧婦温柔無□□。劣男牽馬而乏，吝婦惜食而窮。□□□□□雲中明，争宴時天陰日墜落。草□□事二種行處近，巧婦不宴兄弟家眷面不熟。險地種草，鸜哥未嘗不到來；苦婦庫藏，親眷未嘗不知覺。番人設圍兩歲齊，雕鷲展翅三坐合；番人格言兩相對，大鳥之翼三番合。讒口斜板外衣服縫不正，黑礦三人内如何言語合？衣服皺褶熨斗開，丈夫内外雙不入。教□□食慧將語，君子之間不入食。往至謀完畢，丈夫聚集誓願滿，巧婦筵宴不爲多。男志言惡如誓，婦食宴苦如毒。竹木内鑿木成料，白高黑風必定彎；盤盤有如葛藟根，郊外黑風莫能屈。本源父母不疑子，無財番犬看白頭。父母愛子不厭醜，貧者不棄兇犬。聚集病患置細軟，眼中懺悔貴慧覺。志病爲病不□□□保留醒悟心。節上百十節下慧，多寶多謀謀增□；舅舅千世甥心孝，有畜有謀謀衆多。天下羽衣弓不伏，陸地赤面話不疑；天中鳥過弩不張，地上赤面處言不惡。良驥細毛不啃樹，丈夫疑言不隨風；駿馬避鞭不吃打，巧男惡語不來風。良驥殊途惜白頭，父母避□子思念。畜思去思其祖，母藏乳憂其子。算計毫髮□參差，漢羌結合見主從。拘小事家不睦，做癡愚番漢和。强勢百十食，追頭露角明助於杖；陸地千千畝，在地設柱編織助於行。坡頭處千寶，草梢高高以類聚；萬人親萬人，居言和睦以類助。番犬看人藏白牙，人中隱蛇鐵不疑。侵人犬齒不白，爲惡人言不解。羽翼竹木不下家，百十羽翼暗本源。鳥落樹木上方草，千禽萬鳥暮棲息。設大計謀言不穩，赤面二種説不歸。殊語大人口有禮，近親既遠入以言。禮先不跪晚夕日，死馬蹄尾東人家。拂曉太陽壯美昇前人人往，先天日暮落下山後人人來。天將曉，日將出，百十心正可家居，黑地不平一萬水。千子在，立正處，萬水去往低處流。智識言事人二種，良駿騏驥馬前後。男女二，語是智，圓蹄攢聚馬奔馳。白高人多欺淩少，種地百十穀穗滿；白高人歸莫分家，耕地上千不留飢。坡上草木柔軟弱，馳馬騏驥弱不行。竹木壯實不摇晃，四蹄沓沓巧經過。平地乘駝不伏，袛見頭無水渠；廣處騎駝不奔，袛見峰無溝壑。良驥不肥白頭疑，靈巧無寶面不大。騏驥掉膘主嫌棄，巧子無畜面不大。長者兒男財路窄，舍財不告面不熟。富兒沉溺爲財路，財未至則未識聞。無疑男子□揖人，竹木人界有熟慧；貧兒丈夫□□人，當世人有圓覺者。節下親屬親近稻，接納羊羔説牧草。姑妹子弟財互尋，羖攊牛叫草合鳴。男子靈巧貴處善，女子靈巧住處爲；丈夫善巧貴人悦，婦人善巧家眷悦。男子不易人不識，女子不易妯娌貴。男之辛勞小親笨，女之辛勞妯娌强。白鶴赤面日中過，行處養德子縱横。衆人二月危險，狹地寬行計量。二五聚集億富貴，十十細分懦弱人。十子緊坐强盛，百子分家侵淩。羌人漢□，慧覺聯璧暗細軟；連接二種，疑處强敵無正慧。羌女漢男心合，親戚近黑肉；父母親戚相厭，仇敵心别離。百十羽翼隨風見，一萬赤面强盛説。千白鳥順風飛，萬赤面乘勢語。人美本西説分明，老虎華美所見妙；人有内秀所説明，虎有□秀所見美。男子怨者決三杖，女□量上□□工。中下語四人判，大女嫁二人決。四五媳行望族上，二五聯璧二五兒，九妹嫁去九族主，十弟分家十父子。姊妹大小妙不同，聯璧柔和兩靈巧。大小妻不同美，同胞弟各自巧。黄牛酥油良驥酪，聚集吞食不衆多；牛紅肉味馬白乳，切割人食各一二。計謀高低帝多説，左右二種暗處聽；格言長短貴人説，南北長者□□□。人計牛羊尋牧者，聚寶黑白本家畜；羊數不定問牧人，馬羊黑白自己財。美麗妙如煙雲角，野獸慧覺虎豹糧。美者不佞天不魘乎？野心不小猴不食乎？白銀黄金污染庫，經緯二種爛衣衫。金銀兩庫污染，絲絹二種穿爛。聚寶馬稻問長者，白稻食品問食客。馬牛若財誰富有？麥子若穗誰果腹？人壽……十地所見妙……不近妻……本源浮屠實不變乃見。少壯之殊怒在筵宴，西方巧子所説不明。有帝工靈東方子，天地名號左右看。本西巧子共市所語能爲帝，尾東巧子本頭末端各自看；西方東方兼有靈巧計謀合，本頭末端二者巧子話頭同。夫婦二種月凹凸，妻壽良劣月與日；夫婦長短助明察，妻面不平巧順隨。柔弱聚集不開礦，與劣相助煉鐵拙；靈巧相助技藝行，與巧相助促其身。本源見到夫婦順，族之與妻不可記；本源聚集不兼頁，夫婦聚集不同胎。志在族獨娶媳，志在妻生兒子。表裏二種聰慧癡，子面不平愚智分。靈巧兒童國不蔽，二五柔弱駿高下。獨子巧國不入，十子弱家不滿。大人本源聰慧計，青礦頭冠語……天前地後倚仗明……乃戴眼界堅。所出皆明白河上，□頭地尾本源明。才男不大勝黃金，天工地案助我腳，妙白衣服細軟堅；良子小小贊如金，天造地設載我脛，細腰龜甲保命全。少壯子驚需長老，助尋靈巧需蛇虎。養子女老時需，尋善友患日用。子匠慧覺不食言，積寶慧覺後不賣；養子有心不食言，養畜有心不取十。頭頂既齊性不衰，助子往昔言不大；頭處方平無矜持，友子當前語不驕。巧貌食肉不穿白，美人飲酒不灑酒；巧貌食肉不清齒，麗人飲酒不唾涕。騎馬不行，蠻地上不寬，小道不勞苦；騎馬不馳，蠻地上高處，尋路不疲乏。飲酒不言□變己，臂力尋杖不搖晃；飲酒不語水及□，□上依靠不傾動。慧思念……念爲語安。地……天下□□新飾乃見方□□□皇天下忠者安。計謀二種執巽風，白十白鶴不大別，讒言惡語可執風，千黑頭離小故；説話淺薄行走暗，一萬赤面慧各異，惡言弱句夜間過，萬赤面離大心。山後羊滿牧雖近，口舌既滿行力弱；坡後羊遠牧歸來，紅舌已遠不許歸。丈夫彎弓伏小獸，行程良驥足牛皮；男弓……

## 新集錦合格言　王仁持

書題又譯"新集錦合道理"或"新集成對諺語"，夏乾祐十八年(1187)。俄羅斯科學院東方文獻研究所藏刻本，影件見《俄藏黑水城文獻》第 10 册第 328—346 頁；又有英國國家圖書館藏抄本，影件見《英藏黑水城文獻》第 2 册第 219—221 頁。原件均有殘損漫漶，今據二本拼配。

### 序

[illegible]

[illegible]

**譯文：**

序曰：今《格言》者，人之初所説古語，自昔至今，妙句流傳。千千諸人不捨古義，萬萬庶民豈棄格言？雖然如此愛信，然因句數衆多，諸本有異，致説者迷惑，而拈句失真，對仗不工。是以德養抽引各書中諸事，尋辯才句，順應諸義，擇要言辭。句句相承，説道於智；章章和合，宣法於愚。是以分説諸義諸事，已然集成《格言》綱目，然題下未完，而德養壽終故去，此本於是置之不彰。今仁持欲□先哲之功，以成後愚利益，故合題下章節，全其序言，而世間……意是非，智者勿哂。

**附：**

克恰諾夫(1974：89—90)譯文：

Предисловие гласит: Нынешние изречения < рождены > людьми. Возникнув в древности из высказываний, они теперь в виде изящных выражений чрезвычайно распространились, и <тысячи и тысячи> людей не <забывают> этикета и справедливости, десятки тысяч и десятки тысяч среди простого народа не отказываются от изречений. И хотя существуют подобные любовь и доверие к изречениям [и] число их все возрастает, <их тексты в разных книгах> отличаются один от другого. Из-за того, что они не собраны, а тех, кто ими пользуется <очень много>, смысл изречений искажается, парность их редко соблюдается. Поэтому Чхиайур, отыскивая во всех книгах изящные выражения, касающиеся самых разнообразных тем, и сообразуясь с их смыслом и назначением, отобрал самые важные и расположил изречения одно за другим, фразу за фразой, ибо мудрецы, излагая принципы истинного пути, добиваются в сочинениях гармонии строф и разделов.

Я, непросвещенный, сообщаю главное: изречения, касающиеся различных тем，были только собраны，и хотя работа не была завершена，Чхиайур скончался，а［его］книга оказалась оставленной без внимания. Ныне［я］，Нджийе，＜беспокоясь＞ о заслугах прежних мудрецов и желая принести пользу непросвещенным потомкам，разместил изречения от начала и до конца соразмерно и по разделам，написал предисловие ... и，завершив дело，［надеюсь，что книгу увидит］свет ... безошибочных мнений не существует и мудрецы не могут злословить о ней.

陳炳應(1993：7)譯文：

序曰：今諺語者，人産生□□，自古時言説至今，妙句流傳……千千萬萬諸人不忘律義，萬萬民庶……不捨諺語……如此愛信，雖……但因詞句衆多，諸書文字差異，説者衆多……詞義不中□，雖集成册，□少，因此，德養□文中引驗種種事，求辯才句，順諸意義，選擇詞語，酌取文句，智者説道，章章和順，愚俗易學。如此，驗説諸事義。諺語本體雖幾集，然首末未全。及德養奉終至死，此本自然擱置暗處。今仁持先……於後愚，□成利益……使首末篇章合，序文具全。

世間……非……意□，智者勿誹。

## 新集錦合格言

[illegible]，[illegible]□□。
[illegible]，[illegible]□□。
[illegible]，[illegible]□。
[illegible]，[illegible]。
[illegible]，[illegible]。
[illegible]，[illegible]。
[illegible]，[illegible]。
[illegible]，[illegible]。
[illegible]，[illegible]。
[illegible]，[illegible]□。
[illegible]，[illegible]［[illegible]］。
[illegible]，[illegible]□。
[illegible]，[illegible]。

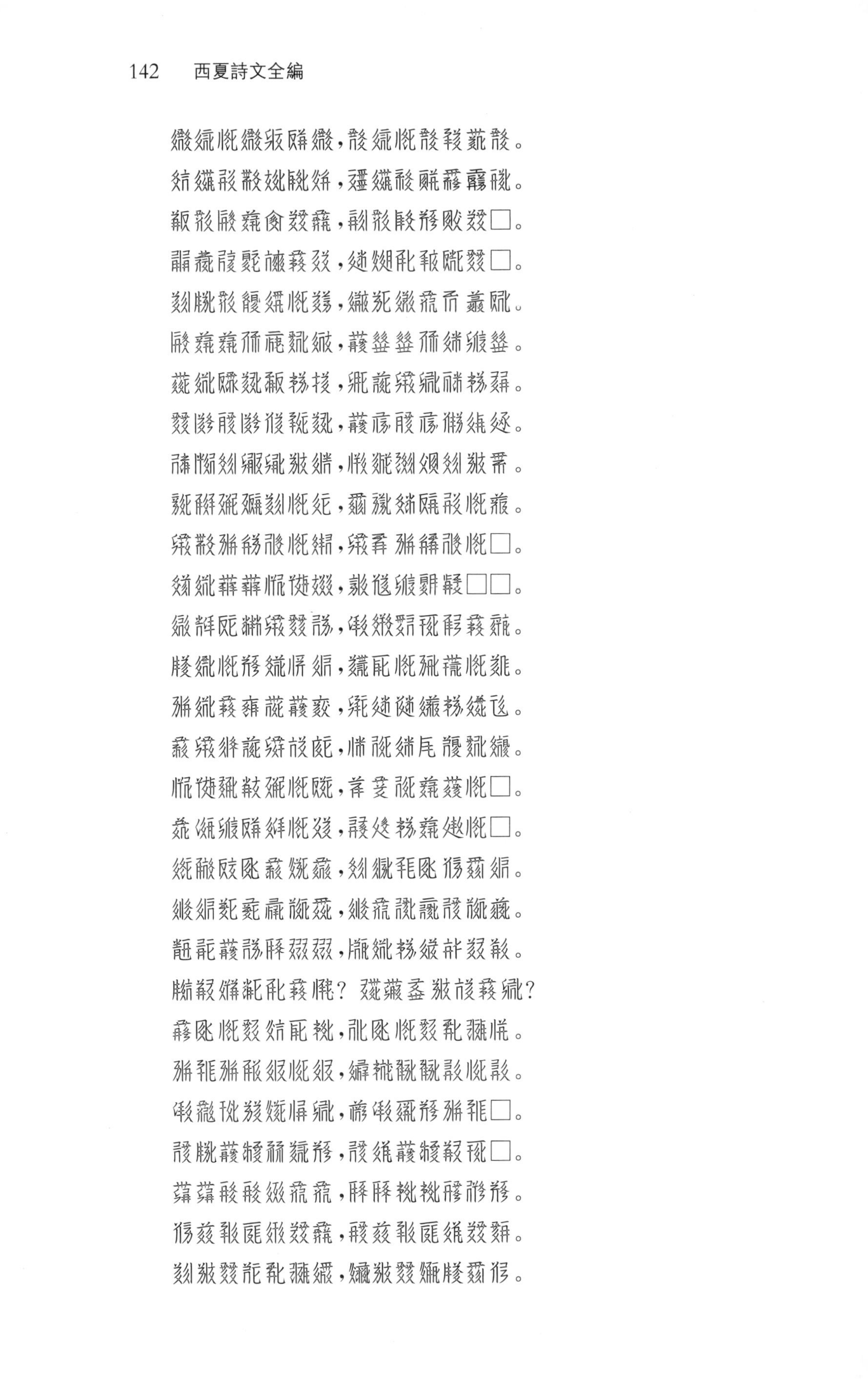

[illegible]，[illegible]。
[illegible]，[illegible]。
[illegible]，[illegible]□。
[illegible]，[illegible]□。
[illegible]，[illegible]。
[illegible]，[illegible]。
[illegible]，[illegible]。
[illegible]，[illegible]。
[illegible]，[illegible]。
[illegible]，[illegible]。
[illegible]，[illegible]□。
[illegible]，[illegible]□□。
[illegible]，[illegible]。
[illegible]，[illegible]。
[illegible]，[illegible]。
[illegible]，[illegible]。
[illegible]，[illegible]□。
[illegible]，[illegible]□。
[illegible]，[illegible]。
[illegible]，[illegible]。
[illegible]，[illegible]。
[illegible]? [illegible]?
[illegible]，[illegible]。
[illegible]，[illegible]。
[illegible]，[illegible]□。
[illegible]，[illegible]□。
[illegible]，[illegible]。
[illegible]，[illegible]。
[illegible]，[illegible]。

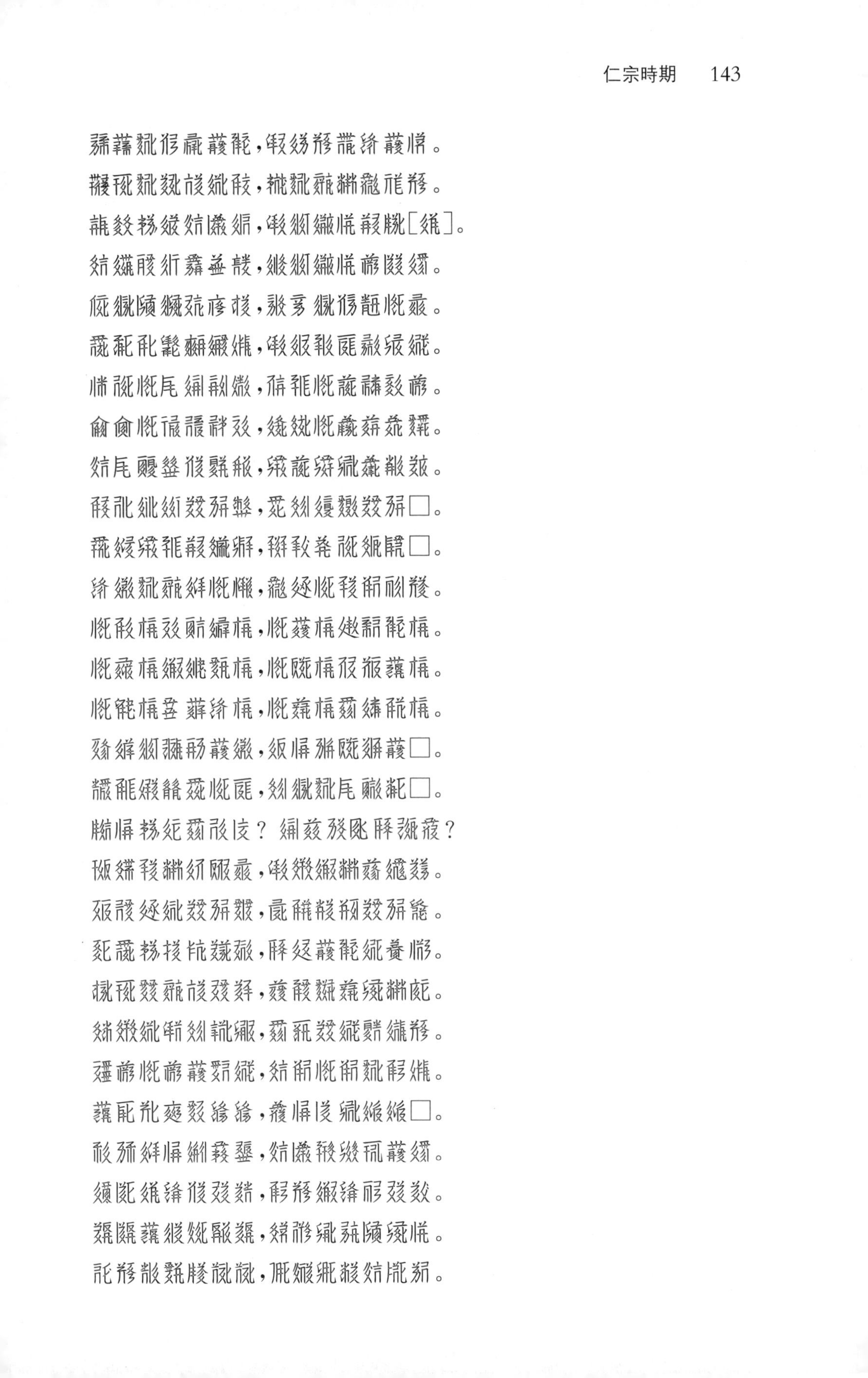

[illegible]，[illegible]。
[illegible]，[illegible]。
[illegible]，[illegible][[illegible]]。
[illegible]，[illegible]。
[illegible]，[illegible]。
[illegible]，[illegible]。
[illegible]，[illegible]。
[illegible]，[illegible]。
[illegible]，[illegible]。
[illegible]，[illegible]□。
[illegible]，[illegible]□。
[illegible]，[illegible]。
[illegible]，[illegible]。
[illegible]，[illegible]。
[illegible]，[illegible]。
[illegible]，[illegible]□。
[illegible]，[illegible]□。
[illegible]？[illegible]？
[illegible]，[illegible]。
[illegible]，[illegible]。
[illegible]，[illegible]。
[illegible]，[illegible]。
[illegible]，[illegible]。
[illegible]，[illegible]。
[illegible]，[illegible]□。
[illegible]，[illegible]。
[illegible]，[illegible]。
[illegible]，[illegible]。
[illegible]，[illegible]。

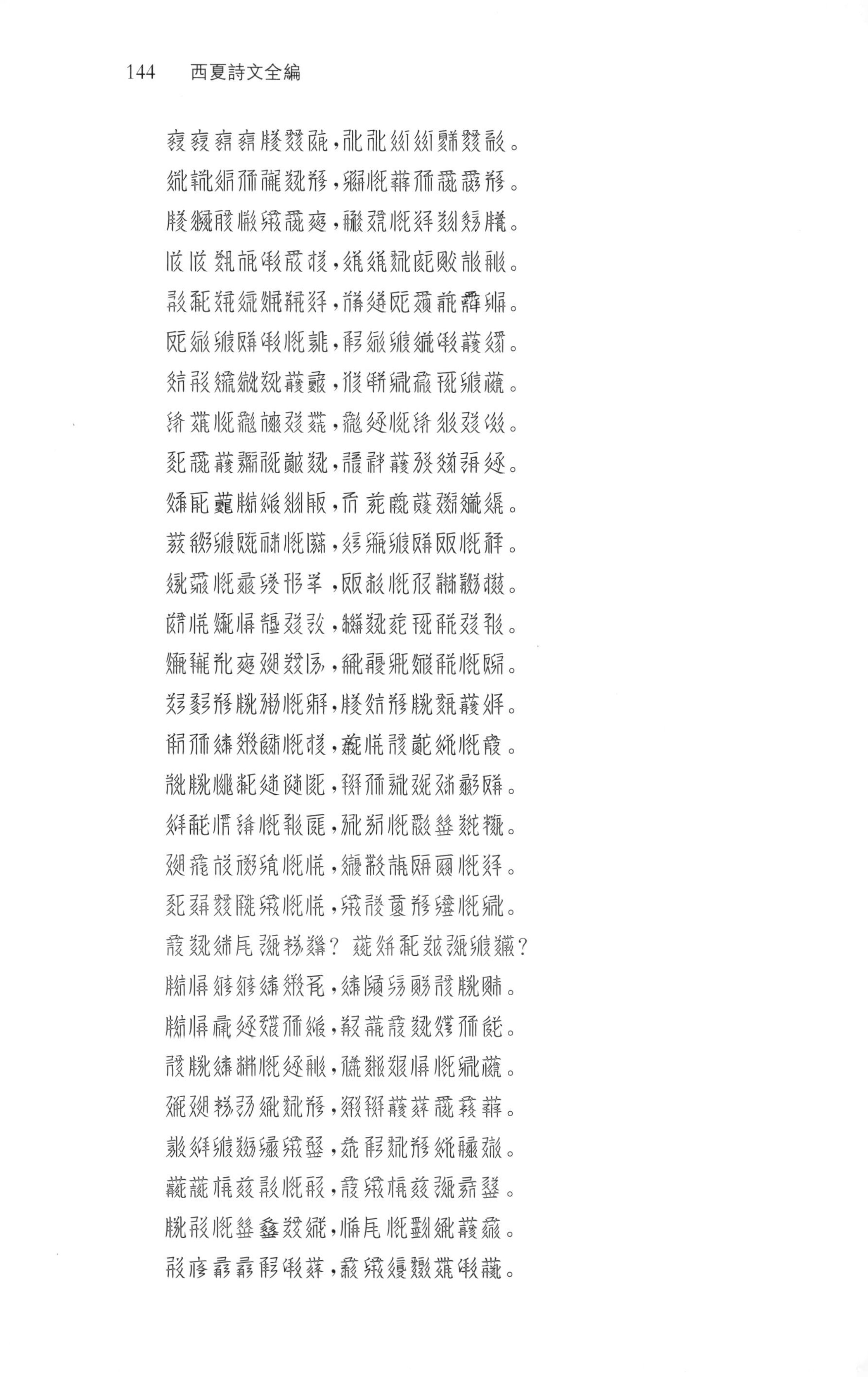

[illegible]，[illegible]。
[illegible]，[illegible]。
[illegible]，[illegible]。
[illegible]，[illegible]。
[illegible]，[illegible]。
[illegible]，[illegible]。
[illegible]，[illegible]。
[illegible]，[illegible]。
[illegible]，[illegible]。
[illegible]，[illegible]。
[illegible]，[illegible]。
[illegible]，[illegible]。
[illegible]，[illegible]。
[illegible]，[illegible]。
[illegible]，[illegible]。
[illegible]，[illegible]。
[illegible]，[illegible]。
[illegible]，[illegible]。
[illegible]，[illegible]。
[illegible]，[illegible]。
[illegible]？[illegible]？
[illegible]，[illegible]。
[illegible]，[illegible]。
[illegible]，[illegible]。
[illegible]，[illegible]。
[illegible]，[illegible]。
[illegible]，[illegible]。
[illegible]，[illegible]。
[illegible]，[illegible]。

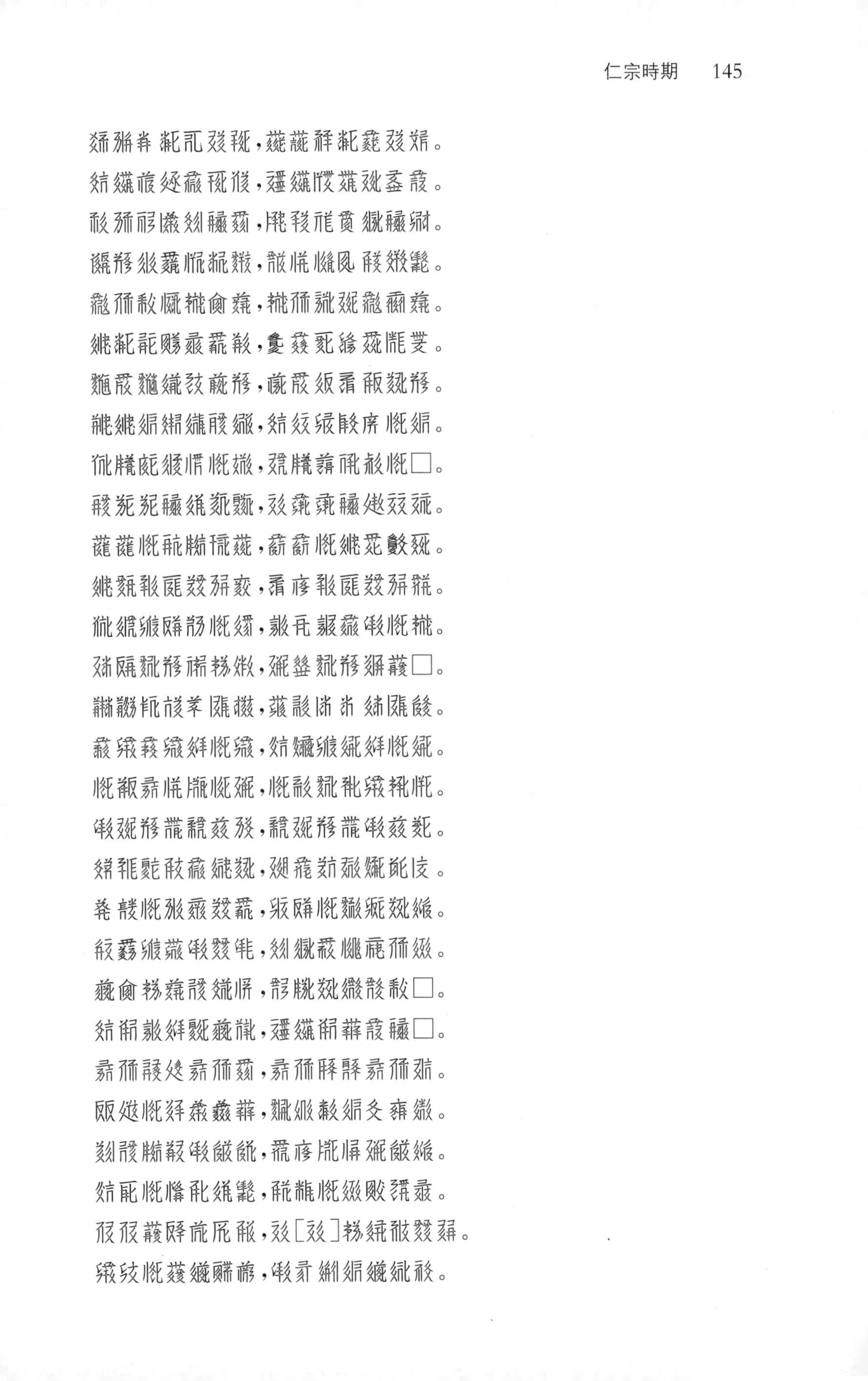

[illegible]，[illegible]。
[illegible]，[illegible]。
[illegible]，[illegible]。
[illegible]，[illegible]。
[illegible]，[illegible]。
[illegible]，[illegible]。
[illegible]，[illegible]。
[illegible]，[illegible]。
[illegible]，[illegible]□。
[illegible]，[illegible]。
[illegible]，[illegible]。
[illegible]，[illegible]。
[illegible]，[illegible]。
[illegible]，[illegible]□。
[illegible]，[illegible]。
[illegible]，[illegible]。
[illegible]，[illegible]。
[illegible]，[illegible]。
[illegible]，[illegible]。
[illegible]，[illegible]。
[illegible]，[illegible]。
[illegible]，[illegible]□。
[illegible]，[illegible]□。
[illegible]，[illegible]。
[illegible]，[illegible]。
[illegible]，[illegible]。
[illegible]，[illegible]。
[illegible]，[illegible][[illegible]][illegible]。
[illegible]，[illegible]。

[illegible]，[illegible]。
[illegible]，[illegible]。
[illegible]，[illegible]。

**譯文：**

大夏文彩句無窮，番之格言説□□。
金樓玉殿皇帝坐，天路雲道日□□。
大象到來河沮滿，日月一出國家□。
祭祀有羊番坡地，追尋有錢漢榷場。
郊野占卜石吉兆，畫角雷劍敵歸伏。
不尊本源相伴導，不敬長輩舌該斷。
天下文字聖手書，地上巖谷龍足跡。
如千白日母温暖，似萬紅月父智明。
人窮志短手頭緊，馬瘦毛長喂不足。
未知地下有金窖，不見山谷□智人。
有財不强有智强，無畜不賤無藝賤。
不孝父母惱禍多，不敬先生福智薄。
不學於巧莫言巧，不曉弱處未爲强。
當學不學學飲酒，當教不教教賭博。
男人大智腰纏寶，女人多子抱金盆。
諸門衣紫未得絹，諸人爲官他不□。
騏驥小鳥同步行，毛驢與馬乃□食。
强勢急來不擇妻，到處有樂牧人飲。
見衣紫衣皆禮拜，見人落座坐其下。
食在樹頂餓斷嗓，水在深井渴乾喉。
已中未中在彼箭，已穿未穿在此羊。
本西日陰雲下避，尾東熱曬日下涼。
夜間犬吠貴人眠，黎明鳥啼智者起。
水大草密蛙不愁，水淺草稀蛙不□。
親家所執羊毛袋，腰間懸掛叉□□。
晾乾米時招水入，婦人守寡閑話來。

不爲周天無威儀，不争計量斗不滿。
纏縛草頭備好料，兔子卧下會躍起。
河水深淺憑魚躍，黑山高低任鳥飛。
羊毛馬鞭狗不食，衣黑袪爛染不□。
殘餘對飲不隔心，補衲衣服不□醜。
汝殺大象河沮空，汝滅日月光熱無。
母女無緣可分離，父子有緣來相聚。
盜賊既入親質證，遷徙既出尋宿處。
帳門檻上能拴馬？碓臼底下豈有足？
汝思不得地程遠，汝急不得逐日來。
草青草黄年復年，少夭老死代復代。
捕捉活人藏墓中，謀害清人青草□。
敬重巧兒爲險境，敬重劣兒門上□。
各房各部計所有，遠遠近近做若干。
伴隨光明不得夜，伴隨强者不知弱。
躋身權貴有日見，宿於冰下待熱天。
等待妝奩女已老，往做功德苦已亡。
置之墳場擲頭腳，臨死之時留活音。
陽氣一出地不硬，福到不分巧劣人。
男子不行濁利場，福緣到來爲清官。
五月國雨行人厭，望夜明月賊不愛。
路遥騎馬見腳力，長年相伴知人情。
黑山不高兄弟堅，青海不深姐妹浄。
綾錦不豔婚姻美，兵器不利親戚堅。
高地有鷺雕翎出，深水有魚釣綸短。
快馬急急無比速，夏日遲遲無比□。
龍欲青水何時盡？虎躍黑山幾時□？
死往樂處心不疑，生者復主志禄全。
不飾即美青少年，不染即醜老與窮。
不害即弱病與瘦，不食即甜睡與暖。
不負即重債與死，不穿即暖族與畜。

主人有福奴即樂，口内食草尾即□。
秋駒奔馳母隨後，日月雖高天上□。
帳内起身云何暖？與兄不和誰與親？
大喉主中舌嘗味，賤女人中夫擇妻。
所在千人德不等，所捕萬畜色不同。
沙路斷絶有糞跡，舊親已老計本能。
冰上行走不著靴，穿皮斗篷雨中行。
雌鳥低頭日偏陰，冷暖不明鳥先知。
女貞不貞看守寡，男志不志説話明。
修造火欄有變化，手入釜中□傷害。
至親有災心中跳，地硬蠍子長成蛇。
開弓無力莫放箭，説話輕賤勿出言。
火石打火燃烽燧，群鴿起雲國雨降。
做氈揚穀天各異，挖坑鑿井地宫同。
寬寬鬆鬆天可祐，急急忙忙鬼來逼。
未免頭偏置牀枕，無有渡口修道路。
天雨未來修水道，不付辛勞識權貴。
操行粗鄙人見厭，舉止孱弱人欺淩。
長壽衣服有補衲，夫婦食饌共菜粥。
食過再飲人不餓，話過再聽乃爲人。
男雖有智惑於愚，箭雖有功留於山。
死地後生勿隨去，生地後死神不留。
沙路火滅獨處黑，争執婚姻在媒人。
山谷鬼廟凶日祭，牧人竹笛閒時吹。
雖食蒺藜顎不破，雖飲乳酪唇不白。
顔美不愛酪漿汁，唇小不甘苦蕖苦。
敵來谷中勿播種，哨卡口上勿放牧。
修造住所狼不入，牧場鑿井畜不渴。
巧作格言無窮惱，巧做活業瘦至亡。
有志族女不厭嫉，戰來獨子不惜命。
獵鷹跟隨射兔子，老虎面前狐飲酥。

若非同心不相伴，不是同志換坐次。
老狼雖哭不掉淚，大鳥雖嚼没有牙。
擠壓乾沙不來水，過濾清水没有渣。
壘石高低誰測度？植樹長短誰丈量？
帳内清净族女勝，家國皎潔善男功。
女住帳内妯娌惡，石置門旁磚瓦災。
勇男不住族中損，利器不在匣中入。
狼狗發狂聚成群，降服虎豹路上執。
腹心相結水乳誼，共相話語比命貴。
壽如松柏無限量，誰似石水各不齊？
智勇不坐不成會，頭羊不在不成群。
智者愷悌語服人，河水徐徐載行人。
瑞草樹上勿塗毒，白梅樹上勿施朱。
男子贅婿山上箭，女子嫁去江底石。
至親言剛暖於日，家主聲柔涼於月。
設宴祭神宰羔羊，寇來汝追騎牝馬。
生有威儀死錦衣，死有情面生孝服。
妄稱有病尋歡樂，詐遇蛆蟲隨母奔。
見瘡應塗疥藥末，見眼不得置口嚼。
無疾病居前不過，勇健男官位不失。
識禮行巫不稱非，識事決斷不入亂。
强者拙勝弱者敏，美者鈍勝醜者才。
吱嘎不折造房木，呻吟無病夏鴛鴦。
病瘦相伴脱不得，乞者相伴乞不得。
所飲量多不爲過，腹半胃空人不死。
狐一嚎叫氣欲絶，狗一蹲坐尾即□。
苦蕖之根自幼苦，豺狼之崽從小臭。
河水淤塞心不塞，凍土已化心不化。
不唤自來屋後犬，不驅自去水外牛。
去得人面不争財，去得財面與人離。
鴿子展翅在山邊，老狼足跡在谷中。

山行無杖不安步，飲酒不謙害於飲。
人驚彗星已出現，皆測羅睺掩日月。
衣父之錦子顯貴，學於良師徒威□。
男有心志父爪牙，女執婦志□于石。
自己補衲暖自身，自己親戚善自身。
没有鬍鬚執鑷子，雖無大腹腰帶寬。
權貴宅門人疥癩，財主家中狗惡災。
不量地程騎弱馬，不測畜高尋配種。
喂以甘甜耳垂白，覆以華美下體乾。
水晶不染是體浄，人身無禍是德忠。
不擇良師父無智，不正所學子費心。
無德富貴天中雲，無道斂財草頭露。
不敬有智敬華服，不愛守信愛守財。

[illegible]
[illegible]
[illegible]
[illegible]
[illegible]
[illegible]
[illegible]
[illegible]
[illegible]
[illegible]
[illegible]
[illegible]
[illegible]
[illegible]
[illegible]
[illegible]

[illegible]，[illegible]。
[illegible]，[illegible]。
[illegible]，[illegible]。
[illegible]，[illegible]。
[illegible]，[illegible]。
[illegible]，[illegible]。
[illegible]，[illegible]。
[illegible]，[illegible]。
[illegible]，[illegible]。
[illegible]，[illegible]。
[illegible]，[illegible]。
[illegible]，[illegible]。
[illegible]？[illegible]？
[illegible]，[illegible]。
[illegible]，[illegible]。
[illegible]，[illegible]。

**譯文：**

有格言則説話不怯，有牛馬則食飲不乏。
未曾有兒時貴長者，長大既往則惜幼小。
親上親侄媳與姑坐，熱上熱設帳朝南曬。
捕不當捕捕是性怯，打不當打打是心毀。
盲星上看亮看不清，焚草處取暖不得熱。
是非語快如鳥有翼，利害意傳如駿馬馳。
腐肉不剜去瘡不愈，芒刺不拔除跛不休。
罪過既大親難相助，大水將漲灘未增廣。
狼犬足跡霜露掩蓋，牛羊足跡小鼠填埋。
虎豹威儀狐毫所出，水深葦長老馬所棲。
孤羊無乳遍處尋食，樂處坐下苦處抽身。
汝酥汝飲我心我能，汝絹汝衣我脊我柔。

先哭不哭屍除乃哭，先鳴不鳴母孤乃鳴。
君子不變心于憂惶，水晶不染色於淤泥。
十袋鮮果不去換食，有十女不脱孤獨名。
族親姻親久未來往，近鄰相愛我等稱揚。
欄不滿此方取不得，碗不滿此方飲不得。
地子天婿婚姻儀盛，天女民婦宗族禮高。
想要大畜肥羔進入，想要大婚賤婦來求。
不多放鹽巴湯不鹹，不磨掉米糠飯不甘。
人後有人人未嘗弱，座後有座坐未嘗低。
父叔軟語獨子稱頌，母姨低頭小女自謙。
二月三月不吃借食，十一臘月不穿貸衣。
所賣所利不去交易，盲人開眼不得睡眠。
澤邊蛙臉上没有羞，夏蜣螂皮下没有血。
人殘婦醜有勝有敗，人弱人劣有聚有藏。
親者莫好於父母親，肉者莫甘於骨上肉。
有心求畜卻坐座上，捕罰罪人卻另執馬。
公雞不在天不曉乎？女人不在灰不棄乎？
日皆不日馬馳日好，夜皆不夜婦來夜好。
劍頭黄金不在土中，細線綿軟不取草中。
鳥過空中啼爲二種，黄羊馳谷姿態不一。

[illegible]
[illegible]
[illegible]
[illegible]
[illegible]
[illegible]
[illegible]
[illegible]
[illegible]

[illegible]

[illegible]

[illegible]

[illegible]

[illegible]

[illegible]

**譯文：**

千星已現我明星未見，萬人已飲我親主獨缺。

千羊中生瘡則引蛆蟲，萬牛中有椿則持行蹤。

兵速壯男未曾不能拒，語速智人未曾不能答。

多風大山不動是山高，多水大海不溢是海深。

斜牛角在頭上礙於目，黑鬼屋在險處害於狂。

離開舅父我不再有骨，離開娘娘我不再有腸。

既乏爲捶腿即令長奔，無奶爲拍乳即出一碗。

小姐我爲你蓄了鬍鬚，爹爹我爲你梳了髮髻。

避戰不相伴則命必斷，惜食不相助則畜必絶。

子巧於父未捕捉其意，耳長於角未遮擋其目。

手腕雖已斷所握不放，男根雖被踢尿未曾失。

睫毛雖被拔目未曾瞬，當面雖被説心未曾悔。

帳門被拉起未曾置氈，衣襟被掀起未曾有褲。

汝雖變姓名我知住處，衣服可改小顯汝人高。

汝能養則汝可生百子，汝能行則汝可行千年。

[illegible]

[illegible]

[illegible]

[illegible]

[illegible]

[illegible]

[illegible]

[illegible]

[illegible]

[illegible]

[illegible]

[illegible]

[illegible]

[illegible]

[illegible]

**譯文：**

愛奔步短，笨黑熊恃堅穴；願飛翅缺，山石雞據險地。

子互相愛，十日程爲一日；住處心惱恨，住近亦遠離。

富而多畜，生禍男終會盡；貧而無財，産福子富不遠。

天頂誘飛鳥，一舉落手上；父母杖兒女，抽身而逃避。

日月空中轉，光明在地上；河海地上流，水尾灌諸邦。

善男住此處，名號四野贊；駿馬關欄内，足跡在他邦。

腿腳未安爲群首，誰所驅？ 脛未生肉立山頭，何所食？

男人之盔甲非生於骨上，畜馬之肥胖非懷於母腹。

心中厭白雪，未嘗食白酥；心中厭黑火，未嘗履黑土。

十價駿馬，一賣出值降下；母家住女，一過門即成寡。

不問吉之意，當問凶之意；虎豹不留蹤，蜣螂有痕跡。

有如夏赤水，雖然可上漲；有如春薄雪，消融可出行。

有如雄雕，雖低飛但仍高；有如鵶鵂，瘦而能顛倒飛。

鳥足牛頸奴頸以短爲好，鷹足馬頸女頸無有長日。

有如五月駱駝憔悴而墮，有如十月黑鹿隱隱而出。

[illegible]

[illegible]

[illegible]

[illegible]

[illegible]

[illegible]
[illegible]
[illegible]
[illegible]
[illegible]
[illegible]
[illegible]
[illegible]
[illegible]
[illegible]

**譯文：**

老馬無齒我不賣，因知性情；瘦羊乾癟我不食，因面前酥。
白高河名非我所説，白地開；十級墓頂非我所造，尖頂缺。
美顔既顯，服羊皮裘不爲醜；善名既定，坐於末位不爲卑。
婦人紡線，懸線於繩讓人看；男子格言，酌意於心讓人想。
燃燒火旺，執之不曾灼人手；律令謹嚴，浄人不曾得罪事。
白日紅月，明暖相續摧年少；黄冬青夏，美醜交馳衰老來。
食肉飛禽，雄心雖止不相伴；食泥飛禽，怯心雖斷也成群。
女人妒，你也厭她我也厭她；山間蛇，你也怕牠我也怕牠。
不安而隱藏，鹿角叉已露出；自信則顯現，虎豹皮人驚悚。
草下鶴鶉往爲雁鳴，口破裂；茅中兔子往爲羊跳，腰閃折。
螞蟻雖健，與獅子王不相像；蒼蠅雖飾，與金翅鳥不同形。
鵶鴝老鴟，若來面前皆瑞象；小女大女，語言和睦皆人友。
巧舌辯才，難以欺詐老汙口；萬千駿馬，無處逃離黑死病。
草下鶴鶉謂飯已酸，實酸乎？尖頭黑鳥謂天已曉，實曉乎？
叔侄兄弟，既無所得助空言；婆母妯娌，既無所送執空碗。

[illegible]
[illegible]
[illegible]

[illegible]

**譯文：**

收集衣物，積聚財寶，無不借貸；提升官位，拓展宅院，不減器皿。

權當衣物，魚卧冰下未嘗覺寒；權當草料，駱駝吃蒺藜不刺顎。

空中黑雕，雖下大雨不去樹下；水間鵚鶬，盡力而飛不至天上。

米中有石，燒煮百年不會成飯；心中有惡，修煉萬藝不能得道。

[illegible]

[illegible]

[illegible]

[illegible]

[illegible]

[illegible]

[illegible]

[illegible]

**譯文：**

男喂馬，起初不喂騎時喂，思莫及；女省食，起初不省煮時省，測未及。

男休惱怒，欄頭長牧草，天更下雨；女休惱怒，蒺藜牧草生出，牛有乳。

千羊毛風吹去，春毛風吹剪秋毛；百牛乳狗喝去，早晨喝去中午擠。

盛世白高三種來，牧農二，商其三；貧困黑險三種往，盜詐二，賭其三。

除西天黑可除，祖公黑臉不肯除；破赤銅銚即破，婆母紅口不肯破。

男人謀子，半獨謀半不獨，無所言；婦人喂女，半水食半無水，無所入。

我寧被險境虎噬，不被溝内狐食；我寧與能人哭泣，不與賤人嬉戲。

二山中間麞出生，母高高，子纖纖；江河澤畔蛙出生，母均均，子匀匀。

[illegible]，[illegible]；[illegible]，[illegible]。

[illegible]，[illegible]；[illegible]，[illegible]。

[illegible]，[illegible]；[illegible]，[illegible]。

[illegible]，[illegible]；[illegible]，[illegible]。

[illegible]，[illegible]，[illegible]；[illegible]，[illegible]，[illegible]。

[illegible]，[illegible]，[illegible]；[illegible]，[illegible]，[illegible]。

[illegible]，[illegible]；[illegible]，[illegible]。

[illegible]，[illegible]；[illegible]，[illegible]。

[illegible]，[illegible]。

[illegible]，[illegible]；[illegible]，[illegible]。

[illegible]，[illegible]；[illegible]，[illegible]。

[illegible]，[illegible]；[illegible]，[illegible]。

[illegible]，[illegible]；[illegible]，[illegible]

[illegible]。

[illegible]。

**譯文：**

腫喉白鳥地上坐，心欲得蛙一目斜；雲間雕落即見影，地上虎在相視喜。

駿馬十價騎士劣，脊折足斷名未出；女人千價主人貧，舌箭齒杖雜嫉妒。

女臨死境當脱險，不速脱險爲災禍；巧女爲妾當入室，不速入室愧齒折。

自身自貴黑頭鶴，射而不中飛得高；自作自賤灰兔子，衆人面前灰中滚。

父强，弱子坐父上，父既死則掉下來；父弱，强子在父下，父既死則出其上。

父强，强子寬父住，父去世後立父舍；父弱，弱子逐父出，父去世後增父醜。

不貴食饌少許盛，口齶竟不得濕潤；估量衣服窄小裁，臂穿入而礙於肩。

犛牛皮内裝填草，放置灘中牛不嗅；貓兒皮内裝填餅，放置庫中鼠不鑽。

並非我未曾見白浮屠頂上除鳥糞，並非我未曾見紅公雞頭上拔頂冠。

劣男頭上敵人來，頓首捶胸箭一支；賤女帳門客人來，嘖舌搔喉水一瓢。

母羊赤驢生白羊，於心不喜算清楚；能父美母生賤子，見時生厭惜惺惺。

來客尚在已羞愧，童子其中打而放；行者既往送食糧，主家馬驢心所欲。

新婚三日蜣螂頭，一爲親養腿瘦削；風雲兩邊雷聲大，當來不來頃刻間。

宰殺羖攊分十二，所置不誤皆冤家；獨賣骨頭計親眷，依禮放置皆信伏。

[illegible]。

[illegible]。

**譯文：**

善男所去狹地樹中，黑鹿去不障其角；劣男所去寬平地内，蠍子去則障其尾。

對親戚間言不由衷，今晚明晨亦相惡；對厭惡人出語不惡，以後生活會相遇。

[illegible]。

[illegible]

[illegible]，[illegible]。

**譯文：**

不專爲救國男屠宰，則與灰狼赤狐二種同；不專爲懷孕畜供食，則與不見霜雹無分別。

勇者求勇，谷口虎一時相遇不互咬者，相愛；敬者求敬，宴上客一日同坐言不惡者，相惜。

[illegible]，[illegible]，[illegible]；[illegible]，[illegible]，[illegible]。

[illegible]，[illegible]，[illegible]；[illegible]，[illegible]，[illegible]。

**譯文：**

人所敬仰，豹皮袋囊虎皮包，放置於庫美豔豔；人所賤者，牛皮袋囊犢皮包，放置路上灰乎乎。

一時和合，可以享樂卻不喜，多行仁德讓中讓；福緣未至，正在受苦卻不嫌，常持淨道益中益。

[illegible]，[illegible]。

[illegible]，[illegible]。

[illegible]，[illegible]。

[illegible]，[illegible]。

[illegible]，[illegible]。

[illegible]，[illegible]。

**譯文：**

巧妮妮，美爲婚。

牧而卧，草倒伏。

賊招供，賭負債。

兔子逃，避人言。

彌藥狂，天地狂。

善心同，爲德同。

**譯文：**

冰融水現，雲消月顯。

富貴安居，綾錦避雨。
親戚勝善，婚姻重大。
賢聖最近，日月親戚。
修治網頭，拂試筆尖。
蹴蹴踏踏，鳴聲發發。
拂拭吉室，修造神宫。
作大不急，徐徐遠行。
苦一歲犢，罰一歲羔。
善後惡隨，美遮醜立。
雷聲殷殷，電光耀耀。
銀肚已共，金乳必同。
所惜美服，所省甘食。
拂拭族耳，建立父威。
兩妹美目，兩弟財心。
兄弟相繼，珠粒連連。
虎豹威儀，黑鹿顯貴。
鶺鴒歸命，雛鳥伸頸。
松柏茂盛，蒲葦空虚。
自贊則醜，顧影則美。
食在下首，言在上首。
欺騙童蒙，幫助坦蕩。
坡頭築室，樹下置氈。
既受父禄，則守福道。
一呼皆在，一算皆全。

[illegible]，[illegible]。
[illegible]，[illegible]。
[illegible]，[illegible]。
[illegible]，[illegible]。
[illegible]，[illegible]。
[illegible]，[illegible]。

[illegible]
[illegible]
[illegible]
[illegible]
[illegible]
[illegible]
[illegible]
[illegible]
[illegible]
[illegible]
[illegible]
[illegible]
[illegible]
[illegible]
[illegible]
[illegible]
[illegible]
[illegible]
[illegible]

**譯文：**

空中鳥不群，地上智不孤。
山頭樹不凍，水中石不濯。
臨喝水掘井，十户已渴死。
騎馬山峰上，下馬在泥中。
欲言眼已閉，欲飲腹已脹。
愚童訟權貴，野馬制於繩。
流水深處闊，博學聲不高。
熱天去對日，親眷再加親。
所置滿當當，一挖空蕩蕩。

善心中涕泣，美悲淚流出。
下雨勝天陰，好言勝予物。
自視不見鼻，背後抓著尾。
細毛料可續，粗毛料無毛。
還價畜匱乏，爲食腕斷絶。
不看頭看尾，不敬大敬小。
十羊有肥者，兩家有智者。
自驕無朋友，獨飲不邀伴。
汝强獨自强，汝哺獨牛乳
善禳不自禳，明燈自立影。
人戲趕忙戲，馳馬放開馳。
不喚自己來，不趕自跑開。
意自口内出，擔心在身上。
縫衣之針線，衣服之領襟。
雲端旌旗舉，風角寶劍懸。
嫁去不貢奉，宰羊不潤刀。

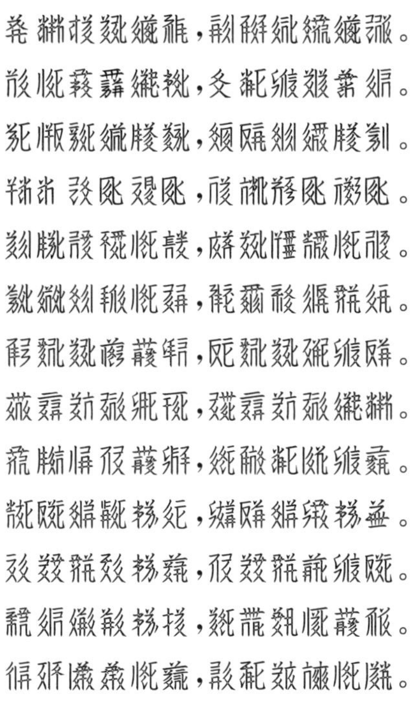

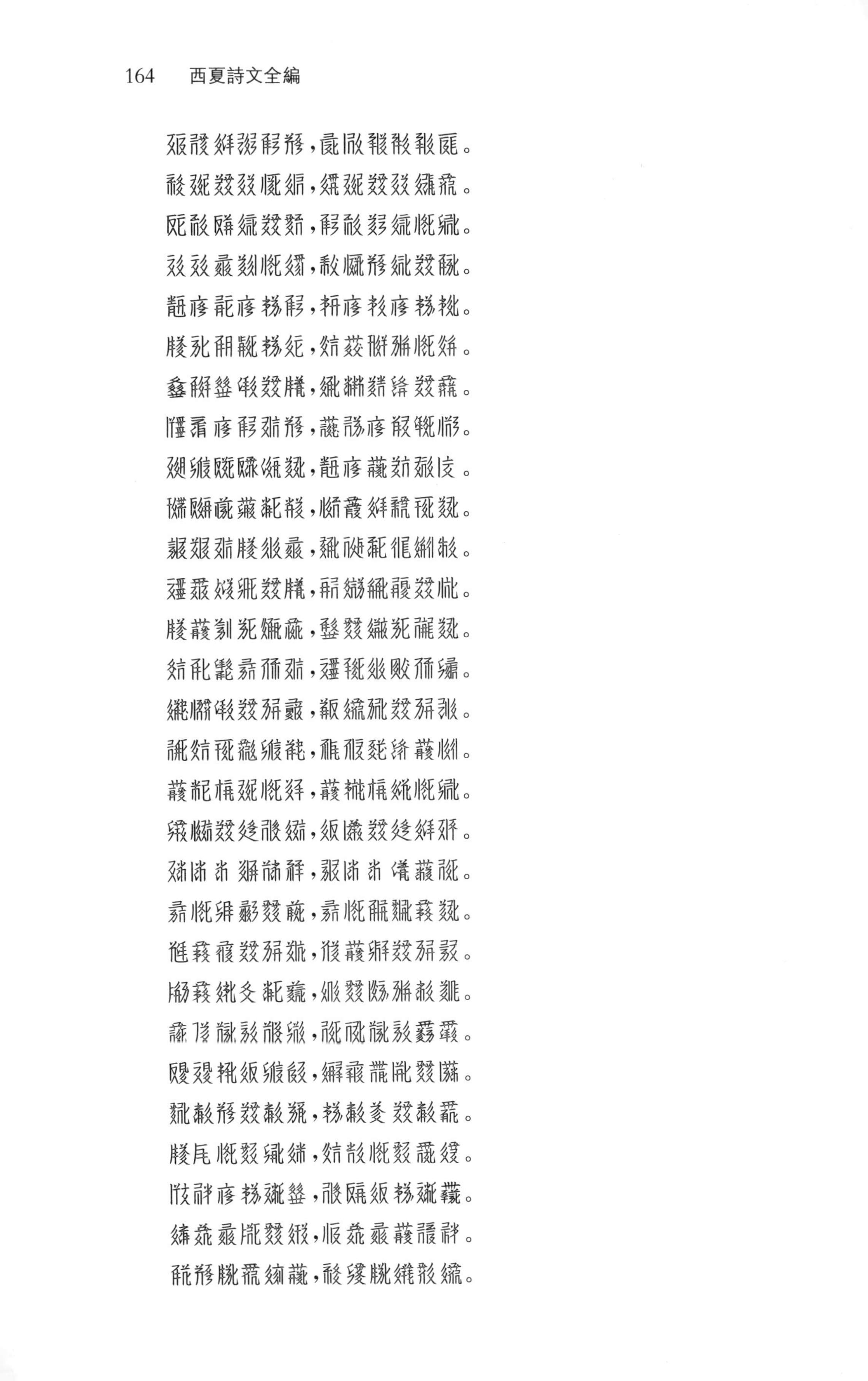

[illegible]，[illegible]。
[illegible]，[illegible]。
[illegible]，[illegible]。
[illegible]，[illegible]。
[illegible]，[illegible]。
[illegible]，[illegible]。
[illegible]，[illegible]。
[illegible]，[illegible]。
[illegible]，[illegible]。
[illegible]，[illegible]。
[illegible]，[illegible]。
[illegible]，[illegible]。
[illegible]，[illegible]。
[illegible]，[illegible]。
[illegible]，[illegible]。
[illegible]，[illegible]。
[illegible]，[illegible]。
[illegible]，[illegible]。
[illegible]，[illegible]。
[illegible]，[illegible]。
[illegible]，[illegible]。
[illegible]，[illegible]。
[illegible]，[illegible]。
[illegible]，[illegible]。
[illegible]，[illegible]。
[illegible]，[illegible]。
[illegible]，[illegible]。
[illegible]，[illegible]。
[illegible]，[illegible]。

[illegible]，[illegible]。
[illegible]，[illegible]。
[illegible]，[illegible]。
[illegible]，[illegible]。
[illegible]，[illegible]。
[illegible]，[illegible]。
[illegible]，[illegible]。
[illegible]，[illegible]。
[illegible]，[illegible]。
[illegible]，[illegible]。
[illegible]，[illegible]。
[illegible]，[illegible]。
[illegible]，[illegible]。
[illegible]，[illegible]。
[illegible]，[illegible]。
[illegible]，[illegible]。
[illegible]，[illegible]。
[illegible]，[illegible]。
[illegible]，[illegible]。
[illegible]，[illegible]。
[illegible]，[illegible]。
[illegible]□，[illegible]。
[illegible]，[illegible]。
[illegible]，[illegible]。
[illegible]，[illegible]。

**譯文：**

山中積雪者高，人中有德者尊。
背後回顧家遠，檢查腰間無刀。
夜聞鹿鳴天曉，晝見鵑啼天晚。

牽牛犢汝歡喜，爲腳踏汝哭泣。
壯勇男不遊春，婆家女不遊秋。
晚夕日曬不乾，老時子難得利。
所置言争吵忘，所置食被狗食。
畜槽痕跡井上，碓磑痕跡家中。
富家内甘食絶，大象身肉已盡。
食麵時風乍起，飲漿時水已濁。
不得美即穿縷，不得甘即食菜。
無財常尋即斷，依次舉止已失。
屍軟鋼鐵不纏，壽長步短不繼。
千子同心出言，萬牛成雙相伴。
子不平等無禮，妻不平等有儀。
食少所飲不飽，話少所説不多。
愛美麗不爲貴，顯威儀莫過德。
盜賊騙子一語，買者賣者一價。
天邊灰風乍起，地邊黑草不生。
坐衆中人不識，放群中出不得。
求媳者説好話，在野人計苦衷。
狼已食置殘羹，盜賊執有足跡。
貪吃注目於碗，貪吝置心於財。
胃囊好天神愛，馬鞭長災鬼畏。
婦飲牛不識井，男子牧不知時。
天已晚則寢宿，氈既至則置枕。
男騎馬自己好，婦擠奶惜他人。
家多人未嘗惑，户衆意未嘗失。
生而居陸地上，死則棄紅地獄。
既恥没有兩面，既死没有兩命。
水雖劣而蛙好，嘴雖硬而心慈。
狐小但尾尖白，熊小但耳根黑。
油可塗不自潤，膏可置不自肥。
肝雖墮而不倒，箭雖盡而不降。

腸若出腰上纏，肚若穿充以草。
彎刀前端斜曲，黑額前端戴星。
嘻笑而致嘴裂，回首而致脊傷。
已做非即可做，欲做非即安穩。
雲下不覺天高，路窄不覺地寬。
彈毛者坐一順，蛙鳴嘴向一方。
族相愛家住近，親相愛乃爲婚。
善養畜持富名，善養子貴人衆。
雲既去天即明，土既揚石即在。
白石粒不錯亂，黑谷河不改變。
雨來風雲開端，做弓做袋相連。
白霄親舅心柔，黑土愛甥聲軟。
千灰禽捕食敗，萬赤面造罪苦。
相伴導命成雙，相歡喜壽延長。
泉源薄飲不盡，繩索乾續不斷。
諸人不在無禮，家人不在往行。
作巧面慕中失，作美光空中往。
同赴死不惜命，相接應不轉身。
禄薄忠於官事，婦醜貞於丈夫。
鳥坐挺胸向風，魚卧迎頭向水。
子腳母步先後，巧頭美鳥尋歡。
愛天與地之闊，合水與草之狂。
鹿角高露草頂，雲天中求異人。
千白鳥鳴不似，九猢猻面不同。
所遣人不惜命，所放箭不擇地。
紅鷹一叫即賤，媳婦一逃即醜。
權貴説共同做，十杖連一併打。
趕路程有志到，劍長短有功强。
無憂思則發胖，無苦樂則腹寬。
水澄清則□茅，選擇善則聞美。
人值日狗值夜，牧白缺見黑草。

針孔内穿進線，婚室内坐新娘。

諺語句我已集，好壞語你自取。

**附：**

克恰諾夫(1974：90—124)譯文：

Церемонии и изящные выражения [тангутов племени] лхи неисчерпаемы, Изречения [тангутов племени] ми употребляют <с давних пор>.

В золотой башне, в яшмовой дворце Небесный владыка восседает, Небесной дорогой, облачным путем солнце <и луна плывут>.

Большие слоны пришли, реки и болотистые низины [ими] полны, Солнце и луна взошли, всю страну <своим светом озаряют>.

Имеющий овец, режет скот в горах тангутской земли, Имеющий деньги ищет [выгоды] в торговле с китайскими купцами.

Когда любуешься дикими горами, где [переплетаются] камни да корни, — всю прелесть [их] сочетания постигаешь; Когда слышишь победные звуки рога, звон оружия, — понимаешь, что враг покорился.

И незнатного в попутчики себе бери, И с простою старушкой речь заводи.

В Поднебесной письменные знаки написаны рукой мудрецов, На земле овраги и ущелья — следы драконов.

Материнская красота жарче тысячи белых солнц, Отцовская мудрость светлее десяти тысяч красных лун.

Обеднел человек — и желания [его] ограничены и руки короче прежнего [стали], Одряхлел а лошадь — и шерсть [у нее стала] длинная и корму [ей] не дают.

Не знал, что под землей золотой клад хранится, Не видел, что по ту сторону ущелья мудрец <находится>.

Не тот силен, кто богат, а тот силен, кто умен, Не иметь скота — не стыдно, занятия не иметь <стыдно>.

Не почитаешь отца с матерью — страдания и несчастья увеличатся, Не уважаешь учителей и наставников — благополучия и знаний <не прибавится>.

О том, кто у доблестных не учится, кто скажет, что он доблестен? Тот кто слабым не помогает, разве похож на сильного?

Тому，что должно учить，не учишь — вино пить учишь，Тому，чему должно обучать，не обучаещь — воров — ству обучает.

Обширные знания благородного мужа — залог богатого погребения. Дети благородной жены — золотые [лучи]，рассеявшиеся по свету.

Семьями в пурпур одевать — тафты не напасешься，Скольких людей чиновниками ни делай — остальных не <обрадуешь>.

Поступь доброго иноземного коня и [полет] совы одинаковы，Ослы и лошади едят <один и тот же> корм.

Сколько ни старайся，силой и знатностью любящей жены не приобретешь; Куда ни приди，если [станешь] предаваться [лишь] удовольствиям，кто же будет кормить скот?

Одетому в пурпурные одежды все кланяются，[По сравнению] с теми，кто уже сидит，[остальные] ниже садятся.

Еда на вершине дерева есть，а глотку [от голода] свело，Вода в глубоком колодце есть，а нёбо [от жажды] пересохло.

Попала стрела в мишень или нет，[она] лежит там，Насквозь прострелена антилопа или нет，а [она] лежит здесь.

На западе солнце прячется за облаками，А на востоке и под теплыми лучами солнца прохладно.

Ночью глухой собака задает — знатный [с постели] не встанет，Утром ранним льются звуки свирели — мудрец не спит.

В большом водоеме с пышными водорослями лягушкам плохо，В мелком водоеме с редкими водорослями лягушкам хорошо.

Мешок овечьей шерсти приобрел — [все равно] что родного приобрел，Вертел обливал — [все равно] что живот жирным мясом набил.

В блюдо，приготовленное из сухого риса，воду наливают，Одинокой женщиной все помыкают.

Небо не взимает податей，а могущество его не убывает，[Если] не спорить о количестве — меры не наполнишь.

Траву подвяжешь — она расправится，Зайца положишь — [тотчас] вскочит.

Мелкая река или глубокая — рыба [в ней] непременно заведется，Низкая гора или высокая — птицы прилетят [к ней].

Лошади овечью шерсть，а собаки веток не едят，Если черное платье наденешь — грязных пятен не будет <заметно>.

Допил остатки после друга — не противно，Некрасивое платье надел — уродом не <станешь>.

Большого слона убьете — реки и болота опустеют，Солнце и луну погубите — света и тепла лишитесь.

Дочери с материнским родом разлучены несправедливо，Сыновья с отцовским родом встречаются с полным правом.

Вор и лжец сразу друг друга узнали，Путник появился — пристанища на ночлег ищет.

Лошадь привязывают у порога юрты，Пест прячет ногу в ступке.

Любишь — и далекие расстояния не помеха，Спешишь — и целый день в пути [проведешь].

Травы зеленеют и увядают — увядают год за годом，Молодые умирают и старятся — старятся поколение за поколением.

Живых людей хватают — [как] в могилы прячут，На невинных людей клевету возводят — [все равно что] зеленую траву <выжигают>.

Доблестный сын возмужал — скалы опасные преодолеет，Слабый сын вырос — [только] за ворота <выходить>.

[Между] времяпрепровождением в гареме и службой есть разница，Близкое и далекое соразмерить можно.

Мрак со светом вместе быть не могут，Слабый с сильным дружить не могут.

К знатному в кабалу попал — дни считаешь，В стужу попал — ждешь теплой погоды.

[Пока] приданого ждали — невеста состарилась，[Только] продвигаться по службе начал — смерть пришла.

На погост положили — ног и головы лишили，Среди мертвых бродить — живым плакать.

Как только стихия *ян* исчезнет — земля потеряет твердость, Человек богатства добился чем: подлостью или благородством?

Человек благородный, да не богатый — в грязные лагеря уезжает, Богатства добился — бескорыстным чиновником стал.

Дожди пятой луны странники ненавидят, Луну ночью воры не любят.

Выносливость и лошади и всадника дальняя дорога покажет, Многолетнюю дружбу людей разве вино определяет?

Стойкость братьев — как горы черные, невысокие, Чистота сестер — как море синее, неглубокое.

Пусть камка и шелк некрасивы, любовь — украшение жениха и невесты, Пусть меч не отточен, дружба — надежная защита.

Если орел сидит на высокой скале, то стрелой поразить его трудно, Если рыба водится в глубокой реке, то удочкой ее не поймаешь.

Невозможно соперничать в скорости с мчащейся лошадью! Ничто не дает такого покоя и блаженства, как летнее солнце!

Когда дракон перестанет любить голубые реки? Когда тигр устанет прыгать по черным горам?

Нет сомнения — умрешь и радости исчезнут, Жизнь пройдет — и хозяйская воля, и хозяиское жалованье кончатся.

Две красоты [не нуждаются] в приукрашивании — голубизна неба и молодость, Два уродства не подмажешь — бедность и старость.

Не расколоть два камня — подлость и болезни, Не съесть два блюда — подгорелое и то, которое видишь во сне.

Не унести две ноши — долги и смерть, Не надеть два тепла — род и скот.

Счастье раба зависит от благополучия его хозяина, Рот травой набит — и хвосту <хорошо>.

Хотел бы осенью жеребенок [в степь] умчаться, да вслед за матерью бежит, Как бы высоко ни поднялись солнце и луна, а все равно по небу <плывут>.

Палатку только поставил, а [в ней] уже тепло. Со старшим братом не ладишь，а кто из родственников ближе?

Вместе с обладателями больших глоток любит вкусно поесть，Выбирает себе жену среди женщин с низменными страстями.

У тысячи сыновей добродетели не могут быть равными，Среди десяти тысяч спутанных коней не может быть [двух] одинаковых .

В песках дорога оборвалась — ищи следы по навозу，Старость пришла — считай дни до смерти.

По льду идешь — от сапог зависишь，В дождь путешествует — на шубу накидку от дождя надеваешь.

Женщина，[красивая，как] птичка，да не умная — солнце，наполовину прикрытое тучей，Не понятно，тепло или холодно —... прежде всего делаешь.

Целомудренна женщина или нет — станет ясно，когда она овдовеет，Умен мужчина или нет — станет <ясно>，когда он выскажется.

Стенки очага чинить — содействовать его обновлению，В замок руку сунуть — и замок и руку повредить.

О близких заботясь，любые трудности преодолеешь，На твердой земле и ящерица змеей станет.

В стрельбе из лука слаб — стрелы не пускай，В произнесении речей не искусен — рта не раскрывай.

Из кремня огонь высекают — трут загорается，Стайки голубей к облакам поднимаются — дождь будет.

Для того，чтобы валять войлок и веять просо，нужна разная погода，Для того，чтобы копать канаву и рыть колодец，годится одинаковая земля.

Великодушному и щедрому Небо помогает，Торопливого да суетливого злои дух <подталкивает>.

Тому，у кого ничего нет под головой，подложки подушку，Тому，кто не знает брода，укажи переправу.

Дождей нет — каналы чинят，Дел нет — в силе и ловкости состязаются.

На старую одежду заплаты ставят，Овощи и рис бедняки водой разбавляют.

Кто после обед пьет — тот ненасытный，Кто прислушивается к тому，что говорят [другие]，— человеком станет.

Умен благородный муж, а в простом ошибся, Испытанная стрела, а попала в гору.

Живой за мертвым и шагу не может ступить, Дух покойного среди живых не может остаться.

Дорогу в песках потерял — черные метки ставит, Свадьба расстроилась — сваты <виноваты>.

На краю ущелья безумец в [своей] палатке в черный день удавился, Пастух в часы досуга на бамбуковой флейте играет.

Жужуб съел, а нёба не уколол, Сливки выпил, а губ не забелил.

Кумыс кислый не нравится — лицо кривишь, Лотос горький не по вкусу — губы кривишь.

Враг напал — в горных долинах хлеба не посеешь, Засады устроены — в отдаленные места скот не погонишь.

Загон для скота починили — волк не пролезет, Колодец в зарослях вырыли — скот не будет страдать от жажды.

Красивыми речами доблестный от забот не избавится, Упорным трудом доблесть ничтожество истребит.

Умная женщина, глава семьи, жен младших братьев не притесняет, Одинокий мужчина, на войну отправляясь, жизнью не дорожит.

В смелого ястреба заяц из лука стреляет, Тигра лисичка — скромница маслицем угощает.

С кем сердечного согласия нет — [с тем] дружбы не заводят, С кем единства взглядов нет — [с тем] рядом не садятся.

Волк матерый и хотел бы поплакать — да слез нет. Птицу большую заставил бы зубами щелкать — дазубов [у нее] нет.

Сухой песок [стал твердым] — вода не просочится, Чистую воду как ни взбалтывай, [она] не замутится.

Кто определял — низко ли, высоко ли лежит камень? Кто измерял — длинные ли, короткие ли корни у дерева?

В доме чисто прибрано — хозяйка дома аккуратная, В государстве порядок — мужчины доблестные и заслуженные.

Невестка в доме — свекрови неприятности，У ворот княжеского дворца камни лежат — черепице беда.

Мужчин отважных в роду нет [роду] убыток，Меч острый в ножны не вложен — можно <порезаться>.

Взбесившиеся собаки и волки от стаи отбиваются，Прирученные барсы и тигры становятся послушными.

Живот и сердце связаны，как молоко и вода в одном кувшине，Слова，сказанные друг другу，бывают важнее жизни.

С сосной и туей в долголетии не сравниться！С камнем и водой кто себя уравняет?

Если доблестные и мудрые не сядут — собрания не получится，Если в стаде быка с высокими рогами нет — стадо пусто.

Мудрец спокойно говорит — и его люди слушают，Река тихо течет — и в ней люди плавают.

Из травы златоцветника не получишь яда，Из белой туи не добудешь киновари.

Благородный муж в зятьях живет — стрела，выпущенная мимо цели. Благородная женщина в [чужой дом?] ушла — камень на дне озера.

Твердое слово брата жарче，чем солнце，Тихий голос старосты деревни холоднее，чем луна.

Когда пир устраивают или жертву духам приносят，то и ягнят режут，Когда враг напал или разбойники преследуют，то и кобыл，седлают.

Мертвых одевают в шелковые одежды из уважения к власти живых，Живые надевают траурные одежды из чувства скорби по умершим.

Больных обманывают，желая их успокоить，И тварь，заболев，вслед за матерью ползет.

Язву обнаружив，мазью из сала и пепла помажь！Глаза видят，а рот требует — узду надень！

Не было болезней — и здоровье сохранилось，Благородный муж телом крепок — и на службе видный пост занимает .

Обряды хорошо знаешь — упущений в службе бродячего шамана не допустишь，Дело хорошо известно — при вынесении приговора путаницы не ＜будет？＞.

Слабый да смелый сильного да глупого одолеет，Некрасивый да речистый красивого да косноязычного переспорит.

Топоры стучат，［но ничего］не ломают — плотники дом строят，Стоны слышны，а никто не болен — утки летом крякают.

Больных и слабых друзей не следует покидать，Вымогателей в товарищи не следует брать.

Оттого，что выпил лишку，героем не станешь，Оттого，что живот наполовину пуст，не умрешь.

Лисица залаяла —［у нее］силы иссякли，Собака села — хвост ＜поджала＞.

Корешок горького лотоса мал，да горек，Шакал зверь маленький，да вредный.

Река ото льда освободилась，а［моя］душа не оттаяла，На земле все расцвело，а на［моей］душе по-прежнему холод.

Не зовут，а сама идет — собака вслед за переселяющимся хозяином，Не гонят，а сама ＜бежит？＞ — корова в поисках воды.

Человеком стать стремишься — богатства не наживешь，Богатство нажить стремишься — людей от себя оттолкнешь.

Молодые голуби с неоперившимися крыльями постоянно на горе сидят，Старые волки со шрамами на теле в глухих ущельях живут.

Бродить в горах без посоха путнику неудобно，Пить вино без меры — пьющему вред.

Комета появляется — люди пугаются，За солнечными и лунными затмениями все следят.

Отец шелковое платье надел — и сыну почет，У хорошего учителя учишься — ученью почет.

Благородный муж за свои убеждения так же держится，как коршун за добычу，Благородная жена на своем стоит крепче ＜камня＞.

Собственное платье — самому тепло，Своя родня — самому хорошо.

Над губой еще усов нет，а в руке железные щипцы держит！Живота толстого не нажил，а пояс [уже] распустил!

У знатного перед входом в дом — жестокосердные люди [стоят]，У богача во дворе — злая собака [живет].

Если на лошади округи не объедешь — не годится она для верховой езды，Если скота не сосчитать — хозяин только скотом и занимается.

Мочки уха пожелтели — сладко кормят，Красиво оделся — погода стоит сухая.

Хрусталь не марается — [потому что его] природа чиста，Человек от несчастий избавлен — [потому что он] добродетелен и предан.

[Сыну] хорошего учителя не подобрали — отец неумный，Учили，да не выучили — сын неспособный.

Без доблести почет и богатство — облака в небе，Неправдой накопленное имущество — роса на траве.

Мудрого не почитают — почитают хорошо одетого，На верность полагаться не любят — любят полагаться на деньги.

Изречения плохо знаешь — разговора вести не сможешь，Лошадей и яков мало имеешь — досыта не поешь.

Когда маленьких детей в доме нет，то и о взрослых детях заботятся，Когда старшие дети дом покинули，то в семье только о младших беспокоятся.

Родне родня — свекровь по отношению к тетке по отцу. К теплу тепло — юрта，поставленная на солнцепеке.

Ловит，а добычи нет — ловец неумелый，Бьет，когда уж и бить не по чему，— бессердечный человек.

Если за тусклыми звездами наблюдать，то видимость будет нечеткой，Если，желая тепла，жечь траву，то жару не будет.

Да или нет скажешь гораздо быстрее，чем оперится птица，Добрые и злые мысли мчатся стремительней резвого скакуна.

Гнилое мясо не срежешь — язва не заживет，Занозу из ноги не вытащишь — от хромоты не избавишься.

Когда совершенное преступление велико，близкие не могут помочь，Когда вода прибывает，остров не может вырасти.

Собачьи и волчьи следы росой и снегом будут прикрыты, Коровьи и овечьи следы жуки навозные уничтожат.

Молву о силе барсов и тигров красавицы-лисы разнесли, Глубокая река и высокий камыш старой лошади придали силы.

У яловой овцы молока нет, а у... рот сам тянется, Там, где веселье — сидят, там, где горе — [волосы] на себе рвут с корнем.

Я тебя маслом кормлю — и моя душа спокойна, Я тебя в шелк одеваю — и за моей спиной тихо.

Плачут о том, о чем не плакали прежде, — плачут над трупом казненного, Поет о том, о чем не пела прежде, — поет мать, потерявшая детей.

У благородного мужа от страха сердце не дрогнет, Горный хрусталь грязью не замарать.

Хоть десять мешков плодов съешь, а от мести не уйдешь! Хоть десять дочерей имеешь, а славы бездетного не избежишь!

Когда близкая родня рядом, по дальним родственникам не ходят, Нас родственники и друзья любят — мы их любовь воспеваем.

Загон для скота не готов — им не следует пользоваться, Из неполной чаши не следует пить.

Земной отец черноголовых с небесными духами породнился — могущество [черноголовых] возросло, Небесная дева [стала] родоначальницей — могущество рода возросло.

Крупный скот пострадал — и ягнятам беда, Богатый купец потерпел убытки — с продажных женщин хочет взыскать их.

Соли мало положишь — суп будет насоленый, Из риса сор не выберешь — каша будет невкусной.

Если один человек позади другого станет, он от этого не станет слабее, Если один участник собрания за другим сядет, он нестанет более низким по достоинству.

Отец со своими братьями ласков — и его сыновья и племянники уважают друг друга, Мать перед сестрами голову клонит — и ее дочери с двоюродными сестрами держатся скромно.

Во втором и третьем месяцах свежей пищи не поешь, В одиннадцатом и двенадцатом месяцах в чужое платье не оденешься.

Продав товар и получив прибыль, от расчетов не уклоняются, Слепому закрытые глаза уснуть не помогают.

У болотной лягушки краски стыда на лице не увилишь, У навозного жука под кожей крови нет.

От калеки и от некрасивой женщины — от обоих отворачиваются, Человек слабый и человек дурной — оба ищут, где бы укрыться.

Нет лучших близких, чем отец с матерью, Нет мяса вкуснее, чем мясо на костях.

Добр и скот накопил — в совете заседает, Чужую лошадь украл — поймали и внутренности отбили.

Рассвет не наступил — кур не видно, Зола не выброшена — хозяйки дома нет.

Не солнечный день для состязания лошадей хорош, Нетемная ночь — для свиданья хороша.

Нельзя прятать в землю мечи и золото, Нельзя гноить в траве дорогие ткани.

В небе птица летит и поет — два дела делает, По краю ущелья антилопа мчится, повторяет все изгибы ущелья.

Тысяча звезд предо мною, а Золотой Звезды я не вижу, Десяти тысячам людей роздана пища, а моим близким [ничего] не досталось.

[Если] среди тысячи баранов [один] ранен — за ним мухи летят, [Если] среди десяти тысяч коров [одна] искусана собаками, то ее по следам укусов найдешь.

[Если] тороплив в сражении — то будь ты и ловким воином, а от врага защититься не сможешь, [Если] невпопад говоришь — то будь ты хоть мудрецом, а достойного ответа дать не сумеешь.

От сильных ветров гора с места не сдвинулась — значит, [она] высокая, От многих рек море не разлилось — значит, [оно] глубокое.

У быка рога кривые — глазам угроза, Черная палатка на краю обрыва —

безумцу погибель.

Батюшка [добро] поделил — мне и косточки не досталось, Матушка [добро] поделила — мне и тонкой кишечки не оставила.

[Если] устал — разомни икры ног, — и помчишься постепи, Молока нет — разомни вымя, — и выдоишь еще чашечку.

Старшая сестрица! У меня над губой усы появились! Батюшка! Я волосы в узел уложила!

Если даже от участия в войне уклонишься — разве будешь жить вечно? Есль даже будешь скаредничать — разве скот не переведется?

Трудно поверить, чтобы сын был достойней отца, Глазам [своим] не веришь, если уши длиннее рогов.

Руку по локоть отрубили, а то, что в ней зажато, не смогли вынуть, Мочевой пузырь растоплали, а мочу не смогли выпустить.

[Его] за волосы оттаскали, а [он] глаз не сводит, Для вида раскаялся, а в душе — нисколько.

Дверь палатки приподымешь — циновок нет, Полу халата распахнешь — штанов нет! Полу халата распахнешь — штанов нет!

Хоть фамилию и имя сменю — дома меня узнают, Хоть и переоденусь — чужие люди опознают [меня].

Способный обучать да воспитает сто сыновей! Хороший ходок пусть ходит тысячу лет!

Бегать любит, а ноги короткие — горный козел, что полагается на неприступность скал и ущелий; Летать желает, а крылья слабые — горный фазан, что прячется в труднодоступных местах.

[Если] сыновья друг друга любят — по десять раз на день друг к другу ходят, [Если] к месту, где живешь ты и твои родные, сердце не лежит — от этих краев удаляешься.

Пусть у богатого скот еще не перевелся — подрастет сын-неудачник и переведет его без труда, Пусть бедняк имущества еще не накопил — родится удачливый сын — до богатства [Будет] недалего.

Когда летящую высоко в небе ловчую птицу в силки заманивают, она на поднятую руку садится, [Когда] родители детей палкой бьют, [те] вырываются и убегают.

Солнце и луна, вращаясь в пустоте, землю освещают, Реки и моря, разлившись по суше, все страны ＜омывают＞.

Доблестный муж в этом месте живет, а [его] славное имя в самых отдаленных уголках земли славят, Мерин в стойле привязан, а [его] следы в другом государстве остались.

Исподнего не надев, прежде всего за скотом ухаживает — кто его гонит? Окорока еще не выставляли, а уже [на стол] лапшу ставят — что ели?

Благородный муж без положенного ему оружия и доспехов не явится, Плод лошади перерасти материнской утробы не в состоянии.

Снег белый сердцу не мил — и масло белое есть не в состоянии, Пожарище черное душу бередит — и по черной земле ходить не хочется.

Если купец за мерина десятикратную цену заломил — [он] ее ставит, Если дочь в доме матери живет, за порог не выходит — замуж не выйдет.

О добрых намерениях не спрашивайте, спрашивайте о злых умыслах, барсы и тигры следов не оставляют, оставляют следы [только] черви и навозные жуки.

Хотя у реки летом и обнажилось песчаное дно — она непременно разольется, Хотя снег весной похож на мелкий камень — [он] все равно растет.

Орел парит высоко в облаках — как богатырь, филин летит, кувыркаясь, — как булыжник.

Хороши короткие: ноги у птицы, шея у быка и шея у раба ; И без солнца растут: ноги у ястреба, шея у лошади и шея у девочки.

Пятый месяц, как верблюд, состарится и упадет, Десятый месяц, как олень, скроется и уйлер.

Если я старую, беззубую лошадь не хочу продать, [значит], люблю ее, Если я подгоревшее мясо тощего барана не хочу есть, [значит], хочу [его] маслом помазать.

Реку Белой Высокой не назовете — земля красы ＜лишится＞.

На могильном холме десять ступеней не сделаете — могила будет недоделана.

Если тот，кто слывет красивым，баранью шубу наде нет，уродом не станет，Если тот，кто всем известен как доблестный человек，в совете позади других сядет，слабее не станет.

Благородная жена，в отличие от других，будучи и в платье из грубой шерстяной ткани［одета］，остальных людей заставляет к себе присматриваться. Благородный муж，победивший в споре，владея игречениями，других людей заставляет вникать в их суть.

Хотя и держишь кремень，внутри которого таится огонь，— рукой его достать не сможешь，Чистый человек，уважающий закон и придерживающийся приличий，преступного дела совершить не может.

Белого солнца и красного месяца свет и тепло，сменяя друг друга，отнимают［у нас］молодые годы，Жестокой зимы и зеленого лета уродство и красота уносят быстротекущую старость.

Птицы с доблестным сердцем，питающиеся мясом，располагаясь на отдых，сидят отдельно друг от друга，Птицы с робким сердцем，питающиеся отбросами，улетая，сбиваются в стаи.

Госпожа，мы супруги，коль плохо тебе，то плохо и мне！［Мы］в горах со змеей столкнулись — ты боишься и я боюсь！

Не легко укрыться оленю — ветвистые рога его выдают，Легко узнать барса и тигра — у них на шкуре пятна.

В траве перепела и дикие гуси так раскричались，что того и гляди глотки себе разорвут，В зарослях зайцы и антилопы так распрыгались，что того и гляди поясницы себе переломают.

Как муравей ни старается，на царя-льва похожим не станет，Как муха ни прихорашивается，со златокрылой птицей не сравнится.

Сова или филин появились — для всех счастливое предзнаменование，Девочка или взрослая женщина слово ласковое молвят — все люди к ним тянутся.

Языку-краснобаю старый грязный рот ввести в заблуждение трудно，Ни тысяча коней，ни десять тысяч скакунов от смерти черной унести не смогут.

Разве скисло оттого，что перепелок в траве прокисшей рисовой кашей называют? Разве рассвело оттого, что вершины гор с трех до пяти утра светлеющим небом называют?

Мог бы помочь дядьям да братьям, а не помог — пустому рту помог, Мог бы одарить тещу и невестку, да не одарил — пустую чашку приобрел.

Владелец дорогих одежд, накопивший драгоценности и имущество, накопленное не может не отдавать в рост, У чиновника, получившего повышение по службе, и жилище стало выше и просторнее, да и посуды не убавилось!

Рыба, лежащая подо льдом, не замерзнет — добротно оделась, Верблюд, жуя сено, сытно поест и нёбо не уколет.

Черный сокол в небе и в сильный ливень в траву не прячется, Филин в глубоком овраге все облетал, но разве [он] может подняться в небо?

Камни в рисе хоть сто лет вари — [из] них каши не сваришь, Со злобой в сердце хоть десять тысяч дел переделай — толку не добьешься.

Коня кормит мужчина, и если он его не откормил заранее, то, когда придет время ехать, как бы он его ни кормил — не откормит; Еду бережет женщина, и если она ничего не приберегла заранее, то, когда подойдет время наполнять чашки, как бы она ни старалась что-то сберечь — не сбережет.

Дожди пошли, а загон для скота [только] строят — мужчина беспечный, Корову пора доить, а ей только травы принесли — женщина беспечная.

Шерсть тысячи баранов ветер развеял — весной развеял, а осенью ее [снова] стригут, Молоко ста дойных коров собаки выпили — утром выпили, а в полдень опять корову доят.

Три светлых начала есть в мире: скотоводство и земледелие — два, и торговля — три; Три темных начала не должны бы оставаться, да есть: разбой и ложь — два, и распутство — три.

Черная мгла на западной стороне неба рассеется, а темные лики предков никогда посветлеть не смогут, Котелок из красной меди сломаешь, а красный рот тещи замолчать не заставишь.

Свои ли мысли или не свои у сына благородного мужа — сказать трудно, Разбавлена эта пища водой или нет — дочь благородной женщины — сделать уже ничего нельзя.

Пусть лучше я буду съеден тигром в горах，чем лисицей в низине，Уж лучше я буду плакать с достойным человеком，чем радоваться с негодяем.

Между двух гор олененок родился — у матери длинные ноги и сын ［длинноногий］ красавец，У реки на болоте лягушонок на свет появился — мать не маленькая，да и сынок подходящий.

Птица с белым зобом на землю спустилась，лягушек ищет，глазом косит，Орел в облаках парит，тень его по земле стелется，тигр ею любуется.

Хоть скакун и десятикратной цены，но если всадник слаб，то упадет с коня，сломает ногу и славы не добьется；Хоть благородная женщина и обладает тысячью достоинств，но если ［ее］ муж человек низкий，у которого язык — стрела，а зубы — палки，— то в душе у нее кроме покорности будет и ненависть.

Дочь умерла — хотел бы，чтобы скалы острые тотчас рухнули，а скалы не рушатся — злой дух несчастье принес，Меч ＜зазубрился＞ — хотел бы его быстрее в ножны вложить，а он не вкладывается — зазубрины сточить надо.

Самого себя хвалить — ［все равно что］ стрелять из лука в черноголового журавля：журавль-то высоко в небе！Самого себя унижать — ［все равно что］ ослу валяться в пыли перед людьми.

У доблестного отца слабый сын на отце сидит，отец умрет — он вниз свалится；У слабого отца доблестный сын под отцом сидит，отец умрет — он вверх поднимется.

У доблестного отца доблестный сын позади отца сидит，отец умрет — ［сын］ после него отцовский дом упрочит；У слабого отца слабый сын отца превзойти стремится，отец умрет — после него к отцовскому позору новый прибавится.

Нелюбимое блюдо понемногу ешь — рот набил，а пользы нет，Применяемое платье узко — руки в рукава втиснул，а плечам тесно.

В бычью кожу травы наложить，на болоте оставить — коровы траву не почуют，В кошачью шкуру поджаренное зерно насыпать и в кладовку спрятать — крысы не прогрызут.

Если белое видишь не таким，каким оно было，на вершине ［белой］ пагоды птичий помет — это меня уже не узнать, Если красное видишь не таким, каким оно было, у курицы гребень оборван — это я уже на себя не похож.

Если слабого мужчину враг одолел — бьет по голове, грудь топчет, стрелой поражает, Если у женщины недостойной гость в дом — она смеется над ним, горло [ему] царапает, еду водой разбавляет.

Если у овцы красной масти белый ягненок родится, она не любит его, ждет, когда он станет [той же масти]; Если отец доблестный и мать красивая видят, что у них сын ничтожный растет, то они его и любят и жалеют.

Коли хотят, чтобы гость постеснялся остаться ночевать, — детей бьют и выпускают, Странник отправился в путь, получив еды на дорогу, хозяину дома от всей души породистую лошадь иметь пожелал.

Трижды на день место меняют гусеницы — то сползаются, то расползаются, Две гонимые ветром тучи краями столкнулись — сильный гром грянул, и их не стало, ливнем пролились.

Ягненка залежь, на двенадцать человек подели и каждому сумей дать поровну — все равно все на тебя рассердятся, одними костями торгуй, а всю родню сумей наделить — и все будут с тобой любезными.

Доблестный сын ушел — черный олень в леса и теснины ушел, — и рога ему не помеха, Слабый сын ушел, — червь в поле уполз, — и край поля ему преграда.

Если другу друг вечером слова душевного не сказал — назавтра между ними неприязнь возникла; Если врагу враг при встрече злого слова не скажет — небо не упадет на землю.

Кто, спасая отечество, сына не принес в жертву, волку и шакалу подобен. Кто, желудок имея, скот не кормит, со слепцом, градом побитым, калекой бездомным участь разделит.

Доблестный доблестного ищет: на краю ущелья тигры часто встречаются и друг друга не кусают — красоту и силу ценят. Почтенный почтенного ищет: на пиру гости весь день просидят и правил не нарушат — приличием дорожат.

Почитаемому еще большее почтение оказать — [все равно что] на мешок из шкуры тигра положить мешок из шкуры барса — будет и пестро и красиво;

Недостойного еще больше унизить — [все равно что] в мешок из кожи бычка вложить мешок из кожи теленка — будет неказисто.

Если [человек], живя счастливо, не знает, чего еще пожелать, а пути человеколюбия и добродетели не придерживается — это среди несчастий несчастье; Если [человек] в несчастье не знает, как от страданий избавиться, а постоянно блюдет путь чистоты — это среди выгод выгода.

Доблестный Нене, На красавице женился.

На пастбище уснул, В траву повалился.

Вору правду сказал — Заклад потерял.

Заяц прячется, Человек разговор обиняком ведет.

[Если] тангуты рассудок потеряют, Небо и земля рассудок потеряют.

У смелых сердца одинаковы, Добродетельные поступки один на другой похожи.

Лед растает — вода появится, Облака рассеются — луна покажется.

Знатрость и богатство праздную жизнь любят, Атлас и парчу от дождя прячут.

У благородных людей — и родня благородная, Знатные вступают в брак — и свадьба богатая.

Мудрость и святость — сестры, Солнце и луна — близкая родня.

У сети края чинят, У кисти для письма кончик вытирают.

Преследуют — топот [слышен], Птица поет — выпустили на [свободу].

Кумирню, в которой было благостное знамение, чистят и украшают, Храм духа-хранителя [постоянно] приводят в порядок.

Большое дело делая — не спеши, В далекий путь отправляясь — не торопись.

И теленок-сосунок переносит страдания, И бычок-малолетка подвергается наказаниям.

За добром зло следует, За красотой уродство стоит.

Раскаты грома, как крики скорби, Вспышки молнии, как ...

Чрева серебряные похожи одно на другое, Груди златые — одинаковы.

Сохранишь — красиво оденешься, Сбережешь — сладко поешь.

Молву о [своем] роде приукрашивают, Славу отца поддерживают.

Красота и глава — две сестрицы, Богатство и ум — два братца.

Братья следуют один за другим, Бирюзу и жемчуг располагают по достоинству.

Барсы и тигры — власть и сила, Черный олень — добрая слава.

Перепела ищут защиты, Птенцы вытягивают шеи.

Сосна — процветание, туя — молодость, Камыш — обман, тростник — пустота.

Хоть и урод, а сам себя восхваляет, Хоть и красив, а держится в тени.

Еда — для нижней части головы, Слова — для верхней части головы.

Дитя неразумное — уже обманутые [ожидания], Великодушный [человек] — уже помощь.

Кумирню строят на вершине холма, Циновку расстилают под деревом.

Отцовскую удачу приобрел, Материнское счастье получил.

Созвали — и все здесь, Пересчитали — и все на месте.

Птиц в небе не сосчитать, Мудрости на земле не исчерпать.

Дерево на вершине горы не заморозить, Камень в воде не растворить!

[Здесь] пьют досыта, [Там] десять семей вымерло от жажды.

Ездить тебе верхом на палке! Сидеть тебе в грязи!

Говорит, чтобы глаза отвести, Что-то пьет — чтобы живот наполнить.

Глупые дети, и взрослыми став, ссорятся друг с другом, Дикая лошадь и в стойле брыкается.

У глубокой реки течение спокойное, Мудрое учение само себя не превозносит.

Солнце взошло — небо потеплело, Родные сдружились — [силы] еще прибавилось.

Поставлено и наполнено как раз впору, Вытащено и высушено ...

Слезы героя в глубине его сердца, Печаль красавицы исчезла вместе со слезами.

Па смурная погода лучше дождя, Доброе слово лучше подачки.

Любопытного за нос не хватай, Убежавшего — за зад лови.

Если украшение на голове тонкое — оборвется, Если украшение на голове тяжелое — без волос останешься.

Отдавать да продавать — скота не напасешься, [Часто] яства готовить — в руках будет пусто.

На голову не смотрят — на хвост смотрят, Великое не почитают — ничтожное почитают.

Среди десяти баранов [непременно один] жирный найдется, В двух семьях [обязательно хоть один] мудрый есть.

Одному расти — друзей не иметь, Одному пить — радости встречи с друзьями лишиться.

Среди сильных только один человек силен, Среди имеющих молоко только дойная корова — моличный скот.

[Даже] хороший шаман сам себе не шаманит, [Даже] яркий фонарь своего нутра не освещает.

Человеку радостно — он веселится, Конь резвый в степь мчится.

Не зовут — сам идет, Не гонят — сам <убегает>.

Мысли и чувства выражаются при помощи языка, Признаки страха обнаруживаются на теле.

Иголкой и ниткой одежду [шьют], Круглый и высокий воротник к платью [пришивают].

Боевые стяги вознесены на облачные хребты, Острые мечи привязаны к рогам ветра.

Ушли, а жертвы духам-хранителям не принесли, Барана зарезали, а нож не в сале.

На горе снег лежит — гора высокая, В человеке достоинство есть — человек уважаемый.

У того, кто все время назад оглядывается, дом далеко, У того, кто все время на пояс других посматривает, ножка нет.

Глухая ночь, а слышишь крик оленя — рассвет близко, На дворе светло, а слышишь — кукушка закуковала — вечер близко.

Смейтесь — глава каравана теленка-сосунка ведет, Плачьте — общее согласие ногами растоптано.

Знатные и богатые весной сыновей [в люди] не отправляют, Невестка у свекрови и осенью не позабавится.

На вечернем солнце что ни суши — не высушишь, Старику даже на рассвете зачать сына трудно.

[Доброе] слово сказано — и ссора забыта, Еду поставили — собака вылакала.

И у водопоя на колодце следы преты, И в доме на песте для зерна следы преты.

[Чтобы] в богатом доме [да] сласти кончились, [Чтобы] у большого слона [да] мяса не стало!

[Невезучий] муку стал есть — ветер поднялся, ... начал пить — вода замутилась.

Красивого платья не приобрел — и простое наденешь, Сладкого не достал — и овощами наешься.

Богатства лишишься — и постоянные просьбы прекратятся, Ко всем добрым будешь — закон нарушишь.

Смельчака [даже] настоящий разбойник и железом не скрутит, Долгий век короткими стежками не сошьешь.

Тысяча сыновей речь ведут в полном согласии, Десять тысяч коров идут друг за другом.

У сына выражение лица меняется — этикета не знает, У жены выражение лица меняется — ритуал соблюдает.

Мало едят — питья не подготовили, Мало сказано — речь не содержательная.

Честность и красоту любя, знатным не станешь, Власти добиваясь, добродетели не приобретешь.

У вора и лжеца одинаковые речи, У продавца и покупателя одна цена.

Край неба окрасился — ветер поднимется, Край земли посветлел — травы не полягут.

На сходках бывал, а людей не узнал, Среди людей бродил, а [ума] не набрался.

Тот, кто у женщин любви добивается, говорит им ласковые слова, Тот, кого в глушь сослали, ведет счет горестям и печалям.

Волк поел — остались объедки, Вор унес — остались следы.

У обжоры глаза в чашку глядят, У скупого душа в богатстве лежит.

У кого живот толстый, того небесные духи любят, У кого плеть длинная того [даже] злые духи страшатся.

Телка черпать воду из колодца не умеет, Буйный мужчина прохода в зарослях не ищет.

Где вечер застал, там и спать ложись! Куда матрац положил, туда и подушку клади!

Когда мужчина на коне едет — [только] ему хорошо, Когда женщина корову подоит — других молоком напоит.

Много домов, а человек не может заблудиться, Много семей, а мыслей неправедных не должно быть.

Живые живут на поверхности земли, Мертвые уходят в красную преисподнюю, в страну мертвых.

У пристыженного второго лица не бывает, У умершего второй жизни нет.

Где река бурная, там лягушкам плохо, У кого губы плотно сжаты — сердце недоброе.

У лисенка кончик хвоста белый, у... черное.

Там, где нет масла, маслом подмажь, Туда, где не жирно, сала положи.

Струсил — не падай, Стрелы кончились — не сдавайся.

Кишки вылезают наружу — на пояс наматывай, Живот пропороли — травой затыкай.

[Если] впереди рытвины и колдобины — иди в обход, [Если] впереди дом почтенного человека — снимай шапку.

[Часто] смеешься — рот раздерешь, Начнешь по земле кататься — спину поранишь.

Сделано, да нехорошо, Завершено, да неблагополучно.

Высокое небо не помощник низкому облаку, Широкая земля не помощник узкой дороге.

Шерсть валяют сидя, Лягушка квакает в ту сторону, в которую смотрит.

Те семьи，которые любят друг друга，домами сближаются，Те кому нравится вместе спать，вступают в брак.

Скотоводством заниматься — доблесть，богатство и славу приобрести，Сына воспитать — доблесть и могущество приумножить.

Облака исчезли — небо прояснилось，Почву сдуло — камни обнажились.

Капля белый камень не сдвинет，Река черные горы не своротит.

Тучи появились и ветер поднялся — дождь будет，Мастеров из Тхе пригласили — луки сделают.

Доброе сердце свекра как белая небесная твердь，Нежный голос свекрови как черная земля.

Тысячу пестрых птиц кормить — убыток，Десять тысяч краснолицых совершат преступленья — горе.

Вместе дружно жили — век удвоили，Всю жизнь смеялись — жизнь удлинили.

Как ни старайся хоть самый малый родничок выпить — не выпьешь，Как ни старайся сухие нитки растянуть — не растянешь.

Людей не будет — обряды исчезнут，Жилищ не будет — бродяги появятся.

Хочешь иметь благородное выражение лица — откажись от желаний，Хочешь стать красивым и ярким — отправляйся на небо.

Вместе умирают — жизнью не дорожат，Друг с другом спят — себе не изменяют.

Человек со скудным жалованьем на службе усерден，Некрасивая жена мужу верна.

Птица садится — грудь подставляет навстречу ветру，Рыба ложится — голову направляет против течения.

Род матери был в прошлом и будет в будущем，Доблесть，красивые птицы и тоска — все исчезнет.

Небо и земля — оба простор любят，Вода и трава — обе на сумасшедшего бывают похожи.

Олень с высокими рогами ищет［только］［вкусную］траву，Людей необычайных найдешь［только］на облаках в небе.

Тысячи пестрых птиц поют не одинаково, Детеныши девяти диких зверей один на другого не похожи.

Посол жизнью не дорожит, Пущенная стрела цели не выбирает.

Тот ястреб, который кричит, — не благородный, Та женщина, которая бегает [за мужчинами], — не красива.

Сильный сказал — а все исполняют, В связке десять палок — а бить одного будут.

Твердо решил до края земли добраться — доидёшь, Кусок железа хорошего — меч будет острый.

Ни печали, ни сомнений не ведает — <растолстелж>.

Ни страданий, ни наслаждений в жизни не имеет — живот отрастил.

Водоросли погибли — вода очистилась, Красивых искали — доблестных выбрали.

День — людям, а ночь — собакам, За плохим скотом ухаживать — дохода не дождешься.

В игольное ушко нитка продета, В юрту для новобрачных жених и невеста посажены.

Я собрал изречения, Высказывания о добре и зле ты получай!

陳炳應(1993：7—25)譯文：

番律辯才句無窮，番人諺語自古説。

金樓玉殿皇帝坐，天道雲道日月行。

大象到來河沮滿，日月一出國境明。

祭神有羊番地梁，想要有錢漢商場。

野立卜石念秘咒，贊雷角劍敵歸伏。

與資不尊相爲伴，與□莫尊允許選。

天下文字聖手書，地上溪澗龍足跡。

母美豔如千白日，父智明似萬紅月。

人窮意衰手頭短，馬劣毛長食不甘。

無知地下有金坑，不見峽谷有智者。

有物不貴有智貴，無畜不賤無藝賤。

不孝父母惱禍多，不敬先生福智薄。

不學能巧誰説巧，不曉弱點何以强。
該學不學學飲酒，該教不教教博弈。
男子大智珍垂胯，婦女有子金熔化。
數户穿紫莫得繒，數人做官彼莫歡。
驅駿夷梟步平穩，驢子馬等食相同。
數趨權勢不擇妻，到處娱樂牧或飲。
爲穿紫服皆下跪，爲有坐位屈下位。
木頭放餌喉斷絶，深井有水顎破裂。
射著未著箭在彼，穿透未透羊在此。
本西日陰雲下躲，尾東熱曬日下涼。
夜聞犬吠貴不起，黎明兔叫智不守。
水大草稠蛙不憋，水淺草稀蛙不□。
親家頭有羊毛袋，腹側酥油掛木叉。
吃乾米時要加水，守寡婦人更往説。
不爲天斂無威儀，不争量頂斗不滿，
草端繫繩好切料，兔子趴卧易擲撂。
河水深淺魚可遊，黑山高低鳥任飛。
羊毛馬鞭狗不食，黑綻襴服染不顯。
飲剩餘酒不多心，穿補衲衣不變醜。
殺了大象河沮空，滅了日月無熱光。
無緣離散女母子，有緣相聚男父子。
已入賊騙親對證，一出流浪找宿帳。
帳室門閫栓繫馬，碓杵底下安有足。
戀幕不得地程遠，急速不得逐日來。
草青草黄年復年，幼死喪葬代復代。
捕捉活人藏墓中，謀害清人燒青草。
若重良子修危牆，若重劣子出門上。
待奉官府度所有，遠遠近近應若干。
與明同伴莫得夜，與强同伴莫曉弱。
勢已墜下隨日見，冰已欄下待天熱。
等待妝奩女已老，往做專功遂苦死。

列置屍場除首足，臨死之時留活音。

陽氣一出地不硬，福人到來何良劣。

男子未利客濁場，福緣到來爲清官。

五月國雨緣者厭，望夜月明賊不愛。

路長騎馬顯威力，人年同伴示何□。

黑山不高兄弟堅，青海不深姐妹浄。

淩錦不美婚姻美，劍戟不利眷屬堅。

鷺躋高地箭翼卷，魚活深水釣繩短。

快馬星速無倫比，夏日安詳無與匹。

龍欲青水何時盡，虎奮黑山何時休。

死乃享樂心不疑，生復爲主志禄畢。

不飾二美青、壯兩，不汙二醜窮、老兩。

不害二賤病、瘦兩，不食二甜睡、火兩。

不負二重債、死兩，不穿二暖族、畜兩。

因主有福奴乃樂，食有草料尾遂摇。

秋駒奔馳需母引，日月雖高浮於天。

搭起帳篷如熱何，與兄争鬥有誰親。

大喉主中口愛味，賤女人中夫擇妻。

住千子德不相同，拘萬畜色不相像。

沙路斷絶糞蹤跡，親舊已老朋鄰稀。

去到冰上脱皮鞋，行於雨中穿皮衣。

雌鳥低頭日偏陰，冷熱不顯先叫鳴。

浄女不浄寡時顯，志男無志説話顯。

修造火圍利遮蓋，鐺上安把防傷害。

熟親心中所跳災，硬地(鵝子)長成蛇。

拉弓弱則勿放箭，説話賤則勿開言。

打火點燃烽火燒，數鴿立雲國雨降。

擀氈吹糜天不同，挖坑鑿井□地宫。

寬寬心心天祐助，急急忙忙鬼催促。

爲頭無偏給置枕，因無有渡修道路。

天雨未來修水渠，無有藝業知用力。

行藝粗弊人見厭，所行頑劣損他人。
長壽衣服有補綴，(邪麻)食饌共菜粥。
飲食之後人不餓，聽話之後乃作人。
男有智乃棄愚俗，箭有功已留山上。
死而復生步不隨，生而復死魂不留。
沙路消失置黑丸，婚姻争執怨媒人。
山谷鬼廟害日祭，牧人竹笛暇時吹。
吃食(尼則列)顎不破，喝飲乳酪唇不白。
面容不喜酪漿酸，嘴唇不甜苦蘖苦。
寇來谷中莫撒籽，哨卡口上莫放牧。
修建祖居狼不掏，鑿井草中畜不渴。
善作詩文惱無窮，善作活業瘦而亡。
有志族女不厭嫉，參戰獨子不惜命。
勇鷹險處抓兔子，老虎情面狐飲酥。
心不同則不爲伴，意不同則不同坐。
老狼啼哭不掉淚，大鳥咬物没有牙。
揉壓乾沙不下水，過濾清水没有滓。
鋪石高下誰察度，植樹長短誰度察。
帳内清潔族女勝，國族皎潔善男功。
室内住女姑表害，靠門放石磚瓦災。
勇男不住族中損，利器不在函中傷。
狼狗一狂乃爲群，虎豹降服隨路行。
已結腹心同乳水，彼此發誓比命貴。
松與柏兩壽無量，水與石兩不相同。
勇智不坐會不明，高角不在群乃空。
拘鎖智者壓人言，安庠河水徠逃人。
瑞樹草上勿研毒，白(米)柏上勿塗朱。
男子贅婿山上箭，女子嫁去河底空。
熟親言剛熱如日，家長聲柔冷如月。
設宴祭神宰羔羊，敵來馳追騎母馬。
爲生威儀死錦服，爲死情面生垢服。

詐稱有病尋歡樂，假遇蛆蟲隨母奔。
治癩見藥爲塗灰，索口見眼爲置嚼。
無病痛原不憋脹，囗男體不無官職。
識巫行禳無不顯，識事決斷將不雜。
弱敏捷如强拙鈍，醜溢美如美昏昏。
裂音不折室木匠，(嚶嚶)無病夏鴛鴦。
病瘦俱來難痊癒，乞者同來難得食。
飲酒量多人不少，空胃半腹人不死。
狐叫起來氣欲絶，狗蹲下來尾巴夾。
苦蕖根須籽久苦，豺狼小崽小又腥。
河水冰溶心不溶，地凍已解心不解。
不叫自來搬家狗，不趕自逃遠水牛。
爲了面子將物棄，爲了財物與人離。
引鴿翅膀遮遠山，老狼足跡遍山谷。
不靠山驛不利行，不讓飲酒害於飲。
掃星出現人驚惶，珠(星)掩日月衆人觀。
穿父錦服子威風，學於良師徒威風。
志男心腹鵰父爪，女子有志如石堅。
自己補衲自暖和，自己親戚自親好。
没有鬍子拿鑷子，肚子未大鬆腰帶。
權貴堂門人兇惡，財主院中惡狗害。
不量地程騎弱馬，不測畜高搜囗它。
飲食甘甜耳垂黄，穿著美麗地已乾。
水珠不染是體净，人身無禍是德忠。
不擇良師父無智，不正所學子忘心。
無德富貴天中雲，邪道聚物草頭露。
不敬有智敬衣服，不愛守信愛守物。
諺語不熟不要説話，馬牛貧乏未得飲食。
幼子不見珍貴長子，長子一去愛惜幼子。
親上親甥婦坐姑上，熱上熱設帳向南曬。
該捕而不捕是性弱，該打而不打是心柔。

星照盲人見而不明，草燒發熱没有常熱。

是非語快如鳥有翼，利害意傳如馬善馳。

臭肉不挖癩瘡不愈，腳刺不除跛腳不止。

過惡已大，親難相助，大水一漲，灘未增加。

狗狼足跡，霜露掩蓋，頭羊足跡，(吃)蟲填埋。

虎豹威儀，美狐出去，深水葦長，老馬憋氣。

羊羔無乳，自吮食□，樂各去享，苦各自取。

喝你的酥，揪我心我，穿你的絲，軟我脊我。

先哭不哭屍去乃哭，先鳴不鳴母孤乃鳴。

君子心怖畏中不惶，水珠色黑泥中不染。

十袋堅果不去换食，雖有十女難脱孤名。

族節近親各遠未到，近友相愛自我頌揚。

欄不足，這邊勿得取，碗不足，這邊勿得喝。

(勒没)天婿，婚儀盛茂，天女民婦，族威增高。

讓食大畜，母羊水腫，讓利大商，貧婦乞食。

鹽豉不撈出汁不鹹，米皮不磨掉飯不甜。

人後有人，人未爲怯，聚復聚坐，聚未爲下。

叔父語柔孤男頌他，姨母頭低妹女自答。

二月三月，不吃借食，十一臘月，不穿貸衣。

經商盈利與换不去，盲人急明睡眠不利。

澤邊蛙，臉上没有羞，夏蜣螂，皮下没有血。

殘人醜婦兩後背勝，弱人劣人兩逃藏順。

親者無好於親父母，肉者無甜於骨上肉。

有心畜聚去坐集市，罰捕(拶鐵)已執他馬。

公雞不在天不曉乎，女人不在灰不出乎。

日皆不日，馬馳日好，夜皆不夜，婦來夜好。

劍首黄金不長土中，細緯綿錦不取草中。

空中鳥飛，叫鳴兩種，谷境黄羊，順馳一返。

所見千星我明星未見，已飲萬人我親主獨闕。

千羊中生瘡又引蛆蟲，萬牛中有口爲留行蹤。

兵急，男雖厭，卻莫能拒，語快，雖智人，卻莫能對。

多風，大山不動是山高，衆水，大海不盈是海深。

斜牛角，長於頭，礙於目，黑鬼室，在險境，爲狂災。

祖舅分，我骨還未曾有，娘娘分，我腸還未曾有。

疲之，爲捶腿，令跑不見，無乳，爲集津，裝爲一碗。

小姐(吶)，我已有了鬍子，爹爹(吶)，我已梳了髮髻。

逃戰不俱來，命不終耶，吝施不相助，畜不盡耶。

子良如父，意不會被蟲，耳長如角，目不會被遮。

手腕已被截，攥未曾失，膀胱已被踢，尿未曾失。

睫毛都被拔，目未曾瞬，當面已被説，心未曾悔。

帳門被拉起，未曾置氈，衣襟被掀起，未曾有褲。

姓名雖改變，我知住處，衣服俱改小，顯示人高。

能養育則百子當化生，敢步行則千年當仰行。

愛跑，步短，黑山羊恃堅穴，要飛，翅缺，石山雞有難地。

相愛子輩，一日看望十次，心厭住處，就遠離親口處。

富，畜未盡，禍男長，盡不難，貧，財未貯，福子産，富不遠。

天上誘飛鳥，舉餌落手上，父母杖妻子，躲避而出走。

日月虛空旋，明光照地上，河海地上流，流下灌諸邦。

好男住此處，名聲四野贊，撫馬關圈内，足跡及他邦。

腳步未穩，先聚衆，誰跟從？割肉未出，要立根，何以吃？

男士珂貝從未曾出於骨，畜馬肥胖乃未曾憋母腹。

心中厭白雪，不會吃白酥，心中厭黑火，不會踏黑土。

撫馬十價，商一舉，價降下，女住母家，一過門，乃出嫁。

吉之意不問，凶之意當問，虎豹無蹤跡，蜣螂留痕跡。

夏水一色赤，很快將上漲，春雪如此薄，消融而流淌。

猶如雄鷲，雖低飛但仍高，角鵄如此瘦，但能顛倒飛。

鳥足牛頸奴頸等短者善，鷹足馬頸女頸等長日無。

猶如五月駱駝命終而倒，猶如十月黑鹿伏劫處逃。

老馬無用，我不欲賣，知情形，瘦羊乾癟，我不欲吃，熟人情。

白高河，應當不呼名，地灰唇，十級墓，應當没有頭，峰頭缺。

美色已顯，服羊皮裘不會醜，勇名已定，坐於末位不會弱。

婦人勻搓，懸布於繩讓人看，君子詩文，酌意於心讓人想。

點燃旺火，拿著不會燒人手，律令森嚴，浄人不會犯罪事。

白日紅月，明暖相續青春去，黄冬青夏，美醜馳騁爲送老。

食肉飛禽，勇心藏匿不滅屬，食泥飛禽，弱心已生乃爲群。

女人壞，你也惡來我也惡我，山間蛇，你也怕來我也怕我。

要藏匿不易，鹿枝角已露出，觀賞還可以，敬虎豹皮有愧。

草間鶺鴒學大雁叫，口破裂，草中兔子學黄羊跳，腰閃折。

螞蟻勇健，與獅子王不相像，蒼蠅修飾，與金翅鳥不同形。

鵶鵂老鴟，事前一來皆瑞吉，小女大女，愛詞順語皆人妻。

巧舌辯才，老口汙之難爲欺，千馬萬畜，斃倒黑病無處去。

草間鶺鴒叫：飯已酸、已酸耶，尖頭黑鳥叫：天已曉、已曉耶。

叔侄兄弟當相助，無空口助，岳母妯娌當相送，無空碗送。

喜衣全集，寶物已聚，無不借債，官位升高，院牆已拓，器皿不減。

喜衣已成，魚都卧冰下，不覺冷，草料已切，駱駝吃（薩胡），不刺顎。

空中黑雕，雖下大雨，不躲樹間，谷中角鵶，飛有遠力，豈到於天。

米中有石，燒煮百年，不會成飯，心中有惡，修煉萬藝，不能得道。

男喂馬，以前未喂騎時喂，思莫及，女儉食，從前未儉煮時儉，測未及。

男不惱怒，青草欄圈長天，更下雨，女不惱怒，（薩胡）（恰能）長出，牛有乳。

千羊毛，風吹去，春毛風吹秋毛剪，百牛乳，狗喝去，晨朝喝去中午擠。

有隆世，白三已降，牧、農二，商其三，無遺險，黑三又去，賊、騙二，賭其三。

西天黑，可消除，祖公黑色不肯除，赤銅銚，破又破，岳母赤口不肯破。

男爲子謀，半獨半謀，當無不獨説，婦給女食，半水半食，當無不加水。

寧爲危境虎噬，不爲溝中狐食我，寧與能人哭泣，不與賤人嘻戲我。

二山中間麞出生，母足長，子尖細，江河灘邊蛙出生，母均匀，子匀稱。

大喉白鳥蹲地上，心欲吃蛙，目一斜，雲間垂鷲亦望影，地上老虎喜相見。

畜馬十價，騎者劣，脊折斷絶，名未出，女人千價，有土貧，箭舌杖齒，雜謀妒。

女雖等死，危仰急脱，不脱危，凶禍作，利器等配，開袋速入，不入袋，長齒折。

自貴自身黑頭鶴，射而不中飛而高，自爲自賤灰妒子，衆人面前灰中滚。

父良，劣子坐父上，父死去，則掉下來。父劣，良子在父下，父死去，則出其上。

父良，良子寬父居，父去世又立父舍，父劣，劣子逐父出，父去世，又增父羞。

不貴食饌盛少少，口濕顎濕當無得，測量喜衣裁窄窄，手可以過礙於肩。

（没）牛皮中裝入草，放在灘中牛不嗅，（蛇）貓皮中裝入餅，放在庫中鼠不咬。

未曾見白，在塔頂上舐禽糞，並非我，未曾見紅，在雞頭上拔雞冠，不是我。

劣男頭上敵已降，打頭捶胸一支箭，賤女帳内客來睡，咬舌抓咽一壺水。

母羊赤驢生白羊，于心莫喜算示現，能父美母生賤子，見時牛厭心愛惜。

爲使來客羞過夜，童子打後放下來，緣者所往送糧食，主家馬驢心所愛。

新愛三日蜣螂首，都爲近親腿細瘦，風雲二變雷聲大，當雨無雨都著急。

宰殺羖攊十二份，放置莫錯皆怨主，獨賣□骨期親眷，放置在上皆信伏。

良男所去狹地樹中，黑鹿去，角也不礙，劣男所去寬平地中（蛾子）去，尾卻已礙。

近親之屬不説心話，晚夕明日亦相厭，厭惡之人不出惡語，其後活業會相遇。

救國之男或不爲殺，則與灰狼赤豺二獸同，有孕之畜食不爲散，則與盲雹跛霜所作同。

勇者求勇，穴境老虎倘相遇，互不咬者愛美，敬者求敬，宴上賓客同日坐，言不惡者惜羞。

已高貴者，豹皮安袋，虎皮箙，府上擺設真華麗，已貧賤者，牛皮□袋，牛皮囊，路上所帶白灰皮。

一時和合，可以享樂卻不愛，多行仁德讓中讓，福緣未到，正在受苦卻不嫌，常持淨道益中益。

勇（連連），美姻連。

牧人睡，草堆摧。

賊要招，賭要輸。

兔子逃，人語躲。

弭藥狂，天地狂。

善心同，爲德同。

冰融水現，雲散月顯。

富貴安居，綾錦躲雨。

善親勝戚，大婚重姻。

聖賢嫡親，日月親戚。

修整網頭，拂試筆唇。

追趕踢踏，鳴聲頻發。

拂試瑞室，修蓋神宫。

大作不急，遠行安庠。

犢歲乃苦，羔歲乃罰。

善復伴惡，美復倚醜。

雷聲哀哀，電光閃閃。

銀肚已共，金乳必同。

愛惜美衣，節省甘食。

拂試族耳，重整父威。

美、目二妹，物、心二弟。

兄弟相繼，珠寶縷縷。

虎豹威儀，黑鹿美譽。

鶺鴒專命，雄鳥伸頸。

松盛柏茂，葦虛蒲空。

醜陋自嘆，美麗自瞻。

吃頭在下，説頭向上。

愚童已妄，寬心相幫。

坡頭築室，樹下鋪氈。

要承父禄，先去祈福。

一呼都住，算去皆全。

空可鳥不圍，地上智無窮。

山頭樹不凍，水中石不溶。

汲而喝下肚，十户已渴死。

騎馬上山峰，下馬在泥中。

説話時緊目，飲酒時脹腹。

愚童訟權貴，野馬制於索。

流水深處坦，博學音不昂。

天熱去照日，親眷加親着。

所放滿(合合)，一挖乾(割割)。

善，心中啼泣，美，悲淚流出。

天陰將下雨，語善好授與。

自視不見鼻，背後抓著尾。

細毛料續斷，粗毛料無毛。

還價畜匱乏，爲食腕斷絶。

不看頭看尾,不敬大敬小。

十羊中有肥,兩家中有智。

驕慢無朋友,獨飲不樂助。

强健人獨力,待乳犢獨乳。

善禳自不禳,明燈自成影。

戲者急速戲,馳馬闊處馳。

不呼自己來,不趕自跑開。

意出於口中,怕集於身上。

縫衣要針線,衣服要領襟。

旌高舉雲端,劍懸掛風中。

出家不貢奉,宰羊不潤刀。

山中積雪者高,人中有德者尊。

背後而視家遠,腰中去找刀無。

夜聞鹿鳴天曉,日見鵑啼天晚。

逗牛犢真歡喜,作腳踏想哭泣。

勇力男,春不游,岳母女,秋不遊。

晚夕日曬不乾,老時子利得難。

説的話,争吵忘,放的食,狗吃光。

取槽足跡井上,取碓足跡家中。

富家中甜已盡,大象身肉已没。

食面時風已起,治飲時水已濁。

無美衣穿線縷,無甜食吃菜蔬。

常無物,求者絶,傻子去,失禮節。

屍軟,鋼鐵難纏,壽長,步短難接。

千子心和説話,百牛並駕俱來。

子面不等無禮,妻面不等有式。

吃少可飲,莫多,話少可説,不活。

愛美麗不會貴,作威儀莫如德。

盜賊騙子一語,買者賣者一價。

天邊灰風一起,地邊黑草不植。

聚中坐,人不識,群中放,要不得。

求親人,説好言,入野人,訴苦哀。

狼吃食留殘食,賊偷搶有足跡。

喉大,目注於碗,貪吝,心在物上。

胃囊好,天神愛,馬鞭長,鬼神畏。

蠻婦汲,不識井,猛畜吃,不知時。

天已晚,當睡覺,氈已到,當置枕。

男騎馬,自己好,女擠牛,它無乳。

家多,人未曾錯,户衆,意未曾錯。

生而居陸地上,死遂丢赤險坑。

已恥没有兩面,已死没有兩命。

水劣而蛙好,話硬而心慈。

小狐小尾端白,小(狸)小□擇黑。

自不潤,已塗酥,自不肥,已有膏。

肝雖墜,未曾倒,箭已盡,不會降。

腸流出,纏於腰,肚已穿,以草塞。

窳曲頭前偏斜,黑面頭前戴星。

嘻笑而嘴易裂,翻滚則背易傷。

不爲所及可及,不終已及易及。

不得高天,雲下,不得寬地,路狹。

丈髮者已順坐,鳴蛙嘴已順向。

族相愛室已近,交相愛乃連姻。

善養畜,入富名,善養子,衆稱貴。

雲消散,天晴朗,土刮去,石可見。

白石粒不錯亂,黑谷河不改變。

下雨,風雲突變,作弓,作袋相連。

白霄親舅心軟,黑土愛甥聲柔。

千灰禽受餌誤,萬赤面爲罪苦。

以有伴命如雙,如歡喜壽則長。

泉源薄飲不盡,繩索乾續不斷。

諸人不住,無禮,廟人不住,緣去。

作巧面,失羡慕,作美光,失於空。

有死相，命不惜，作睡相，自不變。

禄賤，對官事忠，婦醜，對丈夫貞。

鳥蹲，胸對著風，魚卧，頭迎向水。

子腳母步先後，勇禽美禽擇愛。

天地二，博者愛，水草二，癡者好。

鹿角高，露草頂，雲天中，求異人。

千灰禽，鳴不像，九獸子，面不同。

役使人，不惜命，射出箭，不擇地。

紅鷹鳴叫下賤，媳婦逃跑醜惡。

權貴説，屬下做，十杖連，專用打。

趕路程，有志到，鐵長短，功在鋼。

無憂思，胖有年，無苦樂，肚已大。

水澄清，蒲會死，善選擇，美已得。

人值日，狗值夜，牧白缺，視黑草。

針耳中穿進線，婚室中坐新娘。

諺語句我已集，好壞語你自取。

## 跋

[illegible]

[illegible]

[illegible]

[illegible]

[illegible]

**譯文：**

夫此《諺語》者，昔乾祐丙申七年内，番學士梁德養爲之纂集，書之綱目，未及完畢，而德養命終，故此本於是置之不彰……欲報先哲之功，以成後愚之利，故延請仁持，題下增合補全而刊印，傳行世間。智見勿嫌。

乾祐丁未十八年七月初一日

典集御史承旨番學士梁德養

校寫印版者曉切韻博士王仁持

褐□商蒲梁尼寻印

**附：**

克恰諾夫(1974：125)譯文：

Все эти изречения были подготовлены прежде, в седьмом году Небесной помощи под знаками огня и обезьяны [1176], тангутским ученым Лу Чхиайур. [Изречения для] книги были только собраны, и по-настоящему [работа] еще не завершена, а так как Чхиайур скончался, книга оказалась оставленной без внимания... те, кто открыли(?)... , беспокоясь о заслугах древних мудрецов и желая принести пользу непросвещенным потомкам, [я] Нджийе, будучи приглашенным [продолжить эту работу], довел ее до конца, разместил все [изречения] согласно их размеру и отдал [рукопись], чтобы [текст] вырезали на досках, печатали и [книга увидела] свет, с тем, чтобы мудрые прочитали и оценили ее.

Восемнадцатый год Небесной помощи под знаками огня и овцы, седьмой месяц, первый день [6 августа 1187 г.]

Составил книгу *ндзу гход ндзиу лхе* тангутский ученый Лу Чхиайур

Переписал и подготовил к печати... наставник Вон Нджийе

По напечатании просили, чтобы грубую шерстяную ткань [для переплета?] поставил купец Пху Лу.

陳炳應(1993：26)譯文：

凡此諺語者,初乾祐丙中七年中番學上梁德養所作,本體幾已集,未爲真畢,然德養死。已則此典自然置於暗處……(打開)……者(梁尼)欲崇先智功,成後俗利故,延請仁持……增補首卷,使俱和順,刻印,流傳世間,智(者)見莫嫌。

乾祐丁未十八年七月初一日

本集御史承旨番學士梁德養

＜重寫,準備印刷＞者曉切韻博士王仁持

## 三才雜字序

佚　名

在俄羅斯科學院東方文獻研究所藏西夏字書《三才雜字》卷首，影件見《俄藏黑水城文獻》第 10 册第 39—40 頁，不署年代。按原一本殘存跋尾兩行，謂此新刻本爲楊山所有，署“□(乾)祐十八年(1187)九月”，則原本成書時間當不晚於此。參考聶鴻音、史金波(1995b)。

[illegible]

[illegible]

**譯文：**

三才雜字序

序曰：今文字者，番之祖代依四天而三天創畢。此者，金石木鐵爲部首，分别取天地風水，摘諸種事物爲偏旁。雖不似倉頡字形，然如夫子詩賦，辯才皆可。後而大臣憐之，乃刻《同音》。新舊既集，平上既正。國人歸心，便攜實用。嗚呼！彼村邑鄉人，春時種田，夏時力鋤，秋時收割，冬時行驛，四季皆不閑，又豈暇學多文深義？愚憐憫此等，略爲要方，乃作《雜字》三章。此者準三才而設，識文君子見此文時，文□志使莫效，有不足則後人增删。

## 賢智集

鮮卑寶源

夏乾祐十九年(1188)。俄羅斯科學院東方文獻研究所藏本 инв. № 2538(**圖 16**)，署“大度民寺院詮教國師沙門寶源撰”。參考聶鴻音(2003c)、孫伯君(2010)。

## 序

成嵬德進

[illegible]

[illegible]

[illegible]

**譯文：**

比丘和尚楊慧廣謹序

皇城檢視司承旨成嵬德進謹作

夫上人敏鋭，本性是佛先知；中下愚鈍，聞法於人後覺。而已故鮮卑詮教國師者，爲師與三世諸佛比肩，與十地菩薩不二。所爲勸誡，非直接己意所出；察其意趣，有一切如來之旨。文詞和美，他方名師聞之心服；偈詩善巧，本國智士見之拱手。智者閱讀，立即能得智劍；愚蒙學習，終究可斷愚網。文體疏要，計二十篇，意味廣大，滿三千界，名曰“勸世修善記”。慧廣見如此功德，因夙夜縈懷，乃發願事，折骨斷髓，決心刊印者，非獨因自身之微利，欲廣爲法界之大鏡也。何哉？則欲追思先故國師之功業，實成其後有情之利益故也。是以德進亦不避慚怍，略爲之序，語俗義乖，智者勿哂。

## 勸親修善辯

[illegible]

[illegible]

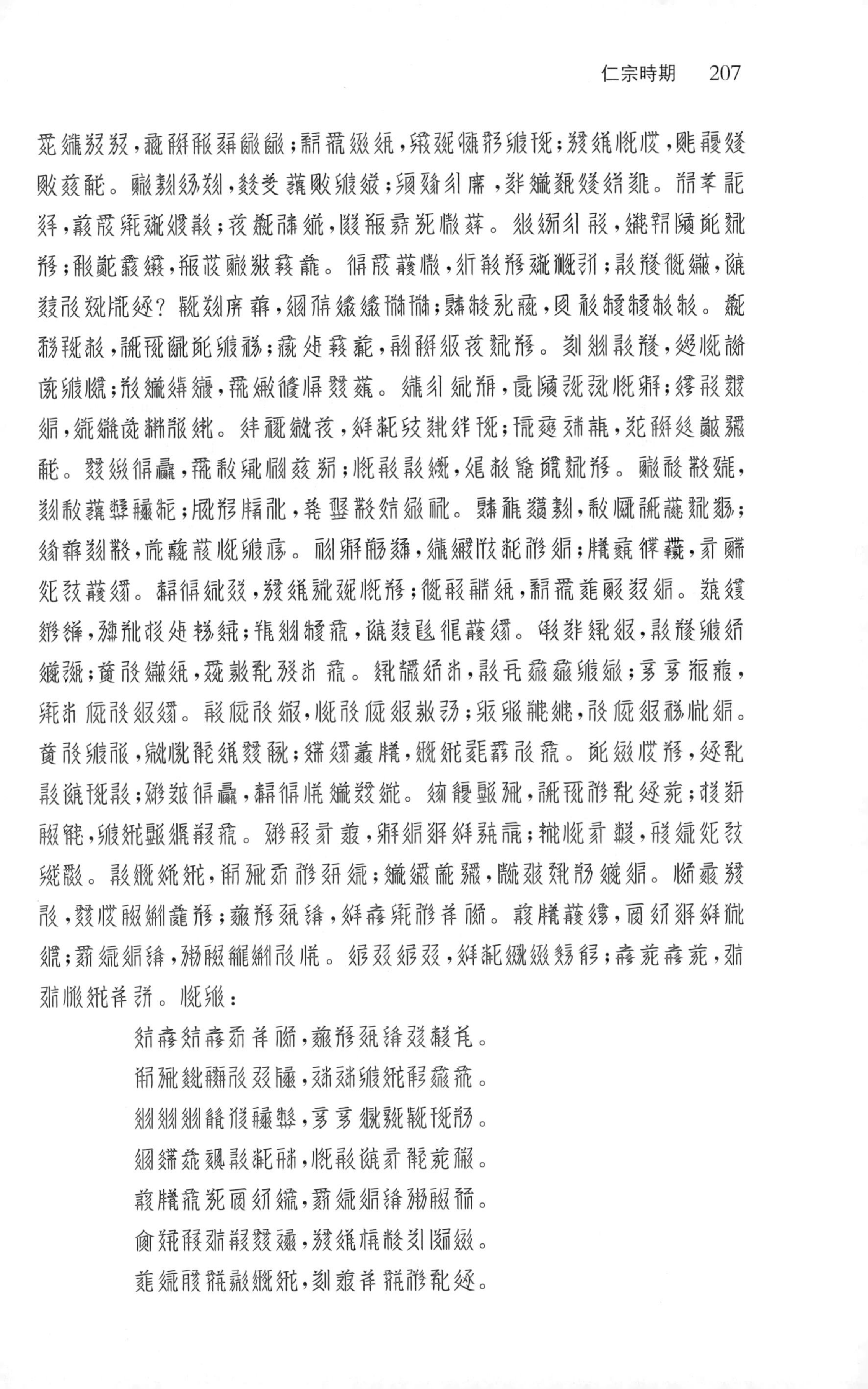

**譯文：**

勸親修善辯

三更獨坐，諸事細細審看；午夜無眠，枕上絲絲領悟。四季相逐，日月未曾稍止；八節轉换，光陰無有暫停。春花簇簇，秋樹落葉飄飄；孟夏蔥蔥，仲冬枯枝漠漠。貧富難量，猶如水面波浪；興衰不定，恰似虚空電光。天降明君，誕時噴發火焰；國王聖主，生而滿室雷霆。嬰兒有齒，聞者自然驚奇；始文本武，己方臣民賓伏。神謀睿智，開拓國土家邦；單騎率軍，庶民遍滿天下。無奈將亡，未知求生何處；壽終至死，今時豈在宫中？風帝即位，四海戰戰兢兢。番地獨尊，八山巍巍蕩蕩。劍刃以磨，地上疆界已正；玉毫而長，人中番文寫成。一日壽終，然後重歸天界；登時氣散，屍身入於墓塚。先聖求德，萬國讚歌不盡；理智無匹，超越古代今朝。俗文佛法，猶如珠串於心；巧治陰陽，一似觀丸於掌。忽然辭世，龍威猶如雲散；不覺壽夭，乃是虚無形相。天子大夫，威勢甚乎烈焰；秉性勇猛，能使地裂山崩。督導番界，威儀通貫荒郊；執掌大權，聲譽充盈曠野。禄盡歸真，力量不遺毫末；神銷赴墓，肉身終成塵灰。亡人平等，外表不分强弱；難逃一死，貧富均不可求。此刻英才，須臾已染霜髮；現時富貴，頃刻便成骷髏。人生百歲，誰能終其壽考？難至七十，母腹日差亦多。亦足百年，實實僅度其半；夜夜酣睡，是亦五十虚年。彼五十年，復十五年蒙昧；酒醉疾病，十五年正無知。七十已過，愚昧已成老朽；或成大覺，憂思安樂豈得？定數所依，生時壽限猶此；短命夭亡，死亡來時莫計。逐利争名，能在世間幾日？厭惡勞動，想來利益無多。計較自身，無窮怨心湧動；死後焚化，所取概是塵灰。惜命愛身，心志當可稍斂；審時度勢，隱時一無特殊。愛欲過盛，必定招致禍災；若要逞强，當勸其略知足。見聞多廣，讒舌怨心多有；如無所求，煩惱禍患豈來？要語要語，真正籌畫於心；勸之勸之，實當細細思忖。又詩：

勸君勸君當固窮，莫要逞强苦費功。
好勇鬥氣有何用？思來想去總成空。
朝朝白日疾如箭，夜夜月明快似風。
四季相沿減其壽，不覺老至己身中。
見聞多處讒舌衆，無欲無求煩惱薄。
肥馬輕裘何所愛，榮衰二種彈指同。
求之不得豈足慮，假若得到幾日定？

## 勸驕辯

[illegible]

[illegible]

[illegible]

[illegible]

### 譯文：

勸驕辯

今聞：生死夜長，衆苦因驕而重；菩提難證，罣礙由此而出。頭陀才高，熱病加倍轉盛；天人恃光，不堪受雨甘露。夫子驕横，惑於串珠之法；馬鳴外道，王前辯難而遜。禍患根本，莫過於驕，三界獨尊，謙故得之。故寶源分析少許驕罪，略見謙讓之功。驕者自誇，容受淺薄，水性下流，無所不包。是以驕者遮聖道，驕者福不盛。驕者諸人惡，驕者常受苦。驕者不相得，驕者毁衆善。驕者不敬人，驕者不見德。驕者諸禍因，由此受惡報。驕者諸天嗔，見時不喜悦。驕者缺多聞，驕者在深獄。驕者如有障，同盲不見道。驕者失正本，嫌而笑賢人。王驕失國本，臣驕毁身命。將驕則潰敗，僧驕是魔行。事驕則住滯，學驕缺明句。貴驕罪之本，賤本召禍來。山高霜雪著，樹高以風摧，言高則結怨，屋高多不久。井低汲不盡，海低寶不窮。謙故萬怨伏，謙故生人近，謙故和合緣，謙故所求成。謙則具妙行，謙則得安樂。心謙福德盛，身謙上人禮。見者皆尊敬，此後無怨仇。必定得人道，至心分析想，罪莫勝過驕。偈曰：

天地高上邊際薄，山海貯藏受高低。
惟我驕人現報重，空界内亦不可容。

## 讒舌辯

[illegible]

[illegible]

[illegible]
[illegible]

**譯文：**

讒舌辯

沙門之行最慈悲，惟想利益諸含識。一心欲是和合故，莫説他家長短情。説他情，利益薄，後來成怨減福德。見者厭，無朋友，後墮地獄割舌根。人説是非莫輕信，是非二種後來明。天堂地獄依心現，染浄因果不可免。本上自心當浄故，他人誹謗來送福。圓因諸法不可得，虚名於事何執著？人誹謗，無所損，萬人歌頌往昔禮。試想人命風中燈，或苦或樂無多日。若稍忍言都不能，菩薩大行如何行？既聞善，殊心喜，領悟句句真實義。彼以八風不動故，修行要訣其後無。偈曰：

讒舌閑話亂紛紛，邪風虚語體性無。
本上自心當浄故，他人誹謗來送福。

## 勸哭辯

[illegible]

[illegible]

[illegible]

[illegible]

**譯文：**

勸哭辯

世間法，世間法，依業轉換體不定。盛者成衰衰卻興，有如車輪不可執。福至君子不能薄，禍去所爲皆不成。禍者毁人福祐助，彼二種亦不多留。長時受樂終在誰？福不往則所爲實，禍不過則無常持。無可思慮畏夭亡，觀看今後法所定。死生接續如波浪，起自無始數不明。生者衆苦集處也，生者見時心何喜？死者生之起始也，死者何因意傷悼？生時有如著衣氅，死者一般似脱靴。今勸後主莫哭泣，涕淚相執利益薄。無始互相執著故，則此生死接續無。愛戀執著不起故，漂流苦海立即出。又偈：

　　多做生滅法，一切無常持。啼哭有利故，眼下何傷悼？

　　漂流因愛去，死生續斷無。執著不起故，苦海立即出。

## 浮泡辯

[illegible]

[illegible]

[illegible]

**譯文：**

浮泡辯

寂静空房獨自坐，一時驚雷風驟起。降下雨雹空中滿，仰望烏雲佈滿天。閃閃電光虚空出，滔滔波浪遍地遊。階前魚滿爲池沼，立即雨落蜻蛉生。此蜻蛉，此蜻蛉，因緣和合無中生，猶如水珠光熠熠，惜乎俄頃立即滅。小兒不解執持有，我今視之厭暫留。愚者連綫欲做網，競相争鬥互陷害。一旦觸時無所見，甚深憂惱愛根長。孤兒耶伽著有情，鼠毫縛之即摔跤。兔子角弓開無力，空花箭以直射心。此刻閑來你我争，陽焰尋水甚時合？慈悲慈悲諸衆生，無體之法何喜惡？水枯雲散惟留空，風雹蜻蛉豈有哉？測想此身與彼同，因緣和合無中有。如水蜻蛉不堅强，如同芭蕉虚無心。無明烏雲遮法界，雷電行而求苦果。愛水茂盛滅智火，五藴蜻蜓因業漂。造業受業無盡故，或生或死數不明。諸支聚集變化身，猶如水沫實體薄。本上色心同虚空，苦樂兼受何曾起？死時爲空亦見實，其中憂思殊傷悼。鼻上炊米眼下垂，看時惑而野外想。月夜狐奔見其尾，甚深遠逃超野獸。嗚呼嗚呼諸衆生，愚而癡迷魔意明。悟空無明斷行業，三界苦果何因受？如今制因謂是空，其空者亦自性無。本上未曾受生故，依滅而空如何成？譬如夢中財成敗，睡醒雙雙體性無。有空二者與之同，一切邊上心莫著。想勝義之非境界，想者明説是世俗。何時心想皆深故，爾時其名三界出。

### 罵酒辯

[illegible]

[illegible]

**譯文：**

罵酒辯

今聞：生死夜長，明意昏暗，因去流轉。黑夜浄心，故生迷惑。盲瞽不明，無勝於酒；愚癡顛倒，莫過於酒。人中毒湯，土中癲水。伏龍比丘，因醉不降蝦蟆；

飛空仙人，貪杯小兒嘲諷。力敵百夫，倒下焉能坐起？智辯萬人，慵鈍安可止涎？金玉身美，富兒不悟。茅廁内卧，慚愧羞言。君子無衣，置身市場。癲狂粗野，前世嗜酒之故；愚癡殘手，往時讓盞之由。故寶源略微駡酒之罪，些許以勸世人。酒者是毒湯，飲者五庫罄。酒者如暗夜，東西分不清。酒者實怨仇，飲時不免患。酒者惱禍根，百病皆發生。酒者如蛇毒，觸之不安樂。酒者同惡魔，遇時如疾病；酒者似魔鬼，逢之即悶絶。酒者如糞便，蚊蠅紛紛争；酒者與尿同，吐後遠遠棄。酒者癲狂湯，敬愧皆喪失。酒者敗家賊，財寶由此盡。嗜酒同迷幻，正心皆喪失。酒者魔鬼乘，飲食啖不飢。醉者如盲人，看色不分明。醉者似聾人，呼唤莫之聞。醉者同啞人，問之不答言。醉者如人屍，强翻不動身。離酒如失神，面相無光鮮。醉時似臨終，坐中如死至。酒者如惡毒，大言皆喪失。酒者魔王藥，善上懈怠生。離酒頭著箭，所爲無聰明。嗜酒晃頭腦，所言少條理。察酒無功德，苦中無可匹。譬之同屎尿，屎尿種地助肥沃。譬之如血痰，血痰在内養身命。譬之同毒藥，毒藥外敷治惡瘡。嗚呼此毒湯，譬之無有匹。世間無智眼，持藥於惡毒。有價瘋狂賣，有價懵懂尋。有價求染病，有價害自身。今勸諸智者，迷情無過酒。诗曰：

酒者錯亂本，智者勿親近。活着失人威，死後墮糞湯。

## 除色辯

[illegible]

[illegible]

[illegible]

**譯文：**

除色辯

今聞：三惡苦報，生由縱性不敬；六道沉淪，出自逸放寬心。惱障顛倒，莫過於欲；迷惑無明，何及色境？眼前災難，座中邪魔。一角仙人，耽之失靈。桀紂二王，力疲身毁。吴帝以此，國土亡失。周幽耽色，烽火告災。陳國後主，藏井蒙難。是以色者，往昔招唤孽因苦果，此世破滅現前身命，未來皆斷佛性種子。心迷邪動，善惡不擇；意亂顛倒，何想親疏？爾時以眼惟觀美色，不見他境，盡速求樂，抛擲千金。壽終愛念，心無厭足。短暫别離，立即發病。玉體美貌，毁身之根；明眸細眉，斷命之本。赤紅兩頰，地獄之途；絶美雙目，殺人之劍。若不禁止，無厭悔故，死生相續，何時止息？故偈曰：

色者毒災本，親疏皆傷害。賢智由是毁，身名因彼滅。

家國由是亡，仙人威靈失。聖者迷惑根，爲禍證菩提。

寶藏開處賊，帝王才變愚。懇切説禁止，釋子言何在？

## 罵財辯

[illegible]

[illegible]

[illegible]

[illegible]

[illegible]

[illegible]

[illegible]

[illegible]

[illegible]

[illegible]

[illegible]

[illegible]

[illegible]

[illegible]

[illegible]

[illegible]

[illegible]

[illegible]

[illegible]

[illegible]

**譯文：**

罵財辯

今聞：三毒死生，衆苦迷情所出；六賊流轉，罣礙貪吝以生。顛倒煩亂，莫過於財，詐僞放縱，何及於寶？現前作祟，人之仇敵。吴君貪寶，招禍敗身。蜀主愛財，失家亡國。殷帝吝珍，横災梟首。是以財者得失自起，喜憂之本；愛惡所出，親怨之根。故略譬之世事，稍以勸諫萬人。財者邪魔本，聖道皆遮障。財者邪魔身，善者成懈怠。財者毁善賊，聖意不入心。財者邪魔庫，引發性兇强。財者魑魅身，不起知足心。財者煩惱根，看護不安全。財者驕慢本，不敬當敬者。財者過之根，使爲不義事。財者惱禍本，使爲不賢事。財者愚鈍根，賢智不親近。財者三毒本，使人自投獄。財者詐逆根，拋棄窮親戚。求財無聰慧，加倍起貪心。財盛聚不善，惡友彼處集。貪財厭乞丐，有如狗護食。財盛貪倍興，前因未曾觀。財盛必定盡，世人豈念此？活時未享受，死後人持之。

苦報獨自受，遺留何傷悼？如蜂求蜜汁，後來人享受。一世枉辛勞，貪財豈要害？故辯曰：

世間財，世間財，能令怒者笑顏開。
愚者舍生不顧死，貴人寧何知去來？
或復得，或復失，得則歡喜失則哀。
家國是以興衰聚，忠臣因此受禍災。
浄心君子心迷亂，重大惱禍莫過之。
嫡親紛争各傾國，爾後如何不分離？
擴地成蛇先擁寶，禄盛變狗護黄金。
賢智悟此隱郊野，愚人魅惑墮囹圄。
惟此風，地不動，動則貴人毁正途。
現身戰慄心豈樂？畏懼死後苦惱多。
世人癲狂速消滅，財寶虚利勿執著。
且回心，莫辛勞，枯葉三秋必定落。
壽短命喪風中燈，或願長壽不多得。
莫若深山結志氣，大道坊中甚逸樂。
愚人猶如順風雞，染著酒糟教迷醉。
是以入於吉凶網，永沉苦海何傷悼！

## 除肉辯

[illegible]

[illegible]

[illegible]

[illegible]
[illegible]
[illegible]
[illegible]
[illegible]
[illegible]

**譯文：**

除肉辯

今聞：有爲體性，乃是虚幻，捨則功行，無爲不成。真性雖然是實，趣則難證聖果。刹那悟道，需要多刧勤勉；一心正慧，依托萬行圓修。身地未浄，豈爲法器？世味不除，焉進妙道？是以三界内所有六趣，皆是己之父母；一切四生，皆是己之舊身。菩薩慈悲，呵護青草；凡俗殘忍，競啖有情！自性非肉，得以害命？利己傷物，人實傷悼！察其本源，豈有清浄？念殘害事，不欲見聞。世人耽味，以爲甘食。浄眼以觀，如吞膿血。人羊相啖，因果分明。殊多命債，如何解脱？心如虎狼，意毒禽獸。一切善根，悉皆破散。三惡業報，同時聚集。世俗食肉，拘縛生者。必定斷命，一截截做；無有慈憫，一塊塊吞。罵亦無悔，加倍爲非。若己之身上單獨一指著棘刺，亦傷苦痛楚無處可説，齧唇蹙眉，攢身噯氣，痛苦難忍，況復以刀傷損命根，命終傷苦血流著，此刻豈知？若自受之，爾時然後備知其苦。食時何生些許歡喜？除時有心回罵其法。日日慈悲，無限減除；時時怨害，豈有邊際？察我逢怨，因此出現，愛雖分離，是以產生。故魔羅遇災，因昔仙人之射得報，金色受害既過，牛命已失故也。若無饒益有情之心，則地獄苦報何時解脱？故偈：

殺戮有情聚坐食，勸君啖者莫心歡。
他人雖然有百錢，未嘗相讓卻索求。

現今欠下取命債，不分離處未嘗有。
此刻細細斬將碎，分離時亦他處爲。
他雖痛苦命即斷，又亦曰瘦不供食。
利刀自殘較量故，捨命難易立時明。

## 降伏無明勝勢偈

[illegible]

[illegible]，[illegible]。
[illegible]，[illegible]。
[illegible]，[illegible]。
[illegible]，[illegible]。

[illegible]

[illegible]，[illegible]。
[illegible]，[illegible]。
[illegible]，[illegible]。
[illegible]，[illegible]。

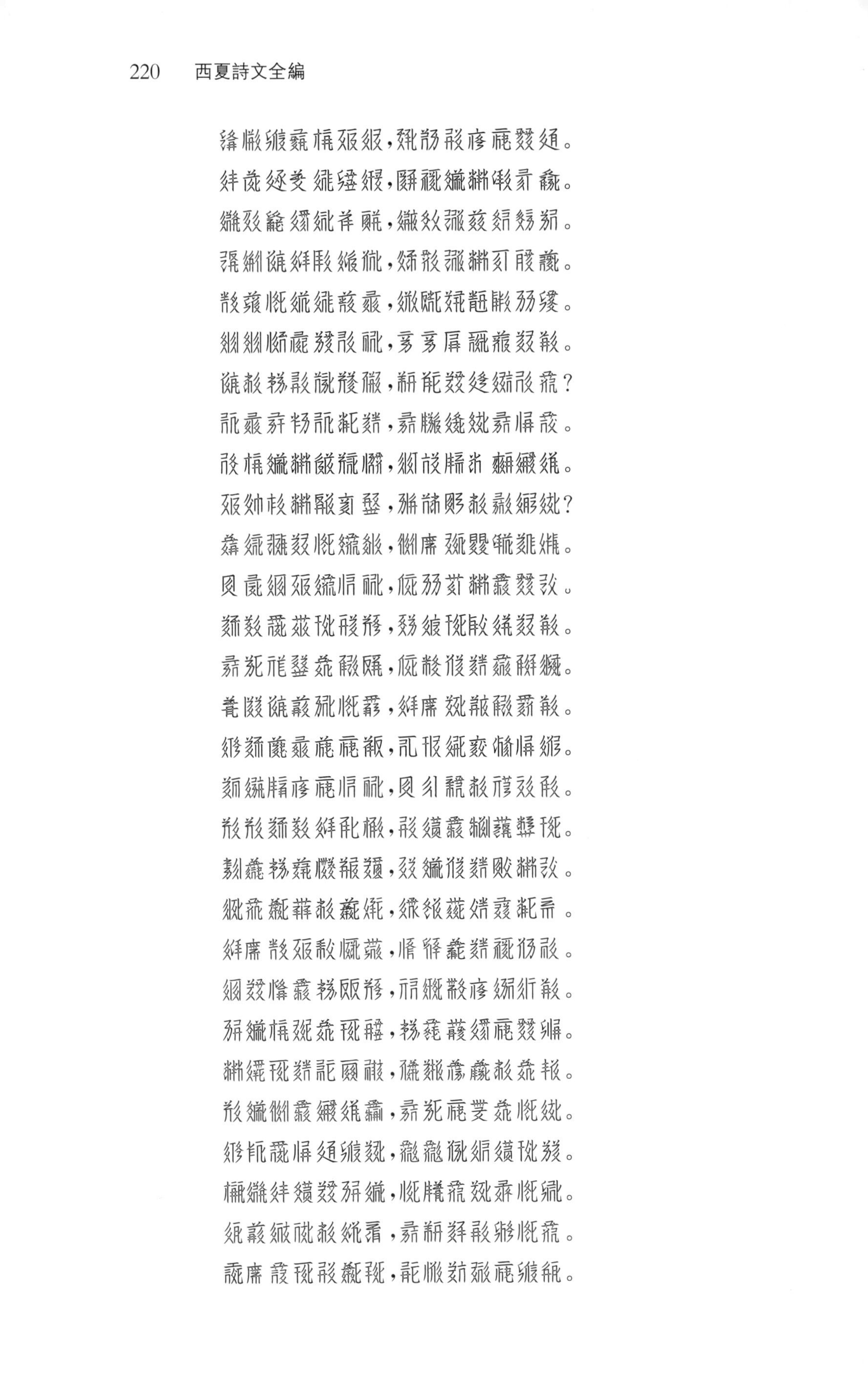

[illegible]，[illegible]。
[illegible]，[illegible]。
[illegible]，[illegible]。
[illegible]，[illegible]。
[illegible]，[illegible]。
[illegible]，[illegible]。
[illegible]，[illegible]？
[illegible]，[illegible]。
[illegible]，[illegible]。
[illegible]，[illegible]？
[illegible]，[illegible]。
[illegible]，[illegible]。
[illegible]，[illegible]。
[illegible]，[illegible]。
[illegible]，[illegible]。
[illegible]，[illegible]。
[illegible]，[illegible]。
[illegible]，[illegible]。
[illegible]，[illegible]。
[illegible]，[illegible]。
[illegible]，[illegible]。
[illegible]，[illegible]。
[illegible]，[illegible]。
[illegible]，[illegible]。
[illegible]，[illegible]。
[illegible]，[illegible]。
[illegible]，[illegible]。
[illegible]，[illegible]。
[illegible]，[illegible]。

[illegible]，[illegible]。

[illegible]，[illegible]。

[illegible]，[illegible]。

[illegible]，[illegible]。

[illegible]，[illegible]。

**譯文：**

降伏無明勝勢偈

慈憫六趣凡愚類，本逆真覺貪嗔盛。
是以魔勝心迷醉，不知不覺承死生。
一時奮迅龍宮往，無明大山伸手拔。
愛海天中皆佈滿，三界有漏爾時破。

今聞：佛性寬廣，法界平等，凡聖圓融，本無別異。衆生迷醉，背真如義，生死輪回，不求解脱。六趣往來，愛水漂溺。蔽貪嗔癡，沉淪暗夜。刹那求樂，自投牢獄。是以四魔後隨，方便専運，五聚山中，發出勇軍。放貪嗔火，悉燒諸善；妄測微塵，遮蔽智日。菩提道場，登時截斷；涅盤法城，四面掩平。相指揮聲，震動大地，八面殺氣，染紅天色。心王恐懼，呼喚勇將，六波羅蜜，法堂議之。十八界内，令集四軍，緊急指揮，遍告軍令。發放矛戟，齊擊法鼓。一一衣安忍甲，一切執三藐弓。悉皆肘上掛禁戒盾，各自騎乘菩提心馬。爾時雙方，彼此交兵。精進迫戰，一無反顧。發至中途，刀箭如雨。屍骨蔽野，血流成海。魔軍敗逃，不相救護。六根道内，先有伏兵。前奔後逐，不得遁處。念生生擒獲無明將軍，以索捆綁，送與智將。汝今罪重，不聽佛旨，令諸有情不得安樂。皆服所問，無言可對。心王因命：研磨解脱智劍，殿前爲之三段。此後法界永遠安寧，如意大願今時圓滿。今日以後，即是獨尊。偈曰：

初心勝勢師子兒，糾結纏縛不自在。
我今力弱無志故，金翅鳥亦如烏鴉。
一時生勤磨智劍，煩惱網破捕無明。
妄查足跡一不留，爾時三界大自在。
如來已滅二千年，殊勝智者皆退隱。
佛在世時我沉没，末法時中得人身。
今爲人類德當全，有如普賢尊者同。

嗚呼此心多罣礙，塵數尊者未遇一。
不解三乘我愛驕，惟盜衣食養積業。
日日貪嗔多生長，夜夜癡蔽尋卧處。
如此一世將臨終，不成罪孽豈有善?
愛境猿猴境上放，自戕干戈自身藏。
十二時中作惡頻，福雖修而威力弱。
千里隊中火熾燃，如何救以草頭露?
所恃無有可依故，魔王慶喜顯滿願。
令集八萬四千衆，五聚蘊中發大軍。
菩提道場既獲取，尋即圍攻涅槃城。
本方齊聲相指揮，五種箭放空中雨。
慧臣聞此意不樂，奏于心王尋求旨。
六波羅蜜悉皆唤，降毒解脱殿内聚。
商議勇者皆令集，以八聖物宣莊嚴。
菩提心馬一一乘，智將軍令如火焰。
身著忍甲開禪弓，同時放箭發向敵。
迫戰而持精進劍，禁戒盾牌肘上掛。
心王三千威儀現，放佈施槍擊法鼓。
四無量軍爲一事，静慮大人謀方便。
爾時兩面共同攻，結合爲一皆相會。
發至中途磨牙齒，刀槍劍戟以相刺。
一時魔軍力弱敗，本方皆逃不相救。
六根道内已設伏，生生擒獲無明將。
汝今不肯聽佛旨，又不慈悲衆有情。
聞言禮拜以索命，自知有罪不對答。
金剛石上磨智劍，妄測足跡皆掃除。
無名將軍見此情，驚惶恐懼骨撕裂。
心王因命爲三段，毒根皆斷不復甦。
故此法界永安定，如意十方度衆生。
無量劫中乃隨願，今日然後得圓滿。
今始於此惟獨尊，三千界中大自在。

## 安忍偈

[illegible]

[illegible]

[illegible]

[illegible]

[illegible]

[illegible]

[illegible]

[illegible]

[illegible]

[illegible]

[illegible]

[illegible]

[illegible]

**譯文：**

安忍偈

無上三寶尊，我今恭敬禮。六波羅蜜中，安忍爲最勝。

能忍消宿業，能忍離現災。能忍衆心合，能忍壽命長。

能忍爲人敬，能忍無量福。能忍獲安樂，能忍可得多。

忍者功德山，忍者福田藏。忍者諸天祐，能忍善名揚。

能忍破衆惡，萬事自然消。能忍伏月孛，土星自歸滅。

迷故使愚人，無常令不疑。嗔火燒善根，令人常憂慮。

能忍息人嗔，現前爲雙贏。戰袍要錦緞，能以柔克剛。

起初嗔怒者，占測有不及。近旁我見之，撫掌呵呵笑。

所失財未知，令人逞剛强。以眼細細察，毗盧放智光。

所爲是佛事，何不見彌陀？如此能觀故，法皆波羅蜜。

八風吹不動，故號大法王。如同釋迦尊，魔中道場坐。

十號皆具足，普放慈悲光。流轉皆度脱，永劫當吉祥。

## 心病偈

[illegible]

[illegible]

[illegible]

[illegible]

[illegible]

[illegible]

[illegible]

[illegible]

[illegible]

[illegible]

[illegible]

**譯文：**

心病偈

六月熱力大，舌乾如片瓦。口渴飲水過，不覺成疾病。

昨晚夜過半，驟然心病著。熱冷上下敵，腹腸風攪動。

鳴響體内滿，五臟遍捶楚。起時難忍受，痛苦不可説。

齧唇内審視，此病何所在？受者是誰耶？從何而生起？

四大細細算，皮骨聚而成。動摇人行爲，己身不知覺。

因緣和合故，情體受痛苦。其情既察明，如空無形相。

空亦非真空，空則誰受痛？痛是固然有，有則相何如？

有無兩兩非，法體不思議。非我獨如此，有情皆一般。

焉能慮歸心？務實殊不肯。撫掌呵呵笑，所痛人想偏。

爾等何人斯，汝等自悟之。依次問他人，智者此般説。

## 俗婦文

[illegible]

[illegible]

[illegible]

**譯文：**

俗婦文

夫在家俗婦，罪孽衆多。佛言詐僞，超過男人。或油頭粉面，專心打扮；或衣錦褧衣，欺瞞愚者；或撒嬌饒舌，睥睨歌笑；或語合稱才，察言觀色；或抽手在胸，低頭側面；或徐徐行道，身動見影；或展眉閉目，亦愁亦喜，愚人轉惑，令著妄心。如此虚僞，説之不盡，沉醉凡俗，皆令癡迷。譬如惡賊，詭計衆多。又如畫糞桶，欺騙他人。譬如羅網，諸鳥墮入；譬如數罟，衆魚墜入。掩蔽坑内，盲人跌入；如聚火焰，飛蛾撲入；腐臭屍上，潮蟲攻入。近之則家亡國破，觸之則如執蛇毒。口如蜜汁，心似惡鳥。門下貧苦，婦人所爲；野外喪命，婦人所爲；門下不和，婦人所爲，子女不孝，婦人所爲。兄弟分離，亦婦人所爲；近親爲遠，亦婦人所爲；令墮惡趣，亦婦人所爲；人不生天，亦婦人所爲；障善業道，亦婦人所爲；不證聖果，亦婦人所爲。如此罪孽，説之不盡。衆生如此，實可憐憫。獄火常燒，不能分離，故受苦災，接續不斷也。

## 三驚奇

[illegible]

[illegible]

[illegible]？[illegible]□[illegible]，[illegible]。[illegible]

[illegible]

[illegible]

[illegible]

[illegible]

[illegible]

**譯文：**

三驚奇

第一

一驚奇，一驚奇，諸法云何成如此？生時未明山□數，滅後亦無毫釐分。疑是實，亦非實，有爲諸法破無常；疑是虚，亦非虚，地水火風利有情。疑無本，亦非無，無本自今可云何？疑有本，亦非有，有本再生不可用。疑無體，亦非無，無則萬相豈出來？疑有體，亦非有，有則滅時何不見？有無俱是轉相破，有無俱非事不成。分明歸心想諸法，覺觀皆盡不可説。

第二

二驚奇，二驚奇，六趣衆生千萬類。或有色，或無色，有無不同一般情。嗔時張目又捶楚，喜時嬉戲開顔笑。日日生，夜夜死，生時自己擔屍行。此等不止不動摇，惟情所致而非他。今此情，今此情，伸展肢體不曾休。動時奔走如機關，撤如斷線不動摇。歸心諸君情體根，亦無形相人不見。疑是無，亦非無，無則諸法云何想？疑是有，亦非有，有則色相何不見？疑是斷，亦非斷，斷則六趣誰生受？疑是常，亦非常，常則幽顯何不停？細細審察情體根，疑慮道斷不思議。

第三

三驚奇，三驚奇，此諸煩惱何所來？煩惱清浄獨真如，真如本上無染垢。真如若即煩惱故，凡聖一般不分别。離棄真如有煩惱，真如莫説普遍性。其相性中無真如，十方諸佛有煩惱。諸俗見亦悟其真，煩惱以此浄真如。一異兩兩不能成，兩不成故體概無。無則流傳何所來？有流傳則體概有，有則藴中豈所在？有無俱是違背性，有無俱非殊不成。因此精進想覺觀，戲論皆離不思議。

## 自在正見詩

[illegible]

[illegible]

[illegible]

**譯文：**

自在正見詩

沙門釋子要正見，正見本來無所見。惑則正見爲邪見，悟時邪正皆一般。或清浄，或染著，本來不二獨一真。法體分析與相離，凡聖未曾有差别。理事共相無礙故，色之然後可言空。有情心性古來浄，真煩惱者大菩提。暗夜思想親戚盜，東方既白識是父。大丈夫，相莫著，鼠毫爲索豈受縛？昂首放心樂處行，恐疑皆無人獅子。不做齋，不持戒，三業罪孽自然消。有時一日吃十頓，無時緊腹隨緣住。若食肉，若飲酒，油膩一律味不沾。一若舒身華林卧，我心依舊不動摇。見人厭時任誹謗，萬人讚頌不歡喜。不遠怨，不近愛，遠與不遠取其中。或往或來遊華藏，走步踏步行道場。出氣入氣皆真話，舉手動手皆手印。不斷惱，不證真，死生涅槃如夢想。或復坐，伸腿卧，獨自作歌撫掌笑。萬事俱抛不再想，心止有如無風燈。妙有真空無罣礙，惟以正念得妙樂。釋梵輪王誰所愛？我今視之不見樂。世上諸法所在明，縱成佛亦不歡喜。菩提涅槃如夢想，又何執著於他事？偈曰：

萬類獨一真，二障名菩提。凡聖皆同體，何法不真如？

## 隨机教化論，外道意法

[illegible]

[illegible]

[illegible]

[illegible]

[illegible]

[illegible]

**譯文：**

隨机教化論，外道意法

今聞：虚空清净，龍威興發雲雨；真如寂默，無名變現諸相。是以一氣初生，乃判地天二象；三才興起，昭彰日月圓明。欲界色界，人天各各産出；三千大千，山海種種成相。有情初生，不解吉凶分别；色境驟現，未知意弱虚實。是以如來徹悟，化仙相以導引凡俗；菩薩發慈，化輪王而教習愚頑。修善斷惡，發起苦行之勤；欲明因果，設立方便之法。説依二十五諦，示有涅槃生死；闡以六論十句，導引染净因緣。願入於正，初始當知邪道；欲趨於實，悉皆審察虚言。善哉！大覺何巧善也！偈曰：

觀察法界無一形，障以無名成萬相。
欲雲聚散輕輕除，願有正見漸漸化。
後方彰顯真道故，最初佯裝説邪惑。
觀察虚事究竟時，真實入處自然悟。

## 小乘意法

[illegible]

[illegible]

[illegible]
[illegible]
[illegible]
[illegible]

**譯文：**

小乘意法

嗚呼！匆匆四生，愚翳以迷盲智眼；紛紛六趣，愛水内澆滅慧燈。暗室疑生，虚驚而思慮鬼在；無名酒飲，色身上所執有我。是一是常，三世中續續不斷；做者受者，九有中次次往來。察境分明，大小有如塵粒；覺受法體，才量同於虚空。是以如來出世，三十四心，覺樹下果證菩提；百八結斷，鹿苑處轉動法輪。我體本空，諸法未有所主；一常無實，五蘊刹那生滅。造業受果，諸情連續而生；察色觀境，爲王憶念而悟。有爲皆苦，迫於因緣以現；大生造作，集聚微塵而成。斷癡棄愛，解脱三界煩惱；離身滅情，斷絶五道流轉。一求常求，根本永久不盡；我愛我執，苦惱萬世豈絶？偈曰：

暗室燈滅疑想鬼，愚癡慧障著有我。
愛以苦海輪回久，執則流轉無解脱。
真實諸法無下屬，有爲因緣以塵成。
一體不有五蘊聚，亦非常性説生滅。

## 唯識之意法

[illegible]

[illegible]

[illegible]
[illegible]
[illegible]
[illegible]

**譯文：**

唯識之意法

悲夫！明珠光奕，福薄無人能見；浄水清涼，鬼魅境界不成。是以執種内熏，想如境界之外；睡卧覆心，色相是心焉慧？最微虚體，有似聚集軍隊；無可切分，如同空花兔角。空花求果，辛勞毫無利益；蜃樓尋水，疲乏一無所得。内識雜亂，萬相虚如月出；一旦意澄，諸像如同雲散。轉外失秘，豈能除去流轉？有境亂心，焉能得證涅槃？一念分明，著手隱秘大法；一心澄浄，得證無上菩提。偈曰：

失秘轉外何辛勞，有境亂心在流轉。
著手隱秘大寶者，諸法皆集獨唯識。
光奕自悟絶占測，真智圓通無差別。
一念澄浄六度全，立時清浄超三界。

## 中乘之意法

[illegible]

[illegible]

[illegible]
[illegible]
[illegible]
[illegible]

**譯文：**

中乘之意法

夫夢境顯現，根本未曾有實；迷情生發，從來體性真空。疾病者浄，室内純見鬼神；傷根則虚，遍空滿現塵毛。依種生芽，生根續續不斷；因心出法，惑緣重重不盡。睡醒除惑，無中焉得執有？去識滅境，悟後不爲錯謬。願有識者，所識境體不空；欲無境故，能生去識本源。境由識現，無識則焉生其境？識由境生，境空則緣何有識？無識有境，則其境非境，是境則是誰之境？無境有識，則其識非識，是識則識之者何？有體生影，雖暗不爲斷真；有識現境，惑根如何全無？有境有識，有著而爲名流轉；無境無識，無取則得證圓寂。無能執故，所執諸邊豈有？空所見故，能見心亦無有。執藥於毒，然後不成快樂；搜尋與盜，後來必定不安。妄議斷根，障礙何處在位？絶能所者，自實菩提體也。偈曰：

三界非有愚緣現，其惑體亦以心盛。
識之自性不舍故，能取可取無不同。
先執相者是障礙，著邊流轉如何超。
實義能所皆斷絶，其實因俗名菩提。

## 富人憐憫窮人偈

[illegible]

[illegible]

[illegible]

[illegible]：

[illegible]
[illegible]
[illegible]
[illegible]
[illegible]
[illegible]

[illegible]：

[illegible]
[illegible]
[illegible]
[illegible]
[illegible]

[illegible]，[illegible]。
[illegible]，[illegible]。
[illegible]，[illegible]。

**譯文：**

富人憐憫窮人偈

低劣無臉面，親友悉皆厭。樂時互純真，此刻被看輕。

富人萬不足，窮獨害自身。敝衣人不愛，狗亦見之厭。

又詩：

馬瘦毛長脊背高，人窮志短無臉面。
富兒入山忙去尋，窮人對面問者稀。
有財羌漢上門來，無財親戚不認識。
乞討持碗二十鍋，佝僂拄杖接三段。
補丁貫肩一百衲，鞋底錯落後跟脱。
睡卧身下腹作氈，著衣脊背待天星。

窮人對曰：

我今身上衣襤褸，愚重外表我不貴。
海蚌形相雖醜陋，内有明珠無人見。
補丁堆下卧幼象，世間童子不知情。
無病削瘦豈是罪？有行貧窮勿嘲笑。
園有人則無露水，妄盛裝而取悦誰？
地上赤面與狗同，見襤衫時不歡喜。
老虎聰慧懷勇心，巧智雖貧志純真。
丈夫能食手中劍，童子慈恩不須受。

## 顯真性以勸修法，漢聲楊柳枝

[illegible]，[illegible]

[illegible]，[illegible]；[illegible]，[illegible]。
[illegible]，[illegible]；[illegible]，[illegible]。
[illegible]，[illegible]；[illegible]，[illegible]。
[illegible]，[illegible]；[illegible]，[illegible]。

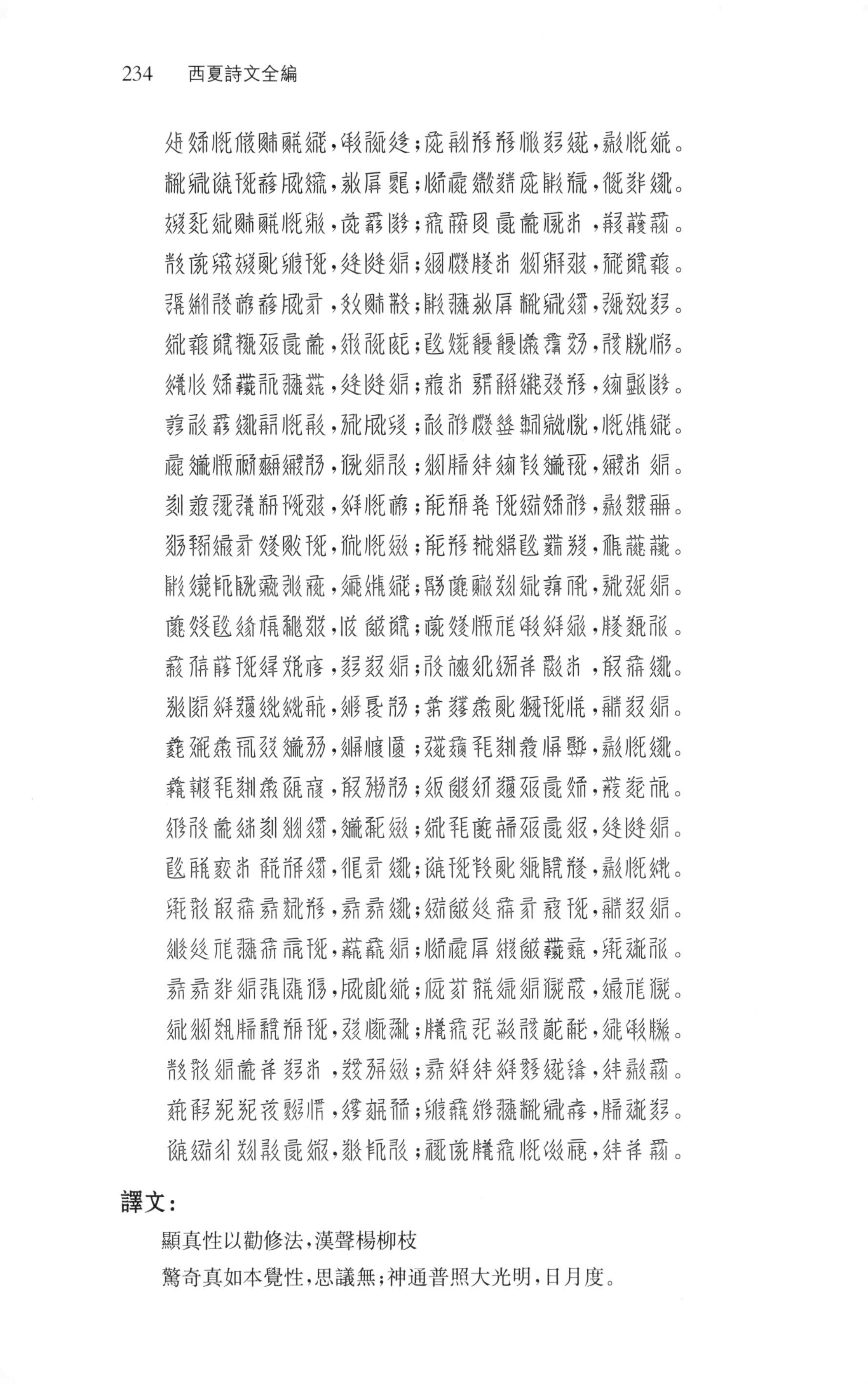

[illegible]
[illegible]
[illegible]
[illegible]
[illegible]
[illegible]
[illegible]
[illegible]
[illegible]
[illegible]
[illegible]
[illegible]
[illegible]
[illegible]
[illegible]
[illegible]
[illegible]
[illegible]
[illegible]
[illegible]
[illegible]
[illegible]
[illegible]
[illegible]
[illegible]
[illegible]

**譯文：**

顯真性以勸修法，漢聲楊柳枝

驚奇真如本覺性，思議無；神通普照大光明，日月度。

摇動造作有能力，形相無；護持現滅如輪回，未曾動。
無往無來無生滅，性恒定；不説不棄不染浄，不變易。
難知難信難思議，度心語；非親非遠未曾離，眼前住。
塵毛不遮盡現功，人堪告；諸人有爲能猜説，何不悟？
有情如此有真性，愚蒙惑；貪嗔放鬆諸業造，生死受。
殑沙功德全不要，耽世樂；頂戴亦經八萬劫，何所成？
如同三界殑水輪，無停止；四禪天有福盡時，形相變。
哀哉清浄真性身，神功著；依業愚癡爲有情，誰處説？
變頭易相千萬劫，黑夜行；地獄疾馳謂剛健，子巧算。
覺背塵趣隨境遷，無停止；眠中亦夢爲家事，名利著。
動樂承安不知倦，意性正；少略禪坐速愚昧，不分明。
嗔時吼叫威力殊，無明盛；修福誦佛名上時，亦無力。
假若誦經懺悔時，心不浄；積罪如山善塵微，焉平等？
幻術色身如電光，不多待；造罪死時獄使俘，大獄入。
業鏡本簿無謬誤，最顯明；閻羅皇帝正決斷，無情面。
羅刹獄主二邊立，兇惡相；天目吼聲人心碎，過天雷。
如海河流辯才者，不可説；十步九思當亦是，苦報受。
開尾掏心骨髓裂，甚悲痛；刀杖鐵輪如雨來，不可避。
銅犬鐵蛇平時聚，共搏擊；碓磑搗割釜内煮，何不受？
鋸分切割鐵繩縛，甚苦惱；口惡剜舌千萬畝，犁農行。
六十小劫日日成，長時待；割頭剁腿千萬歲，無停止。
脱獄亦生畜生道，鬼身受；如此輪回何時了，何不難？
他等苦報自令爲，自承受；善惡果報如身影，不可躲。
因果如依聲響生，無差别；斷貪嗔癡滅惡趣，自然度。
自己無生往昔明，性了悟；五蘊應證無照見，聲色明。
福德修行如存錢，莫懈怠；有情慈悲同獨子，我毁人。
無三等劫亦當説，不爾待；自心真能成佛心，怎成佛？
論説笨拙文不和，意味薄；所得依才勸衆生，説修法。
此善聖帝壽萬年，寶根盛；法界有情皆不遺，佛當成。

## 佛説聖曜母陀羅尼經發願文　訛布氏慧度

俄羅斯科學院東方文獻研究所藏本 инв. № 705，在《佛説聖曜母陀羅尼經》卷尾（**圖 17**）。尾署夏乾祐十九年（1188）九月。參考聶鴻音（2014c）。

[illegible]

[illegible]

**譯文：**

今聞：虚空九曜輪，悟善無多；地上萬民庶，爲災衆夥。故我佛慈悲，設爲方便；熾盛光相，立便攝持。一一授之密咒，事去損傷；各各立其誓言，語取增福。一心受持，八萬種呈祥除禍；一時供奉，百歲秋長壽無憂。所欲盡皆可獲，所求如願能圓。因見如此妙功，尼僧訛布氏慧度發願，與梵本校讎，鏤版開印，施諸衆人。以兹勝善，願聖長福壽，法界昇平；業盡含靈，往生浄土。

乾祐戊申十九年九月　日。發願刊印者出家尼僧訛布氏慧度，書者筆受李阿善。

## 觀彌勒菩薩上生兜率天經施經發願文　仁宗仁孝

西夏文、漢文兩種，内容略同。參考伊鳳閣（1911）。

### 西夏文發願文

俄羅斯科學院東方文獻研究所藏本 инв. № 78，在《觀彌勒菩薩上生經》卷尾（**圖 18**）。署仁宗尊號，文中謂法事作於夏乾祐二十年（1189）九月。

[illegible]

[illegible]

[illegible]

**譯文：**

施經發願文

朕聞：蓮花秘藏，總萬法以指迷；金口遺言，示三乘而化衆。世傳大教，誠益斯民。今《觀彌勒菩薩上生經》者，義統玄機，道存至理。先啓優波離之發問，後彰阿逸多之前因；具闡上生之善緣，廣説兜率之勝境。十方天衆，願生此中。若習十善而持八齋，及守五戒而修六事，命終如壯士伸臂，隨願力往昇彼天。得生寶蓮華中，彌勒親自來接；未舉頭頃，即聞法音。令發無上不退堅固之心，得超九十億劫生死之罪。聞名號，則不墮黑暗邊地之聚；若歸依，則必預成道受記之中。佛言未來修此衆生，以得彌勒攝受。見佛奥理之功，鏤版斯經。謹於乾祐己酉二十年九月十五日，恭請宗律國師、浄戒國師、大乘玄密國師、禪師、法師、僧衆等，就度民寺作求生兜率内宫彌勒廣大法會，燒結壇，作廣大供養，奉無量施食，並念佛誦呪。讀番、西番、漢藏經及大乘經典，説法作大乘懺悔，散施番、漢《觀彌勒菩薩上生經》十萬卷、漢《金剛般若》《普賢行願品》《觀音普門品》等各五萬卷，暨飯僧、放生、濟貧、設囚諸般法事，凡七晝夜。以兹功德，伏願：四祖一宗，主上宫之寶位；崇考皇妣，登兜率之蓮臺。曆數無疆，宫闈有慶，不穀享黄髮之壽，四海視昇平之年。福同三輪之體空，理契一真而言絶。謹願。

奉天顯道耀武宣文神謀睿智制義去邪惇睦懿恭皇帝謹施。

## 漢文發願文

俄羅斯科學院東方文獻研究所藏本，影件見《俄藏黑水城文獻》第 2 册第 47—48 頁。

朕聞蓮花秘藏，總萬法以指迷；金口遺言，示三乘而化衆。世傳大教，誠益斯民。今《觀彌勒菩薩上生經》者，義統玄機，道存至理。乃啓優波離之發問，以彰阿逸多之前因；具闡上生之善緣，廣説兜率之勝境。十方天衆，願生此中。若習十善而持八齋，及守五戒而修六事，命終如壯士伸臂，隨願力往昇彼天。寶蓮中生，彌勒來接；未舉頭頃，即聞法音。令發無上不退堅固之心，得超九十億劫生死之罪。聞名號，則不墮黑暗邊地之聚；若歸依，則必預成道受記之中。佛言未來修此衆生，以得彌勒攝受。感佛奥理，鏤版斯經。謹於乾祐己酉二十年九月十五日，恭請宗律國師、浄戒國師、大乘玄密國師、禪法師、僧衆等，就大度民寺作求生兜率内宫彌勒廣大法會，燒結壇作廣大供養，奉廣大施食，並念佛誦呪。讀西番、番、漢藏經及大乘經典，説法作大乘懺悔，散施番、漢《觀彌勒菩薩上生兜率天經》一十萬卷、漢《金剛經》《普賢行願經》《觀音經》等各五萬卷，暨飯僧、放生、濟貧、設囚諸般法事，凡七晝夜。所成功德，伏願一祖四宗，證内宫之寶位；崇考皇妣，登兜率之蓮臺。曆數無疆，宫闈有慶，不穀享黄髮之壽，四海視昇平之年。福同三輪之體空，理契一真而言絶。謹願。

奉天顯道耀武宣文神謀睿智制義去邪惇睦懿恭皇帝謹施。

## 瑜伽夜五更　　天聖子

俄羅斯科學院東方文獻研究所藏本 инв. № 7840，附在《佛説一切如來悉皆攝受三十五佛懺罪法事》卷尾（**圖 19**），署夏乾祐二十一年（1190）。參考孫伯君(2013)。

[illegible]

[illegible]

[illegible]

[illegible]

[illegible]

[illegible]

[illegible]

**譯文：**

瑜伽夜五更

瑜伽士天聖子 集

夜一更，至心入等持。殊勝如寶位，坐於禪榻時。觀諸事，内心狂躁如醉象，唯有此心可調伏。

夜二更，少坐不覺寒。三界盡是虛，心外無有境。識此器，心著世界無愛欲，唯獨此心可監護。

夜三更，息氣少許眠。大獅子形象，右卧左覆衣。速起思，覺身豈可高牀卧，此心一種可調伏。

夜四更，空行始唤人。呼起做瑜伽，饒益衆有情。跏趺坐，内外尋心不可得，此理須當細細察。

夜五更，身心俱踴躍。禪定應回向，救濟衆生苦。帝釋天、净梵皆亦無此想，此心最是難獲得。

## 三十五佛等十三部校印題記

佚　名

俄羅斯科學院東方文獻研究所藏本 инв. № 7840，在《佛説一切如來悉皆攝受三十五佛懺罪法事》卷尾（圖 **19**），署夏乾祐二十一年（1190）。參考孫伯君（2013）。

[illegible]

[illegible]

[illegible]

[illegible]

**譯文：**

此《三十五佛》等共十三部而爲一卷，以原有書反復勘校，實爲净本。

乾祐庚戌二十一年 月 日，

於新御前買薪西側守關人謹贖印。

書版者筆受李阿善。

## 番漢合時掌中珠序

骨勒茂才

在西夏蒙書《番漢合時掌中珠》卷首，西夏文、漢文各一種，内容相同。夏乾祐二十一年（1190）。原書有初刻本、復刻本之分，均藏俄羅斯科學院東方文獻研究所。影件見《俄藏黑水城文獻》第 10 册第 1—2 頁及第 20 頁。參考吕光東（1982），黄振華、史金波、聶鴻音（1989）及李範文（1994：376—379）。録文據初刻本。

### 西夏文序

[illegible]

[illegible]

[illegible]

**譯文：**

番漢語合時掌中珠序

凡君子者，不因利他而忘已，無不學者；不爲利已而絶他，亦無不教。學者以智成已，欲襲古跡；教亦以仁利他，用救今時。兼番漢文字者，論以末則殊，考於本則同。實何也？則先聖後聖，揆行未嘗不一故也。雖然如此，今時人者，番漢語言可俱備也。不會番言者，不入番人之衆，不學漢語，則豈合於漢人？番人□□□出，漢人不敬；漢人中智者生，番人豈信？此等皆語不同之故。如此則有逆於前言。故茂才稍學番漢文字，自然曷敢沉默？棄慚怍而準三才，造番漢語學法，集成節略一本。一一語句，記之昭明；各各語音，解之形象。敢望音有差而教者能正，句雖俗而學人易會，名號爲“合時掌中珠”。智者增删，幸莫哂焉。時乾祐庚戌二十一年 月 日，骨勒茂才謹序。

## 漢文序

凡君子者，爲物豈可忘己？故未嘗不學；爲己亦不絶物，故未嘗不教。學則以智成己，欲襲古跡；教則以仁利物，以救今時。兼番漢文字者，論末則殊，考本則同。何則？先聖後聖，其揆未嘗不一故也。然則今時人者，番漢語言可以俱備。不學番言，則豈和番人之衆？不會漢語，則豈入漢人之數？番有智者，漢人不敬；漢有賢士，番人不崇。若此者，由語言不通故也。如此則有逆前言。故茂才稍學番漢文字[1]，曷敢默而弗言？不避慚怍，準三才，集成番漢語節略一本，言音分辨，語句昭然[2]。言音未切，教者能整；語句雖俗，學人易會。號爲“合時掌中珠”。賢哲睹斯，幸莫哂焉。時乾祐庚戌二十一年　月　日，骨勒茂才謹序。

**校注：**

[1] 茂才，復刻本作“愚”。

[2] 昭，復刻本作“照”。

## 拔濟苦難陀羅尼經發願文

賀宗壽

俄羅斯科學院東方文獻研究所藏本 инв. № 117，在《拔濟苦難陀羅尼經》卷尾（**圖 20**），尾殘。署夏乾祐二十四年（1193）九月。參考聶鴻音（2010c）。

[illegible]

[illegible]……

**譯文：**

今聞：《拔濟苦難陀羅尼經》者，不動佛之總持，釋迦世尊解説。二首神咒之力，滅除十惡逆罪。諸人受持，不知理趣，是以搜尋經藏，得此契經。臣宗壽等至誠發願，上報聖恩，因此於先聖三七之日，速集文武臣僚，共捨浄資，於護國寶塔之下，敬請禪師、提點、副使、判使、在家出家諸僧衆三千餘員，各自供養燒施滅除惡趣、七佛本願、阿彌陀佛道場七日七夜，念誦番、漢、西番三藏契經各一遍，救放生命，佈施神幡。命工雕印，散施此經番漢二千餘卷。以此善緣，謹願：太上皇帝往生浄土，速至佛宫。復願：皇太后、皇帝聖壽福長，萬歲來至，法界含靈，超脱三有。

白高乾祐癸丑二十四年十月八日，西正經略使……

## 過去未來現在賢劫千佛廣大供養次第儀序　　德　慧

俄羅斯科學院東方文獻研究所藏本 инв. № 7295，在沙門德慧譯"過去未來現在賢劫千佛廣大供養次第儀"之首（圖 **21**），後接供養法。保存不佳。不署年代，按沙門德慧於夏仁宗時代在世，所譯《聖佛母般若波羅蜜多心經》及《持誦聖佛母般若心經要門》今存。

[illegible]

**譯文：**

今聞：三世之賢劫千佛者，□□難量。知見十方三世，妙矣哉；本願莫測，救拔四生六趣，大矣哉！一番恭敬讚嘆，百禍遠離，百福咸臻，能化生千佛刹内；些許尊奉供養，萬災消滅，萬行圓滿，可成就百寶位中。是以德慧同治死生，兼利今後故，敬禮賢劫千佛，讚嘆尊奉供養。奉已，復又纂集明典。

## 大印究竟要集序　　德　慧

俄羅斯科學院東方文獻研究所藏本 инв. № 824，在《大印究竟要集》卷首（圖 **22**）。款題"[illegible]"（蘭山沙門德慧集），不署年月。考沙門德慧於夏仁宗時代在世，所著《過去未來現在賢劫千佛廣大供養次第儀序》已見本書。

[illegible]

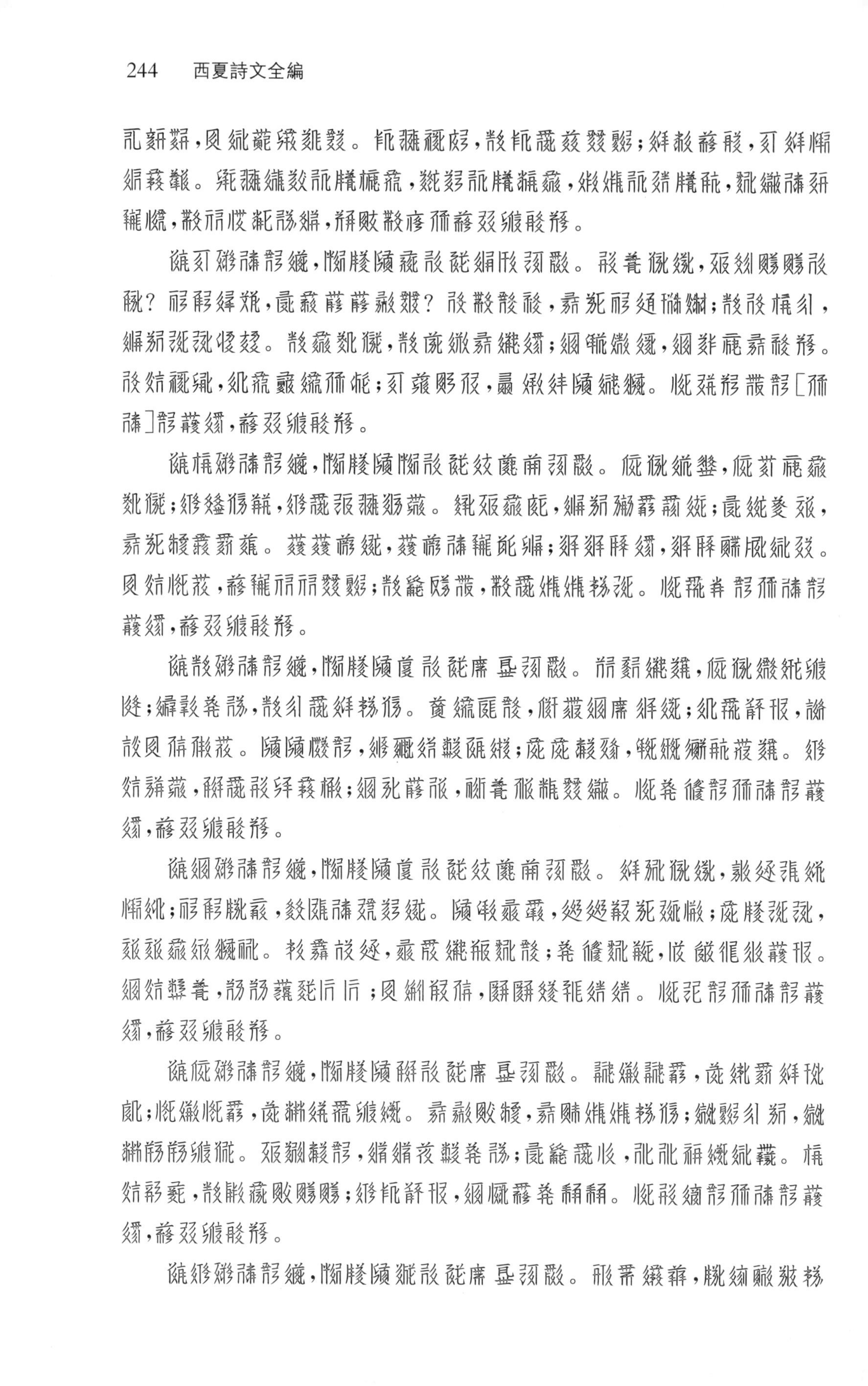

[illegible]

[illegible]

[illegible]

[illegible]

[illegible]

[illegible]

[illegible]

[illegible]

[illegible]

[illegible]

**譯文：**

今聞：此《究竟要集》者，蓋本師釋迦，照五濁世，滌除六趣昏衢；濯三毒器，充盈八正香湯。依本立法，和合三本之途；以心指真，印證一心無念。隨之先闡境識兼有，次説境識兩空，後明去境存識，終至返本歸源，入於大寂定時，乃傳真要於維摩(Vimalakīrti)大士。

此第一本師者，西天國北印度一長者也。通明智慧，千日煌煌無匹；辯才言語，萬水浩浩難敵。十大弟子，各自戰兢躲避；三十二聖，共相歡娛稱揚。照見三空，三界惟是自家；堅執四願，四生皆爲己子。十地法雲，覆蓋九有衆惑；一乘甘露，遍雨十方佛土。後爲薩囉曷(Saraha)師之本師，傳以真要。

此第二本師者，西天國西印度一婆羅門也。通曉五明，照見五藴皆空；明證六通，現化六道隨順。千百空行，共相娱樂成就；億萬仙女，各自敬奉供求。垢染能凈，凈染根本圓融；仇讎爲親，親讎體性平等。八地不動，和合真源寂寂；三部度曷(dohā)，稱揚大道昭昭。後爲龍樹師之本師，傳以真要。

此第三本師者，西天國南印度一王種也。童子出家，依止學思五明；少壯入山，參曉三聖道心。教導七衆，敬禮梵釋四王；調伏九龍，震蕩乾坤八海。諸國禪師，痛以焚堂斷索；各個論主，哀而折筆棄研。六地現前，乘載中道智舟；四邊漂渡,抵達勝慧彼岸。後爲山墓(Śavari)師之本師,傳以真要。

此第四本師者,西天國南印度一婆羅門也。心意聰明,胎内念知夙命;言辭巧健,能説本事前生。國人愛戴,屢屢登門來慶;諸天讚頌,時時空降雨花。置身市場,教化愛見民庶;巡遊山墓,調伏惡煞兇神。四地焰慧,殊殊赤火煌煌;八災苦海,漸漸青煙漫漫。後爲慈師(Maitrī)之本師,傳以真要。

此第五本師者,西天國中印度一王種也。久長久樂,悟求出世之心;不長不樂,捐捨世間之富。退己敬人,己功了了彰明;合俗同聖,俗内真真超越。千卷論師,暗暗焚稿入山;萬部外道,急急棄邪趨正。二地離垢,三業玉光熠熠;六根調伏,四儀金嶺巍巍。後爲智稱(Prajñākīrti)師之本師,傳以真要。

此第六本師者,西天國東印度一王種也。文殊攝受,善名天下稱揚;普賢佑助,正行地上長在。晝於法堂,開闡因乘三學;夜於地墓,指示果乘四印。前聚千禪,所飲定水寂寂;後引萬學,所服智食清清。初地見道,驚奇歡喜踴躍;後觀法衆,慈悲傷痛徹骨。後爲語主(Vagīśvara)師之本師,傳以真要。

此第七本師者,巴波(Balpo)國人也,族姓婆嚕(Baro)。求六字智,五明慧眼除翳;持三聚戒,十浄定水波澄。二十四宫,空行同會道場;六十二佛,中圍現前攝持。究竟四主,熱頂忍宫既至;顯現五相,人法空理彰明。無念遊樂,決斷執實察妄;行無著行,調伏虚想念心。後爲精進(Brtson-'grus)師之本師,傳以真要。

此第八本師者,吐蕃人是,族姓僧。身持三衣,解破三毒之心;法行四攝,發度四生之願。七部正理,設置三喻本緣;六聚中道,分别二諦真妄。講經律論,日日翻譯梵典;修戒定慧,夜夜纂集蕃文。心合佛心,求聚佛道資糧;念離塵念,調伏塵垢煩惱。後爲德慧之本師,傳以真要。

**附:**

索羅寧(2009)摘譯:

此第一宗師,西天國北印度長者也。智慧聰明,千日明亮豈及;辯才萬河流流焉似,十大弟子各自隱言敬佩。與三十二聖共同歌舞戲,堅持四願,四生爲其子,十地法雲,九有迷衆之蓋,一乘甘露十方佛國遍雨。侯爲 Saraha 師之宗師而真要傳[焉]。

此第二宗師,西天國西印度婆羅門也。解達五明,五蘊皆空觀照,明證六通,宜應六道變現,[與]百千空行共同喜樂,萬億仙陰如自敬事供養,垢垢能浄,垢浄本源凡亂[故],怨怨成親,怨親體性平等[故]。八地不動,源已和寂寂。三部

Doha 大道宣宣以歌。後爲龍樹師之宗師而真要傳[焉]。

……

此第四宗師，西天國南印度婆羅門也。心意明輝，在胎前命默思。語言巧能，産來，能説本事，國人喜樂，復復面來門下，諸天歌頌數數，令虚化雨。商場且在，見愛，而教在家人。遊山墓，伏弊惡鬼神。四地光輝勝勝，八難苦海終終，清煙飄飄。後爲慈師之宗師而真要傳[焉]。

……

此第七宗師，bapo 國人也。人姓 bjaaror，求知六字，除五明慧眼[之]翳，持三戒，十浄定水湛然，空行二十四宫聚如場共，受持六十四佛中圍現前，及四主競勝熱頂忍宫。五相宣明，明人法空理，實持無念戲樂，斷妄幻，起無著[之]行，調付虚思心念，後成精進師之宗師，而傳真要[焉]。

此第八宗師藏國人也。人姓 Xi-nge，身持三藏，破三毒[而]醒心。起四攝法，願度四生，安立七類正道，設制本緣喻[之]三，分别六集中道真妄二諦，説經論戒，日日翻譯梵本，修戒定慧，夜夜集藏文，心合覺，積集覺道資糧，調付念念，虚染煩惱，後成德慧之宗師而傳真要[焉]。

## 聖觀自在大悲心總持並勝相頂尊總持重刻跋　　郭善真

內蒙古博物院藏刻本，在《大悲心總持》卷尾，影件見《中國藏西夏文獻》第 17 册第 43 頁。不署年月，按初刻本出自夏仁宗天盛元年（1149），則重刻本當略晚於此。

[illegible]

**譯文：**

此《大悲心總持》者，威靈叵測，聖力無窮。所愛所欲，隨心滿足，一如所願，悉皆成就。因有如此之功，先後雕刊印版，持誦者良多，印版須臾損毁，故郭善真令復刻新版，以易受持。有贖而受持者，於殿前司西端來贖。

**附：**

史金波、翁善珍(1996)譯文：

今大悲心總持者，威德難疑，神力無量。□所愛樂，依意滿足，何如中願，盡皆成就。因有如此功，先後幾經印製，誦經者甚多，印版遂殘破，因用顯弱□，真使重新雕刻印版，受持爲易。有受持贖者，殿前司西左上當來贖。

## 無垢净光總持後序

佚　名

俄羅斯科學院東方文獻研究所藏本 инв. № 811，在《無垢净光總持》卷尾(**圖 23**)。原件尾佚，年代不詳。考《無垢净光總持》署"蘭山覺慧法師沙門德慧校"，德慧曾于天盛十九年(1167)奉詔譯《聖佛母般若心經》，則本文寫成當在仁宗時代。參考孫伯君(2012a)。

[illegible]……

**譯文：**

今聞：《無垢净光總持》者，三世諸佛所出之源，十方賢聖所依之本。恒沙如來，共説攝持，塵數世尊，同傳心印。威力難量，神功叵測。施寶周邦，未若謄抄一句；捨身千萬，不如片刻受持。珠藏天子一番入耳，惡趣驚惶盡數遠離；無垢天子一刻得聞，無窮罪業登時除滅。復若有能受持者，則於己身皆消業障，得獲安康。諸天佑助，聖善護持，不遭厄難，福壽綿長。化解怨讎，猶如親友，消除危害，疾病不侵。卓出爾羣，爲人敬重，當面顯聖，現世得成。命終時猶如蛇蜕，無所毁傷。心存正念，諸佛菩薩、一切善神皆來接引，隨意化生十方浄土寶蓮之中。見佛聽法，總持三昧，得獲神聖，隨即道證無上菩提。如此功效，真經中廣爲解説……

## 同音序

兀囉文信

在俄羅斯科學院東方文獻研究所藏西夏字書《同音》卷首，不詳年代。影件見《俄藏黑水城文獻》第 7 册第 1 頁。

[illegible]

[illegible]

**譯文：**

同音序

依音設字，據語成詞，爲世間大寶，成庶民所觀。先集者略雜，後新出另行。吾等失其助，學人不易尋。故而節親主德師知中書樞密事執正浄聚文武業敬孝諸巧東南族長上皇座嵬名德照檢視少許文本，因略有雜亂，乃請御史正諫臣考量文書東南族長上大蔭學士兀囉文信，重正雜亂，依音合類，大字六千一百三十三，注字六千二百三十。命工鏤版，國内傳行，勸民習之，爲智之本，勿生懈怠。

**附：**

李範文(1986：202)譯文：

以音記字，復語成句，爲世間大寶，前略搜集而成俗之綱目，後恰值單獨抄行俗學子不易尋(得)。故節親王集文武官員者正師、中書、知樞密事、獻諸巧藝，恭呈東南族闕上德照嵬名皇座。審視綱目，略有雜亂，正御史諫臣斟酌文辭，召東南族闕上大藏學士訛囉文信，重新整理，輯聲韻類而成。大字六千一百三十三，注字六千二百三十。令匠雕刻，頒行國内，勸民學習，當爲智本，勿生懈念。

史金波、黄振華(1986)譯文：

依音立字，據語成句，爲世間大寶，成民之根本。先集稍稍亂，後新漸漸行。吾等陷迷惘，學者不易尋，故而節親主、德師、知中書樞密事、執正廉、主孝文武業、恭敬百工、東南族長、上皇座嵬名德照，因所見文本略有雜亂，乃請御史正、諫官、校書郎、東南族長、上大學士兀囉文信，重正其雜亂，集合其聲類，大字六千一百三十三，注字六千二百三十。遣匠雕刊，傳行國内，勸民習之，爲智之本，勿生懈怠。

## 同音重校序　　梁德養

夏乾祐年間(1170—1193)。俄羅斯科學院東方文獻研究所藏西夏字書《同音》卷首。影件見《俄藏黑水城文獻》第 7 册第 29、58 頁。

[illegible]

[illegible]

**譯文：**

同音重校序

今《同音》者，昔切韻博士令吠犬長、羅瑞靈長之所造作。後增加新字時，學士渾吉白、兀名犬樂有新字，别作《同音》一本，是以新舊兩部各自傳行。其後節親主嵬名德照深諳番文，因見舊本有訛，新字别出《本序》中“先集者略雜”等四句也，故延請學士兀囉文信，結合新舊，集成一部《三才序》中“大臣憐之”等四句也，即今日此本。彼亦眼心未至，未離偏見。德養既見此書，存有雜亂，故與《文海寶韻》細細比對，於《手鏡》《集韻》好好校讎，勘正訛脱之外，亦增新造之字。巧智君子見此本時，勿生嫌惡，可爲增删。

**附：**

史金波、黄振華(1986)譯文：

今《同音》者，昔切韻博士令吠犬長、羅瑞靈長等之所作。後又增新字時，學士渾嵬白、兀名犬樂等別以新字，另作《同音》一本，是以新舊兩部各自傳行。其後節親主嵬名德照深諳番文，因見舊本有訛，新字別出（本序中“先集稍稍亂”等四句也），故延請學士兀囉文信，結合新舊，集成一部（三才序中“大臣憐之”等四句也），即今日此本。其亦眼心未至，知識不重。德養既見此書，存有雜亂，故與《文海寶韻》細細比對，以《手鏡集韻》好好校讎，匡正疏失之外，亦增新造之字。巧智君子見此本時，勿生嫌惡，當爲增删。

## 同音重校跋

佚　名

夏乾祐年間(1170—1193)。俄羅斯科學院東方文獻研究所藏西夏字書《同音》卷尾殘叶。

[illegible]《[illegible]》[illegible]，[illegible]，[illegible]□[illegible]。[illegible]、□[illegible]、[illegible]……

**譯文：**

所謂《同音》者，平上去入彼此不混，清□單雙各自分别。獨字、新□、同訓字……

## 金剛般若波羅蜜多經題記

### 其一

鮮卑寶源

俄羅斯科學院東方文獻研究所藏本 инв. № 3834，在《傅大士頌金剛經》卷首“發願文”之後（**圖 24**），不署年月。按原經文有仁宗題款，知題記成於夏仁宗在位期間。

[illegible]，[illegible]，[illegible]。

**譯文：**

大白高國大德壇度民寺詮教國師沙門寶源與梵本及漢番注疏反復勘校，去其冗雜，是爲真經。

## 其二　罔德忠

俄羅斯科學院東方文獻研究所藏本 инв. № 689，在《傅大士頌金剛經》卷首"發願文"之後（圖 **25**），不署年月。按原經文有仁宗題款，知題記成於夏仁宗在位期間。

[illegible]

**譯文：**

西勸農御史正明辯罔德忠發願，延請鮮卑法師與梵本及漢番注疏反復勘校，去其冗雜，是爲真經。

## 聖勝慧到彼岸功德寶集偈後序　佚　名

俄羅斯科學院東方文獻研究所藏本 инв. № 806，在《聖勝慧到彼岸功德寶集偈》卷尾（圖 **26**）。尾佚，不詳年月及撰人。按原經爲西夏功德司副使周慧海譯西夏文，經仁宗皇帝再詳勘（段玉泉 2009），依此則後序亦當爲夏仁宗皇帝御製。

[illegible]……

**譯文：**

恭聞：《勝慧彼岸》者，真智圓通，斷絕諸邊之本；色空不異，覺觀超脱之方。闡十八空，空内不遮幻相；二十五有，有中空理豈無？總括三乘，諸佛所生之母；五法之王，菩薩所修之本。講經伊始，大地六種震動……

## 一切如來百字要門發願文　　佚　名

俄羅斯科學院東方文獻研究所藏本 ИНВ. № 7165，在《一切如來百字要門》卷尾（圖 **27**）。草书，尾佚，不詳年代及撰人。經文題款"[illegible]"（賢覺帝師共西天五明鉢彌怛等傳，演義法師路贊訛師遏梵譯，顯密法師功德司副周番譯，出家功德司正普覺禪師李漢譯），考其中傳譯諸師均又見夏仁宗校本《聖勝慧到彼岸功德寶集偈》，知此發願文亦當不早於仁宗仁孝在位期間。

[illegible]……

**譯文：**

今聞：佛陀出世，能除三界昏冥；甘露法藥，可濟四生衆苦。其中此《文殊根本咒》並《一切如來百字》者，共請十方諸佛，印以心印；能證五智菩提，是得本原。一遍耳聞，立即解脱三塗八難；求修持受，須臾能證無上聖蹤。如是無比妙功之語，帝師西天鉢彌怛所傳，國師周慧海所譯。曩者諸師造做，手寫流傳。一厢願興盛種種雜經，一厢諸子弟慈母老邁臨終，去日無多，修福爲要。偶遇本經，乃鏤印版，亡故日印三百卷，施與諸人。另出用度之資，手寫印版，勉力發願。以兹勝善，伏願我主御壽福長，皇后太子金枝永茂，文武臣僚福智忠……

## 聖佛母般若心經並持誦要門施經題記　　埿訛遣成

俄羅斯科學院東方文獻研究所藏本 ИНВ. № 4090，在《聖佛母般若心經持誦要門》卷尾(**圖 28**),行書,不署年月。按《聖佛母般若心經持誦要門》初刻本出自夏仁宗天盛十九年(1167),則抄本當晚於此。

[illegible]

[illegible]

[illegible]

**譯文:**

爲報阿爺勤□及阿孃野貨氏養育之恩,自家多年書寫金字墨字《心經》,並散施所需念定功德等,施與衆人。

施者子埿訛遣成。

書此字者埿訛遣茂。

## 等持集品譯經題記　　佚　名

俄羅斯科學院東方文獻研究所藏本 инв. № 816,在《等持集品》卷尾(**圖 29**)。行書,不題年代及撰人。按經文首題"覺賢菩薩集,奉天顯道耀武宣文神謀睿智悙睦懿恭皇帝嵬名御譯",題記又云"永平皇帝朝",據此則題記成文必在仁宗朝代之後。參考聶鴻音(2014c)。

[illegible]

**譯文:**

此《等持集品》者,西天大師吡奈耶旃陀囉(Vinayacandra)共譯師西蕃比丘法慧(Chos kyi shes rab)等譯。其後番國永平皇帝朝,大師傅興盛正法寺知譯經詮義法門事出解三藏功德司正國師思善覺嵬名德源譯番本。

## 大方廣佛華嚴經普賢行願品發願文　　安　亮

俄羅斯科學院東方文獻研究所藏本,影件見《俄藏黑水城文獻》第 3 冊第233頁。尾殘,年代不詳,孟列夫(1984：58—59)斷爲金刻本。今按文内提及“命西番衆誦持《寶集偈》”,必指西夏仁宗時傳譯本《聖勝慧到彼岸功德寶集偈》,則本發願文亦當爲西夏作品,時代不早於仁宗朝。

蓋念：荷君后之優恩,上窮罔極;戴考妣之元德,旁及無涯。欲期臣子之誠,無出佛乘之右。是故暢圓融宏略者,華嚴爲冠;[趣秘]樂玄猷者,浄土爲先。仗法界一真之妙宗,仰彌陀六八之宏願。今安亮等懇斯威福,利彼存亡,届亡妣百日之辰,特命工印《普賢行願品經》一[萬]有八卷,繪彌陀主伴尊容七十有二幀,溥施有緣。仍肇薨逝之辰,暨於終七,恒興佛事,廣啓法筵。命諸禪法師、律僧、講主轉大藏及四大部經,禮《千佛》與《梁武懺法》,演大乘懺悔,屢放神幡。數請祝壽僧誦《法華經》,常命西番衆持《寶集偈》。燃長明燈四十九海,讀聲不絶《大般若》數十部。至終七之辰,詮義法師設藥師琉璃光七佛供養,惠照禪師奉西方無量壽廣大中圍,西天禪師提點等燒結滅惡趣壇,矧六道法事。襲此功德,伏願帝統延昌,邁山呼之景算;正宫永福,享坤載之崇光。皇儲贊協於[千秋]……

## 拜寺溝方塔詩集　　佚　名

1991年寧夏賀蘭山拜寺溝方塔廢墟出土,殘損嚴重,影件見寧夏文物考古研究所(2005：268—285),原件不署時間。文中“孝”字缺末筆,爲避夏仁宗仁孝名諱,又云曾見太子年幼,按仁宗太子純佑生於1177年,1193年即位,是爲桓宗,據此則《詩集》當寫成於1180至1190年間。參考聶鴻音(2002b)、湯君(2016)。

### 失題

夜後雙雙過海忙,尋邕□□□□□。□□□□論離恨,委曲嬌□□□傷。□□□□□□□,銜泥往復繞池傍。主公莫下廉□□,□□□□向畫堂。

## 茶

名山上品價無涯，每每聞雷發紫芽。□□□□吟意爽，旨教禪客坐情佳。□□[盃]裹浮魚眼，玉筯梢頭起雪花。豪富王侯迎客[啜]，一甌能使數朝誇。

## 僧

超脱輪回出世塵，鎮虎居寺佳遍純。手持錫杖行幽院，身著袈裟化衆民。早晚窮經尋律法，春秋頻令養心真。直饒名利喧俗耳，是事俱無染我身。

## 燭

緩流香淚恨清風，光耀輝□□□□。帳裹□□□起緑，筵前初爇焰摇紅。小童□□□□□，□□常將晝閣中。公子夜遊車馬□，□□□□□□空。

## 樵父

淩晨霜斧插腰間，□□驅馳[豈]□□。□□□□登險路，勞身伐木上高山。□□□□□□□，□□蓬頭望室還。世上是非□□□，□□□□[得]心閑。

## 武將

破虜摧風萬刃中，威名□□□□□。斬敵□□□軍將，揮蓋常成破陣功。鐵馬□壘金□□，□□横按静胡戎。不惟二箭天山定，□□□□□□□。

## 儒將

帷幄端居功已揚，未曾披甲與□□。□□□□□□□，直似離庵輔蜀王。不戰屈兵安社稷，□□□□輯封疆。輕裘緩帶清邦國，史典斑斑勳業彰。

**漁父**

處性嫌於逐百工,江邊事釣任蒼容。扁舟深入□蘆簇,短棹輕摇緑葦叢。緩放絲綸漂水面,忽牽錦鯉出波中。若斯淡淡仙[界]□,誰棄榮華與我同。

**征人**

鎮居極塞冒風寒,勞役驅馳□□□。□□□□尋澗壑,望塵探賊上峰山。□□□□□□□,刁斗宵聞動慘顔。每□□□□□□□,□□□□得歸還。

**畫山水**

誰寫江山在壁間,庭前瀟□□□□。□□□□難藏獸,瀲灧洪波豈□□。□□□□□密密,無聲水浪廣漫漫。風□□□是生□,□□上舒[長]覺寒。

**梅花**

寒凝萬木作枯荄,回煖孤根是□□。□□仙容偎檻長,妖嬈奇豔倚欄開。素□□□瓊臉皓,□萼風摇似粉腮。豈並青紅[户]□□,□□[珍]重滿庭栽。

**時寒**

陰陽合閉作祁寒,處處江濱已涸乾。凜冽朔風穿户牖,飄飖密雪積峰巒。樵夫統袖摸鬚懶,漁父披莎落釣難。暖閣圍爐猶毳幙,算來誰念客衣單?

**炭**

每至深冬勢舉昂,爐中斗起覺馨香。邀賓每爇於華宴,聚客常燒向畫堂。□□□□風凜冽,寒來能换氣温和。幾將克獸民時□,□□□□雪□王。

## 冰

郊外風寒凜洌時，嚴冰相聚向□□。□[彩神仙]貌潔白，輝光處女□□□。簷間凝□□□□，□□□裏結成澌。莫將[此]際□□□，□□□□□□□思。

## 冬候蘭亭

樹木冬來已見殘，全□□□□□□。□□□仙人[跡]少，軒牖荒涼雀噪繁。落葉雪培當□□，□枝照撼倚雕欄。思量此景添愁恨，歌管嬉□□□□。

## 日短

東南向曉赤烏生，指昴須臾復已□。□□□飛離邃室，窗光若箭出深庭。樵夫路上奔歸□，漁父途中走赴程。逸士妨編成嘆息，算來減卻[是]非輕。

## 冬至

變泰微微復一陽，從兹萬物日時長。淳推河漢珠星燦，桓論天衢璧月光。帝室慶朝賓大殿，豪門賀壽擁高堂。舅姑履襪争新獻，魯史書祥耀典章。

## 招撫冬至生日上

昴星昨夜色何新？今日侯門誕偉人。喜見塵寰翔鳳鳥，定知天上走麒麟。書雲瑞氣交相應，慶節懸弧盡舉陳。鼎鼐詔封非至晚，徠民更祝壽同春。

## 霞

朱丹間雜綺舒同，應兆晨昏雨霽□。□□□□[光]□□，須臾五色映高峰。影輝落日流波□，□□□霄傍月宫。吞噏若教功不輟，能令凡臉換仙容。

## 失題

行先五德莫非仁,居常□□□往親。君□□□□□□□,□人依處顯諸身。陳孟梁惠□□□,□□□□□□□。□物隨時名匪一,欲求[仁]恕可□□。

## 失題

爲物雖微出汙渠,營□□□□難除。航□□□□[米飯],座上從扇已點袪。晝閤紛紜防作□,□□□[不]害篇書。渾如譖佞讒忠正,去剪無由恨有餘。

## 失題

四端於此必無虧,舉措從容盡度宜。□□□□□果斷,□身應是善施爲。便教威武何由屈?□□貧窮莫可移。孔孟聘遊先是告,春秋論戰並相欺。

## 重陽

古來重九授衣天,檻裹金鈴色更鮮。玄廬安中應詠賦,北湖座上已聯篇。孟嘉落帽當風下,陶令持花向户邊。好去登高述古事,暢情酩酊日西偏。

## 菊花

卉木凋疎始見芳,色緣尊重占中央。金鈴風觸摧無響,一□霜殘亦有香。不似凡包葉聯氣,特栽仙豔媚重陽。陶家籬下添殊景,雅稱輕柔泛玉觴。

## 早行

鄰雞初唱夢魂驚,燈下相催起早行。□□□□門緊閉,□衢皎皎月才傾。棲鵶枝上猶無語,旅雁□□□□□。勒馬少停回首望,東方迤邐漸分明。

## 晚

樓頭吹角送斜陽，海上暉□□□光。遊子停□□□□，家童秉燭上書堂。荒郊煙靄□□□，□□□□□□□。漁□□□灘浦静，平安一把舉雲傍。

## 失題

滴漏頻催已五更，山川仿佛色□□。□□□□□□□，□□商車戴月行。霄漢□□□□□，□□□□□□□。□志窮經著弦誦，窗前喜將□□□。

## 聞蛩

微聲唧唧入庭圍，此韻霜時更足悲。□□□□□□□，□□□葉起秋思。風前因嘆年光速，月下緣□□□□。□□□□□□□，無眠輾轉動傷諮。

## 酒旗五言六韻

海内清平日，此旗無卷收。一杆出畫棟，三帖□□樓。邂逅遊人□，□□旅客愁。冬宜風雪裏，春稱杏牆頭。桂醒由兹顯，金貂爲爾留。高[人]豪傑士，既見醉方休。

## 燭五言六韻

銀釭施力巧，朱蠟有殊功。每秉高堂上，嘗停邃室中。花放榮永夜，流淚感多風。羅幕摇紅影，紗籠照碧空。文鴻[何]禁爾，緣[屬]□□□。頻把香媒剪，輝光日月同。

## 樵父

勞苦樵人實可憐，蓬頭垢面手胝胼。星存去即空擕斧，月出歸時重壓肩。伐木豈辭踰澗嶺，負薪□□□山川。算來□□□[留]意，卻没閑非到耳邊。

**武將**

將軍武庫播塵寰,勳業由來自玉關。□□□□扶社稷,威□衛霍震荆蠻。屢提勇士銜枚出,每領降□□□[邊]。已勝長城爲屏翰,功名豈止定天山?

**儒將**

綏帶輕裘罇俎傍,何嘗□□□□□。舍己□□□□□,納款遂聞入廟堂。曾棄一杆離渭水,□□□□□□□。□[辭無]□[從]兹信,更看横開萬里疆。

**失題**

不識鋤犂與賈商,一生□□□□□。□□□□□□□,□□□芳莒荻香。葦笠不思輸□□,莎衣安肯□□□?泛舟到□□蘋裹,轡線投輪紅蓼傍。汀草往回聞寺□,□□□□□□□。豈圖羆夢歸周後,不使星輝怨漢皇。蒼□□□□利禄,[殊]□閒事惱愁腸。

**畫山水**

誰施妙筆寫江山?不離圖中數尺間。乍看□□□□□,遽聽[波浪]似潺潺。持竿漁父何時去?荷擔樵夫甚日還?常□□□添漏洒,趨使心意覺清閒。

**征人**

人人弓劍在腰間,矢石沖臨敢憚艱。刁斗聲[聲傳]慘意,旌旗影[影]感愁顔。欲空虜穴標銅柱,未定天山入漢關。待得煙塵俱殄□,□□□□□□□。

**失題**

……去便柔。疾逢苦藥身知愈,□□□□□□□。□□途於麻山長,不扶自直信其由。

**塔**

十三層壘本神工，勢聳巍巍壯梵宫。欄楯□□□惠日，鐸鈴夜響足慈風。寶瓶插漢人難見，玉棟□□□莫窮。阿育慧心聊此見，欲知妙旨問禪翁。

**寺**

静構招提遠俗蹤，曉看煙靄梵天宫。□□萬卷釋迦教，□起千尋阿育功。寶殿韻清摇玉磬，蒼穹聲響動金鐘。宣□漸得成瞻禮，與到華胥國裏同。

**善射**

體端志正盡神方，既發須成德譽彰。雄邁中□行射虎，巧逾百步戲穿楊。開弓不許談飛衛，引矢安容説紀昌。鄉會每論君子争，將他揖讓上高堂。

**窗**

疏櫺或紙或紗黏，裝點丹青近畫簷。□悦輝輝篩杲日，宵□皎皎透銀蟾。倚欄花竹潛能視，閉户山峰坐可覘。最稱書生[摴]苦志，對兹吟詠倍令添。

**忠臣**

披肝露膽盡勤誠，輔翼吾君道德明。□□□□欺忘隱，心閑陳善顯真情。剖心不顧當時寵，決目寧□□□□。□檻觸□歸正義，未嘗阿諛苟榮身。

**孝行**

愛敬憂嚴以事親，未嘗非義類諸身。服□□□□違□，□□供耕盡苦辛。泣筍失□□□□，挽轅出□□□□。□□□養更朝飼，[徑]

使回車避遠□。

### 失題

豪子家藏敵國財，卓王糜□□□□。□□□□□□□，□□□歌抵暮來。入户綺羅圍□□，□□蠟燭秉徘徊。□□□□□□□，□室香凝使寔回。石崇廁上使侍婢以錦袋□香。會賓客侍中劉寔上廁，復出，云："誤入公室矣！"

### 失題

環堵蕭然不蔽風，衡門反閉長蒿蓬。被身□□□□碎，在□□□四壁空。歲稔兒童猶餒色，日和妻女尚□□。□□貧意存心志，□□□晨卧草中。

### 久旱喜雪

旱及窮冬從衆懷，忽飄六出映樓臺。爲資黎庶成奉兆，故撒瓊瑶顯瑞來。密佈南郊盈尺潤，厚停北陸滿[峰]培。農歌村野爲佳慶，樂奏公庭綺宴開。

### 打春

[責]作興功始駕輪，三陽已復是佳辰。喧[人]簫[鼓]送殘蠟，頌□黎民争早春。彩杖競攜官徒手，金幡咸帶俗綸巾。土牛擊散由斯看，觸處池塘景漸新。

### 送人應舉還

平日孜孜意氣殊，窗前編簡匪躊躇。筆鋒可敵千人陣，腹内唯藏萬卷書。學足三冬群莫並，才高八斗衆難如。今□執别雖依黯，佇聽魁名慰里閭。

### 雪晴

颼颼霧斂凍雲開，寒日暉暉照九垓。院落□□無鳥雀，庭[闈]□

爽絶塵埃。街衢人掃堆堆玉，園圃風雕□□□。□□□[漁翁]□□，擎鷹獵客頗欣哉。

**閒居**

閒事閑非舉莫侵，更無榮辱累吾心。與賓□□□□□，□□[唯指]膝上琴。碁鬥功機連夜算，奇思妙句盡朝尋。□□□□[入曉花，命]向窗前閱古今。

**……值雪**

苟求微利涉塵埃，值雪霏霏□□□。□□□□□□□，□□□舉是銀盃。飄飄旋逐狂風□，□□□□□□□。□□□觀奇絶景，道傍草木盡江梅。

**失題**

晚來屈指歲云徂，擊敵祛□□□呼。待曉進□□□[節]，迎新宿飯棄街衢。想知荆楚藏鉤戲，應是太原縣□□。□□此皆酣飲罷，年華又可改嗟吁。

**元日上招撫**

向曉青君已訪寅，三元四始屬佳辰。山川不見□□□，[巡]館唯瞻今歲春。首祚信歸[樞]府客，和光先養撫徠臣。書□□列持椒酒，咸祝[譽髦]輔紫宸。

**人日**

人日良辰始過年，風柔正是養花天。鏤金合帖色尤上，花勝當香緑鬢邊。[薛]道思歸成感嘆，楊休侍宴著佳篇。本來此節宜殷重，何事俗流少習傳?

**春風**

習習柔和動邇遐，郊原無物不相加。輕摇弱柳開青眼，微拂香蘭發紫芽。催促流鶯來出谷,吹嘘蛺蝶去尋花。掃除積雪殘冰浄,解使遊人覓酒家。

**春水**

冰消觸處浸汀洲,俗號桃花色帶稠。沼面汶回□□鯉,湖波浪動泛群鷗。潺潺杖引通欄過,泱泱鋤開入浦流。已[使漁翁]持短棹,時來解纜泛漁舟。

**上元**

俗祭楊枝插户邊,紫姑迎卜古來傳。衹[園]□□□□□,□巷銀燈萬盞燃。皓月嬋娟隨綺繡,香塵馥郁逐車輦。□□鐵鑄皆無□,處處笙歌達曙天。

**春雲**

飛揚似鶴映蒼穹,半□□□□化工。觸□既□□忱野,横槩□斂逐東風。或飄絲雨□郊□,□□□□□□□。□□□□歸碧嶂,直疑夢散楚王宫。

**失題**

斗回卯位景還蘇,協應□□□□□。昔日□□□□□,當年射□震寰區。暫淹倅職安邊壘,傾看皇徵赴□□。自是仁人□□壽,更祈彩綬至霜鬚。

**又**

豔陽媚景滿郊墟,載謫神仙下太虚。端正□□□□□,勤□實腹乃詩書,侍親孝行當時絶,駭目文章自古無。[此日]青衿□祝頌,輒將狂斐叩堦除。

**上祀學(下脱)**

歸向皇風十五春,首蒙隅顧異同倫。當時恨未登雲路,他日須令隨驥塵。已見錦毛翔玉室,猶嗟螻跡混泥津。前言可念輕[陶]鑄,免使終爲涸轍鱗。

**和雨詩上金刀**

至仁祈禱動春宵,雨降霏霏旱熱逃。灑濟郊野枯草嫩,救[蘇]壟畝擢禾高。村中農叟歌聲遠,窗下書生詠意豪。咸頌[金刀]憂衆德,田疇焦土一時膏。

**上招撫使□韻古調**

自慚生理拙諸營,更爲青衿苦絆[縈]。□□晨昏莫閒暇,束脩一掬固難盈。家餘十口無他給,唯此春秋是度生。日暖兒童亦寒叫,年豐妻女尚飢聲。頤顏不□□環堵,未[始]區區□大閎。乃爲吾邦邁堯舜,安時樂化實寬□。[少肉輕肥豈]□想,甘於蓬室飯菁羹。況值恩公宣聖□,□□□□□□□。□夙夜愁愧才譾,不堪鞭策以驅令。退□□□□□□,衡[門]□拙止關扃。俄爾年來變饑饉,□桐換粟□□□。□□□□不相接,室家相視頗□□。□□□□□□□,□□□□□□□。幸有恩公專撫治,忍教爾□□□□。□□□□□□□,□開耳目去聾盲。澡心雪志□□□,□□□□□□□。□□仁慈懷厚德,不愁擯□□□□。□□□□□□□,□□□荄再得萌。

**賀金刀□**

高人意趣固難肩,構成危樓壯遠邊。□□□□□□□,窗櫺隱隱透青煙。鹽威西視當軒側,□□□□□□□。盛暑諸君來一到,爽然滿灑類蓬天。

**(上脱)皇大(下脱)**

昨夜星移剥象終,一陽匯進協元功。瑞雲靄靄□蒼漢,嘉□葱葱繞禁宫。北陸始指寒意遠,南樓潛覺暖□□。殷勤更□瓊觥醞,仰介儲宫壽莫窮。

## 又

空嗟尺蠖混泥津，榮遇東風便出塵。每愧匪故促［懸］感，尚怨□進慰求伸。玉墀輝照恩九重，金口垂慈意益新。類□□□□□割，願投洪造被陶鈞。

## 求薦

驀馬求顧伯樂傍，伯樂回眸價倍償。求薦應須向君子，君子一薦□忠良。愚雖（標）［樗］櫟實無取，忝謫儒林閒可□。□□碌碌處異□，□物人情難度量。雙親垂白子癡幼，侍養不［給］□傖忙。故使一身［陷］□汙，侯門踈謁唯漸惶。

昨遇儲皇□［天恩］，［平步］□□［到］龍門。下臣何歲復無秏，杜門寧拙轉悲忿。寂寞衷懷無□□，［縱］取輕賤於他［人］。［今］君慷慨更誰似，拯救窮徒推深仁。德□薄之□□燕，片善微□□進升。駑鈍倘蒙與提援，豈異寒荄遇□□。

## 燈花

豈假吹噓力，深房自放花。無根簇碎蘂，□□□□□。安邊金忍□，何須倚檻誇。殷勤將喜事，每［令］報人家。

## 失題

雲收霧斂顯晴曦，楊絮□□□□飛。嫩柳當風□［緑㳂］，□□□□理黄衣。倚牆堂葉添紅豔，拂□□□□□□□。□□□□［坐詠興，頻］眸惜景暮忘歸。

## 春雪二十韻

某竊［觀］……［六花之流］，真乃豐年之兆，樂（豐）歲之徵，豈可……遂不愧荒斐，綴成七言春雪之作二十韻。□□□王學士等府［舍上］……幸甚！門人高某拜呈。此乃高走馬作也。

連夜濃陰徹九垓，信知春雪應時來。天工有意□□兆，瑞澤乘□浹宿荄。萬里空中撏皓鶴，九霄雲外屑瓊瑰。□□林杪重重□，誤認梨花樹樹開。幾簇落梅飄庾嶺，千團香絮舞章臺。奔車輪轉拖銀帶，逸馬蹄翻擲玉杯。臘□□望三白異，春前喜弄六花材。融合氣壯［消］還盡，澹蕩風狂舞□回。亂落滿空［簸］□緒，輕飛覆地□成埃。銀河岸上□摧散，織女祇是練剪裁。輕薄勢難裨海嶽，細微質易效鹽梅。滋蘇草木根芽潤，浄濯乾坤氣象恢。率土儲祥雖滿尺，終朝見晛不成堆。競［燕］投隙蟾篩早，任後凝山璞亂猜。東郭履中寒峭峭，孫生書畔白皚皚。袁堂偃卧扃雙户，梁苑朝會集衆才。矢志藍關行馬阻，解歌郢曲脆聲催。豈符□［路］塵埃息，又使［花］門糞土培。孤館恨端增客思，長安酒價□金罍。子猷行舟緣何事，訪戴相邀撥渌醅。

**和春雪**二十韻

某頃爲侍行，走馬學士［不避］荒斐，示以春雪長篇，披馥再三，歌高韻□。［況某］誠非青［簡］之才，妄繼碧雲之韻。幸希笑覽撫和。

忽布春雲蔽遠垓，欣飄六出自天來。爲傳淑氣□□律，故［作］□□發舊荄。色布長川横素練，光分峻嶺積瓊瑰。□□□□□□□，□□重拖瑞驗開。極塞邊峰成□□，□□戰壘變銀［臺］。□□□□□排絹，兵陣征蹄亂功盃。映蒼□□□□□，□□□□乍結材。威薄到地還消暖，□□□□□□□。□□□□□□□，□□□□壓輕埃。盈盤作璧同雕□，□□□□□□□。□□□□□□［回］，過叢何異散寒梅。遂令民□□□□，實表□□□□［恢］。□□□鋪明月彩，黄沙俄變白雲堆。刑凝龍腦誠［堪］□，□□□□□□□猜。郢客歌中吟皓皓，梁王苑裏詠皚皚。韓□□□□□□，□□□崖盡逸才。脈脈墜時群勢動，紛紛落處衆□［催］。□□□□□□□，澤潤孤根易擁培。農賀豐年多慶頌，□□景倒［座］樽罍。□□守職東陲者，但欲邀朋醉嫩醅。

**王學士□□**

蒼漢重雲暗野垓，須臾雪降滿空來。氣和［恩］澤滋枯木，□□□

□發凍荄。小院翩翻飛蛺蝶,閒庭散亂布瑶瑰。軒前[怪]訝梨苞[放],□[裹]俄驚瓊葉開。漠漠樵夫迷澗壑,漫漫鳥雀失樓臺。更令客舍□□粉,似使征途馬擲杯。宫女實爲龍腦牧,鮫人擬作蚌珠材。紛紛多向漁舟覆,片片輕逐舞袖回。萬里模糊添冷霧,四郊清□□荒埃。千團風觸誠堪畫,六出天生豈用裁?誰識隋堤新落絮,□□庾嶺舊芳梅。灑膏厚土池塘媚,壓浄游塵□田灰。顔子巷中偏□□,[袁安]門外愈深堆。李公誤認還須采,卞氏初看亦□[猜]。[忍]見藍關停□□,□知朔嶺積皚皚。商徒暫阻牽愁思,詩匠寬搜[是]□[才]。應遣田疇□□□,又將園苑李桃催。欣經和日爲沃渥,倖免寒沙洗□[培]。[農父醉歌行]□□,□孫慶賞醉傾罍。有秋嘉瑞初春見,莫惜黄金買[忠醅]。

**上經略相□□**

神聰出衆本天然,堪稱皇家將相權。皂蓋獨頌隨馬□,[紫]衣雙列向軒□。□符使執馳千里,金印宸封降九天。玉節眷隆光燦爛,□□□□色新鮮。□□道德經邦國,每抱寬慈撫塞邊。退令不辭身染疾,□□□□□[酬]□。□□□邁南陽叟,固業還同渭水[賢]。□□長城云何並,虞翻□□□□□。廓疆靄靄威聲震,寰宇□□□□□。□□□□□□□,□□□□□笑(不)宣。

**柳**

[東]君先放弄柔條,宜雨和煙豈□□□。□□□□□□□,□□□□□□□。□□□□[數株]斜,映牖明户幾樹高。□□□□□□□,□□□□□□□。

**梨花**

天工應厭紅妖俗,故産瓊枝壓衆芳。玉質數株遮[小院],□□□□□□□。[容]容月下争奇彩,苒苒蘭叢奮異香。恰似昭陽宫女出,□□□□□□□。

### 桃花

栽植偏稱去竹深，灼灼奇包露浥紅。金谷園林香□□，□□□□□□□。陶潛菊美宴偷來，蔓猜□每還寰瀛。□□□□□□□，□□□□□□□。

### 放鶴篇并序

秋雨蕭蕭，涼風颯颯，顧霜毛之皓鶴，常值眼以……之語：來，鶴！爾名標垓外，跡寄人間，卓爾不群……府守素之規。餘觀六合之中，羽族甚衆，或有……者，或有恃其……高……門……府也應……垂（元）聖戎其中……官府……相鄰出妙評……淌如……賴……［勳］熟可……如棄釣歸（政）覆……破虜……

## 宮廷詩集　　佚　名

俄羅斯科學院東方文獻研究所藏，影件見《俄藏黑水城文獻》第10冊第283—315頁。抄本兩種，一種抄在乾祐十六年（1185）西夏詩歌刻本紙背，另一種僅存詩六首，分别署有作者姓名。參考梁松濤（2018）。

### 失題　　佚　名

[illegible]

**譯文：**

祖先……東日……光威瑞相……天乃……持見者乃持神已……我此刻昔……即位以德爲主不□純。太后皇帝聖□□，下庶民□仁恩共同樂，愛其□生日月星辰以降臨。死者惡飛奔草木愛性……多□也。種種忠□中界乃相見。家無恐懼……光……敬。八方隅家家□放□□□。所念者,天喜神喜賢聖喜,人和時和陰陽和。仁德國内敬天而高夏廣博,聖賢威儀實而□我佛父母。

### 敬祖太平歌　　佚　名

[illegible]

[illegible]

**譯文:**

敬祖太平歌

皇天下八峰美,八峰美固美矣,大名不及蘭山一般何其高;陸地上四海水,四海水深則深矣,猶如黄河日日流淌無不生。東方河□西蘭山,彼二者間賢聖相續□六人。精神一事□□往生不純真,高齡有子真身上日日□已老……天食香殿不空……階前滿□歲□生天心聞,□沼地側塵土,天上□雪時……則無……之……

### 圣德悦天歌　　没息義顯

[illegible]

[illegible]

**譯文：**

圣德悦天歌

本力修起九白石，所想所做十黑土。彼二者間四部洲千世界，千世界中不盡同。白高國内聖明君，惜命意産生高過古時天，惡死行不學他人寬過地。皇之棟樑無奸佞，君之侍臣皆忠純。治國事取堯舜之法同一心，養民法執湯武之道無二想。白公平永遠持，持意公平國國降服無獨功；黑權衡常久行，行行權衡各各一心共意力。所念者，君臣同志如魚水，如眼如心相輔助。□□風雨皆調和，山河日月永鮮明。皇天下皆降服，陸地上獨爲主。八方王處怒不生，四海之民共得安，實所樂者聖□德。

## 至治顯相歌　　佚　名

[illegible]

[illegible]

**譯文：**

至治顯相歌

□□時□□遇，聖明王何日生？千載明君現前光滿國日暖，以仁恩養四海，以德力治八方。春出起助種糧，不助種糧貧弱□；秋清場助收割，不助收割弱者喪。敬有行當□□，贊有智爲汲水。邪地馳馬人不□，張圍射獵喜殺生事不可爲。堯舜等有大善，惡父惡兄語不聞；周文王喜共樂，己子他子視平等。如此時同西蘭山，發聲萬歲聖萬歲；又有吉相東河水，三遍蘇醒一國醒。頭上祥雲以氣視爲甘露雨，足下塵土以涕使爲蓮花地。山隱德者不召自來爲跪拜，海養智者不肯遏止來稽首。天中鳥王朝鳳凰，地上獸君敬獅子。九重臣中無奸佞，獬豸獸誰得觸？八方民庶皆純善，屈軼草何所指？今此時，諸主惡君國不吉，豈無自身生亂相殺相害乎？天佑黑頭隨舊願，名與柔聲得遇大道樂悠悠。

## 敬天悦歌　　佚　名

[illegible]

[illegible]

**譯文：**

敬天悦歌

或有躲避君王者，獬豸獸以爲忠，天寬地廣於一牲畜尋明鑒；屈軼草謂其孝，彼亦此時於一根草求心力。當今聖君與之不似意境廣，先祖之道取其長而棄其短。麒麟鳳凰不以其爲吉祥相，賢智之人以爲吉祥敬而迎；黄金白銀或不謂其是珍寶，忠正之臣謂其爲寶依法封。皇天福星其耳聞，以歡喜心來佐君。善角高天坐位上，國國如君得利益。吉祥寬遍大地，各各如君正德茂盛樂悠悠。

## 夏聖根讚歌　　佚　名

[illegible]

[illegible]

[illegible]

**譯文：**

夏聖根讚歌

黑頭石城漠水邊，赤面父塚白河上，高弭藥國在彼方。儒者身高十尺，良馬五副鞍鐙，結姻親而生子。囉都父親身材不大殊多聖，起初時未肯爲小懷大心。美麗蕃女爲妻，善良七男爲友。西主圖謀攻吐蕃，謀攻吐蕃引兵歸，東主親往與漢敵，親與漢敵滿載還。嵬迎馬貌涉渡河水底不險，黄河青父東邑城内峰已藏。强健黑牛坡頭角，與香象敵象齒墮，嗯嗯純犬岔口齒，與虎一戰虎爪截。漢天子，日日博弈博則負，夜夜馳逐馳不赢。威德未立疑轉深，行爲未益，囉都生怨自强脱。我輩之阿婆娘娘本源處，銀腹金乳，善種不絶號嵬名。耶則祖，彼豈知，尋牛而出邊境上。其時之後，靈通子與龍匹偶何因由？後代子孫漸漸興盛。番細皇，初出生時有二齒，長大後，十種吉祥皆主集。七乘伴導來爲帝，呼唤坡地彌藥來後是爲何？風角聖王神祇軍，騎在馬上奮力以此開國土。我輩從此人儀馬，色從本西善種來，無争鬥，無奔投，僻壤之中懷勇心。四方夷部遣賀使，一中聖處求盟約。治田疇，不毁穗，未見民間互盜，天長月久，戰争絶跡樂悠悠。

**附：**

克恰諾夫(1970)譯文：

Каменный город черноголовых на берегу реки Цзон. Могилы отцов краснолицых в верховьях Белой реки. Длинных тангутов страна там находится. Народ [там] талантливый, высокий, в десять футов [ростом] люди. Кони телом добрые, пятистремянные. Роды и поколения — близкая родня [и] сыновья одной утробы. Батюшка Рар-ту сам хоть и ростом был невелик, но необыкновенно мудр. В то давнее время, малое делать не соглашаясь, замысел великий таил. Тибетскую девушку, красивую-красивую, взял себе в жены. Семь [его] доблестных-доблестных сыновей крепко любили друг друга. Решили нарушить замысел западного тибетского государ. Замыслы тибетцев нарушил Сан-мбух-лон. Отправились на войну с восточным китайским государем. Сражался с китайцами Чих-кух-рух. Ги-нех с внешностью коня реку переплыл, в низинах не укрывался. Отец [наш] Хох-хах в китайской столице был накрепко заточен. Непреклонный вожак, крутолобый черный бычок с [крепкими] рогами. С благовонным слоном сразился — слону бивни отрезал. Нриу-нриу, с внешностью собаки, рот, как ущелье, и клыки. С тигром сразился — тигру когти выдрал. Китайский император. Каждодневно об заклад бился пересилить [тангутов?] — заклад проиграл. Еженощно ставил в ряд колесницы — колесницы не номогли. [Ибо его и тангутов?] сила и доблесть были не равны, [и его] сомнения углубились. Что бы [китайский император] ни делал, не добился успеха, Рар-ту противился, [но] сам ещё не добился независимости. Наша матушка А-мбах — рода источник, Серебряное чрево, золотые груди, Доблестное племя не прекращается и именуется Ги-мих. Дедушка Йа-цхан неужто знал это? Корову искал, на границу вышел. После этого [его] сын Нгух-ндех с драконом спарился по какой причине? Позднее сыновья и внуки [его] повсюду процветали [и появился] тангут Сех-хох. Ещё до рожденья имел [он] два зуба, Вырос, всеми десятью благими знаменьями овладел. В сопровождении семи всадников прибыл, чтобы стать императором, На земле тангутов призвал, кто к нему не пришел? [Как] ветер промчалась священных князей божественная армия, Коня ведя на поводу, [Сех-хох] усилился, и на этом государство расцвело, [Поэтому] отныне мы — люди, выполняющие церемониал лошади. Доблестное племя идет на запад, где лики предков. Ещё не отложившись, не бросив клича, среди захолустных окраин [он] замысел смелый таил. К иноземцам всех четырех стран света одинаковых гонцов послал, Первым среди прочих обратился к мудрецам со словами мира. Землю холить, злаков не губить, Среди людей земли равно не знать грабежей, [Под] вечным солнцем и вечной луной сраженья и раздоры прекратились и радость пришла!

西田龍雄(1986：19—22)譯文：

黒頭の石の域は、漢水の辺、赤面の父の塚は、白河の上、長河西の國は、そこにあり。儒士の背丈は、十尺の人、馬身は善し、五つの鐙、部(族) の節は近し、一腹の子。ラル・トウの父の自量ほ大ならずも、ほぼ聖なり、その昔、小をなすを肯んぜす、大心をもっ。蔵女は、美しい妻女、七子は、秀れた伴侶。西の主は、蔵の謀上を散りす、蔵の謀を散らすは、サン・ブ・ロン、東の主は、漢と躯を競いに往く、漢と躯を競うは、チ・ク・リオン。グィン・ゲ は、馬上、黄河を渡る。底は、険ならず、ホ・ハの父は、青根尾誠で峯々を妨ぐ。堅固な黒牛、坡頭の角は、香象と競い象牙を折る、ヌィウ・ヌィウ のむく犬の長い口の歯は、虎と戦い、虎の爪を截っ。漢の天子誌、日々印を移し、印を損す、夜々の統御は、益を得ず。威徳は等しからず、疑は深まる、行爲は便ならず、ラル・トゥは、自力で脱す。自我の阿婆(岳母)の母娘は、本源のところ、銀腹金乳は、秀れた種を斷たず、名づけて嵬名。ヤ・ソン の長老は、これを豈に知らんや、牛を求め、而して領上に出る。この亦後、天日子、龍と雙ぶは何の因縁ぞ、後々子孫、漸次栄えるは。(西)夏のセ・ホ、生れ出たる時、二歯をもっ、長じて後は、十種の吉祥悉く、主に集り。七騎を率きつれ、帝となりに來る、脊梁のミ・ニヤックを招し來るは、何の謂か。風角聖王神祇の軍は、馬を腕に持ち ここに國を拓く。自我は、此より人儀の馬、色根本の間に、秀種が來る、强を抜き、割に攝し、無峯尾(?)にて勇心をもっ。四方の夷族に慶使を放ち、一中聖に和言を求む。田源に策し、穗を抜かず、庶民は、互に盗みを覚えず、日久しく、月久しく、戦争を段つ。楽しいかな。

## 整駕西行燒香歌　　佚　名

[illegible]

[illegible]

[illegible]

**譯文：**

整駕西行燒香歌

須彌山，四面坡，海邊際，類不同，贍部世界金口巧；以耳□，□聽聞，三世身，不墮獄，白高國内玉身佛。眼中所見五種欲樂天上生，上聖帝，天意君，腹心思，皆照耀。精純難報父母恩，實身神嗣菩薩子，隨處所至大願發。出行選擇吉日，選擇吉日孟春月；返回擬定良辰，擬定良辰仲夏時。御良驥，千麒麟，千千麒麟，其上虹霓北斗七星天邊映；瑞乘强，萬香象，萬萬香象，其上漢鈴五更鐘鼓地面鳴。左右臣僚金刀戟，禽王鳳凰排成隊；首尾侍者銀弓箭，獸帝獅子列成行。國母馬背作帳賽日暖，西方嚴寒不可侵；皇妃雲頭張蓋似月涼，東方熾熱豈能透？德本師，一番雜言前面引，咒語未嘗不念誦；忠大臣，不走歧路後方隨，教戒須臾不分離。所取道，涼州地，巧匠手繪御浮圖，佛之杏眼舍利藏。番和山，雕造梵王玉身佛，降伏諸魔栩栩如生有神力。彌勒佛、嚩日囉，或坐或卧千尺身，過去未來爲師者。變化涅盤爲方便，誰人能謂滅真知？馬蹄山,聖境界,父親修造使其超往昔。舊精舍,何其美,新精舍,美過之。外觀七級樓閣雲環繞,大風乍起不能摧;入内黄金裝點萬重佛,大雨襲來不可浸。大地震,不動摇;劫火至,豈損毁?當今聖帝,精舍所在,夜夜並舉長明燭;浮圖立處,每日常爇供養香。師主所在施衣服,禪定坐處與齋食。所有道場已聚集,種種善事皆了畢。隨意所求無不應,本心如願皆已成。如此之後,犯罪人,人心慈悲皆赦免;有功者,不吝封爵論功升。蕃回鶻,坐於筵上來侍奉,内心懷惡天鑒察;漢山主,捨棄告誡混一色,眼中有鬼災禍至。吾輩此時,八邊陲,無盜無欺皆安定;一都城,無疾無惱國豐稔。上師功德聖帝恩,諸佛父母樂陶陶,我實快樂聖威儀。

**附:**

梁松濤、楊富學(2012)譯文:

須彌山坡四面,海際相連類不同。現今世界佛經好,耳邊聽聞,三世身不墮地獄。白高國内玉身佛,眼中所見,五欲樂天上生。上聖君天所選,腹内思神所明,父母大恩報不完,實身御襲菩薩子。所有□□已發願,足行啓程選善日。善日已選春月初,□□善日已定。善日已定夏仲日,聖馬騎千麒麟。聖馬騎千麒麟,千麒麟環繞似紅霓,七斗星天際明。玉强輜萬香象,萬香象圍繞似翰林,五更鐘君旁鳴。左右大臣金刀劍,鳥王鳳凰神仙養。上下侍者銀弓箭,獸君獅子佇列現。國母□丘帳如暖日本西……雲階軒舉月幾……德□□除不争列。□□□雜言已停前引導,忠大臣無奸無佞後相從。條法不明不區分,已往經涼州□。巧匠手賢做塔廟,佛之中性眼舍利生。"盤禾山"雕做梵王玉身佛,栩栩如生有神力。彌勒佛紅襦衣,□□□卧千尺身。過去未來皆人師,以變涅槃做方便。所滅良智孰其謂,馬蹄山聖境界,超出父輩往昔之所作。舊寺舍何莊嚴,新精舍如此美。外面所看,七節樓閣雲所繞,大風一起折不斷。内部遍置,萬重佛身穿金衣,大雨將來儀不斷。陸地震動屹然立,劫火至何朽壞。今聖君,每有寺舍,長壽燈夜夜明。塔廟立處,祈福香日日燃。住師生賜衣服,坐禪定齊食儀。所有道場已具備,種種善事皆了畢。隨意所求莫不應,本心隨願皆已成。如此之中,罪過之人,我心一發皆赦免。有功之人,賞爵不惜依功舉。吐蕃回鶻宴上所坐來侍奉,心中有惡願天□。漢山主所説言長本心現。中懸魔災禍降。吾輩此刻,八邊下,無盜無讒皆安寧。一境中,無病無煩國皆善。上師功績聖君恩,願令快樂佛父母。大快樂,聖威儀。

## 整駕山行歌 佚名

[illegible]

[illegible]

**譯文：**

整駕山行歌

皇天下千世界，千千世界類不同；陸地上萬國家，萬萬國家行豈似？我輩君，初生之儀天地之間德之本，長大時日月形相明鏡懸。過去始於軒轅祖我所盡説何時竟，現即位拓跋魏無土築城指教爲。神殿宗廟 ɣạ-wạ宫，五臺山與雲合，一切君臣民庶見之皆拱手。今福日，天左右邪不生。邪生既除天歡笑；地南北安不起，安不起動神喜悦。五主星非不遠，見御殿靈已降；八會仙在近處，聞大樂側耳聽。已造雲梯香橋路，進來去往無障礙。吉室神宫設寶鼎，施食甘露國安樂。險峰松柏交作舞，谷面石壁歲出聲。所念者，聖賢神仙巧三弟，國門一照奸即除。天地之間現喜相，一切祖帝俱心歡喜返回來。

## 整駕速諫歌 佚名

[illegible]

[illegible]

[illegible]

**譯文：**

整駕速諫歌

高天上金翅龍，頂中寶珠胸王字，展翅而飛至千里，善飛鷹雕所不及。食泥禽鳥成行列，豈有得以降落處？礦藏獸獅子，聲出虎傷豹憋悶心恐懼，日喜遊玩雜類野獸不生惡。聖君福德猶如此。夜寐枕月雲上眠，朝起戴日騎龍馬。若行百里路寬窄騎不入，若渴千井水已灌無所空。下方軍卒風鳥相助不可棄，萬萬庶民反復思念得見面。聖君父母仁心大，卑微小者亦當恭敬佛父母。

## 祐國伽藍歌　　　　佚　名

[illegible]

[illegible]

**譯文：**

祐國伽藍歌

白九霄風輪底，日月星辰周匝現；黑十地海水絡，山巒江河排成行。彼二者間白高國，仁王菩薩發大願：七寶庫盡皆開，萬種財全部捨。喜而發起願事全，鐫刻妙名祐國宮。在高地善宮室，頭頂金瓶雲中耀；妙高處建寺舍，耳内鈴動空中鳴。望不斷連綿琉璃波光閃，驚奇見宛轉回廊鳥翼張。外部相林林總總妙山峰，内部地團團聚聚蓮花池。可觀大樑鳳凰胸，堪見椽櫝孔雀尾。美玉牆明而再明錦上花，妙金柱耀之又耀天上星。中尊佛眉間白光至天上，三界光中五色現；門前神身上紅光閃地邊，一倍殊勝萬火燃。九天下梵王帝釋散蓮花。十地上地祇龍神獻甘露。祥雲夜夜環生，虹霓年年光照。殊妙殿豈需他方去尋求？極樂宮何用别處去隨願？上聖君四海境内捨大願，下軍民八山上至共得安。所念者，四生六趣彈指間□安養，十地五宮瞬目時修路入。千世有情得滅罪，萬部衆生可尋福。如此特出吉祥宮。年年月月顯現吉像永長久。

## 同樂萬花堂歌　　没息義顯

[illegible]

[illegible]

**譯文：**

同樂萬花堂歌

天遣上聖之君，不背共樂之理。美皇后福星化，太平事無限樂。帝后同德利樂天下不僅爲，當此時，地境與民同享樂處造宮室。五色莊嚴耀人眼，勝妙殿無欠缺；七寶裝飾神心動，琉璃宮何超越？東窗内河水流，近近視之龍蜿蜒；西門外蘭山横，遠遠望之鈿串聯。蓮花池在左右，望如東方大海眼；沿聖宮通地隅，園苑中央一兩頭。文王治國耳以聞，后妃佐德眼中見。我輩願無他願，聖明皇帝與天與地壽平齊，皇后父母如日如月時限長。同樂宮内誰在道？文武臣僚金巵施酒示恭敬。萬花堂下開國宴，左右侍者聞大樂而起舞，一世相互轉告此禮樂悠悠。

## 聖宮共樂歌　　佚　名

[illegible]

[illegible]

**譯文：**

聖宮共樂歌

國國君不相像，白高國内佛天子；各各王豈相同？中興都城菩薩王。父德皆守共腹心，千千臣中擢忠者；母女瓔珞一手印，萬萬民中愛孝者。當此時，地上塵埃高高而來奸邪生，以福智力來鎮壓；地邊災禍不自量力與德敵，以勇健行皆攻陷。君父親爲君畢，天下歸依故當爲；國母親能輔國，猶如太陰普照一切風跡正。凡所念者，本祖宗廟牢固，高達乾方賀蘭山；王宫度城準確，低至巽處黄河水。彼二者間，聖塔聖寺光明覆蓋極樂界，四時節可遊觀；舊宫新宫龍鳳圍繞帝釋殿，八方使見驚奇。其中又南端岩金地面，攝智殿玉階除。夜夜祭天日日宴，君臣民庶共樂宫。吉貴園苑樹木枝繁茂，御富池沼源泉水澄清。冬暖百樹閣，裝飾以寶，執縛狻猊風不透；夏涼七級樓，圖繪以彩，神祇交座與雲同。夜寐眼邊豈惡夢，往卧靈臺腳下，未覺毀壞爲守護；夙興拱手念真善，住近純佛聖處，有如釋菜施福德。所念者，天長地久，國運顯現平静；日積月累，寶座更告安寧。因我輩，帝手賜酒，湯藥已飲不患病；御策坐華，美上增美老未知。若是一聖恩而萬人樂，後世何其多！

## 新修太學歌　　佚　名

[illegible]

[illegible]

**譯文：**

新修太學歌

天遣文星國之寶，仁德國内化爲福。番君子，得遇聖句聖語文，千黑頭處爲德師；聽作御策御詩詞，萬赤面處取法則。無土以築城，無土築城，天長地久光耀耀；除灰以養火，除灰養火，日積月累亮煌煌。其時後，壬子年，遷自太廟舊址，座落儒王新殿。天神歡喜，不日即遇大明堂；人時和合，營造已成吉祥宫。沿金内設窗，西方黑風蕭瑟瑟；順木處開門，遠東白日明晃晃。琉璃瓦合龍甲，日日觀之觀不斷；邊迴廊列鳥翼，时时見之見即驚。神住地八相測寫無妨礙，养德宫四季時節皆與合。中尊神日邊無雲本體明，加倍而明上增明越發明；周圍賢澄水珠源自性妙，于其上妙上復妙集成妙。仁义林安處已長貴草木，禮樂池留處一泓樂泉源。所念者，風帝聖蹟代代美，夫子功德嶄嶄新。番禮番儀已興盛，神威神功妙光聚集聖威儀。

## 天下共樂歌　　沒息義顯

[illegible]

[illegible]

**譯文：**

天下共樂歌

從此時，母子安寧息争戰，君國和暖盛文德。所念者，吉祥瑞相無差異，明王賢臣德本同。因此上，治理軍民，上下同心如魚水；舉擢善智，内外同謀似龍雲。千黑頭，紛紛攘攘咸拱手；萬赤面，人人屢屢贊德恩。美日良辰，吉帳神宫仙樂奏，君臣民庶，共相歡娱宴飲樂悠悠。

## 君臣和睦歌　　佚　名

[illegible]

[illegible]

**譯文：**

君臣和睦歌

聖明王依時出，賢智臣隨需得。君臣同德腹心齊，治國理同性情。格言一意四海恭，戰鬥一技八山禁。長短論事好似龍雲相佐助，善惡互諫如同魚水相合和。王聖明同帝堯，臣忠正匹魏徵。如此殊妙上下結心遇善時，青天吉日互相轉告樂悠悠。

## 君臣同德歌　　佚　名

[illegible]

[illegible]

**譯文：**

君臣同德歌

贍部洲大千世界中不相同，白高國本上所定獨傑出。遠近治道活業之上禮儀不確實，君臣同德猶如日月普遍照。内外相助行仁謀不違逆，上下相和爲□互無障礙。拔擢巧智同腹心誰不服？罷黜讒奸同性氣皆拱手。恩向四海眼心禮儀功德同，施安八丘龍雲同等心力齊。所念者，當今皇帝有如文王愛共樂，皇座棟樑同於周公忠功全。如此殊妙聖明依臣巧智，天下黑頭男與女樂悠悠。

## 聖威鎮夷歌　　佚　名

[illegible]

[illegible]

[illegible]

**譯文：**

聖威鎮夷歌

天地中柱須彌山，四大洲之根基處。當今聖帝亦如是，萬國王之庇護源。好生深義四海水，天下渴人往來飽；畏死獨高七寶山，地上乏者索求得。西子野利太師主夷部，可畏地界有其國。上聖帝處求女婿，依求降旨往施恩。派遣主持臣僚管，謂有所患即不在。乃觀黑山有仇敵，剛剛尚在足跡有；已往白路曠野行，屢屢長遺腳力乏。其時後，遍地有詐造沼澤，應無免者此得生。生者面前血殷紅，白骨中間懵懂行。敵人已死成腐臭，屍身骸骨隨處拋。忽然此事□□中，復亦於彼駐軍馬。分離父子留二女，外逃人群難禁止。低濕伐羅聖群使，殊盛□寂□□利。敵人不見整整然，敵人既見驚且亂。壯者奔逃弱者俘，內心作爲一絲無。仰望上方天自藍，向天呼告天不語；俯看下方地獨緑，向地投靠地不護。死生二種做十分，九分已過死已近。主人父母佛菩薩，賢聖威儀大略有。人群披甲佩箭囊，國名一稱戰即退。排排箭雨遍國發，既見敕牌手加額。轉凶爲吉和合禮，侍奉佳餚敬酒傳。此中雖生險惡心，夜間生怨晨拆解。諸佛經中如是言，三千世界盜賊聚，念誦觀音名之力，此衆盜賊無妨害。由此思想我輩國，佛陀天子菩薩喜。聞得事體伏邪心，不服邪心遇災禍。始自愚人後引導，雖然赴死命解脱，快樂人曰佛父母。

## 敕牌讚歌　　佚　名

[illegible]

[illegible]

[illegible]

**譯文：**

敕牌讚歌

皇宫聖物白金牌，前時未知全不明，此刻識得别一種。形相方圓日月合，日月交結千□敬；生性迅速風雲助，風雲伴導萬國崇。吾輩此刻汝威儀，並非豹虎卻如豹虎行顯耀，不是鷹鷲卻同鷹鷲高飛翔。本國臣，天高恭行迎以敬；别部主，地厚輕踏崇以禮。頌後諸事我此略説既已足，人携帶我與他携帶不相同。本國他國皆巡遊，敬畏之中多所行。汝此刻，汝莫謂我非活物，内含敕字有生命。汝等亦堂堂皇皇入皇宫，我如實清清楚楚見聖面。天佑聖力全城命，快樂一語可知之。

**附：**

梁松濤(2008)譯文：

皇家聖物金牌白，前面不知何不現，此刻已知不一般。形狀方圓日月合，日月相合千□敬；性氣急速風雲助，風雲帶領萬國敬。吾輩此刻汝威儀，不是豹虎猶如豹虎顯耀行，不是雕鷲勝似雕鷲飛而高。己國臣，天高曲步以敬迎；他類主，地厚輕踏以禮舉。諸事勿庸多言俱令滿足，帶領我與帶領他不類同。己國他國皆所巡，敬畏之中乃久行。汝此刻，莫言我之無生命，“敕”字之内生情義。汝亦端莊所有進皇宫，我一顯現如見聖君面。天佑聖力命全城，如此快樂已相知。

## 番德高過鄰國歌　　佚　名

[illegible]

[illegible]

[illegible]

**譯文：**

番德高過鄰國歌

契丹建國百人朝，趙皇爲君五十壽。天頂上兄弟國，陸地上各方王。八方爲臣蛾蛹拜，四海與王賀使傳。於山頂置烽燧，山置烽燧祖功德；有溝壑乃築城，溝壑築城憂子孫。貪念若起山河地境不滿足，勢力既盛懸空風雲欲遏制。放逸日日射獸，災禍年年發兵。愛女色五百彩女常圍繞，近音樂五欲娛樂不共受。堯帝布衣致憂傷，舜王瓦器爲誹謗。無功提拔諂媚人未之覺，因讒貶黜巧智臣無諫者。上福星過别宫，下庶民心離散。天降災轉於女，有戰神無敵者。既攻州城又陷府，包圍王城一切君臣即投降。天相紅衣急抛棄，日威黄傘迅速除。廣求珍寶人人分，所愛男女各各牽。鳳樓金殿風鳥出而爲廢墟，龍宫雲牀火光耀而成灰燼。思玉印身上火焚今豈在，戀權位睡中吉夢早已過。爲人爲鬼己不知，或死或活在人手。於此念，白黑印眼前置，事長短側耳聞。我輩之聖君恩比天高，正法造如地廣。不僅君臣同德通力，既爲軍民寧不報父母恩乎？此弱女廣闊天地增威儀，毁而又往乃建置。丈夫豈另爲功德，若是即可得世代吉祥善名後世何多。

## 明時需智歌　　佚　名

[illegible]

[illegible]

[illegible]

**譯文：**

明時需智歌

皇天下千黑頭福高下，陸地上萬面赤智不齊。彼等之根古時已定非今定，果然此刻男福大。出生時老人星照愛習文，既長成冠戴紫氣厭虛事。萬卷義疏完畢，十種技藝具足。如此君子，聚集珍寶巧特出，聰明之類爲頭領。智藝具足人中傑，有如聰慧爲智謀。明王時節擢善者，賢臣佐德用智人。爾之時丈夫子，如在水中自可遇，日居月諸已顯明。九重近侍不爲虛，一中治民志堅石。千黑頭處可諮詢，萬赤面處爲根基。天當賜福願汝壽長我大人。

## 夫子善儀歌　　佚　名

[illegible]

[illegible]

**譯文：**

夫子善儀歌

羌漢番三一母生，語言不同地所分。愈西愈高羌人國，羌人國内羌文字；愈東愈低漢人國，漢人國内漢文字。自己語言自己愛，各個文字各個敬。我輩國野利夫子，天上文星出東方，引導文字照西方。擢選三千七百弟子皆端正，一國四方莫不求學入學海。皇天下各讀各經各國禮。不合於羌羌歸降；後土上各奉各業各國儀，招引漢人漢屈服。由此後帝族綿綿共聽政，弭藥儒層出不窮。各級諸司臣僚中，弭藥司吏尤興盛。其多至此汝試想：非夫子功誰之功？

**附：**

克恰諾夫(1989)譯文：

藏、漢、番族爲同母，分地異處而言殊。極西愈高爲吐蕃，蕃人國家用蕃文。極東愈低爲漢族，漢人國家用漢文。各有語言各自愛，各有文字各自敬。蕃國師尊有野利，天上文星東方出，帶來文字亮西方。野利挑選弟子三千七，全都教誨走正途，全國没有一個他们不曾爲學海奉獻的地区，天下各自誦讀各自的典籍，遵守本國的禮儀。不随吐蕃吐蕃服，地上我等各有事務、奉獻和國家秩序，征服了漢敌，漢人服，其中我國君主和統治氏族成員相更迭，共同發號施令作决定。蕃人學者皆作出不窮，各級官衙和官吏，蕃人供職尤其多。試看這些數目字，若無尊師誰之功？

## 節親大臣歌　　佚　名

[illegible]

[illegible]

**譯文：**

節親大臣歌

如意珠萬德圓滿七寶雨，八大龍王掌中受；吉祥草五色光芒一世照，千歲時節世間出。寶瓶大人即如此。初生時六祖賜福降靈通，富與貴親掌握；及長成九重耳聞以功擢，爵與位無不得。仁義士日月夜星光影所著皆遍滿，本來誰是爲師者？賢智業天神地祇母腹之中示以德，此外未曾有所學。萬密國事明鏡一舉得關鍵，不可言説或有斟酌或決斷；四方夷類兵威一見甘伏死，不需征伐或有投降或赦命。國軍威儀風雲高角可擎天，貞功善禮山海寬底能鎮地。文武臣僚依路所鎮逐級拜，邊中民庶以德所信皆拱手。上聖君腹心平息返老還童萬萬歲，皇后妃憂慮斷絶美上增美千千秋。我等無他念，我大人，福德豐茂江河聚流成爲海，壽命綿長松柏繁盛過往昔。所在族本祖浮屠五色光中當□□，所有親平地香木十丈樹下皆蔭覆。國與天下族姻親，有德男汝當頂禮。

## 大臣讚德歌　　佚　名

[illegible]

[illegible]

**譯文：**

大臣讚德歌

天下丈夫德才高，主持分得福利臣，猶如麟角獨特出，此時世間利在誰處可見之。或有人，以利劍敵人境内一一殺，一一殺戮罪惡明；以格言自己部類一一安，一一安撫功勞顯。由此而頂天立地大寶柱，日月圍繞能成圓。事大於彼復何有？夜睡卧不忘親，不忘親事念上方；晨起身行忠行，以忠行行不少思。樂大人，父子朝代父子聖，同齊一心得信任；子孫朝代兄弟王，同視一處不生惡。國民敬仁父母，衆臣念義親戚。玉殿禮有禁戒，金宫言不墮落。白斗斛量功過，黑權衡驗重輕。恩四海普遍至，治八丘永爲規。天中三曜光交織，威儀等同風雲齊。天上神人執善意，現示世間佐君□□得系聯。既醉言中無妄語，既睡夢中是真實。我輩别無所求，大人身命猶如山河之牢固，與松與柏壽平齊。七朝相續世世長久樂大人。

## 勸世歌(其一)　　佚　名

[illegible]

[illegible]

**譯文：**

勸世歌

白地黑山靈□第三宫不遠壽先後，白地黑山巧子三家住一處壽不齊者是何因？白地黑山絶無横死壽壯年，白地黑山亦無兇殺自少年。靈巧剛柔兼蛇虎，能人頭有兩種畏。往昔蛇虎逐老者，先前畏其追老人。不近蛇虎横死處，然後畏懼待命終。我畏衰老水後黑山抬頭見，我恐衰老水散黑山舉首觀。龍蛇白水來不遠，電閃白雨近處來。白高西方老者修造小道鐵城，利未得而老至；白高西方老者建造道中鐵城，利未得而老來。心悦壯年野獸塵埃不相近，喜愛少年野獸塵埃皆遠離。沼澤巽風障力弱，波浪如風不可遏。末尾東方壯年修造小道鐵城，利未得壯年去；末尾東方少年修造道内□□，未得而少年遠。一萬良驥追已□，萬畜相繼所不及。十五十六蹄踩踏，子力平平行力弱。廣大險坡不能及，本禮使節報不難。壯行曠野慧覺寬，少過郊外心秉持。設若我言，彼其思維一日巡遊萬鬼馬，即刻成花一日嬉戲萬馬。一夜睡眠過兩代，一夜睡眠在兩世。黑頭一朝國一朝，人在一世樂一世。世代吉祥何不爲樂大人。

## 勸世歌(其二)　　　　没息義顯

[illegible]

**譯文：**

勸世歌

三界四天上下，分有十八地層。所在欲界造業多，雜部軍民族部衆。我輩於此，得成人身樂事少，壽命短如草頭露。先祖賢聖先祖君，美名雖在身不存；此後善智此後人，壽常在者何嘗有？念彼時，國王被殺主被害，天人大神有老時。上天娱樂十八層，彼人一日高一壽。我輩人，身上無光日月明，彼日月半暖半寒不相合；遵囑念誦奉貢品，彼貢品或多或少無人驗。汝我輩，美其服，千千捨命似蛆蟲；甘其食，萬萬結怨如牲畜。虎狼腹心毒蛇目，黑頭相處言談無禮生厭惡。尊者大人，汝從此夜寐觀德念，夙興轉而未見行仁義。汝往上天世界時，何由侍奉佛腹心？

## 勸世歌(其三)

佚　名

[illegible]

[illegible]

**譯文:**

勸世歌

每日白日,金雲用索拴不住;每夜紅月,大帝以手不可執。少壯美貌,猶如花開隨即落;聖賢不行,由老至死所在多。無常來到此身時,本西紅虎不能敵,尾束青蛇難行惡。於此念,不吝黄金即增多,不衣善錦□□□。軟綾厚錦,汝雖可衣終有破;甘味酒□,汝□□□人當滿。仙樂入耳堪得樂,玉盞傳酒莫謙讓。一日所娱萬馬價,少年三日汝所遊戲樂一世。

## 賢臣善儀歌

佚　名

[illegible]

[illegible]

**譯文:**

賢臣善儀歌

蕪荑菜一時生,若或出生國家寶;德智臣得之難,若獲得則國貴人。我大人,如耳目於九重聖，爲父母於四海民。所思無非番世界，德智寶臣一時生。懿功大如獅豸獸，生人類中已超出。如草向日德才高，臣中特殊忠名揚。其中又五常道未學習而先領悟，十技藝未見識而皆能來。明本源上天所遣爲德者，由此而下庶民可爲依靠。夜黑沉他人寢時不得寢，近侍心不知倦；晨白日他人食飲已忘餐，佐國事念關鍵。是以福德皆具足誰不讚？地境人除其憂思皆拱手。天下黑頭心親近，大人威德樂陶陶。

## 臣子諫禁歌　　没玉至貞

[illegible]

[illegible]，[illegible]，[illegible]，[illegible]。[illegible]，[illegible]，[illegible]，[illegible]。[illegible]，[illegible]？[illegible]□[illegible]？[illegible]，[illegible]。[illegible]，[illegible]？[illegible]，[illegible]，[illegible]。

**譯文：**

臣子諫禁歌

古初劫時節好，壽命長千萬年，甘露食味如意雨，無需日月身自明。與之不同今時節，金烏迅飛東升西落時不待，玉兔遁行日居月諸日過急，先生先老流雲飄風空中電，後生後長青生出芽夏菜花。於此念，松柏之壽有何限？山□壽限誰等同？鵲日忘食需思念上聖恩德，鹿晨平卧尤要報父母功勞。皇天下腹心忠正爲最要，陸地上履行德義誰不愛？丈夫性氣寶玉白，其後德名體如白玉世清浄，汝世清浄我大人。

## 勇智大臣歌　　佚　名

[illegible]

[illegible]，[illegible]？[illegible]，[illegible]？[illegible]，[illegible]，[illegible]。

[illegible]

**譯文：**

勇智大臣歌

夫子位文才位，天下軍馬豈做主？太公功戰鬥功，地上學途何不從？我輩大人，不僅略具文才人之根基處，别有一種戰鬥事之了結法。統下屬既持度量使分明，十步九重有如張良智謀同；引軍馬一舉權衡做抉擇，千斬百屠同于樊噲巧手齊。不明何故當此時放縱馬。上大人。若或出郊往邊地，爾時作爲無不成。虎豹軍馬周圍引，白者不發白者捕；霹靂兵器首尾持，黑者不發黑者中。先祖書中有言之，其所謂武王軍馬三千人，廣袤之上能夠摧毁萬軍馬。由此念，此謀此智此軍馬，往至山上界已陷。天下諸國皆環繞，所爲託付一聖君。所留大功有如萬後人之多利我大人。

## 失題　　佚　名

[illegible]

**譯文：**

……所問頭有……極高慢慢行；侍内宫，地極厚輕輕踏。……如時苗，目不追隨海龍珠；愛浄戒同馬蓮，心豈著於西川錦？始於近至於遠，始近至遠同於龍雲相佐助；有愛者無憎者，有愛無憎猶如魚水相合和。所念者，日坐合乎德志，夜寐置於長想。如此特出敬男子，與如意珠一般寶。

## 有智無障歌　　　没息義顯

[illegible]

[illegible]

**譯文：**

有智無障歌

日入海深且廣，不可隱藏如意寶珠一兩顆。境外□有智夫子囊中錐，現前諸事誰不知？日後□來皆知曉。不觀窗見天道，不出門知天下。道子豁達一舉權杖不能死，天聖有禮已過香橋不會老。千年時過一聖君，萬人後代一賢臣。明王賢臣同時遇，天祐黑頭十五月亮又圓又滿樂悠悠。

## 德多勝物歌　　　野利儀興

[illegible]

[illegible]

**譯文：**

德多勝物歌

鹿鳴夜下睡卧心清醒，姑且思念世界之事何所爲。各處險暗賭失盜，何使置於話語中？其他世間尋利事，彼亦此刻不一般。牧農之上當自强，我雖爲富何時長。吴公駿馬地所限，自身恭敬死未得。連珠麥子充滿庫，後子帳門無一粒。因此世間做成諺語如是説，三世畜誰驅之？四年穀誰食之？於此念，千事萬事皆空事，此要彼要二種要。學業積智勿間斷，就此大功成於身。爲善修福殊自勵，至往彼岸得善道。爾後諸事縱使懈怠亦無過，無非應當念此二者而驗之。

## 浄德臣讚歌　　良衛有志

[illegible]

[illegible]

**譯文：**

浄德臣讚歌

地尊貴頭互見，地尊頭見皆崇高；男善巧心相知，男巧心知意見通。誰謂之先祖聖人等同孔子未嘗生？後代巧健孟子既生大人樂誰人？宗族茂盛生處好，前朝天祐所見大。堂堂執法九親主皆愛戴，行行秉德十親族誰不讚？戒法清浄滿不棄，猶如時苗持牛留犢不貪利；行爲德義正不邪，同於楊震不取黄金畏四知。佐君忠言既見不隱捨身命，治國養民指示正道如念子。男子性氣寶玉白，智心已定壽不變。如此德臣不時生，願汝長壽樂大人。

# 桓宗時期

## 劉慶壽母李氏墓葬題記 劉仲達

夏天慶元年(1194)。題記 1977 年出土於甘肅武威西郊林場,録文據陳炳應(1985b:190)。

### 其一

彭城劉慶壽母李氏,殖天慶元年正月卅日訖。

### 其二

彭城劉慶壽母李氏順嬌,殖大夏天慶元年正月卅日身殁。夫劉仲達訖。

## 仁王護國般若波羅蜜多經校譯跋 智 能

俄羅斯科學院東方文獻研究所藏本 инв. № 683,在《仁王護國般若波羅蜜多經》卷尾和羅太后施經願文之間(**圖 30**)。據其後羅太后施經願文,知成於夏天慶元年(1194)。

[illegible]

**譯文:**

此前傳行之經,其間微有參差訛誤衍脱,故天慶甲寅元年皇太后發願,恭請演義法師兼提點智能,共番漢學人,與漢本注疏並南北經重行校正,鏤版散施諸人。後人得見此經,莫生疑惑,當依此而行。

## 仁王護國般若波羅蜜多經後序願文 太后羅氏

俄羅斯科學院東方文獻研究所藏本 инв. № 683,在《仁王護國般若波羅蜜多經》卷尾(**圖 31**)。尾題夏天慶元年(1194)九月及"皇太后羅氏"(聶鴻音 2010b)。

[illegible]

[illegible]

**譯文：**

恭惟：人迷至覺，不知衣繫神珠；佛運悲心，開示塵封大典。常匿文於龍府，先説法於鷲峰，藉闡和性之究竟，啓悟黔首之執迷。是以愈諸煩惱，定依法藥之功，超度死生，實賴慈航之力。今此《仁王護國般若波羅蜜多經》者，諸宗之大法，衆妙之玄門，窮心智而難知，盡視聽而不得。開二諦則勝義顯，消七難則吉慶明。萬法生成，看似水漂浮泡；三世善惡，説如雲霧遮空。得聞二種名號，勝過佈施七寶。普王一時聞偈，定證三空；帝釋百座宣經，拒四軍衆。故斯經豈非愈疾之法藥、渡苦之慈航耶？哀哉！因念先帝賓天，施福供奉大覺。謹以元年亡故之日，請工刊刻斯經，印製番一萬部、漢二萬部，散施臣民。又請中國大乘玄密國師並宗律國師、禪法師，做七日七夜廣大法會。又請演義法師並慧照禪師，做三日三夜地水無遮清净大齋法事。以兹勝善,伏願:護城神德至懿太上皇帝,宏福暗佑,净土往生。舉大法幢,遨遊毘盧華藏;持實相印,入主兜率内宫。又願:寶位永在,帝祚綿延,六祖地久天長,三農風調雨順。家邦似大海之豐,社稷如妙高之固,四方富足,萬法彌昌。天下衆臣,同登覺岸;地上民庶,悉遇龍華。

天慶元年歲次甲寅九月二十日,皇太后羅氏謹施。

## 梵本陁羅尼集發願文　　佚　名

英國國家圖書館藏本,在梵本《陁羅尼集》卷尾。影件見《英藏黑水城文獻》第 3 册第 261 頁。尾署夏天慶元年(1194)十月。

夫陁羅尼者,是諸佛之頂,乃菩薩之心,功能廣大,利益無窮。誦持者速圓六度,佩戴者殄滅三毒。其猶還丹一粒,點鐵成金;真言一字,轉凡成聖。寔可謂脱塵勞之捷徑,越苦海之要津。有斯勝益,命工鏤板。□此功德,上報四恩,下資三有,法界含靈,同生净□。

時天慶元年十月十七日印施。

## 祭祀地祇大神文　　佚　名

天慶元年(1194)。俄羅斯科學院東方文獻研究所藏本 инв. № 7560(**圖 32**)。

[illegible],[illegible],[illegible],[illegible]。[illegible],[illegible],[illegible]。

**譯文:**

南贍部洲大白高國天慶庚寅元年,州地境屬下家主弟子某甲一門敬奉,準備酒食,祭祀地祇大神等。本處受持敬奉,大神祇等東來敷座,燒香散酒禮拜。

## 轉女身經發願文　　太后羅氏

俄羅斯科學院東方文獻研究所藏本,在《佛説轉女身經》卷尾。影件見

《俄藏黑水城文獻》第1册第292頁。尾署夏天慶二年(1195)九月。

恭聞竺乾大覺，特開甘露之玄門；沙界含靈，普獲真常之寶藏。今斯《轉女身經》者，上乘秘典，了義真詮，談無相無名之妙心，顯非男非女之真性。大權應跡，右脇化生，催天帝不受珠衣，挫聲聞直談妙理。慈親獻蓋，報此世之洪恩；諸婦轉形，酬多生之育德。聞經歡喜，定轉女身，信樂受持，速登聖果。今皇太后羅氏，自惟生居末世，去聖時遥，宿植良因，幸逢真教。每思仁宗之厚德，仰憑法力以薦資。遂於二周之忌晨，命工鏤板，印造斯典番漢共三萬餘卷，並彩繪功德三萬餘幀，散施國内臣民，普令見聞蒙益。所鳩勝善，伏願仁宗聖德皇帝，拋離濁境，安住浄方，早超十地之因，速滿三身之果。仍願龍圖永霸，等南山而崇高；帝業長隆，齊北海而深廣。皇女享千春之福，宗親延萬葉之禎。武職文臣，恒榮顯於禄位；黎民士庶，克保慶於休祥。六趣四生，咸捨生死，法界含識，悉證菩提矣。

天慶乙卯二年九月二十日，皇太后羅氏發願謹施。

## 五部經後序願文 張囉幹

俄羅斯科學院東方文獻研究所藏本 инв. № 6849，在《大密咒受持經》卷尾(**圖33**)，尾署夏天慶三年(1196)九月。

□[illegible]：□□□[illegible]，[illegible]；[illegible]，[illegible]□□□。[illegible]《[illegible]》[illegible]，[illegible]□□□，□[illegible]。[illegible]，[illegible]□□；□[illegible]，[illegible]。[illegible]□□□，[illegible]。[illegible]，[illegible]□□；□[illegible]，[illegible]。[illegible]，[illegible]□□[illegible]；[illegible]，[illegible]。[illegible]，[illegible]；[illegible]，[illegible]。[illegible]□□□□[illegible]，[illegible]；[illegible]，[illegible]□□。□□□□[illegible]，[illegible]，□[illegible]，[illegible]；[illegible]，[illegible]□[illegible]。《[illegible]》[illegible]，[illegible]，[illegible]□□□[illegible]，[illegible]，[illegible]□□；□□[illegible]，[illegible]

[illegible]

[illegible]

[illegible]

[illegible]

**譯文：**

□聞：□□□出度生，設種種經；經乘轉輪成道，□□□理。其中此《五部陀羅尼經》者，□妙法之□□，爲□咒之最勝。讀誦受持，□□五逆重業；尊崇供養，遠離十惡罪愆。三界道果證□□□，萬種福善生起之源。神力廣大，□□相匹；□功玄奥，不可度量。一時恭敬，和風雨而□□成，少許冥思，離患難而諸神護。所愛所欲，悉皆隨意滿足；所願所求，立便以利成就。國□□□□法，莫過於斯；庶民守護之規，□□相匹。□□□□衆故，往昔雖有刻印傳行，時日遷移，版面磨損漸劇；歲月寖遠，月相顯□不非。至於《大密明咒》，恐其湮滅，欲興盛□□□最勝妙法，是以囉斡矢志誠心，速速□□善願；□□才量，急急準備所需。萬裏擇一，請寫□□□□；一部十卷，新净善本乃成。章句□□，□□拓展於前；版面清晰，見者所□易讀。以□□□，伏願：□□聖帝，生上品之蓮臺，遊極樂之净土。□□皇帝，寶位長如天地，福壽齊同山海。文武臣僚，忠心輔佐國家，隨意能□民庶。□□□□父母，乘法航而達死生彼岸，□□□而受净土法樂。法界有情，能離三業罪愆，可斷二障種子，超苦海之輪回，證菩提之□果。

天慶丙辰三年九月二十日刻畢。

□刻發願者新宫前面買薪鋪邊上張囉斡等捐。

書印版者御前筆受李阿善。

## 大方廣佛華嚴經普賢行願品發願文　　太后羅氏

俄羅斯科學院東方文獻研究所藏本，影件見《俄藏黑水城文獻》第2册第 372—373 頁。卷尾佚。文中記事在仁宗三周年忌辰,則當夏天慶三年(1196)。

恭聞含靈失本,猶潛塵之大經;正覺開迷,若燭幽之杲日。是以王毫散彩,拯苦惱於羣生;梵説流徽,徵奥旨於一致。今斯《大方廣佛華嚴經普賢行願品》者,圓宗至教,法界真詮,包括五乘,賅羅九會。十種願行,攝難思之妙門;一軸靈文,爲無盡之教本。情含刹土,誓等虚空,示諸佛之真源,明如來之智印。身身同毗盧之果海,出世玄猷;心心住普賢之因門,利生要路。繇是一偈書寫,除五逆之深殃;四句誦持,滅三塗之重苦。今皇太后羅氏,慟先帝之遐昇,祈覺皇而冥薦。謹於大祥之辰,所作福善,暨三年之中,通興種種利益,俱列於後。將兹勝善,伏願仁宗皇帝,佛光照體,駕龍軒以游浄方;法味資神,運犪乘而御梵刹。仍願蘿圖鞏固,長臨萬國之尊;寶曆彌新,永耀閻浮之境。文臣武職,等靈椿以堅貞;玉葉金枝,並仙桂而鬱翠。兆民賀堯天之慶,萬姓享舜日之榮,四生悉運於慈航,八難咸霑於法雨。含靈抱識,普令真源矣。

大法會燒結壇等三千三百五十五次。

大會齋一十八次。

開讀經文:

藏經三百二十八藏,

大藏經二百四十七藏,

諸般經八十一藏。

大部帙經並零經五百五十四萬八千一百七十八部。

度僧西番、番、漢三千員。

散齋僧三萬五百九十員。

放神幡一百七十一口。

散施:

八塔成道像浄除業障功德共七萬七千二百七十六幀,

番漢《轉女身經》《仁王經》《行願經》共九萬三千部,

數珠一萬六千八十八串。

　　消演番漢大乘經六十一部，
　　大乘懺悔一千一百四十九遍。
　　皇太后宫下應有私人盡皆捨放並作官人。
　　散囚五十二次，
　　設貧五十六次，
　　放生羊七萬七百七十九口，
　　大赦一次。
又諸州郡守，邊復之地，遍國臣民，僧俗……

## 勝相頂尊總持功能依經録發願文　　楊慧茂

臺北中研院傅斯年圖書館藏，在《勝相頂尊總持功能依經録》刻本卷尾，有林英津(2011)録文及釋讀。内容同天盛十七年(1165)丑訛思禮發願文。尾署夏天慶三年(1196)。

[illegible]，[illegible]；[illegible]，[illegible]。□□□□□[illegible]，[illegible]，[illegible]，[illegible]，□□[illegible]。[illegible]，[illegible]；[illegible]，[illegible]□□[illegible]。[illegible]，[illegible]；[illegible]，[illegible]。[illegible]，[illegible]，[illegible]，[illegible]□。[illegible]，[illegible]：[illegible]，[illegible]□，□□□□，[illegible]□……□□□□□[illegible]，[illegible]□……

[illegible]

[illegible]，[illegible]。

[illegible]。

[illegible]。

[illegible]。

**譯文：**

世尊慈憫，救拔四生；妙法功弘，傳播六趣。[其中此總持]者，最勝密咒，如來之頂，諸佛共宣，[明虚]同印。聞音見面，惡趣遠離；遇影沾塵，得[生]天[上]。無上菩提，如同寄置；壽長無病，不養自成。見此功能，乃發大願，請工雕印，[施]與衆人。以此勝善，伏願：賓天聖君，往生極樂净土；□□□□，□□寶座……。

[法界]有情，共[成佛道]。

天慶丙辰三年 月 日竟

利益父母及法界有情故，楊慧茂謹施。

發願施者清信弟子楊寶幢。

書印版者現前筆受李阿善。

雕字人馬寶合。

## 築城稟帖

嵬名般若茂

英國國家圖書館藏品，影件見《英藏黑水城文獻》第 1 册第 87 頁。原件首尾殘佚。稟帖謂三十四年前爲甲申十六年，考西夏時期“甲申十六年”僅有天盛，即 1164 年，則其後三十四年即桓宗天慶五年（1198）。

……[illegible]。[illegible]，[illegible]，[illegible]。[illegible]，[illegible]，[illegible]□□[illegible]，[illegible]，[illegible]□□[illegible]，[illegible]，[illegible]□□□[illegible]。[illegible]……[illegible]……

**譯文：**

……謂求轉告……管處。謂頭子已出，當尋文本，故搜尋文本。三十四年之前，甲申十六年間，築城□□爲者罔貴夏既行諭旨於本司時，築城掘沙，地面上植□□，將造作園地，謂勞工事項當于□□□人中抽出。依次院處地……嵬名般若茂等先後……

## 密呪圓因往生集序

賀宗壽

見《大正新修大藏經》第 46 册第 1007 頁。尾署夏天慶七年（1200）。

竊惟總持無文，越重玄於化表；秘詮有象，敷大用於域中。是以佛證離言，廓圓鏡無私之照；教傳密語，呈神功必效之靈。一字包羅，統千門之妙理；多言沖邃，總五部之指歸。衆德所依，羣生攸仰，持之則通心於當念，誦之則滅累於此生。妙矣哉！脱流患之三有，跋險趣之七重,躋蓮社之浄方,埽雲朦之沙界。促三祇於頃刻,五智克彰;圓六度於刹那,十身頓滿。其功大,其德圓,巍巍乎不可得而思議也。以玆秘典,方其餘教,則妙高之落衆峯,靈耀之掩羣照矣。宗壽夙累所鍾,久纏疾瘵,湯砭之暇,覺雄是依。爰用祈叩真慈,懺摩既往,虔資萬善,整滌襟靈。謹録諸經神驗密呪,以爲一集,遂命題曰"密呪圓因往生"焉。然欲事廣傳通,利兼幽顯,故命西域之高僧、東夏之真侶,校詳三復,華梵兩書,雕印流通,永規不朽云爾。

時大夏天慶七年歲次庚申孟秋望日,中書相賀宗壽謹序。

## 密呪圓因往生集後序願文 佚 名

俄羅斯科學院東方文獻研究所藏本,影件見《俄藏黑水城文獻》第 4 册第 363 頁。原件尾佚,據中書相賀宗壽序言斷爲夏天慶七年(1200)撰。

蓋聞至道無私,赴感而隨機萬類;法身無相,就緣而應物千差。是以羅身雲以五濁界中,灑法雨於四生宅内。唯此陀羅尼者,是諸佛心印之法門,乃聖凡圓修之捷徑。秘中之秘,印三藏以導機;玄中之玄,加聲字而詮體。統該五部,獨稱教外之圓宗;抱括一乘,以盡瑜珈之奥旨。土散屍霑,神離五趣,風吹影觸,識翫天宫。一念加持,裂惑障於八萬四千;頃刻攝受,圓五智而證十身。神功叵測,聖力難思。睹斯勝利,敬發虔誠。於《圓因往生集》内録集此咒二十一道,冀諸賢哲誦持易耳。將此功德,上報四恩,下濟三有。生身父母,速得超升;累劫怨親,俱蒙勝益。印散施主,長福□□;法界含識,同……

## 聖六字增壽大明陀羅尼經施經題記 仇彦忠

俄羅斯科學院東方文獻研究所藏本,在《聖六字增壽大明陀羅尼經》卷尾。影件見《俄藏黑水城文獻》第 3 册第 173 頁。尾署夏天慶七年(1200)七月。

右願印施此經六百餘卷,資薦亡靈父母及法界有情,同往浄方。

時大夏天慶七年七月十五日，哀子仇彦忠等謹施。

## 劉德仁墓葬題記

劉慶壽

夏天慶七年(1200)。題記 1977 年出土於甘肅武威西郊林場，録文據陳炳應(1985：190)。

故考妣西經略司都案劉德仁，壽六旬有八，於天慶五年歲次戊午四月十六日亡殁，至天慶七年歲次庚辰十五日興工建緣塔[1]，至中秋十三日入課訖。

**校注：**

[1] 庚辰，當係“庚申”之誤。

## 劉仲達墓葬題記

劉元秀

夏天慶八年(1201)。題記 1977 年出土於甘肅武威西郊林場，録文據陳炳應(1985：190)。

故亡考任西路經略司兼安排官□兩處都案劉仲達靈匣，時大夏天慶八年歲次辛酉仲春二十三日百五侵晨葬訖。長男劉元秀請記。

## 父母恩重經發願文

呱　呱

俄羅斯科學院東方文獻研究所藏本，影件見《俄藏黑水城文獻》第 3 册第 48—49 頁。原文尾缺，不明年代。今按文中言及“亡考中書相公”，疑即夏中書相賀宗壽。宗壽有《密呪圓因往生集序》，似爲重病臨終之作，時當夏天慶七年(1200)，則本文之作當在此後不久。

伏以《父母恩重經》者，難陁大聖，問一身長養之恩；妙覺世尊，開十種劬勞之德。行之則人天敬仰，證之則果位獨尊，誠謂法藏真詮，教門秘典。仗此難思之力，冀酬罔極之慈。男兒呱呱等，遂以亡考中書相公累七至終，敬請禪師、提點、副、判、承旨、座主、山林戒德、出在家僧衆等七千餘員，燒結滅惡趣壇各十座，開闡番漢大藏經各一遍，西番大藏經五遍，作《法華》《仁王》《孔雀》《觀音》《金剛》《行願》經、《乾陁般若》等會各一遍，修設水陸道場三晝夜及作無遮大會一遍，聖容佛上金三遍，放神幡、伸浄供、演懺法，救放生羊一千口。仍命工……

## 德行集　　曹道樂

俄羅斯科學院東方文獻研究所藏本，影件見《俄藏黑水城文獻》第 11 册第 142—154 頁。首有嵬名訛計序。原件不署年代，聶鴻音(2001)考爲夏桓宗在位期間(1194—1206)。

### 序　　嵬名訛計

[illegible]

[illegible]

[illegible]

**譯文：**

德行集序

臣聞古書云："聖人之大寶者，位也。"又曰："天下者，神器也。"此二者，有道以持之，則大安大榮也；無道以持之，則大危大累也。伏惟大白高國者，執掌西土逾二百年，善厚福長，以成八代。宗廟安樂，社稷堅牢，譬若大石高山，四方莫之敢視，而庶民敬愛者，何也？則累積功績，世世修德，有道以持之故也。昔護城皇帝雨降四海，百姓亂離，父母相失。依次皇帝承天，襲得寶位，神靈暗佑，日月重輝。安内攘外，成就大功，得人神之依附，同首尾之護持。今上聖尊壽茂盛，普蔭邊中民庶；衆儒扶老攜幼，重荷先帝仁恩。見皇帝日新其德，皆舉目而視，俱側耳而聽。是時慎自養德，撫今追昔：恩德妙光，當存七朝廟内；無盡大功，應立萬世嗣中。於是頒降聖旨，乃命微臣，纂集古語，擇其德行可觀者，備成一本。臣等忝列儒職而侍朝，常蒙本國之盛德。伊尹不能使湯王修正，則若撻於市而恥之；賈誼善對漢文所問，故帝移席以近之。欲使聖帝度前後興衰之本，知古今治亂之原，然無門可入，無道可循，不得而悟。因得敕命，拜手稽首，歡喜不盡。衆儒共事，纂集要領。昔五帝三王德行華美，遠昭萬世者，皆學依古法，察忠愛之要領故也。夫學之法，研習誦讀書寫文字，求多辭又棄其非者觀之，中心正直，取予自如，獲根本之要領，而能知修身之法原矣。能修身，則知先人道之大者矣。知無盡之恩莫過父母，然後能事親矣。敬愛事親已畢，而教化至於百姓，然後能爲帝矣。爲帝難者，必須從諫。欲從忠諫，則須知人。知其人，則須擢用。擢用之本，須慎賞罰。信賞必罰而内心清明公正，則立政之道全，天子之事畢也。是以始於"學師"，至於"立政"，分爲八章，引古代言行以求其本，名曰《德行集》。謹爲書寫，獻於龍廷。伏願皇帝閒暇時隨意披覽，譬若山坡積土而成其高，江河聚水以成其大。若不以人廢言，有益於聖智之萬一，則豈惟臣等之幸，亦天下之大幸也。臣節親訛計奉敕謹序。

## 學習奉師

[illegible]

[illegible]

**譯文：**

學習奉師章

《前漢書》曰：古時帝王之太子者，初爲侍者所負，過宫門邊時令下，過宗廟前時疾行。此者，使知子之孝道也。昔周成王年幼時，召公爲太保，周公爲太傅，太公爲太師。太保之職者，保帝之身體也；太傅之職者，傅帝之德義也；太師之職者，導帝之學習也。此者，三公之職也。太子孩提時，三公固明孝仁禮義以習之也。逐去邪人，不使見惡行，故太子初生乃見正事，乃聞正言，乃行正道。左右前後，皆正直人。與正直人同居而互相學習，則不能不正，猶如生長於齊國，不能不齊言也；與不正人互相學習，則不能爲正，猶如生長於楚國，不能不楚言也。孔子曰：少初成者，若能依本性，習慣之者，其法自明也。及至太子長大爲帝時，免於太保太傅等之教訓，亦有記善惡之史，遣徹飲食之宰。舉進善之旍，植誹謗之木，懸直諫之鼓。大夫依國比選，士傳民語。夫三代諸王以長久者，有指教輔翼之正人故也。《書》曰：能自得師者爲王，謂人莫己若則亡也。好問則裕，自謀之則爲小。是故古時帝王皆以學習奉師爲本也。

## 修身

[illegible]

[illegible]

[illegible]

**譯文：**

修身章

古時欲天下明明德時，先治國也。欲治國時，先齊家也。欲齊家時，先修身也。欲修身時，先正心也。故心正而後身修，身修而後家齊，家齊而後國治，國治而後天下平也。人或問治國，答曰："聞修身者而已，未嘗聞治國。"君者，身也，身正則影正，君者，盤也，盤圓則水圓。君者，盂也，盂方則水方。君者，源也，源清則流清，源濁則流濁。善者，行之本也。人之須善者，猶首之須冠，足之須履，不可一時離也。若在明顯處時修善，在隱暗處時爲惡者，非修善者也。是以君子于人所不見亦戒慎，於人所不聞亦恐懼。天雖高而聽甚卑，日雖遠而照甚近，神雖幽而察甚明。若人雖不知而鬼神知之，鬼神雖不知而己心知之。故己身恒居於善，則内無憂慮，外無畏懼，獨處時不愧於影，獨寢時不愧於衾。上時可通神靈，下時可固人倫，德遍至於人神，慶祥乃來矣。此者，君子居昏夜亦不爲非，行慎獨之法也。昔孔子往觀周國，遂入太祖后稷之宗廟内，右堂階前立一金人，口上置三把鎖，脊背上有銘文曰："古時慎言者也。戒之哉！勿多言，多言則多敗；勿多事，多事則多患。勿謂何傷，其禍將長；勿謂何害。其禍將大。君子知天下之不可上，故下之；知衆人之不可先，故後之。"孔子既讀銘文，顧望而謂弟子曰："小子識之。行身如此，則豈有口禍哉?"夫知足則不辱，知止則不殆，可以長久。故傲者不可增長，欲者不可放縱，志者不可滿盈，樂者不可至極。此者，實修身之要領也。

## 事親

[illegible]

[illegible]

[illegible]

**譯文：**

事親章

父母者，猶子之天地也。無天不生，無地不成。故立愛時惟始於親，立敬時惟始於長。此道者，先始於家邦，終至於四海。大孝者，一世尊愛父母。父母愛時，喜而不忘，父母惡時，勞而不怨者，我見於大舜也。昔周文王爲太子時，每日三番往朝于父王季。初雞鳴時起，立于父之寢室門後，問内臣侍者曰："今日其安？"侍者曰"安"則喜。至正午及天晚，亦如前敬問。若謂"不安"，則有憂色，行時不能正步。直至復能飲食，然後釋憂也。武王繼父道而行，不敢有加焉。故君子之事親，居時致其敬，養時致其樂，病時致其憂，喪時致其哀，祭時致其嚴。夫爲人子者，失於事親之道，則雖有百善，亦不能免其罪矣。

## 爲帝難

[illegible]

[illegible]

[illegible]

**譯文：**

爲帝難章

明主愛要約，闇主愛周詳。愛要約則百事成也，愛周詳則百事敗也。《書》曰："民可近，不可下。民者邦之本，本固則邦寧。予念治衆民之難，則若朽索以馭六馬。在人之上者，奈何不慎也？"君者，與舟同；民者，與水同。水能載舟，亦能覆之也。湯武之得天下者，非取之也，修道行義而興天下之利者，除天下之害者，故天下歸之也。桀紂之亡天下者，非棄之也，變易禹湯之德，亂禮義之本，積凶盛惡，故天下棄之也。天下歸之故謂王，天下棄之故謂亡。魯哀公問於孔子曰："夫國家存亡禍福者，實皆因天命，非因人也？"孔子對曰："存亡禍福，皆在己身，天地不能禍患之也。昔殷紂之時，有雀生一大鳥。占吉凶者曰：'以小生大，則國家必昌。'於是殷紂不修國政，不除暴惡，内臣莫救，外軍發而來伐，殷國以亡。此者，福反爲禍者也。又殷王大戊之時，桑穀樹者，本生於野，而雙雙生於朝前。占吉凶者曰：'桑穀者，不應生朝前，國亡之徵也。'大戊恐駭，自責慎行，觀先王之政，修養民之道，故三年之後，遠方十六國來歸附。此者，禍反爲福者也。"孔子往於魯桓公之宗廟，見一欹器，虚則欹，中則正，滿則覆。顧謂弟子曰："試注水視之。"令注之水。中時正，滿時覆。孔子嘆曰："夫物有滿時不覆者乎？"子路問曰："持滿有道乎？"子曰："聰明聖智者，愚以持之；功至天下者，讓以持之；勇力特出者，怯以持之；富有四海者，謙以持之。此者，持滿之道也。”國危則無樂君，國安則無憂民。百種樂者，出於國安；憂患事者，生於亂國。急享樂而緩治國者，非知樂者也。故明主必先治國，然後百樂備其中也。闇君必急享樂而緩治國，故憂患不盡，將求樂時乃得憂，將求安時乃得危也。夫聖人不恃自見故明，不以自是故彰，不誇自能故有功。惟不争，故天下莫能與之争。是以古之爲帝者，存者以爲民之功，亡者歸於己之過；正則以爲民之功，邪則歸於己之過。此者，爲帝之難也。

## 從諫

[illegible]

[illegible]

[illegible]

**譯文：**

從諫章

良藥飲時苦而利於病，直言不順耳而利於行。湯武以愛忠言而昌，桀紂因愛順應而亡。夫君無諍臣，父無諍子，兄無諍弟，士無諍友，而不遇過者，未嘗有也。故君失而臣得，父失而子得，兄失而弟得，士失而友得。是以國無危亡之兆，家無悖亂之惡，父子兄弟無失，朋友合和，繼而不絶也。昔衛靈公以籧伯玉賢而不用，彌子瑕不肖反用之，史魚直諫亦不從。染病將卒時，囑其子遺言曰："吾爲衛王之臣，不能進籧伯玉而退彌子瑕者，因吾不能以臣道正君也。生時不能正君，則死後不應成喪禮，故我死時，置屍堂前亦已矣。"其子從之。靈公來吊，驚怪而問，子以父遺言告之。公愕然變色："是寡人之過也。"於是命置其屍於正堂，用籧伯玉，貶彌子瑕。孔子聞之，曰："古時諫者，死則已，未嘗有若史魚，因以屍諫，感悟其君者也。"昔唐太宗貞觀年間，因執事多受賄者太宗秘密使左右人試予之賄賂。一執事者受絹一匹，帝欲殺之。尚書裴矩諫曰："局分受賄，雖罪實當殺，但今上使人遺之賄而致，有受者時殺之，則此者導人而令其陷於罪也。恐非孔子所謂'導之以道，齊之以禮'。"太宗大悦，召文武百官告之曰："裴矩能因本職力諫，不我面從。倘每事皆如此，則何憂不治？"司馬温公論曰："古人有言，君明則臣忠。裴矩佞於隋而忠於唐，非其本性之有變。君惡聞其過，則忠化爲佞；君樂聞忠言，則佞化爲忠。是故君者，體也；臣者，影也。體動則影後隨者，然也。"故《書》曰"木者從繩而直，帝者以從諫而聖"者，此言信也。

## 知人

[illegible]

[illegible]

[illegible]

**譯文：**

知人

《資治通鑑》曰："有才有德者，異也，而世俗不能分辨，故通謂之賢。此者，所以取人不當也。夫聰察强毅之謂才，正直中和之謂德。是故德勝於才，則謂君子；才勝於德，則謂小人；才德全備，則謂聖人；才德皆無，則謂愚人。夫取人之數者，不得聖人及君子，則得小人不若得愚人。何故？則君子挾才以爲善，小人挾才以爲惡。挾才以爲善，則善無所不至；挾才以爲惡，則惡無所不至。愚者欲爲不善，亦謀不能以成之，力不堪以行用，譬如乳狗欲齧人，亦可制之。小人者，智足以遂其奸，勇能以生其亂，此者，如虎之有翼，其爲害深之至也。夫德者人之所畏，才者人之所愛。愛者易親，畏者易疏，故察人者多蔽於才而遺於德也。古時國之亂臣及家之敗子，才有餘而德不足，以至於亂敗者，多矣。故治家國者，能先審其德，後知其才，則其後取人不當豈足患哉？"古時君子觀人時，遠使而觀忠，近使而觀敬，多使而觀能，驟問而觀智，急召而觀信，寄財而觀仁，告危而觀節，酒醉時觀性，雜處而觀色。九觀至，則不肖人明矣。夫察形不如論心，論心不如擇行。形相雖醜，心行善，則不害爲君子；形相雖美，心行惡，則不害爲小人。此者，知人之法也，實治國之首要也。

## 用人

[illegible]

[illegible]

[illegible]

**譯文：**

巧匠不爲斫木，在於運斧；君王不爲治事，在於進賢。故天子之職，在於用一臣。己能則臣能，如此則王。古時君子依禮進人，依禮退人。今時君子，進人若使坐於膝，退人如墜之深淵，此取人不正之法也。子路問孔子曰："賢君治國時，所先爲何？"孔子曰："在於尊崇賢人而賤不肖。"子路曰："晉國六卿中，中行氏尊崇賢人而賤不肖，而國亡者，何故？"孔子曰："中行氏尊崇賢人而不能用，賤不肖而不能貶。賢者知不用己而生怨，不肖者知賤己而生讎。國内怨讎並存，鄰國因而發兵，則欲不亡國，豈可得乎？"子瞻先生曰："君子小人者，猶如水火，必不可使同器。若兼用之，則小人必定勝也。猶如置薰蕕於一處時，最終薰亦爲臭。故天子心不行於他職，惟分辨君子小人而進退之也。此者，天子之職也。君子與小人同處，則其勢必定不敵。君子不勝，則保身而自退，樂道而無怨。小人不勝，則交結相尋，宣説是非，必定至於勝然後止。如此則求天下不亂，亦不可得也。"故劉向曰："天子進賢之法，知而用之，用而察之，察而信之，信而不使與小人共職。此進退用人者，治之大本也。"

## 立政

[illegible]

[illegible]

[illegible]。[illegible]，[illegible]，[illegible]。[illegible]，[illegible]，[illegible]，[illegible]。[illegible]，[illegible]。”[illegible]，[illegible]，[illegible][[illegible]]。[illegible]，[illegible]。[illegible]，[illegible]。[illegible]，[illegible]。[illegible]：“[illegible]，[illegible]，[illegible]，[illegible]？”

**譯文：**

司馬温公曰：“致治之道有三：一者任人以官，二者賞賜以信，三者罰罪不赦。行之當，則能保治，能保安，能保存也；不當，則至於亂，至於危，至於亡也。”“若中外百官各得其人，進賢能，退不肖，親正直，疏奸佞，則天下何不安也？若得官者多爲小人，退賢者，進不肖，疏正直，親奸佞，則天下何不亂也？夫賞不以私喜而予，罰不以私怒而判，予賞時必有所勸，判罰時必有所禁，則天下何不安也？若喜時妄予賞於人，怒時妄判罰於人，賞至於無功，發著於無罪，則天下何不亂也？如此則治亂者不在於他，惟在於天子依心治之也。”又曰：“夫治下之道者，恩過則驕，驕則不可不遣以威；威過則怨，怨則不可不施以恩。聖人以恩威之道治臣遣俗，猶天地之有陰陽也，不可絶之。夫恩者，欲人之與己親，而亦有生怨者；威者，欲人之畏己，而亦有生慢時。小人之性者，恩過則驕，驕時遣之，則生怨矣。若爵禄賞賜妄至於人，則其同類皆曰：‘我與彼才同，功亦敵，彼得之，而我獨不得者，何故？’是出一恩而招群怨，故恩者有生怨時也。威嚴大過，則人無所容；刑罰煩苛，則至於無辜。其同類皆曰：‘此過者，人誰不犯？其人不赦，則後將至於我。’於是窮迫而思亂。爲帝者亦謂生亂，故姑息伺察。故此前時雖威嚴，亦以下至於慢也。故威者有生慢時也。”又曰：“天子修心之要有三：一曰仁，二曰明，三曰武。仁者，非一時小慈之謂，修政治，興教化，治萬物，養育百姓者，君之仁也。明者，非小智伺察之謂，知道義，識安危，别賢愚，明辨是非者，君之明也。武者，非殺伐勇健之謂，惟計以道，斷時不疑，詐僞不能以惑，奸佞不能以移者，君之武也。”昔齊威王召即墨城内大夫而命之曰：“自子之居即墨城，説毁言者日日前來。吾使人往視之，田野開闢，民人富足，官無争戰事，東方安寧。此者，子不事吾之左右，又不求譽者故也。”於是封之萬家食邑。召阿城内大夫命之曰：“自子之居阿城，説譽言者日日前來。吾使人往視之，田野不開闢，民人貧餓。昔日趙國發兵來攻，子不來救。衛國來略地，子弗知。是子以幣賄賂吾之左右以求譽者也。”

是日，先令阿大夫受重刑，左右譽者亦皆承罪。於是衆臣皆震懼，不敢爲詐僞，皆爲忠信誠實。齊國大治，天下皆如之强盛。此賞罰者，君王事之極致也。故古語曰："有功不賞，有罪不誅，則雖堯舜亦不能治，況他人乎？"

## 大白高國新譯三藏聖教序　　桓宗純佑

瑞典民族博物館藏元刊本，原卷殘損嚴重。首二折影件由克平(1995)刊布，其後部分據西田龍雄(1976：6—7)録文補足。首題有"[illegible]"(御製)二字。不署年代，克平(2003b：61)考爲桓宗純佑時期(1193—1206)，可從。

[illegible]

[illegible]

[illegible]

**譯文：**

大白高國新譯三藏聖教序

御製

生民蒙昧，作惡不解德言；大聖慈悲，□□教之[方]便。金口宣經，一切含靈受益;天□□□,娑婆塵世出離。世間治已,佛入涅槃,經像西方結集,梵典東□□□。□界緣至,合辯前文,番邦福大,後經□□。□□無能比擬,理弘萬事包容。諸佛之密心藏,如來之法性海,於部善□□□,依業小大區分。慧日行天明三界,慈航□□度四生。朕内念慈心,外觀悲慮,□□國安,□□□□。曩者風帝發起譯經,後白子經本不豐,未成御事,功德不具。人□□□,不修浄道,愛欲常爲十惡,三解脱門□□。□源流水,世俗取用所需;善語如金,衆生□□教導。居生死海,不欲出離,□愛欲□,□覺□□。治國因乎聖法,制人依於戒律,□□六波羅蜜,因發弘深大願。同人異語,共地殊風,字□□□,依□爲治。故教養民庶,御譯真經,後附講疏,綴連珍寶。三乘五□□□柱顯,八萬四千廣□□□者□□□□□□□。不二門入,夜月光輝□□□□□□□□□□益。□果一開顯得見,愚智和睦到彼岸。廣傳□□,爲萬世法。江河不可以斗量,地□豈能以□計?

**附:**

西田龍雄(1977:5—7)譯文:

庶方は愚蒙にして悪を造り徳言を解さず,大聖は悲しき行いを……求めて以て示す.金口は法を述べ,有識のすべてを利益す.乾……娑婆の諸塵を忍び能い,世を治む日は終り佛は涅槃に入る.像法は西方より聚集し,梵典は東……界の故に至る.前文は合せ辯ずる夏國の大禄,後典は……譬喩は有らず,義は廣く種々の事を皆な囲う.諸の佛の密心を藏し,如來の法性は海州に於て善く,……業に依り,小大を分離す.慧天は,上に宿り,三界を照らし,慈……四生を渡り救う.慈心を内に念じ,悲想を外に観じ,國は安らかに……昔し本と李帝,經譯を興し,のち子白子は,法を盛んにせず,賢事を集めず,徳功未だ具らず,人……浄道を修めず.十悪を常に爲す者は,専ら三解脱門……源水は漂い,世俗の用に随い通し送る.善心は金の如く,菩……導き教う.死生海に住し,出離を求めず,愛欲……覺り國を惠む聖法に随い人を制し,戒律にて纏り,六波羅蜜……深い大願に随い起す.人は同じく言語は別の,國土の典は異り,文字は……和に随い惠を爲さば,則ち庶民を教え養う賢上は經譯の句を,のちに辯才財寶合わせ連ね,三乗五……幹を願す.八萬四千廣……は……不二の門に入る.夜の月光は赫らかに……益し,盲人が目を開きて見得る(ごとく),願かに愚智を擴げ,彼岸に至(らしむ)廣行は,萬(よろず)復た則と爲り,河江は杯を以って量るところなし.土……算えること豈あにに肯んぜんや.

史金波(1988：285)譯文：

庶民愚蒙作惡，不解德言；大聖行悲□□，尋□以教。金口宣法，有識皆受利益；天□□□，能忍娑婆諸塵。治世日畢，佛入涅槃，像法西方聚集，梵典東□□□。因□界至，前文合辨，夏國大禄，後經□□。□□譬喻不有，義廣種事皆繞，諸佛之密心藏，如來之法性，海洲上善□，□□依業，小大分離。慧提上行照三界，慈□□□渡四生。就慈心中念，悲思外觀，國安□□□□□□□。昔原風帝興譯經，後子白子法未盛，賢事不集，功德未全，人□□□，浄道不修，十惡常爲者愛，三解脱門□□。□源水流，世俗隨用爲取；善言如金，菩□□□導教。住生死海，不求出離。愛欲□□，□□□覺治國；聖法上依，制人戒律上纏，六波羅蜜□□，□深大願已發。人同言異，國土式别。字□□□，隨合爲制。故庶民教養，賢現譯經句，後辯才合連珍寶，三乘五□□□幹顯，八萬四千廣□□□者，□□□□□□。入不二門，夜月光耀□；□□□□，□□□□益。盲人目開得見顯，愚智已擴到彼岸。□□行廣，萬復爲禮。江河以杯量不可，土□□□算豈肯。

## 施大藏經牌記　　太后羅氏

俄羅斯科學院東方文獻研究所藏，朱印，在《佛説寶雨經》卷十之首。影件見《俄藏黑水城文獻》第1册，彩版五三。不署年代，按羅太后攝政在天慶年間。參考羅福成(1930)，聶歷山、石濱純太郎(1930)。

[illegible]

**譯文：**

大白高國清信弟子皇太后羅氏新增寫番大藏經一整藏，捨於天下慶報伽藍寺内經藏中，當爲永遠誦讀供養。

**附：**

史金波等(1988：330)譯文：

大白高國清信弟子皇太后羅氏新寫全增番大藏經契一藏，天下慶贊，已入寺内經藏中，當作爲永遠讀誦、供養。

# 襄宗時期

## 應天四年施經發願文

佚　名

俄羅斯科學院東方文獻研究所藏本 инв. № 5423(**圖 34**),尾署夏應天四年(1209)六月。原件殘損,僅存卷尾四摺,不知當初附於何經之後。

……[illegible]

[illegible]

**譯文:**

……做廣大法事燒結壇等一千七百五十八次。開讀經文:番、西番、漢大藏經一百八藏,諸大部帙經並零雜經共二萬五十六部。度僧三百二十四員。齋法師、國師、禪師、副、判、提點、散僧等共六萬七千一百九十三員。放幡五十六口。散施番漢《金剛般若經》《普賢行願經》《阿彌陀經》五萬卷。消演番漢大乘經五部。大乘懺悔一百八十一遍。設囚八次。濟貧八次。放生羊三百四十三口。大赦二次,一次各三日。又諸州、郡、縣、邊腹之地,遍國僧俗臣民等所爲勝善不可勝數,實略記之耳。

應天四年六月日謹施。

## 無量壽王經并般若心經發願文

李智寶

俄羅斯科學院東方文獻研究所藏本,在《佛説般若波羅蜜多心經》卷尾。影件見《俄藏黑水城文獻》第 2 册第 7 頁。尾署夏皇建元年(1210)十一月。

蓋聞《無量壽王經》者，諸佛秘印，海藏真詮，聞名乃六慶齊圓，誦持則三塗殄滅。《般若心經》者，神功叵測，聖力難思，高談無二之門，直顯真空之理。今微僧智寶，宿有良緣，幸逢斯世，特昇弘願，命工鏤板。伏願三界九有，咸獲衣中之寶；六趣四生，速證常樂之果。普施傳持，同霑此善者矣。

時皇建元年十一月初五日，衆聖普化寺連批張蓋副使沙門李智寶謹施，西天智圓刁，索智深書。

## 親集耳傳觀音供養讚嘆題記　　本　明

俄羅斯科學院東方文獻研究所藏本，在《親集耳傳觀音供養讚嘆》卷尾。影件見《俄藏黑水城文獻》第 6 册第 126 頁。署夏皇建二年(1211)六月。

皇建元年十二月十五日，門資宗密沙門本明依右劑門攝授中集畢。皇建二年六月二十五日重依觀行對勘定畢，永爲真本。

## 金光明最胜王經发願文　　神宗遵頊

西安市文物局藏抄本，在《金光明最勝王經》卷尾，影件見《中國藏西夏文獻》第 15 册第 309 頁。尾署夏光定四年(1214)。

[illegible]

[illegible]，[illegible]。

[illegible]。

**譯文：**

朕聞：我佛世尊，以根本智，證一味純真之理，後得因緣，開萬千妙法之門。其中守護邦家，祈求福智，世俗勝理雙全，利益今生後世者，唯此《金光明王經》是也。今朕位居九五，密事紛繁，如臨深淵，如履薄冰。焚膏繼晷，想柔遠能邇之規；廢寢忘餐，觀國泰民安之事。盡己所能，治道纖毫畢至；順應於物，佛力遍覆要津。是以見此經玄妙功德，雖發誠信大願，而舊譯經文或悖於聖情，或昧於語義，亦未譯經解、注疏，故開譯場，延請番漢法師、國師、禪師、譯主，再合舊經，新譯疏義，與漢本細細校讎，刊印傳行，以求萬世長存。伏願：以此勝善，德化長行，六合俱洽，□龍道轉，遠佈八荒。復□□□睦，百穀成□□□□□□□□□□□次，萬物不失其性。復願：沙界有情，滌業垢於法雨；塵刹衆生，除愚闇以佛光。

光定四年謹作。

**附：**

史金波(1988：282)譯文：

朕聞我佛世尊，以本根智，證一味真實義；依後得緣，開千異妙法門。其中守護國家，福智蓄集，世俗、勝意雙全，現身、來世速益者，唯此《金光明王經》是也。今朕安坐九五，擔萬密事，如臨深淵，如履薄冰。夜以繼日，順思遠柔近能；廢寢忘食，念國泰民安。自之所能治道，稀微已至，他上依順，佛力覆蓋愛惜。因此，已見此經之深妙功德，澄信大願雖已發，然舊譯經文，或與聖意違，或詞義不明，復亦需用疏無所譯。因此建譯場，延請番漢法定國師譯主等，重合舊經，新譯疏義，與漢本仔細比較，刻印流行，成萬代平安。唯願以此善根，常行德治，六合全和，□□道變，遠傳八荒。復願□□止，百穀成熟，□□□□□□□□□□次，萬物具不失性。復願沙界衆生，法雨中洗除業垢，塵國衆生，以佛日消除愚影。

光定四年謹作。

## 祭亡詞

佚　名

夏光定七年(1217)，俄羅斯科學院東方文獻研究所藏殘片，影件見《俄藏黑水城文獻》第 6 册第 302 頁。

靈前中祭畔亡魂，禮酒澆茶都不聞。頭邊獻下百味飯，不見亡靈近盤飧。……

光定七年十月十六日記。

## 黑水守將告近稟帖

没年仁勇

夏乾定二年(1224)。俄羅斯科學院東方文獻研究所藏本，影件見克恰諾夫(1971)。參考聶鴻音(2000)。

[illegible]：

[illegible]。

[illegible]。

[illegible]。

[illegible]。

**譯文：**

黑水守城勾管執銀牌都尚内宫走馬没年仁勇禀：

兹仁勇曩者歷經科舉學途，遠方鳴沙家主人也。先後任大小官職，歷宦尚那皆、監軍司、肅州、黑水四司，自子年始，至今九載。與七十七歲老母同居共財，今母實年老病重，與妻眷兒女一併留居家舍，其後不相見面，各自分離，故反復申請遷轉，乞遣至老母住處附近。昔時在學院與先至者都使人彼此心存芥蒂，故未得陞遷，而出任不同司院多年。其時以來，無從申訴。當今明君即寶位，天下實未安定，情急無所遣用，故仁勇執銀牌爲黑水守城勾管。今國本既正，上聖威德及大人父母之功所致也。微臣等皆脱死難，自當銘記恩德。仁勇自來黑水行守城職事時始，夙夜匪解，奉職衙門。守城軍糧、兵器及砲大小五十六座、司更大鼓四面、鎧甲等應用諸色原未足，所不全者，諸般準備，以特爲之配全。又自黑水至肅州邊界瞭望傳告烽堠十九座，亦監造完畢。仁勇轉運遠方不同司院之鳴沙家主蓄糧，腳力貧瘠，惟恃禄食一緡，而黑水之官錢穀物來源匱乏，均分之執法人，則一月尚不得二斛。如此境況，若無變更，則恐食糧斷絶，羸瘦而死。敝人仁勇蒙恩以歸寧母子，守城職事空額乞遣行將哆訛張力鐵補之，依先後律條，於本地副將及監軍司大人中遣一勝任者與共職，將仁勇遣至老母住處附近司中勾管大小職事。可否，一併乞宰相大人父母慈鑒。

乾定申年七月，仁勇。

**附：**

克恰諾夫(1971)譯文：

Superintendent of Defence of the town of the Black River, the Holder of Silver *pai-tzŭ*, *tu śĭon* Preserving Peace in the Court, *Mbənin Ndźĭwuwạ* is reporting:

Now (I), humble *Ndźĭwuwạ*, an able official in the past, having gone to the end on the path of knowledge, am the owner of a house in the far away lands of *Minśa*. After having filled lesser and bigger offices in the service of the monarch, for nine years, beginning from the year of the Rat [1216] and until this day I have served in the command of the military district of *Śĭon-ndon-śĭwa* (in the town of the) Black River in the district of Suchou and in four other commands and own one house and common cattle and property with my seventy-seven year old mother stricken in years. Now I am really old and seriously ill and since then [1216?] have not met my wife and children left at home. Especially because of my failing strength (I) have repeatedly appealed by means of reports and have asked if I could change the place where I am doing my service and be appointed nearer to the place where my aged mother lives. In these reports (I in detail) expressed that at the time when I was in college because I had been separated from those (of the students) who returned to their former places, and from those of the thousand who were sent into service, did not find a way to promotion and wasted (my) strength in different commands in far away lands where since I stayed for many years up till now I was not able to raise my head. And from the day when the Most Bright monarch took the precious throne, because true peace has not yet come and it is not possible to send someone quickly, *Ndźĭwuwạ* is (still) the defence commander of the town of the Black River with the silver *pai-tzŭ*. Now erect is the core (on which) the state (stands) and the Truly Wise, Glorious and Mighty ordered the service of the Great Parents. And how many humble officials have even perished and given their lives who have been worthy of obtaining the Highest favours!

*Ndźĭwuwạ* from the time he arrived in (the town of the) Black River in his post as defence commander of the town, has been standing at (his) post day and night. Having fulfilled service in this office (I) fully furnished the army defending the town with provisions, weapons and also with fifty-six bigger and smaller stone-flinging machines (?), with big drums on (each) of the four sides (of the town-wall) for the night-watch, with complete armour, with Chinese halberds (?) and with other important equipment that was really needed (and then) it became fully sufficient. The section of Suchou's border from (the town of the) Black River is constantly held under observation. The reoccupation of nineteen posts for transferring orders and general information is finished. *Ndźĭwuwạ* in different commands in far-away lands has been living from the fact that he is the owner of a house in *Minśa*. (But the government clerks), are far away, people are poor, they live only on their salary and each of them exists on the money (to be received). And in (the town of the) Black

River there is little money, corn and things from the monarch. If dividing even all of it without leftovers among those who are allowed by law, then, probably, even then the monthly share of each would consist of (only) two *ndzĭa*. But when, let us admit, they do not get even that, then there is no possibility to obtain anything else. Now (at my place) since the provisions have already been finished and (I) have grown weak, it is possible, I shall die. The starving *Ndźĭwuwạ*, turning to the mercy (of the monarch), because of having pity on (his) mother *Źĭe*, is asking, could he not be relieved of (the office) of commander of defence of the town and the commander of march (*ndźĭe mbin*) *źiai o Wei we Śĭon* be appointed to (this office)? And after that, it would be good, according to the existing rule, to direct one man to joint service with (him) from the number of the able assistants of the commander (*mbie mbiu*) from the Big command of the military district, and to appoint *Ndźĭwuwạ* to a greater or smaller office in a command situated near the place where his aged mother is living, where (I) will endeavour with all my strength to carry out my duties.

I beg you to consider and to decide the matter depending on the importance or insignificance (of the above-exposed) and in accordance with the respect towards the Great parents! The year of the Monkey (emblem of the reign), Heavenly Peace, seventh month [July 18 - August 16 1224] *Ndźĭwuwạ*.

黄振華(1978)摘譯:

黑水守城管勾、持銀牌、賜都平宫走馬婆年仁勇稟:兹(有)仁勇自少出身學途,原籍鳴沙鄉里人氏……因有七十七高齡老母在堂守畜産,今母病重,而妻子兒女向居故里,天各一方,迄不得見。故迭次呈請轉任,乞放歸老母近處。彼時在學與老箭手都統(?)相處情感不洽,未蒙見重,而原籍司院亦不獲准,遂致離家多年。此後箭首(?)亦未呈報……今國基已正,聖上之德及諸大人之功已顯,卑職等亦得脱死難,當銘記恩德……惟仁勇原籍司院不准調運鳴沙窖糧,遠邊之人,貧而無靠,唯恃食禄各一緡……所不足當得之糧無著,今食糧將斷,恐致羸瘦而死。仁勇不辭冒犯,以憐念萱堂等,乞加恩免除守城事,别遣軍將×××××來此,仁勇則請遣往老母近處司(院)任大小職事,當盡心供職。是否允當,專此祈請議司大人慈鑒。乾定申年七月,仁勇。

## 黑水副將上書

蘇嘐浮屠鐵

夏乾定三年(1225)。俄羅斯科學院東方文獻研究所藏寫本,影件見史金波、白濱、吴峰雲(1985:圖版 340)。參考聶鴻音(2000)。

[illegible]:

[illegible]

[illegible]

### 譯文:

黑水副將都尚蘇嘐浮屠鐵稟:

兹本月十一日,接肅州執金牌邊事勾管大人諭文,謂接伊州縣狀,傳西院監軍司語:執金牌出使敵國大人啓程,隨從執銀牌及下屬使人計議,引一干人畜經伊州來黑水入籍,令準備糧草。接諭文時,浮屠鐵親自火速先行啓程前來,領取官職及附屬耕地,守城勾管大人許之。其人距邊界附近一日路程,當夕發而朝至。投誠者來謂,蓋不遲於耕種時節出行入籍,恐内郊職事生住滯有礙,故準備接納之法:一面以小城邊檢校城守嵬嘐奴山行文,往沿途一驛驛準備接待,不爲住滯,一面先差通判野貨雙山及曉事者執狀文啓程,至執金牌大人附近,其時浮屠鐵亦火速前往。可否,一併告乞執金牌大人計議並賜諭文。

乾定酉年二月,浮屠鐵。

**附：**

克恰諾夫(1977)譯文：

Заместитель командующего [города] Черной реки, душион Сужиай Мбэношион доводит до Вашего сведения:

Одиннадцатого дня сего месяца (21 марта) на основании приказа, полученного от Повелителя, Сучжоуского управляющкго пограничными делами, держателя золотой пайцзы, прибыли официальные бумаги из уездов Ичжу и Синъань и разосланы приказы-оповещения по военно-полицейскому управлению Западного двора. Повелитель, держатель золотой пайцзы, посол управления иноземцами приступил к выполнению своей задачи. В сопровождении держателя серебряной пайцзы и прочих приписанных к посольству лиц вместе со скотом и людьми [он], пройдя через Ичжу, прибудет в [город] Черной реки. Извещаю, что [для посольства] по перечню [мною уже] подготовлены кони и [жертвенное] угощение духам-хранителям. Извещаю, что как только будет получен приказ, меестный [чиновник] Мбэношион лично и действительно срочно примет [все] меры к тому, чтобы явиться к Вам на аудиенцию. Извещаю, что как [чиновники], имеющие отношение к делу командования войсками, так и те люди, которые ведают в [городе Черной реки] обороной города, скотоводством, земледелием, обводнением земель и дополнительными трудовыми повинностями, [а также] и прочие [должностные лица], находящиеся недалеко от границы, в одном дне [пути от города Черной реки], выступив с ночи, к утру [прибудут для Вашей встречи]! Кроме того, у нас также подготовлены [для Вас] сведения о [людях], отправившихся на сезонную весеннюю перекочевку и на весенние полевые работы, и поступившие на данный момент заявления от тех, кто намерен [нам] подчиниться. Когда же в [мое] отсутствие кто-то из лиц, несущих службу в поселениях внутренних [вверенных мне районов], проявит нерадивость по службе, то в соответствии с совершунным проступком дела [на виновных], связанные со снабжением и распоряжением людьми, будут переданы младшему [управляющему] городом пограничному эмиссару, городскому инспектору Нгвежиай Нджэушань. [Если же допустившим упущуние по службе чиновникам] дорога [до города Черной реки] дальняя и

［они］останутся дома ждать［решения］, а［их проступки］не будут связаны с упущениями в делах снабжения, то［их дела］нелицеприятно предварительно рассмотрит тунпань, а［их］допрос и передачу дел［ему］на решение осуществит Хуа Кивешань. С воодушевлением много отправлены те, кто даст знать［во вверенном мне районе о Вашем прибытии］, официальные бумаги и донесения［об этом］вручены［гонцам］и пущуны в ход. Прошу решения Повелителя, держателя золотой пайцзы, и ответного распоряжения на полученное［им это］донесение по следующему вопросу: когда Повелитель, держатель золотой пайцзы, будет уже недалеко, то может или нет Мбэношион［лично］срочно прибыть［к нему］?

Год курицы девиза царствования Небесное спокойствие, второй месяй (11 марта – 9 апреля 1225 года), Мбэношион.

# 西夏時期

## 莫高窟發願記

嵬名智海

僅署亥年。在莫高窟第 340 窟甬道北，録文據史金波、白濱(1982)。

[illegible]

**譯文：**

亥年六月二十四日，修治寺舍者嵬名智海，以此勝善，上求衆僧伽長壽無病，下求法界有情得福除罪，故修治此佛尊像，以此勝善，願當成……

**附：**

史金波、白濱(1982)譯文：

亥年六月二十四日修蓋寺廟者嵬名智海以此善根，欲上衆相魔鵝長壽無病，欲下法界有情得福除罪故，修建此佛尊，以此善根，願當成……

## 碎金序

息齊文智

俄羅斯科學院東方文獻研究所藏本，在西夏蒙書《新集碎金置掌文》卷首，影件見《俄藏黑水城文獻》第 10 册第 108 頁。不詳年代。參考聶鴻音、史金波(1995a)。

[illegible]

[illegible]

**譯文：**

碎金序

夫人者，未明文采，則才藝不備；不解律條，故罪亂者多。今欲遵循先祖禮俗，以教後人成功，故而節略匯集眼前急用要義一本。不過千字，說釋總涉萬義。方便結合，斟酌系聯；類林頭隱，非持明義。雖是如此，抑或求少求多，無不備述；尋易尋難，焉用旁搜？五字合句，四二成章，睿智彌月可得，而愚鈍不過經年，號爲“碎金置掌文”。愚不揣淺陋，見疵勿哂！

**附：**

克恰諾夫(1969)譯文：

Если люди неграмотны，они не в состоянии вести дела，а если они не знают законов и правил церемониала，то совершают ошибки и преступления. И тех，с кем это случается，много. Ныне，желая внести вклад в дело обучения потомков заветам и обрядам предков，［я］ составил наглядную и удобную книгу важнейших значений. Отобрано не более тысячи письменных знаков，охватывающих десять тысяч значений. Для удобства пользования они соединены друг с другом. В каждом сочетании скрыто множество вариантов，и не［всегда］дается［нужное］в данный момент значение. И хотя это так，желаешь ли мало или желаешь много，нет того，о чем не было бы сказано；ищешь ли легкое или ищешь трудное，разве стремишься найти что-либо исключительное? Фразы из пяти знаков составлены в четверостишия и двустишия. Мудрый и благородный муж завершил бы эту работу в месяц，но я，медлительный，и за год не довел её до совершенства и назвал «Крупинок золота на ладони». С чувством стыда я выпускаю её в свет и прошу не осуждать за замеченные грубые суждения и ошибки.

## 佛説父母恩重經發願文　　　　忠　茂

俄羅斯科學院東方文獻研究所藏本 инв. № 8106，在《佛説父母恩重經》卷尾（圖 **35**）。尾佚，不詳年月。參考聶鴻音(2010a)。

[illegible][illegible]：[illegible][illegible][illegible][illegible]，[illegible][illegible][illegible][illegible]。[illegible]□[illegible]□，□[illegible][illegible][illegible][illegible][illegible]；[illegible][illegible][illegible][illegible]，

[illegible]

**譯文：**

今聞：真界無行，佛陀絶念。□□身之身，常現□方塵刹；出無語之語，開宣無量法門。其中此經者，聖賢同敬，天龍頂珠；恩報之端，萬行之本。念誦則悉除罪業，持行則得成浄緣。是以忠茂謹願：利益轉身慈父及有情故，於七七日設爲法事並開闡斯經而外，另捨浄資，請工刊印，散施千卷，勸人受持。以兹勝善，伏願：當今皇帝萬歲其來，君國父母千秋可見。又願：轉身慈父，除業障而……

## 佛説父母恩重經發願題記　　羅哆氏清白

俄羅斯科學院東方文獻研究所藏本 инв. № 5048，在《佛説父母恩重經》卷尾（**圖 36**）。尾殘，不詳年代（克恰諾夫 1999：408）。

[illegible]

**譯文：**

此經發願者羅哆氏清白，我欲以此報答父母之大恩，故我之□□□中當爲一大殊勝者。

## 尊者聖妙吉祥智慧覺增上總持發願文　　折慕善花

俄羅斯科學院東方文獻研究所藏本 инв. № 6520，在《尊者聖妙吉祥智慧覺增上總持》卷尾（**圖 37**）。尾題"比丘尼折慕善花"，不署年代。參考段玉泉（2012）。

[illegible]

[illegible]

[illegible]

**譯文：**

今聞：如來者，本心寂静，真空爲體，無往無來，無求無得。雖然如此，利有情故，以體顯功，因諸種類，化身導師。其中《文殊總持》者，善功廣大故，爲報上師之恩，請工鏤刻，印爲千卷，施諸友人。有受持者，善功前述而外，惟誦三十萬而見文殊面，瑞相多有。以兹勝善：聖君長壽，臣庶安康，法界含靈，皆成佛道。

施者比丘尼折慕善花。

## 聖六字增壽大明陀羅尼經發願題記　　嵬啰氏夫人

俄羅斯科學院東方文獻研究所藏本 инв. № 570，在《聖六字增壽大明陀羅尼經》卷尾（圖 **38**），不署年代。

[illegible]

[illegible]

[illegible]

[illegible]

[illegible]

[illegible]

**譯文：**

發願者嵬啰氏夫人。

許願者嵬啰賦諭[1]。

舅姑寶，亥年八月六日夜傍晚入夜時生；

舅舅孫，丑年五月二十七晨巳時分生。

此經發願者嵬啰氏夫人。

此經許願者嵬啰茂娱。

**附：**

孫伯君(2009b)譯文：

願發者嵬啰氏夫人。

許者嵬啰賦諭。

舅姑寶亥年八月六日夜傍晚入夜時生；

舅舅孫丑年五月二十七晨巳時分生。

此契經願發者嵬啰氏夫人。

此許者嵬啰賦娛。

## 妙法蓮華經後序　　佚　名

明永樂年間(1403—1424)。原出北京北海公園白塔下，法國吉美亞洲藝術博物館藏品，在紺紙金書《妙法蓮華經》卷八之末(**圖 39**)，尾佚。

[illegible]……

**譯文：**

恭聞：一心玄妙，含容法界無餘；諸佛見知，周遍衆生不缺。難悟終乘，設置隨機方便；合權入實，三周七喻……

## 後序殘葉　　佚　名

俄羅斯科學院東方文獻研究所藏本 ИНВ. № 7460(**圖 40**)，尾佚。原號殘存經折裝四折，後序前有七言偈十句，未見經題，不知附於何經。

[illegible]……

**譯文：**

今聞：三毒死生之本，六賊流轉之根。施捨求修者少，慳吝放逸者多。黄金盈庫，不以爲足；奴僕滿室，更復他求。因酒色而千財毀棄，爲濟貧而毫釐無心，貪嗔懈怠，罪苦不知。一旦枕中氣絶，屍身葬至墳塋，長久置於曠野，姻親永遠分離。萬頃良田，死後不留半畝；黄金千鎰，命終豈有毫釐？帳庫財産，移諸妻眷；畜穀寶錢，分屬子孫。死者負罪，何愚癡也！做諸活業，誰念丘墳？遇大限而多不憂慮，墓上妄……

## 彌勒上生經講經文題記　　佚　名

俄羅斯科學院東方文獻研究所藏本，在《彌勒上生經講經文》卷尾。影件見《俄藏黑水城文獻》第 4 册第 354 頁。不詳年月及撰人。

祝讚當今皇帝聖壽萬歲，文武官寮禄位轉千高。願萬民修行在兜率天上，願衆生盡登彼岸。

## 啓請星神儀　　佚　名

俄羅斯科學院東方文獻研究所藏本 инв. № 6501（**圖 41**），首尾佚。未見文題，亦不詳年月及撰人。原裝訂葉次錯亂，今改正。

……[illegible]

[illegible]

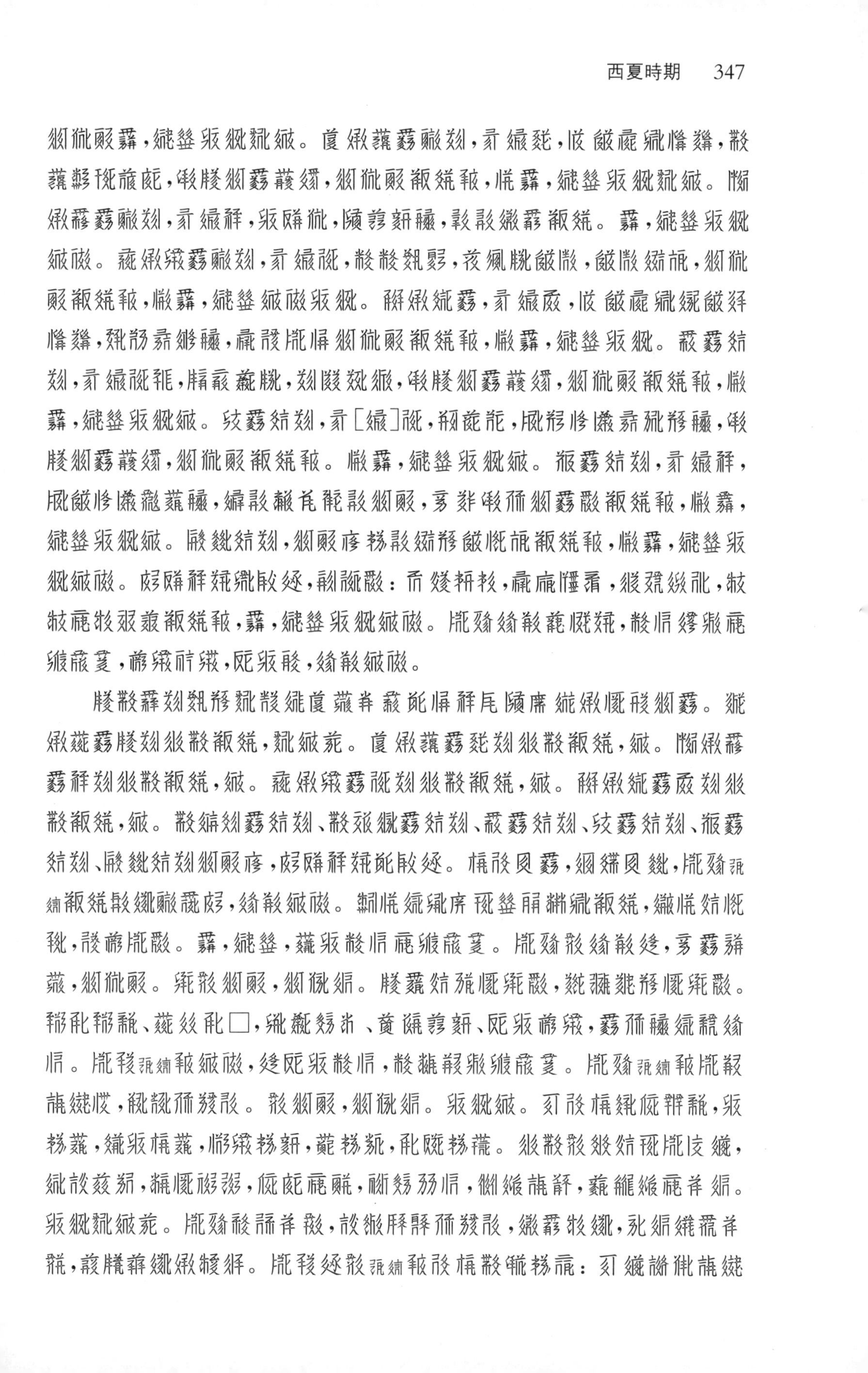

[illegible]

[illegible]

[illegible]

譯文：

……召請北方水星黑帝宫主，降來，禮拜。召請中方土星黄帝宫主，降來，禮拜。召請羅睺帝君，降來，禮拜。召請東方七宿、南方七宿、西方七宿、北方七宿二十八星宫主，拜。望見足黑峰相大星神衆坐霧中雲位上，設置天道，得之於座。望見得地宫之清浄，列坐奉酒禮拜。

南贍部洲内白高國嵬名皇帝某國境内某門家主某甲擇吉晝夜時日，於今日夜面向福星祭祀禮拜。望見上方日曜，身色白，東出西没，設四大八小洲，校量賜福於庶民，校量殊勝樂善德行，列坐奉酒禮拜。望見太陰月曜帝君，身色亮白，夜間顯明，日居月諸共如輪，列坐奉酒禮拜。望見東方木曜皇帝，身色青，願佑助慈悲行樂爲善者，勝似佛法，多賜福於信衆，列坐奉酒禮拜。召請南方火曜皇帝，身色赤，校量兇惡生怒，如大火焰巡行，乃爲人天福星，多賜福，望其來，列坐奉酒禮拜。召請西方金曜皇帝，身色白，多飲酒，勝似國樂，告請盛世安樂，望之，列坐奉酒禮拜。召請北方水曜皇帝，身色黑，合種種行，别文字善惡，别惡行善，多賜福。望其來，列坐禮拜奉酒。召請中方土曜，身色黄，校量兇惡生怒面凶者，殊勝如本家，於子女宫多賜福，望其來，列坐奉酒。召請羅睺帝君，身色青黑，勇猛善戰，輔佑君臣，乃爲人天福星，多賜福，望其來，列坐奉酒拜。召請計都帝君，身色黑，攪天池，性氣剛强勝於己意，乃爲人天福星，多授福，望其來，列坐奉酒拜。召請月孛帝君，身色白，性惡剛强如殺生，賜福於年少羸弱年老者，是夜生人之福星，望之來，列坐奉酒拜。召請紫氣帝君，賜福者一世爲善不作惡，望其來，列坐奉酒禮拜。食飲白衣在周圍，召請人所告：農牧買賣，送女索婦，公事驟疾，仇敵一併守護，望之，列坐奉酒禮拜。家主爲首著新衣、諸種應用皆已準備。浄水漱口，傳酒食，稽首禮拜。

昊天上帝乃遣我南贍部洲内白高國王取法上方福星。我等召請東方木曜天帝大神，禮拜。召請南方火曜赤帝大神，拜。召請西方金曜白帝大神，拜。召請北方水曜黑帝大神，拜。召請中方土曜黄帝大神，拜。太陽日曜帝君、太陰月曜帝君、羅睺帝君、計都帝君、月孛帝君、紫炁帝君賜福者，食飲白衣在周圍。二十八宿，四季八節，家主某甲召請迎接設天道，稽首禮拜。召請速來坐霧中雲位上，來至無名地，清净宫也。望之，列坐，諸種茶酒皆已準備。家主等稽首，夜星現前，多賜福。彼等賜福，福無明。祭祀天地之法如斯，次第降神法如斯。亦聚集紙馬紙錢、果品馬□、荆棘血劍、七件樂器、酒食净水，祈星之物。家主某甲等禮拜，而集諸酒食，準備諸種所需。家主某甲等祈宅門安定，百穀茂盛。彼等賜福，福無明。奉酒拜。錢一十二百五緡，酒一盞，藥酒兩盞，卜水一皿，香一爐，馬食一斗。大神衆在大地上宫者，同於地德，和合二儀，具備五行，聚合殊勝，調伏禍災，雷魔之惡皆當無。我等奉酒禮拜。願家主子孫繁茂，外地親戚茂盛，享受安樂，當得無邊富貴，恭敬受持知識。所在家主某甲等乃發十二大願：一者天靈安定，二願禮拜十二神祇降，三依次列，四願禮拜四神助我財寶具足。五願四方五星天龍差遣。六願六畜繁茂，寶穀繁盛，禮拜。七願七種財寶充滿萬庫，賜福……

## 擇要常傳同訓雜字序　　佚　名

書序二篇，21 世紀初内蒙古額濟納旗出土，私人收藏。在西夏字書《擇要常傳同訓雜字》卷首（圖 **42**），不署年代及撰人。參考史金波（2017）。

### 其一

[illegible]

[illegible]

**譯文：**

夫求道積業之人衆多，必依乎文字。番文者，學寫難，故婦人識字者鮮。其中亦有不能學《字海》而正確學經者，復有童子懦弱無志，正一部忘一部者。師傅弟子父母於時辛勞焦慮以正之，而難易之字混雜，故讀之緩而忘之速。若少年時正於《字海》，離師還家，則背師承而致字訛，不得讀經。雖好正之，再熟讀《字海》，暗暗自嘆不精。復少年昔多多熟讀《字海》，其中抽經中易讀之偈，□□不悟而字已成訛。後讀"五部經"之類時，□□□等不識。彼等常問他人，乃至厭其義訓。難字相雜，偏旁稍類，則矯枉其訓。復學《同義序》諸人，以字訓之衆多且雜，讀經時不成句法，失其涵義，不成利物。略求□□，徒造重苦。是以都城知識者慈憫後人，故共議之，而□四部及小部中之字，《字海》七分中取其二分半，別謂之"常傳雜字同訓序"，集爲一本。先學寫此字而正之，則立便得以讀經。爲人中尊，如相問於聖人，皆離憂苦。衆多無所混雜故，預先取字速而忘卻少矣。此《常傳》中不圈發之字，因經中多番見之，應先書寫。圈發之字不多見，故應後寫。復《同義序》中不録之小字者，因《常傳》中有，則大字亦與小字同訓，故當學。此外所録之小字者，《常傳》中無，爲其字訓不雜，故當學注其互訓。無注不録者，無互訓故，留爲獨字，此亦當學也。復此略本者，不辛勞而能速以讀經，雖有少許利益，然不明訓之輕重及字義，字不相屬，乃集其同訓。復族人之字與藏經中字□□，又“[illegible]”(·jɨ)字“[illegible]”(tsewr-khiew)中依義所取之字，此間所無，故此則有志人當依次教之《同音》《三才》。君子曰：“乃刻《同音》。新舊既集，平上既正，國人歸心。”所學真實，是以不棄《字海》。或未之得聞，故以此略本訛而不取，學舊本，則緩急之學時明矣。復一切諸法中有□□，故漢人亦有依僧俗二種字之廣略而取之，□□曾無所造新字。願後人不辛勞而正之簡易字，亦非圖訓詁之利。不變换舊字而解集之，又有何妨？有未善則智者增删改易，又有何傷？若先聖不悦，則固思之非妄，願求憫忍之教。復此本中亦説經續之意、念佛修行之法，故雖思所學簡易，然無嬉戲妄學而得其正者。學於師時，後不敬師，則緣重罪以正之亦無益也。敬信有德之師而學，則今後多得益，入攝持，爲吉祥矣。

## 其二

[illegible]

[illegible]

[illegible]？[illegible]，[illegible]，[illegible]，[illegible]，[illegible]，[illegible]。

**譯文：**

夫謂之字母者，爲生成整字之本源而易學書寫，故謂之字母。文字之母者，《同義序》所集義類之首不成字母，又不若梵藏漢字母數少，不能依次由略及廣。又先祖人所説之字頭偏旁與整體無根本之別，屢屢多有訛脱，故以初文説整體之字則難説難識難記矣，是以初文三十字母列出字頭偏旁。字母者，依世間事相解句取名，學寫易也。偏旁整體學而未得，則先教其能正一分。童蒙先前學整字則勞苦多矣，而依是教之，則不必引導書寫整字而自能書。又寫過而系聯時，有利於易記易識易説矣。《義同序》有字五千□□，略本二千八百餘，大字九百餘，無删削可列不及千數。《碎金序》字數不敷書寫，《三才》略而未得其正時，休作滿足之想，休怠惰於他本。

復諸師多不識系聯，故無先以系聯書寫爲要以見綱目者。先字根而後識之，則敬取書之，即有不倦之益也。漢人學梵字既爲靈巧，番人學番字比之何難？此偏旁者，一切字之綱目也，遍至於一切字，而系聯亦至於一切，則其後雖以之系聯，亦混雜矣。

## 五更轉殘葉　　　　佚　名

俄羅斯科學院東方文獻研究所藏本，影件見《俄藏黑水城文獻》第 10 册第 327 頁。首尾殘，不署時間及撰人。參考聶鴻音(2003d)。

### 其一

……

[illegible]，□□□□□□□□□。[illegible]，[illegible]。

[illegible]□[illegible]，[illegible]□[illegible]□。[illegible]，[illegible]。

[illegible]，[illegible]□[illegible]。[illegible]，[illegible]

[illegible]。

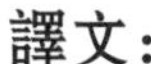

**譯文：**

……

三更高樓牀上坐，□□□□□□□□□。試問歡情天樂奏，此時尊拜伏而除錦衣。

四更□狂並頭眠，玉體相擁所□□天明。少年情愛倦思深，同在永世死亦不肯分。

五更睡醒天星隱，東望明□交歡綏起身。回亦淚□問歸期，謂汝務要速請再回程。

## 其二

……

[illegible]，[illegible]，[illegible]。[illegible]□，[illegible]，[illegible]□[illegible]。

[illegible]，□[illegible]，[illegible]。……

**譯文：**

樓上掌燈入一更，獨自綾錦氈上坐，心頭煩悶無止息。嘆聲長□，似見伊人思念我，問□未能安。

些許無成入二更，獨自綾錦氈上坐，心頭煩悶無止息。……

## 聖妙吉祥真實名經發願文殘片　　佚　名

俄羅斯科學院東方文獻研究所藏本，影件見《俄藏黑水城文獻》第 1 册第 348 頁。刻本殘片七枚，未見經題。今據文中所存"妙"字、"聖大"二字及版口"真"字，判斷爲"聖大乘妙吉祥真實名經"。

[illegible]：[illegible]，[illegible]；[illegible]，[illegible]。[illegible]……[illegible]，[illegible]。[illegible]，[illegible]……[illegible]……[illegible]，[illegible]……[illegible]，[illegible]，[illegible]。[illegible]□□□□[illegible]，[illegible]……[illegible]，[illegible]。[illegible]

[illegible]……[illegible]□[illegible]……

**譯文：**

今聞：欲渡大海，需假舟楫；願得聖果，當依止善知識。夫妙……諸佛如來依言所記，無有忘失。受持此契經，德……善女人等此聖大……契經之信，悲……離，隨意皆中，無不成就。何……隨願，不生不……聖君御壽綿長，諸王大臣百秋可見。上師當得如是真果，一切法界有情亦三寶之力……中上師之恩最勝也。□覺上師藥乜波卜之恩……

## 發願文殘片

佚　名

碎片五枚，殘損嚴重。影件分别見《英藏黑水城文獻》第2册第50、56、230、257、75頁，年代不詳。

### 其一

……[illegible]……[illegible]……[illegible]……

**譯文：**

……止。逆臣惡友，自然消滅。國……穀熟成。花菓蕃茂，木……有情久病，病患……

### 其二

……[illegible]……[illegible]……

**譯文：**

……一切……一切轉身。今大慈大悲……

### 其三

[illegible]

[illegible]。

**譯文：**

當今皇帝正法王，御壽福長病當無。教導庶民望依法，隨意願事皆當成。

### 其四

……[illegible]……[illegible]，[illegible]……[illegible]，[illegible]，[illegible]。[illegible]……[illegible]……[illegible]。[illegible]。[illegible]：……[illegible]，[illegible]……[illegible]……[illegible]，[illegible]……[illegible]……

**譯文：**

……菩提……來受苦楚時，如來應供正等……以照耀，一切業障，悉皆消滅。衆……樂……當至。隨願皆當成就。復願：……受苦，後惡……飲此器不……得，悉皆……身……

### 其五

……[illegible]。

……[illegible]。

……[illegible]：[illegible]，[illegible]……[illegible]。

……[illegible]。[illegible]……[illegible]……[illegible]……

**譯文：**

……入於常住中。

……相繼散施，故已入手。

……願：聖壽福長，阿耨池……寶位當正。

……當住。祐君輔國大仙等……平等漸漸茂盛……喜……

## 滴滴金

俄羅斯科學院東方文獻研究所藏殘葉一紙（**圖 43**），編號 инв. № 4186。

[illegible]。[illegible]，[illegible]，[illegible]。[illegible]

[illegible]

[illegible]

**譯文：**

勸君山側無行逸。山谷口，進出難，千里識途無得一。去山崖水疾。還家昨夜小橋旁，月流光，周身溢。竹梅林内杜鵑啼，待幾時歸去？諾。

我君可擬天中日。圓滿故，自去留，汝心似鐵亦超軼。我思不在室。不畏吾儕入火邊，多久逢，焉知悉？永將常理置於心，行是無須述。

# 西夏滅亡以後

## 大白傘蓋佛母總持後序願文

佛陀跋折囉

21世紀初内蒙古額濟納旗出土，私人藏品。影件及録文見史金波(2015)，在《大白傘蓋總持》卷末。時間署"大朝國甲辰"，史金波考爲蒙古皇后乃馬真執政時期的1244年。施經人署"東陛皇太子"，史金波考爲蒙古王子闊端。

[illegible]

[illegible]

[illegible]

**譯文：**

恭聞：佛頂神咒《白蓋總持》者，諸佛心印，玄密法藏也。威力難量，神功無際，故此讀誦受持，依法修行。至若書寫，持於身上，或置幢頂，永久供養，則拒絶夭亡，長增壽限，愈除疾病，子孫昌隆。災禍鬼神，不能侵淩，家舍安樂，邦國咸寧。現世消除重罪，戒根清净；死後生極樂國，至於成佛。所有災禍，消除不遺，一切要求，隨願能成。因見如此勝功，釋迦比丘國師佛陀跋折囉乃發大願，祝福皇帝太子闊端無病壽長，並欲利益諸有情離苦得樂故，請工刊印，印羌、番、漢各一千卷，施與僧俗。以此善力，惟願：皇帝太子闊端萬歲其來，千秋可見。國本堅牢，庶民福盛，法界衆生，共成佛道。

大朝國甲辰歲　月　日謹施傳行。

東陛 皇太子 施。

**附：**

史金波(2015)譯文：

恭聞佛頂神咒白傘蓋總持者，是諸佛心印密深法藏，威力無限，神功無邊。因此依識誦受持法修行，或若寫記身上有持，或置幢頂上，永常供養，則回絶亡夭，增壽限，愈除疾病，子孫昌盛，災禍、鬼神不能侵淩，家庭安居，國土安定，在世消滅重罪，律典清浄，亡後生最安國，至於成佛，所有災禍殄滅無遺，一切要求依願能成。因見如此勝功，釋迦善起國師謀怛巴則囉已發大願，因望皇帝太子闊端福盛無病長壽，並欲利治諸有情，滅罪得安，請匠令雕印羌、番、漢各一千卷施僧俗處，以此善力，惟願皇帝太子闊端壽長萬歲，經歷千秋，國本堅固，民庶福盛，法界衆生當共成佛。

大朝國甲辰歲 月 日謹施流行。

東陛 皇太子 施。

## 金光明最勝王經流傳序　　慧　覺

1247 年。中國國家圖書館藏本，在《金光明最勝王經》卷首《忏悔灭罪記》之后，影件見《中國藏西夏文文獻》第 3 册第 14—18 頁。

[illegible]

[illegible]

[illegible]

[illegible]

[illegible]

**譯文：**

金光明最勝王契經流傳序

夫《金光明最勝王經》者，顯密兼集，因果周備。衆經之王，盡一乘義，後世禮儀之法也。後成蓮華之壽身，先合涅槃之長命，顯諸佛甚深之境，爲護國護法之機。爾時真實不二佛身雲集於理事無礙刹土，大衆申時聞語。是經贊最勝如來直言佛境，功業可具。妙幢室内四佛説，鷲峰頂上本師闡。舉真智壽身之果，三身有本，四德無生；闡廣略空有之因，雙斷二邊，中道不二。當下再成，本攝圓滿，是以究竟理性，時下大衆堪行。彼梵本昔支那國先後五次翻譯，《長房録》曰：一，涼玄始年間沙門曇無讖於姑臧翻譯爲四卷十八品；二，梁承聖元年間沙門真諦於正觀寺及揚雄宅翻譯爲七卷二十二品；三，後周武朝優婆國沙門耶舍崛多於歸聖寺翻譯爲五卷二十二品；四，隋開皇年間闍那崛多及達磨笈多於長安興善寺翻譯，沙門彦琮重校爲六卷二十四品，大覺寺内沙門寶貴使結合成爲八卷。前四本者，有無增損，廣略參差。五，大周長安二年間義浄三藏於長安西明寺奉詔重譯此經十卷三十一品，長安歲次[癸]卯三年己未十月庚戌四日完畢。文句清明，理趣匯聚，未曾有也。次始奉白高大夏國盛明皇帝母梁氏皇太后詔，渡解三藏安全國師沙門白智光譯漢爲番。文采明，天上星月閃閃；妙義澄，海内寶光耀耀。自其後此經弘傳，帝王后妃，敬行頂受；臣民僧俗，讀寫誦持。十行泉流不盡，四法輪轉不斷。最後仁尊聖德皇帝已执寶位，佛事再新，正法復盛，顯三寶之威，增四宗之明。令集猛虎龍象大師，重細校勘是經，復譯注疏。聞説禮盛泛彩，如金像現於玉瓶，同物像明於秦鏡。敬信之禮，尤重於前。人人取則漢國温州張居道，遇怨書寫求禳；一一效法番地芭里嵬名狗牢，勸王降旨誦讀。由此安定家國，以其興盛正法。後夏國冬出葉落爲池，大朝國興，此經湮没，年深日久。佛法存亡，依乎此經，故應盛傳也。至當今時，佛法歷三隱四滅，有情福薄，所多重業，應治以上藥，能除以一乘。夫大乘方廣經者，如優曇花之難遇，勝摩尼珠之價高。多劫遇緣，供恒沙佛，發心種善，是故得近樂聞。今聞信者非小事也，貧僧學淺智微，未除塵網，坐井觀天，試作短序。違聖心者，悲而諒之。

唯願佛位續連，如金龍妙幢，懺贊以金鼓，發願生善，同寶積之請傳。盡回四恩，竟報五負，依衆聖降以攝持，仗諸神祐而願滿。當今皇帝德盛福增，太子皇子壽長無病。排遣世濁，蠲除災禍。三力威盛，八福普修。國國佛事行，處處法輪轉。百穀成熟，萬物豐稔。普遍安居，有情康樂。同行願滿，共成佛道。

頌曰：聞法踴躍喜共憂，愛慕渴仰求不止。身動髮亂血淚出，未得自持發重願。一切之衆生，棄疑除邪執。大乘發正信，佛種令不斷。

**附：**

史金波(1988：310—311)譯文：

夫《金光明最勝王經》者，顯密兼備，因果全包，爲衆經中王，一乘義盡，是最下禮式法。蓮華壽身之後成，涅槃常命之先合。顯諸佛最深境，爲護國法人意。

爾時依真不二佛身，義事無障，在國雲集，大衆聞哺時説，此經建立最勝如來語，贊行佛境功全許。妙幢室中四佛説，鳩山頂上本師宣。舉現智壽身果，三身有本，四德無生；因宣有空廣略，二邊雙斬，中道不二。現顯重成，典攬全滿。以此義盡性竟，依其時順衆行。彼梵典昔支那國先後五次翻譯，［中軒?］集曰：一，涼朝玄始年中，沙門曇無讖姑藏翻譯爲四卷十八品；二，梁朝承聖元年中，沙門真諦於正觀寺及揚雄宅處翻譯爲七卷二十二品；三，後周武朝優婆國沙門耶舍崛多於歸聖寺中翻譯爲五卷二十二品；四，隋朝開皇年中，闍那崛多及達磨笈多在長安興善寺中翻譯，沙門［作蒼?］重校爲六卷二十四品，大覺寺中沙門寶貴使結合成爲八卷，先四本者，有無闕增，廣略變異；五，大周朝長安二年中，義浄三藏在長安西明寺中，奉敕重譯此經，爲十卷三十一品，長安歲次壬卯三年己未十月庚戌四日畫全已竟。文詞明清，義趣集全，未曾有也。次始奉白高大夏國盛明皇帝、母梁氏皇太后敕，渡解三藏安全國師沙門白智光，譯漢爲番。文華明，天上星月閃閃；義妙澄，海中寶光耀耀。自此起，此經廣傳，帝王后妃，頂承行敬；臣民僧俗，識寫誦持。十行泉流不盡，四法輪轉不絶。最後仁尊聖德皇帝已受寶座，使佛事重新，令德法復盛。三寶威顯，四本明增。令集如猛虎龍象大師，重對細校此經，復譯解疏。聞説禮盛顯華順，如玉瓶中現金像，與以秦鏡照物同，信恭禮者，比先特重，人人取則漢國温州張居道，遇怨求解寫畫。各處隨學番地芭里嵬名狗鬼勸王命識誦，以此安穩家國，因此德法茂盛。後因夏國冬出葉落爲池，大界國興，此經沉没，年日爲多。佛法住失者，以此經是，故應盛傳也。今下法三穩時至，四滅現遇。有情福薄，多有重業。應以上藥治，能以一乘除。夫大乘方廣經者，難遇如曇花，價比大摩尼。因遇特多節，起供恒沙佛心，善田則故多得近彌陀。今聞信者非微事也。貧僧學淺智微，網絡未除，坐井觀天，辦寫短序。違聖心者，以悲求忍。唯願如金龍妙幢，以金鼓懺贊，興願生善，同請寶積，以傳續連佛座。四恩具盡還，五負報使竟。因衆聖以降攝持，依諸神威祐願滿。當今皇帝德盛福增，太子、皇子壽長無病，教忍節濁，令除禍恐。三力威盛，八福普修。國國佛事行，諸處法輪轉。百穀具成熟，萬物豐稔歸。普遍安居。有情安樂。同行願滿，共成佛道。頌曰：聞法戲鬧喜憂混，愛慕渴仰求無止。身動髮亂血淚出，自持未得重願生。衆生一切之，離疑除邪持。大乘德信生，佛種令不斷。

## 金光明最勝王經發願文　　陳慧高

1249 年。中國國家圖書館藏本，在《金光明最勝王經》卷十之末，影件見《中國藏西夏文文獻》第 4 册第 85—86 頁。

[illegible]

[illegible]

[illegible]

弟子陳保真，信女吴氏慧英，信士陳榮。

**譯文：**

今釋迦既滅，雖有傳經，值後世而佛法有興衰者，即此經也，故大朝國京師信衆施主陳慧高因念此情，乃發大願。番國舊印板陷於亡國，故此施捨浄物，令新雕字。始於乙巳年八月十五日，丁未年内刻畢，於浄紙得以印施。以此勝善，上報四恩，下濟八苦，重興正法，佛事維新。除滅慧高等之十惡五□罪孽，不受三惡八災苦報。願現生極樂，後成佛道也。

轉身者：慈父陳慧寶師，陳信黑護，兄陳慧護師，兄陳美花茂，弟陳慧覺，訛藏慧剛，訛利慧德師，折慕氏三悟，……咩布氏成舅。

現在發願施主：慈母趙氏有緣舅，兄陳三寶護，陳白蓋平，陳慧吉，陳慧茂，陳三奇，子陳慧智，陳行道狗，羅氏七寶照，陳吉祥護，……師，羅慧信師，蘇□憂師，没息慧會師，訛慧盛師，訛二氏福德舅，党氏導導，徐布氏斗，契没珠迦高。

弟子陳保真，信女吴氏慧英，信士陳榮。

**附：**

史金波(1988：315)譯文：

今釋迦已滅，付法傳而至於今時，佛法住盛弱者，以此經是。故大界國世界信衆施主陳慧高，念此語故，發出大願，蕃國舊印板國毁中失，因此施捨浄物，令雕新字,乙巳年八月十五日始起,丁未年中刻畢,浄紙上得以印施。以此善根,上報四恩,下救八苦,德法重盛,佛事爲新。慧高等十惡五? 罪孽令滅,三惡八災苦報莫受。欲現最安生,漸成佛道也。轉身者慈父陳慧寶師 陳[昔]黑護 兄陳慧護師 兄陳花美盛 弟陳慧覺 訛尼則慧剛 訛力慧德師 折木氏[三]解 酩布氏成舅

現在發願施主悲母趙氏緣有舅 兄陳三寶護 陳白蓋平 陳慧吉 陳慧盛 陳[三]怪子陳慧智 陳行道犬 羅氏七寶照 陳吉祥護 □□□師 羅慧[昔]師 蘇□憂師 没西慧會師 訛慧盛師 訛二氏福 德舅多氏導導 移則布氏斗(五)斗(五) 契没朱迦鳩(五)(漢字) 弟子陳保真 信女吴氏慧英 信士陳榮

## 大方廣佛華嚴經卷九施經牌記　　李慧月

元至元年間(1264—1294)。西安市文物局藏刻本,在漢文《大方廣佛華嚴經》卷九之末。影件見《中國藏西夏文獻》第 15 册第 361 頁。

[illegible]

**譯文:**

番國賀蘭山佛祖院統禪院和尚李慧月,並尚復明禪師之弟子,爲報四恩,印下十二部大藏契經並五十四部《華嚴》。復書寫金銀字中《華嚴》一部,《圓覺》《蓮華》《般若》《菩薩戒契經》《起信論》等。

**附:**

西安市文物管理處、中國社會科學院民族研究所(1982)譯文:

番國賀蘭山佛祖院攝禪園和尚李慧月平尚重照禪師之弟子爲報福恩印製十二部大藏經契及五十四部華嚴又抄寫金銀字中華嚴一部金覺蓮華般若菩薩戒經契行信論等。

## 熾盛光聖曜母等經弘傳序　　慧　覺

1270 年。21 世紀初内蒙古額濟納旗出土,私人收藏。在元刊本西夏

佛經《佛説金輪佛頂熾盛光大威德如來陀羅尼經》卷尾(圖 **44**)。署“大朝國庚午”。

[illegible]

[illegible]

[illegible]

[illegible]

**譯文：**

熾盛光聖曜母等經弘傳序

伏惟勸世：今五濁以降，時至戰争，有情造孽既多，業重修福者鮮。天神憤恨，星曜造災，變化來人間，現種種相，斷破佛法。彼諸星曜雖是……不能自進，雖是吉曜亦轉爲凶，不得守護，不知何爲。是以此三經者，自古及今，君臣民庶盛爲傳行，而今誦讀者鮮。彼斡巴法師重心于法，是絶觀古今之人。故此乃發大願，雕印傳行，竟其部類，施與衆人。我聞此言，極甚歡喜，踴躍不盡。諸人讀經誦咒，呼告於三寶，及供養諸星曜，令聖曜喜樂，當可免災。願諸人領悟。

大朝國庚午年十月二十五日雕畢。

印畢發願者法師斡巴……

## 世尊無量壽智蓮華網章讚嘆譯刊願文　　楊德吉

元至元癸巳年(1293)。日本天理大學圖書館藏本，在《世尊無量壽智蓮華網讚嘆》卷尾，影件見《日本藏西夏文獻》第 2 册第 311—312 頁。

[illegible]

[illegible]

[illegible]

[illegible]

[illegible]

[illegible]

[illegible]

[illegible]

**譯文：**

《出有壞無量壽智之蓮華網章》讚嘆，此者真實宣説佛敕正理，八思巴帝師所造，戊午年婁宿月八日合畢。

願以此功德，一切皆回向。我等與衆生，共同成佛道。

翻譯發願者甘州禪定寺内僧統斡玉德美法師。

禪定寺法堂訛正德法師室内譯。

癸巳年神足月十五日，譯主杜寶幢吉賢番譯。

刊印發願者施主楊德吉師，發願友鮮卑氏米韋奴，單羅倉。

刻工韋慧戒師。書者筆受薛德智。

## 過去莊嚴劫千佛名經發願文

没尚慧护

元皇慶元年（1312）。中國國家圖書館藏本，在《過去莊嚴劫千佛名經》卷尾，影件見《中國藏西夏文文獻》第6册第56—59頁。

[illegible]

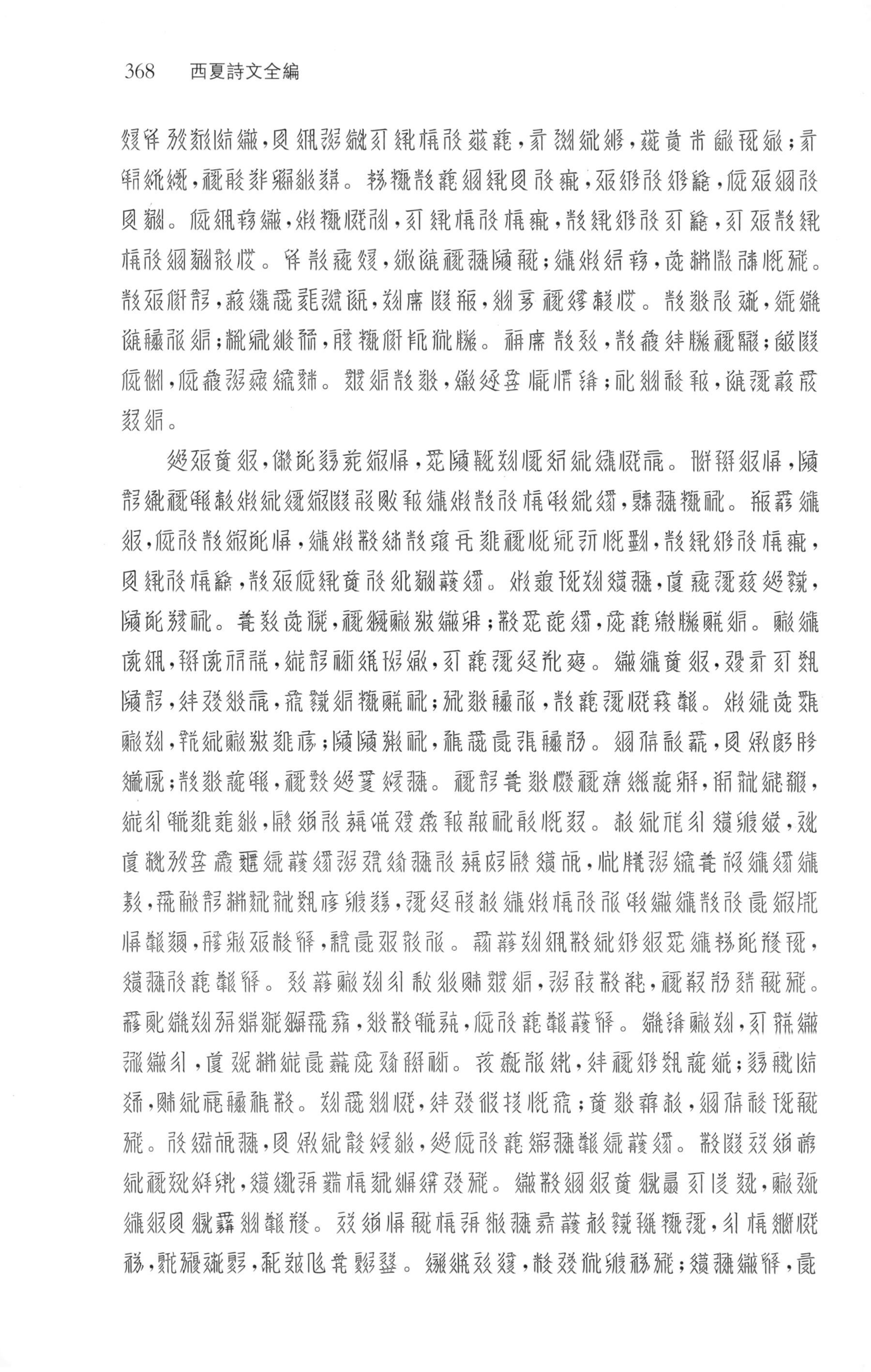

[illegible]

[illegible]

[illegible]

[illegible]

[illegible]

[illegible]

[illegible]

[illegible]

**譯文：**

竊聞：太極初生，次第一氣混沌；天地既分，趣類各生異相。三皇始立，化之仁義忠信；五帝後襲，教以禮樂詩書。三代以下，世上鬥諍者夥；五濁之初，衆生造惡者多。我佛生悲，周昭王時生現；滿二足因，果證三身五智。因導三根，詮説三乘妙法；緣化四種，密宣四部契經。入攝三乘，斷化城以現證；勸修二成，示現身而成佛。法藥普利，溯源恒沙之沉溺，因果圓滿，廣藏法寶於龍宫。支那合緣，一千十四年後，因漢孝明帝之夢，蔡愔西尋。永平十年，值騰蘭始來傳法，五嶽道士褚善信等敵之，後道經成燼，七百從人損失。始自黄經顯靈，君臣歸依，至三國晉宋齊梁周隋唐，八代僧俗三藏百二十人，身熱頭眩，獨木朽梯上過；忘身捨命，傳法度生送緣。所譯三藏四百八十帙、千六十六部、五千四十八卷。五代至宋，後譯新集，定爲一百二十二帙，三百六十一部、一千三百二十四卷。梁魏北齊，唯依此法治國；先後秦宋，世間異宗不明。三千梵師，羅什道安僧肇，君王臣庶，日夜論定法理。三寶之盛，古今莫過於斯；衆生緣稀，未譯梵典多毁。邪王三武，三番毁滅佛法；惡臣五魔，五番欺淩僧衆。無比三寶，常住非真諦故；今日諸子，無處聞見斯經。

復千七年，漢地熙寧年間，夏國風帝興法正禮維新。戊寅年間，令國師白法信并後承道年臣智光等先後三十二人爲首，譯爲番文。民安元年，五十三載之内，先後大小三乘半滿教及傳承之外，爲之三百六十二帙，八百十二部，三千五百七十九卷。後奉護城帝詔，與南北經重校，興盛刹土。慧提照世，法雨普潤天下；大夏爲池，諸藏潮毁全無。皇元朝代，中界寂净，上師纂集殘佚，修治一藏舊經。至元七年，化身一行國師，廣興佛事，具令校有譯無；過如意寶，印製三藏新經。後我世祖皇帝，恩德滿貫天下；國國遍通，高道萬古殊勝。四海平安，時歷八方由旬；深信三寶，因欲再舉法幢。法師慧寶深究禪經密律，執著多志，欲滿聖上之願故，使前院鮮卑鐵肐胆等來，以不可疑之德音發出聖旨，命造完江南杭州經版，以監僧事鮮卑杜七行敕，前遣知覺和尚慧中爲先，龍象師中選多行者，至元三十年先後二十餘人取舊經於萬壽寺刊印，所施應用逾千、財物逾萬。成宗帝朝大德六年夏初完畢之時。奉詔印施十藏。武宗皇帝聖威神功無比，僧尼大安，加倍明治法門。金輪今帝爾時東宫藏龍，立弘大願，施印五十藏。當今皇帝，一達至尊至聖，勝於南面萬乘諸主。文武特出，深悟佛法才藝；賢會唐虞，功德皆大如山。君道日新，佛事無有間斷；以執七寶，明治四海如子。因欲奉行十善，德化八方，復奉詔印製五十藏。大臣智圓心重净正之法，接旨知會二使役共爲勾管，至大四年七月十一著手，皇慶元年八月望日印畢。智圓烏密二使以外自進雜校缺譯之經，以二新聖號正之，順其顛倒，統一長短闊狹。簽牌褾飾，諸事多已正之；奉詔普施，萬代法眼不陋。誦讀供養，長求千級善緣；唤醒迷蒙，守護無上佛種。

聖德語殊，以此勝善，唯願：當今皇帝，聖壽萬歲其來；聖皇太后，御壽當無窮盡；正宫皇后，同于天壽綿長。復願：賓天祖聖，遨遊花藏國海；先逝天親，往生九品極樂。再願：皇風永馥，帝道淵源興盛，寶位長密，仁德遍覆九曲。萬國歸依，八文同使告慶；太子諸王，可主長壽八旬。皇女嬪妃，增福四淵可見；臣僚正直，萬民得受逸樂。四方安定，社稷堅固如山；風雨合時，天下萬物豐阜。法輪常轉，佛事重新興起；無邊衆生，可至真實覺岸矣。管中窺豹，焉曉虚空盡事；四國妙跡，略記萬代可知。謹願。

時大元國皇慶元年歲次壬子中秋月日没尚慧護譯校写謹得。

中侍大夫同知杭州路總管府使臣舍古，總管府司吏傅友臣，中書使使人阿的迷省，權頭領陳氏蘭，西北路使司七囉葛只臣章不花。

皇使爲都勾管者速古爾赤鐵肐胆，皇使爲都勾管者臣僧朵兒只、大德李。

開府儀同三司上柱國共領爲印匠勾管者嘉政行使怯薛臣別不花，奉敕印施都同領勾管者御史臺侍御臣楊朵兒只，奉敕印施都同領勾管者樞密院知院臣都囉烏力吉鐵木爾。

**附：**

史金波(1988：321—323)譯文：

竊聞

太極初生，依序一氣嘿昧。天地分後，趣類各出異相。三皇初立，以仁義忠信變。五帝後續，因詩書禮樂教。三代以下，世上鬥諍者稠；五濁始上，衆多造惡者多。我佛行悲，周昭王時生現。滿二足緣，證三身五智果，因導三根，顯説三乘妙法；因教四種，密陳四種本繼。攝入三乘，以斷化城現示；修勸二成，現身佛是使顯。法藥普利，等沙沈衆源解?，因全果滿，法寶龍宫廣隱。支那緣合，一千十四年歲，漢孝明帝因夢，蔡愔西尋。永平十年遇騰、蘭[菊]降法、五嶽道士楮善信等較後，救經爲灰，七百禄人損死。黄經感現，君臣歸依以行。至三國，晉、宋、齊、梁、周、隋、唐，八朝僧俗一百二十三藏，身熱頭暈，獨木朽梯上過；忘身捨命，傳法度生送緣。翻譯三藏四百八十帙、千六十六部、五千四十八卷。五代至宋，後譯新集一百二十二帙，三百六十一部、一千三百二十四卷數定。梁魏、北齊，唯因此法治國；先後秦宋，世中異本不明，三千梵師，羅什、道安、僧肇。帝王臣民，日夜論定法義。三寶盛順，前無過今此。衆生緣稀，未譯梵典多毁。邪王三武，三繼毁佛滅法，惡臣五魔，五繼淩僧侮衆。無比三寶常在，非誠實則今日子等不可聞見此經。重千七年，漢國賢者？歲中夏國風帝新起興禮式德。戊寅年中，國師白法信及後禀德歲臣智光等，先後三十二人爲頭，令依蕃譯。民安元年，五十三歲，國中先後大小三乘半滿教及傳中不有者，作成三百六十二帙，八百十二部，三千五百七十九卷。後奉護城帝敕，與南北經重校，令國土盛。慧提照世，法雨普潤天下，大夏爲池，諸藏潮毁全無。皇元界朝，中界寂澄，上師結合勝弱，修整一藏舊經。至元七年，化身一行國師，廣生佛事，具令校有譯無。過如意寶，印製三藏新經。後我世祖皇帝，恩德滿貫天下，令各國通。高道勝比萬古，四海平安。八方由甸時經，深信三寶。因欲重舉法幢，法師慧寶，深窮禪法密律，志多長意，上聖欲願滿故，令經院？西壁小狗鐵等報，以不可解德音，發出聖敕，江南杭州實板當做已爲，以主僧事西壁土情行敕，知覺和尚慧中爲始先遣。龍象師中選有多行者，以取舊經先後二十餘人。至元三十年，萬壽寺中刻印。應用千種、施財萬品數超過。成宗帝朝，大德六年夏始告完畢。奉上敕印施十藏。武宗皇帝聖威神功無比，僧尼大安，愈加明治法門。金輪今帝爾時東宫藏龍，建廣大願，施印五十藏。當今皇帝，一達至尊至聖，勝於南面中上萬乘諸主，文武特出，深悟佛法才藝，賢知大瑞？功德皆比高大。帝道日新，佛事無有續斷。以執七寶，明治四海如子。因欲奉行十善，德化八方。因詔重五十藏可爲印製，大臣知院浄德法處心重，受敕遣用二使共勾管明，至大四年七月十一開始，皇慶元年八月望日印畢。知院中治二使，因條自進雜校缺譯經，聖二號新正顛倒順合，長短狹闊稱等，系碑嚴貯，種事多已正明，奉敕普施，萬代法眼不盡，誦讀供養，遍求千節善緣，説醒悶脹，守護最上佛種，聖德語多，以此善根，唯願：當今皇帝聖壽可達萬歲，聖皇太后當爲神壽無窮，正宫皇后與天壽綿長同。復願：歸天祖聖遊戲藏花國海，先死天親最安九品往生。再願：皇風常芬，帝道綿長繁盛。寶座永固，仁德遍覆九曲。萬國歸依，八文同使告慶。太子諸王，使有壽長八旬。皇女嬪妃，教主增福，能忍四淵宰官剛正，萬民壽受承戲樂，四方安定，五穀如山具堅。風雨合時，萬事天下具豐。法輪常轉，佛事重新使行。無邊衆生，欲使至真實覺岸；一筆窺明，怎得知搜空盡事。四方妙跡，欲萬代知。略記謹願時大元國皇慶元年歲次壬子秋中望日没尚慧護譯校書謹(?)中侍大夫同知杭州路總管府使臣舍古總管府司吏夫依(五)陳，中書使使人阿(?)不成(?)底頭隨(?)陳氏蘭西北路使司齊哩克齊臣没罨中，皇使都勾管做者舒庫爾齊田建堂皇使都勾管做者臣僧那征大德李，開府儀同三司上柱國共幹印工勾管做者迦正(尼征)行使怯薛臣嗆謀罨，奉敕印施共幹勾管做者御史臺侍御臣楊那爾征，奉敕印施。都共幹勾管做者樞密院知院臣都羅烏日吃鐵木爾。

## 居庸關造塔功德記　　慧永福

元至正五年(1345)，在北京居庸關雲臺券洞西壁，拓片藏中國國家博物館。有羅福成(1930c：121—126)録文及逐字對譯。

[illegible]！[illegible]！[illegible]，[illegible]，[illegible]。[illegible]□□□，□□□□□□[illegible]，□□[illegible]□□，□□□□□[illegible]，[illegible]。[illegible]，[illegible]

[illegible]

**譯文：**

善哉！敬禮無上三寶尊！法身出離超所論，報身根足遍法界，化身隨根現萬相。如是三身□□□，□□□□□□□皆，得悟□□覺□□，□□□□□以智，三千世界現變化。菩提成道魔皆伏，八萬四千法輪轉。終度有緣□□□，□□□□□□□，依□□□求誥命，民□□□燒豈□，善士□□憑火力，以求焚燒金色身。身上起火即碎裂，八斛四斗舍利出。□□□□□乃分，各自舍□□以寶，修窣堵波爲供養。依佛之力寶塔上，各放光明遍法界，善神監護記魔界。若無漏人□寶塔，敬禮千遍□□□。惟願當今大皇帝，具足仁道聖天子，三寶正法求興盛，有情□□□□□，親近無垢天之禮。北方山谷通道中，謹以天然白玉石，和土修塔刻寫咒。十方諸佛與千佛，五智自性五壇城，守護正法四天王。彼□□□金爲之，佛寶舍利三藏法。種種寶物皆置入，光照明浄炫人目。所觀諸境望不斷，六趣有情皆利益。萬國頌歌贊不盡，具足完畢終告成。公哥監藏班藏卜，聖帝召請爲勝師。敬禮供養設大會，心願圓滿爲慶贊。聖帝燒香發願言，三界四生出苦海，福田去處當成佛。聖帝父子壽萬年，國運永駐風雨調。皇后皇女皆信法，文武臣僚德智興。五穀熟成菓豐盈，民庶修福無鬥争。三災七禍□□□，民庶攜同成佛道。所遍虚空無盡故，我願不已永無盡。國師南加惺機資，奉詔總監完工者，精通顯密二種教，沙門領占多吉師，□□□夫賀太平，大都留守安賽罕，資政院使金剛義，太府太卿普賢吉，提點八剌室利等。著力於善隨喜者，諸類匠人力□□，隨意皆成□□□。依經注疏集造者，沙門釋子慧永福。大都天竺僧伽宫，沙門智妙咩布寫。

**附：**

西田龍雄(1957：282—293)譯文：

善きかな

最上の三寶に敬禮し奉る法身は、邊を離れ、戲論をこえ、報身は、(五)根が足り、法界にいたり、化身は、根にしたがって、萬相にあらわす。このごとく三身は……悉く、調伏し、……了解し得る覺……智をもって、三千世界に化現しあらわれ、覺樹(＝菩提樹)(の下に)成道し、魔を悉く調伏して、八萬四千の法輪を転じ、(生死輪廻の)因果をこえて、……(する道を説いた)。……にしたがい詔を求めて、庶民……火の力により、金色の身を焼かしめようとして、身體に火を點じたならばたちまちに焼けて、八(石?)四斗の舍利を出した。……分配して各自の宮……寶をもって舍利塔を浄修し、供養をなしたならば、佛(神)力により寶塔から、各々光明が出でて、法界にいたった。善神が監護し、魔界を斷ち、若し人が行き過ぎることなく寶塔に、投地の禮拜を千遍……惟だ願わくば現今大皇帝仁行具り足る聖天子は、三寶・正法を拡大することを望み、かねて、有情……けがれなき天の則にしたがい……北方山谷の通路の中に、白成する白浄の玉石をもって、和合した土の塔を作り、陀羅尼を書いて、十方佛および千佛など、五智を自性とする、五つのマンダラ、正法を守護するもの、四天王、かの……金をもって成る、佛の寶舍利(＝色身の舍利)三藏法(法身の舍利)、種々の寶物などを、すでに安置した。下界は、晴明であり清く、人の眼は耀き、諸々の境界がおのずと觀えて、(?)(そのことは)六趣の有情に、悉く利益となるであろう。(このことは)萬國の言語によって頌讚して盡きない。(こゝに)つぶさに十分に管掌し畢って成った。また、kun-dga’ rgyal-mts‘an dpal bzaŋ-po(?)聖帝は、師を招請して、buにとどまり敬禮供養する太會を設け(この事業の完成を)慶讃する事を果した。願わくば圓滿に、聖帝は香を焼き給わらんことを、願わくば言葉を賜り、三界の四生が苦海において、福の田に趣き得る道を作り給わらんことを、聖帝慈父は弱い萬代に、國は靖らかとなり、風雨は和らぎ、皇后、皇女は法を信仰されんことを。文武官宰は、徳行を盛んにして、五穀を成熟し、収穫を受け取り、庶民は福を修め、争うことなきように、三災七禍……(聖帝は)庶民を治めたることにより、佛となり給わらんことを、そして最後に、天が盡きなければ、わが願いも畢らず、つねに盡きることがないであろう。國師 nam ka se ki tse(書き記す)詔を奉じて、大凡を管掌し畢えたる者、顕密二種(の教)に秀でる勇猛なる、沙門 liに住む、太(?)師、……大夫……太平。大都留守安賽罕、Rin č’en院使金剛義、大府大卿(?)hye na、ti tem ba ra śi riなど。誠心盡力し、隨喜する者、匠人たちならびに力……(に)すみやかに、悉く、成り給わらんことを(願う)。経(?)論にしたがい集録することに巧みなる者、沙門釋子 ʁžɨ zi fu、大都竺僧 ka 宮に住む、沙門智妙 me 部の長しるす。

## 三代相照語文集後序願文　　鬼名慧照

俄羅斯科學院東方文獻研究所藏本 инв.№ 4166，在白雲宗三代祖師文集譯本卷末(圖 **45**)。

[illegible]

[illegible]

[illegible]

[illegible]

[illegible]

**譯文：**

謹聞：先賢曰："佛經開張，羅大千八部之衆；禪偈撮略，就此方一類之機。"故我師祖，心心相續，遍來沙界支流；燈燈相傳，展示無窮妙語。今本國不同他處，本門長盛不衰。三代相照，雲雨飄零四海；二尊相扶，風聲響震八方。愚等入於妙會，多聞異事，依"寶山悉至，寧空手歸"之語，尊親慧照及比丘道慧等，互記深重誓願：始於依止當今本師，力求前後教語，因體結合，略成五十篇。此等反復考校於師，定爲品第。要言之，則古拍六偈，今贊三條，自韻十三，他順内增二十□，外修六地，亦皆爲人拔刺解窒□句□藥是也。又此集中或有眼心未至致缺，亦望□智者異日蒐取補全。以此善力，惟願：與諸善友，世世同生。得遇德師，當作真經囊篋；得圓信本，照明師祖真心。又願：當今皇帝，謹持佛位；諸王臣宰，信證上乘。普國庶民，棄邪趨歸於正；法界衆生，可得離苦解脱。統攝一切，共同當成佛道。

清信發願者節親主慧照

清信發願助緣道慧

新集活字者陳楊金

## 正行集跋　　佚　名

俄羅斯科學院東方文獻研究所藏本，影件見《俄藏黑水城文獻》第10册第199頁。在白雲宗祖師清覺《正行集》譯本卷末。殘損嚴重。參考孫伯君(2011b)。

[illegible]……[illegible]……

**譯文：**

此《正行集》者，本上是漢□……智足……

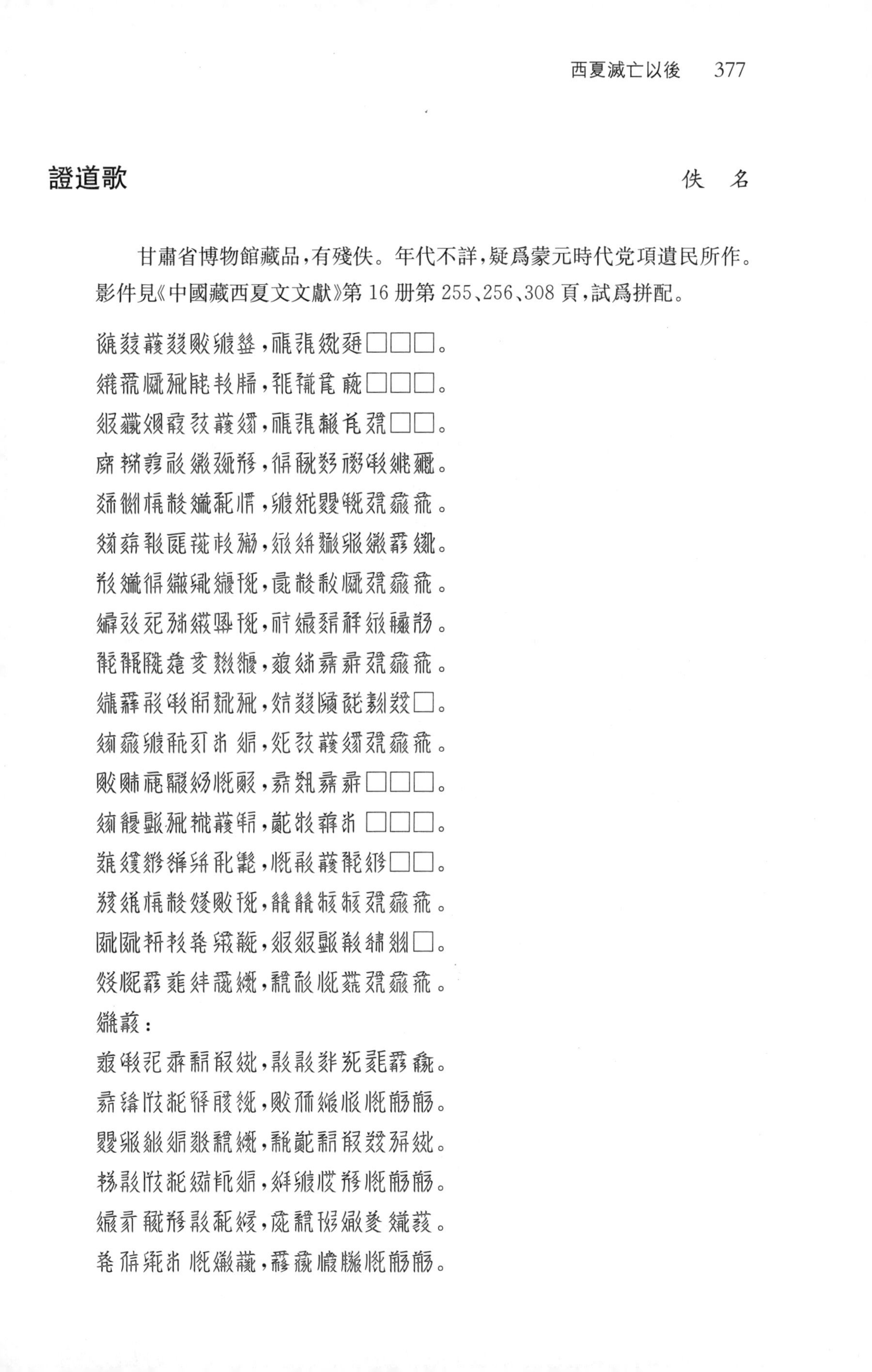

## 證道歌

佚　名

甘肅省博物館藏品，有殘佚。年代不詳，疑爲蒙元時代党項遺民所作。影件見《中國藏西夏文文獻》第16册第255、256、308頁，試爲拼配。

[illegible]，[illegible]□□□。
[illegible]，[illegible]□□□。
[illegible]，[illegible]□□。
[illegible]，[illegible]。
[illegible]，[illegible]。
[illegible]，[illegible]。
[illegible]，[illegible]。
[illegible]，[illegible]。
[illegible]，[illegible]。
[illegible]，[illegible]□。
[illegible]，[illegible]。
[illegible]，[illegible]□□□。
[illegible]，[illegible]□□□。
[illegible]，[illegible]□□。
[illegible]，[illegible]。
[illegible]，[illegible]□。
[illegible]，[illegible]。
[illegible]：
[illegible]，[illegible]。
[illegible]，[illegible]。
[illegible]，[illegible]。
[illegible]，[illegible]。
[illegible]，[illegible]。
[illegible]，[illegible]。

**譯文：**

此刻分别各自坐，往昔才幹□□□。
争顯富貴修樓閣，青緑塗抹□□□。
歲月光影化作灰，往昔辛苦俱成空。
瞬時奏樂爲慶賀，及死啼泣人悲傷。
吉凶二種不長久，所想喜憂俱成空。
親朋伴導遊林苑，醉心花草享安康。
一旦至死浮雲狀，萬種威儀俱成空。
少艾細眉如柳葉，嘴唇嫣紅勝似花。
老邁揉搓皮浮垢，少年驕矜俱成空。
先祖智人競忠貞，分地建國未□鎮。
所留空名無其一，終化灰土俱成空。
人功俱滅不予樂，已行驕矜俱成空。
争名奪利竟忘死，獨自持之□□□。
此時童子騎竹馬，不覺已老□六□。
興衰二種似天光，往來馳走俱成空。
歲歲買賣行山水，年年逐利倦日□。
刹那逸樂棄佛道，財少然後俱成空。
今聞：
人若慈悲濟貧苦，生生世世得安樂。
未曾親自施纖毫，防害他人不正當。
醉笑無由捨財寶，自錢不肯濟貧苦。
一世纖毫善根無，一心所定不正當。
修治色身欲長壽，諸財聚合燒仙藥。
山與海亦不常在，毀壞金玉不正當。

## 聖妙吉祥菩薩百八名讚嘆經發願文　　嘌嘌吉祥屈

14 世紀初刊本。21 世紀初内蒙古額濟納旗出土，私人收藏。在《聖妙吉祥真實名經》卷尾（**圖 46**）。

[illegible]

[illegible]

[illegible]

[illegible]

[illegible]

[illegible]

[illegible]

[illegible]

[illegible]

[illegible]

[illegible]

[illegible]

[illegible]

[illegible]

[illegible]

**譯文：**

……現見爲佛，獲得授記。□□□□，□制□□，壽限增盛。惡夢苦相，疾病□□，一切恐怖中解脱。福德智慧，遂願尊貴揚名。所有無礙圓滿，後得生净土。威力無比，神功叵測。吉祥屈、婿哥、桃子等見如是神功，故倩工雕印，印一百八部，施諸衆人。

以此勝善，惟願：

皇帝壽長，太子福盛，臣民和睦，□□止□。吉祥屈夫婦亦現在壽長無病，所爲皆得吉祥。未來生諸佛□，證得真實常樂。

勾管發願……

净信發願者嘔嘔吉祥屈

净信發願者妻子□□婿哥

净信發願者妻子喬氏……

發願者女嘌嘌……

發願者子嘌嘌護法茂

發願者子嘌嘌夏娃寶

發願者子嘌嘌執法哥

發願者侄子嘌嘌鳩處

雕工漢徐……

## 高王觀世音經發願文

緣旦監判

北京故宫博物院藏本，在《高王觀世音經》卷尾，影件見《中國藏西夏文文獻》第12册第407—408頁。原署明宣德五年（1430）。參考史金波、白濱（1977）及李範文（1979）。

[illegible]

[illegible]

**譯文：**

今聞：如來出世，療四生之煩惱；菩薩再現，照三界之愚蒙。其中觀世音菩薩者，誓願深廣，與大海水等；救極甚苦，如須彌山高。恭敬則必定顯聖；受持則福比恒沙。薛松柏成薩大人實心於法，因聞此經多有神功，發實信心，乃捨浄賄，延請書人，新寫付印，刷印千部，施諸族人。以此勝善，遍報四恩，普利三有。度脱死生苦海，了悟一乘真理；依大覺之妙因，證涅槃之勝果。唯願：當今皇帝，萬歲同來；皇子太子，千秋可見。國本堅牢，庶民安樂；文武臣僚，俱行忠德。復願：有恩父母，一世吉祥，法界存亡，共成佛道。

大明朝壬子宣德五年正月十五日，發願者緣旦監剉並友衆，施捨己之浄賄使雕者：啄訛亦兒格台都督，啄訛卯罕，啄訛敖賫，啄訛氏只里合失兒，野貨星吉，野貨不合歹，野貨麻乜古帖木兒，野貨天寶，並尚哈喇章，党八忽，党瑣那顔，党多肐胆不合，李忙該，李不歹，安豁朵只，安那顔帖木兒，乃蠻得啜里哥，王也客，王党肐胆罕，平不合帖木兒，訛計囉脱孩，訛計囉札吉，訛計囉脱歡，訛計囉巴不哥等俱在周圍。所在法界之一切有情，現時祛除災禍，斷事禁毁讒舌，身喪時往生極樂浄土。能仁寺内林郎雕。

**附：**

史金波(1988：327—328)譯文：

今聞如來出世，治療四生惱病；菩薩重現，照於三界癡思。其中觀世音菩薩者，誓願深廣，與大海水等；最甚苦救，如須彌山高。恭敬則必定應現；受持者福如恒沙。□松柏持？大法處心重。因聞此經多有感功，起實信心，施捨浄物，請來書者，新寫印染，付印千部，施諸族處，以此善根，四恩皆報，三有普利。度過死生苦海，通解一乘真義。以依大覺妙因，使證涅槃勝果。唯願：當今皇帝萬歲俱來，皇子太子千秋依見。國本堅固，民庶俱安。文武官宰，俱行忠德。復願：有恩父母，永當吉祥，法界住喪，當成佛道。

大明朝壬子[須能斗盈]五年正月十五日，發願者餘能答能耶。没蒼並共衆，施捨自己浄物。令刻者：移訛依嘌迦他盈都督，移訛卯五葛能、移訛餓五羅盈，移訛氏尼嘌干什令、耶和昔義、耶和謀罨答盈，耶和？名鳩天麽嘌，耶和頂？半五，平尚罕羅岬□多縛羅，多索那耶，多党小狗謀罨，李麻？迦盈，李謀葛盈，遏能箜多知，遏能南耶能天麽嘌，南盈麻得赤勒葛，王依竭，王多小狗葛能，平□謀罨天麽嘌，訛義羅大罨知，訛義羅岬義，訛義囉大羅能，訛義羅婆謀迦等圍繞相住，法界中一切有情，現在時去掉災禍，官事壞毁讒言，雖於身喪時，能生最安浄土中。知□人能中五耶能羅□刻。

## 勝相幢造幢題記

扎西仁欽

石幢兩通，在河北保定蓮池公園内，刻《佛頂尊勝陀羅尼》。題額“勝相幢”，分别署明弘治十五年(1502)。參考史金波、白濱(1977)、李範文(1979)。

### 其一

[illegible]

**譯文：**

大明弘治十四年，興善寺内沙彌班丹多吉四月二十四日命終。十五年修造此幢，命寫刻《勝相總持》畢。造幢者：並尚吒失領占。

**附：**

史金波(1988：332)譯文：

大明弘治十四年稀什寺内，沙彌巴答那征四月二十四日圓寂，十五年修造幢，令書刻相勝總持畢。造幢者平尚吒失領占。

### 其二

[illegible]

**譯文：**

今此大明弘治十五年，興善寺内城外後北方四里處地界上塔院墓内，執白師二月六日身故。九月二十日修造此幢，命寫刻《勝相總持》畢。造幢者：並尚吒失領占。

**附：**

史金波(1988：333)譯文：

今此大明弘治十五年稀什寺内，城外復北方處四里地界上塔院墓内，比丘師二月六日圓寂，九月二十日修造幢，令書刻相勝總持畢。造幢者平尚吒失領占。

# 附録

# 參考文獻

佛祖統紀 【宋】志磐。日本《大正新修大藏經》本。

甘肅通志 【清】許容等。文海出版社1966年影印版。

嘉靖寧夏新志 【明】胡汝礪、管律。寧夏人民出版社1982年陳明猷校勘本。

金史 【元】脱脱等。中華書局1975年點校本。

隴右金石録 【民國】張維。新豐出版公司1977年《石刻史料新編》影印版。

歐陽文忠公集 【宋】歐陽修。商務印書館1936年《四部叢刊初編縮本》影印版。

三朝北盟會編 【宋】徐夢莘。上海古籍出版社1987年影印版。

松漠紀聞 【宋】洪皓。文淵閣《四庫全書》本。

宋稗類鈔 【清】潘永因。書目文獻出版社1985年劉卓英點校本。

宋大詔令集 【宋】宋人。中華書局1962年司義祖點校本。

宋史 【元】脱脱等。中華書局1977年點校本。

涑水記聞 【宋】司馬光。中華書局1989年鄧廣銘、張希清點校本。

聞見近録 【宋】王鞏。中華書局1984年影印版。

華陽集 【宋】王珪。中華書局1985年覆刊叢書集成本。

續資治通鑒長編 【宋】李燾。中華書局2016—2017年《續資治通鑒長編(四庫全書底本)》影印版。

元憲集 【宋】宋庠。商務印書館1937年《國學基本叢書》本。

俄藏黑水城文獻 ——俄羅斯科學院東方研究所聖彼得堡分所、中國社會科學院民族研究所、上海古籍出版社編《俄藏黑水城文獻》第1—11册,上海:上海古籍出版社,1996—1999。

英藏黑水城文獻 ——西北第二民族學院、上海古籍出版社、英國國家圖書館編《英國國家圖書館藏黑水城文獻》第1—5册,上海:上海古籍出版社,2004—2010。

中國藏西夏文獻 ——寧夏大學西夏學研究中心、國家圖書館、甘肅五涼古籍整理研究中心編《中國藏西夏文獻》第1—20册,蘭州:甘肅人民出版社、敦煌文藝出版社，2005—2007。

日本藏西夏文文獻 ——伍宇林、荒川慎太郎主編《日本藏西夏文文獻》上下册，北京：中華書局，2010。

安婭　2011《西夏文藏傳〈守護大千國土經〉研究》，新北：花木蘭文化出版社。

白濱、史金波 1984《莫高窟、榆林窟西夏資料概述》，白濱編《西夏史論文集》，銀川：寧夏人民出版社。

伯希和（Paul Pelliot）1914　Les documents chinois trouvés par la mission Kozlov [科兹洛夫探險隊所獲漢文文獻]，*Journal Asiatique*，Mai-Juin：503－518.

陳炳應 1985a《圖解本西夏文〈觀音經〉譯釋》，《敦煌研究》1985.3：49－58。

——　1985b《西夏文物研究》，銀川：寧夏人民出版社。

——　1993《西夏諺語》，太原：山西人民出版社。

崔紅芬 2010《僧人"慧覺"考略》，《世界宗教研究》2010.4：47－57。

鄧如萍（Ruth W. Dunnell）1996　*The Great State of White and High, Buddhism and State Formation in Eleventh-century Xia* [大白高國，十一世紀西夏佛教和國家的構成]，Honolulu：University of Hawaii Press.

鄧少琴 1945《西康木雅鄉西吴王考》，上海：中國學典館。

東嘎·洛桑赤列（校注）1988《紅史》，陳慶英、周潤年譯，拉薩：西藏人民出版社。

段玉泉 2007《西夏文〈自在大悲心、勝相頂尊後序發願文〉研究》，《寧夏社會科學》2007.5：81－85。

——　2009《西夏文〈聖勝慧到彼岸功德寶集偈〉考論》，杜建録主編《西夏學》4：57－69，上海：上海古籍出版社。

——　2012《西夏文〈尊者聖妙吉祥之智慧覺增上總持〉考釋》，《西夏研究》2012.3：7－9。

——　2016《西夏文〈白傘蓋佛母總持發願文〉考釋》，《寧夏社會科學》2016.2：209－211。

范德康（Leonard W. J. van der Kuijp）1993　Jayānanda，A twelfth Century Guoshi from Kashimir among the Tangut [嘝也阿難嗪，西夏人中 12 世紀來自喀什米爾的國師]，*Central Asian Journal* 37：3－4：188－197.

弗魯格（Константин К. Флуг）1932　По поводу китайских текстов，изданных в

Си Ся［漢文經典的西夏刊本］，*Библиография востока* 2－4：158－163.

高奕睿（Imre Galambos）2015 Translating Chinese Tradition and Teaching Tangut Culture［漢文翻譯傳統和党項文化教學］，Berlin/Boston：De Gruyter.

戈爾巴喬娃（Зоя И. Горбачева）、克恰諾夫（Евгений И. Кычанов）1963 *Тангутские рукописи и ксилографы*［西夏文寫本和刊本］，Москва：Издательство восточной литературы.

黄振華 1978《評蘇聯近三十年的西夏學研究》，《社會科學戰綫》1978.2：311－323。

——、史金波、聶鴻音 1989《番漢合時掌中珠》，銀川：寧夏人民出版社。

季羡林 1982《吐火羅文 A 中的三十二相》，《民族語文》1982.4：6－19。

捷連吉耶夫—卡坦斯基（Анатолий П. Терентъев-Катанский）1981 *Книжное дело в государстве тангутов*［西夏書籍業］，Москва：Наука. 有王克孝、景永時中譯本，寧夏人民出版社，2000。

——2009 Музыка в государстве тангутов［西夏王國的音樂］，Публикация и комментарии В. П. Зайцева［扎伊采夫刊注］，*Письменные памятники востока*，2009.1：63－75.

科羅科洛夫（Всеволод С. Колоколов）、克恰諾夫（Евгений И. Кычанов）1966 *Китайская классика в тангутском переводе*［漢文經典的西夏譯本］，Москва：Наука.

科兹洛夫（Петр К. Козлов）1923 *Монголия и Амдо и мертвый город Хара-Хото*［蒙古、安多和死城哈喇浩特］，Петроград. 有王希隆、丁淑琴中譯本，蘭州：蘭州大學出版社，2011。

克平（Ксения Б. Кепинг）1990 *Вновь собранные записи о любви к младшим и почтении к страшим*［新集慈孝傳］，Москва：Наука.

——1995 The Official Name of the Tangut Empire as Reflected in the Native Tangut Texts［西夏文獻中西夏王國的正式名稱］，*Manuscripta Orientalia* 1.3：22－32.

——1999 The Etymology of Chinggis Khan's Name in Tangut［党項語中成吉思汗名字的語源］，*Studia Orientalia* 85：233－243.

——2003a Tangut ritual language［党項儀式語］，Б. Александров сост. *Ксения Кепинг*，*Последние статьи и документы* 24－28，Санкт-Петербург：Омега.

—— 2003b Тангутские ксилографы в стокгольме [斯德哥爾摩的西夏刻本], Б. Александров сост., *Ксения Кепинг: Последние статьи и документы*, 54－73, Санкт-Петербург: Омега.

——、龔煌城 2002 Zhuge Liang's «The General Garden» in the Mi-nia Translation [諸葛亮《將苑》的西夏譯本], Б. Александров сост. *Ксения Кепинг, Последние статьи и документы* 12－23, Санкт-Петербург: Омега.

克恰諾夫(Евгений И. Кычанов) 1968 *Очерк истории тангутского государства* [西夏史綱], Москва: Наука.

——1969 Крупинки золота на ладони — пособие для изучения тангутской письменности [碎金置掌——西夏習字手册], *Жанры и стили литератур китая и кореи*, Москва: Наука.

—— 1970 Гимн священным предкам тангутов [夏聖根讚歌], *Письменные памятники востока* 1968, 217－231, Москва: Наука.

—— 1971 A Tangut Document of 1224 from Khara-Khoto [黑水城1224年的西夏文書], *Acta Orientaria Academiae Scientiarum Hungaricae* 24.2: 189－201.

—— 1974 *Вновь собранные драгоценные парные изречения* [新集對仗格言], Москва: Наука.

—— 1977 Докладная записка помощника командующего Хара-хото (март 1225 г.) [黑水城副將上書(1225年3月)], *Письменные памятники востока, историко-филологические исследования, Ежегодник 1972*: 139－145, Москва: Наука.

—— 1987 *Измененный и заново утвержденный кодекс девиза царствования небесное процветание 1149－1169* [1149—1169年的天盛革故鼎新律令], кн. 2, Москва: Наука.

—— 1989 《獻給西夏文字創造者的頌詩》,趙明鳴譯,白濱等編《中國民族史研究》2: 144－155,北京: 中央民族學院出版社。

——1997 *Море значений, установленных святыми* [聖立義海], Санкт-Петербург: Центр Петербургское Востоковедение.

—— 1999 *Каталог тангутских буддийских памятников* [西夏佛教文獻目録], Киото: Университет Киото.

——2018《〈三代相照言文集〉——活字印刷術獨一無二的明證》(粟瑞雪譯),杜建録主編《西夏學》6:6-13,上海:上海古籍出版社,13-20。

——、李範文、羅矛昆 1995《聖立義海研究》,銀川:寧夏人民出版社。

李範文 1979《關於明代西夏文經卷的年代和石幢的名稱問題》,《考古》1979.5:472-473。

—— 1984《西夏陵墓出土殘碑粹編》,北京:文物出版社。

—— 1986《同音研究》,銀川:寧夏人民出版社。

—— 1994《宋代西北方音》,北京:中國社會科學出版社。

—— 1997《夏漢字典》,北京:中國社會科學出版社。

李際寧 2002《佛經版本》,南京:江蘇古籍出版社。

梁松濤 2008《西夏文〈敕牌讚歌〉考釋》,《寧夏社會科學》2008.3:90-93。

—— 2018《西夏文〈宫廷詩集〉整理與研究》,上海:上海古籍出版社。

——、楊富學 2008《〈聖威平夷歌〉中所見西夏與克烈和親事小考》,《内蒙古社會科學》2008.6:46-48。

——、——2012《西夏聖容寺及其相關問題考證》,《内蒙古社會科學》2012.5:66-69。

林英津 2006《從語言學的觀點初探西夏語譯〈法華經〉》,載張永利等編《百川匯海:李壬癸先生七秩壽慶論文集》,687-724,台北:中央研究院語言學研究所。

—— 2011《西夏語譯〈尊胜經(*Uṣṇīṣa Vijaya Dhāraṇī*)〉釋文》,杜建录主編《西夏學》8:23-61,上海:上海古籍出版社.

盧梅、聶鴻音 1996《藏文史籍中的木雅諸王考》,《民族研究》1996.5:64-69。

羅福萇 1930《妙法蓮華契經序釋文》,《國立北平圖書館館刊》4.3:191-194。

羅福成 1930a《重修護國寺感應塔碑銘》,《國立北平圖書館館刊》4.3:151-177。

—— 1930b《金光明最勝王經流傳序釋文》,《國立北平圖書館館刊》4.3:341-360。

羅炤 1983《藏漢合璧〈聖勝慧到彼岸功德寶集偈〉考略》,《世界宗教研究》1983.4:4-36。

吕光東(Luc Kwanten) 1982 *The Timely Pearl, A 12th Century Tangut Chinese Glossary* [合時珠,12 世紀的西夏文漢文字書], Bloomington: Indiana University Press.

馬學良、張興、唐承宗 1986 《彝文〈勸善經〉譯注》，北京：中央民族學院出版社。

孟列夫（Лев Н. Меньшиков）1984 *Описание китайской части коллекции из Хара-хото* [黑城出土漢文遺書敘録]，Москва：Наука. 有王克孝中譯本，銀川：寧夏人民出版社，1994。

内藤丘（Nathan W. Hill）2016 Come as lord of the black-headed — an Old Tibetan mythic formula [來做黑頭的君主：一則吐蕃神話考]，*Zentralasiatische Studien* 45：203－215.

聶鴻音 1990 《西夏文〈新修太學歌〉考釋》，《寧夏社會科學》1990.3：8－12。

—— 1996 《勒尼——一種未知的古代藏緬語》，《寧夏大學學報》1996.4：93－97。

—— 1999a《西夏文學史料説略》，《文史》1999.3：251－262，1999.4：283－290。

—— 1999b《彌山考》，《固原師專學報》1999.1：63－64，94。

—— 1999c《党項人方位概念的文化内涵》，《寧夏社會科學》1999.3：82－86。

—— 2000《關於黑水城的兩件西夏文書》，《中華文史論叢》63：133－146。

—— 2001《西夏文曹道樂〈德行集〉初探》，《文史》2001.3：213－224。

—— 2002a《西夏文德行集研究》，蘭州：甘肅文化出版社。

—— 2002b《拜寺溝方塔所出佚名詩集考》，《國家圖書館學刊》2002 年西夏研究專號，97－100。

—— 2003a《西夏譯〈詩〉考》，《文學遺産》2003.4：17－25。

—— 2003b《西夏本〈貞觀政要〉譯證》，《文津學志》1：116－124，北京：北京圖書館出版社。

—— 2003c《西夏文〈賢智集序〉考釋》，《固原師專學報》2003.5：46－48。

—— 2003d《西夏文〈五更轉〉殘葉考》，《寧夏社會科學》2003.5：74－75。

—— 2005《西夏譯本〈持誦聖佛母般若多心經要門〉述略》，《寧夏社會科學》2005.2：87－89。

—— 2008 Family Models：The Model of the Tangut Work *Newly Collected Biographies of Affection and Filial Piety* [《家範》：西夏文著作《新集慈孝傳》的範本]，*Письменные памятники востока*，2008.2：237－242.

—— 2010a《論西夏本〈佛説父母恩重經〉》，高國祥主編《文獻研究》1：137－144，北京：學苑出版社。

—— 2010b《〈仁王經〉的西夏譯本》，《民族研究》2010.3：44－49。

—— 2010c《俄藏西夏本〈拔濟苦難陀羅尼經〉考釋》,杜建録主編《西夏學》6:1-5,上海:上海古籍出版社。

—— 2011《西夏文〈禪源諸詮集都序〉譯證》,《西夏研究》2011.1:3-22。

—— 2012《西夏譯〈孟子章句〉殘卷考》,《西夏研究》2012年第1期,頁3-7。

—— 2013《西夏文〈五部經序〉考釋》,《民族研究》2013.1:87-93。

—— 2014a《西夏"回鶻僧譯經"補證》,《西夏研究》2014.3:3-7。

—— 2014b《〈聖曜母陀羅尼經〉的西夏譯本》,《寧夏社會科學》2014.5:86-90。

—— 2014c On the Tangut Version of *Ting nge 'dzin gyi tshogs kyi le'u* [《等持集品》的西夏譯本],四川大學中國藏學研究所編《藏學學刊》9:265-273。

—— 2016《西夏"儒學"在西夏》,《北方民族大學學報》2017.3:20-25。

—— 2020《"党項人"考辨》,《寧夏社會科學》2020.3:178-187。

——、史金波 1995a《西夏文本〈碎金〉研究》,《寧夏大學學報》1995.2:8-17。

——、—— 1995b《西夏文〈三才雜字〉考》,《中央民族大學學報》1995.6:81-88。

聶歷山(Николай А. Невский)1936 Тангутская письменность и ее фонды [西夏文獻及其典藏], *Труды Института Востоковедения* 17:57-79.

——、石濱純太郎 1930《西夏語譯大藏經考》,《國立北平圖書館館刊》4.3:73-79。

寧夏文物考古研究所 2005《拜寺溝西夏方塔》,北京:文物出版社。

寧夏回族自治區文物管理委員會、北京大學考古系 1997《須彌山石窟内容總録》,北京:文物出版社。

牛達生 1980《〈嘉靖寧夏新志〉中的兩篇西夏佚文》,《寧夏大學學報》1980.4:44-48。

彭向前 2012《西夏文〈孟子〉整理研究》,上海:上海古籍出版社。

沙馬拉毅 2003《彝族爾比論》,《西南民族大學學報》2003.2:237-243。

上官劍壁 1994 《四川的木雅人與西夏》,《寧夏社會科學》1994.3:22-29。

石泰安(Rolf A. Stein)1951 Mi-ñag et Si-hia. Géographie historique et légendes ancestrales [弭藥和西夏,古代傳説中的歷史地理], *Bulletin de l'Ecole française d'Extrême-Orient* 44.1:223-265.

史伯嶺(Elliot Sperling)1987 Lama to the King of Hsia [夏王的喇嘛], *The Journal of the Tibet Society* 7:31-50.

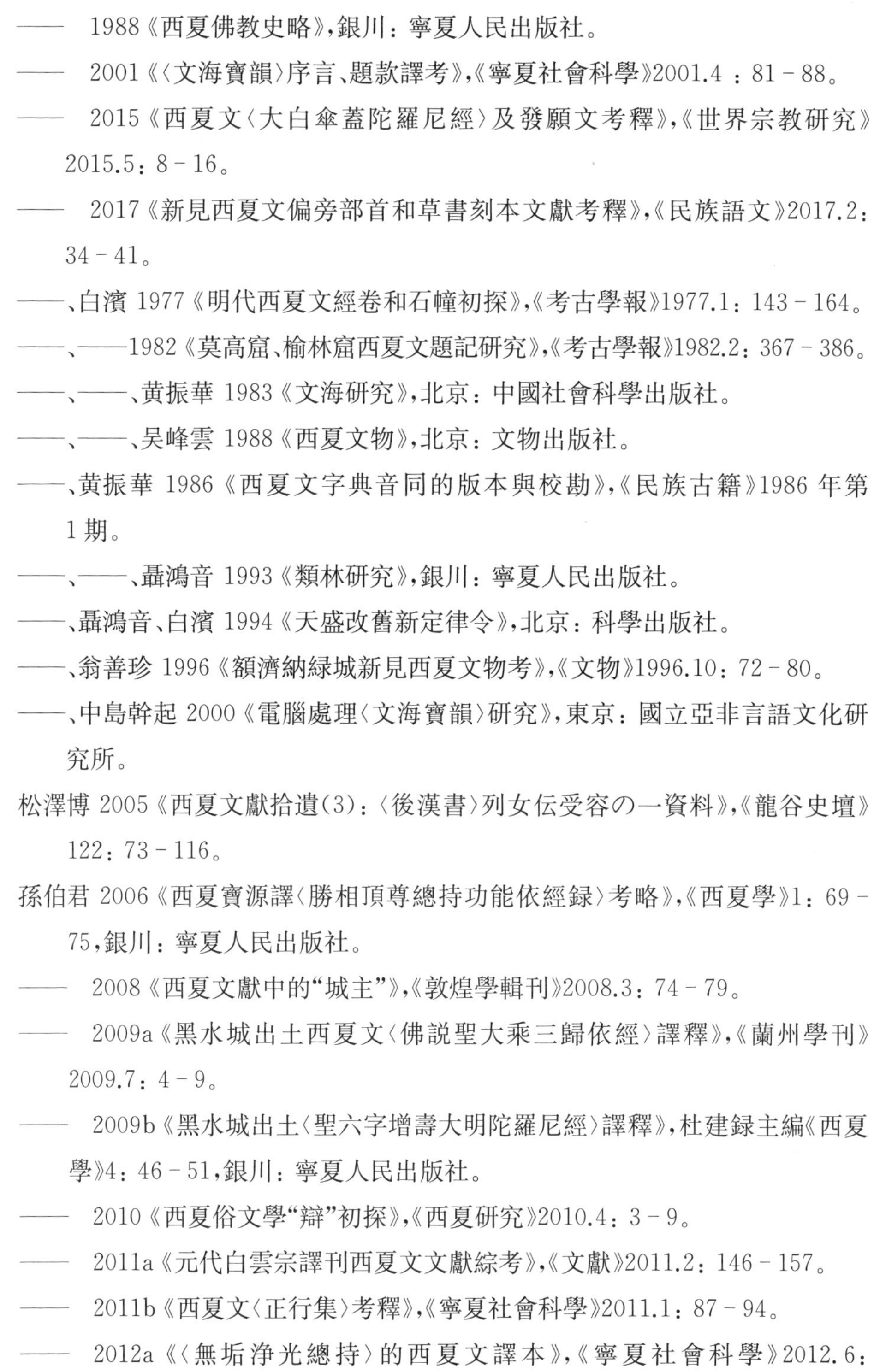


史金波 1987《西夏“秦晉國王”考論》,《寧夏社會科學》1987.3：72－76。

——　1988《西夏佛教史略》,銀川：寧夏人民出版社。

——　2001《〈文海寶韻〉序言、題款譯考》,《寧夏社會科學》2001.4 ：81－88。

——　2015《西夏文〈大白傘蓋陀羅尼經〉及發願文考釋》,《世界宗教研究》2015.5：8－16。

——　2017《新見西夏文偏旁部首和草書刻本文獻考釋》,《民族語文》2017.2：34－41。

——、白濱 1977《明代西夏文經卷和石幢初探》,《考古學報》1977.1：143－164。

——、——1982《莫高窟、榆林窟西夏文題記研究》,《考古學報》1982.2：367－386。

——、——、黄振華 1983《文海研究》,北京：中國社會科學出版社。

——、——、吴峰雲 1988《西夏文物》,北京：文物出版社。

——、黄振華 1986《西夏文字典音同的版本與校勘》,《民族古籍》1986 年第 1 期。

——、——、聶鴻音 1993《類林研究》,銀川：寧夏人民出版社。

——、聶鴻音、白濱 1994《天盛改舊新定律令》,北京：科學出版社。

——、翁善珍 1996《額濟納緑城新見西夏文物考》,《文物》1996.10：72－80。

——、中島幹起 2000《電腦處理〈文海寶韻〉研究》,東京：國立亞非言語文化研究所。

松澤博 2005《西夏文獻拾遺(3)：〈後漢書〉列女伝受容の一資料》,《龍谷史壇》122：73－116。

孫伯君 2006《西夏寶源譯〈勝相頂尊總持功能依經録〉考略》,《西夏學》1：69－75,銀川：寧夏人民出版社。

——　2008《西夏文獻中的“城主”》,《敦煌學輯刊》2008.3：74－79。

——　2009a《黑水城出土西夏文〈佛説聖大乘三歸依經〉譯釋》,《蘭州學刊》2009.7：4－9。

——　2009b《黑水城出土〈聖六字增壽大明陀羅尼經〉譯釋》,杜建録主編《西夏學》4：46－51,銀川：寧夏人民出版社。

——　2010《西夏俗文學“辯”初探》,《西夏研究》2010.4：3－9。

——　2011a《元代白雲宗譯刊西夏文文獻綜考》,《文獻》2011.2：146－157。

——　2011b《西夏文〈正行集〉考釋》,《寧夏社會科學》2011.1：87－94。

——　2012a《〈無垢净光總持〉的西夏文譯本》,《寧夏社會科學》2012.6：

77 – 87。

—— 2012b《俄藏西夏文〈達摩大師觀心論〉考釋》,中國社會科學院民族學與人類學研究所編《薪火相傳——史金波先生 70 壽辰西夏學國際學術研討會論文集》,266 – 303,北京:中國社會科學出版社。

—— 2013《黑水城出土三十五佛名禮懺經典綜考》,四川大學歷史文化學院編《吴天墀教授百年誕辰紀念文集》,184 – 197,成都:四川人民出版社。

—— 2018《西夏文〈三代相照文集〉述略》,《寧夏社會科學》2018.6:215 – 225。

——2019《西夏文〈三觀九門樞鑰〉考補》,《寧夏社會科學》2019.4:176 – 186。

孫星群 1998《西夏遼金音樂史稿》,北京:中國青年出版社。

孫穎新 2012《西夏文〈大乘無量壽經〉考釋》,《寧夏社會科學》2012.1:88 – 95。

—— 2018《中國歷史上最早的通假字書:〈擇要常傳同訓雜字〉》,《寧夏社會科學》2018.5:208 – 211.

索羅寧(Кирилл Ю. Солонин) 2009 Mahāmudrā texts in the Tangut Buddhism and the Doctrine of "No-thought"[西夏佛教的大手印文獻和"無念"學説],沈衛榮主編《西域歷史語言研究集刊》2:277 – 305,北京:科學出版社。

—— 2011《白雲釋子〈三觀九門〉初探》,杜建録主編《西夏學》8:9 – 22,上海:上海古籍出版社。

—— 2018《西夏文〈隨緣集〉與西夏漢傳佛教流傳問題》,胡雪峰主編《元代北京漢藏佛教研究》,北京:宗教文化出版社。

湯君 2016《西夏佚名詩集再探》,杜建録主編《西夏學》12:152 – 165,蘭州:甘肅文化出版社。

王堯 1978 《西夏黑水橋碑考補》,《中央民族學院學報》1978.1:51 – 63。

魏安(Andrew West) 2012 Musical Notation for Flute in Tangut Manucripts [西夏寫本中的笛譜], И.Ф. Попова сост. *Тангуты в Центральной Азии* [西夏與中亞], Москва: Издательская фирма «Восточная литература», 443 – 453.

——2017 Preliminary Analysis of a Newly-discovered Tangut Linguistic Text, *Journal of Chinese Writing Systems* 2017.2:1 – 45.

吴景山 1995 《絲綢之路交通碑銘》,北京:民族出版社。

西安市文物管理處、中國社會科學院民族研究所 1982 《西安市文管處藏西夏文物》,《文物》1982.4：36－40。

西田龍雄 1957《西夏小字刻文》,村田治郎編著《居庸關》1：279－306,京都：京都大學工學部。

—— 1964《西夏語の研究,西夏語の再構成と西夏文字の解讀》1,東京：座右寶刊行會。

—— 1976《西夏文華嚴經》2,京都：京都大學文學部。

—— 1977《西夏文華嚴經》3,京都：京都大學文學部。

—— 1981《西夏語韻圖〈五聲切韻〉の研究》1,《京都大學文學部研究紀要》20。

—— 1986《西夏語『月々樂詩』の研究》,《京都大學文學部研究紀要》25。

—— 1997《西夏王國の語言と文化》,東京：岩波書店。

—— 2005《西夏文〈妙法蓮華經〉寫真版》,IOS RAS・Soka Gakkai.

向柏霖(Guillaume Jacques)2007 *Nouveau recueil sur l'amour parental et la piété filial* [新集慈孝傳], München：Lincom Europa.

向達 1932 《斯坦因黑水獲古紀略》,《國立北平圖書館館刊》4.3：7－23。

徐婕、胡祥琴 2017 《西夏時期的自然災害及撰述》,《西夏研究》2017.2：44－50。

楊志高 2017《慈悲道場懺法西夏譯文的復原與研究》,北京：中國社會科學出版社。

伊鳳閣(Алексей И. Иванов)1911 Страница изъ исторіи Си-ся [西夏史一頁], *Известія Императорской Академіи Наукъ*, VI серія, 5：831－836.

張清秀、孫伯君 2011《西夏曲子詞〈楊柳枝〉初探》,《寧夏社會科學》,2011.6：88－92。

趙麗明 2005《中國女書合集》,北京：中華書局。

周偉洲 2004《早期党項史研究》,北京：中國社會科學出版社。

鄭紹宗、王静如《保定出土明代西夏文石幢》,《考古學報》1977.1：133－141。

佐藤貴保、赤木崇敏、阪尻彰宏、吴正科 2007《漢藏合璧西夏"黑水橋碑"再考》,《内陸アジア言語の研究》22：1－38。

# 作者一覽

**安亮**

《大方廣佛華嚴經普賢行願品發願文》。

**本明**

13 世紀初西夏僧人，號“門資宗密沙門”。

《親集耳傳觀音供養讃嘆題記》。

**陳慧高**（[illegible]）

蒙元京師人。

《金光明最勝王經發願文》。

**成嵬德進**（[illegible]）

夏仁宗朝皇城檢視司承旨。

《賢智集序》。

**崇宗乾順**（1083—1139）

西夏第四位皇帝，惠宗子。1086 年即位，年三歲，其母昭簡文穆皇后梁氏攝政，1099 年親政，尊號“神功勝禄教德治庶仁浄皇帝”（[illegible]），在位 54 年。謚“聖文皇帝”，又稱“明城皇帝”（[illegible]），葬顯陵。

《進奉賀正馬駞表》《進謝恩馬駞表》《請以四寨易蘭州塞門表》《請以蘭州易塞門表》《請和牒》《大乘聖無量壽經序》《破宋金明砦遺宋經略使書》《遣使如宋謝罪表》《再上宋誓表》《遣使詣金上誓表》《賀金正旦表》《檄延安府文》《靈芝頌》。

**丑訛思禮**（[illegible]）

《勝相頂尊總持功能依經録發願文》。

**德慧**（[illegible]）

仁宗時代國師，號“蘭山覺慧法師”（[illegible]）、“蘭山覺行國師”（[illegible]）。

《過去未來現在賢劫千佛廣大供養次第儀序》《大印究竟要集序》。

**訛布氏慧度**（[illegible]）

12 世紀末比丘尼。

《佛説聖曜母陀羅尼經發願文》。

**法隨**

《注華嚴法界觀門發願文》。

**佛陀跋折囉**（[illegible]，Buddhavajra）

蒙元時代國師，號“[illegible]”（釋迦比丘國師）。

《大白傘蓋佛母總持後序願文》。

**骨勒茂才**（[illegible]）

12 世紀末西夏鄉塾先生。

《番漢合時掌中珠序》。

**呱呱**

桓宗朝中書相賀宗壽之子。

《父母恩重經發願文》。

**郭善真**（[illegible]）

仁宗朝殿前司執事。

《聖觀自在大悲心總持並勝相頂尊總持重刻跋》。

**賀宗壽**

桓宗朝中書相。

《拔濟苦難陀羅尼經發願文》《密呪圓因往生集序》。

**桓宗純佑**（1177—1206）

西夏第七位皇帝，仁宗子。1193 年仁宗去世後即位，13 年後被仁宗侄安全發動政變廢除，不久暴卒。謚昭簡皇帝，葬莊陵。

《大白高國新譯三藏聖教序》。

**慧覺**([illegible],? —1313)

西夏入元僧人。俗姓楊,武威人,幼年在賀蘭山出家,號“[illegible]”(蘭山石臺巖雲谷慈恩寺一行沙門)。後至洛陽白馬寺研習,最終出任白馬寺第三任釋源宗主,被元世祖授以“宗密圓融大師”封號。

《金光明最勝王經流傳序》《熾盛光聖曜母等經弘傳序》。

**慧永福**([illegible])

元至正年間僧人。

《居庸關造塔功德記》。

**惠聰**

《住持榆林窟記》。

**惠宗秉常**(1061—1086)

西夏第三位皇帝,毅宗子。1067 年毅宗去世後繼位,尊號“救德主國廣智增福民正久安大明皇帝”([illegible]),亦稱“盛明皇帝”([illegible]),在位 25 年。謚“康靖皇帝”,葬獻陵。

《乞宋頒誓詔表》《乞宋交領綏州表》《五音切韻序》《文海寶韻序》《謝宋恩表》《乞宋贖大藏經表》《貢宋表》《慈悲道場懺法序》。

**景珣**

惠宗朝學士,載《續資治通鑑長編》卷二二六。

《乞綏州城表》。

**景宗元昊**(1003—1048)

西夏開國皇帝,太宗德明子。本姓拓跋,後改姓嵬名([illegible]),唐宋時代分别用本朝賜姓稱其爲“李元昊”或“趙元昊”。1038 年稱帝,尊號“始文本武興法建禮仁孝皇帝”(□□□[illegible]),在位十年。謚“武烈皇帝”,葬泰陵。西夏文獻稱“風角城皇帝”([illegible]),簡稱“風帝”([illegible])。

《啓宋請稱帝改元表》《宋邊境露布》《嫚書》《覆龐籍議和書》《遣使如宋上誓表》《購夏竦榜》。

**李訛哆**

環州定遠党項首領。

《遺梁統軍書》。

**李慧月**（[illegible]）

又作“李惠月”，西夏入元僧人，詣福州路爲官，至元二十七年（1290）參與施印“普寧藏”。

《大方廣佛華嚴經卷九施經牌記》。

**李智寶**

13 世紀初衆聖普化寺連批張蓋副使。

《無量壽王經并般若心經發願文》。

**梁德養**（[illegible]）

仁宗朝御史承旨番大學院教授。

《同音重校序》《新集錦合諺語》。

**梁吉祥屈**（[illegible]）

《佛説父母恩重經發願文》。

**梁衛有貞**（[illegible]）

《浄德臣贊歌》。

**令部慧茂**（[illegible]）

乾祐年間僧人，號“坐諦和尚”。

《達摩大師觀心論發願文》。

**劉慶壽**

《劉德仁墓葬題記》。

**劉元秀**

《劉仲達墓葬題記》。

**劉仲達**

《劉慶壽母李氏墓葬題記》。

**陸文政**

《夾頌心經發願文》。

**羅哆氏清白**（[illegible]）

《佛説父母恩重經發願題記》。

**麻藏氏敖**（[illegible]）

《莫高窟燒香記》。

**咩布慧明**（[illegible]）

乾祐年間僧人。

《白傘蓋佛母總持發願文》。

**咩布覺**（[illegible]）

12 世紀初僧人，號“出家寺賢比丘”。

《榆林寺清沙記》。

**没年仁勇**（[illegible]）

13 世紀初黑水城守將。

《黑水守將告近稟帖》。

**没尚慧護**（[illegible]）

元朝譯校官。

《過去莊嚴劫千佛名經發願文》。

**没息義顯**（[illegible]）

仁宗朝大臣。

《天下共樂歌》《勸世歌》。

**没玉志貞**（[illegible]）

《臣子諫禁歌》。

**埿訛遣成**（[illegible]）

《聖佛母般若心經並持誦要門施經題記》。

**齊丘**（[illegible]）

仁宗朝大臣。

《五部經序》。

**仇彦忠**

聖六字增壽大明陀羅尼經施經題記。

**仁宗仁孝**（1124—1193）

西夏第五位皇帝，崇宗子。1139 年即位，尊號“奉天顯道耀武宣文神謀睿智制義去邪惇睦懿恭皇帝”([illegible]),在位 54 年。謚“聖德皇帝”,葬壽陵。西夏文獻稱“護城聖德至懿皇帝”([illegible]),簡稱“護城皇帝”([illegible])。

《聖觀自在大悲心總持並勝相頂尊總持後序願文》《回劉錡等檄書》《遣使詣金賀萬春節附奏》《聖佛母般若波羅蜜多心經後序》《聖觀自在大悲心總持並勝相頂尊總持依經録後序願文》《既誅任得敬詣金上謝表》《以金卻所獻百頭帳再上表》《黑水建橋碑銘》《三十五佛名禮懺功德文發願文》《聖大乘三歸依經後序願文》《聖大乘勝意菩薩經發願文》《觀彌勒菩薩上生兜率天經施經發願文》。

**任得敬**(? —1170)

漢族,西夏崇宗、仁宗兩朝重臣。初爲宋西安州通判,1137 年降夏並獻女於崇宗。其女被立爲皇后,遂以外戚升都統軍。仁宗朝歷任尚書令、中書令、國相,1170 年因圖謀裂土分國被仁宗誅殺。

《金剛般若波羅蜜經發願文》。

**嗢嗢吉祥屈**([illegible])

《聖妙吉祥菩薩百八名讚嘆經發願文》。

**僧惠**

《韃都四年須彌山石窟題記》。

**折慕善花**([illegible])

西夏比丘尼。

《尊者聖妙吉祥智慧覺增上總持發願文》。

**神宗遵頊**(1163—1226)

西夏第八位皇帝,宗室齊國忠武王李彦宗之子。1211 年廢襄宗自立,1223 年傳位于子德旺,三年后病卒。謚“英文皇帝”。

《金光明最勝王經發願文》。

**守瓊**

大延壽寺演妙大德沙門。

《大方廣佛花嚴經卷四十題記》。

**蘇哆浮屠鐵**([illegible])

13 世紀初黑水城副將。

《黑水副將上書》。

**太后曹氏**

崇宗乾順妃，仁宗仁孝生母。年十四入宮，始封才人，進位賢妃。仁宗 1139 年即位後被尊爲國母，西夏文獻稱“帝母”（[illegible]）。

《佛説阿彌陀經後序願文》。

**太后梁氏**（[illegible]，? —1099）

漢族，惠宗秉常皇后，1083 年立爲“昭簡文穆皇后”。1086 年其子崇宗乾順即位，以太后身份攝政，尊號“智勝禄廣恤民集禮德盛皇太后”（[illegible]）。1099 年病逝。

《大乘無量壽經後序願文》。

**太后羅氏**（[illegible]）

漢族，仁宗仁孝立爲“章獻欽慈皇后”。其子桓宗純佑 1193 即位，遂爲太后。1206 年與鎮夷郡王安全發動政變，廢除桓宗，其後不知所終。

《仁王護國般若波羅蜜多經後序願文》《轉女身經發願文》《大方廣佛華嚴經普賢行願品發願文》《施大藏經牌記》。

**太宗德明**（981—1032）

太祖繼遷子，景宗元昊父。1004 年嗣夏王位，在位 28 年病逝。追謚“光聖皇帝”，葬嘉陵。唐宋時代分别賜姓稱其爲“李德明”、“趙德明”。

《回鄜延路鈐轄張崇貴書》《上宋誓表》《遣使修貢表》《乞宋誡招納蕃部表》《乞宋敦諭邊臣遵詔約表》。

**天聖子**（[illegible]）

仁宗時瑜伽士。

《瑜伽夜五更》。

**王仁持**（[illegible]）

仁宗朝曉切韻博士。

《新集錦合諺語》。

**罔長信**（[illegible]）

惠宗朝攝樞密帳典禮司正。

《妙法蓮華經序》。

**罔德忠**（[illegible]）

仁宗朝御史正。

《金剛般若波羅蜜經發願文》。

**嵬名般若茂**（[illegible]）

《築城稟帖》。

**嵬名地暴**（[illegible]）

仁宗朝北王兼中書令。

《進革故鼎新律表》。

**嵬名訛計**（[illegible]）

《德行集序》。

**嵬名慧照**（[illegible]，？—1281）

名道安，以封號稱。元至元年間授僧職，號浙西道杭州等路白雲宗僧録南山普寧寺住持傳三乘教九世孫慧照大師。

《三代相照語文集後序願文》。

**嵬名直本**

仁宗朝御史臺正。

《妙法蓮華經發願文》。

**嵬名智海**（[illegible]）

《莫高窟發願記》。

**嵬啄氏夫人**（[illegible]）

《聖六字增壽大明陀羅尼經發願題記》。

**兀囉文信**（[illegible]）

御史正諫臣東南族長。

《同音序》。

**息齊文智**（[illegible]）

西夏宣徽正。

《碎金序》。

**鮮卑寶源**（[illegible]）

仁宗朝番漢三學院并偏袒提點，號“大度民寺院詮教法師”（[illegible]

[illegible])、“大度民寺院詮教國師”([illegible])。

《賢智集》《金剛般若波羅蜜多經發願文》。

**星昂嵬名濟迺**

惠宗朝西南都統。

《遺慮秉書》。

**楊德吉**([illegible])

元至元年間僧。

《世尊無量壽智蓮華網章讚嘆譯刊願文》。

**楊慧茂**([illegible])

《勝相頂尊總持功能依經録發願文》。

**野利儀興**([illegible])

《德多勝物歌》。

**毅宗諒祚**(1047—1067)

西夏第二位皇帝,景宗元昊子。1048 年即位,在位 19 年。謚“昭英皇帝”,葬安陵。

《乞宋贖大藏經表》《乞宋用漢儀表》《乞宋買物件表》《乞宋贖佛經大藏表》《乞宋工匠表》。

**義長**([illegible])

《同音跋》。

**緣旦監剉**([illegible],Yon tan rgya mtsho)

明朝國師,1415 年受明成祖封“灌頂慈慧妙智大國師”並賜誥印,載《明實録》“永樂十三年二月庚午”條。

《高王觀世音經發願文》。

**袁宗鑒**

《金輪佛頂大威德熾盛光佛如來陀羅尼經發願題記》。

**張曬幹**([illegible])

《五部經後序願文》。

**張陟**

元昊開國謀臣,載《續資治通鑑長編》卷一二〇。

《葬舍利碣銘》。

**智能**（[illegible]）

桓宗朝演義法師兼提點。

《仁王護國般若波羅蜜多經校譯跋》。

**忠茂**（[illegible]）

《佛説父母恩重經發願文》。

# 西夏詩文年表

| 公元紀年 | 紀 年 年 號 | 文 獻 名 稱 |
|---|---|---|
| 1004 | 宋景德元年 | 回鄜延路鈐轄張崇貴書 |
| 1005 | 宋景德二年 | 上宋誓表 |
| 1006 | 宋景德三年 | 遣使修貢表<br>乞宋誠招納蕃部表 |
| 1016 | 宋大中祥符九年 | 乞宋敦諭邊臣遵詔約表 |
| 1038 | 夏大慶三年 | 葬舍利碣銘 |
| 1039 | 夏天授禮法延祚二年 | 啓宋請稱帝改元表<br>宋邊境露布<br>嫚書 |
| 1042 | 夏天授禮法延祚五年 | 覆龐籍議和書 |
| 1044 | 夏天授禮法延祚七年 | 遣使如宋上誓表 |
| 1038—1048 | 夏景宗時期 | 購夏竦榜 |
| 1050 | 夏天祐垂聖元年 | 新建承天寺瘞佛頂骨舍利碣銘 |
| 1057 | 夏奲都元年 | 乞宋贖大藏經表 |
| 1060 | 夏奲都四年 | 奲都四年須彌山石窟題記 |
| 1061 | 夏奲都五年 | 乞宋用漢儀表 |
| 1062 | 夏奲都六年 | 乞宋買物件表<br>乞宋贖佛經大藏表<br>乞宋工匠表 |
| 1065 | 夏拱化三年 | 拱化三年須彌山石窟題記 |

續表

| 公元紀年 | 紀年年號 | 文獻名稱 |
|---|---|---|
| 1068 | 夏乾道元年 | 乞宋頒誓詔表 |
| 1069 | 夏乾道二年<br>夏天賜禮盛國慶元年 | 乞宋交領綏州表<br>文海寶韻序<br>五音切韻序 |
| 1071 | 夏天賜禮盛國慶三年 | 乞綏州城表 |
| 1072 | 夏天賜禮盛國慶四年 | 謝宋恩表 |
| 1073 | 夏天賜禮盛國慶五年 | 乞宋贖大藏經表<br>夾頌心經發願文<br>住持榆林窟記 |
| 1075 | 夏大安二年 | 賀蘭山拜寺溝方塔塔心柱題記 |
| 1082 | 夏大安九年 | 遺盧秉書 |
| 1083 | 夏大安十年 | 大方廣佛花嚴經卷四十題記 |
| 1084 | 夏大安十一年 | 貢宋表<br>莫高窟清沙記 |
| 1067—1086 | 夏惠宗時期 | 慈悲道場懺法序<br>妙法蓮華經序 |
| 1088 | 夏天儀治平二年 | 進奉賀正旦馬駞表<br>進謝恩馬駞表 |
| 1090 | 夏天儀治平四年 | 請以四寨易蘭州塞門表 |
| 1093 | 夏天祐民安四年 | 請以蘭州易塞門表<br>請和牒 |
| 1094 | 夏天祐民安五年 | 重修護國寺感通塔碑銘<br>大乘聖無量壽經序<br>人乘無量壽經後序願文 |
| 1095 | 夏天祐民安六年 | 破宋金明砦遺宋經略使書 |
| 1099 | 夏永安二年 | 遣使如宋謝罪表<br>再上宋誓表 |
| 1113 | 夏貞觀十三年 | 遺梁統軍書 |
| 1114 | 夏雍寧元年 | 榆林寺清沙記 |

續　表

| 公元紀年 | 紀年年號 | 文獻名稱 |
|---|---|---|
| 1115 | 夏雍寧二年 | 莫高窟燒香記 |
| 1123 | 夏元德五年 | 遣使詣金上誓表 |
| 1124 | 夏元德六年 | 賀金正旦表 |
| 1128 | 夏正德二年 | 檄延安府文 |
| 1132 | 夏正德六年 | 同音跋 |
| 1139 | 夏大德五年 | 靈芝頌 |
| 1146 | 夏人慶三年 | 妙法蓮華經發願文 |
| 1149 | 夏天盛元年 | 聖觀自在大悲心總持並勝相頂尊總持後序願文 |
| 1150 | 夏天盛二年 | 進革故鼎新律表 |
| 1152 | 夏天盛四年 | 佛説父母恩重經發願文<br>注華嚴法界觀門發願文 |
| 1156 | 夏天盛八年 | 佛説阿彌陀經後序願文 |
| 1161 | 夏天盛十三年 | 回劉錡等檄書 |
| 1164 | 夏天盛十六年 | 遣使詣金賀萬春節附奏 |
| 1165 | 夏天盛十七年 | 勝相頂尊總持功能依經録發願文 |
| 1167 | 夏天盛十九年 | 聖佛母般若波羅蜜多心經後序<br>金剛般若波羅蜜經發願文 |
| 1149—1169 | 夏天盛年間 | 聖觀自在大悲心總持並勝相頂尊總持依經録後序願文 |
| 1170 | 夏乾祐元年 | 既誅任得敬詣金上謝表 |
| 1173 | 夏乾祐四年 | 達摩大師觀心論序<br>達摩大師觀心論發願文<br>五部經序 |
| 1176 | 夏乾祐七年 | 以金卻所獻百頭帳再上表<br>黑水建橋碑銘 |
| 1180 | 夏乾祐十一年 | 三十五佛名禮懺功德文發願文 |

續　表

| 公元紀年 | 紀年年號 | 文獻名稱 |
|---|---|---|
| 1182 | 夏乾祐十三年 | 聖立義海序<br>聖立義海篇首詩<br>聖立義海格言詩 |
| 1184 | 夏乾祐十五年 | 金輪佛頂大威德熾盛光佛如來陀羅尼經發願題記<br>聖大乘三歸依經後序願文<br>聖大乘勝意菩薩經發願文 |
| 1185 | 夏乾祐十六年 | 乾祐乙巳年發願文<br>白傘蓋佛母總持發願文<br>賦詩<br>大詩<br>月月樂詩<br>格言詩<br>聰穎詩 |
| 1187 | 夏乾祐十八年 | 新集錦合諺語<br>三才雜字序 |
| 1188 | 夏乾祐十九年 | 賢智集<br>佛説聖曜母陀羅尼經發願文 |
| 1189 | 夏乾祐二十年 | 觀彌勒菩薩上生兜率天經施經發願文 |
| 1190 | 夏乾祐二十一年 | 瑜伽夜五更<br>三十五佛等十三部校印題記<br>番漢合時掌中珠序 |
| 1193 | 夏乾祐二十四年 | 拔濟苦難陀羅尼經發願文 |
| 1139—1193 | 夏仁宗時期 | 過去未來現在賢劫千佛供養次第儀序<br>大印究竟要集序<br>聖觀自在大悲心總持並勝相頂尊總持重刻跋<br>無垢净光總持後序<br>同音序<br>同音重校序<br>同音重校跋<br>金剛般若波羅蜜多經題記<br>聖勝慧到彼岸功德寶集偈後序<br>一切如來百字要門發願文<br>聖佛母般若心經並持誦要門施經題記<br>等持集品譯經題記<br>大方廣佛華嚴經普賢行願品發願文<br>拜寺溝方塔詩集<br>宮廷詩集 |

續 表

| 公元紀年 | 紀 年 年 號 | 文 獻 名 稱 |
|---|---|---|
| 1194 | 夏天慶元年 | 劉慶壽母李氏墓葬題記<br>仁王護國般若波羅蜜多經校譯跋<br>仁王護國般若波羅蜜多經後序願文<br>梵本陁羅尼集發願文<br>祭祀地祇大神文 |
| 1195 | 夏天慶二年 | 轉女身經發願文 |
| 1196 | 夏天慶三年 | 五部經後序願文<br>大方廣佛華嚴經普賢行願品發願文<br>勝相頂尊總持功能依經録發願文 |
| 1198 | 夏天慶五年 | 築城稟帖 |
| 1200 | 夏天慶七年 | 密呪圓因往生集序<br>密呪圓因往生集後序願文<br>聖六字增壽大明陀羅尼經施經題記<br>劉德仁墓葬題記 |
| 1201 | 夏天慶八年 | 劉仲達墓葬題記 |
| 1193—1206 | 夏桓宗時期 | 父母恩重經發願文<br>德行集<br>大白高國新譯三藏聖教序<br>施大藏經牌記 |
| 1209 | 夏應天四年 | 應天四年施經發願文 |
| 1210 | 夏皇建元年 | 無量壽王經并般若心經發願文 |
| 1211 | 夏皇建二年 | 親集耳傳觀音供養讚嘆題記 |
| 1214 | 夏光定四年 | 金光明最勝王經發願文 |
| 1217 | 夏光定七年 | 祭亡詞 |
| 1224 | 夏乾定二年 | 黑水守將告近稟帖 |
| 1225 | 夏乾定三年 | 黑水副將上書 |
| ? —1227 | 西夏時期 | 莫高窟發願記<br>碎金序<br>佛説父母恩重經發願文<br>佛説父母恩重經發願題記<br>尊者聖妙吉祥智慧覺增上總持發願文<br>聖六字增壽大明陀羅尼經發願題記 |

續 表

| 公元紀年 | 紀 年 年 號 | 文 獻 名 稱 |
|---|---|---|
| ？—1227 | 西夏時期 | 妙法蓮華經後序<br>後序殘葉<br>彌勒上生經講經文題記<br>擇要常傳同訓雜字序<br>五更轉殘葉<br>聖妙吉祥真實名經發願文殘片<br>發願文殘片<br>滴滴金 |
| 1244 | 大朝甲辰 | 大白傘蓋佛母總持後序願文 |
| 1247 | 大朝乙巳 | 金光明最勝王經流傳序 |
| 1249 | 大朝丁未 | 金光明最勝王經發願文 |
| 1264—1294 | 元至元年間 | 大方廣佛華嚴經卷九施經牌記 |
| 1270 | 大朝庚午 | 熾盛光聖曜母等經弘傳序 |
| 1293 | 元癸巳 | 世尊無量壽智蓮華網章讚嘆譯刊願文 |
| 1312 | 元皇慶元年 | 過去莊嚴劫千佛名經發願文 |
| 1345 | 元至正五年 | 居庸關造塔功德記 |
| 1227—？ | 蒙元時期 | 三代相照語文集後序願文<br>正行集跋<br>證道歌<br>聖妙吉祥菩薩百八名讚嘆經發願文 |
| 1432 | 明宣德五年 | 高王觀世音經發願文 |
| 1502 | 明弘治十五年 | 勝相幢造幢題記 |

# 圖　　版

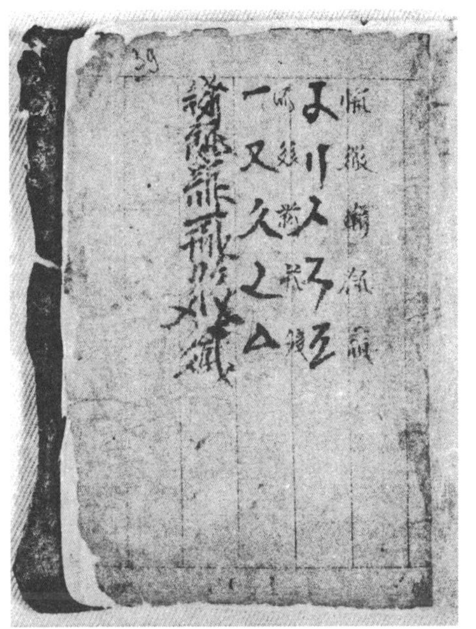

圖 1　俄藏 инв.№ 620

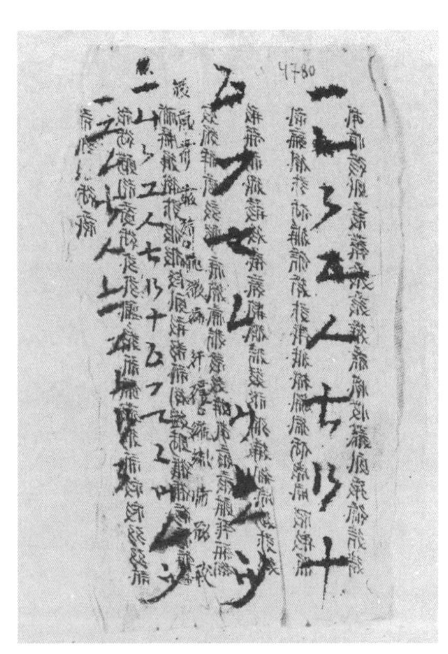

圖 2　俄藏 инв.№ 4780

圖 3　英藏 Or.12380/21

圖 4　俄藏 инв.№ 2261

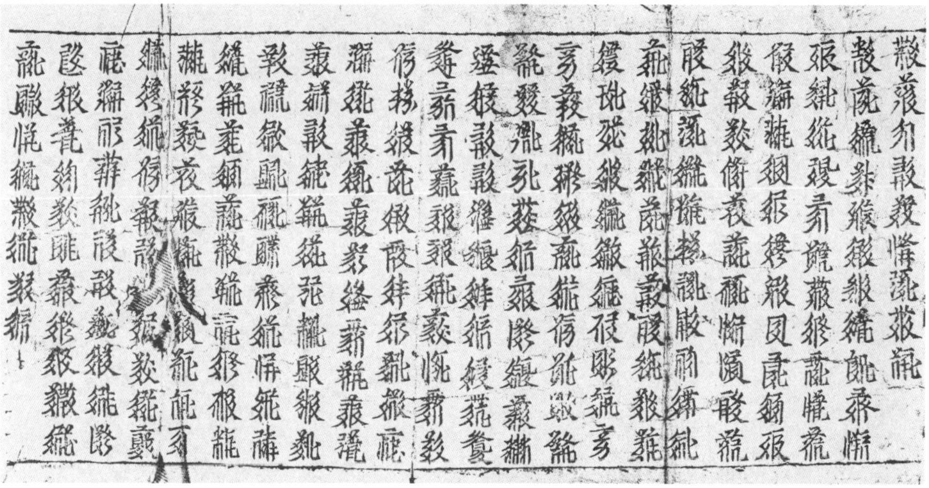

圖 5　大乘聖無量壽經序

圖 6　大乘無量壽經後序願文

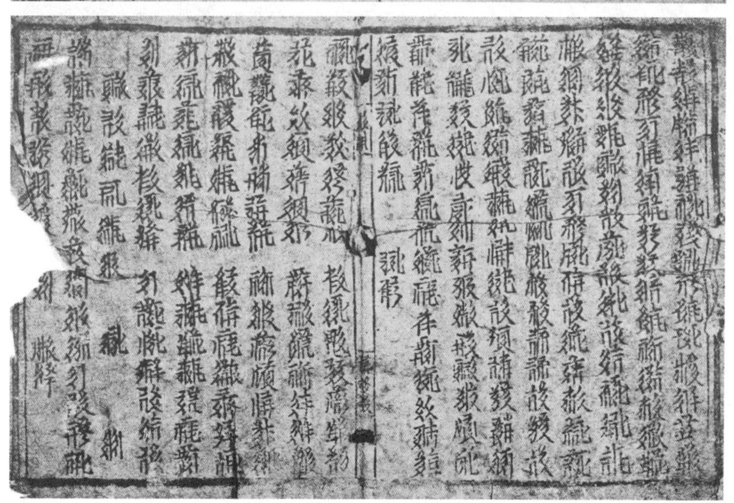

圖 7　聖觀自在大悲心總持並勝相頂尊總持後序願文

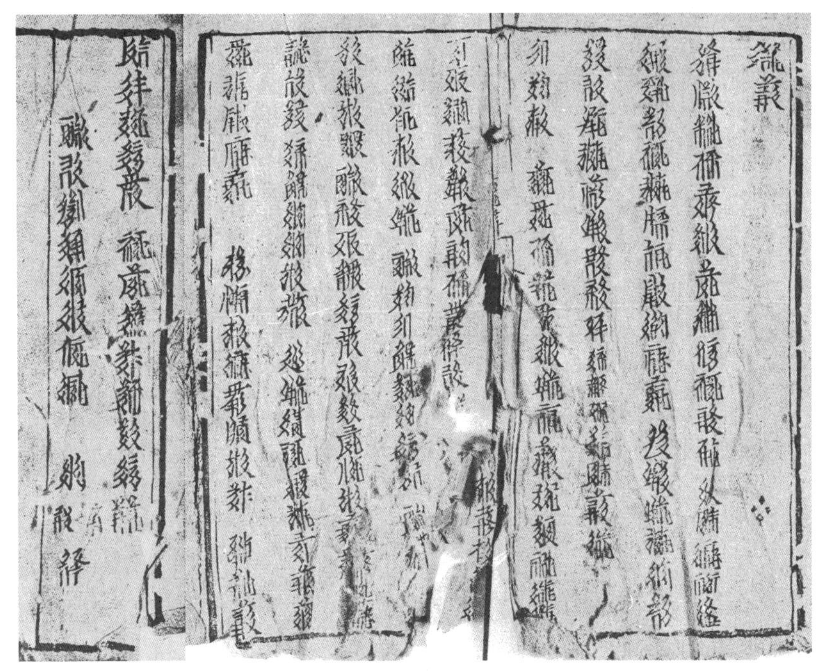

圖 8　佛説父母恩重經發願文

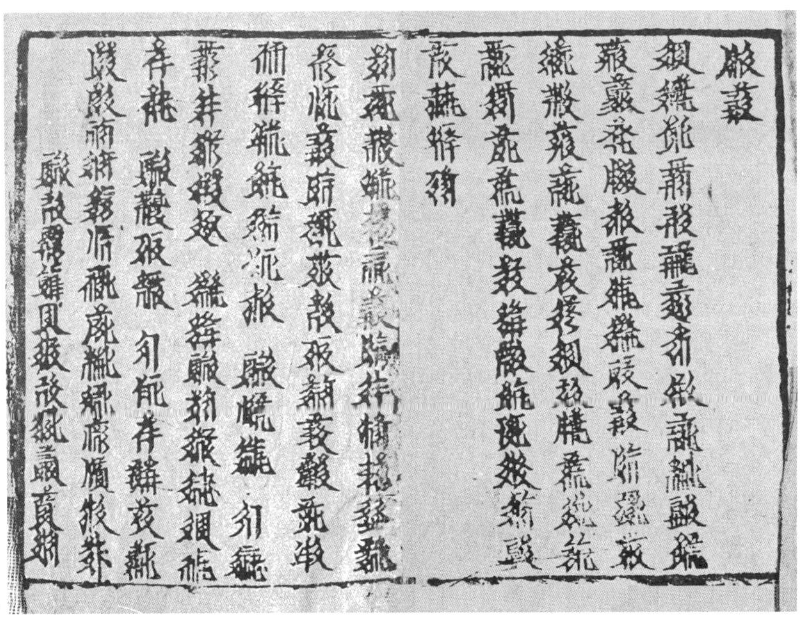

圖 9　佛説阿彌陀經後序願文

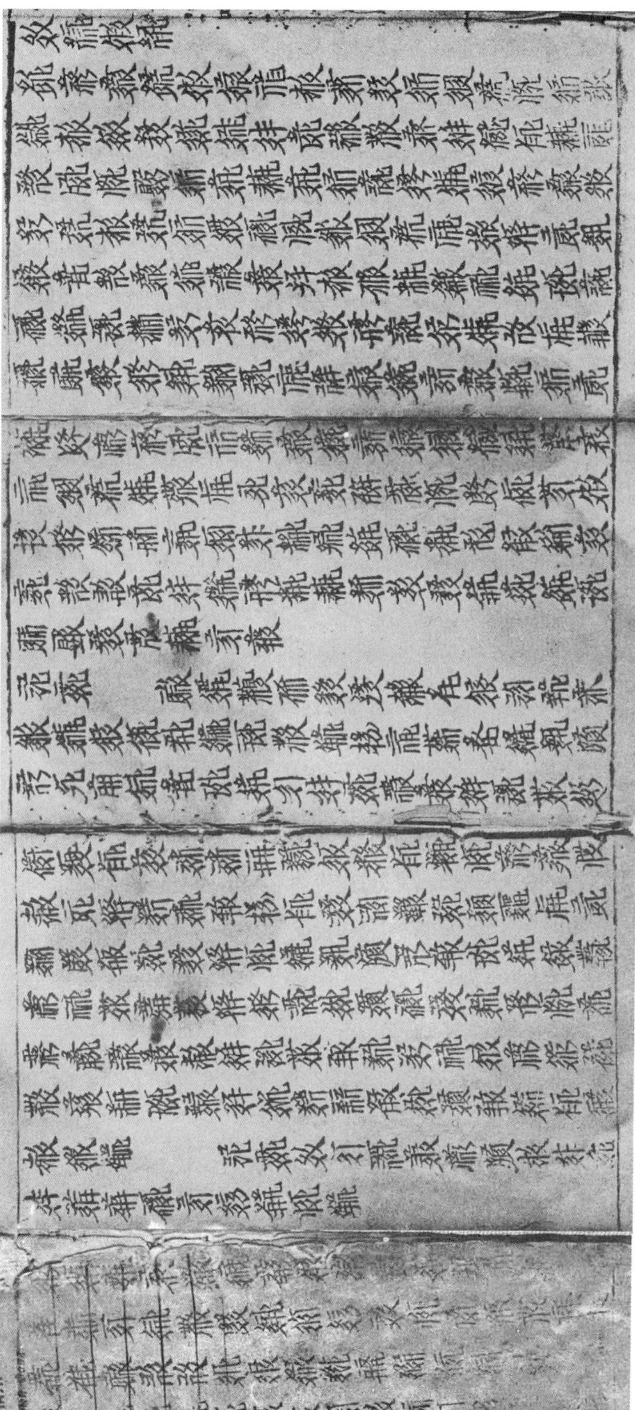

圖 10 聖佛母般若波羅蜜多心經後序

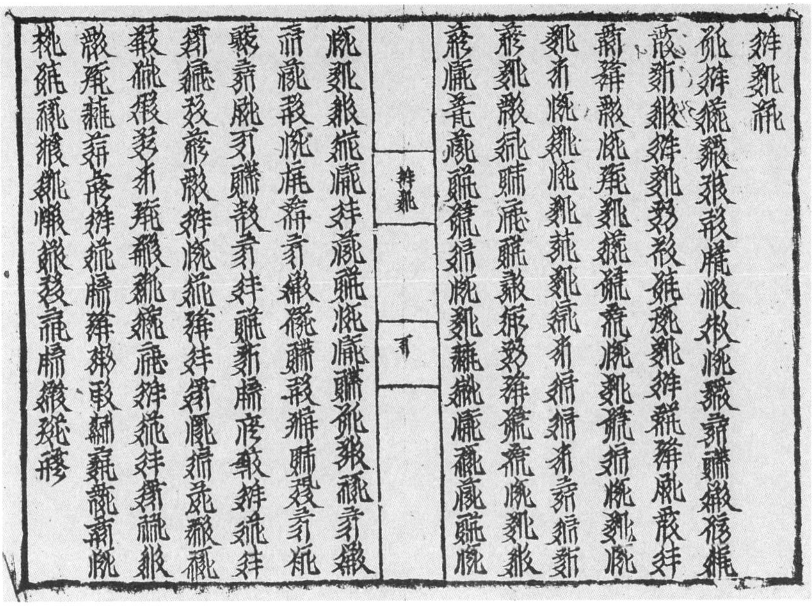

圖 11　達摩大師觀心論序

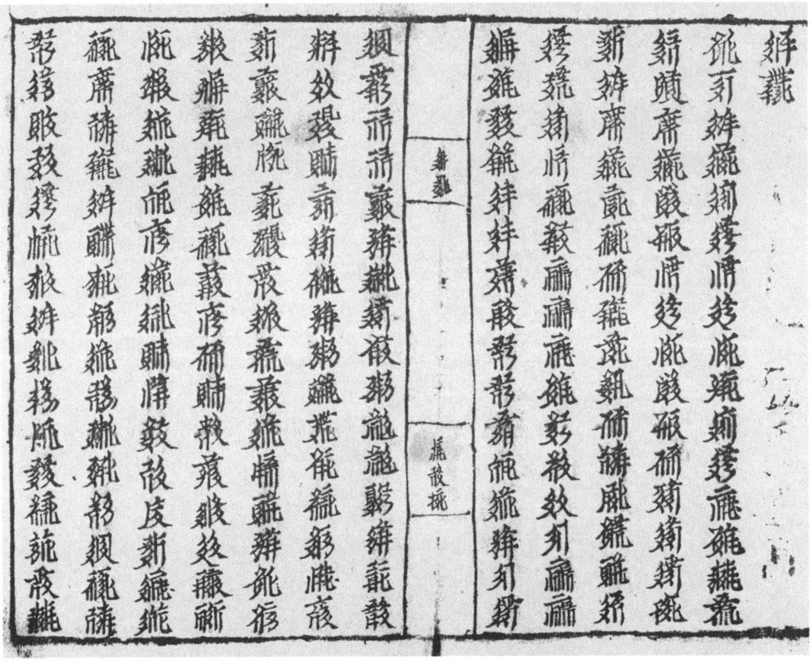

圖 12－1　達摩大師觀心論發願文

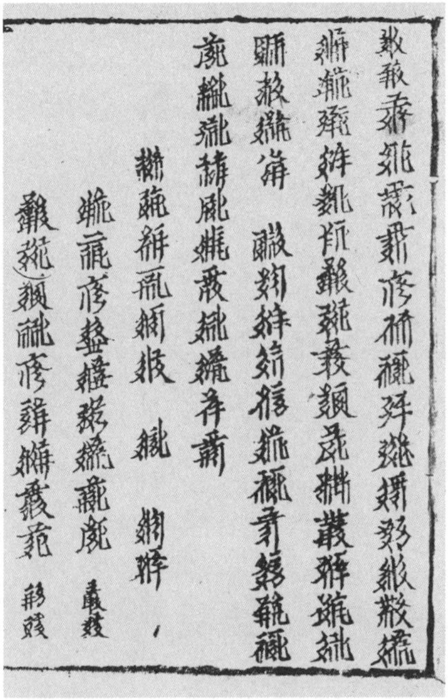

圖 12－2 達摩大師觀心論發願文

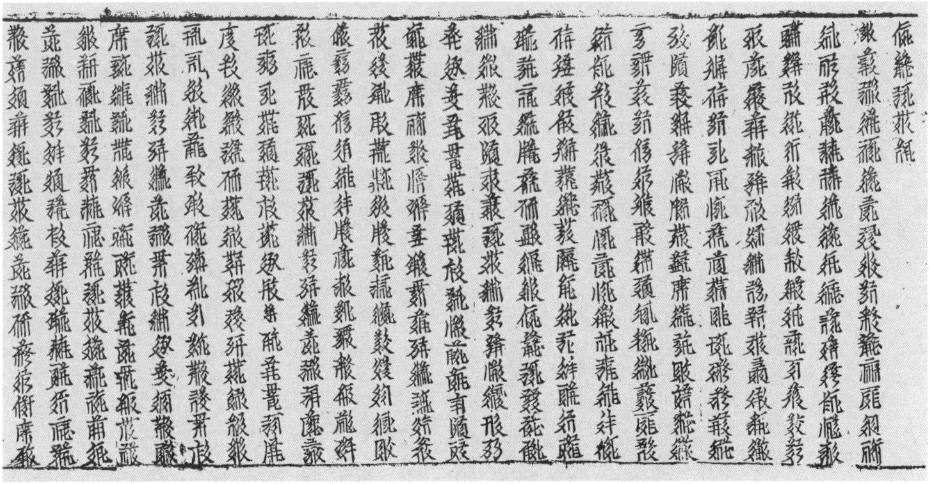

圖 13－1 五部經序

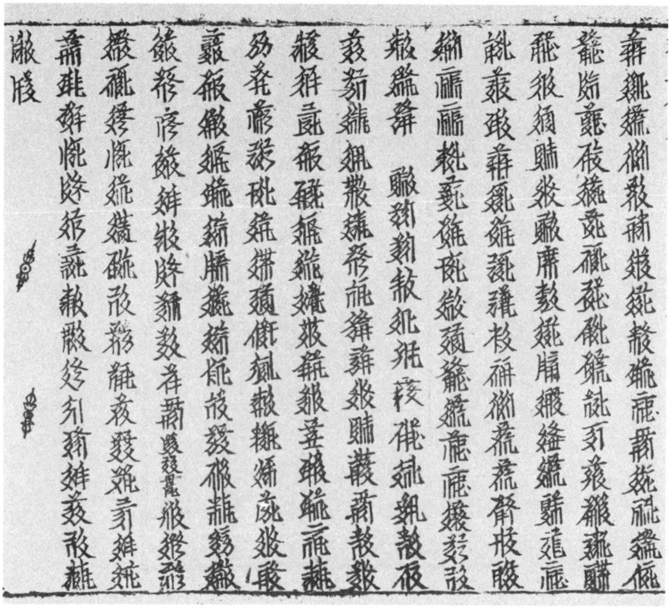

圖 13－2　五部經序

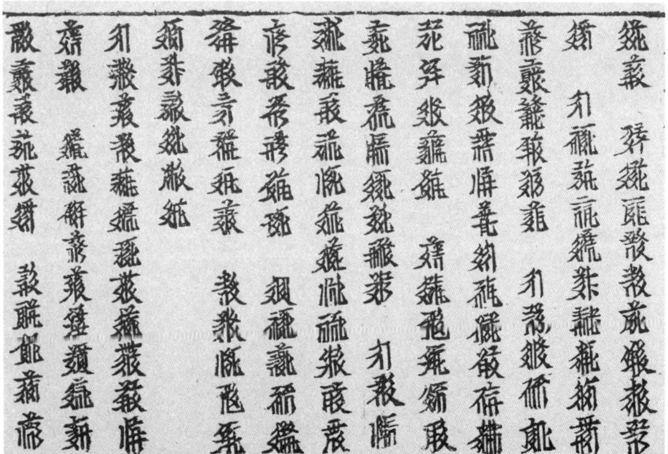

圖 14－1　聖大乘三歸依經後序願文

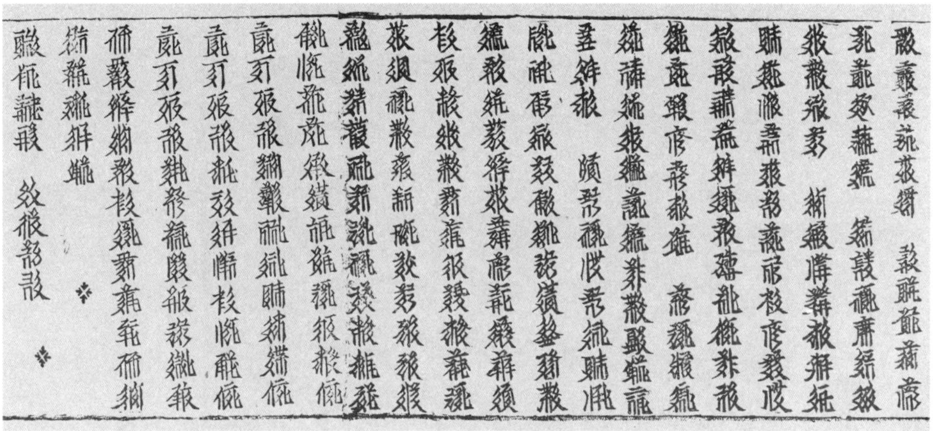

圖 14-2　聖大乘三歸依經後序原文

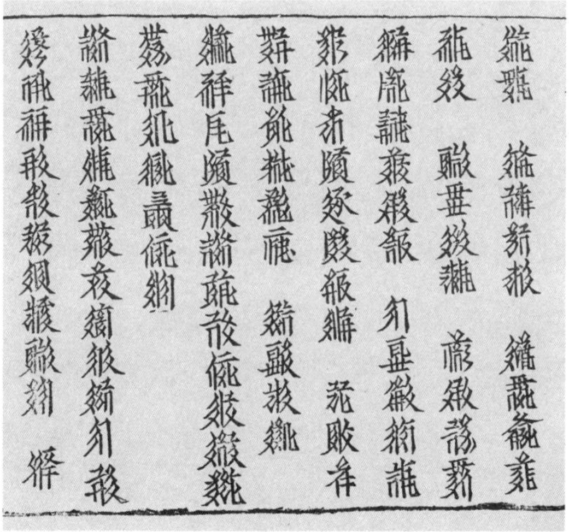

圖 14-3　聖大乘三歸依經後序原文

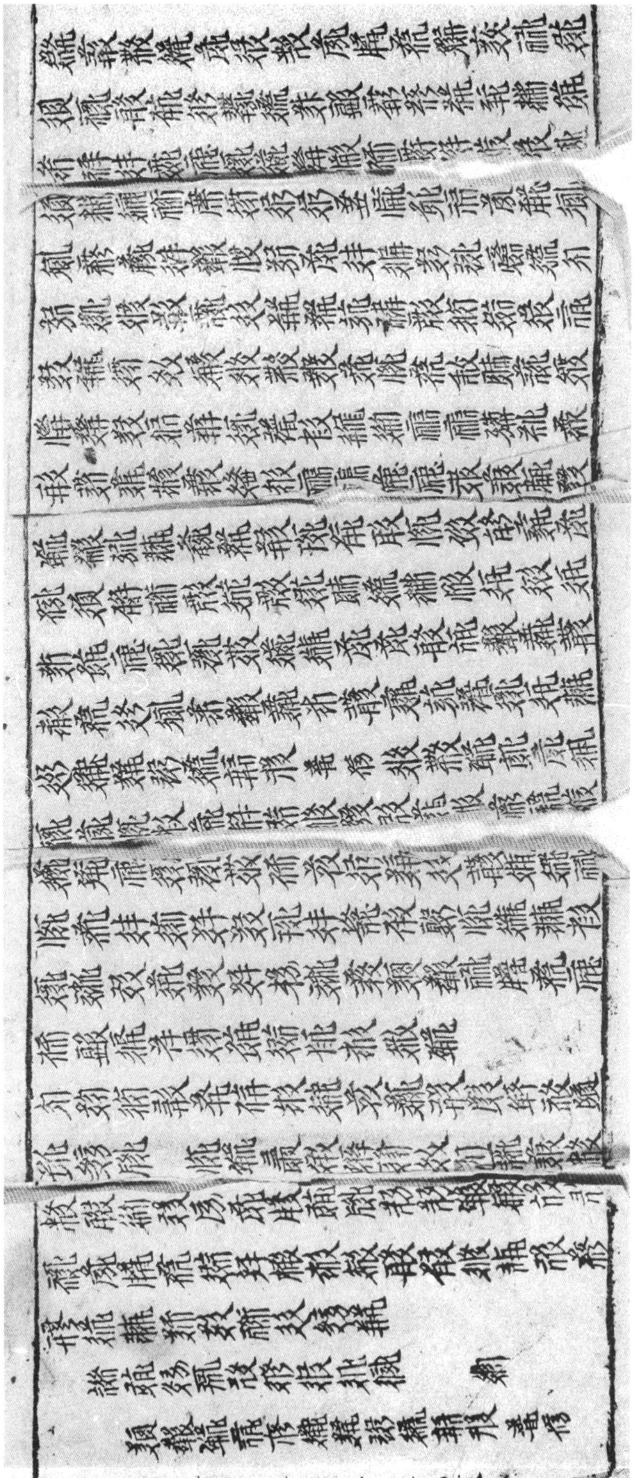

圖 15　白傘蓋佛母總持發願文

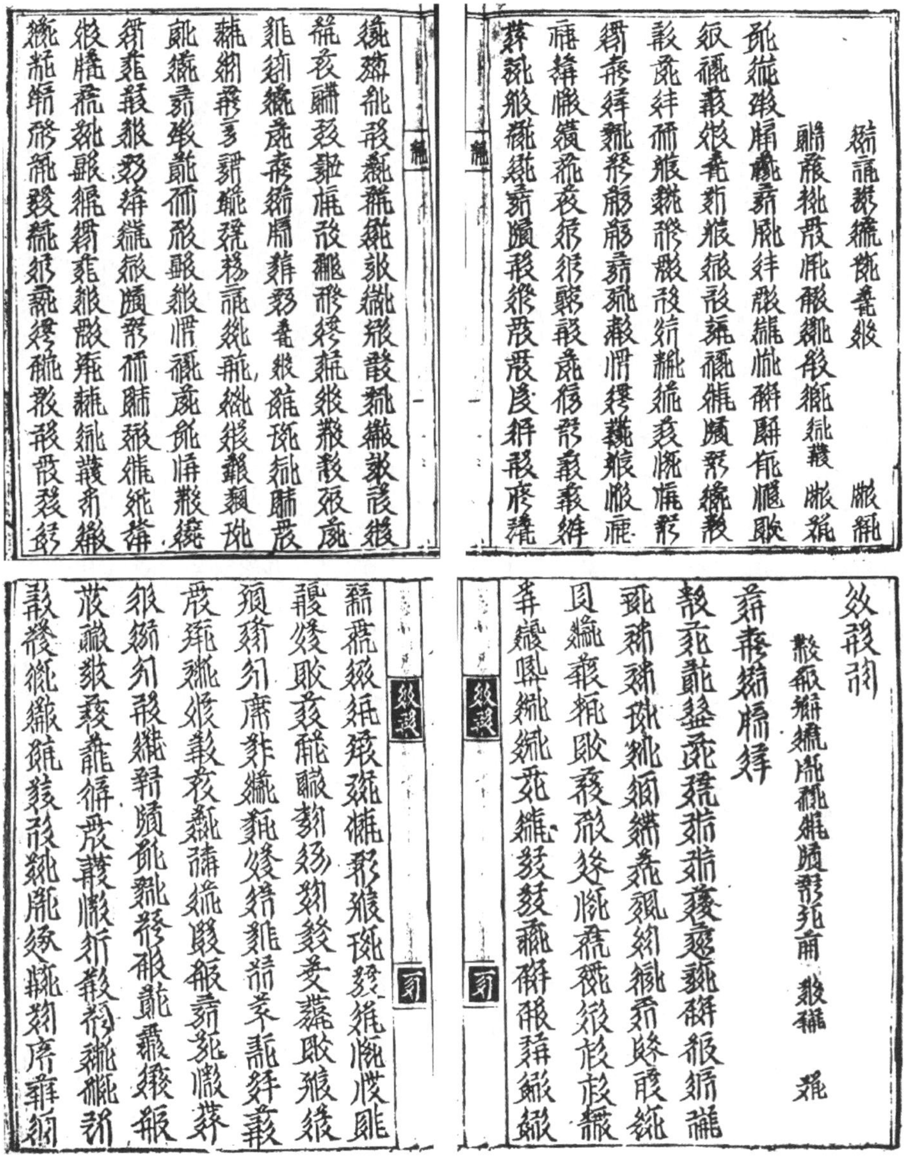

圖 16－1 賢智集

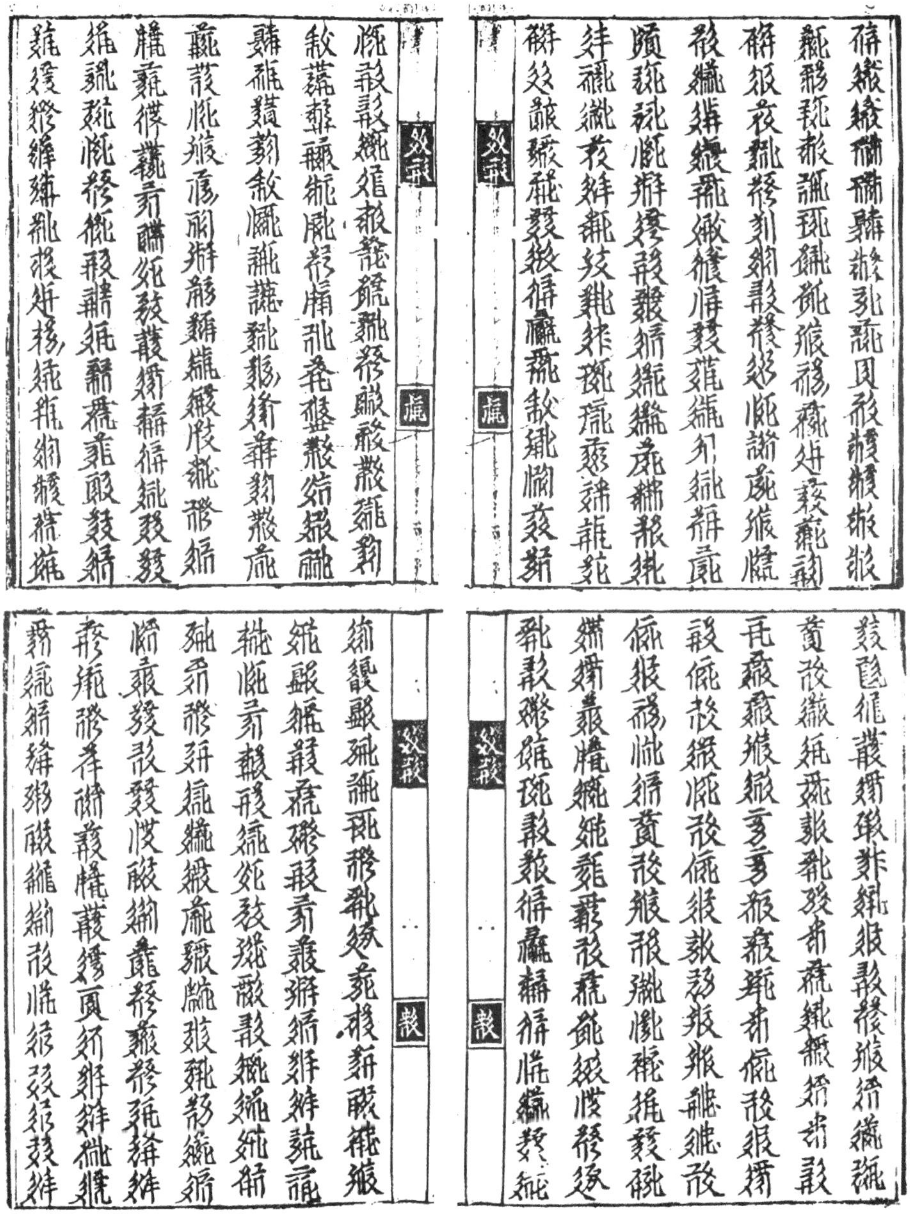

圖 16－2 賢智集

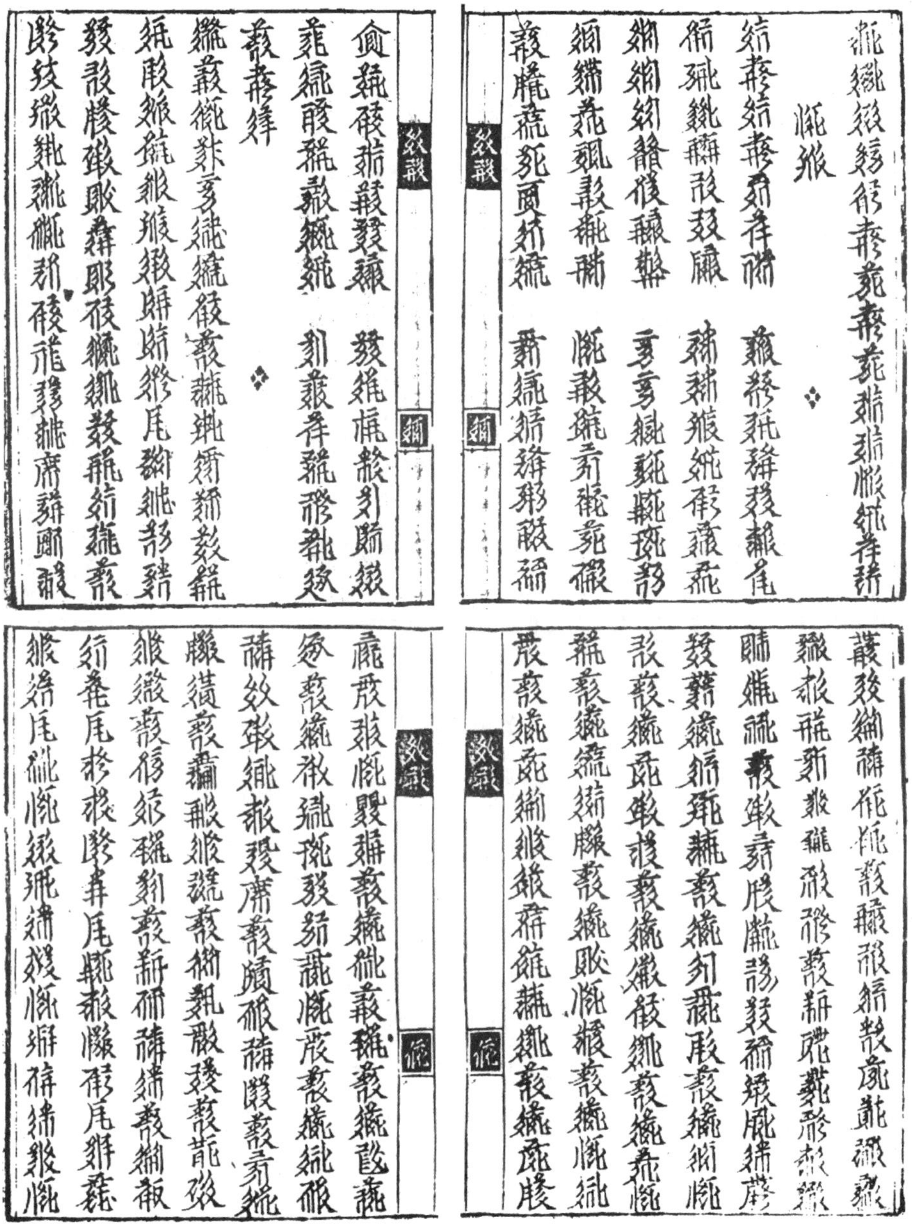

圖 16－3　賢智集

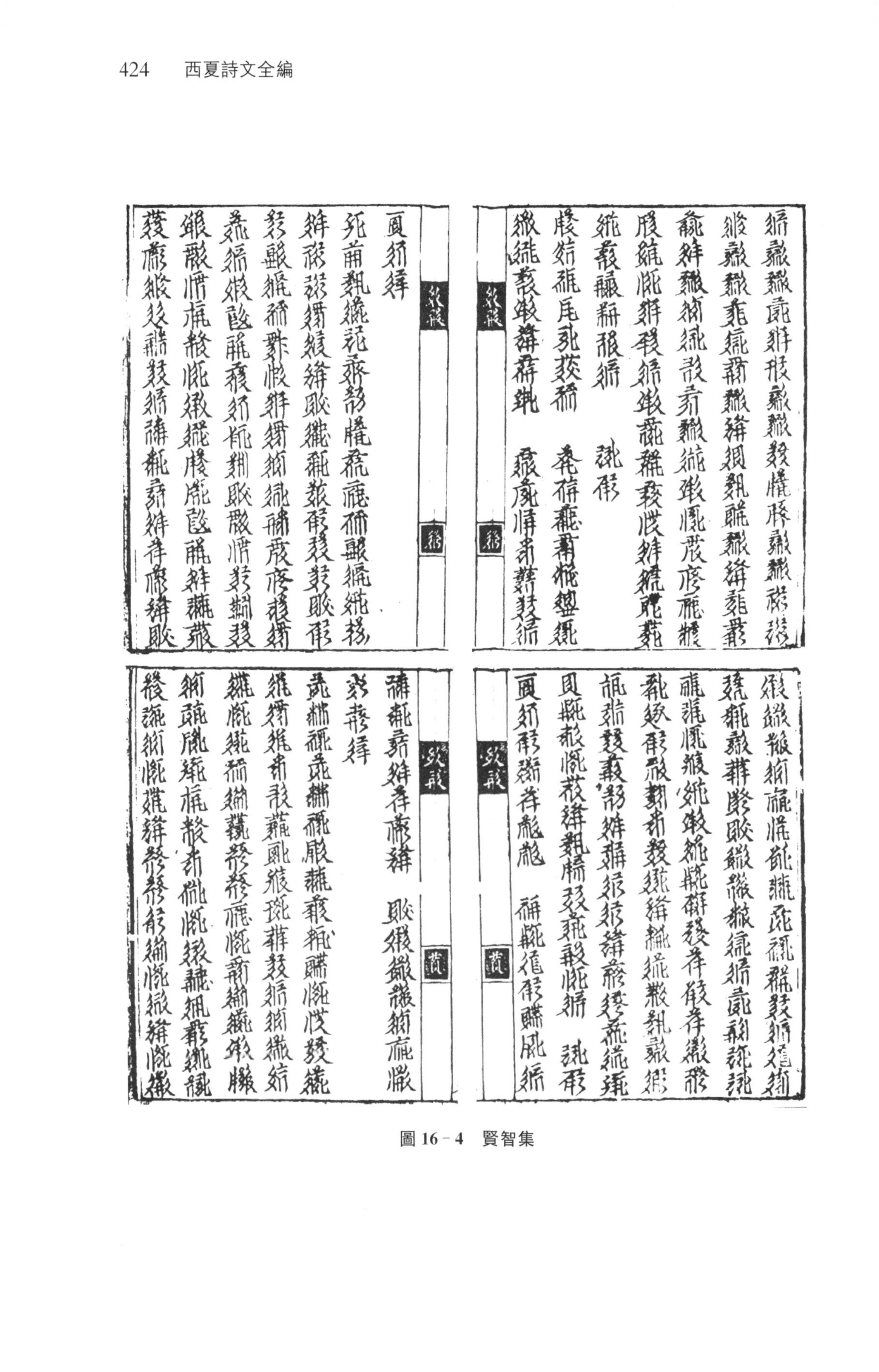

圖 16－4 賢智集

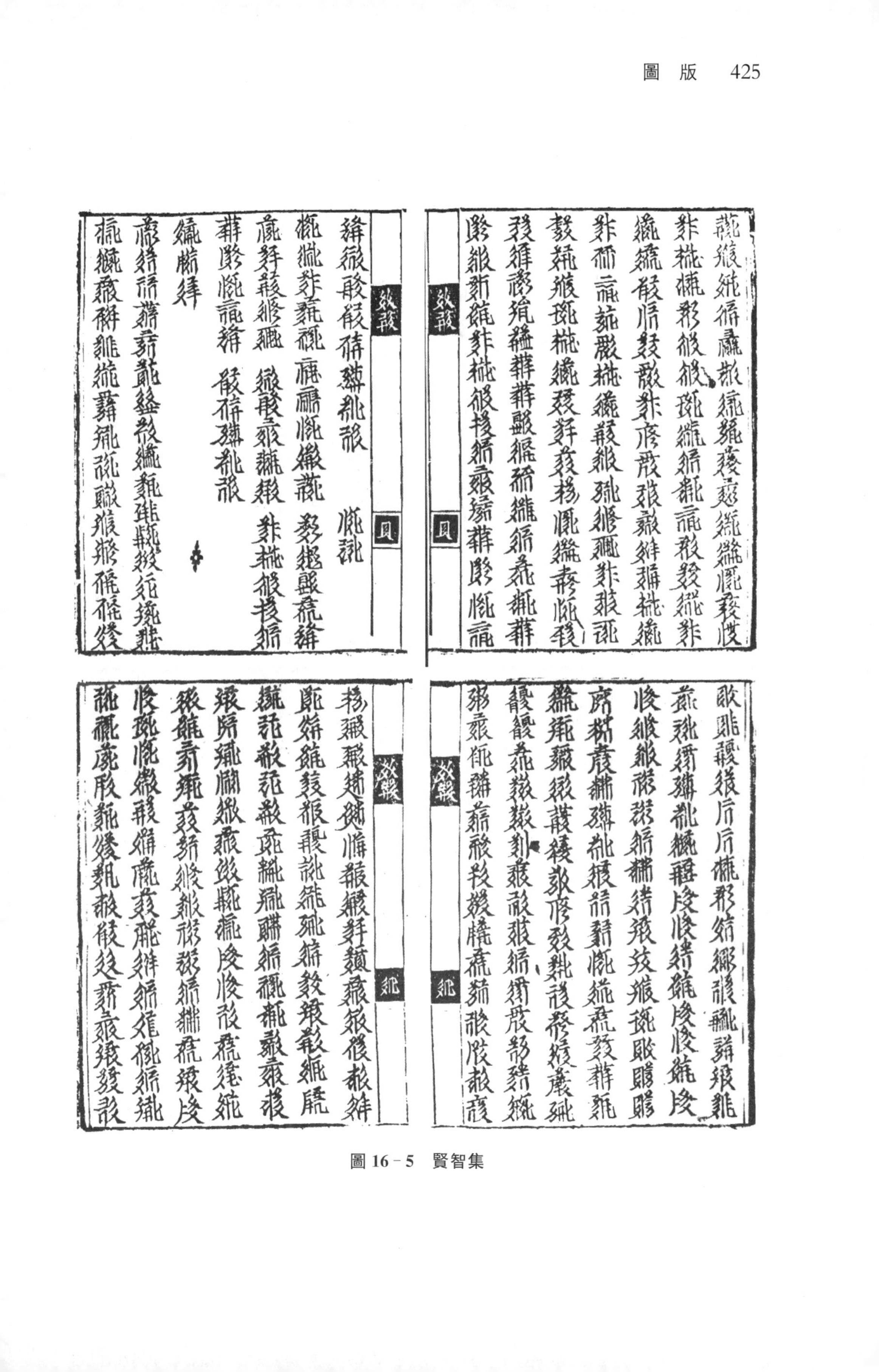

圖16－5 賢智集

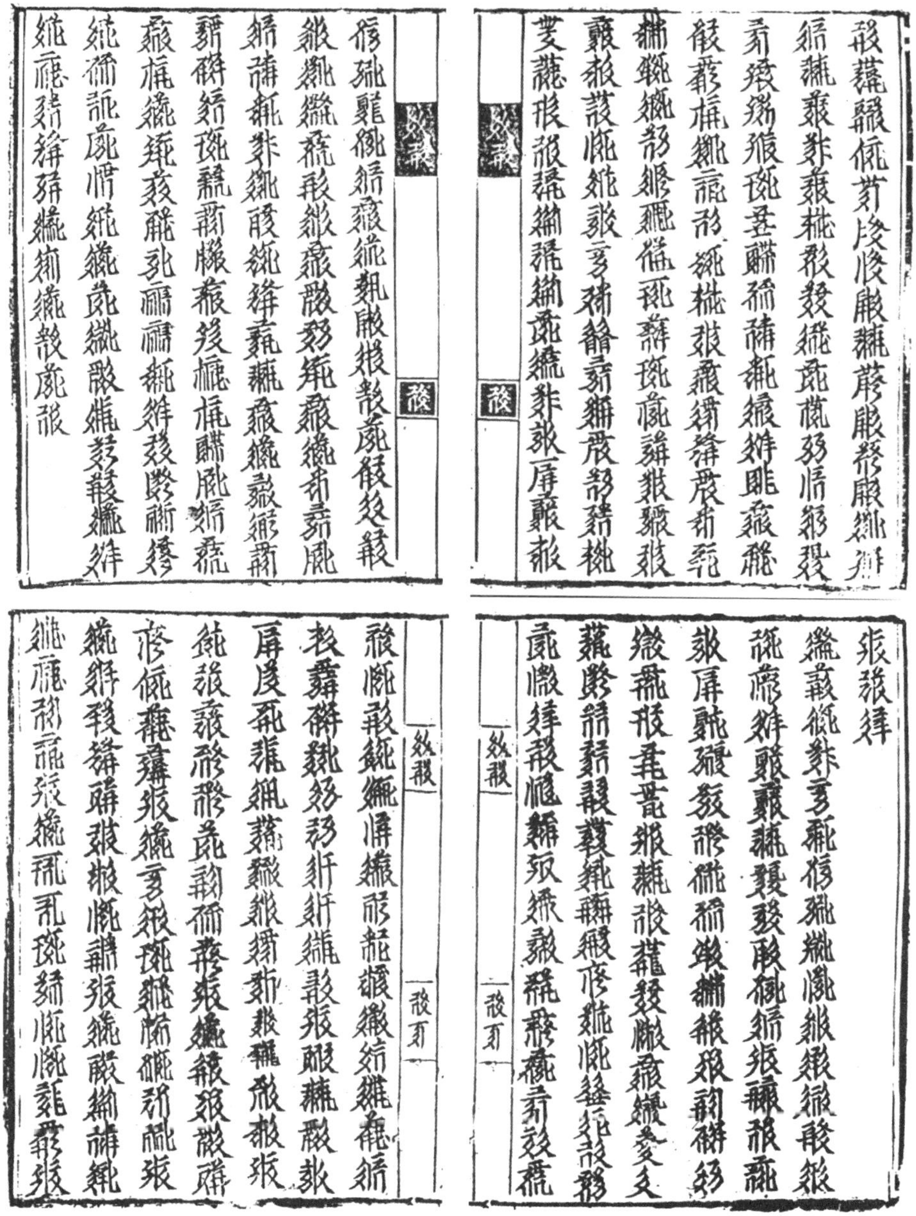

圖 16－6　賢智集

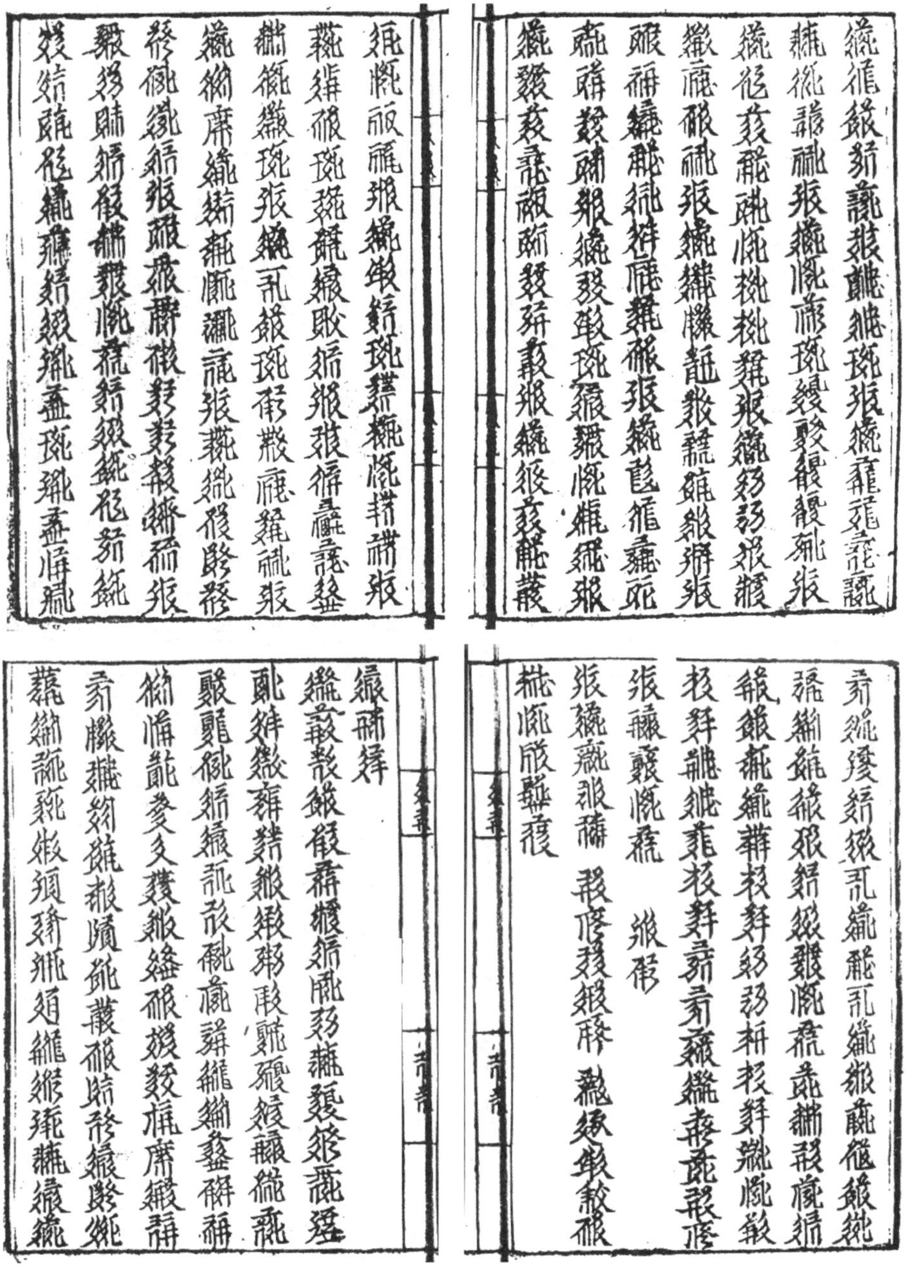

圖 16－7 賢智集

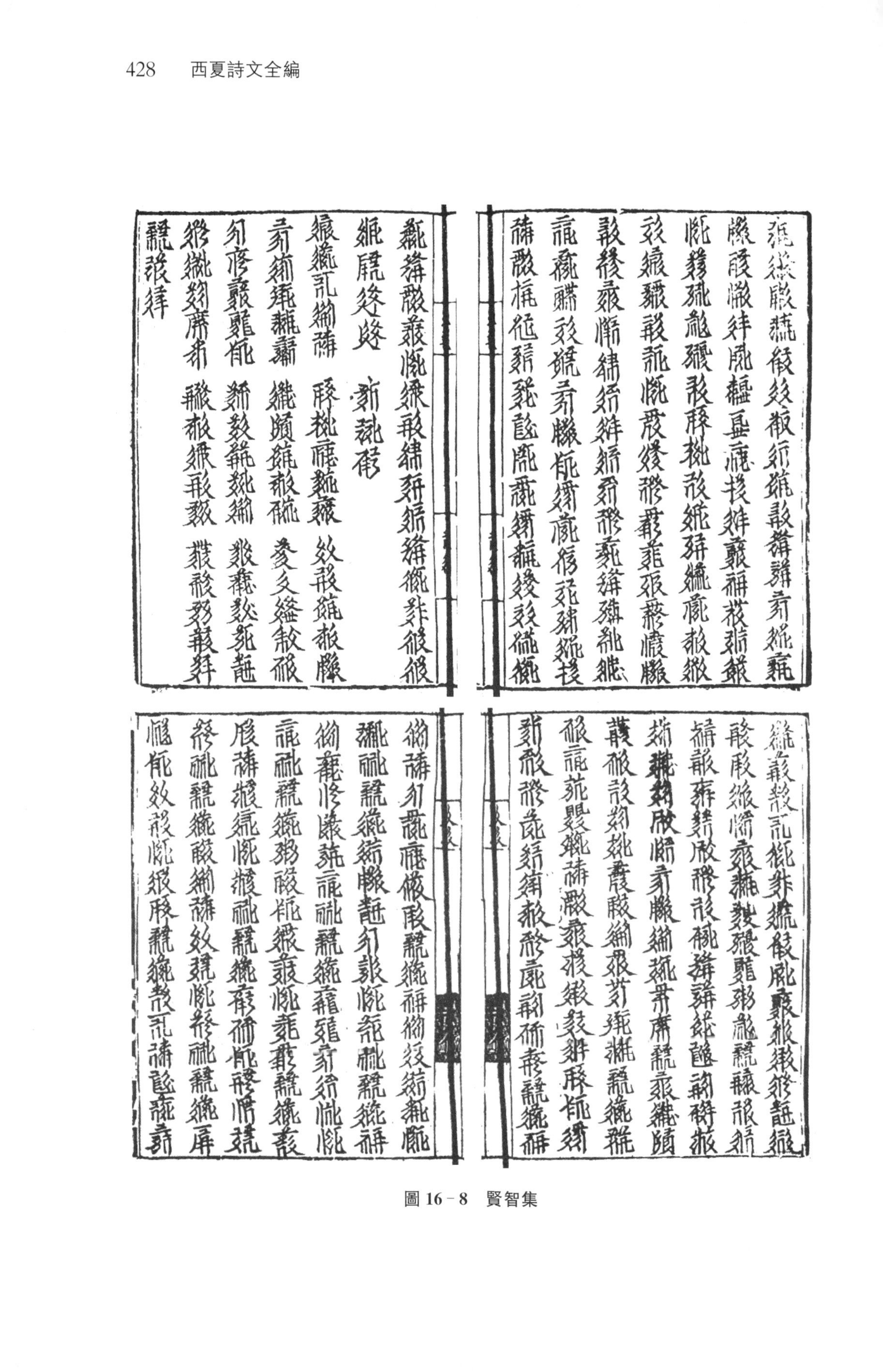

圖 16－8　賢智集

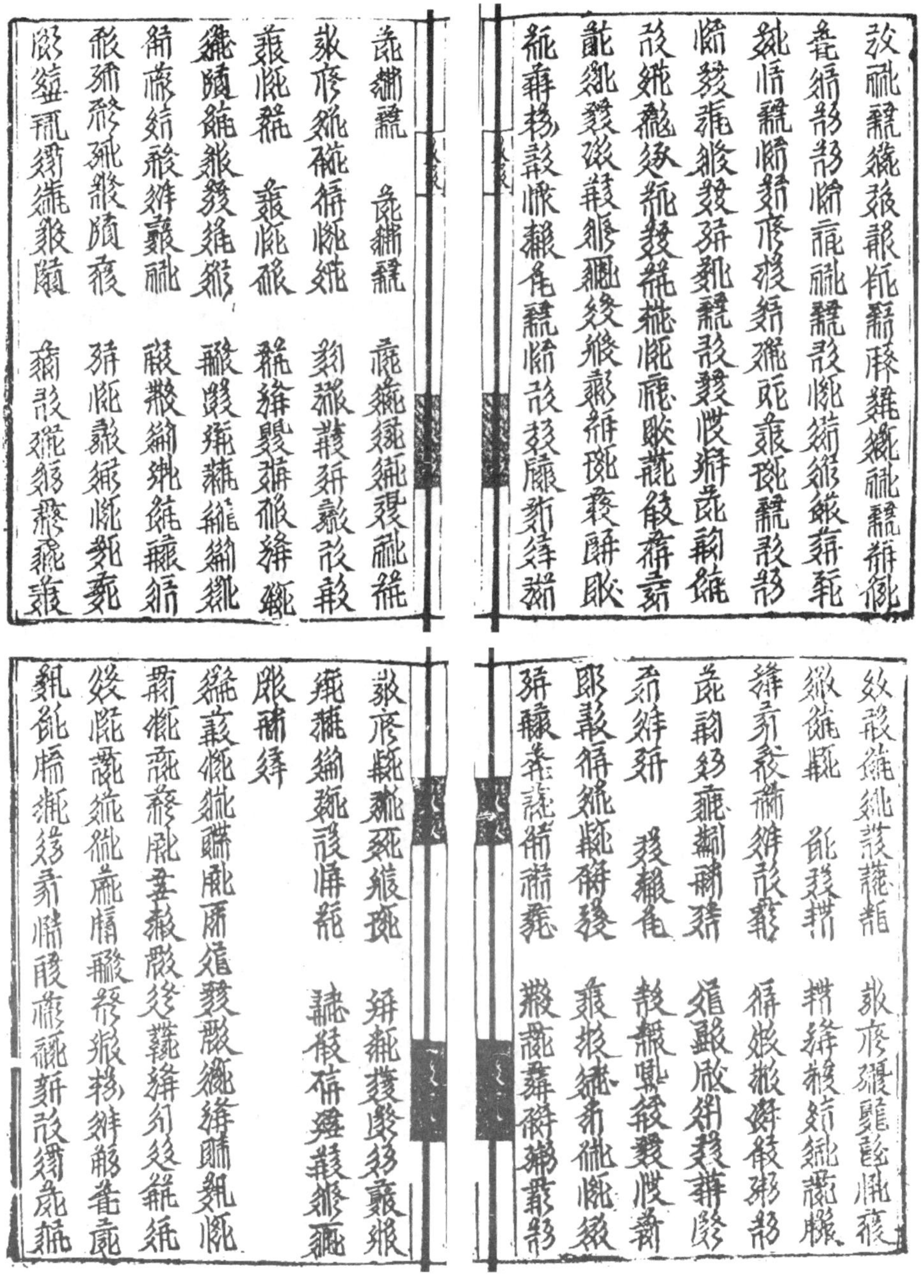

圖 16－9 賢智集

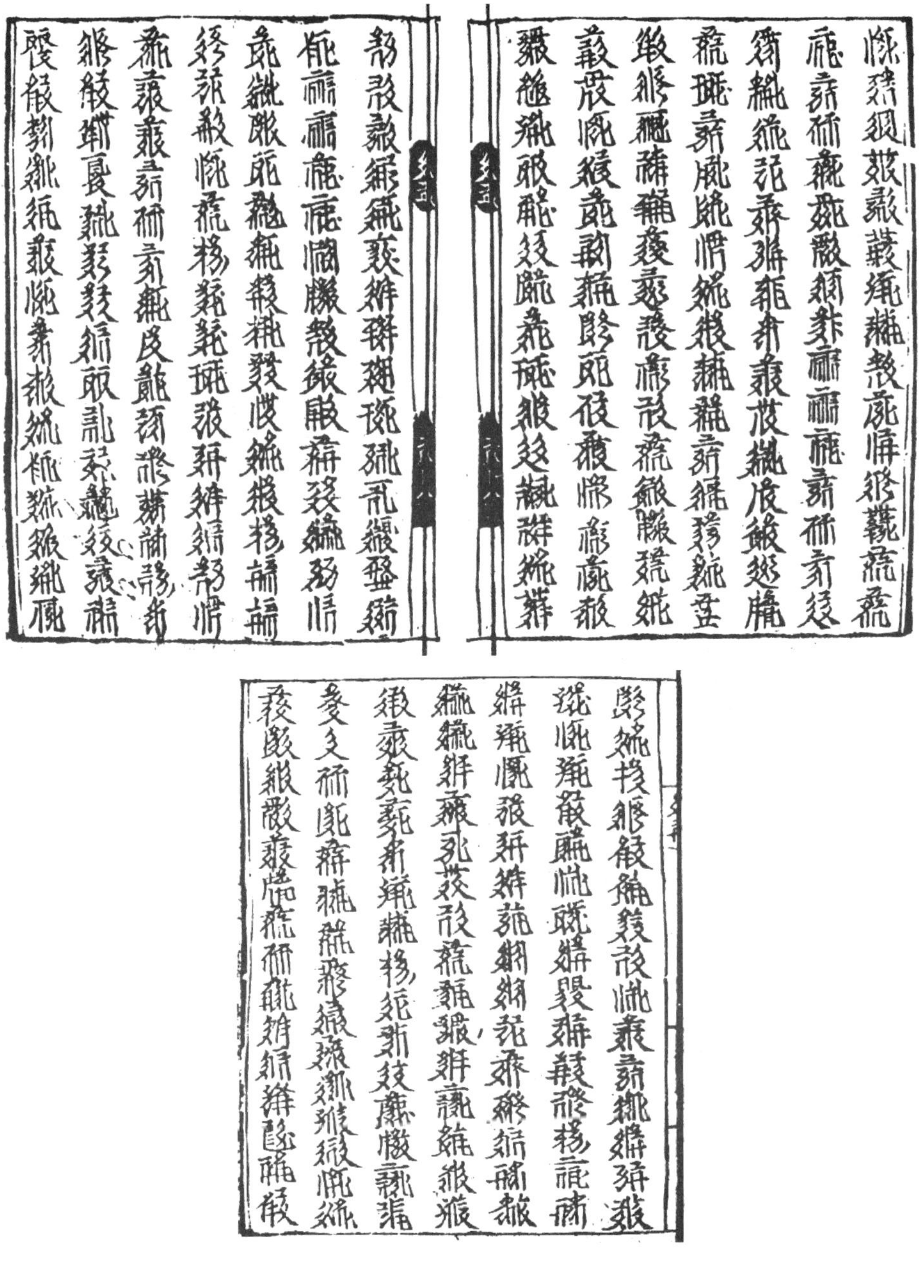

圖 16－10　賢智集

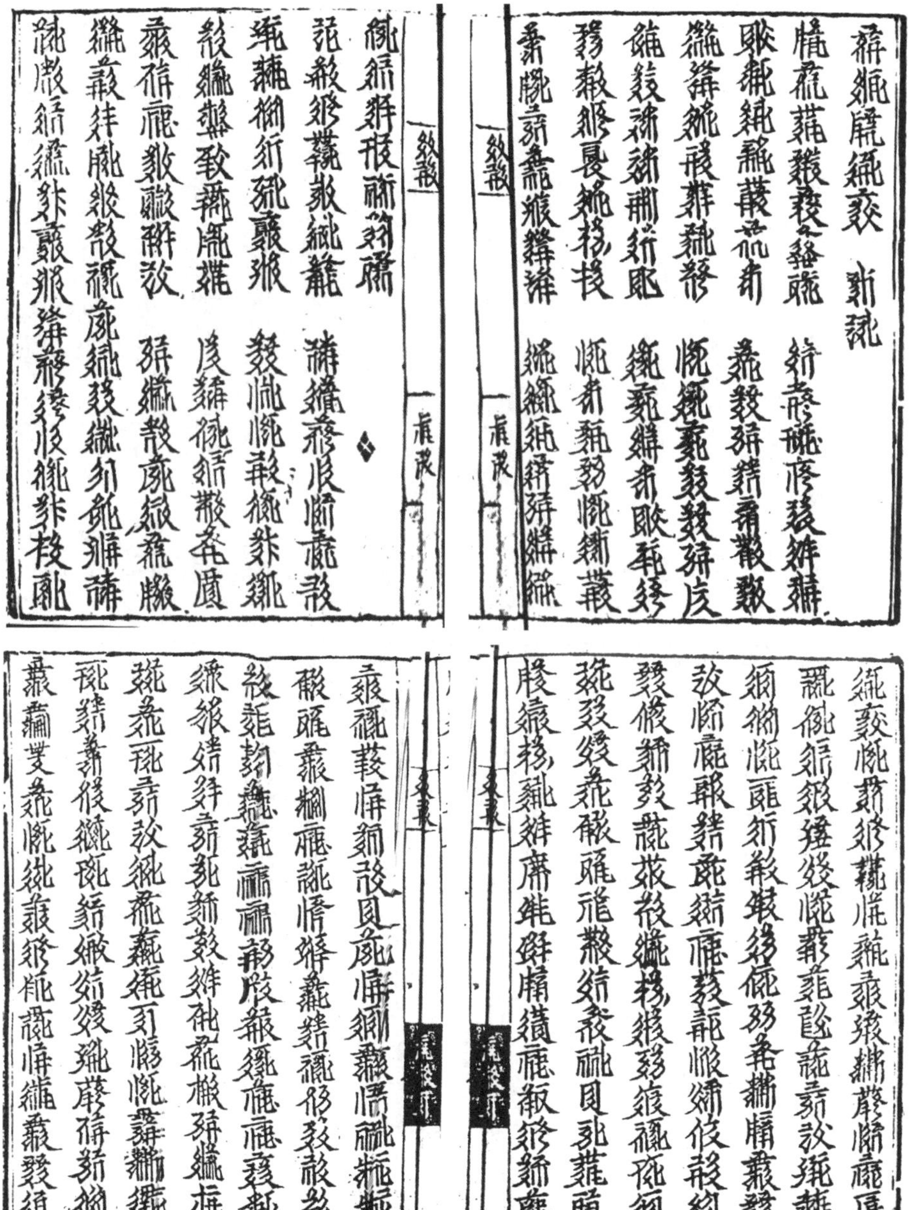

圖 16－11　賢智集

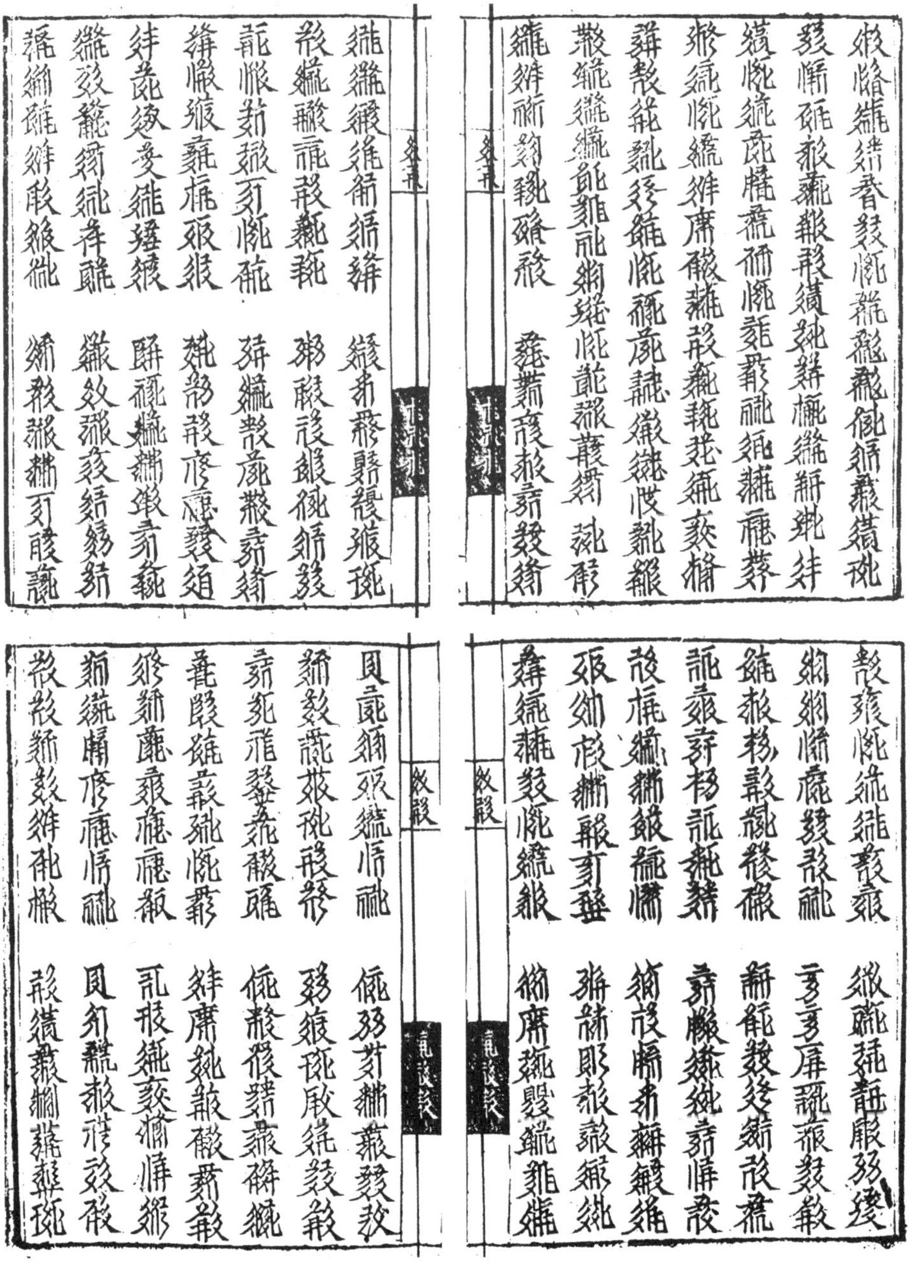

圖 16－12 賢智集

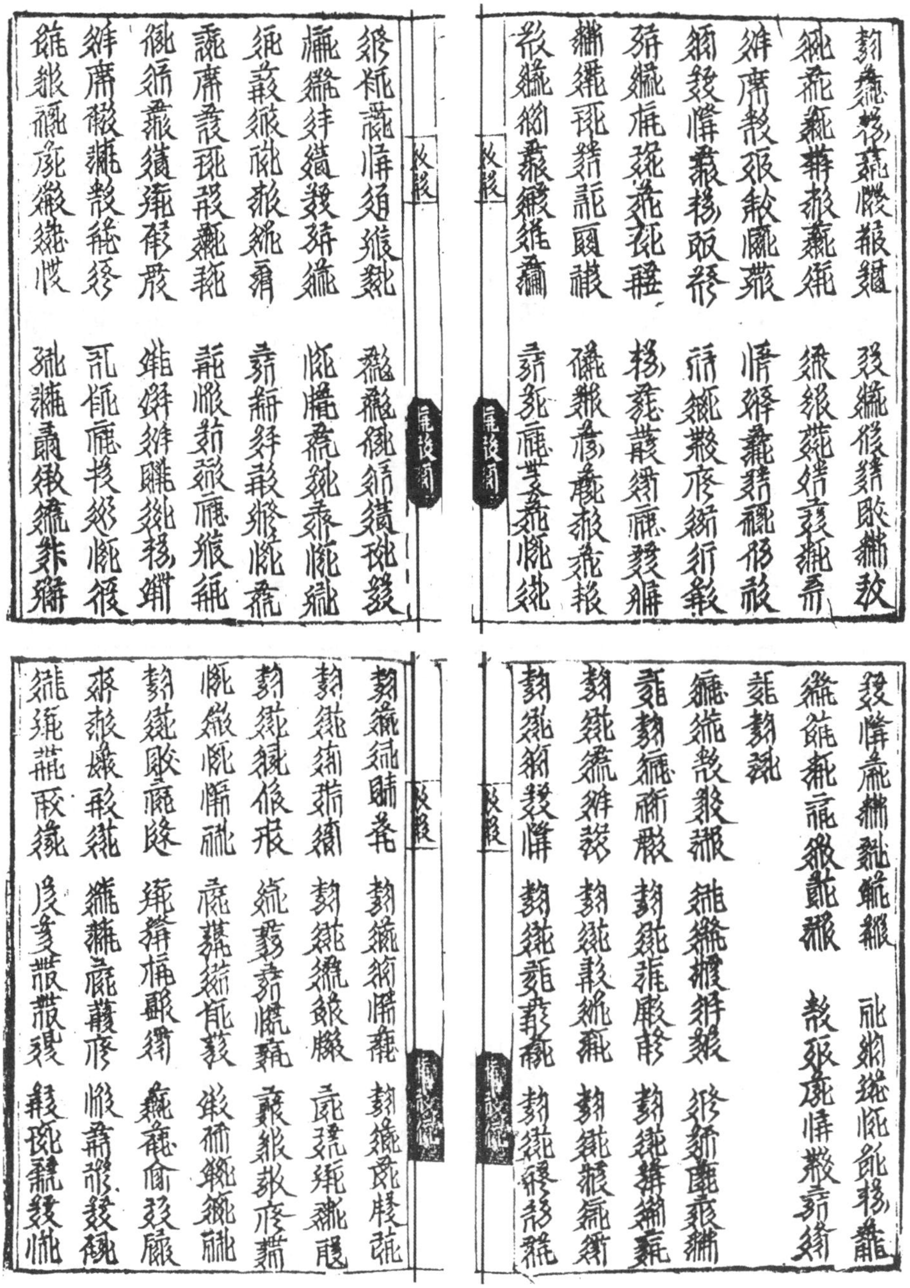

圖 16－13 賢智集

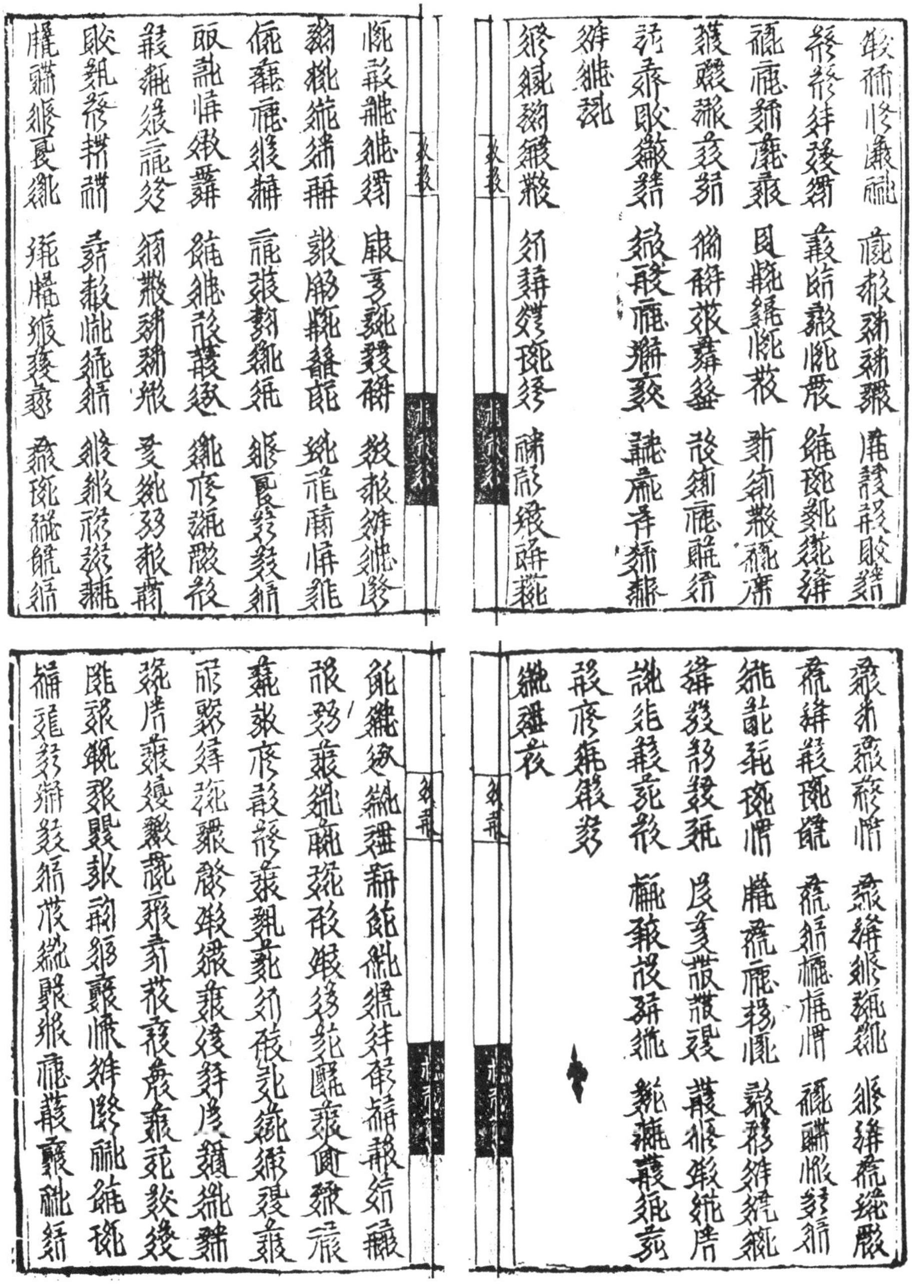

圖 16－14　賢智集

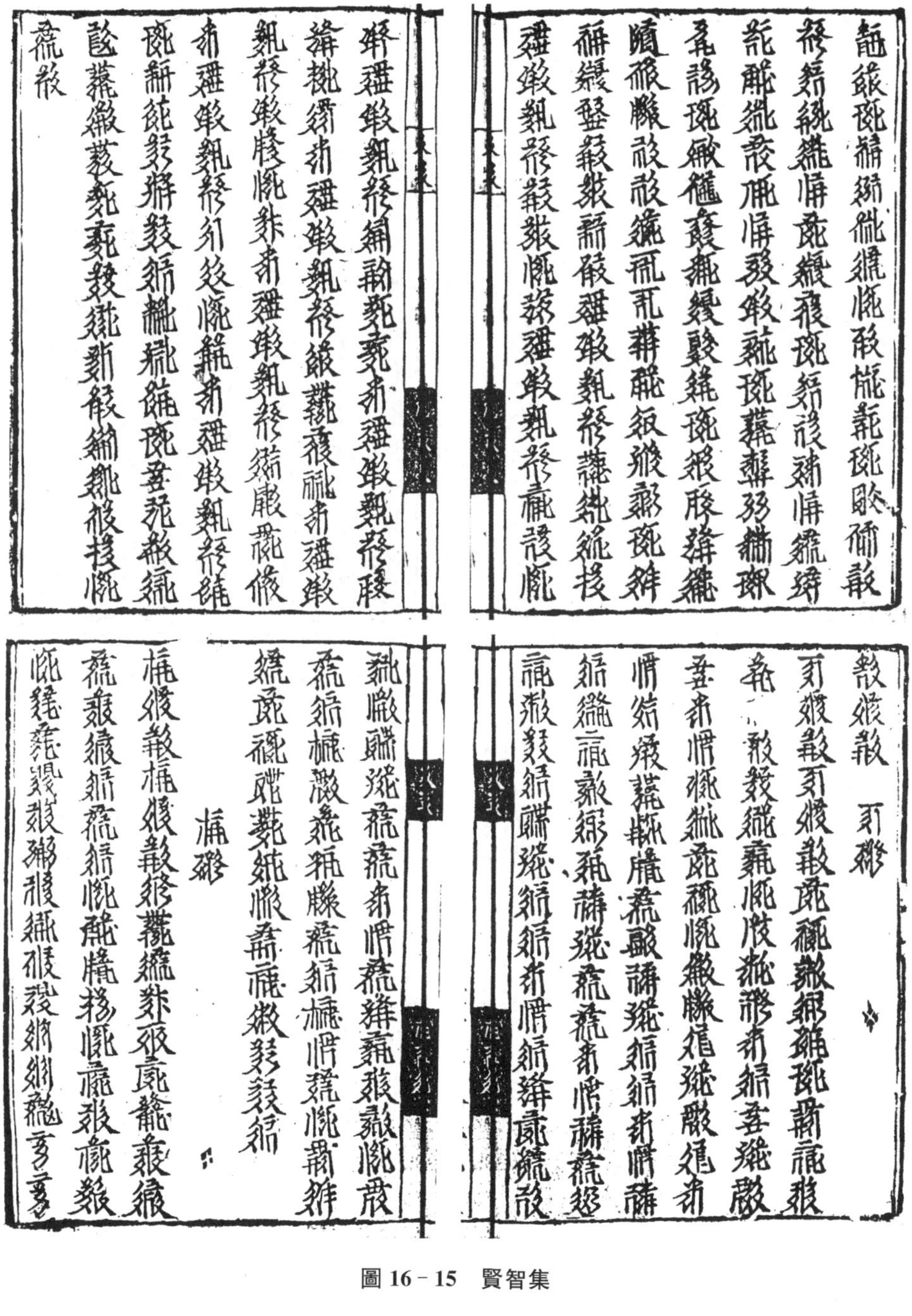

圖 16－15 賢智集

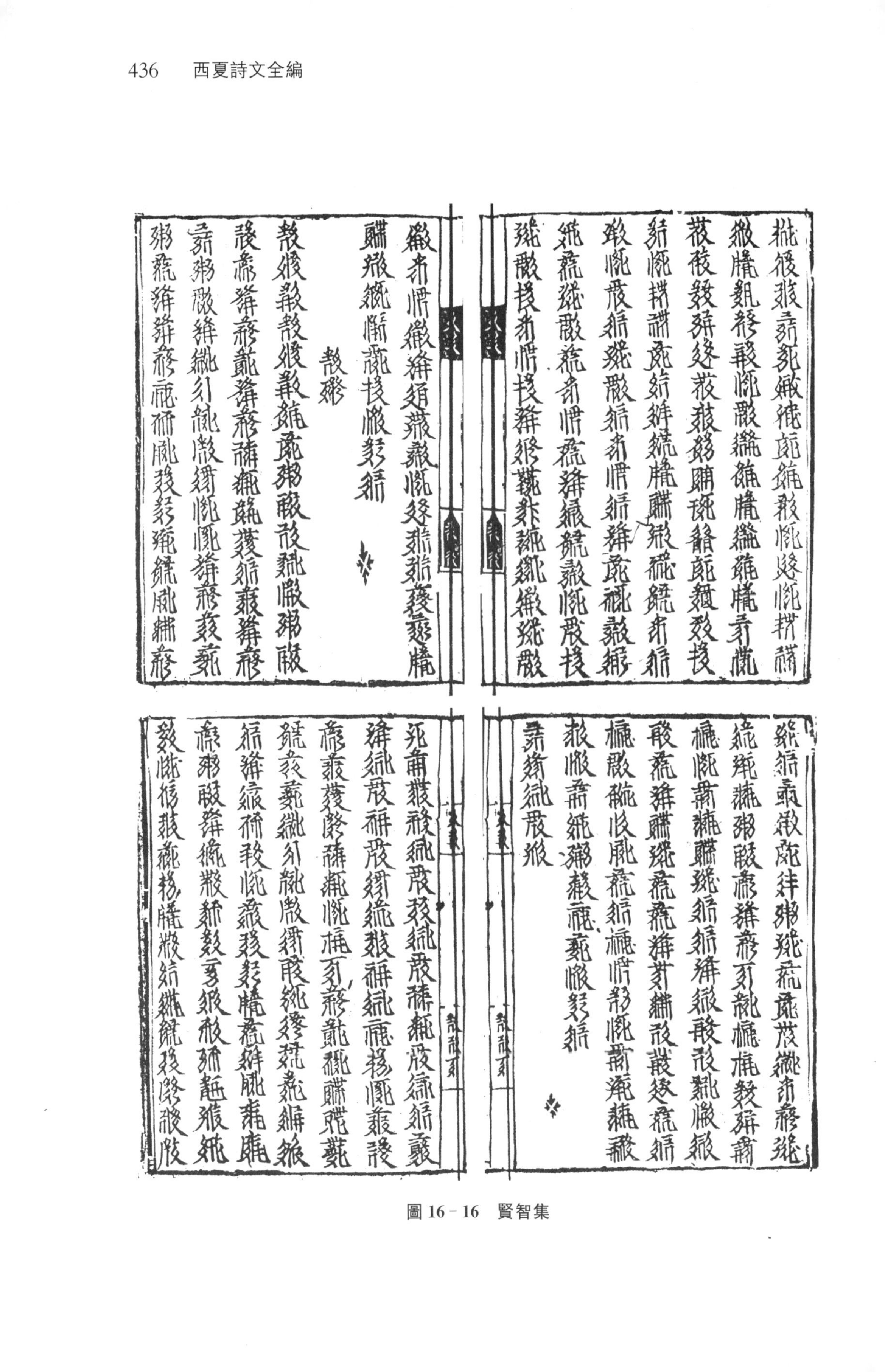

圖 16－16　賢智集

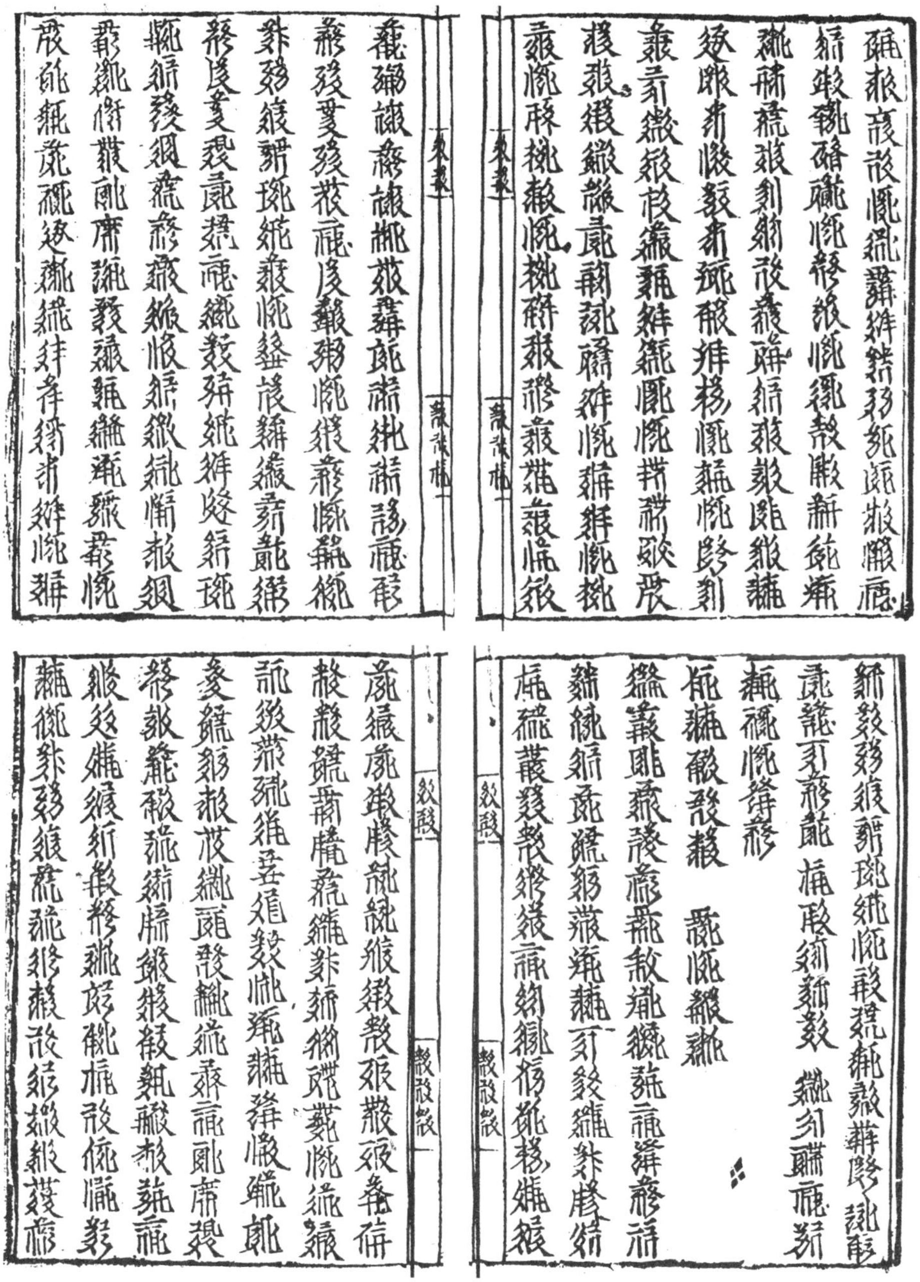

圖 16－17 賢智集

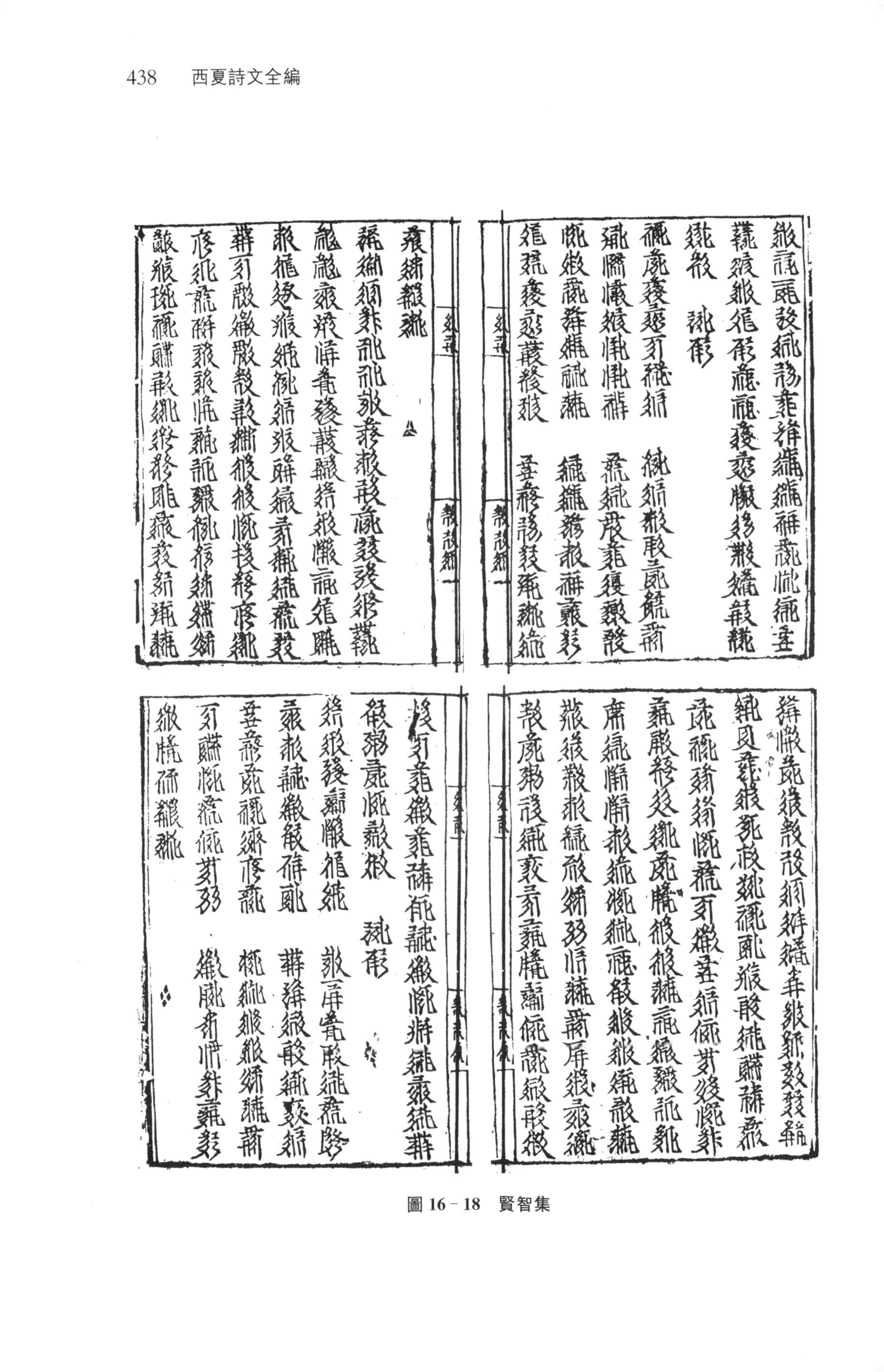

圖 16－18　賢智集

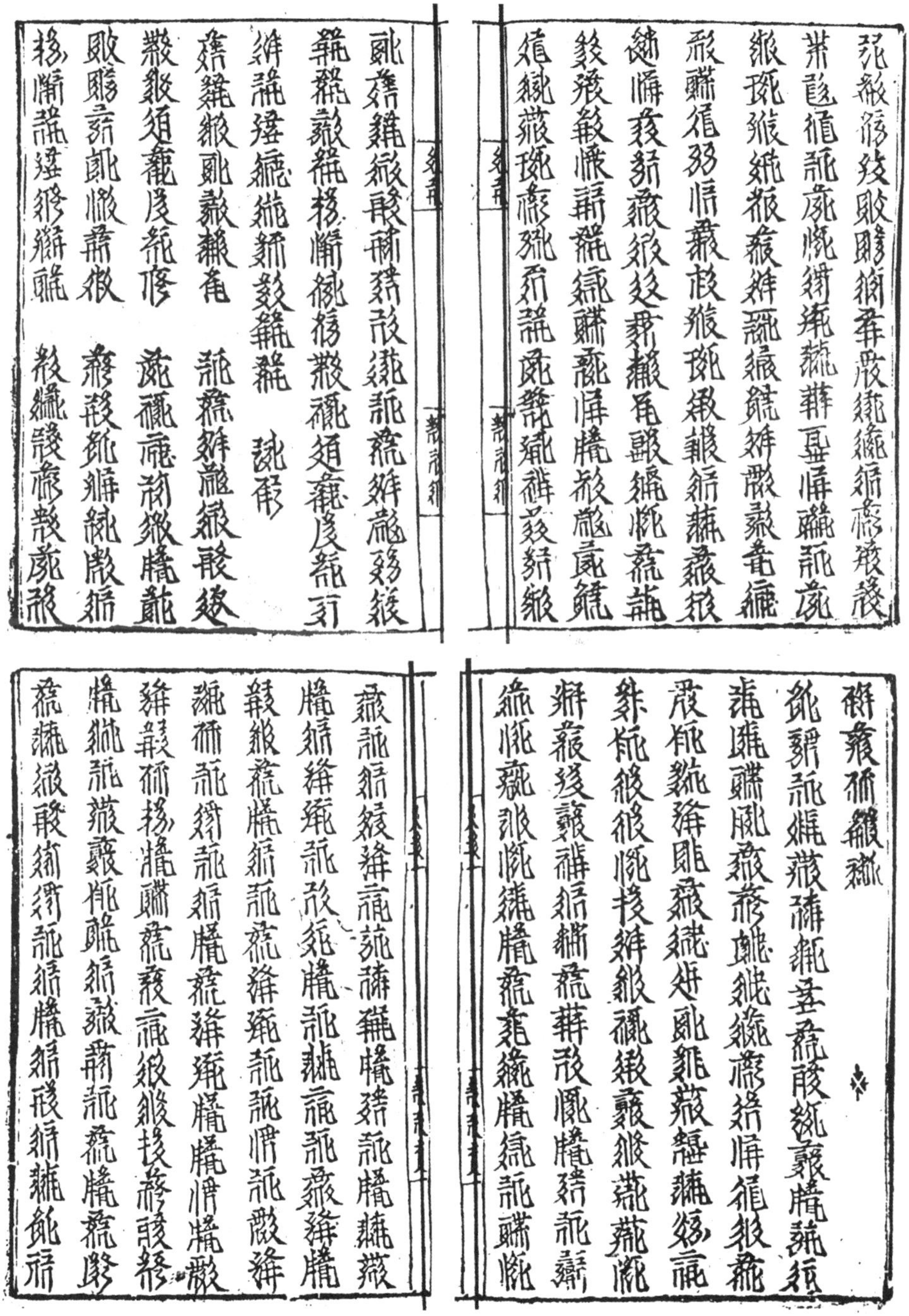

圖 16－19 賢智集

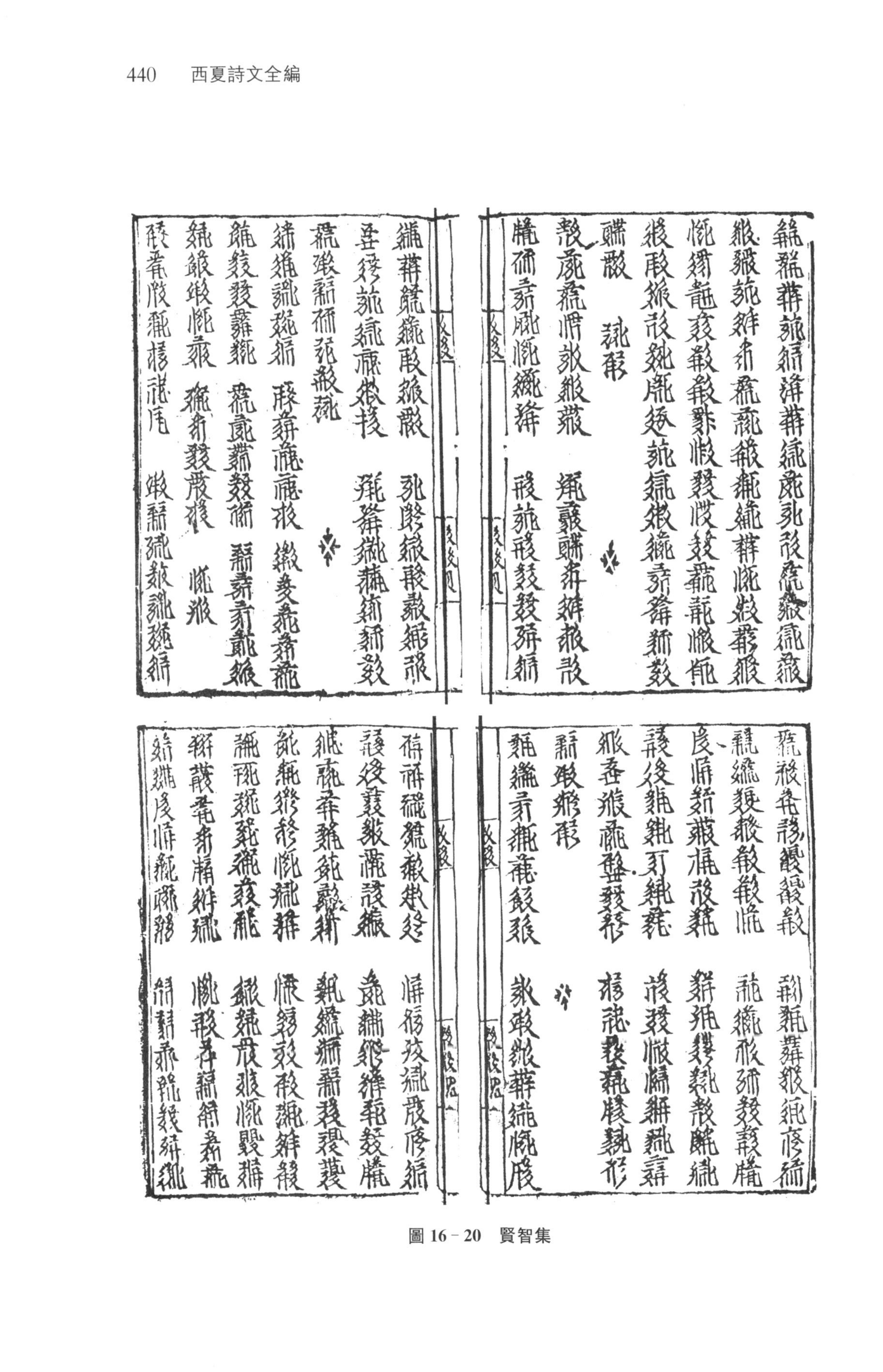

圖 16－20 賢智集

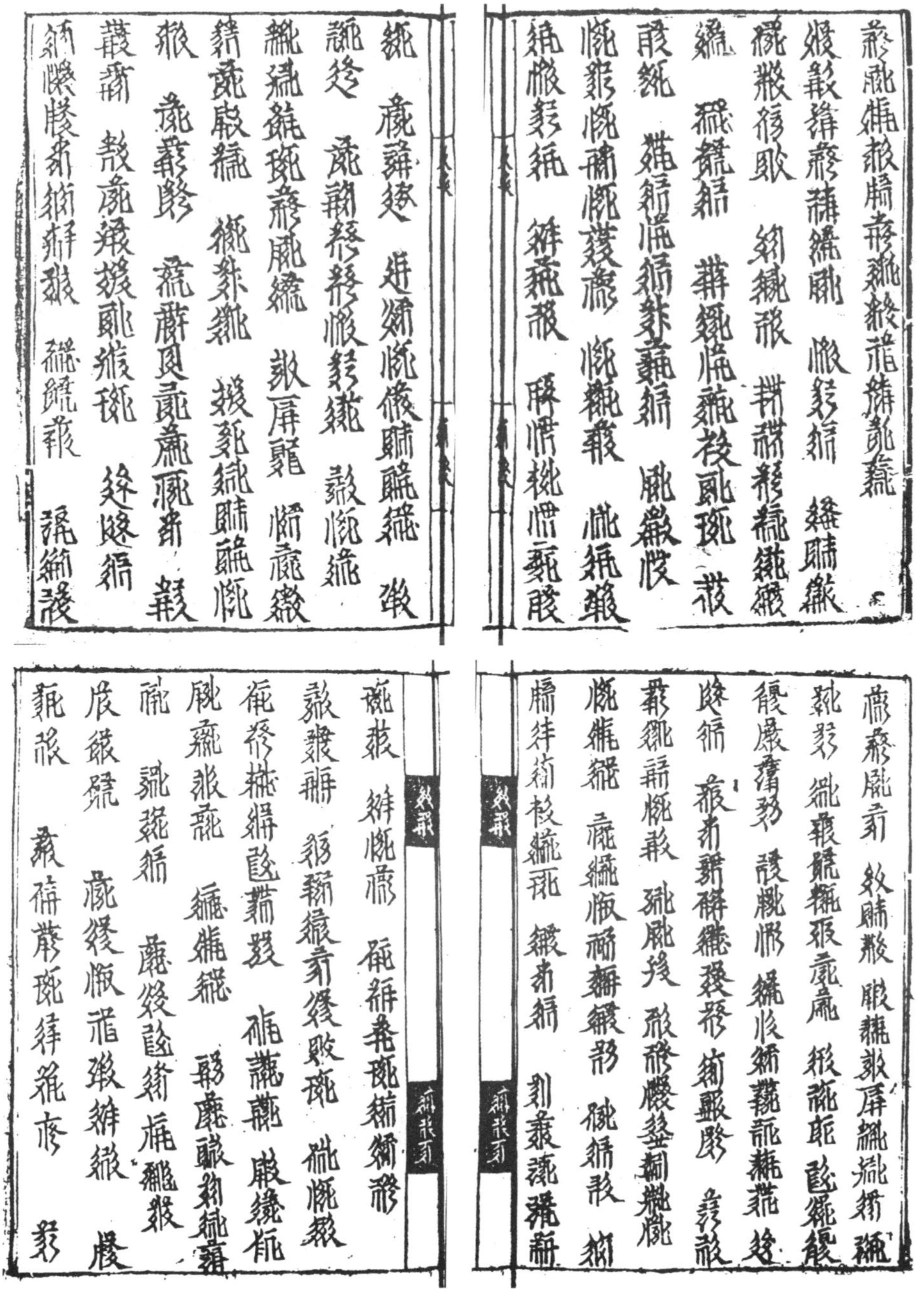

圖 16－21 賢智集

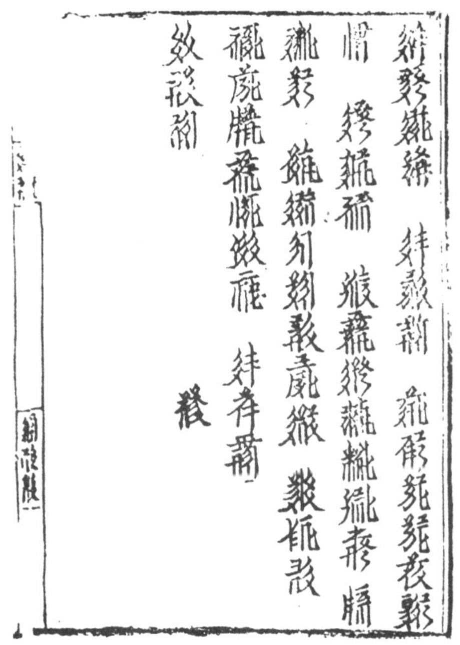

圖 16－22　賢智集

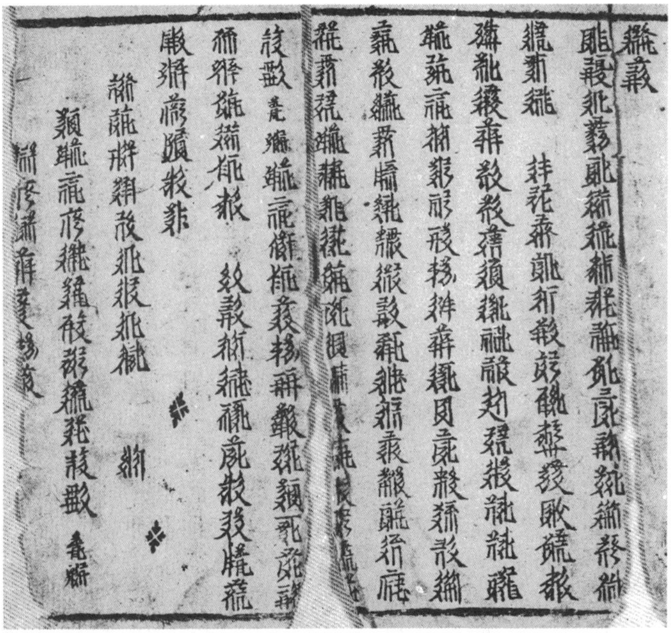

圖 17　佛説聖曜母陀羅尼經發願文

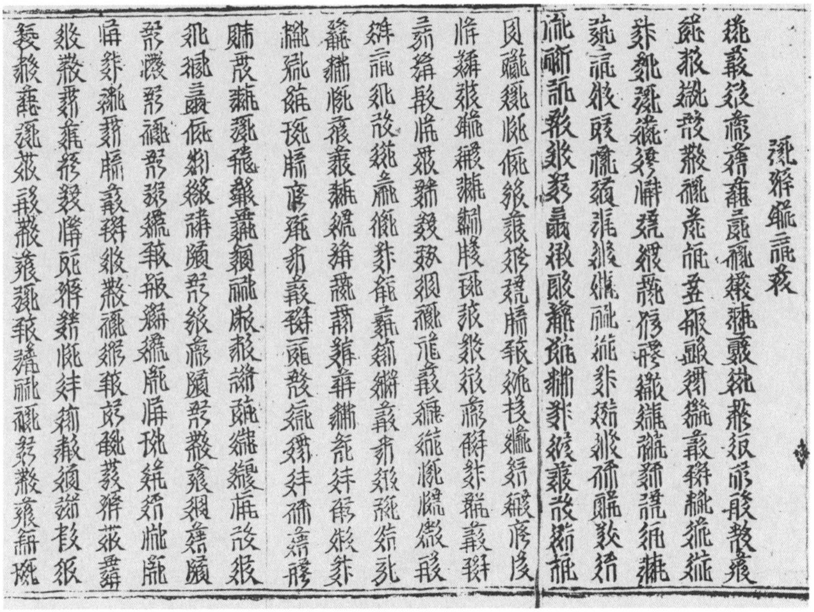

圖 18－1　觀彌勒菩薩上生兜率天經施經發願文

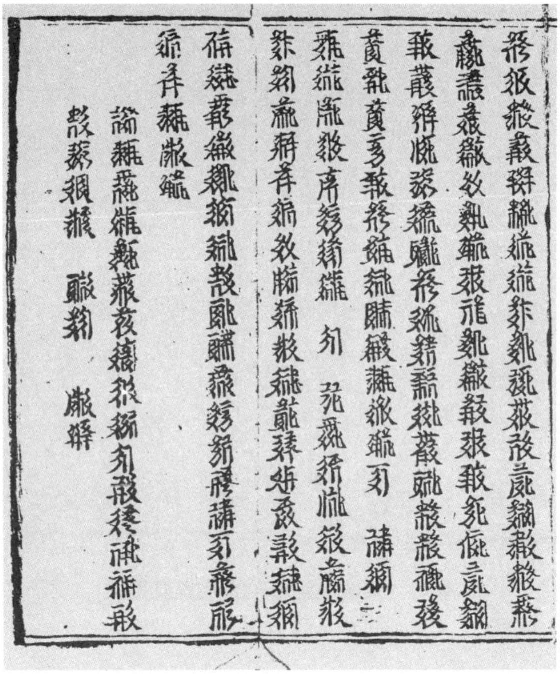

圖 18－2　觀彌勒菩薩上生兜率天經施經發願文

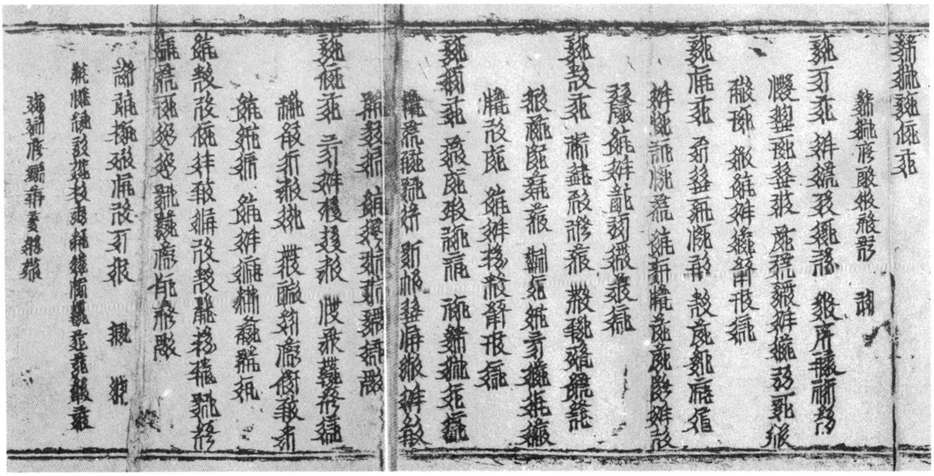

圖 19　三十五佛等十三部卷尾

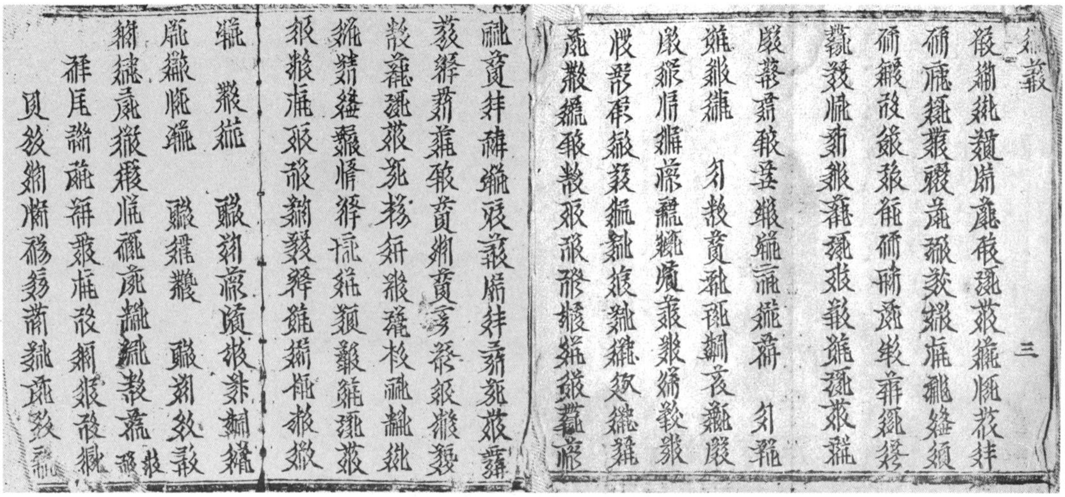

**圖 20　拔濟苦難陀羅尼經發願文**

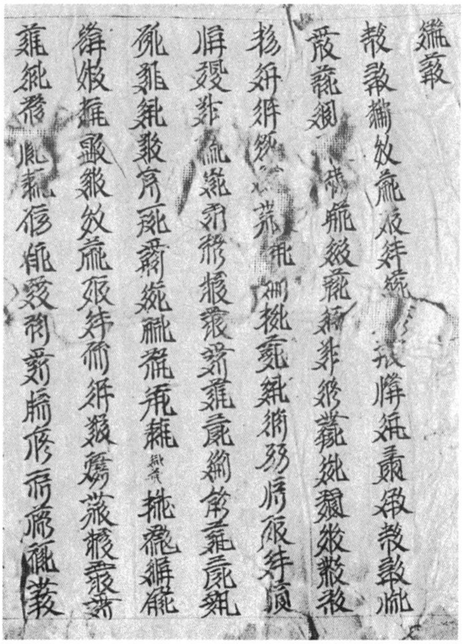

**圖 21　過去未來現在賢劫千佛廣大供養次第儀序**

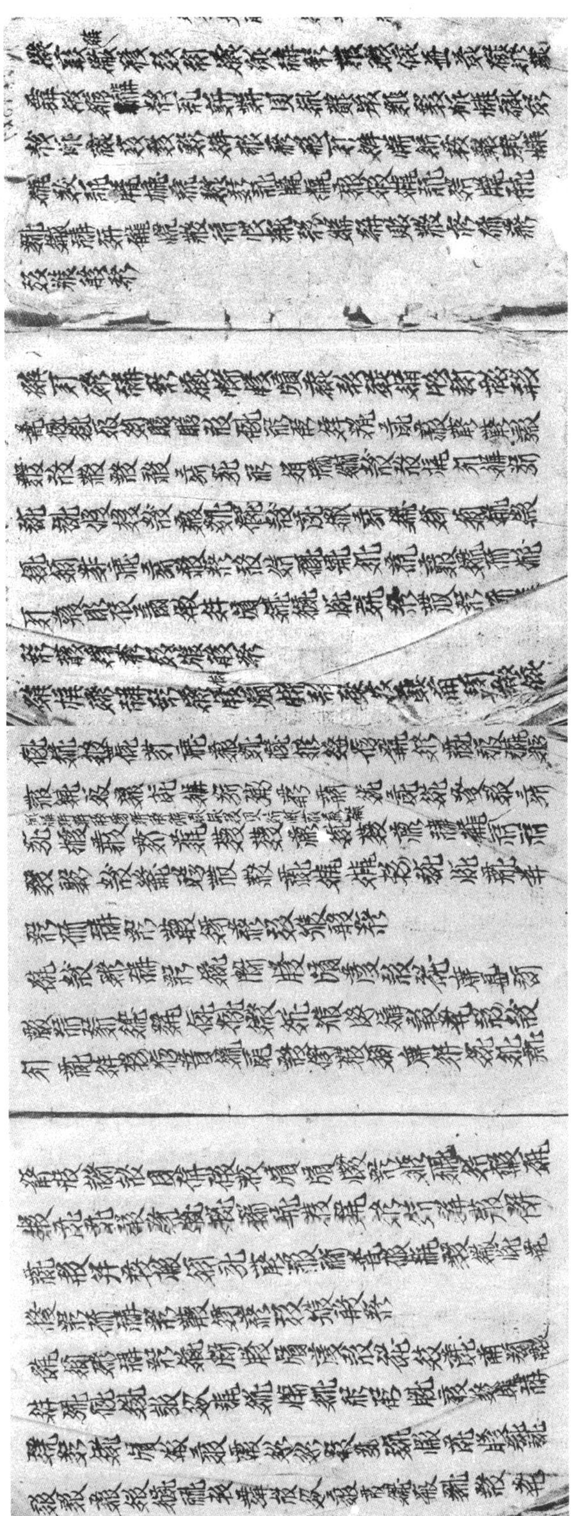

圖 22－1　大印究竟要集序

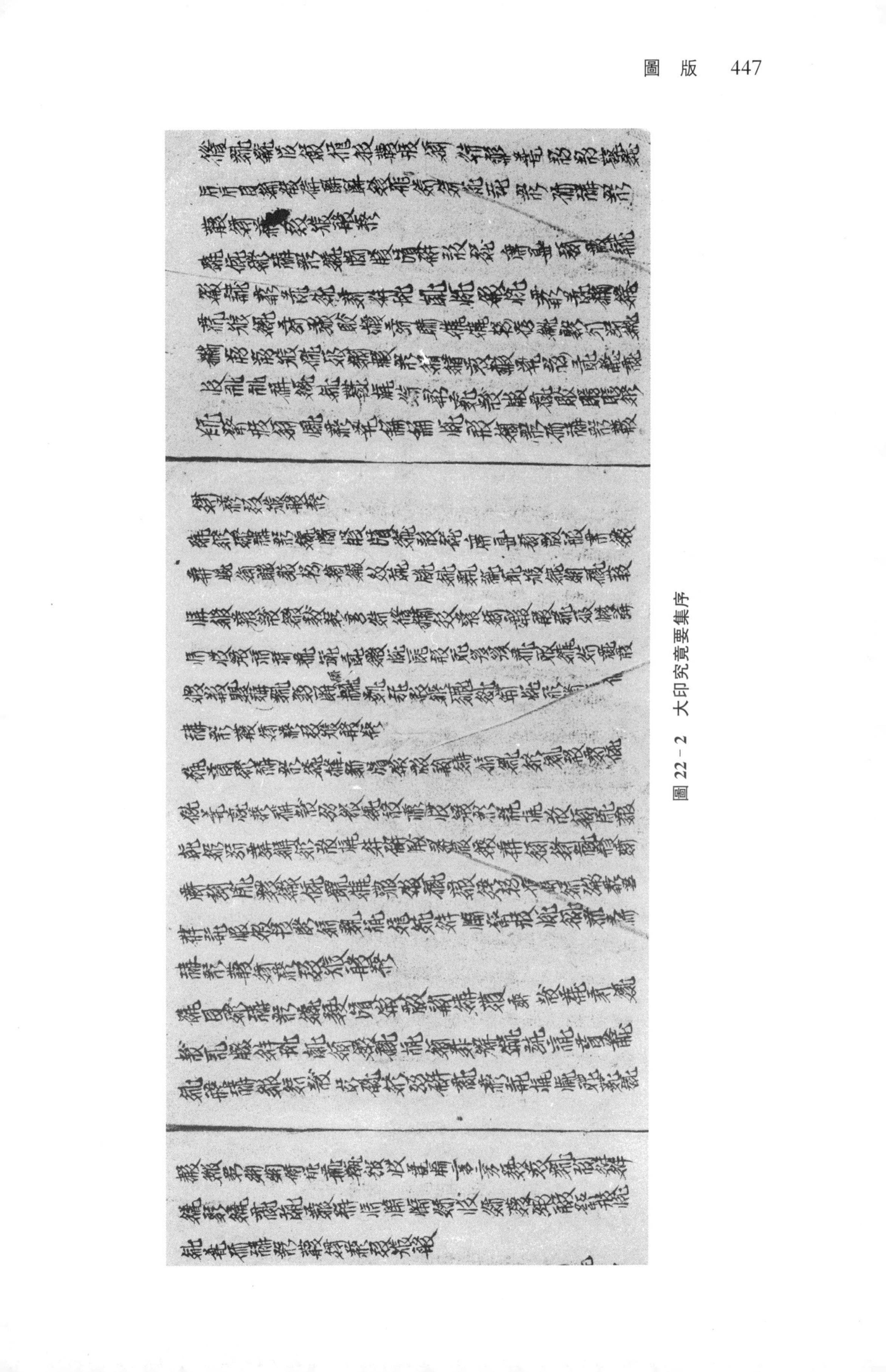

圖 22－2 大印究竟要集序

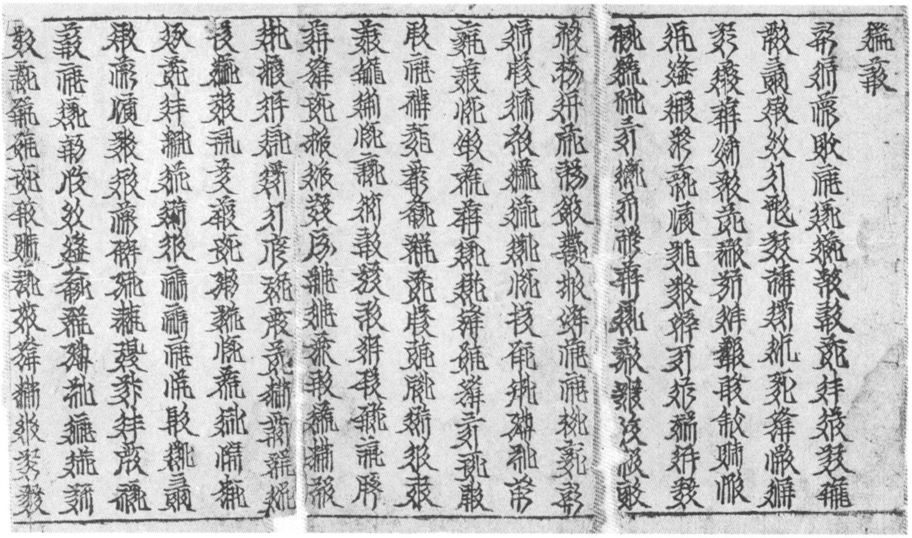

圖 23　無垢净光總持後序

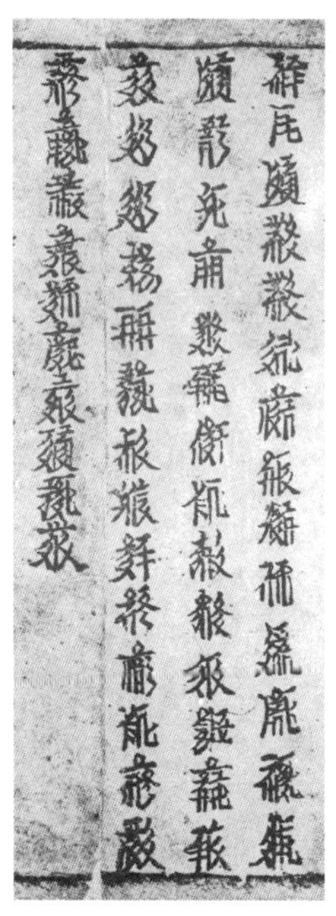

圖 24　金剛般若波羅蜜多經題記其一

圖 25　金剛般若波羅蜜多經題記其二

圖 26　聖勝慧到彼岸功德寶集偈後序

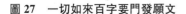

圖 27　一切如來百字要門發願文

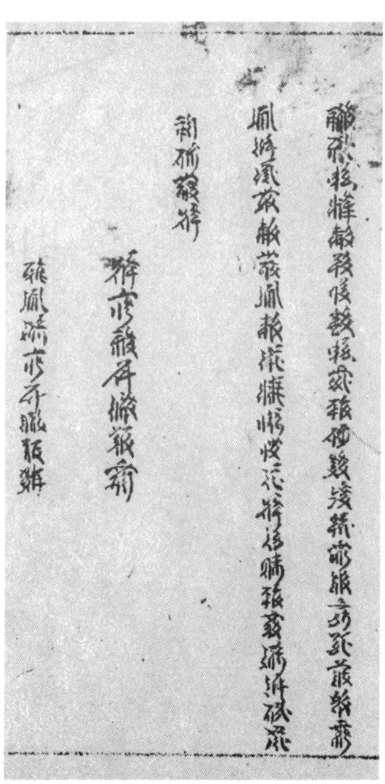

圖 28　聖佛母般若心經並持誦要門施經題記

圖 29　等持集品譯經題記

圖 30　仁王護國般若波羅蜜多經校譯跋

圖 31－1　仁王護國般若波羅蜜多經後序願文

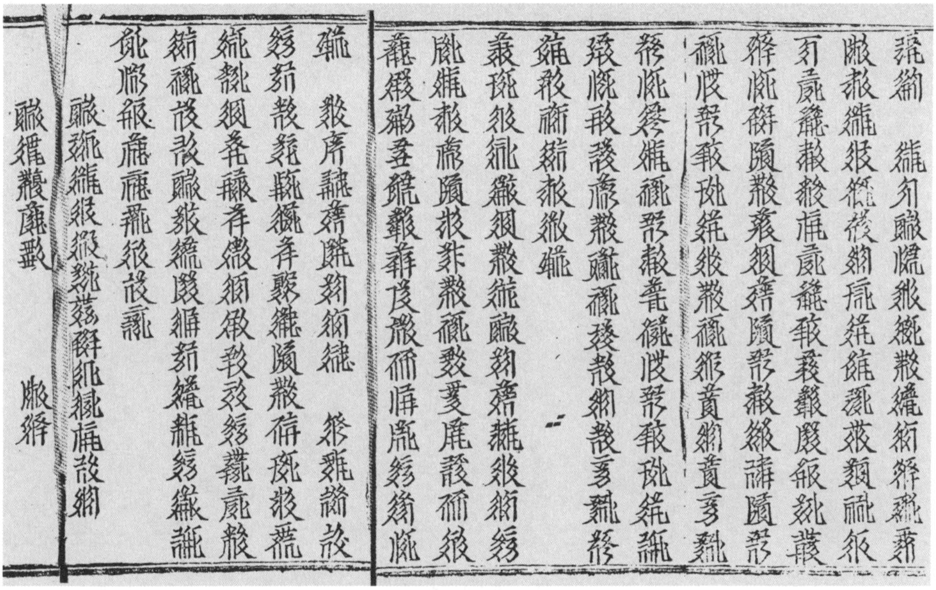

圖 31 - 2　仁王護國般若波羅蜜多經後序願文

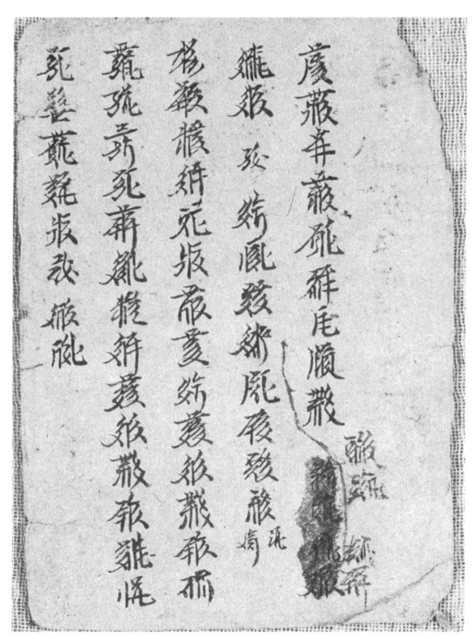

圖 32　祭祀地祇大神文

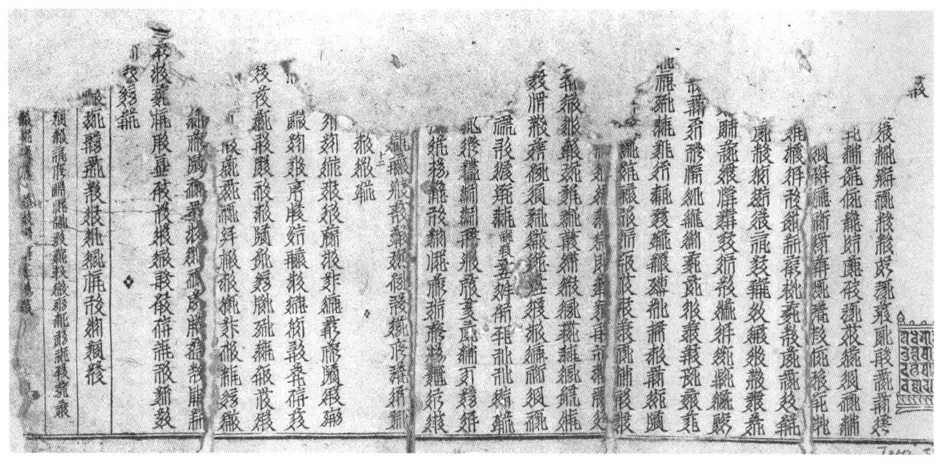

圖 33　五部經後序原文

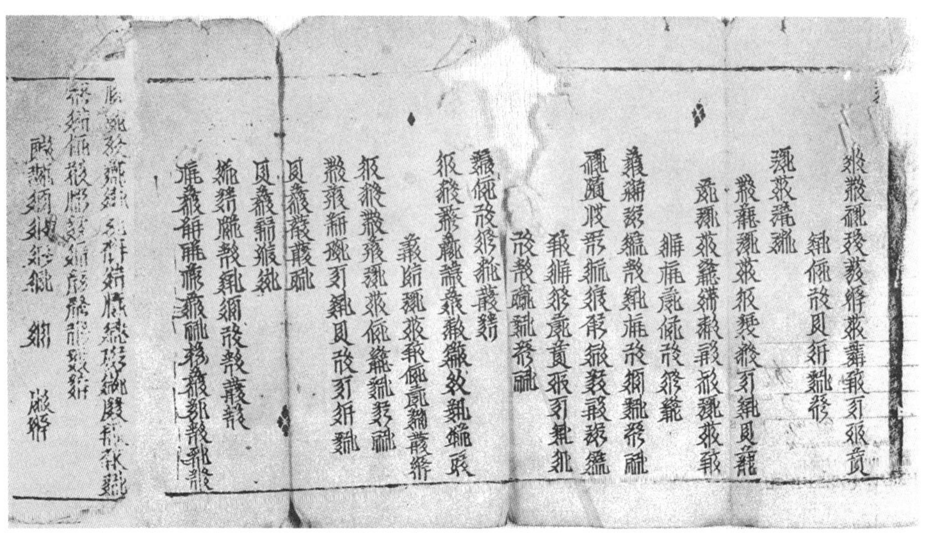

圖 34　應天四年施經發願文

圖 35 佛說父母恩重經發願文

圖 36 佛說父母恩重經發願題記

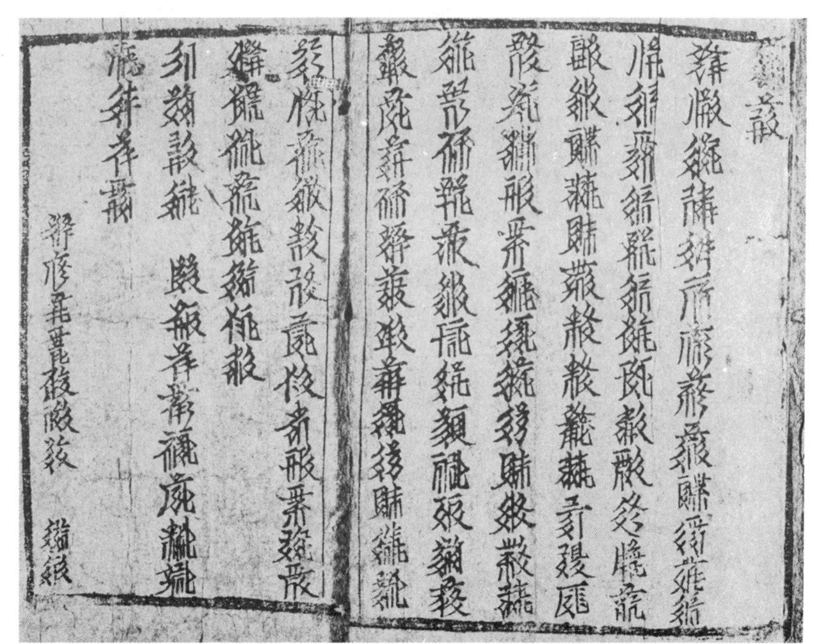

圖 37 尊者聖妙吉祥智慧覺增上總持發願文

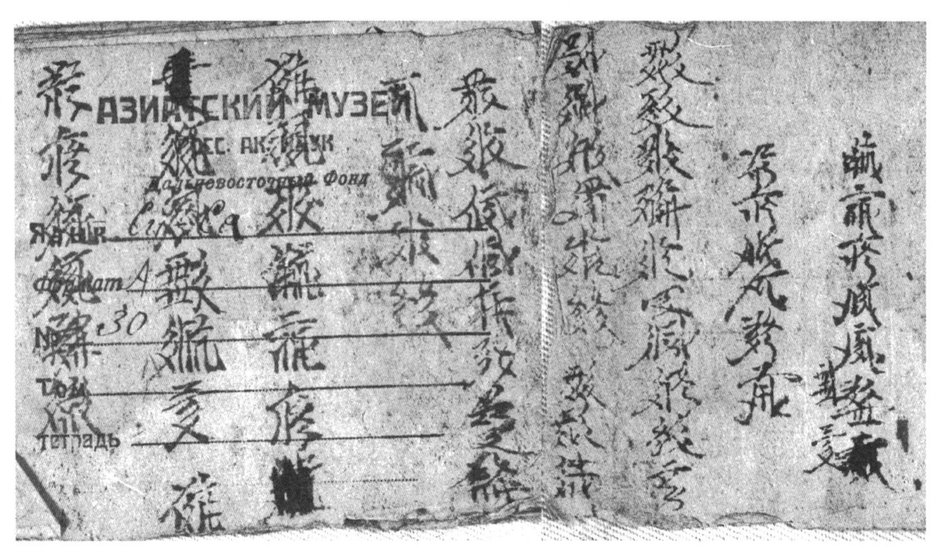


圖 38　聖六字增壽大明陀羅尼經發願題記

圖 39　妙法蓮華經後序

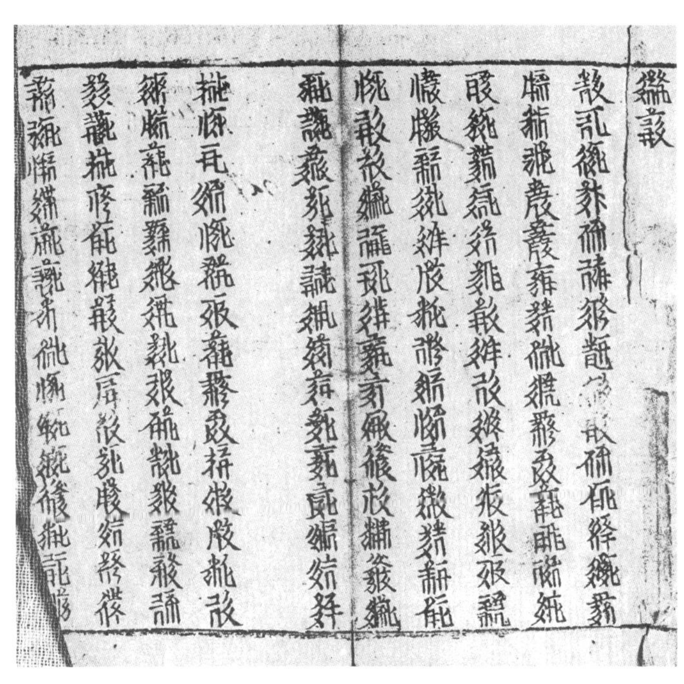

圖 40　後序殘葉

圖 41－1 啓請星神儀

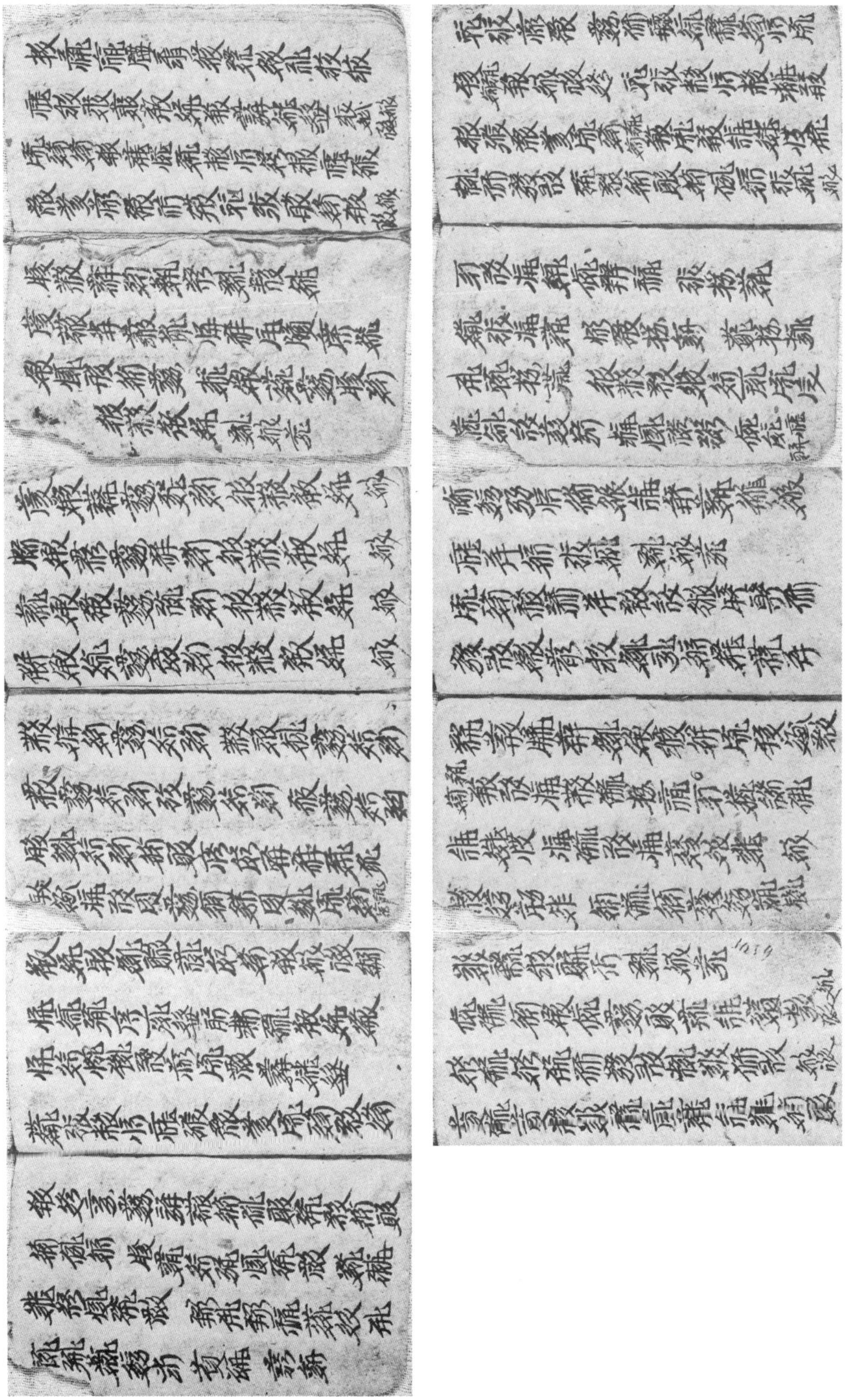

圖 41－2　啓請星神儀

圖 42－1 擇要常傳同訓雜字序 其一

圖 42－2　擇要常傳同訓雜字序　其二

圖 43　滴滴金

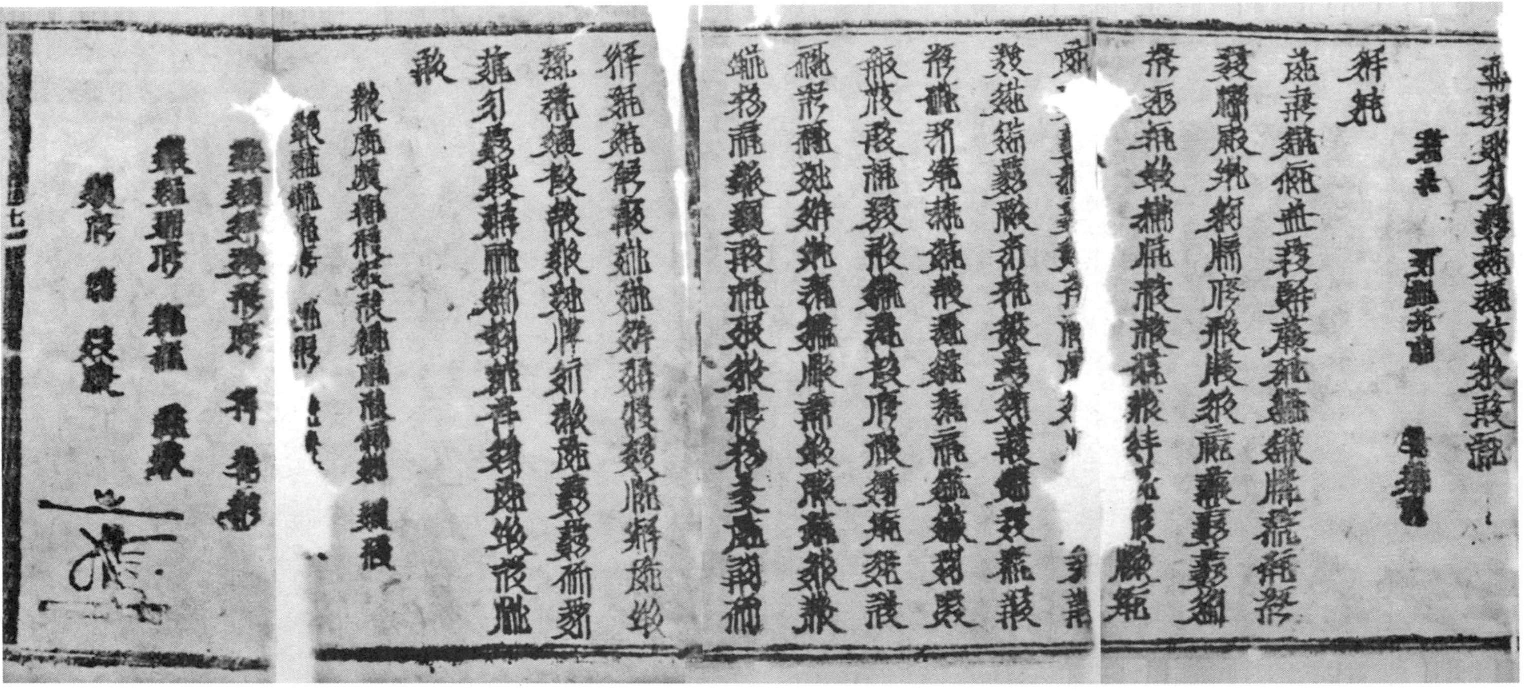

圖 44 熾盛光聖曜母等經弘傳序

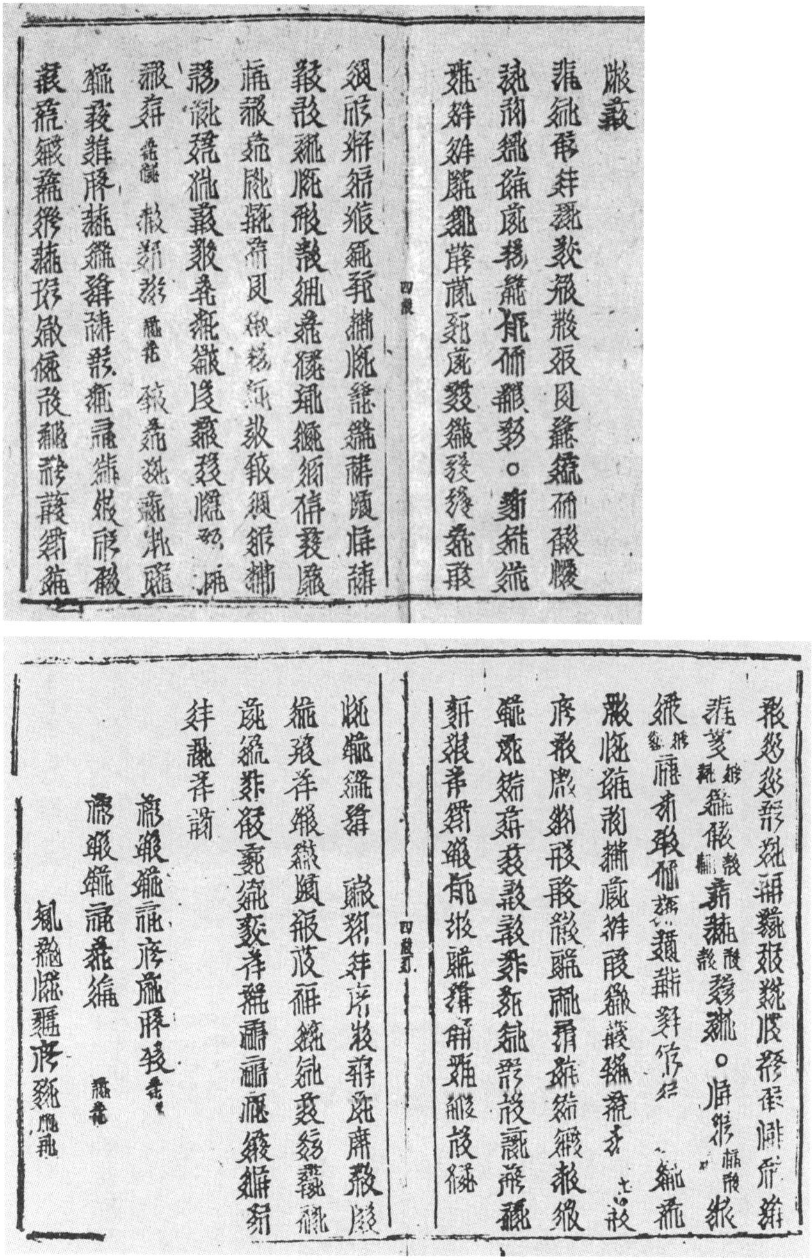

圖 45　三代相照語文集後序願文

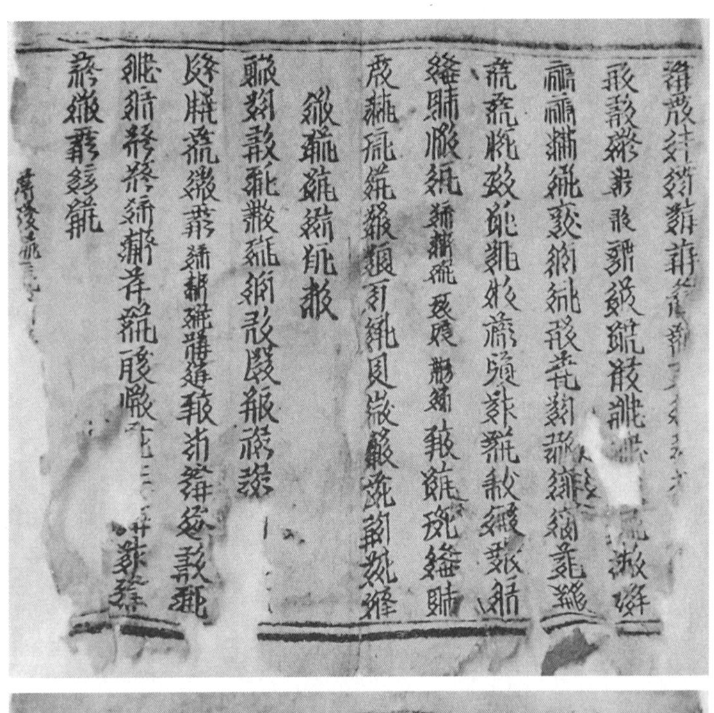

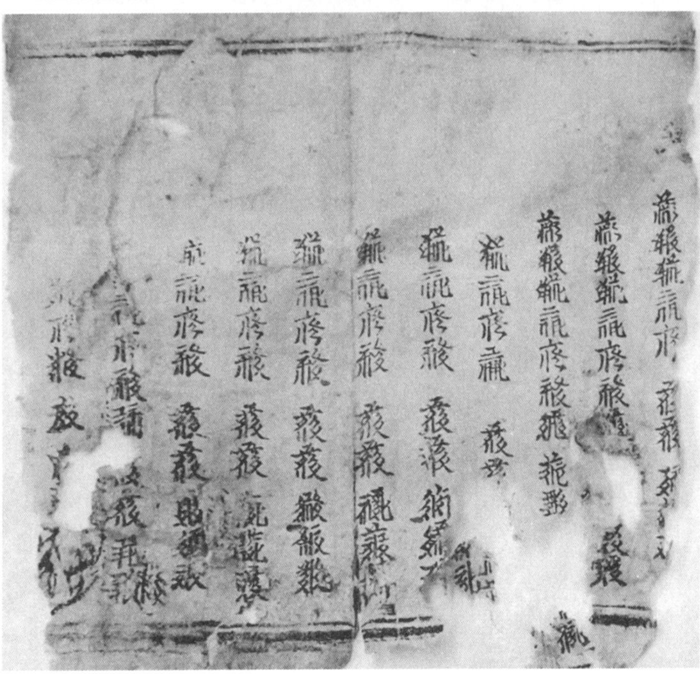

圖 46　聖妙吉祥菩薩百八名讚嘆經發願文

# 後　記

這本書是四川師範大學文學院承擔的國家社科基金重大課題“西夏文學文獻的匯集、整理與研究”終期成果的一部分，主要目的是收集和翻譯當前能見到的作品，爲今後的研究提供基礎資料。研究工作開始於 2019 年，完成於 2022 年，由湯君教授具體安排，萬光治教授、劉敏教授審閱了初稿並提出了寶貴意見。研究生王倩、李偉、龔溦禕、黄婷玉、岳國秀、袁夢玲、鄭倩分頭仔細校對了全稿的西夏録文和漢譯文，他們對西夏文字的熟悉程度令人欽佩。還需要一併感謝的是孫穎新博士校對了俄文，孟令兮同學校對了日文，四川師範大學文學院承担了出版經費。這本書是集體勞動的結晶，當然，其中若還遺留一些錯誤，我願意負全部責任。

聶鴻音

2022 年 11 月 22 日

**圖書在版編目(CIP)數據**

西夏詩文全編 / 劉敏主編;聶鴻音著. —上海:
上海古籍出版社, 2023.12
(西夏文學文獻整理研究叢書)
ISBN 978-7-5732-0988-7

Ⅰ.①西… Ⅱ.①劉… ②聶… Ⅲ.①中國文學—古典文學—作品綜合集—西夏 Ⅳ.①I214.631

中國國家版本館 CIP 數據核字(2023)第 226298 號

西夏文學文獻整理研究叢書

**西夏詩文全編**

聶鴻音 著

上海古籍出版社出版發行

(上海市閔行區號景路 159 弄 1-5 號 A 座 5F 郵政編碼 201101)

(1) 網址: www.guji.com.cn

(2) E-mail: guji1@guji.com.cn

(3) 易文網網址: www.ewen.co

上海展强印刷有限公司印刷

開本 710×1000 1/16 印張 35.5 插頁 6 字數 498,000

2023 年 12 月第 1 版 2023 年 12 月第 1 次印刷

ISBN 978-7-5732-0988-7

I·3784 定價: 198.00 元

如有質量問題,請與承印公司聯繫

電話: 021-66366565